KB241239

신남철 문장선집 Ⅰ

식민지 시기편

# 신남철 문장선집 I
## 식민지 시기편

초판 1쇄 인쇄 2013년 5월 24일
초판 1쇄 발행 2013년 5월 31일

**지은이** 신남철
**엮은이** 정종현
**편집인** 신승운(동아시아학술원)
　　　　성균관대학교 동아시아학술원 02)760-0781~4
**펴낸이** 김준영
**펴낸곳** 성균관대학교 출판부 02)760-1252~4
**등　록** 1975년 5월 21일 제1975-9호
**주　소** 110-745 서울특별시 종로구 성균관로 25-2

ⓒ 2013, 성균관대학교 동아시아학술원

ISBN　978-89-7986-734-3　94810
　　　　978-89-7986-833-3　(세트)

• 본 출판물은 2007년 정부(교육과학기술부)의 재원으로
　한국연구재단(구 학술진흥재단)의 지원을 받아
　수행된 연구임(NRF-2007-361-AL0014).

# 신남철 문장선집 Ⅰ

식민지 시기편

신남철 지음
정종현 엮음

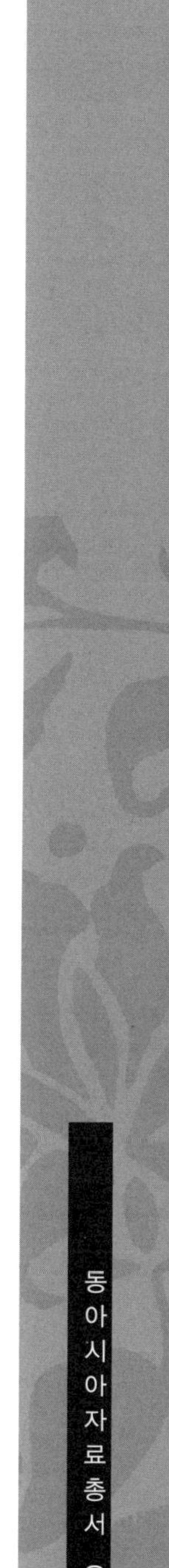


성균관대학교
출판부

1. 이 선집의 1권은 신남철이 식민지 시기에 쓴 글을 묶었으며, 2권은 해방 이후의 평론집 『전환기의 이론』(백양당, 1948)과 이 단행본에 실리지 않은 해방기의 몇 편의 문장 및 월북하여 북한에서 발표한 글을 묶었다.

2. 본문은 한글 표기를 원칙으로 하고 현재 사용하지 않는 어휘는 한자를 괄호 속에 병기하였다. 표기법은 현재의 맞춤법으로 바꾸었다. 다만, 「현실의 노래(2)」, 「첫봄의 새벽」, 「님생각」, 「새쌈의 宣言」, 「비」, 「乳房と蟬」, 6편의 시만은 장르적 특성을 고려하여 원래 표기 그대로 수록하였다.

3. 외래어 표기는 현재의 표기를 따랐다. 제목에 사용된 외국인명도 현재의 인명으로 바꾸었다. 외국인명이나 외국어 용어 중 필요한 경우 원어를 병기하였다.

4. 대화나 인용은 " "로, 강조는 ' '로, 책 이름은 『 』로, 작품이나 평론 이름은 「 」로 표시했다.

5. □□은 인쇄 상태가 나빠 판독이 불가능한 글자를 수대로 표시한 것이며, ××는 발표 당시 검열 등의 이유로 삭제된 것을 글자 수대로 표시한 것이다.

6. 필요한 경우 각주를 달아 설명하였다. 편자의 주는 편자주로 표기하여 원주와 구별하였다.

7. 신남철의 사상적 궤적을 이해하기 위해 발표 연대순으로 수록하였다.

# "딛고 넘어가자"의 사상-진보와 보수의 변증법

이 책은 한국의 1세대 근대철학 연구자인 신남철申南澈(1907-1958)의 시, 소설, 기행문, 번역, 평론, 논문 등의 글들을 망라하여 엮은 것이다. 신남철은 대학이라는 제도와 관련된 근대 한국의 '지식 제도'의 전개를 개인의 차원에서 보여주는 하나의 기호이다. 그는 경성제국대학 법문학부 철학과의 제3회 졸업생으로 경성제대 조수(1931-32), 동아일보 기자(1933-1936), 중앙고보 교유(敎諭, 1937-1945) 등을 역임하며 식민지 학계와 저널리즘에서 활동하였으며, 해방 직후에는 경성대학 및 서울대 사범대학 교수로 재직하다가 '국대안' 파동을 거쳐 1947년경을 전후하여 월북, 북한의 김일성종합대학 교수와 최고인민회의 법제의원 등을 역임한 것으로 알려져 있다. 이러한 신남철의 사상과 학술 활동의 궤적을 추적하는 것은 식민지 시기와 해방 직후, 분단기를 살았던 특수한 한 개인의 삶과 학문을 문제삼는 차원을 넘어서, 근대 한국의 '인문학 지식' 제도의 전개 과정을 이해하는 작업이기도 하다.[1]

한국의 근대철학 연구자들은 근대 서양철학의 도입과 마르크시즘의 한국적 전개라는 측면에서 일찍부터 신남철에 대한 관심을 기울여 왔다. 신남철 관련 중요논문들을 발표하고 그의 『역사철학』(1948)[2]을 주석하여 재출간한 김재현의 작업에 대해서는 특기할 필요가 있다. 한국의 초기 철학자들의 사유 체계를 연구한 강영안도 신남철 등의 초창기 서양철학 전공자들이 철학함을 통해서 서구의 근대성을 습득하고 구현하였으며, 근대성의 문화를 일구는 작업을 수행했다고 신남철의 철학 연구의 의미를 명료화한 바 있다. 문학 쪽에서도 주목할만한 연구가 제출되었다. 최근 김윤식 교수는 『임화와 신남철』에서 카프의 공백기에 신남철(경성제대)의 신문학사에 대한 개입과 그를 통해 촉발된 임화의 문학사 작업의 장면을 포착하여 문학(사)와 철학(사)의 관련을 제시한 바 있다.[3]

신남철의 문제성은 철학, 문학이라는 분과학문의 영역에만 한정되는 것은 아니다. 그는 서구 근대철학을 전공한 1세대 철학연구자로 서구철학의 소개와 연구에도 열정적이었지만, 조선사회라는 특수한 공동체를 보편의 세계(사)와의 관련 속에서 이해하고자 하는 노력을 기울였다. 이러한 노력은 지속적인 역사연구방법에 대한 관심으로 표출되었다. 그는 뵈크의 문헌학에 대해서 관심을 기울이는가 하면 덴마크 역사학자 엘슬레브의 역사서술방법론을 소개하기도 하고 마르크스주의의

---

1) 신남철과 한국 근대 지식제도의 관계에 대해서는 정종현, 「신남철과 대학교 제도의 안과 밖-식민지 '학지(學知)의 연속과 비연속」(『한국어문학연구』, 2010)을 참조할 것. 경성제국대학의 제도적 프로그램과 신남철의 사상이 맺고 있는 관련에 대한 선구적인 연구로는 손정수, 「신남철, 박치우의 사상과 그 해석에 작용하는 경성제국대학이라는 장」, 『한국학연구』 14, 2005.

2) 신남철(지음), 김재현 엮음, 『역사철학』, 이제이북스, 2010.

3) 김윤식, 『임화와 신남철-경성제대와 신문학사의 관련양상』, 역락, 2011.

역사과학을 구체화하는 논의를 진행했다. 또한 그는 1930년대 랑케 소개의 단골 필자였으며, 방응모가 편집자로 나선 『세계명인전』(1940)에서는 랑케 꼭지를 맡아 집필하기도 한다. 마르크스주의의 역사과학의 관점 위에 서 있으면서도, 신남철은 랑케의 역사서술이 가지고 있는 장점을 고평하며 그것을 일방적인 청산의 대상이 아니라 비판적으로 섭취할 교양으로 주목한다. 이러한 사실은 한국사 연구에서의 실증주의적 방법과 마르크스주의적 방법을 대립시키는 통설에 대해서도 재고하도록 요청한다. 특히 그가 『동아일보』 기자로 재직하며 다양한 학술기획을 통해서 비판적인 '조선 연구'의 전통을 마련하려고 시도한 점은 주목될 필요가 있다.

본 선집의 각권 말미에 정리된 인명색인의 면면들은 신남철의 관심의 편폭을 보여준다. 그들은 서구 사상의 중핵을 구성하는 철학자들이며 특히 동시대 철학을 대표하는 많은 인명들은 서구 사상계의 동향에 대한 신남철의 관심을 방증한다. 그렇지만 그의 관심이 서구에만 한정된 것은 아니었다. 그는 동양의 지적 전통에 대해서도 무지하지 않았으며 특히 당대 동아시아 사상계의 동향에도 민감했다. 니시다 기타로(西田幾多郎) 등의 일본 교토학파는 말할 것도 없거니와 특히 후스(胡適), 천두슈(陳獨秀), 차이위안페이(蔡元培), 첸쉬안퉁(錢玄同) 등 중국 신문화 운동과 마르크스주의적 사회사 연구에 주목하며 조선학을 중국 '국학'처럼 진보적 학문으로 구성하고자 했다. 자기의 과거를 이처럼 유물론적 변증법적 진보의 역사로 구성하는 1930년대의 시도는 해방 이후 북한에서 남긴 철학사 연구와 연결된다. 그는 또한 문학평론가로 당대의 문학·문화 비평에 직접적으로 개입하여 임화, 이태준, 김남천 등과 논전을 벌이기도 했다.(아마도 1권을 읽고 나면 이무영에 대한 새로운 관심이 생기는 독자들도 있을 것이다.) 요컨대 신남철은 철학, 역사, 문학의 인문학과 마르크시즘을 위시한 당대의 사회과학의 영역을 넘나들며 자신의 지식을 형성하고 실천하고자 한 종합지식인이었다. 이러한 그의 태도는 종합적인 인문지식과 실천을 추구했던 동아시아의 지식 전통과도 맞닿아 있다고 할 수 있다. 이러한 이유에서 이 책의 제목을 '문장' 선집이라고 명명했다.

신남철의 '문장'들을 통해 읽을 수 있는 세세한 사상의 결들과의 교감은 독자의 몫으로 남기고자 한다. 여기서는 다만 편자가 그의 글을 정리하며 받았던 깊은 인상에 대해서만 간단히 언급하고자 한다. 「사색일기-荊棘의 冠」(『인문평론』, 1940. 10)에서 신남철은 보수와 진보에 대해서 사유하면서 자신의 철학으로 '딛고 넘어가자'라는 명제를 제시한다. 그는 "딛고만 있으면 보수적이 아닐 수가 없고 넘을려면 거점이 없어서는 아니된다"고 말한다. 늘 새로워야 하지만 "자꾸 흐르기만 하면 썩지는 않을지 모르나 완성은 바랄 수가 없다"고 적고 있다. 그는 이 '딛고 넘어가자'를 단순한 중용도 또한 초월도 아닌 "완성을 약속하는 건설을 군데군데 남겨놓으면서 가는" '영원한 진보'로 명명하고 있다.

그의 저술에 등장하는 마르크스주의에 대한 강조와 월북의 행적 때문에 신남철에게는 조금은 경직된 마르크시스트의 형상이 부여되어 있는지도 모르겠다. 그렇지만 그의 글과 행적을 통해서 확인할 수 있는 것은 저 '딛고 넘어가자'의 변증법적 실천이다. 가령, 해방 이후 식민지 시기의 문장을 재구성한 글인 「문화창조와 교육」에서 니시다 기타로, 보이믈러 등 2차 세계대전 당시 파시즘을 추인하는 철학으로 활용되었던 일본과 독일 철학의 행동성 등을 새롭게 재평가하면서 그것을 '인민적 양기(揚棄)'를 통해서 새로운 사상으로 전환시키려는 사유를 진척시키는 장면은 유용한 사례이다. 제국의 담론에 공명했던 많은 마르크시스트들이 식민지 말기에 자신이 수행했던 사유의 고투를 일괄하여 청산하고 새롭게 '흘러가려고' 할 때, 신남철은 파시즘의 전시사상 내부에 있는 그 근대성의 계기를 끌어올리려 한다. 다케우치 요시미가 '근대초극론'과의 대면을 통해서 수행하려던 그 사상사적 과제는 일본과 다케우치만의 전유물은 아니었다. 다케우치 요시미의 작업에 주의를 기울이는 사람들에게 신남철의 사유의 궤적도 따라 읽어보길 권하고 싶다. 본 선집을 따라 읽다 보면 도처에서 근대의 풍성한 양식을 충분히 저작(詛嚼)하여 지금-여기의 식민지 및 탈식민지 '조선' 사회의 자양으로 삼으려는 교양과 인문주의에 충만한 신남철의 이상주의적 신념을 마주하게 될 것이다. 그리고 이것이 그가 식민지 시기 임화와 김남천에게 '서생'이라는 한 마디로 간단히 비판되고 또 북한에서 '자유주의자'로 비판되었던 근원적인 까닭이기도 하다.

이 책의 체재에 대해서 간단한 설명이 필요하다. 신남철은 『역사철학』(1948), 『전환기의 이론』(1948) 두 권의 단행본을 출판하였고 1920년대 후반부터 1957년까지 30여년 간 지속적으로 글을 썼다. 처음에는 이들 문장 전체를 모아서 〈전집〉을 계획했지만, 앞서 언급한 것처럼 김재현 교수가 『역사철학』을 주석하고 해제하여 출판했기에 중복을 피하고자 그 이외의 글들만을 모두 모아 편집하였다. 『역사철학』에 실린 글들에 관심을 가진 독자는 전공자의 정확한 주석과 해제가 마련되어 있는 기출판 자료를 활용하길 바란다. 본 선집은 가독성을 위해 표기법을 현재의 맞춤법으로 고치고, 의미가 통하지 않는 어휘를 제외하고는 가능한 한 한자를 한글로 변환하여 일반 독자들도 읽을 수 있도록 했다. 1권은 식민지 시기의 문장을 모았으며, 2권에는 해방 이후 쓴 글을 주로 모은 평론집 『전환기의 이론』과 그 단행본에 수록되지 않은 해방기의 남은 문장들, 그리고 월북 후 북한에서 쓴 글들을 모았다.

그 동안 신남철에 주의를 기울여온 연구자들도 보지 못한 글들을 여러 편 발굴하여 수록할 수 있었던 것은 이번 작업의 한 보람이기도 하다. 북한의 『근로자』에 실린 세 편의 글―「남조선에 대한 미제의 반동적 사상의 침식」, 「실용주의 철학은 미제 침략의 사상적 도구」, 「연암 박지원의 철학사상」은 모두 처음 소개되는 것이다. 1950년대 남한 지식계에 영향을 준 실용주의 철학을 비판하는 두 편의 글을 읽으면서는 남한 사상계의 상세한 동향을 잡지에 수록된 구체적인 논문을 거론하면서 언급하고 있는 점이 우선 놀라웠다. 이러한 관심이 북한에서 남한으로만 향했던 것은 아닐 터이다. 그 거꾸로의 관심도 존재했을 것이다. 가령 우리는 신남철이 연암 박지원의 사상을 변증법과 유물론으로 재맥락화하며 1960년대 한국의 실학 담론과 '내발론'의 사유를 고스란히 보여주는 「연암 박지원의 철학사상」을 통해서 남북한 지식계의 저류에서 흐르고 있는 어떤 무형의 상호교류를 감지할 수도 있다. 이 논문에서 신남철은 서경덕-이율곡-이익-박지원-정약용으로 이어지는 '기철학'과 '실학파'의 계보를 구성한다. 북한의 공식지면에서 신남철이 마지막으로 확인되는 것은 1958년 1월 『력사과학』의 '학계소식'란이거니와, 여기에는 그가 「리율곡의 철학사상」을 학술회의에서 구두 발표했다는 전언이 실려 있다. 이 발표에서는 「연암 박지원의 철학사상」에서 구성한 기철학의 계보 속에서 이율곡을 새롭게 해석하는 관점이 드러났을 것이다. 그의 죽음으로 활자화되어 남지 않은 것이 큰 아쉬움으로 남는다. 남북한 지식계의 공통감각과 분화의 양상에 관심이 있는 사람은 신남철이 북한에서 남긴 문장들을 꼭 일독하길 권한다. 이외에도 '夢朝' '凉山' 등 신남철이 사용했던 호를 필명으로 기명한 글들도 여러 편 발굴하여 수록하였다. 대학 재학 시절 쓴 쇼펜하우어에 대한 장문의 일어 논문을 『청량』지에 게재했는데 이 글은 1권의 마지막에 별도로 영인하여 수록했음을 밝혀둔다. 신남철 저술 전체 목록은 2권의 말미에 별첨하였다.

모쪼록 이 선집이 신남철 개인에 대한 연구뿐만 아니라 한국의 학술사 및 지식사 연구에 조금이나마 도움이 되길 바란다.

2013년 5월 엮은이

| 목차 |

# 식민지 시기 편

# 된장

『문우』 4호 1927. 2

(1)

　무더운 여름의 어느 날이었다. 순호는 불볕이 내려쪼이는 거리를 걷고 있었다. 다 찢어지고 땀이 배어서 고약한 냄새가 물신물신 나는 학생복 아래 바지와 보기에도 거북하고 훗훗한 무명적삼에 왼쪽에만 달린 커다란 호주머니에는 무엇인지 통통하게 넣고 다 떨어진 짚신을 질질 끌며 남대문을 향하여 걷고 있었다. 그에게는 헐고 다 떨어진 밀짚 벙거지나마도 없었다. 한걸음 한걸음 내밀수록 그이의 가슴은 콱콱 막히어 숨이 차고 그이의 알머리는 번개같이 확확 내려쪼이는 뙤약볕에 여지없이 딱딱 쪼이며 입은 벙긋벙긋 고역살이의 쓰라린 하소연을 저절로 외치고 있었다.

"무더운 여름, 지리한 세상. 저기에서 떠든다. 그들의 찡그린 모양—우는구나! 얻어맞고 우는구나. 검고 덧없는 죽음!"

그는 힘없이 걸어간다. 하도 뜨거우니까 얼굴도 들지 못하고 힘없이 금방 쓰러질 듯 쓰러질 듯하며 걸어간다. 그는 어찌 못견디겠던지 걸음을 멈추고 잠간 숨이나 다듬을 곳을 찾아보려고 그제서야 얼굴을 들고 휘 둘러 보았다. 그 순간에 그이의 시선에 들어오는 것은 그이의 옆으로 지나가는 대살창을 닫힌 전차이었다. 그리고 흩어지는 군중이었다. 그이의 몸은 별안간에 전기에 맞닥들인 것 같이 찌르르하며 그이의 눈은 핑 돌았다. 행여나 뜨거운 볕이 들어갈까 하고 서늘한 바람만 들어오라고 대살로 만든 창을 닫고 편히 앉아서 걸음도 걷지 않고 제 볼일을 보는, 아니 서늘한 곳을 찾아 바다로 산으로 강가로 숲으로 가는 그 사람들의 모양이 언뜻 그의 앞에 전개되었다. 빳빳하고 곱게 다린 쌍글한 고의적삼. 보기만 해도 서늘해지는 물다리. 반디불 나는 숲 위의 달. 멀리 포구를 향하여 솔솔 부는 바람에 흰 돛 켕기며 닫는 바다의 배……를 그린 부채를 들고 괴망스럽게도[1] 더워 못견디겠다고 방정 떠는 그들의 산뜻한 맥고자가 불연듯이 그이의 가슴을 뭉클뭉클하고 쓰리게 한다.

그는 할 수 없이 다시 머리를 숙이지 않을 수 없었다. 푹 숙이고 있던 얼굴에 별안간에 불볕이 쪼이니까 다시 없이 뜨겁고 아팠다. 요란히 궤도를 굴러가는 전차가 남대문을 돌아서 보이지 아니할 때에 그이는 다시 고개를 들려고 하였다. 그러나 차마 다시 들지 못하고 풀기 하나 없이 걸음을 옮기고 있었다. 떠들던 군중도 다 헤어져 버리고 거리는 다시 잠잠해지며 한낮의 폭사열은 한껏 제 기세를 뽐내고 있었다.

---

1) 편자주 : 말이나 행동이 괴상하고 망측한 데가 있다.

언뜻 그는 그의 등이 서늘하여지는 것을 느끼었다. 그때에 비로소 고개를 들어 보고 남대문 문앞에 다다른 것을 알았다. 그러나 그는 잠간 동안 더 못견디었다. 한껏 뙤약볕에 쪼인 몸이 별안간에 서늘한 그늘에 오니 몸에서 발사하는 더운 김은 더 괴롭게 확확 끼뜨리었다.[2] 그리고 호흡의 도수는 갑절이나 되며 숨이 차졌다. 정신이 핑돌며 어질어질 하여지고 다리는 부르르 떨렸다. 그러나 그는 곧 살 듯한 새 기운으로 돌아왔다. 그는 곧 곁눈질도 하지 않고 그 먼지구덩이 아스팔트 위에 앉으려고 하였으나 차마 앉을 수는 없었다. 그는 비록 다 떨어지고 더러운 옷은 입었을망정 그런 데는 앉기 싫었다. 그는 주먹만큼씩한 못과 쪼각쪼각의 철판으로 옷입힌 그 육중한 문짝에 가서 기대었다. 그리고 그는 그 근처를 살펴보았다. 그는 참으로 기절할만치 불쾌하고 가엾고 분한 장면이 그의 바로 눈밑에 벌려 놓여 있는 것을 보았다. 그는 자기의 의식을 잃고 뻔히 천치 모양으로 한참 동안 그 애처롭고 기가 막힐 말 못할 광경을 바라보고 있었다. 참으로 무더운 날이다. 여름이면 의례히 더운 것이라고 하지마는 이같이 더운 날이 어데 있었으랴. 그 용광로 속의 새빨간 쇠물에서 무럭무럭 일어나는 김과도 같이 내려쪼이는 볕은 모든 것을 다 녹여 없이 하여야만 하겠다는 듯이 거리낌없이 땅위에 폭주되고 여름날의 생명 같이 바라는 바람조차 이날은 웬일인지 일지 않는다. 여느 때 같으면 이 남대문에는 서늘한 바람이 돌고 있을 터인데 오늘은 다만 볕받이 보다 좀 낫다는 것은 오직 볕을 받지 않는 그늘이라는 것 뿐이었다. 철망으로 울타리 쳐진 안에 서 있는 상나무는 뽀얗게 먼지에 들씌어 기공이 막히어 숨통이 터져서 못견디겠다고 애원하는 듯이 초라한 모양을 나타내고 있다. 오백년이나 두고 가진

---

2) 편자주 : 사방으로 퍼뜨리다.

풍상 다 겪고 예의 못 잊을 로맨틱한 이야기 이제의 눈꼴을 이고 애절한 꼴을 다 치러오는 숭례문아. 이 오늘 같은 날도 네 때에 있었더냐? 네 앞에 이같이 흐트러지고 처참하고 욕지기 나는 모양이 언제 한 번 벌어져 있는 것을 보았느냐. 그 먼지구덩이 위에다가 지게를 버텨 놓고 그 밑에서 뭉글뭉글하고 때끼인 배를 내놓고 땀을 철철 흘려가며 무슨 잠이 그리 곤한지 씩씩 자고 있는 중늙은이―그의 땀 흐르는 코와 입에 함박 앉아 있는 징그러운 파리떼 때국이 뚝뚝 덧는 손으로 시루떡과 콩국수를 팔고 있는 땀에 배고 먼지에 결은 꾀죄죄하고 텁텁한 무명치마 적삼을 입은 어미네 그 옆에서 주렸던 배를 불리려고 그 무뚝뚝하고 시커먼 손으로 한 웅큼씩 집어넣고 후루룩 마시는 하루살이 벌이꾼의 떼. 탐스러운 머리꼬랑이를 질근 머리에 감어 동기고 앉아서 참빗 팔고 있는 사투리쟁이 총각. 볕에 끄을고 흙과 때에 함박 싸인 두 다리를 쭉 뻗고 앉아서 길에서 주어온 권련 찌꺼기를 피우고 있는 여린 거지떼! 그 근처에서 나는 아니꼬운 냄새……. 아! 너는 언제 한 번 이러한 꼴은 본 적이 있었느냐!

별안간에 어데서인지 요란한 자동차 소리가 몹시도 들려온다. 그는 언뜻 그 소리에 정신을 차렸다. 그리고 정거장 쪽으로 걸어가려고 하였으나 날이 하도 덥고 또 바로 선주에게로 가더라도 그는 아직 돌아오지 않았을 것이므로 서늘한 그늘에서 저녁 때까지 기다리려고 마음 먹었다. 그는 부질없는 생각과 거리 위의 교향악에 더움을 잊고 한갓 저녁 때 되기만 기다리고 있었다. 앞에서는 이 무섭게 더운 날에 전차선로를 고치고 있는 역부들이 기운에 부치는 고역을 하고 있다. 그이의 가슴은 다시 찌르르 하였다. 자기의 지난 경험에 비추어 그는 그들의 속쓰린 정상을 잘 아는 까닭이다. 그는 무의식적으로 노래 가락으로 중얼중얼하였다.

“현실의 외침은 무섭더라

이십세기의 거리에는 동력의 산물이 춤추더라

기계의 집단이 지나는 곳에

신비한 자연은 퇴색하고

고역살이 사람들의 핼쓱한 눈은

생기를 잃고 끔벅끔벅하더라.


중초막 입던 옛 세상을 보지 못한 사람들이

밤낮으로 부르짖는 것은

‘선언’—‘투쟁’

죽은 뒤의 세상은 불모이니

‘선언’—‘투쟁’

훌륭한 인생의 참패자들아

맛있는 저녁밥을 먹어 보았느냐”


힘에 겨운 벌이에 낡아가는 벽돌 실은 마차가 마음껏 뻗은 문명의 거리를 죽을 힘을 다하여 굴러간다. 전차 선로를 고치고 있던 역부가 곡괭이를 집고 한숨을 쉴 때에 아! 그이의 노곤한 몸을 어루만져주는 이는 그 누구인가! 저쪽으로 넘어가는 황혼의 빗겨 비추는 햇발이 오직 그이의 고달픈 몸을 어루만져 주는구나! 저쪽 하늘에는 자주빛 구름이 뭉게뭉게 몰렸다가 헤지고 하루 일을 마치고 보금자리로 돌아가는 새는 훨훨 날아 잘도 닺는다.

석양의 거리—그곳에서 나는 삶의 외침은 벽돌집에 반향되어 멀리 멀리 하늘 끝까지…… 그리하여 서쪽에 떨어지는 저 태양과 같이 영원히 이 사회의 기록이 된다.

횡단 종단 질주 산보 건전한 다리 애처로운 의족 팔팔한 근육 코떨어진 얼굴 문명의 조역물 향락의 부속품……대도 위에 난무하는 잡상의 나열!


(2)


자유에 해방! 부자연 부조화 모순의 횡행……이러한 현실에서 자아를 찾고 사랑을 구하며 근로의 보수를 주장하고 생의 축복과 천부의 인권을 외치는 현대인의 숨통 터지는 마음을 아니 더구나 우리 동무들의 가슴을 가만히 생각하며 돌아온 길과 앞에 나아갈 길을 살피어 보아라. 다시 한 번 무더운 세상에 멀미내고 간악한 위무자에게 그들의 순진한 기대가 어그러지는 것을 생각하여 보아라. 저 굶고 넘어진 고기덩이를! 가엾다. 가엾다. 사람됨의 비애가 왜 그다지도 심각하여 번민의 절정에서 망령같이 뛰나는 인생 오직 번민으로 일관하여 소리없이 생명의 최기(最期)로 돌아간다.
"순호"
선주는 기운없이 빨갛게 상기된 눈짓을 하며 순호를 불렀다. 방문을 열고 시원한 바림을 쐬이며 서쪽으로 효창원의 푸른 송림을 바라보며 한숨만 쉬고 앉아 있는 순호는 깜짝 놀랐다. 두 달 동안이나 서로 있는 곳을 알지 못하고 있다가 겨우 찾아 왔으나 정신 모르고 병석에 누워 있는 선주는 별로 반가운 줄도 모르고 헛소리만 하더니 이제엔 무슨 말을 할려는지 별안간에 부르니까 순호는 반갑기도 하고 무섭기도 하였다.
"오래 동안 만나지 못하는 동안에 어찌하여서 이렇게 되었나 선주응!"

그는 떨면서 물었다. 선주는 순호보다 세 살 나이 위인 스물셋이었다. 같이서 무슨 큰 포부나 성취할 듯이 이곳 문명의 도회를 목표로 정처없이 떠나오기는 이태 전 이때이었다. 그리하여 그들 두 사람은 굶으나 벗으나 꼭 같이 지내오던 것이었다. 그러나 그들의 주위는 그들로 하여금 늘 같이 있게 하지 않았다. 번득이는 문명의 실마리에 매어진 그들에게 어찌나 정다운 동무와 같이 있는 복이나마 주어졌으랴. 그들은 여러번 만났다가는 헤지고 헤졌다가는 만났다. 그러나 같이 만나서 다정한 이야기 한 많은 하소연을 주고 받는 동안은 길대야 이삼일이 되지 못하였다. 그렇게 귀한 동안을 두 달 동안이나 가지지 못하였다가 만난 그들의 기쁨이야 오죽 하였으랴. 그러나 그는 선주의 병든 몸을 보고 얼마나 실망하였으랴. 그는 고개도 들지 못하고 울었다. 형같이 섬기고 애인같이 사랑하던 유일한 벗의 병이 그에게는 참말이지 청천벽락이었다.

선주는 몹시 괴로운 듯이 이야기를 하였다.

"순호 내 말을 좀 들어다우. 나는 그 동안 잘 지냈다. 그러나 이제는 영 낫지 못할 병이 들었으니 나는 모든 것을 단념하려고 한다. 그러나……"

그의 말은 다 끝나지도 않아 막히고 말았다. 순호는 하염없이 돋는 눈물을 주체하지 못하며,

"선주 선주. 왜 우리가 늘 만나서 말할 제는 그런 절망의 기색은 보이지 말자고 했지……뭘 곧 나을 테니 애쓰지 말고……"

순호의 말소리는 떨리었다. 선주를 위안시키느라고 말은 그렇게 하였어도 속으로는 그를 잃어진 동무로 생각하였다. 그렇게 몹시 쇠약해진 그가 암만해도 다시 소생할 것 같지는 않았다.

죽음을 직면한 선주를 보는 순호의 가슴에는 큰 회오리 바람이 일었다. 걷잡을 수 없는 옛생각이 복받쳐 올라 왔다. 외롭고 의지할 곳 없는 두 생령이 서로 힘주며 믿고 살길을 찾아 멀리 이곳까지 왔다가 슬프게도 짝을 잃어버리게 되는 것을 생각할 때에 몹시 애닯았다. 그들이 처음에 푸른 하늘을 나는 새와도 같이 희망과 기쁨에 차서 멀리 자유의 천지망망한 들 만주로 가려고 우선 앞잡이로 서울에 와서 노자를 구하려고 하다가 이내 뜻을 이루지 못하고 스러지는 그들의 자취를 그 두 젊은 빨간 마음은 꿈엔들 보았으랴. 그들의 처음 작정은 서울에 두 달 있기로 하였다. 그러나 그것이 석달, 다섯 달, 열 달, 일년…… 그리하여 어느덧 이태가 되고……파노라마 같이 전개되는 지난 이태 동안의 추억! 각일각 영원한 해방의 생애로 돌아가는 동무의 옆에서 눈물 많고 피끓는 청춘의 지난 이태 동안을 고요히 돌아다보고 있는 한 많은 순호—새빨간 햇발을 뒤에 남기고 시름없이 넘어가는 한여름의 태양이 송림 사이로 그윽이 보일 때에 순호는 새삼스럽게 흑흑 느끼었다. 한 마디라도 더 많이 선주에게 이야기하고 싶은 생각은 그지 없었다. 그러나 말을 할려고 하면 울음소리가 먼저 나오니 어찌 똑똑이 선주가 알아듣도록 말을 할 수가 있으랴.

뒤 언덕 숲속에서는 웃음과 노래가 섞이어 들려온다. 신비한 황혼을 웃음과 노래로 맞는 그들의 축복과 감사에 순호는 또다시 쓸쓸하고 외로움을 느꼈다. 덧없고 고르지 못한 인간의 모양을 생각하였다. 몹시도 여위고 새까맣게 탄 얼굴에 진땀을 철철흘리며 누워 있는 선주의 모양은 이 머나먼 길에서 전전반측하는 험악한 인생의 화낭(畵堂)이었다. 그 핼쑥하고 살 한 점 없는 얼굴에는 불행과 운명에 사로잡히어 광명과 자유를 외치는 인생의 참패자가 허덕대다가 기진하여 넘어진 그림을 뚜렷히 볼 수가 있고 죽음 그것을 말하는 힘없이 감은 눈은 풀래야 풀 수 없는 인생의 '리들'[3]을 굳세게 표현한 활화(活畵)이었다. 그 핏기 없이 시들은 손목은 파란 많던 스물 세 해 동안의 인생에 젖은 가지가지 공포와 염통의 고동을 헛손질 할 때마다 인상화로 그리어 내는 것을. 그 주름잡힌 손바닥에는 지게 작대기 집은 그의 모양이 '이레스미' (刺靑)[4] 되어 있는 것을!

그이의 몸은 곳곳마다 목에도 뼈만 드러난 다리에도 점점 말라들어 가는 가슴에도 어느 곳이나 행복을 구하고 자유 해방을 그리는 인간의 가지가지 모양을 무섭게도 애처롭게도 분하게도 그려 놓았다.

아! 순호는 이 인생의 화당에서 길게길게 느껴 울었다. 우상같이 고개를 숙이고 꽉 앉아서 부질없이 헤매고 있던 순호는 선주의 울음 소리를 들었다. 그는 깜짝 놀라 고개를 들고 선주를 치어다 보았다. 이때는 벌써 해는 아주 져버리고 밖에는 전등이 반짝거리고 있었다. 저녁을 맞은 아무 심려 없는 사람(?)들은 아까 보다도 더 떠들고 젊은 계집의 웃음소리가 날 때에는 그들의 떠드는 소리는 더하였다. 순호는 어찌할 줄을 모르고 부르르 떨며

"아이구 선주, 왜그랴. 나는 어떻게 해!"

인생의 죽음을 처음 당하는 순호는 전신에 소름이 쫙 돋았다. 오직 하나인 선주의 사랑과 우정 밖에는 다른 아무 사랑도 따뜻함도 맛보지 못한 어린 순호의 가슴은 찌르르하며 맞방망이질 하였다. 그는 손으로 선주의 머리를 짚어 주며 울었다.

"아 순호 순호. 박명한 우리들은 인제는 영원히 떨어지는가봐. 순호 아무쪼록 우리가 처음에 굳게 맺은 언약을 끝끝내 성취하고 말게. 나는

---

3) 편자주 : 'riddle'(수수께끼)을 음차하여 사용함.
4) 편자주 : 'いれずみ'(먹물뜨기, 문신)

픽 괴로워 참으로 못견디겠어. 더좀 이 현실과 싸우지 못하고 사라짐을
생각하니 몹시도 괴로워. 나는 참 괴로워! 그러나 운명. 나는 영원히 이
곳에서 자취를 감추고 만다. 순호 순호 아! 순호……"

　이렇게 말하고 선주는 순호의 손을 끌어다가 가슴 위에 얹고 조그마
한 봉투를 쥐어주며 최후의 숨을 내쉬었다.

　순호는 그 자리에 엎드려졌다. 몸부림하며 뒤굴렀다. 세상은 고요히
검은 장막치고 안식의 꿈으로 들어가다.


(3)


　사흘 뒤 궂은 비 부슬부슬 내리는 어느 날 아침이었다. 쓸쓸하고 휑
한 묘원(墓原)의 풀섶 길을 비틀거리며 걷고 있는 수심 싸인 사람이 있
었다. 그는 어제도 오늘도 또 내일도 그가 이곳에 있는 한에는 날마다
선주의 죽은 영을 위로시키려 이태원 한발치어리(sic) 무덤에 다니기로
하였다. 그리하여 그는 반드시 아침 일찍이 무덤에 다녀온 뒤에야 할
일을 하려고 하였다.

　무슨 반가운 소식이나 전하여 주는지 쓸쓸한 묘원에 흐트러져 피어
있는 이름 모를 꽃 위에 소리 없이 속삭이는 궂은 비는 가뜩이나 설운
그를 한층 더 애닯게 하였다. 고요한 벌판의 적막을 깨트리는 섯은 어
기 저기에 내려 앉아 짖는 까치이었고 그이의 귀에 들려오는 것은 "워
하, 워하"의 죽음의 행진곡이었다.

　그는 흥분도 없는 선주의 무덤 앞에 앉아서 멍하니 앞만 바라보고
있다가 선주가 운명할 때에 쥐어준 봉투를 꺼내어 읽었다. 그는 어제도
이곳에 와서 읽었고 내일도 읽을 것이요 날마다 이 무덤 앞에 와서는

읽을 것이다. 그리하여 멀리 간 동무의 손수 적은 글을 읽고 그이의 따뜻한 말을 들으려는 것이다. 그이의 애닯게 돌아간 모양을 그리려는 것이다. 그 애끓는 글은 다음과 같았다.

사랑하는 벗에게!

나에게 가장 가깝고 나를 가장 많이 사랑하여준 순호여. 나는 이제 인생의 최대의 비애라는 죽음에 임하여 어찌 한 마디의 옛 회포를 드리지 않으릿까. 떨리는 손으로 앞을 가리는 눈물을 씻어가며 되는 대로 적나이다.

벗이여. 우리 둘이 같이 앉아서 샅샅이 저주받는 운명을 느끼어 운 적이 몇 번이던가. 주림을 이기지 못하여 느른이 길옆에 누워 있던 때는 그 몇 번이던가. 아, 동무여 나는 모든 것을 다 잊어버리려고 또 우리 둘의 앞길이 다복하라고 내 힘껏 애를 써온 것은 순호도 잘 알것이지요. 그러나 그악스러운 세상은 우리같은 힘없고 돈 없는 자는 영영 패배자로 만들고 마니 어찌 불평이 없고 저주가 없으리요. 나의 몸은 끝끝내 저주에서 삶을 받아 저주에서 살어지고마도다.

벗이여.

우리 두 형제(나는 마지막으로 이 말을……)가 지난 유월 그믐께 만났다가 헤진 뒤로 나에게는 가장 무겁고 아픈 번민이 무슨 새삼스러운 갱생이나 가져다 줄 듯이 밀리는 조수 같이 닥쳐왔습니다.

아 동무여, 나의 아우여.

우리 둘이 늘 말하던—그 언젠가는 서로 말다툼까지 하며 토론하던 '삶과 죽음'에 대한 회의가 무슨 인과인지 나의 이 불쌍한 몸을 엄습하여왔습니다—무서운 병마와 같이 육체로 사는 인생의 비애—피와 눈물에 얽힌 나의 이 짧은 생애의 기록……삶과 죽음과의 그 상거에는 다만 기하학적 선이 있을 뿐 삶을 받음은 죽음의 입구 죽음 운명이 정해준 어둠나라에의 삶의 연장. 어제 만난 사랑하는 벗을 오늘 이별하고 따뜻한 봄바람에 활짝 핀 꽃송이가 어느덧 나는 서리바람에 영겁에서 영겁으로 흐르는 자취를 따라서 그 화편은 하나씩 둘씩……

동무여, 순호여.

내가 늘 말하던 '죽음과 삶'에 대한 두 가지의 의견을 들었을 것이지. 햄릿은 '죽음과 삶'을 다 같이 악으로 보았습니다. 삶도 고통 죽음도 고통. 그러나 죽음은 삶의 고통에서 영원히 해방되는 것으로 생각하였습니다. 그러나 그는 죽음의 공포 앞에서 전율하였어요. 삶은 고통 죽음은 무서워 이 두 가지 중에 어떤 것을 취할까? 그리하여 햄릿은 갈팡거리었습니다. 인간사회에는 달콤한 사랑도 있고 명예도 있고 돈도 있고 또 실패도 있고 부끄러움도 있지요. 그리하여 어떻게 되면 깊은 함정에 빠져서 지위있는 자는 명예를 잃고 부자는 가난뱅이가 되지 않습니까. 이리하여 그는 도리어 삶의 고통에서 벗어나와 죽음의 공포로 가려고 하였습니다. 그러나 그는 또 다시 생각하였습니다. 죽어서 무엇이 될까. 그리하여 죽음의 길에서 돌아섰습니다. 아! 어찌할까! 방황하는 생명아!

그러나 다른 한 가지 의견은 사도 바울Paulus의 것이었습니다. 삶도 축복 죽음도 축복. 두 가지가 다 감미한 것이니 어떤 것을 취하여야 더 좋을까 그는 주저하였습니다.

그러나 나는 햄릿의 의견이나 바울의 생각이나 어느 것이나 수긍할 수 없습니다. 지난 스물세 해 동안에 나는 별별 인간사회의 죄악을 다 보았습니다. 짓밟히는 가엾은 무리와 조금치도 깨닫지 못하는 짓하는 무리를 보았습니다. 그짓하는 무리가 삶이 고통이라는 것을 안 때에는 그만 사람이라는 것으로의 행복을 다 같이 나누려고 하겠지요. 그리하여 축복 많은 죽음을 기다리겠지요. 종교에는 "죽음은 무한한 계열(系列)의 처음이라"고 하는 말을 들은 적이 있습니다. 아우여 벗이여.

나는 병석에 누은 뒤부터는 마음이 퍽 안정되었었습니다. 고요히 눈감고 공상하는 것이 어찌나 그리 좋았는지! 그러나 나는 고통 많은 이 세상에 삶을 축복으로 믿는 사람(순호)를 위하여 더 좀 싸워 보다가 안식의 죽음으로 돌아가려고 하였으나 이렇게 일찍이 죽는 것이 나의 운명이니 나는 아무 것도 원망하지 않고 편히 죽을 날을 기다리고 있습니다.(아마 그 날은 모레쯤 되겠지) 그러나 나의 가장 사랑하는 미쁜 동무 순호와 떠날 생각을 하니 눈물이 하염없습니다. 아! 눈물. 눈물있는 곳에는 해방도 설움도…….

순호여

죽음의 행복으로 들어가는 나를 축복하여 주시오. 이 고생 많이 한 선주를 죽음의 오아시스로 돌아가는 이 힘없는 고기덩이를. 맑은 샘 흐르고 푸른 숲 우거진 오아시스로 나는 고요히 걸어가도다. 광막한 사막의 나그네에 여지없이 목말러 넘어진 이 몸에게 이 오아시스는 생명수를 먹여주도다.

순호여 아우여.

나는 끝으로 재주있고 총명한 나의 사랑하는 아우를 위하여 두어 마디 더 적으려고 하나이다.

줄인 배를 채우려고 자진하여 거짓말을 하고 경찰서 유치장에 넣어달라고 하는 그러한 그악스러운 현실이니 부디부디 아닌 것 하지 말고 삶을 위하여 헤매는 불쌍한 사람을 위하여 끝까지 분투하소서. 틈만 있거든 도서관에 가서 어학 공부 많이 하소서. 그리하여 우리들의 처음 목표를 벗이여 끝을 내소서.

8월 20일 넘어가는 햇발이 빗겨 비칠 때
영원히 가는 박선주 사룀.


순호는 무덤 앞에 엎드려졌다. 궂은 비 내리는 아침 날에 느껴우는 울음소리는 적막한 묘원을 지나 처량하게 들리었다.


(4)


한 달 뒤 어떤 날 이른 아침이었다. 하루살이 벌이꾼의 시장에는 수많은 주림의 떼가 꾸역꾸역 모여들었다. 마치 벌통 속 같이 그 수선하고 시끄러운 마당은 현실의 축도이었다. 어른, 아이, 계집 할 것 없이 밥의 예찬가를 부르고 있었다. 그러한 가운데 한 편 구석에는 기운을 잃고 혼하여 넘어진 세 사람이 있었다. 그 중의 한 사람은 백발노인이었다.

그 많은 사람들 가운데에는 순호도 있었다. 주먹을 불끈 쥐고 이리저리로 돌아다니며 그 많은 사람의 하는 것을 보고 있던 그는 그 노인을 보았다. 그는 묻지 않고도 노인이 왜 누워 있는 줄을 잘 알았다. 그는 그 노인의 앞으로 가서,

"여보서요 노인. 좀 참으십시오. 내 곧 무엇 먹을 것을 변통하여 오리다" 하고 자기가 신었던 고무신 새 것을 벗어가지고 벌이꾼 속으로 들어갔다. 사실 그도 어제 아침을 조금 얻어먹고는 이때까지 굶고 있었던 것이다. 그는 그 고무신을 들고 외쳤다.

"야, 여러분 여러분은 피가 있거던 내 말을 들으라. 지금 우리와 똑같은 환경에서 벌이를 얻으려 이곳에 온 백발 노인이 있다. 그러나 그는 굶었다. 밥을 먹지 못하였다. 그리하여 간신이 이곳까지는 왔으나 그만 기진하여 넘어져 누워 있다.

보아라 여러분. 아 저기 저 구석에 넘어져 있는 그를 보지 못하느냐? 아 누구든지 돈이 있거든 이 고무신을 사시오. 다만 이십전에. 여러분 저 주린 노인을 구하려거던 이것을 사거라!"

그는 경매하는 격으로 외쳤다. 한참 동안 그들은 아무 반향도 없이 다만 눈을 휘둥그리며 떠들고 있었다. 참말이지 그들에게는 이십전이라는 돈도 없었던 것이다. 순호는 또다시 외친다.

"아 여러분 여러분. 저 불쌍한 노인을 그대로 둘 터이냐. 이십전이 없거든 다만 십전이라도 내고 사거라. 오직 십전 십전 십전……"

이때에 한 편 구석에 실심하여 앉아 있던 한 아주 어린 아이가 비틀거리며 걸어 나왔다. 여러 사람들은 그 아이만 치어다 보았다. 그는 하는 말이

"여보 여보 그 신을 신으시오. 이 내려쪼이는 불볕에 신이 없이 어떻게 한단 말이요! 그 신을 신으시오. 그리고 이것을 갖다가 그 노인에게 드리시오"하고 대잎에 싼 조그마한 뭉텡이를 내어준다. 다른 사람들은 별안간에 떠들지 않고 고요히 그 아이만 치어다 본다. 아! 그 장엄한 순간! 그는 이어서 하는 말이

"여보 나도 굶었어요. 그러나 오늘이나 벌이를 잡을까하고 이곳에 오기는 왔으나 오늘도 또한 얻지 못하였어요. 나는 오늘도 굶어야 한다. 아! 여보시오(그는 운다) 이 된장이나마 그에게 갖다 주시오. 이것이 비록 먹을 것이 되지 못하나 그 노인이 좀 핥기만 하여도 얼마간 나을 듯하니 빨리 갖다 드리시오! 우선 굶어 넘어진 사람부터 구하여야 한다.

나도 오늘 저녁 때면 길바닥에 쓰러지고 말것이요. 아! 얼른 갖다 주시
오. 그리하여 다만 조금이라도 번 정신이 나게 하시오!"

그 소연하던 인간 지옥은 야심한 거리같이 고요하였다.


(5)


넉달 뒤 무섭게 추운 겨울 어느 날 순호는 거뜬한 마음으로 놓여진
새가 넓은 들판을 자유롭게 날듯이 기쁜 느낌을 금치 못하며 하얼빈
정거장에 내리었다.


놓인 새


노래하며 날으는
너 놓인 새야
그립던 너의 곳으로
한숨에 날아가는구나


너는 이제부터 놓인 몸이다
오래 동안 간히었다 놓인 네 몸이
반가운 새 세상을 내려다 볼 때
아! 감격의 눈물 너는 지저귀도다


놓인 새야 너는
구만척 높은 산에

보금자리 칠 수 있고

황량한 넓은 들을 끝까지 날 수 있다


　(죽음과 삶에 대하여서는 더 쓰고 싶었으나 이 소설에는 그것이 본의가 아님으로
그만두었다)

# 現實의노래(2)

"Song Of The Open Road"
- 이 小詩篇을 Walt Whitman이 본다고하면 -

『문우』5호 1927. 11

여름-여름의한낮

赤熱의햇빛이 흘으는땅우에는

生淸과運命의 어지럽은交響樂이한창이다

타박타박한鋪道―그우를지나는 役夫의群團

機械의橫行-빛나는電車線路

幻惑에찬거리-산듯한麥藁帽子

그곳은 人生의소리치는大道-삶의吐瀉物!


나물장사 老婆거지 新聞記者 남빛파라솔

陳列窓거울에빛이는 얼골―그얼골

代書所골목―六法全書의巢窟

예수장이한떼—禁酒號

…………

………………

………………



무섭게헤틀어진現實은 慾과愛 作用과及作用의
四面狹擊을받어
밤낮으로 무겁은呼吸에허덕대인다


새빨간 쇳ㅅ물같이 여름해ㅅ발은
길바닥에輻射되여 빠지직소리를낸다
개는 응달에헐덕어리고
都市의血管에는 微風조차없다
瞳孔의交錯 印象派의處女 Face-powder와땀……
오! 新鮮한만나 抱擁의노래가
陰影진커테인속에서 흘너나온다.


*　　*　　*



現實의눈알은 달어서빨갓코
幻像과缺乏에떠는 그肉體는
침침한그늘에서 헤매인다
어둡은感情은 眞理를눌으고
그이의慾情은 滿足을求하나
그핼식한눈알은 本能의주림에무섭기도하다.

巨重한現實!

生과思索　生과煩惱　生과慾求

이부대낌의事實이「征服」과「鬪爭」을낫케하였다

生의擴充　生의鬪爭……

現實의生活者에게새 建設을재촉한다


아! 마음것벋은大道를내다보라

久遠한營爲의行列에서

反逆의信者는 소리처외치네

반달리슴과새建設을!

죽엄만公理인現實에서

第二의新軌道로추창해오라외치네!


(二六, 七, 十一路上一瞥)

# 첫봄의새벽

『문우』5호 1927. 11


곤하게 하로밤의단잠을자고깨니

마음에거리끼는것은 아무것도없다


이불속에들었든 손을내여서

눈을비비고 기지개를켜니

새봄냄새에 물올으는가지같이

산듯한새힘에 넘치는몸은

우지직 우지직


먼동이터서 문살은히끗히끗

옆집에서는 대문여는소리가 빠드득난다

눈동자를굶이어 방안을휘둘너보니
희미하든반자문의가
차츰차츰 똑똑이보여온다
고요히새는 새벽의한울에서
뭇별이 하나식둘식차최를감출때
세상의사람들은 둘식셋식길로나아가며
삽북삽북 발소리낸다


『상굴드렁사……려……』


신선한공기에결을일우는
힘껏토하는 삶의외침은
각각으로무겁워가고
곱게사렷든 어둠의실마리는
소리없이거치어간다
이리하야새벽은고요히새고
식전 아침 한나절……저녁
다시래일새벽이된다.

# 님생각

『문우』 5호 1927. 11

솔닙의 눈송이에

빗외이든 저달이

오늘밤은 첫봄의버들가지

새여듭니다

누릇누릇 눈뜨는 소리쟁이싹

턱없이반가워라 새봄의소식

오늘밤은 나물캐는보구니에

새여듭니다

고요할손 들우에

지나는바람

말붓처 뵈오랴나

자최없고나
달빛을가로잡어
말붓처 뵈오랴나
자최없고나
밤을기어 고요히
꿈을꾸어도
달빛받는 그림자는
하나이고나
처량히 노래해도
달빛받는 그림자는
하나이고나

(三, 九)

# 새쌈의 宣言

『청년』 제8권 제2호, 1928. 3.

一, 거칠은땅우에 자유의씨뿔여서
　건설의새싹을 붇돋을젊은이를
　왼손도맨주먹 발은손도맨주먹
　힘차게외침은 새쌈의노래일세.


二, 나오라모여라 피끌는동무들
　걸은돌밭갈어 새열매건우세
　헐이띠조이고 맨발로나가서
　우리의새살림 같이즐거들세.


三, 울불며웃으라 눈물의동무들

새쌈의새연장 만들지안켓나
괭이와낫에는 새자루맞우고
톱과끌갈어서 괄안날세우세.

四, 호령소리난다 발맞어라동무들
먼동터해돋아 반갑게빛의도다
장만한연장에 있는힘다하여서
새집지어놓고 한테모여춤추세

# 비

『청년』 제8권 제2호, 1928. 3.


그리워애절이든 얼굴에
님보고흘리는 눈물같이
오늘은반갑은 비가옵니다
긴감을격고난 말은땅우에
오늘은아침붙어 비가옵니다.


비맞어서갓득이 깃븐데다가
바람은가만히 속색임니다
버들닙은흐르륵 후두둑하며
고마운비줄기에 늣겨씀니다
늣겨떨며오는비를 맞이함니다.

고요히죽죽나리는비는
논귀의적은 웅뎅이에
사랑에찬삶의물을 부어줍니다.
타들든어린모를 얼으만지며
단비는죽죽 쏟아짐니다.


맨발로괭이들고 뛰는저농부-
저편논두둑에서는 모춤던저요-
쓰레채언진소를 몰고가는애
아! 반갑은이단비에
세상은고맙어 늣겨썸니다.

(二七, 六 청량리에서)

# 乳房と蟬

『청량』5호 1928. 4.

暮れ行く黄昏の静けさは

砂漠のごと……

空に輝く星の蒼光は

若き闘士の 戀に醉ふ眼ざしのごと…….


さゝやかな清き流れに沿うて

ポプラが三四本, 農家が一つ

美しいオアシスに

夕風はそよと吹いて來る.


仕事から遲く歸つて食事を濟ました家族,

母の豊滿な乳房は 尊き生を營んで居る.

かすかな燈は 吐息で舞ひ

若き亭主は背中の汗を兩手で拭ふ.


螢が草むらの中から飛び上つた.

蟬は安き睡りに入るまで求めて−啼き止まない.

生命の强き叫ひである´眞なる生殖−新しき創造への歌である.

お丶億ど劫はの行進よ´止まめひよ!


靑新な朝の元氣−赤兒の泣く聲……

薄黃な夕暮の靑年の胸……

妻の乳房´蟬の歌……

永遠の生命に宿る聖なる神秘よ.

# 철학의 일반화와 속류화

### - 한치진씨의 하기 강좌를 읽고 -

『조선일보』 1930. 10. 11-25.(총11회)

전통의 기반(羈絆)에서 벗어나오기는 어려운 일이다. 그것의 편견과 반대를 분쇄하여 버리고 발랄한 행동과 감격의 거리로 나아옴에는 주의깊은 자기성찰도 필요하겠지만 사회의 역사적 발전의 이세(理勢)에 대한 거중(巨重)한 통견(洞見)을 해득하지 아니하고는 어려운 것이다. 필연적 새 출발에 대한 전통의 반동적 작용은 흔히 그것의 역사적 축적을 토대로 하여 비록 지속력은 가지지 못하였다 할지라도 거대한 활동을 영위(營爲)한다. 그리하여 그 위에 북돋아진 온갖 관념형태는 하등의 사고와 파악도 없이 새 영위의 진행에 대한 사별하여가는 정신의 후예를 단절시키지 않겠다고 악착(齷齪)하는 것이다. 그것의 노력이 비록 비장하고 진지하다 할지라도 그것에 내포된 반대자의 영위는 소호(小毫)도 그 비장에 대하여 가엾어 하지 않을 뿐만 아니라 그것의 진지에 대하여는 가석(可惜)없는 극복에의 이론과 실천이 정비되어 있을 것이다.

*　　*　　*

그러나 그 전통의 반동적 작용이 너무 몰염치하고 비겁일 때에는 도리어 어떻게 그것을 이론짓고 반성케하여야 할는지 도무지 알 수가 없는 일이 왕왕 있기도 한 것이다. 비록 종래의 학적 생명을 상실한 학설이나 이론이 새 가면과 조각보 모으듯이 맞춰서 변장하여 등장한다 할지라도(사실로 과거 한 학설이 새 해석과 가공 하에 다시 흥기하는 일이 있는 것은 우리가 철학사나 그 외에 많은 이론적 학문에 있어 발견할 수 있는 것이다. 그러나 그것은 결코 조각보는 아니다—) 그만한 노력 가운데에 무엇이든지 집어낼만한 건더기가 있을 때에는 도리어 그것에 대한 노력만은 경의라도 표하고 싶어도 한 것이다. 그러나 수많은 대가들의 역작 중에는 간혹 비록 그들은 난해의 것을 일반화(인식론상의 용어로서의 일반화가 아니라 오직 보통의 관용례가 지시하는 일반화 즉 평이화, 대중화를 의미한다) 한다고 하더라도 그것이 진정한 일반화가 아니라 곡해에서 나온 속류화에 지나지 못하는 것이 있음을 발견할 수 있는 것이니 그 때마다 우리는 고소(苦笑)하지 않을 수 없는 것이다.

*　　*　　*

이제 나는 '철학의 일반화와 속류화'에 대하여 생각한 바를 말하겠으나 '서브타이틀'로 쓴 것과 같이 한치진韓稚振(1901-?) 씨의 「철학상으로 본 생존의 의의」[5]의 독후감을 중심 삼아 수자(數字) 적어보려 한다.

나는 한씨의 종종 발표되는 논문을 얻었더라면 이번의 그의 논문을 이해하기에도 좀 도움이 되었을는지 모를 것을 나는 그것들을 읽을 열성을 가지지 못하였었음을 유감으로 생각한다. 단지 해(該) 논문에만 의거하여 한씨의 조예를 촌도(忖度)하는 것은 조계(早計)일는지 모르나 나는 될 수 있는 대로 그것에 충실하려고 한다.

*　　*　　*

우리는 전통의 요인에 제약되는 많은 생활을 본다. 그리하여 비록 주관적으로 현실적인 태도에로나마 전향(轉向)할 수 있는 사람은 자력(自力)의 무기력을 느끼기도 할 것이오 자력의 충만을 누리기도 할 것이다. 그러나 대개는 자력에 대한 불만과 새 발전에 곤뇌(困惱)를 가지고 있을 줄로 안다. 그리하여 이 새 발전에 대한 곤뇌에서는 반드시 어떠한 형태에 것으로든지 행동에까지 분화되는 추진력이 용솟음칠 것이다. 그 새 발전에 대한 추진력의 용솟음이 있기 때문에 곤뇌가 있을 것이므로이다. 그리하여 자력을 제약하며 규정하는 과거의 전통적 형체를 박차고온 티쉬[6]한 실천이 마련될 것이다. 이때에 비로소 광휘있는 tun(한다)[7]은 시작된다. 그러면 그 tun은 무엇인가. 이러한 tun은 현상학에서는 '아우스솰텐'되는 tun이다. '학의 철학'에 있어서는 인식대상

---

5) 편자주 : 한치진, 「철학상으로 본 생존의 의의」, 『조선일보』 1930.7.29.-8.2(총5회)

6) 편자주 : tish(부풀리다)를 그대로 쓴 듯.

7) 편자주 : tun은 독일어 동사 '한다' '행하다'의 뜻. 신남철은 이 시기 고정된 번역어가 없거나 번역이 거의 불가능한 철학 용어는 물론 번역 가능한 말도 직접 원어를 사용하였다. 이에 대한 설명은 강영안, 『우리에게 철학은 무엇인가』(궁리, 2002) 중 「독일철학의 영향을 받은 용어-신남철의 경우」(200-207쪽)를 참조할 것.

의 대상인식에 대한 관계의 후기적 결과형태라고도 말할 수 있을 것이다. 또한 '순수지속' 즉 '생명의 연관'이라고도 '생의 철학'에서는 볼는지 모른다. 그러나 나는 이것을 그렇게 이해하기에는 너무도 생활과 접근한 실천적인 것이고 수평적 차원이라고 생각한다. 그러나 또한 그것은 역사적 필연성 하에 토대지어진 것이라고 생각한다. 그러면 이 tun을 어떻게 파지(把持)하여야 할까. 그것은 생활 그 자력이요, 생활과 부즉불리(不卽不離)인 실천 그것이다. 다시 말하면 그것은 변증법적 발전의 일(一) 계기로서의 tun이라고 생각한다. 수평적 차원에 있어서는 접근자에 대한 갈등이고 역사적 필연성 하에 있어서는 선행자에 대한 갈등이다. 이 갈등은 필연적으로 일자(一者)의 타자에 대한 부정을 초래하리라. 그리하여 부정의 부정이 생(生)할 것이다. 이 부정 및 부정의 부정의 계기를 나는 tun이라고 생각한다. 아니 그 계기를 나는 tun이란 단어가 표명하는 내용과 동일한 현실적 내용을 가졌다고 생각하였음으로이다. 이 tun의 내용은 비윤리적임을 나는 안다. 그러나 나는 우선 나의 이 소론을 발전시키기 위하여 다시 더 상론할 여유를 가지지 못하였고 또 더 이상의 해결을 필요로 하지 않음으로 tun의 해석은 이것에 그치려 한다.

*　　*　　*

그러면 이 tun 해석은 변증법적 발전의 계기를 어떠한 형태에서 문제삼을 것인가까지도 문제삼지 않으면 아니될 것이다. 이곳에서 wie tun?(어떻게 할까), was tun?(무엇을 할까)의 양자가 문제이라고 생각한다. 전자는 논리적 해득에 대한 구조의 해석 및 행동의 방법을 후자는 긴급한 효과적인 목적 의식에 강렬한 적극적 실천을 지시하는 것이라고 하겠다. 이제부터 나의 한씨에 대한 생각의 일단이 실마리 풀릴 것이다.

*　　*　　*

재래의 전통적 학자(나는 진취적인 학자들에게 대하여 그렇지 않은 학자들을 그렇게 우선 부르겠다)들은 세밀하게 모든 현상을 분류하는—마치 도서관의 '카드'함같이 또는 통계학자의 '그래프'같이—현학적 번쇄(煩鎖)에서 살아나왔다. 물론 그 분류는 다대한 편익을 지래(持來)하였고 또 단지 그 분류에만 그치지는 않았다. 그러나 그것들은 그 분류 이상의 것은 되지 못하였다. wie tun?만을 문제삼았고 was tun?은 등한시하였다고 할 수 있을 것이다. 방법론에서 암중모색하느라고 여가가 없을 지경이었다. 칸트Immanuel Kant(1724-1804) 철학에서 wie가 그 얼마나 중차대한 지위에 놓여 있는가를 우리는 지적할 수 있다. 열 두 범주가 '여하히' 대상에 관계하는가 등의 wie—그러나 그 분류된 열 두 범주는 쇼펜하우어Arthur Schopenhaur(1778-1860)가 조소한 것 같이 맹창(盲窓, blind fenster)인 것이 있을 만치 그들은 부자연하게 wie를 중요시 하였다. 방법론의 순수화가 직접의 실천에 대하여 도움이 되기는 하겠지마는 그것의 was?에 대한 강조도 하등의 적극적 관여를 재래(齎來)하지 못할 것이다. "종래의 철학자는 세계를 여러 가지로 해석하였다. 그러나 더욱 긴요한 것은 그것을 변혁하는 것이다"라고 한 그 누구의 말[8]을 우리는 이상에 논술한 것을 근거삼아 시도하는 동시에 레닌

---

8) 편자주 : 알다시피 맑스의 말이다. 식민지 시기 맑스를 언급할 때 이와 같이 그의 성명을 직접적으로 노출하지 않고 그의 유명한 진술이나 『자본』의 저자'와 같이 저서명을 적고 그 저자로 소개하는 방식이 사용되었다. 검열을 피하는 한 방식으로 보인다.

Vladimir Il'ich Lenin(1870-1924)의 저서 『Was tune?』(『무엇을 할 것인가』)의 의의가 나변(奈邊)에 있는가를 이해할 수 있을 것이다.

＊　　＊　　＊

이상에 나는 tun의 의의를 음미함으로 말미암아 전통에서의 이탈은 반드시 노력 부단한 새 진전에 대한 곤뇌(困惱) 하에서만 영위됨을 보였고 아울러 철학하는 태도의 약간을 표명하였다고 생각한다. 그러면 그 전통의 심연에서 탈각하지 못하였을 뿐 아니라 그것을 기망(企望)하지 않는 태도는 장래할 종합에 대한 정립의 양기자(揚棄者)로서의 그것의 반대자에 대하여 보수적이고 반대적인 역할 이외에는 하등의 존재 이유가 없음을 우리는 사상사의 책장을 넘길 때마다 경험하는 바이다.

이제 한치진씨의 해(該) 논문을 볼 때 비록 그것이 제한된 지면에 충분히 소회를 술(述)하지 못하였다 할지라도 무두무미(無頭無尾)하게 하래(下來)한 '생존의 비판'이 '실존탐구의 항해'를 항행(航行)하여 '인생 최후의 진영'인 '하나님의 성전'으로 그 '레퓨지[9]'를 구하고 말았다. 철학상으로 본 인생 즉 '우리의 유한하고 불철저한 인생'의 구극의 의의가 '하나님을 우리의 마음 속에서 떠나게'하지 않는 것이었다.(방점 필자)

＊　　＊　　＊

생존을 비판하여 천국의 복음에의 귀의라는 것을 기왕이면 더 철저

---

9) 편자주 : refuge(피난처)를 원어 그대로 음차하여 사용.

하게 입론하였더라면 그 철저함에는 잠시 발을 멈추고 경청하였을 것을 '철학적으로 본 생존'이 그 같이 천박하고 피상적임에는 더구나 상식, 과학, 철학 등의 개론적 입문적 구별을 경과하였을 우리의 한박사의 해(該) 논문이 '철학상으로 본 존재의 의의'와 '신학으로 또는 상식적으로 본 생존의 비판'(이상 필자 방점)을 혼동하여 결국에 가서 건더기 없는 맹물로 말라 버리고 말았다 하겠으니 간간히 역작을 신문지 학해란에 발표하시는 한박사로서는 반드시 무슨 중대한 원유(原由)가 있지 않고는 아니 될 것이다! 그 논문의 입론 과정이라든지 착안점의 추이라든지 또는 독자에게 대한 태도라든지는 그것을 '철학상으로' 운운하기에는 너무도 상식적이고 적요(摘要)적이다. 또 그것을 신학상으로 일고한다면 신학이 억울하다고 날뛸 것이다. 통속신학과 사변신학이 신앙과 정신을 또한 생존을 여하히 이해하는가는 신학교에서 교편을 잡고 계신 박사가 월등히 더 잘 구별하실 것이요 또 더 잘 아실 것이다.

＊　　＊　　＊

위에 별견(瞥見)적으로 그 논문의 대체를 훑어 보았거니와 그것의 불철저와 불친절은 위에 말한 반동적 의의 뿐만 아니라 일반화에 대한 속류화에의 퇴보를 소극적이라 할지나 주장하는 어법임을 우리는 지적하지 않으면 아니될 것이다. 전통의 사회(死灰)에 안주하여 사별한 정신을 십자군(十字軍)하는 태도가 의식적이면 의식적인만치 그것의 반동성은 큰 것이다. 이제 한씨가 소위 '철학의 의의와 범위'를 명확한 형태에서 파지(把持)하지 못한 대다수의 신문독자를 예상하고 그들의 이해를 설사 불가능한 것일지언정(결코 불가능한 것은 아니다) 명확한 형태에까지 상승시키기 위하여 평이화를 주안으로 하고 집필하였다 하더라도 그것은 상술한 막연한 기독교적 사유 하에서 나온 더구나 독일적 '뎅크와이세'로써 볼 때는 도무지 이론적 결함이 있는 듯한(도리어 그것이 특색이나) 아메리카적 '뎅크와이세'에서 나온 '본체론' 이외에는 아무 것도 아니라는 것을 명백히 하여야만 할 것 같다.

＊　　＊　　＊

이 점을 가지고 곧 속류화에의 퇴보라고는 못하겠으나 그것의 반동적 의미에 있어서 속류화이고 진부한 통속신학적 입장에 서서 생존을 조박(粗朴)한 신의 지배하에 예속시킴으로 말미암아 그것을 '철학상'의 해석이라고 하는 점에서 속류화이다.

그는 일반화—수개인(數個人)의 전유물 같이 보이는 철학의 임무와 불가결을 가능한 정도까지 그것의 엄밀과 독자성을 상실함이 없이 대중의 실천에 대한 이론적 무기로써 소유케 하는 것은 기도(企圖)하다가 도리어 반동성과 조박한 상식론으로 추락한 그것의 속류화를 결과하고 말았다고 나는 호의로 해석하려 한다.

이제 철학의 일반화에 대한 더 명확한 해답을 요구하지 않으면 아니될 줄로 믿는다. 철학이 끝끝내 절대정신의 이념학이요 제1원리의 탐구자이며 처구극자 혹은 일반자의 학문이라고 하는 입장에 서 있는 한에는 그리하여 순연한 개념의 유희에서 그칠 때에는 그것의 일반화는 도저히 기망(企望)하지 못할 바이다. 철학이 그러한 한에는 언제든지 최상위자를 설정하고 그것으로부터 사상을 부감한다. 그것도 언제나 형이상학적이다. '빌클리히'한 생활에서 사유하면서도 그 사유의 결과는 늘 현실과 유리한 보편자의 경지이었다. 그러므로 그것은 사색적 천재의 스스로의 왕국인 동시에 유일(唯一)이었음으로 그것을 일반인의 소유로 만들기에는 도저히 불가능한 것이었다. 그러나 포이에르바하 Ludwig Andreas Feuerbach(1804-1872)가 그의 『장래의 철학의 근본명제』의 모두에 말한 "근세의 과제는 신의 현실화와 인간화—신학의 인간학(Anthro Pologie)에의 전화와 해소이었다"라고 부르짖고 비록 헤겔 Georg Wilhelm Friedrich Hegel(1770-1831)을 일면적으로 하는 평은 들을망정 신학을 우푸헤배한 이후로 철학은 현실존재와 그 거리가 다시없이 접근하게 되었다. 그리하여 라인강안의 2인의 유명한 변증법적유물론자를 거쳐서 현대에 이르러서는 철학 더욱이 사적유물론이 그것의 긴밀한 현실적 해석과 실천적 절대한 무기로써 일반의 소유가 되어 있음을 목전(目前)할 때 그 소이연의 불엄(不掩)할 사실을 발견할 것이다. 환언하면 철학의 일반화도 그것의 실천적 의의를 도외시하고도[10] 기도하지 못할 사실이다. 현재에 사적유물론이 절대한 대중적지지 하에서 이해되어가는 현상을 직시할 때 일반화의 진정한 의미를 회득(會得)할 것이다.

＊　　＊　　＊

상술한 바와 같이 한씨의 해 논문을 개관하면서 철학의 일반화와 속류화를 나는 선명하지는 못하나 대략 말하였다고 생각한다. 그러나 나는 또한 한씨의 그 논문을 조성한 5개의 부분을 따로따로 떼어 음미함으로 말미암아 그것이 철학의 속류화를 장만한 것 이외에는 아무 것도 내놓을만한 것이 되지 못함을 보이겠다.

경이는 철학의 모(母)라고 흔히 말한다. 아리스토텔레스Aristoteles

---

10)　편자주 : '도외시하고는'의 오식으로 보인다.

는 경이에서부터 학적 사색이 시작되었다고 말하고 헤르바르트Johann Friedrich Herbart(1776-1841)[11]는 의혹이 그것의 기원이라고 하였다. 그러면 이 경이라든가 의혹이라든가는 어떠한 것인가가 문제이나 오직 지적 욕구에서 용출한 '카오스'와 불안에 대한 반성과 탐구라고 말할 것인가. 사실로 놀래지 않는(ou thaumazein) 곳에는 철학은 시작되지 않는다. 그러나 우리는 일보를 진(進)하여 왜 놀래며 의혹하게 되었는가를 추적하여 보지 않고는 마지않을 것이다. 막연한 경이와 의혹이 무턱대고 '알기를 좋아하고 묻기를 좋아하는' 태도가 '만물의 실재와 의의를 애지(愛知)코자 하는' 것이라고 할 것인가. 절실한 경이와 사상에 즉한 의혹은 왕왕 천재적 섬광으로 우리의 위대한 교도자(敎導者, Paidagogos)[12]들의 머리를 둘러왔다. 그러나 그 경이와 의혹의 섬광이 비치게 됨에는 반드시 그것의 배후에 규정적 조건이 있음을 발견할 것이다. 우리는 학(學)의 발생을 촉진케 한 '이오니아' 지방의 사회적 정세를 망각하지 못할 것이니 신화(Mythos)로부터 이론(Logos)에 그리하여 이주(移住) 상무(商貿)로 인하여 문화재의 반입이 시작되고 또 이것과 전후하여 천문지리 현상에 대한 충동이 생기(生起)하게 됨을 따라 그들에게는 소위 철학적 사색(Philosophieren)이 싹돋게 된 것이다. 나는 이러한 철학사의 초보를 논술하는 번잡을 피하려 하거니와 모순 없이 합리적으로 해석만히면 철학의 임무는 완성되고 따라서 '대체로 생존의 비판인' 철학의 의식도 종료된다는 한씨의 소론의 천단(淺短)한

---

11) 편자주 : 독일의 철학자, 심리학자, 교육학자. 페스탈로치의 제자로 교육학에서 헤르바르트 학파가 형성될 만큼 영향을 끼쳤다.

12) 편자주 : 고대 그리스에서 귀족 자제의 교육상의 일을 돌보던 노예. 주로 생산 노동이 곤란하게 된 늙은 노예 등이 귀족 자제의 통학이나 신변을 돌보는 일을 하였다. Paidos(아이)와 agogos(인도하는 사람)의 합성어이다.

데에는 그것이 번쇄(煩鎖)임에도 불구하고 잠간 저촉할 필요를 느끼는
것 같다.

그들은 생산부문에 있어서의 부절한 활동을 진행하는 동시에 폭군
과 전통에 대한 반성과 타파를 마련함으로 말미암아 '자기자력을 알기
시작하였다'. 그리하여 일종의 정신적 한가(Skhole)를 얻었다. 이것은
결코 비활동적 퇴영의 것이 아니고 발랄한 실천 중에서 얻은 망중한이
었다. 그들은 이 망중한을 '필로소포스'(愛知者)로서 보냈다. 실천에서
얻은 경이와 의혹은 그들에게 새로운 영위와 발전을 재래케 하였으니
이때에 비로소 경이는 철학의 모(母)라는 진면목이 약동하게 되는 것
이다.


이제 한씨의 소론을 보건대 '생존의 비판'에서 출발한 '철학상으로
본 생존의 의의'는 대개 사물의 '유(有)하여야 할 것' 보다 지금 '유(有)
한 것'을 알기에 노력하는 탐정자(활동사진의 악한을 추적하는 탐정자!)로서
의 '철학의 정의와 실존 탐구의 형식'을 너무도 대담하게 철학의 근본
의와 그것의 발생된 근거도 구명함이 없이 자신의 조예를 십전(十全)으
로 공포함에 대하여는 그 용맹에 감복하는 바이나 그러나 비록 근소한
지면의 제한 하이라 할지언정 과대히 간단하고 생각한 여지가 없이 써
내린 속류화에는 사실로 고소를 금할 수 없는 것이다. 한씨에게는 철학
은 '대체로 생존의 비판'이었다. 오직 상술한 바와 같은 통속적 의미에
있어의 소박한 생존의 비판에 그치고 말았다. 그나마 '생존'에 대한 반
성이 있으면 모르겠으나 생존 그 자체에 대하여는 일체의 음미를 거부
하고 구단(苟旦)하게 '생존의 입각지' 더욱이 '현대'라는 수식어가 붙은
그것을 가지고 격화소양(隔靴搔癢)의 입론으로써 결정되지 않은 '생존'
을 비판하려 들었으니 그 비판이 긍번(肯繁)에 해당치 않을 것은 명약

관화이라고 하지 못할 것일까.

*　　*　　*

경솔히 '생존'을 비판(하물며 비판!)하려고 든 씨가 철학의 특자성(特自性)과 엄밀성을 파괴하고 그것에 대한 최대의 박해라고 할 수 있을 속류화를 결과하고 말았다. 나는 스스로 생각컨대 철학과 생존을 한씨가 논설하는 바와 같이 그 같이 평범하고 천박한 것은 아닌 줄 믿는다. 나 자신으로도 한씨의 그와 같은 '철학의 정의'와 '생존의 비판'은 할 수 있을 것이나 그러나 그것은 넌센스이다. 철학의 일반화는 사회 일반의 철학적 요구가 진지하고 치열한 때에만 그 당연의 귀결로서 사회화, 민중화를 대망할 수 있으나 어떤 일 개인의 어불성설의 철학적 노력으로는 기급(期及)하지 못할 것이다. 그때에 결과되는 것은 왕왕히 속류화―타락 이외에는 남는 것이 없는 것이다. 현금의 단계에 있어서 대중의 이론에의 '에로스'가 왕성하여 가며 철학적 욕구가 열렬한 유래를 탐색하여 볼 때 적어도 철학하는 사람은 그것의 소재와 근거를 간취할 것이다.

*　　*　　*

다시 철학은 그의 단서(端緖)에서부터 한씨의 발견과 같은 만연한 경이를 경이하는 것도 아니고 단지 지혜를 축적하는 것도 아니고 그 애지(愛知, philos sopia)는 신경지의 돌입이었고 존재에의 육박이며 묵은 질서에의 도발이었다. 그것은 철학사에 나타나는 인물과 학설을 기억하는 것도 아니고 인식론적 사상의 이론적 관계를 따지는 것만을 능사로 하지 않았고 또 하지 않을 것이다.[13] 그러므로 진정한 철학적 정신은 금일에 있어서도 의연히 반항적 정신에 충만하여 있는 것이다. 부단의 진행이고 투쟁이다. 그것은 가두(街頭)적이다. 그러나 소크라테스 Socrates의 가두적에서 훨씬 전면에로 진출한 가두적이다. 그것은 '실재를 탐구'하려 심연으로 '항해'하는 것이 아니라 구체적 현실의 제1의적 파악을 의식하고 있는 것이다. 위에서 wie의 해석을 논할 때 한 것같이 '질적, 양적, 일원론, 다원론' 등의 분류표에도 조금도 관여하지 않는다.

씨의 논한 형이상학과 우주론은 Sein과 werden과를 구별하고 육체와 영혼과의 대립을 논함으로 말미암아 자신의 '기계적 변천주의'와 '활정적(活精的) 창조주의'에 대한 견해를 술하였다고 보겠으나 그는 기원전 6세기의 철학자들이 세계발생기(世界發生記, ko Sogonia)에 있어서 이 전통적 일자(一者)를 구하였음에 대하여 경험에 조응하여 세계의 자연(phYsis)과 근원(aRkle)을 구하였던 것보다 더 진전된 형태의 주론(主論)이라고 하지 못할 것이라고 생각한다. 왜? 그는 '경험론을 자연히 다원론을 주장하게 된다'고 갈파한 경소(經騷)의 해석이 그로 하여금 소박한 실로 논(論)의 영역에서 일보도 탈출하지 못한 것을 예시함에 불과한 까닭이다. 나는 이곳에서 일원론이냐 다원론이냐 등의 진부한 이론을 되풀이 하는 우를 범하지 않으려 하므로 이것으로써 그의 '실재(이것은 형이상학적 시비자이다) 탐구의 항해'에 대하여 이상 더 운위하지 않겠으나 오직 한씨가 말한 것과 같이 데카르트René Descartes(1596-1650)의 물심이원론(物心二元論)이 단지 '심적 현상 및 물적 현상과의 관계는 어떠하며 어떻게 양자가 병존하게 되었는지 하

---

13) 편자주 : 원문은 '또 하지 않으면 하지 않을 것이다'이지만 문맥상 오식이므로 수정하였다.

는 모순 등을 합리적으로 설명한' 것이라고는 생각하지 않는 그에게 있어서의 사유와 연장은 그의 형이상학의 특색은 특색이나 또한 약점이었고 신에 대한 양개의 성(性)으로서 존재한 것이었다.

*　　*　　*

다시 시야를 확대하여 한씨의 언저리를 벗어나서 현재의 아니 "Zurrick zu Kant?" 후의 철학계를 좀 회고하여 보자.

18세기의 프랑스 유물론을 가지고 철학의 통속화요 그것의 골동화라고 분개한 비난, 공격, 중상 등의 온갖 훤소(喧騷)는 그것의 사회성 역사성을 배제하여 버린 것이었다. 그 훤소 또한 반대자로서의 근거와 이유를 가진 것이었으나 그러나 그것을 오직 객간(客間)에서 논담(論談)된 타락이라고 배격한 칸트에의 귀의 운동은 우리의 실천과 그 거리가 급격적으로 멀어져 갔다. 그리하여 로체Rudolf Hermann Lotze(1817-1881)가 말한 것과 같이 그들은 칼을 오직 날카롭게 하기 위하여만 가는 것과 같이 인식론적 연구는 비상히 세밀히 이론적으로 진행되었으나 그러나 그들은 물건을 베려고 그 칼을 가는 것은 아니었다. 칼을 갈 때는 반드시 무엇을 베려고 가는 것이라야 비로소 그 가는 의의가 생(生)할 것이다. 그러나 그들은 유독 날키롭게 하기 위하여 가는 것이었다. 인식론적 노작은 실천에 대한 관여에까지 분화된 때에 그것 독자(獨自)의 의의 보다 더 큰 술어를 첨가할 것이다.

*　　*　　*

그럼에도 불구하고 그들은 라메트리Julien Offroy De Lamettrie(1709-

1751)[14]의 『인간기계』에서 그 절정에 이르렀다고 볼 수 있는 18세기의 계몽사조를 철학의 속류화라고 지탄하였다. 그러나 그것은 한치진씨가 혼동한 것 같이(혼동은 구별과 유형을 내포한 그것에까지 분화될 필연성을 가진 것이라고 관찰할 수 있는 것이나 우리의 한씨에게는 그 형태에까지도 도달하지 못한 처지에 있다고 볼 수 있다.) 또한 그가 결과한 속류화와는 전연 반대의 것이었다. 그것은 내가 말하는 일반화이었고 결코 한씨가 지래(持來)한 속류화는 아니었다. 그 땅에는 이곳저곳의 객간(客間)에서 철학이 담론되었다. 그리하여 그것의 대중에의 침륜(沈淪)과 파지(把持)는 즉 실천과의 악수가 프랑스의 대혁명을 재래케 한 것을 우리는 도저히 몰각할 수 없다. 어떠한 역사가든지 프랑스 대혁명의 중요한 일 원인으로서의 계몽철학의 영향을 들지 않는 사람이 없음을 우리는 본다.

＊　　＊　　＊

우리는 19세기의 유물론에 대한 독일철학자들의 비난을 들을 수 있다. "칸트와 쇼펜하우어를 가진 우리 국민의 사이에 유물론이 그같이 보급되었다는 일이 그 얼마나 고약한 일이냐"고 파울젠Friedrich Paulsen(1846-1908)을 분개케 하고 '윌리목'으로 하여금 "철학은 이곳에 있어서 그 사점(死點)에 다다랐다"고 말하게 한 철학이 어찌하여 모스코바의 대혁명을 유기(誘起)하였는가를 생각할 때는 철학의 일반화가 즉 진정한 대중에의 침륜이 얼마나 의의있는 것인가를 잘 이해할 것이다. 그러나 그 대중화는 위에도 말한 것과 같이 대중 자신의 내적 요구에 의하여 기망(企望)될 바이고 결코 어떤 철학적 작위에 의하여는

---

14)  편자주 : 18세기 프랑스 유물론 철학의 대표자.

되지 않을 것이라 생각한다.

무슨 까닭이냐?

헤겔의 체계를 평이화하여 일반인의 단편적 지식으로도 이해할 수 있게 만든다고 가정하자. 이것에 대하여는 거의 불가능하다는 것을 누구나 첩첩(喋喋)할[15] 여지도 없이 시인할 것이다. 설사 성취하였다 하더라도 그것은 결코 '헤겔'의 전(全) 면목과 내용을 전하는 것은 되지 못할 것이다. 그 성취한 결과를 그 성취한이만치 일반화하였다고 볼는지도 모르나 그것은 위에 한씨가 결과는 속류화에까지는 미치지 않을는지 몰라도 또한 헤겔의 속류화라고 보지 않을 수 없을 것이다. 1인의 철학자가 그의 체계를 조직할 때에는 그 자신의 사유 내용을 담는 독특한 신어의 조출(造出)이 비일비재이다. 그에게 독자한 것을 재래의 의미내용을 가진 어휘를 가지고는 도저히 완전한 표출을 얻지 못할 때에는 종래 용어에 신내용을 담는 것만으로는 만족할 수 없는 것이므로 신어의 작성은 불가난(不可難)의 것이다. 새 술은 새 푸대에밖에는 담을 수밖에 없는 것이다. 칸트든지 헤겔 또는 후설Edmund Husserl(1859-1938) 등 난해의 장본인이라고 하여 비난하는 것은 부당한 일이다.

*    *    *

이제 헤겔에 있어서의 □□를 완전히 그의 자신의 사유에 대하여 이해하자면은 그의 독특한 어휘를 또한 그의 독자한 것에 배경하여 이해하지 않으면 아니될 것이다. 그가 신어를 조출한 인유(因由)가 재래

---

15)  편자주 : 재잘거리다.

의 어휘가 그의 독자한 것의 표출에 부적당하므로이었음으로 그것은 철학에 대하여 일반 상식 수평선에 처한 다수한 사람에게 이해되기에는 강(强)히 그가 부적당하고 재래의 공지(共知)하는 어휘에 의하지 않으면 아니될 것이다. 그것은 벌써 그의 특자성의 멸살을 초래하지 않을 수가 없을 것이다. 따라서 일종의 속류화를 결과케 할 것이니 헤겔이면 □□의 진면목은 도저히 회득(會得)하지 못하고 말 것이 아닌가?

그러므로 철학의 진정한 일반화는 대중의 실천적 또는 그들의 절실한 내적 욕구에 의하여 기망(企望)될 바이고 일개의 해석자와 주역자(註譯者)의 노력 그것이 곧 일반화를 지래(持來)하지는 못할 것이다. 물론 그 해석자나 주역자의 노력이 대중의 일반화에 대한 일환으로서 그 동의를 가질 것이나 그러나 그 해석자 주석자의 노력이 곧 일반화를 의미하지는 못할 것이다. 한 해석자나 주역자가 진정히 한 체계를 해석하고 주역하였다고 할 것 같으면 그것은 벌써 단지 일 해석이나 주석에 그치는 것이 아니라 그 체계를 토대로 한 새 것의 출생이고 다른 창작이라고 볼 수 있을 것이다. 엄밀과 정확을 그리고 심원(深遠)을 중요시하는 철학의 이해 더구나 그것을 외국어로 이식함에는 세심한 용의를 게을리하지 못할 것이다.

*　　*　　*

그러므로 나는 다시 한 번 말한다. 철학의 일반화는 대중의 스스로의 노력에 의하여 성취될 것이고 그 노력은 그들의 실천이 사회적으로 역사적으로 규정됨으로 인하여 '무용(無用)의 용(用)'이 아닌 현실적 욕구에 의하여 성취될 것이라고―그리하여 실천적 흥미가 문제결정의 요인이라고―

*  *  *

　이상과 같이 나는 철학의 일반화의 가능 여부를 사적으로 예시하며 논술하고 그것의 속류화의 철학에 대한 모독을 약술하였다고 생각한다. 이제 최후로 한씨의 해 논문을 다시 한 번 끌어내어 그 어불성설의 이론을 더구나 그의 생존의 이해를 배청(拜聽)하여보자—'실재 탐구의 항해'에 번득이는 일엽편주의 위태위태한 나침반 없는 심굉구원(深宏久遠)한 창해(滄海)에 대한 확호한 이해도 해도도 없는 항행을 잠간 그것의 가닿는 곳이 어디인가 응시하여 보자—

*  *  *

　적자생존과 우승열패의 다윈Charles Darwin(1809-1882)류의 진화론과 천문학적 이해 밑에 '현대생존의 입각지'를 구명하려 하신 씨의 태도를 나는 인정한다. 적어도 인류의 사유 내용이 풍부하여감을 따라 3차원의 세계는 4차원의 세계로 그리하여 우주의 범위는 무한대로 확장되어 나아갔고 따라서 세계관이 새로운 형태를 갖추어 나타나게 되었다는 점을 지적한 데에 대하여 나는 긍정한다. 그러나 씨가 4개 항목으로 적요힌 것이 얼마나 또 어떻게 생존의 입각지에 대하여 현대적 해석을 가져왔는가 또는 위에도 말한 것과 같이 생존의 의의를 파지하는 데에 대하여 기허(幾許)의 기여를 가져왔는가에 취(就)하여는 조금도 해답하지 않는다고 생각한다. 내가 독자에게 불친절한 태도라고 하는 것은 이 점이다. 하여간 '현대 생존의 입각지'는 그 출발에 있어서 당연한 태도이었으나 간요(肝要)한 점에 대하여 붙잡으려다가 놓친 감이 불무(不無)하다. 이오니아 지방에서 본 태양은 동에서 떠서 서로 회전하였으나 피사에서 본 태양은 지구와 그 지위를 전도하였다.

*　　*　　*

그 전도와 동일한 부피만치 굉대(宏大)한 세계관 인생관의 가치전도는 생기었다. 묵은 것 그릇된 것의 파기와 새로운 것 참된 것의 건설은 부단한 '레벤Leben'의 활동이었다. 또한 그것의 영위이었다. 철학적 정신은 이 활동과 당위에의 전진이고 동경이다. 경언(更言)하면 천동설이 지동설로 개변되자 일찍이 일어나지 못한 가치전도는 마련된 것이었다. 권위는 □□하였고 새 탄생은 곤□(困□)하였다. 한씨의 운위한 '생존'을 보건대 그 개념이 불분명하여 존재 일반을 지칭한 것 같기도 하나 나는 그것을 생(生)의 '레벤'으로 잡았고 그도 또한 그것을 지시한 것 같기도 하다. 그러나 그의 이해케 하는 현실 생활 일반의 지구상의 의의와 지구의 태양계에 있어서의 지위는 유동의 견지에서 노력함에도 불구하고 격화소양(隔靴搔癢)의 감이 불무하다. 대체로 이 같이 큰 문제이고 제정키 곤란한 문제를 사소한 지면으로써 해결(?)하여 보려고 아니 해석하였다고 하는 대달(大怛)한 태도가 벌써 그 출발에서부터 실패하였다고 생각한다.

*　　*　　*

다시 그의 실패는 '인생의 최후 진영'이란 통속신학의 비속(鄙俗)한 선악론에서 그의 출발의 노력적이었음에도 불구하고 결정적이라고 생각한다. 그가 '감성적'의 진의를 잘 해득하였다고 할 것 같으면 그리하여 그것이 사변철학의 의미에서 범속한 것은 사상한 것이 아니라 그것의 발단되는 곳에 진정한 사유는 시작되고 일체의 비밀은 그것의 문호를 개방하는 것이라는 것을 깊이 이해하였다면 좀 더 내용있게 악의 존재와 선의 그것에 대한 대립을 표출하였을 것이라고 생각한다. 그러나 그는 결론에 있어서 구경의 피난처로 '우주의 지배자 신을 찾았다'. 순간적인 육체적 속박을 탈각하여 진정히 자유로운 인격을 획득하는 것은 희망할 바이나 그러나 그것을 어떤 권위자를 설정함으로 말미암아 기도한다는 것은 생장하는 대중의 귀중한 본성과 진실한 창조적 박력을 위축케 하는 '철학상으로 본 생존'의 평범한 윤리적 속류화이며 따라서 지배계급적 의의 이외에는 소호(小毫)도 그 주의의 이유를 남기지 못할 것이다. '안경을 깨쳤으면 눈 상하지 않는 것을 대행(大幸)'(필자 방점)으로 생각하며 돈 일원을 실(失)하였으면 '십원'(同上) 잃치 않은 것을 다행으로 알려하는 '자포자기'하지 않는 구부러진 최선시(最善視)에서 우리는 무엇을 건져낼 것이냐? 나는 이 이상 더 그의 '노작'에 대하여 논급하지 않으련다. 그의 의도한 바가 비록 의식적인 것은 아니었다고 할지언정 그 결과에 있어서 철학의 속류화이고 반동적 잔재밖에는 아무 것도 초래하지 못한 것이라 하겠다.

*    *    *

이상에 나는 나의 하고 싶은 말의 대강을 표시하였다고 생각하나 그러나 ××와 ××에 대한 음미를 좀 더 이상으로 하지 않고는 부족을 느끼겠으므로 이 소고의 본의는 다 마치었다 할지라도 사족같음에도 불구하고 약간의 고안(考案)을 시(試)하여 보려 한다.

여기에 하나의 물체가 있다고 생각하자. 그 물체는 설사 어떠한 것이든지 우리의 눈앞에 그의 자연의 상태에서 현전하였다고 보자. 그 물체는 우리의 주관이 작용하든지 안하든지 그 물체 그대로의 상태에서 존재할 것이며 그 의미에 있어서 그 물체는 객관 자체이고 주관의 승인 이전의 일종의 초월적 존재이라고 할 수 있다. 그리하여 우리는 객관의 존재에 대하여 의심하지 않는다. 우리가 눈을 뜨고 사물현상을 볼 때에는 그 사물현상이 '있다'는 것의 명증성을 십전(十全)으로 승인하나 그러나 한 번 눈을 감을 때는 그 사상(事象)의 세계는 순간에 그 상태를— 눈을 뜨고 볼 때의 상태를 잃어버리고 말 것이다. 그러나 그렇다고 그 사상도 세계가 우리가 눈을 감음으로 말미암아 '있지' 않게 되었다고 생각하는 것은 망발일 것이다. 그 사상의 세계는 우리가 눈을 감음에도 불구하고 '있다'. 다시 말하면 주관을 떠나서도 객관은 '있는' 것이다.

＊　　＊　　＊

그러면 이제 '눈을 뜨고 본다'는 것은 무엇을 의미하는 것이냐의 문제가 생길 것이다. 우리의 상식일지라도 그것이 '상식'임에도 불구하고 우리가 현재에 사물을 '보고 있다'는 것을 승인하리라. 그렇지 않으면 우리는 '보고 있다'는 것을 승인하지 않는 것의 근거도 상실할 것이므로이다. 그 같이 우리는 사물을 '본다'. 망일(望日)의 만월(滿月)이 중천에 교교함을 보고 한 개의 돌알이 마당에 있음을 본다. 그 '본다'를 수정체에 비취는 광선의 작용이라고 생리적으로 또는 물리적으로 설명할 수 있는 것이나 그러나 우리도 그것으로써 '본다'가 무엇을 의미하는 것인가에 대하여는 하등의 해답을 얻지 못하였다고 하지 않으면 아니될 것이다. 망일의 만월이 중천에 교교함을 보고 한 개의 돌알이 마당에 있음을 보는 것의 '본다'는 주관에 제약되는 객관의 인식이다. 동시에 '본다'는 주관은 용인(容認)에 제약된 주관이다.

즉 교교한 만월과 한 개의 돌알이 주관에 대하여 시간 형식으로 또는 공간 형식으로 제약적이었다는 의미에 있어서 객관의 주관에 대한 제약이고 그것들을 주관이 그것으로써 그것 아님이 아님을 인식하였다는 점에서 주관에 대한 제약이다. 그와 같이 모든 오관(五官) 작용도 동일한 질서 하에서 설명할 수 있을 것이다.

＊　　＊　　＊

이상과 같이 주관은 객관에 대한 제약자인 동시에 객관은 또한 주관에 대한 제약자이다. 그러면 한 개의 사물을 보고 '그것이 무엇이냐' 할 때도 우리는 늘 우리의 본 중천의 만월이고 마당에 있는 돌알이라고 대답할 것이다. 다시 말하면 본 그것이 '어떻게 해서' '그것이 무엇—중천의 만월이고 마당 돌알—이냐'라고 문제를 제출할 때 일개의 사물에 대한 규정성은 완전히 결정된다고 생각한다. 그러나 문제의 긴요한 중점은 언제나 부동이다. 별언(別言)하면 제문제를 가장 간명하게(결코 粗한 설명이 아니라 복잡을 具有하면서도 그것이 외부적 관계를 명백케 하는 간명이다) 규정하는 것은 언제나 '무엇이냐'(was)이고 '어떻게 해서'(wie)는 아니다. 왜 그러냐 하면 wie는 언제나 주관적이라고 볼 수 있다. 즉 wie는 was에 이르는 다시 말하면 was를 파악하는 한 과정이고 수단이고 방법이다. was를 전제하지 않는 wie, 경언(更言)하면 wie만으로의 wie—독립한 wie는 자체로서의 근거는 가질는지 모르나 그러나 그것은 현실적 의의에 있어서 영(零)이므로이다. wie의 세계는 방법론의 세계이다. 방법론의 세계는 주관의 세계이다.

＊　　＊　　＊

한 개의 사상을 보고 그것을 일찍이 해안에서 본 중추(仲秋)의 만월로서 이해하거나 '안테나' 위에 걸친 사랑하는 '메첨'과 '아스팔트'를 산보할 때의 미감으로서의 하일(夏日)의 만월로 파악하거나 여하튼 만월이라는 was는 늘 동일한 적극적인 구체적 주어를 표명하는 것이나 중추의 해안이라든가 사랑하는 '메첨'과의 보도상의 산보라든가는 그로 하여금 일정한 대상인 만월의 파악에 대한 wie로서의 술어에 지나지 못한다. 그 wie는 각인각양일 것이다. 마당에서 혼자 거니는 한 개의 돌알을 보고 애수에 사로잡히는 시인도 있을 것이오 어제 개울가에서 옥순이가 가지고 놀겠다고 가지고 온 것이라고 이해할 아이보는 할머니도 있을 것이다. 어떻든 wie는 was를 전제한 때에 비로소 그 의의가 생할 것이다. 그와 같이 wie는 주시(主視)의 세계이다.

＊　　＊　　＊

이와 동시에 그 was는 또한 언제든지 일정한 wie를 통하여 이해될 것이니 wie의 내용이 변이됨을 따라 was의 주관에 대한 형태가 변화할 것이나 그러나 그것은 was에 대한 일면적 규정에 지나지 못하고 was는 언제나 was로서의 구체적 전체성을 가질 것이다. wie의 세계는 우리의 안에 있으나 was의 세계는 우리의 밖에 있다. 이것이 상술한 존재의 초월적 성질이라고 보지 못할 것인가? 눈을 감았더니 외계의 추악한 풍경은 사라졌다. 기아에 사무치고 횡재(橫材)와 살인에 가득한 도회의 풍경이 사라졌다. 그러나 그 건물 그 사람 그 밥통은 의연히 그것의 놓여 있는 장소에 있는 것이다. 우리의 눈감음에도 불구하고

was는 그와 같이 '있다'.

그러면 was에는 wie 이상의 것이 있는 것이니 그 was는 전부적(全部的)으로 어떠한 입장으로든지 인식되지 못하고 말 것인가? 그것은 언제나 그의 피안에 있는 것이고 그를 초월한 것일까?

＊　　＊　　＊

이 문제에 대하여 나는 늘 고통한다. 그의 초월적 성질을 인정하면서도 그것의 초월성에 대한 명확한 파지를 기망(期望)하여 마지 않는다. 즉 그 초월성을 초월성대로 파악하는 것이 아니라 그 초월성을 초월한 '생활'에까지 하래(下來)한 활용적 의의에 충만한 ××[16]로서의 이론적 파악을 기도하여 마지 않는 바이다.

나의 예술적 지향은 was를 was대로 정관(靜觀)의 심정에서 향락하려 하기로 하나 그러나 나는 나의 사유의 임세(任勢)가 그것을 허락하지 않음을 본다. 이 갈등은 나의 사유와 경험이 분화되고 발전되고 검토됨을 따라 귀착점을 발견하고 말 것인 것을 확신하나 더구나 나는 사유의 임세(任勢)가 예술적 지향을 이기고 나아가야만 한다는 것을 스스로 깨닫고 있는 것이나 현재의 나에게는 이 양자의 갈등이 나에게 한 큰 고통임을 인식하지 않고는 못 견디겠다.

＊　　＊　　＊

나는 나의 사유의 임세(任勢)가 예술적 지향을 극복해야만 하겠다는

---

16)　편자주 : 조판되어 있지 않은 부분임. 조판상의 실수인지 검열의 흔적인지 불분명함.

것을 자각한 것만이 벌써 나의 문제에 대한 반 이상의 해결이라고 생각하나 그러나 나는 나의 그 예술적 지향이 그것의 잔연(殘煙)을 어떤 때는 불길까지 올려치미는 것을 느끼는 것이다.

나는 지금에 자신에 대한 조그만 고백을 하는 여유를 가졌었으나 다시 우리의 문제에 돌아가 그것에 대한 음미를 계속하여 보자. 그리하여 이 소고의 제2의적 의의를 가진 한씨의 태도도 다시 한 번 살피어보자.

*　　*　　*

이상에 나는 was와 wie와의 관계를 고찰하여 전자의 객관적 초월적 의미와 후자의 주관적 방법론적 의미와를 대체로 지시하였다고 생각한다. 그러나 이상의 2개의 개념 이외에 제3의 다른 개념이 이곳에 필연적으로 상기됨을 보겠으니 그것은 원인 탐구의 개념인 warum(무슨 까닭으로)이다. 중천의 만월이 '무슨 까닭으로' 있으며 한 개의 돌알이 '왜' 마당에 있는가? 우리는 이 문제에 대하여 여러 가지로 생각을 굴리어 본다. 그러나 그 warum에 대하여는 도무지 완전한 만족한 해답을 얻을 수 없음을 발견하겠다. 망일의 만월이 중천에서 빛남은 지구의 인간에게 신의 전능적 권위를 시현(示顯)하기 위함이다…… 등의 warum 또는 한 개의 돌알이 마당에 있음은 옥순이의 장난감이 되기 위함이다…… 등의 □□[17)]이 우리의 이론적 욕구에 부합할 것인가.

*　　*　　*

---

17)　편자주 : 백지로 비어 있음. 오식인 듯. 문맥상 'warum'.

우리가 일개의 사물에 대하여 발하는 warum은 형이상학적 지향의 외부적 결과이라고 볼 수 있다. 중천의 만월이라든가 마당에 있는 돌알에 대하여 warum을 설정하는 것은 세계의 존재에 대하여 현실적 존재에 대하여 '무슨 까닭으로' 존재하느냐의 문제를 부여함에 불과하다. 이것은 다시 말하면 신학적 문제의 제기이다. 따라서 종교의 문제삼을 바이라고 생각하나 우리의 논리적 현실적 요구는 결코 그것에 만족하지 않을 것이라고 생각한다. 우리는 wie를 통하여 was를 파악할 따름이다. 중천의 명월이 교교함은 월(月)의 지구에 대한 천문학적 원리에 의하여 즉 wie에 의하여 설명될 것이고 결코 warum에 대한 문제라고는 생각하지 않는다. 그러므로 우리는 wie에 의한 was의 파악으로써 충분하다 하겠다. 종교의 문제로서의 warum은 was와 was를 문제 삼는 것과 다른 의미에 있어서 문제삼을 것이라고 생각한다.

＊　＊　＊

이제 한씨의 해 논문을 보건대 그것의 발족이 돌발적인 것이었든 아니었든 '생존'의 wis를 비판하려 들었다. 그리하여 '실재탐구'의 was를 '항행'함으로 인하여 '현대 생존의 입각지'를 세워보려고 하였다. 나는 그러한 한에 있어 그의 기도한 바의 형식적 외과읕 인정한다. 그러나 그것은 '최후의 진영'으로 '하나님의 성전'을 찾았고 더구나 그것의 내포에 있어 상술한 바와 같이 철학의 속류화 이외에는 하등의 소득도 재래하게 못하였다는 것을 이곳에서 다시 췌언할 필요는 없을 것이라고 생각하는 바이다.

*　　*　　*

　이상에 나는 was와의 관계를 생각하여 보았다. 그리하여 was를 일종의 초월적 존재라고 하였다. 그러면 이 초월성은 어떻게 하여 해석될 것인가에 대하여는 다시 여러 방면으로부터 이해하여 볼 수 있고 따라서 그것의 현실적 의의도 파지할 수 있을 줄 믿는 바이나 지금의 문제가 아님으로 이곳에서 생각하여 보는 것은 그만 두려고 한다. 이 was와 wie의 설명 방식도 체계와 방법 대상과 원리, 내용과 형식, '노에마'와 '노에시스' 등의 수많은 이원적 고찰방법과 같이 그 장점과 동시에 난점을 구유(具有)할 것이다. 사고와 존재와의 관계에 대하여 또는 경험과 경험의 대상에 대하여 한 개의 'X'를 남기고 있는 것이다. 이 'X'에 대한 고찰은 후일의 나의 과제이다.

　이 난잡한 소고를 끝마치고 나니 염열(炎熱)의 '럭업'에서 고생하는 □人의 동무의 울분이 나의 was에 대한 wie를 다시 없이 격동케 함을 느끼겠다! 나의 머리는 열정에 불타는 사변이다! 아니 사변에 불타는 열정인가?(8월 8일)

# 혁명시인 하이네

– 이성과 낭만의 이원고(二元苦)와 철학 –

『동광』 28, 29호 1931. 11-12.

그의 시집 『북해(北海)』에서 「의문」이라는 시 하나를 집어내 보자.

바다가에 쓸쓸하고 컴컴한 바다가에

젊은이가 혼자 서있다.

가슴은 슬픔에 차고 머리는 회의에 가득한데

그는 애닯게 입을 열어 창파(滄波)에 물었다.

"아 생의 수수께끼를 풀라

그 애닯은 예로부터의 수수께끼를"

…………

…………

창파(滄波)는 끝없이 출렁거리고

　　바람은 거칠고 구름은 흩어진다

　　별들은 무심히 찬 하늘에 빛나는데

　　어리석은 자는 그 대답을 기다리고 있다.


　하이네Heinrich Heine(1797-1856)는 회의의 심연에서 당시의 일반적 분위기이던 ‘세계고(世界苦)’를 연정과 애수로 지레질하는[18] 듯이 보이다가도 어느 틈에 사회와 인간에 대한 결정적 태도를 통쾌하게 호소적으로 표명하는 것이었다. 그의 풍요한 시상에 오는 대양의 노도같은 우렁찬 반항은 유태인이라는 민족적 멸시와 교수계급의 배타적 귀족적 생활에 대한 간단없는 조롱과 부정으로 결과하였다. 그러나 그 반면에 그는 또한 교수의 지위를 얻으려고 악착하였고 ‘놀데르비’에서 정양하고 있을 때에는 Von Heine라고 하여 자신이 귀족이란 것을 알리려고 하였다. (독일에서는 성에 Von이 붙으면 귀족임을 표시하는 것이다) 그에게 있어서의 일견 모순되고 반발하는 두 개의 방향이 끝끝내 그의 비극과 그의 안타까운 실연을 장만하는 것이었다. 바다에 대한 운율적 애착이 일종의 비장미를 내포한 서정에서 광하(光下)의 사구(砂丘)를 거닐며 잊히지 않는 연인 ‘아말리’를 생각하다가도 어느덧 그의 두뇌는 이성의 항구로 배질하는 것이었다.

　뇌리에 종횡으로 교차하는 무애(无碍)한 구상력은 핍박한 생활과 지배계급의 언론 강압을 명랑한 자유로운 새세대에 정화하려 하였다.

　그에게 있어서의 이 두 가지 이념은 그의 외부생활이 곤궁하였고 그의 대학생활이 의협적(義俠的) 추방도 겪었더니만치 혁명적 기개에 침윤되어 있었고 반면에 이상을 추구하는 관조적 정조도 지지않

---

18)　편자주 : 지렛대로 물건을 움직여 옮기다.

게 강렬하였다. 이성은 그에게서 그 적절하고 절실한 형태를 집어낼 수 있는 세계고를 2월혁명과 7월혁명에서 환희와 신념의 다음 시대에서 스스로 위안시키는 것이었고 낭만적 정서는 셸링Friedrich Wilhelm Schelling(1775-1854)과 슐레겔Friedrich Von Schlegel(1772-1829)을 중심하여 회권(洄卷)을 틀고 있던 역사적 사회적 귀동녀(貴童女) '광풍노도'를 폭발하고도 남을 열정의 흉리(胸裡)에 낙인하여 병고(그에게는 심한 두통의 지병이 있었고 만년에는 안질과 반신불수로 종신하고 말았다)와 사라진 '아말리' 자매에 대한 애상을 화인같이 이르집어[19] 보는 것이었다.

지금은 이성을 부려서
모든 우둔(愚鈍)을 내버릴 때다
나는 오래동안 희극배우로서
너와 같이 희극을 하여 왔다.

화려한 배경은
너무 로맨틱한 모양으로 그려졌었다.
나의 기사복은 금색으로 빛났고
나는 너무 정미한 감정을 느꼈다.

인제 니는 근신하어
미친 요설을 내버리련다.
그러나 내가 희극을 연(演)할 때 보다도
나는 자신의 불행을 느끼는 것이다.

---

19)  편자주 : 오래전의 일을 들추어내다.

　　아 심장은 무의식하게

　　무엇을 내가 느꼈나 하고 말한다.

　　나는 죽음과 같이 나의 가슴에서

　　힘없는 격검(擊劍)을 하였던 것이다.


　이성과 낭만의 이원고통에서 자신의 처신할 곳을 두루 살피어 보았다. 교수의 지위를 기망(企望)도 하여 보았고 괴테Johann Wolfgang von Goethe(1749-1832)를 방문하여 무슨 새 충동이나 얻을까 하였다. 그러나 그에게는 비스마르크Bismarck(1815-1898)의 통일적 혈철(血鐵) 제국이 바야흐로 완성하려던 반동 독일의 제 지배적 기구가 박해와 적시(敵視)의 날카로운 이빨을 악물고 있을 뿐이었다. 자유민권의 사조가 7월 14일의 '바스티유' 공격에서 그것의 장년의 고비를 넘어서자 19세기 전반의 사회적 제형태와 그 위에 의존된 다기한 관념형태는 혁명의 여파를 받아 바야흐로 일대 전기 위에 서게 되었다. 신흥 부르조아지의 향(向)자체로서의 계급형성의 제과정은 따라서 무산계급의 혁명운동을 도발시키었고 칸트에게서 소위 '계몽되어졌다는 시대'(이것은 관념철학자들의 어떤 특수인물을 중심으로 한 역사철학의 기술방식이다)는 프랑스 유물론—그것은 프랑스 사회학의 모태이었고 맑스Karl Heinrich Marx(1818-1883)도 그것에 영향을 받은 것은 다 아는 바이다—에 계기한 변증법적 사회관에서 역사적 사회적 물질현상이 정당한 학문적 방법을 얻은 것이었다. 이러한 때를 당하여 하이네의 묵은 세계의 폐기와 그것에 대치될 새로운 세계에의 동경이 비록 과학적 인식 하에 의식적 행동으로 지향된 것은 아니었다 할지라도 그의 시인으로서의 순교적 열정과 피압박 계급의 일인으로서의 세계관은 무엇보다도 사유재산제도의 폐기를 기망하지 않으면 아니되었던 것이다. 그러나 그것도 그의 시인적 정조에서 북받치는 가슴을 터놓은 데에 지나지 않는다고 하더라도 정히 그에게는 차돌같은 이성의 여무진 이론을 가질만한 다른 사유로서의 방향도 있었던 것이다.


    재산이라는 것을 자연은

    만들지 않았다. 아무것도 없이

    몸에 호주머니를 붙이지 않고

    우리는 모두 세상에 태어난고로


인간생활은 우선 물질적 조건의 개선과 변혁에서 그것의 구제를 실현하지 않으면 아니되는 것이었다. 이상주의자들의 구문(口吻)을 본따서 자아의 개조니 인간성의 선도니 하는 것은 모두 어림없는 잠꼬대의 헛소리다. 백천(百千)의 기도보다도, 한 주먹의 빵이, 곤노(困勞)한 신체에 생기를 준다. 영(靈)의 과잉에서 횡편십방(橫遍十方)과 수궁삼제(竪窮三際)를 아무리 관념한다 하더라도 기아의 궁핍에서 증대하는 실업군과 경제적 제기구를 정도에로 돌이킬 힘은 물질의 복음이 아니면 아니될 것이다. 그리하여 그에게는 무엇보다도 '물(物)의 힘'에 대한 의적(義的) 가치부여가 불가피이었던 것이다. 이 점에 그에게는 틀림없이 근대의 유물적 사회사상이 잠류(潛流)하고 있었다. 이 근대의 유물적 사회사상은 곧 19세기의 해방운동과 분리하지 못할 관련을 가지고 있는 것이니, 그의 '앗타·트롤'이라는 서사시의 주인공인 곰(熊) '앗타·트롤'이


    일치다. 일치만이

    시대의 제일가는 요소다. 한사람 한사람만으로는

    우리는 노예가 된다. 허니 일치하면

우리는 폭군을 해낼 수 있다.


일치다! 일치다! 우리가 이기면
더러운 독점의 지배는 넘어진다.
우리는
동물의 정의국(正義國)을 세우는 것이다.


이 열정적 시상에서 그는 얼마나 구지배에 대한 신흥세력의 혁명적
행동에 대하여 감격과 예찬을 정(呈)하였던가! 1830년의 혁명은 그가
그같이 사랑하였어도 끝끝내 그를 학대하고 말은 고국 독일에서 실의
의 일월을 앙앙(怏怏)히 지내던 하이네에게는 큰 충동을 준 것이었다.
파리로! 그것은 그의 다시 없는 열정적 동경이었다. 파리! 파리! 환멸
과 적의의 번롱(翻弄) 가운데서 신흥하는 새빨간 대중의 서울 파리를
꿈꾸는 그의 조바심 나는 감격!


나는 아름다운 조국을 가졌었다.


고 하며 이 배반과 개종의 시인은 원한의 하소연을 하였고,


아 독일아 나의 먼 애인아
내가 너를 생각할 때 나는 거의 우는 것이다.


하며 꿈을 가진 독일을 양기(陽氣)한 프랑스보다도 사랑하는 것이었
다. 그러나 한편으로 밉쌀스러운 권위자들의 박해와 그의 비극적 목가
는, 더구나 고전과 낭만에 반역하고 해방운동의 현실적 관련에서 찾아

보려는 이성주의적 지향은 그를 모순하는 두 가지 방향의 고통에서 전전케 하는 것이었으니 그가 새 전기와 새 영위(營爲)를 얻으려 파리를 잊지 못하는 것은 연유있는 일이었다.

자유는 새 종교다. 파리는 새 '예루살렘'이고.

라인강은 자유의 성지를 속인의 나라로부터 나누는 요단강이다. 이 그의 새 무엇을 희구하는 열망은 설사 그것이 명초(明礎)한 행동에까지 분화하여 나오지 못하였다 할지라도 그리하여 그가 만년에는 파리에 와 있는 독일 망명객들 사이에서 지도를 받기도 하였지마는 그에게 있어서의 뒤숭숭하고 서로 반발하는 이원고는 그에게 있어서는 자연한 것이었다. 이성으로서는 역사와 사회의 필연적 운동을 긍정하는 사회혁명의 선구였지만 낭만으로서는 현실을 떠나고 환몽의 세계에서 절연하지 못하였다. 세계 프롤레타리아 문학운동의 최초의 선언자이었던 하이네는 (프란쓰 메링그) 타방으로 독일의 고전과 낭만을 결과짓고 새로운 세대로 그 유산을 전수하는 전형기의 정점에 서있는 유례 드문 인물이다.

그의 생애는 이상과 같이 혼돈하다. 그러나 그것은 당시의 바야흐로 발흥하려던 신(新) 분위기의 압축이었고 따라서 그에게는 굵직굵직힌 힘세인 마디의 원운농(圓運動)으로 꽉 차 있었다. 바이런Baron Byron(1788-1824)이 희랍 독립에 헌신한 것 같이 셸리Percy Bysshe Shelly(1792-1822)가 울분한 심정을 이틸리아의 해안에서 수검으로 끝막은 것 같이 그는 파리의 객사에서 「패배자의 황금서(黃金書)」, 「로만 첼로」를 남기고 죽어버렸다. 병고와 생활난에 대한 부절(不絶)한 고민과 분투는 우리의 폐부를 찌르는 인명(印銘)을 주고 사회와 지배자에 대한 조소와 공격은 혁명시대의 문학에 대한 힘세인 암시를 준다. 진실로 독일문학사상(上)에 있어서 하이네같이 괴로워한 사람은 없을 것이다. 괴테는 그의 소위 육(肉)과 영(靈)의 조화를 「보배를 캐는 사람」에서 '대지를 맛보는' 정도로 표현하여 조용히 독선(獨善)의 경지를 향락하였고 오스트리아의 시인 레나우Nikolaus Lenau(1802-1850)는 「삼인의 표박자(漂泊者)」에서 퇴영적 유한성의 행복을 느끼는 것이었다. 그러나 하이네는 정신적으로 육체적으로 또는 사회적으로 불행한 시인이었다. 이 불행이 또한 하이네의 하이네다운 소이연이다. 종교와 논리, 수난과 교리(敎理)—고향이 있으면서도 없는 고독한 생애였다.

희랍주의적 사상과 기독교적 사상이 구주의 2천년 문화를 알력(軋轢)으로써 채색한다고 할 수 있다면 이 알력의 협화는 정히 하이네에게서 찾을 수가 있다고 하지 못할 것인가? 적어도 그는 그 양자의 결혼에서 생긴 아들이라고 볼 수 있다. 생시몽Saint-Simon(1760-1825)의 사회관을 섭입(攝入)하여 프롤레타리아의 최후의 승리를 꿈꾸기도 한 그는 풍부한 어휘와 절묘한 비유로 호방대담하게 사회와 인생을 풍자매도한 것이다. 정치적 혁명적 색채에 농후한 그에게 당시의 반동적 권력이 그의 작품의 발매금지를 의회에서 가결하고 또 추방을 명한 것을 볼 때 박명의 시인은 더욱 환상에 젖었고 반역에 굳어 갔다. 그리하여 그는 다음과 같이 외치는 것이었다.


　나는 화도(火焰)이다. 나는 칼이다!


니체Friedrich Wilhelm Nietzsche(1844-1900)가 초인간적 도덕을 주창하여 온갖 현존적 가치를 배격하며 "나는 사람이 아니다. 나는 다이나마이트다"라고 부르짖은 것과 대비하여 좋은 대조다. 하이네가 거의 반세기나 후배인 니체에게 영향을 준 것도 부정치 못할 사실이겠으나 여하간 그에게 있어서는 사회적으로 제재(制裁)된 격정의 방송처(放送處)가 만만치 않았다. 그에게 있어서는 낭만파의 붕괴와 데카당의 징후가 있었으나 그러나 그에게 있어서는 오직 일 개인의 데카당에 그칠 것이 아니라 로만파에서 신시대에의 비약을 의미하는 것이었다. 이 점에 그에게는 시대 사조의 반영이 있고 그리하여 문학—더욱 이 시에 있어서의 전망적 비약이 준비되었던 것이다. 그의 시가 더구나 그의 사행시가 불역(佛譯)되어 프랑스 대중에게 읽혀진 뒤 종래의 거북한 운율에서 해방되어 근대 프랑스 인상파시의 선구자가 되었다는 것을 볼 때 그의 시에 있어서의 사회적 또는 시대적 의미를 간취할 수 있는 것이다. 철학이 헤겔에 와서 위대한 체계적 동체(胴體)를 완성하여 새 세계관의 형성으로 전화한 것과 그 사회적 배경은 동일하다. 헤겔에 있어서 사유와 그 배후자와의 관계가 불가분리의 관계에 있었던 것과 같이 하이네에 있어서의 "나는 느낀다. 그런 고로 나는 노래 부른다"도 그를 못 견디게 굴고 미워하던 사회의 제관계와 불가분리의 관계에 있는 것이다. 그리하여 그는 그의 낭만의 폭발을 노래로 표현하였다. 그러나 또한 그에게는 상래(上來) 말하여 온 것과 같이 낭만에 반발하는 이성이 있는 것이니 "나는 생각한다. 그런 고로 나는 싸운다"에까지 뻗어 나오지 않으면 아니 되는 것이었다. 그러나 그에게는 실지적(實地的) 행동에 있어서는 가관(可觀)될 아무 것도 없다. 파리에서 독일망명자 단체에 관계한 것이 있다 할지나 그것도 나중에는 비난을 받게 되었고 더구나 프랑스 정부의 연금까지도 받게 되자 그는 전연 '이질자(裏切者)'로 취급을 당하기도 하였다. 허나 그의 이성과 낭만의 이율배반은 그에게 그러한 일을 조금도 거리낌 없이 하게 하였다.

아무튼 하이네에 있어서의 독일적 교양과 프랑스적 감성은 서로 모순당착하면서도 병립할 수 있었고 그리하여 알력과 갈등은 영원히 타협의 길이 없이 소위 압열(壓裂, Zenissenheit)의 길을 걸어 가면서도 서로 의지하여 마침내 희극적 비극을 자기 자신으로부터 연출하는 것이었다. 그러나 이 희극적 비극은 항다반의 한 번 보고 웃어 버릴 것이 아니었다. 그 심각, 그 열정, 그 규모에 있어서 정히 드물게 보는 유례(類例)이었으니 자신에 대한 철학적 고통을 느끼면 느낄수록 그는 화염과 칼의 정열과 이지로 새 길을 닦으러 나가지 않으면 아니 되었다. 맑스와 라살레Ferdinand Lassalle[20](1825-1864)와 개인적 교우를 맺은 것을 우리는 하이네의 생애에서 망각하지 못할 사실이다. 이 2인의 사회운동가는 하이네보다는 훨씬 후배이었으나 그는 그들에게 상당한 존경을 표하였고 맑스가 파리에서 독불연지(獨佛年誌)를 발행하였을 때 그는 그것에 기고도 하였던 것이다. 맑스가 망명의 다망 중에서 와병의 하이네를 수차 방문하였다는 것을 볼 때 이 유니크한 혁명시인에 대한 맑스의 태도도 짐작할 수 있는 것이 아니랴. 후일에 하이네가 「젊은 독일」이라는 시인군의 거두로써 받들어진 것도 연유없는 일은 아닐 것이다. 사회주의는 어떤 개인이 창조한 것도 아니고 또 포기된 것도 아니다. 그것은 역사적 사회적 필연성 하에 발생한 너무도 자명한 이치이다. 그들 「젊은 독일」의 일단(一團)은 한계없는 내적 세계를 가졌다. 그들은 적나라하게 생활 바로 그것에 즉하여 활동하고 전진하였다. 그들의 창백은 하나 젊은 의기는 새 세계의 대문을 두드리었다. 설혹 그들의 기도한 새 세계는 다분히 형이상학적 요소를 가지기는 하였었으나 자본주의적 문화의 충분 성숙하지 않은 당시에 있어서는 그것은 자연

---

20)  편자주 : 청년헤겔학파. 이후 국가사회주의자로 전신. 마르크스가 「고타강령비판」에서 그의 사상적 오류를 비판한 바 있다.

한 도리이었던 것이다. 공장의 기적이 요란스러이 났다. 남·녀·남·녀·남·녀의 인간 홍수는 광장, 가도, 원야(原野)의 인간시장으로 밀리어 내려간다. 그곳에는 반드시 명랑한 새 세계의 대문이 열려 있지 않으면 아니 된다. 「젊은 독일」의 시인들은 아무 계보도 가정(假定)도 없이 어떻든 새 세대의 문을 열려고 하였다. 연돌(煙突)의 수와 라인강에 뜬 석탄배의 수가 나날이 늘어 갔다. 공장, 공장, 공장의 시끄러운 굉음에서부터 출발하지 않으면 아니 되었다. "모든 것은 그들의 앞에서는 가능하였고" "불가능한 것은 아무 것도 없었다". 이상주의적, 형이상학적, 절대신론적 회색의 부분은 새로운 유기체를 구하는 그들의 앞에서 애닲기는 하나 물러가지 않으면 아니 되었다. 새 세계—그것은 수·금·화·목·토·천·해 등의 제(諸) 유성에서 찾아보려는 불가능한 몽상의 나라가 아니라 태양에서부터 제3번의 위치에 있는 우리의 지구 위에 건설되어질 가능한 새 세계이었다. 이 가능한 새 세계를 가질 새 시대에 대하여 그들은 책임과 용의(用意)를 게을리 하여서는 아니된다. 유탕적(遊蕩的) 감상에 젖어서 신흥하는 계급의 규호(叫呼)에 눈 멀 시대는 벌써 지나갔다. 아니 거진 다 지나갔었다. 문학을 일개의 문관적(文觀的) 향락물로 이용하려는 짓은 목적이 아니었다. 그러나 그들 「젊은 독일」의 일군(一群)은 정부와 타협도 하였고 또 영웅주의적 피상적 견해 하에 당시의 사회를 합리화하여 중요한 요소를 등한히 하는 것이었다. 이 「젊은 독일」 그 자체가 시내적 과도적 산물이다. 그들이 벌써 모순에 충만한 일단(一團)이었으니 그 중의 일원으로 헤아려지는 하이네에 있어 이상에 논한 바와 같은 이율배반은 조금도 괴이할 것이 없는 것이다. 그러나 하이네는 그들과 비견하기에는 너무도 큰 자태이었다. 하이네는 그의 이데올로기 상의 대담호방한 점에 있어서나 또는 예술적 재질의 웅대완성된 품에 있어서나 단연히 그들을 능가하고 있었다.

하이네는 바이런의 영향을 받았다. 뿐만 아니라 그는 바이런의 경우를 자기의 그것에 비교하여 끝없는 동정의 넘을 가졌었다. 그가 바이런의 전몰의 부보를 들었을 때 그는 심한 오한을 느끼는 것이었다. 이들 열혈의 시인에게는 '공비(共悲)'의 암류가 있었던 것이다. 예술적 천재의 가슴에는 늘 혁명적 요소가 복선(伏線)되어 있다. 예술은 항상 그 시대의 사물을 반영하는 것일 뿐 아니라 그 다음 세대에의 계획적 지시와 충동적 압력을 가져야만 한다. 예술이 단지 한 시대나 생활의 소극적 묘사에 그치고 퇴영적 과거 추억이나 가냘픈 미래에의 희망 동경에서 시종한다 할 것 같으면 그것은 사이비 예술이다. 예술이라는 어휘 하에 포괄되는 온갖 부문은 그것이 고유한 형식에 의하여 역사적 사회적 생활의 제현상을 미래 암시적으로 구체적으로 표현하지 않으면 아니된다. 그러므로 예술은 어느 시대에 있어서나 다음 시대에의 혁명적 요소를 내포하는 것이다. 이 점에 예술의 행동성과 실제성이 있다. 우리는 예술사상사에 있어 발생하여 성장하는 동안에 선구적 새 형식 내용에 의하여 양기되고 그리하여 다시 이 과정을 되풀이하는 사실을 볼 수 있다. 이것은 예술의 변증법적 사실을 표명하는 것이겠으나 여하간 하이네같은 위연(巍然)한 예술적 천재에 있어서는 자기의 입각한 시대를 완부(完膚)없이 폭로해부하는 동시에 그것과 지지 않게 그 시대에 계기할 세대에 대한 계획적 충동을 주는 것이다. 이 점에 있어 예술은 언제나 일반적인 동시에 창조적 과정에서 시종하는 것이다. 하이네의 조소, 타기(唾棄), 폭로, 반항으로 연면한 산문이든지 또는 웅건하고 영롱한 시상을 볼 때 그의 진보적 창조적 범람을 감탄할 뿐이다. 그의 낭만과 이성의 이원고에서 섬광하는 화화(火花)는 전대미문의 대중적 지지를 받았다고 하여도 과언이 아니었다.

그의 작품이 발표될 때마다 제국의 문단—독일은 물론이고 프랑스,

오스트리아, 러시아 등에서 성(盛)히 비평되었고 혹은 심한 비방도 받기는 받았으나 그럴수록 그의 시작은 더 잘 팔리어갔다. 그러나 하이네의 소위 타기할 위선적인 것의 전형이던 반동적 프러시아 정부는 발매금지의 혹령(酷令)을 가끔 내리었다. 독일의 출판물 중 가장 훌륭하고 가장 풍자적이고 가장 위험하고 가장 부도덕하고 가장 조야하고 가장 불경건한 작품인 까닭으로―. 그러나 그의 작품이 후세에 영향준 바는 진실로 크다. 그러나 지금까지 우리의 앞에 모여진 하이네는 어찌 그렇게도 피상적이고 감상적이었던고! 그를 감미(甘味)한 연애의 시인으로 밖에는 더 지나가지 못하는 것은 그의 전부를 이해하는 것이 되지 못한다. 예술에 있어서 그것의 선구적 혁명적 이념을 파악하지 못하는 한, 위대한 예술은 생탄하지 않는다. 하이네에 있어의 이 중대한 요소를 거세하여 버린다면 우리는 하이네를 논할 여가가 없을 것이다. 셸리의 주옥같은 아름다운 시편을 우리는 많이 안다. 그러나 그것만으로 셸리의 시인으로서의 값이 전부 평가되지는 않을 것이다. 우리는 「영국민에게」(To The People of England) 같은 정치시를 잊을 수가 없다.

하이네는 진실로 무류(無類)의 시인이었다. 그의 시가 그것을 증명하는 것이요, 또 그는 무류의 철학 비평가이었으니 그것은 다 그의 풍부한 범람하는 낭만과 이성의 소유자로서 열정과 날카로운 칼의 용처를 분변한 까닭이었다. 시와 산문에 있어서 비길대 없는 대담호방을 표현한 그는 천하에 있어서도 촌철(寸鐵) 살을 찌르는 듯한 예리한 안목을 가졌던 것이었다.

하이네에 의하면 프로이센은 자기의 정책을 옹호하기 위하여 대소의 문인학자를 이용하는 것이었다. 그가 뮌헨에서 대학교수가 될까 하고 힘써 노력하였으나 자기의 반항적 필치에 호의를 가지지 않는 계급은 온갖 수단을 다하여 방해하는 것이다. 지배계급이 학자 문인을 동원하여 자기의 행상(行狀)을 합리화시키려는 것은 고금이 동일한 것이었으니 헤겔에 있어서의 유명한 명제, "존재하는 것은 다 이성적이다"를 인민의 예속적, 상태를 시인케 하는 논리라고 하여 그는 통탄하였다. 슐라이어마허Friedrich Daniel Ernst Schleiermacher(1768-1834)도 헤겔과 같이 하이네의 존경을 받은 것이었으나 그러나 모두 프로이센에 영합하는 저술을 한 것을 미워하였던 것이다. 그는 헤겔과 개인적 접촉이 있었다. 뿐만 아니라 그의 강의에도 출석하였다. '본' 대학에 법률을 배우려 입학한 그가 슐레겔같은 낭만철학자에 열중하고 '독일철학의 수도' 베를린으로 헤겔의 강연에 출석하여 큰 인상을 얻은 것이었다. 그는 헤겔의 밑에서 학교용어—특히 스콜라철학의 용어를 배웠다. 그리하여 이 점에 있어서 하이네는 헤겔 학도이었다고 「일반독일전기」는 말하였다. 이 학교용어가 뒤에 하이네로 하여금 철학의 대상에 대하여 이야기하는 데에 입을 열 수 있게 한 것이나 그러나 여하한 철학의 핵심도 그는 이해하지 못하였다고, 「일반독일전기」의 필자는 말하였다. 그러나 이것은 정곡을 얻은 것이 못 된다고 생각한다. 하이네는 칸트를 논하고 셸링, 헤겔을 평한다. 그 간결하고 직언적인 필치에 우리는 감복하지 않을 수가 없다.

그의 산문은 그의 시보다는 내포한 사상에 있어서나 표현의 기지, 기발에 있어서나 또는 풍부한 감정의 유로(流露)에 있어서나 수등(數等)의 계단 밑에 있다고 생각하나 그러나 그 평이유창(平易流暢)한 점에 있어서 그리고 선율적인 표현에 있어서 지지 않게 아름답고 깨끗하다고 생각한다. 그의 시를 읽자면 사전을 잠시도 떠나지 못하게 풍부한 어휘, 비유를 사용하고 있으나 그의 산문은 사전 없이도 읽을 수 있다. 나는 그 점에 어찌 친밀을 느끼는지 알 수가 없다. '로만파'는 독일에 있어서의 시인문학의 역사적 고안을 시(試)한 것이나 그는 그것에 당(當)하여 독일철학의 발전에 대하여도 적지 않게 관심을 비(費)하고 있다. 투명한 통찰력과 종횡한 비평안은 그 동정, 그 괴력, 그 요해에 있어서 괴테나 쉴러Johann Christoph Friedrich von Schiller(1759-1805)를 훨씬 능가한다고 생각한다. 이 '로만파'는 당시의 '로만틱켈'에게 많은 동정을 얻었다고 하나 사실 그 난만한 필치와 자유로운 표현은 '페이지'를 넘길수록 친밀을 느끼게 하는 것이다.

셸링의 '로만파'에 대한 영향 더구나 하이네는 그가 젊은 시대에 있어서는 독일 정신생활에 큰 혁명을 야기하였다는 것 등은 조금도 과장 없는 말이다. 이런 시대의 셸링은 피히테적 이상주의에 대하여 반대하였다. 피히테Johann Gottlieb Fichte(1762-1814)의 이상주의는 한 특별한 단체(團體)이다. 더구나 그것은 프랑스인에게는 너무도 연(緣)이 먼 것이다고 말한다. 사실 피히테의 그같이 긴장되어 있는 절대아의 경지는 프랑스적 정신에 대하여는 너무도 완고하였을 것이다. 이러한 긴장된 분위기를 셸링은 미적 정관 중에서 반성하는 것이었다. 절대적 자의식을 낭만적 정조로서 해체하여 배정하는 것이었다. 이 점에 셸링의 피히테에 대한 우월적 지위가 있고 시대정신적 의의가 있다. 정신을 물질의 변형이라고 하는 정신을 구체화시키는 철학이 프랑스에 일어났다. 환언하면 유물론이 프랑스에 있어서는 지배적이었다. 그러나 독일에 있어는 전혀 그와 반대로 온갖 물질이라는 것은 모두 정신의 변형이라는 정신을 어떤 구현자라고 하는 철학이 일어났다. 즉 물질의 존재를 부정하는 철학이었다. 이것은 마치 라인강의 이쪽과 저쪽이 서로 모욕에 대한 복수를 하는 것 같이 보였다. 정신이 프랑스에 있어서 부정된 때에 그것은 독일로 이민하여 거기서는 물질을 부정하여 버렸다. 논자는 피히테를 이 점에 있어서 유심론의 뿌라운슈와이히의 공작이라고 볼 수 있겠고 그의 관념철학은 프랑스유물론에 대한 반대 이외에는 아무것도 아니었다고 하리라. 그러나 유심론의 절정을 형성하는 이 철학은 프랑스의 극단의 유물론과 같이 시인되기 어려웠다. 그리하여 셸링씨는 물질이나 혹은 그가 말한 바와 같이 자연은 단지 정신에서 뿐만 아니라 현실에 있어서도 존재한다는 것, 또는 물(物)에 대한 우리의 감성은 물(物) 그것과 동일하다는 것을 말하였다. 이것이 셸링의 동일(同一)철학 혹은 그가 말한 바와 같이 자연철학이라는 것이다.

하이네의 철학의 소양은 의심할 여지가 없다. 이상과 같이 그는 '로만파' 있어서 말한다. 하이네는 결코 의식적 사회주의자는 아니었다. 또 그는 철저한 무신론자도 아니었다. 그는 그가 셸링에 대하여 끝없는 애착을 느끼었던 것 같이 유물론이나 유심론이나 어느 것에도 호의를 표하지 않았다. 셸링이나 슐레겔같은 시의 세계에서 철학한 아니 철학의 나라에서 시를 본 철학자에게 많은 흥미를 가졌던 것도 필경은 그가 시인이었던 까닭이다. 그러나 그는 또 한편으로는 백절불요의 혁명가이었고 피압박 계급에 대한 용감한 선구적 투사이었고 시대의 추이에 대하여 안광(眼光) 넓은 큰 시인이었다. 그가 칸트를 논한 곳을 보고 헤겔의 혁명적 핵심을 인식한 형안(炯眼)을 볼 때, 더구나 맑스와 엥겔스에 대한 끝없는 이해를 볼 때, 단연코 그는 무류(無類)의 시인이었다. 칸트의 『순수이성비판』을 너무도 적절하게 비평하고 헤겔을 셸링과 대조하여 양자는 다 같은 화옥(靴屋)으로서 헤겔은 셸링의 가죽을 훔쳐다가 장화를 만들어 팔아 먹었다고 한 곳을 읽은 때 나는 그의 멋을 바모르는 비유의 묘(妙)와 시인적 기지를 감탄하지 않을 수가 없었다. 더구나 이것은 그가 셸링의 만년의 불운에 끝없는 동정을 기(寄)하여 헤겔을 좀 꼬집는 말이라고 하겠으나 그렇다고 그가 전연 헤겔의 철학사상의 지위와 의의를 망각한 것은 아니었다. 사실 헤겔은 셸링에게 영향을 받은 것이었다.

프랑스에 있어서는 그 유물론이 생시몽주의의 근저에 흐르는 범신론을 누르고 있었다. 그러나 하이네가 말한 것 같이 독일에 있어서는 범신론적 유심론이 그것의 형태를 언제나 보존하고 있었다. 스피노자 Baruch de Spinoza(1632-1677)의 안정한 철학적 사상과 그의 지적 애(愛)에 잠긴 생활에 무한히 찬사를 드린 그이지마는 그는 범신론적 철학에 대하여는 그리 호감을 가지지 못한 것 같다. 그렇다고 그는 범신론의 대척적 위치에 있는 합리적 신학에 대하여서는 만만치 않았다. 맑스는 칸트의 철학을 "프랑스혁명의 독일적 이론"이라고 평하였다. 그와 같이 하이네도 칸트 이후의 독일철학의 혁명적 정신을 프랑스의 물질적 혁명과 병행하여 말하는 것이었다. 칸트는 구철학과 신철학과를 경계짓는 자인 동시에 그의 매개자이었고 또 그는 우주창시에 대하여 '칸트 · 라프라스' 학설로써 유명한 것 같이 현상의 철학적 해명에 있어서 과학의 성공을 부정하지 않았다. 하이네는 『순수이성비판』의 학문적, 역사적 의의를 결코 망각하지 않았다. 그의 독일철학 및 종교에 대한 논문은 그것을 증좌하는 것이니 그는 또한 칸트에 있어서의 불분명 모순 등도 지적함을 잊지 않았다. 또 그의 눈에는 피히테의 철학은 "인간의 정신이 일찍이 생각해 낸 가장 위대한 오류"로 보여졌고 셸링의 자연철학의 저술은 자연의 성화(聖化)와 인간의 신권 회복을 소리 높이 부르짖는 것이었다.

나는 끝으로 하이네와 헤겔과의 별에 관한 대화를 적고 이 소론을 끝막겠다. 그는 그의 회상록에서 다음과 같이 말한다.

어떤 아름다운 달밤 헤겔 교수와 나와는 같이 열린 창 옆에 서서 있었다. 나는 22세의 젊은 사나이였던 고로 거리낌없이 무엇을 먹으며 열심으로 별을 이야기하며

‘별은 천상의 제성(諸聖)의 가(家)와 같다’고 하였더니

‘응 별 말이냐 별은 하늘에 빛나는 아름다운 것이다’라고 교수는 말하였다.

‘그러면 아 천국이 아닙니까. 죽으면 영혼은 어디로 갑니까’고 나는 물었다.

그리고 교수는 핼쑥한 눈으로 나를 바라보면서 냉평(冷評)하는 듯이 ‘그러면 군은 앓는 어머니와 아우를 돌보아야만 하니 무슨 상여금이 타고 싶은 게로군.’

이 짧은 대화를 우리는 그냥 지나버려서는 아니 된다. 이 대화에 있어서 젊은 아직 배움의 길에서 다감한 시인으로서의 장래를 마련하던 하이네의 감정은 그만두고라도 이 위대한 철인의 간단한 말 속에는 많은 것이 내포되었다고 생각한다. 제일 영혼에 대한 문제에 관하여―. 그러나 나는 이곳에서는 그것을 논할 틈이 없다.

하이네는 1856년 2월 17일에 죽었다. 이 위대한 사회주의 문화의 선구자는 지금 그가 그같이 동경하던 파리의 몽마르트에 영원한 잠을 잊고 있다. 그가 과연 ‘이상한 손님’(Strange Guest)으로서 구주의 과도적 근대를 걸었든지 않았든지 여하간 그는 ‘불멸의 꿈’, ‘아름다운 사색’, ‘이성의 창조’를 가진 시대아(時代兒)이었다. 이성과 낭만의 이원고! 그것은 그의 전부이었다. 나는 그의 「나그네 그림」(Reisebilder)에서 마음의 일구를 적고 이 논을 마치련다.

“나는 나의 관이 월계관으로 장식되기를 즐기지 않는다. 시는 나에게 있어서는 신성한 것 또는 더 좋은 목적에 대한 존엄한 수단도 아니었

다―. 그러나 나의 관에는 한 자루의 칼을 놓아라. 그는 인류의 해방전(戰)에 있어서 용감한 병사이었던 고로”

(재작년 여름 속리산에서 하이네에 대한 흥미를 느낀 이래 벌써 해수로는 3년이나 되었다. 그 동안 나는 틈있는 대로 그에게 대한 문헌을 섭렵하여 놓았다. 이제 되지 않은 이 소론이나마 나의 그와의 3년간의 교우를 표하기 위하여 내놓는다.)

(1931. 9. 12. 필자)

# 문제 중에 있는
# 천도교의 해부와 전망

－그 출현과 생장－

『동광』 33호 1932.5.

별안간 편집 씨(氏)에게서 전화를 받고 이 글을 초(草)하는 것이므로 대단히 조략(粗略)함을 피하지 못하겠다. 더구나 천도교의 역사의 사실적 기술에만 그치고 그 이론적 사회적 본질적 근거의 구명은 할애하는 것이 좋겠다함으로 더욱 1, 2일 간에 요령있는 논술은 불가능하다고 생각한다. 그러나 천도교의 연구가 금일의 우리에게 긴절(緊切)한 사항 중에 하나인만치 나는 후일을 약(約)하고 이것을 내놓는다.

## 1. 출현

### A. 당시의 국제정세

　　1848년의 '2월혁명' 및 1871년의 '파리코뮨'의 화염 중에서 국제적으로 팽배하여가는 신흥 계급의 운동은 그 기술적 및 이론적 무기가 단련되어 갔다. 파리에 2월혁명이 발발하자 곧 비엔나의 노동자에 반향하였고 이어 베를린의 혁명을 유도하였다. 반동적 제세력이 익익(益益) 공격적으로 나옴에 따라, 그 노동자 운동은 패배로 돌아갔다. 패배라 할지라도 그것은 사실상의 승리이었다. 신흥하는 계급의 국제적 조직—제 1인터내셔널은 이 기간 중에 일어난 전쟁과 혁명의 사이에 마련된 것이었다. 영국에 있어서 차티스트 운동은 이 사이에 그 절정에 달하여 런던의 케민튼 광장에는 50만의 노동자가 대시위 운동을 일으키는 것이었다. 정부의 운동에 대한 탄압은 대포를 비치함에까지 이르렀고 20만의 시민은 경찰리(警察吏)로써 등록되었다. 사실로 이 기간은 독자체로서의 계급형성의 다난기(多難期)이었으니 각지에서 일어나는 각종의 총파업과 노동자운동은 정치적 색채를 띄게 되었다. 그리하여 지배계급은 자체의 자본주의적 발전을 꾀하기 위하여 사상(史上)의 이른바 '19세기에 있어서의 민족주의의 대(大)세기'를 출현하였다. 1861년의 러시아에 있어서의 농노해방과 수년간 계속한 미국에 있어서의 남북전쟁, 그 결과로 나타난 흑인노예의 해방 등 실로 거대한 역사적 사실이 접종(接踵)하여 생기는 것이었다. 지배계급은 자국 내에 있어서는 될 수 있는대로 발흥하는 대중의 의식을 꺾고 은장(隱藏)하여 그들의 영토 점유에 대한 사본주의 전쟁으로 구사하는 것이었으니 구주에 있어서 이 기간에 일어난 전쟁만 하더라도 그 수가 여섯이나 되는 것이었다. 불과 20여년 사이에 러시아·디키(露土) 전생, 프랑스·영국(佛英)전쟁, 크리미아 전쟁, 프랑스·오스트리아(佛墺) 전쟁, 프로이센·오스트리아(普墺) 전쟁 실로 일찍이 유례를 보지 못하게 잦았던 것이다. 그 뿐이랴. 해외에도 식민지를 쟁탈하려 나아가는 자본주의적 발전은 인도로, 청국으로, 남미로, 아메리카로, 대양주로, 시베리아로 그리하여 조그만 우리의 반도에까지 뻗어나왔다. 더구나 19세기 하반에 있어서의 청국에 대한 열국의 분할전쟁을 살피고 신흥하는 일본제국의 민족적 발전은 직접으로 우리에게 크나큰 관심의 대상이었다.

이같이 국제정세는 진실로 복잡다단하였다. 그 중에서도 특히 동양에 있어서의 종교의 자본주의적 역할—기독교의 동점(東漸)에 대한 박해 등을 생각할 때 열국의 식민지 분할전쟁의 과중에서 일어나는 종교적인 수다(數多)의 파문은 그것을 한 개의 독립한 종교적 수난의 사실로만 처리하려는 역사기술의 방법은 필경은 종교 그것을 지상화(至上化)하는 희화(戱畵)에 그치고 말 것이다.

## B. 조선과 일청(日淸)의 각축

이 때를 당하여 조선은 어떠하였나? 지독한 사화의 여독과 통치군(統治群)의 야만적 억압은 그 몽매한 정주(程朱)의 마약에 취한 잔몽(殘夢) 속에서도 대중으로 하여금 초보적인 반항을 시(試)하게 되었다. 방백수령(方伯守令)에 대한 각지의 일규(一揆)는 가렴주구, 퇴폐회뢰(頹廢賄賂)의 비(非)를 들고 일어났다. 그들의 유일한 생산수단인 토지가 소수의 집정군(執政群)에게 여지없이 강탈되고 유치한 경제적 자각을 이용하여 토호질을 당하고 있을 때 지방의 중인 이하의 대다수의 인민들은 몰래몰래 반역의 기(機)를 엿보아왔다.

이러한 사회적 분위기 속에서 천도교의 제일세 교주 '수운대신사(水雲大神師)' 최제우崔濟愚(1824-1864)는 경주에서 출생하였다(1824년). 그는 처음에 무명장사를 하면서 사방으로 편유(遍遊)하였다. 그가 지방 관헌의 부패와 인민의 고난을 목도하고 반역의 마음이 굳어 갔을 것은 넉넉히 상상할 수 있는 사실이다. 황폐한 불교, 형식병의 유교, 탄압받는 천주교 등—그가 사회의 불안을 그가(sic) 설사 영웅적 사도적(使徒的) 독단에서 수용하였다 할지라도 절실히 느낀 총명과 혁명적 지조는 인정하지 않을 수가 없을 것이다. 그는 어느날 치성 제천(祭天)하고 상제의 신탁을 받았다고 하면서 그의 나이 37세 되던 해에 '보국안민(輔國安民), 포덕천하(布德天下)의 대주의(大主義)를 선포하였다'. 즉 천도교의 기초가 놓여진 것이다. 그리하여 38세에 동경(東經) 4편과 유사(遺詞) 8편을 저술하였고 40세 시에 그 도통을 수제(首弟) 최시형(海月 崔時亨, 1827-1898)에게 전하고 40세 3월에 이단의 지목으로 대구 형대(刑臺)에서 사형을 받았으니 그때의 도제(徒弟)가 수만에 달하였다 한다.

최제우의 일생은 바로 당시의 조선사회의 축도이었다. 일본은 도쿠가와 막부가 무너지고 메이지유신의 정치적 변혁이 완성되자 뒤늦게 근대국가에 들어간 양턱으로 급속한 국가기관의 정비와 아울러 해외에로 손을 뻗치게 되고 이홍장李鴻章(1823-1901)의 청국의 지배군(支配群)은 영불, 러에게 꿀리면서도 조선에 대한 종주권을 지속하려고 뻗댔다. 그리하여 청국은 소위 사대당이라는 인형으로 더불어 조선의 정치를 뒤흔들고 일본은 독립당이라는 괴뢰를 만들어 저이의 기망(企望)을 펼치려 하였다. 이러는 통에 못살게 되는 것은 인민이다. 양반은 발호하고 오리(汚吏)는 폭정을 제멋대로 한다. 최제우가 사회적 의분에서 한 개의 기형적 개혁을 외쳤다한들 무엇이 부사연하랴. 드디어 그는 당시의 지배군에게 죽음으로써 보상된 것이니 뒤늦게 세계적 조류에—즉 자본주의적 발전의 조(潮)에 돛달은 조선에 있어서 구지배에 대한 민주주의적인 반항을 마련하려한 그의 최기(最期)에 대하여 일종의 경건을 느끼기도 하겠다.

## C. 동학과 서학

최제우의 사상은 배외사상에서 출발하였다 해도 가(可)하다. 청국과 XX이 당시의 정부를 마음대로 농단한 것에 대한 것과 천주교의 전래에 대한, 민족주의적 민주주의 사상은 필연적으로 배외사상을 고조하게 되었으니 그가 그의 창도한 교리를 동학이라고 지칭하고 천주교를 서학이라고 하여 지탄한 것은 그 일단을 규지(窺知)케 함에 족하다. 이 민족주의적 민주사상은 당시의 조선에 있어서는 참으로 최초의 혁명성을 포유(包有)한 것이었으니 관헌이 힘을 다하여 동학 박멸을 꾀한 것도 그것에 인유(因由)한다. 그리하여 박해는 일익(日益) 심하여갔고 재화의 침해는 그 끄칠 바를 몰랐다. 이리하여 동학의 교도는 남조선 일대에 넓혀지고 교조 최제우의 원사(寃死)에 대하여 자주 상소 탄원하여 그 무법(無法)인 것을 사(赦)하라고 하였다. 그러나 정부는 전라감사, 경상감사 등에 명하여 그 도당을 해산케 하였으나 도리어 동학교도의 단결을 공고케 할 뿐이었다. 최제우의 (포교는) 이른바 서학인 천주교가 그 무서운 박해에도 불구하고 지하적(地下的)으로 포교를 감행한 것과 호일대(好一對)가 된다. 그러나 동학은 서학인 천주교를 '탈국멸민(奪國滅民)'의 사교라고 하여 극력 배척하였다. 동학은 방백 수령 등의 지배계급에 대한 민주주의적 투쟁을 감행하는 동시에 타방으로 천주교를 배척하는 이중전선을 베푸는 것이었으니 천주교가 민중의 정신을 잠식하여 금교령(禁敎令)을 받는 것을 불구하고 포교되어 나아가는 것을 볼 때 동학은 자체의 포교와 민중에 대한 정신적 획득의 자위상(自衛上) 그것을 극력 거절한 것은 당연한 일이라고 하겠다. 최시형(海月神師)이 수운의 문에 귀의하여 열심으로 포교에 종사하고 드디어 최제우에게 제2세로써 지목되었다. 최제우가 처형되며부터 교세는 일돈좌(一頓挫)[21]를 제래(齎來)하였으나 시형은 동지(同志)와 같이 시절의 재래(再

來)를 꾀하고 있을 때 1866년 대원군의 천주교도 대학살의 참변이 있어 포교는 익익(益益) 곤란하게 되었다. 이때에 시형은 잠행적(潛行的)으로 포교를 계속하면서 제우의 기진(忌辰)에 당하여 교도에게서 4전금(錢金)을 갹출케 하였다. 이것이 천도교에 있어서의 금품징수의 남상(濫觴)이라고 한다.

최시형은 1827년 또한 경주에서 태어났다. 그가 천도교도가 된 것은 포덕(布德) 2년(1862년(?))이다. 그리하여 '道稱天道, 學唱東學, 布德天下, 廣濟蒼生'이라고 하여 천도교의 개교(開敎)를 선(宣)한 것이었다. 최제우의 수제자로써 못하지 않게 천도교의 포덕(布德)에 대하여 진력하였다. 그리하여 그의 당시에는 최제우 때보다 더 관헌과 동학과의 세력이 긴장하여 있었다. 어느덧 양자의 충돌도 미면(未免)의 형능(形能)이었나니 세칭 동학란은 그 최고의 전기이었다.


## 2. 생장

### A. 동학란

이리하여 1869년 정월에 이필(李弼)이 동학의 도(徒)라고 자칭하고 경상도 문경에서 가정(苛政)에 항(抗)하고 악리(惡吏)를 징(懲)한다고 난(亂)을 작(作)하였다. 이것은 흔히 역사가들이 그 본질을 무시하여 버리는 것이나 당시의 사회경제적 형편을 살필 때 훌륭히 농민 일규(一揆)이다. 제(諸) 외국에 있어서의 자본주의 발전의 초기적 단계에 있이

---

21) 편자주 : 일본어 'いちとんざ.' 순조로이 나가던 일이 중도에서 갑자기 좌절됨. 기세가 갑자기 꺾임.

서 흔히 볼 수 있는 계급투쟁의 초보를 형성한다고 볼 수 있다고 생각한다. 동학란 역시 대규모의 농민전쟁이라고 볼 수 없을까. 그러나 그것이 종교적 운동을 표피로 하고 나섰다. 이곳에 그 특수성이 있다. 그러나 이 특수성은 조선에 있어서만의 그것이 아니다. 구주의 종교개혁 운동도 그것의 본질은 봉건 유제에 대한 시민의 반항이었던 것과 같이 이 동학란도 그 고루한 봉건적 착취에 대한 민주적 반항의 표상이었다. 그러므로 경주의 관헌이 동학교도의 주살을 여행(勵行)한 것은 자명한 사실이다. 시형이 4년간 산사에 숨어서 교세를 돌아볼 사이 없이 된 것도 불가피의 일이다. 1873년 2월에 겨우 단양에 나타나서 관헌의 취체의 늦추어진 틈을 타서 다시 포교하기 시작하였다. 그러나 박해는 일복일심(日復日甚)하여 갔다. 의식에 궁하여 소위 '성미(誠米)'라고 일컫는 습관도 이때에 생긴 것이라고 한다. 이때의 시형의 활동은 컸다. 처처에 일어나는 관헌과의 충돌은 드디어 1894년 동학란이라는 조선근대사상의 대(大) 사실을 발생케 하였다. 이 해는 전국에 궁(亘)한 흉작으로서 민중의 생활을 극도로 악화케 하였고 따라서 주구(誅求)는 격심하여 갔다. 3월 하순(高宗, 31년 2월 하순) 전라도 고부의 농민은 군수 조병갑의 학정을 계기삼아 일어났다. 정부는 장흥부사 이용태로 하여금 진무케 하였으나 도리어 칭병하고 민재(民財)를 약탈하였으므로 난은 확대되어 갔다. 고부의 전봉준全琫準(1855-1895)은 결연히 '제폭구민(除暴救民)'의 슬로건 하에 탐관오리에 항전하였다. 최경선崔景善(1859-1895), 손화중孫華仲(1861-1895) 등의 교도도 이에 참가하여 수천의 창궐한 도단(徒團)은 고부읍을 함락하고, 그 익일에는 백산에 거(據)하여 전주의 관군을 영격(迎擊)하여 500인을 오살(鏖殺)하였다. 이에 사방에서 이에 응하는 교도는 불가승수(不可勝數)이었으니 공주, 김제, 태인, 정읍, 고창, 만경 등의 제읍(諸邑)에서 동학에 구참(驅參)하는 자 수만으로써 헤이게 되었다. 그리하여 전봉준, 김개남金開南(1853-1895) 등은 격(檄)을 보내어 교도의 가입과 군자의 조달을 도(圖)하는 실로 구(舊) 지배에 대한 충천(衝天)한 반항의 깃발은 관군으로 하여금 망풍도주(望 風徒走)하게 하였다. 이에 조선의 운명은 각각으로 숨을 몰아갔다. 즉 일청전쟁의 발발은 조선의 신흥하는 민중의 민주주의적 운동에 대한 구지배의 상호상(相互相)의 갈등과 일본의 해외 전개의 자본주의적 욕 망에 연원하는 것이었다.

## B. 최시형의 기회주의

이 때에 최시형은 실로 애매한 태도를 가졌었으니 즉 그가 전봉준의 직접행동에 대하여 방관적 태도를 가질 뿐만 아니라 도리어 전(全) 등 의 행동은 정치적 운동을 한다 하여 식량 군자의 조달을 불긍(不肯)하 는 일편 교도로 하여금 그 운동에 참가함을 금하는 실로 불가해의 태 도를 취하였다. 그리하여 최시형은 손병희孫秉熙(1861-1922), 손천민孫 天民(미상-1900), 김연국金演局(1857-1944) 등의 고제자(高弟子) 수인으 로 더불어 동학의 정치적 야심의 없음을 내걸고 스스로 폭도의 수령으 로 지목됨을 피하려 하였다. 그러나 적극파인 전, 김 등과의 사이에 확 집(確執)이 생(生)하고 그리하여 시형에게서 직접으로 그 교화를 받은 교도로 하여금 그 난에 참가함을 금하고 또 손병희로 하여금 전봉준이 교주의 의(意)에 쫓지 않는다고 하여 교도(敎徒)의 본령(本領)을 질과(軼 過)함을 책(責)케 하였다. 최시형은 일상 정치와 종교와의 혼동을 피한 다는 견지에 서 있었다. 그러나 그것은 자기기만이었다. 이 정치와 종 교와의 혼동 여하의 문제는 천도교에 있어서 늘 크나큰 문제로 되어 있는 듯하다. 나는 그것에 대하여 하등의 논평을 가하지 않으려 하나 오직 최시형의 이 기회주의적 태도로 말미암아 일껏 파죽의 세로 일어난 민중운동이 용두사미에 그치고 그리하여 무고한 3만 수천의 교도를 죽이게 하였을 뿐이었다는 것을 말함에 그치려 한다. 그러나 최시형이 전(全) 등의 난을 지지하지 않았다고 그에게 올 참형을 면하지는 못하였다. 일청전쟁이 어느덧 끝나고 조선이 명목상의 독립국으로 변형할 때 시형은 경성에서 처형되는 시년(時年)이 72이었다.

## C. 동학교의 분열

우선 손병희라는 인물을 명료하게 하자. 그는 1861년 4월에 청주에서 출생하였다. 제3세 교주 의암성사(義庵聖師)라고 한다. 그는 유시(幼時)로부터 중인(衆人)에 걸출한 바 있었다. 천도교에 입교하기는 22세 시(時)였다. 그리하여 그는 교세의 신장을 위하여 혹은 강계(江界)로 혹은 일본으로 상당한 활동을 하였다. 그는 철두철미 정치적 기혼(氣魂)의 인물이었다. 그리하여 동학을 천도교라고 개칭한 것도 1906년 그이의 나이 46세 시(時)이었다. 이토 히로부미伊藤博文(1841-1909)의 한국통감이 반도의 정국을 우이잡고 있을 때 그는 경성의 여사(旅舍)에서 새 시기의 도래라고 약기(躍起)하였다. 경성에 중앙총부를 두고 이완용 내각이 성립하자 이용구李容九(1868-1912), 송병준宋秉畯(1858-1925) 등과 모(謀)하여 최제우, 최시형에 대한 특사를 얻고 그들 다년의 숙망을 성취하였다. 그리하여 교도는 일일이 증가하는 것이었다.

최시형에게는 3인의 수제자가 있었으니 손병희, 김연국, 손천민이 그들이다. 그러나 최시형이 죽은 뒤에 그 도통의 사승(嗣承)이 문제되어 가지고 종교에 있어서의 '정통다툼', '세력다툼'이 나타나게 되었다. 그리하여 천도교, 시천교가 분립하게 되었다. 이것도 광무 10년(1906년) 9월 이후의 일이다. 그 단서를 찾아보면 멀리 갑오동학란에까지 연원하는 것이다. 즉 전봉준의 '제폭구민(除暴救民)'의 깃발이 호남의 들에 나부낄 때 뒤에 시천교의 교주로 받들어진 이용구가 먼저 이에 참가한 데 있다. 즉, 시형의 기회주의적 태도와 불합(不合)한다. 이점에 그 단초를 볼 것이라고 하겠다. 그 뒤에 시형이 죽고 손병희는 일본으로 갔다. 그리하여 교무는 이용구, 김연국이 보았다.(손천민은 早世하였다) 이 때 러일전쟁이 일어났다. 이에 손이(孫李) 양인의 의견은 충돌하였다. 즉 이의 친일적 태도에 대하여 손은 의념(疑念)을 품었다. 이의 동학계의 진보회와 송병준의 일진회는 합동하였다. 1906년 4월이다. 그리하여 이는 그 회장이 되었다. 일본의 조선경영에 대한 적극적 방조자가 되며 경의선 부설에 대한 인부공급을 떠맡았다. 손병희의 내심의 불쾌는 드디어 교조입교(敎祖立敎)의 취지에 적(籍)하여 종교와 정치의 혼동을 불가라 하여 이용구 이하 50여명을 제명하였다. 이에 김연국, 이용구 등은 수하의 교도를 데리고 일파를 창립하니(동년 9월) 시천교라 일컬으고 이용구를 제1세 교조라고 한다.(그러나 이가 제1세 교조라고 함에 대하여는 시천교 내에서도 이론이 있다).

이용구, 김연국 등을 연결하여 일파를 창설하기는 하였으나 그러나 수성겸양(守成謙讓), 정사관조(靜思觀照)의 인(人)인 김연국(현재 생존)은 이용구, 송병준 등과도 타협의 길을 얻지 못하고 1913년 舊 4월 분열하여 상제교(上帝敎)를 조직하니 그 쇠잔하여 가는 교세를 충남 논산의 일(一) 산촌에서 지키고 있는 것이다.


## 3. 쇠미

### A. 삼일운동 전후

이상과 같이 동학이 당시의 정국을 중심으로 하여 양파로 분열한 것은 순연히 정치관계에 규정된 것이다. 이(李) 일파가 일본의 조선탄병의 단말(斷末)에서 난무할 때 손을 중심으로 한 동학의 정통은 엄연히 교의에 충실하는 듯이 보이었다. 그리하여 손이 교조의 수훈(垂訓)이라는 구실하에 이용구, 김연국 일파를 파문한 것은 친일적 태도에 불만인 까닭이었다. 시천교는 정교(政敎) 조화의 태도에서 일한합병을 원조하였고 손병희는 심중 배일을 장(藏)하였으나 표면으로 그것을 표명함을 피하고 있었다. 그리하여 세계대전이 지구의 방방곡곡에까지 그 파문을 던지고 있을 때까지 손은 오로지 교회의 확장을 꾀하였으나 그러나 그의 사생활에 있어서는 호방(豪放)의 비난을 받기까지 하였다.

파리는 세계의 핵자(核子)가 되었다. 민족자결의 절규는 약소민족의 갱생에 대한 다시 없는 자극이었다. 손병희를 중심으로 하는 천도교의 삼일운동에 있어서의 역할에 대하여서는 이곳에 논술함을 피하련다. 너무나 유명한 사실이고 또 그 운동의 계획과 활동의 기술이 이 소론의 목적이 아니므로. 사실로 삼일운동은 천도교가 물질로나 계획으로나 제반사항을 영도한 감이 있다. 그리하여 천도교의 교세는 일익(日益) 왕성하여 갔으며 교도는 호왈(號曰) 삼백만이라고까지 일컬어지게 되었다. 이제 이곳에 중대한 문제가 하나 있으니 즉 그것은 정치운동을 반대하던 천도교가 이때에 와서는 자신이 주장하여 조선의 정치적 XX을 꾀하였다는 사실이다. 문제는 다시 최근에 와서 신구파의 분열, 합동, 재분열의 문제에까지 연관하여 온다. 나는 이 중요한 과제에 대하여 오직 일언으로써 끝막음으로 하려 한다. 즉 삼일운동 이전에 있어서는 반제국주의적 색채가 천도교의 일반적 성질이었던 것이 삼일운동 이후에 와서는 그 반제적 혁명성을 상실하고 최시형의 기회주의로 역전하였다는 것을 부언하고 말려한다. 이 문제는 천도교의 당면한 제반 운동과 연관하여 중요한 논의의 과제가 아니면 아니된다. 나는 오직 이

같이 문제를 제기하고 독자의 과학적 연구와 엄정한 비판이 천도교에
대하여 논술되기를 바란다.

## B. 천도교의 분열과 합동

손병희가 1922년 경성에서 병사하자 그 도통을 승(承)할 자 누구냐
하는 문제가 생하였다. 이것은 표면의 이유이다. 적어도 천도교 분열의
본질을 구명하여 볼 때 그것은 표면의 이유인 것이다. 손은 박인호朴寅
浩(1855-1940)로 하여금 그의 교통(敎通)을 전수할 것을 말한 바 있었
다. 그러나 손의 사후 과연 도통을 박으로 하여금 승케 할 것이냐, 박의
위인이 제4세 교주 되기에 충분하냐 아니하냐 하는 문제가 분분하였
다. 그리하여 보수적 색채에 농후한 즉 심히 희박은 하나마 반제적 성
질을 보유한 구파와 삼일운동의 실패와 대전 이후에 일어난 부르조아
데모크라시 사상에 영향을 받은 소위 신파의 일단(一團)이 표면 교주문
제를 중심으로 하여 분열되고 말았다. 그 외에도 신구양파의 분열에는
따라서 교지 및 교리의 해석에도 차이가 있었을 것이다. 그리고 구파에
서 다시 오영창 일파의 사리원파가 분열되어 나갔다. 그러나 이들로 하
여금 분열 대립의 비(非)를 자인한 것은 그들 자신이 아니라 삼일운동
이후의 조선의 급속한 사회운동의 발전이었다. 즉 그 굳세인 발전과정
은 그들로 하여금 삼일운동 당시의 활동의 여지를 주지 않을 만치 발
전적이고 전투적이었다.

나날이 쇠약하여 가는 교세를 만회하기 위하여 그들은 합동 일치하
면 전일의 왕성이 재래하리라 믿었다. 그리하여 1930년 11월에 신구
파의 비공식위원들이 중앙종리원에 집합하여 합동에 대한 구체적 토
의를 하게 되었다. 즉 구파에서는 오상준, 이종린李鍾麟(1883-1950), 김
재계, 신파에서는 이돈화李敦化(1884-?), 이인숙, 이군오 등이 집합하여

입도조문(入道條文), 제도문제, 법회의 용어의 개정, 고문실(顧問室)의 신설 등을 약정하고 정식합동대회에 임하기로 되었다. 그리하여 동 11월 23일 합동법회에서 합동을 정식선언하였다.

이것으로써 천도교에 있어서의 당면의 문제는 해결되었다. 그러면 이 합동은 그 본질에 있어서 무엇을 의미하는 것일까. 합동의 제1 조건인 박인호를 제4세 교주로 인정하느냐 안하느냐 하는 문제에 있어 신파의 의견이 대세를 결하였다고 한다. 즉 박인호를 선생으로 뫼신다는 것이다. 환언하면 교주로 확정하는 것이 아니다. 더구나 대령(大領)에 있어서 정광조(부대령에 있어서 구파 최준모)가 피선된 것이니 이는 신파에 속하는 인물이다. 이것을 종합하여 볼진대 그 합동은 천도교에 남아 있던 희소하나마 그 반제적 성질까지도 상실한 것 그리하여 익익(益益) 기회주의적으로 내려가서 왜곡된 정치운동에까지 연관하여 오게 되었다는 점이다.

## C. 재분열과 그 귀추

이같이 하여 천도교는 삼일운동을 계기삼아 익익(益益) 조선의 현실에 대한 기회주의적 성질을 가하여가는 듯 하더니 금년 4월 초에 개최된 합동 후 제 2회 연회(年會)에서 다시 교주문제 '水月執義春'[22]의 문제로 재분열을 초래하고 말았다. 이것은 즉 천도교에 있어서의 상반하는 정치적 경향의 반발에서 출생된 것이라고 본다. 그리하여 그 상반(相反)의 정도는 제1 분열의 시(時)보다 더 확연하고 분명하다고 하지 못할 것인가. 그러나 천도교의 중심적 대세는 신파가 점유하는 듯하다.

---

22) 편자주 : 박인호가 수운 최제우, 해월 최시형, 의암 손병희, 춘암 박인호로 이어지는 법통을 언급한 법문에 대해 신파들이 법문을 취소하라고 주장하며 생긴 분쟁이다.

이 점에 천도교 금후의 귀추에 대한 흥미있는 전망이 있다. 그러나 근로대중의 의식은 일일이 첨예화하여 간다. 천도교의 장래가 필연적으로 삼일운동 이후의 일반적 동태—즉 그 운동의 완전한 실패에서 조상(阻喪)된 기회주의적 성질의 우세에서 그 걸어 갈 길을 걸어가고 말 것이 아닐까? 과연 천도교는 어디로 가나? 오직 한 길이 있을 뿐이다. XX에의 길이!(32. 4. 11)

# 입장의 문제와 이데올로기

-이 글을 조선의 평론가들에게 보낸다-

『비판』13-14호 1932. 5-6.

## (1)

일상의 회화에 있어서 우리는 '인도주의적 입장에서 보면……'이라든지 또는 '프롤레타리아적 입장에 서는 한……'이라든가 혹은 '학자적 입장에 있으니까……' 등등의 말을 한다.

그러면 대체 이 '입장'이라는 한 개의 단어가 언표하는 내용은 무엇인가. 우리의 일일(日日)의 생활에 있어서 쓰여지는 이 표현은 흔히 평범히 또 무자각하게 사용되고 또 사용되어서 하등의 시비를 일으키지 않음이 보통이다. 설사 언표된 한 개의 말이 시비를 일으킨다 하더라도 그것은 그 말 전체의 내용에 관한 것이고 특히 '입장'이란 단어에 관하여 문제를 일으킴은 적은 일일 것이다. 그러나 우리의 엄밀한 규정은

'입장' 그것의 일반적 근거를 구명하지 않으면 아니된다.

현실에 있어서의 제(諸)이론 혹은 논리에 서서 저어(齟齬), 이동(異同), 모순, 오류를 생(生)하는 것은 무슨 까닭인가. 또 그뿐 아니라 그 저어, 이동, 모순, 오류에 있어서도 서로 그것에 상응하여 정도, 종류의 차를 생(生)케하는 것을 우리는 나날이 경험하는 것이니 또한 어찌하여 이것이 생기는 것인가. 이것들을 가지지 않은 이론 혹은 논리라는 것은 없는 것인가. 그러나 일정한 존재 또는 대상 혹은 사물에 대한 이론 혹은 논리는 그 존재 또는 대상 혹은 사물이 일정하여 있는 것인 고로 일정하지 않으면 아니된다는 것이 또한 우리로 하여금 아무 모순 없이 생각케 한다. 사실로 그렇지 않으면 아니된다고 생각한다. 그러나 현실에 있어서는 불연(不然)하다. 형형색색의 의견이 진술되고 또 일정한 의견을 구성하는 이론에 있어서도 그 정도와 농염의 차가 있음을 우리는 발견할 수 있다. 일개의 의견이 있는 곳에는 반드시 그것에 대립 반발하는 의견이 있다. 그리하여 또 그 대립 반발하는 의견에서 종류와 정도의 차를 보는 것이다. 그러나 우리는 이같이 무질서하고 혼돈한 모순, 이동(異同)을 그것에 인유(因由)하여 오는 동기와 근거[23]에까지 능화(能化)하지 않으면 아니된다.

이곳에 우리의 일개의 의견 혹은 교차된 이론에 대한 질서부여의 필연성이 있는 것이다. 하고냐 하면 그 질서부여의 과정은 소요(所要)의 동기와 근거를 구명하는 순화의 작용이므로 이 순화의 작용이 그것의

---

23) 이 동기(Motiv)와 근거(Grund)는 엄밀히 구별되어야만 한다. 전자는 행위(개인적이거나 사회적이거나)의 목적으로써 마련된 내적 원인이다. 그것은 일정한 목적 관념으로써 외부적 행위에까지 발전분화할 필연성을 가지고 있다. 후자는 한 개의 귀결 즉 결과를 재래하는 운동과 존재의 직접적 의거이다. 예를 들면 자본가는 더 많은 착취를 하기 위하여(동기) 노동자를 해고할 구실을(근거) 발견한다. 이같이 이 둘은 다르다.

결말에 다다랐을 때 그것은 한 개의 '입장'[24]에 도달한다. 일상의 언어에 있어 무자각하게 의식되어 오던 가지가지의 저어, 모순, 이동, 오류 등의 연유하는 바 지반을 나는 우선 이 같이 규정하고 나의 다음의 분석으로 들어가겠다.


## (2)


일정한 존재 또는 대상 혹은 사물에 대한 참된 판단은 하나밖에는 없다. 일정한 그것에 대하여서는 이러이러하다고 판단하는 수밖에 없는 즉 그것에 대하여서는 일개의 이론만이 가능하고 그 이외는 오류가 아니면 아니될 일정한 엄연한 사실에 직면하여 서로 모순대립하는 이론이 현재에 사실로써 존재한다는 것은 무엇을 말함인가. 일개의 현실적 사상(事象)에 대한 판단은 한개여야만 한다고 생각하리라. 그리하여 그것에 대한 선언적(選言的) 혹은 가언적(假言的) 판단은 엄밀한 의미에 있어서 진위를 문제삼는 판단일 수가 없다고 생각하리라. 부르조아 학자는 저희들에 속하는 지배적 계급의 영원화 합리화를 꾀하고 맑스주의자는 현실의 계급적 기구의 부정적 전향을 운위한다. 그러나 사실은 현재의 계급적 기구라고 하는 하나로써 제출되어 있을 뿐이다. 여기에 있어 어떤 것인가 하나는 허위이거나 또는 오류가 아니면 아니된다. 그러면 전(前) 2자 중에서 어떤 것이 오류이고 또 오류가 아니면 아니될 것인가.

---

24)  이곳에서 말하는 입장(Standort)은 과학적 규정을 경(經)한 일반적 입론의 사회적 동기와 근거의 지반을 주는 것을 운위한다.

여기에 있어서 문제제출의 방식의 문제와 그 해답의 문제가 생한다. 그러면 그 문제제출과 해답의 방식도 여하히 하여 가능하냐. 이 두 가지가 다 우리의 당면의 문제인 '입장'의 문제에 관련하여 온다.

나는 이 '문제에 관한 이론'을 이곳에서는 다만 '입장'의 개념분석 및 그 비판에 국한하겠다.[25]

문제를 분석하여 두 가지 종류를 얻는다. 즉 하나는 질의(Fiage)로써의 그것이고 다른 하나는 문제(Problem)로써의 그것이다. 질의라는 것은 주관적인 일상생활의 단편적인 모든 작용(Des Fragen, the questioning)을 일컬음이니 말하자면 개인적이다. 길을 묻거나 값을 묻거나 뜻을 묻거나…… 등의 묻는 작용은 일 개인에게 방임된 자유이고 그것을 강제하거나 거부하게 할 하등의 이론객관적 근거를 가지지 못한 것이라고 생각한다. 그러나 이에 반하여 문제[26](Problem)는 일개의 객관적인 사실에 대한 이론이고 사회적 근거 하에서 역사적으로 과정하는 정리된 주장의 총계이다. 여론은 이 문제로서의 문제의 일 비근한 예라고 할 수 있다. 개인적 여론이라는 것은 있지 아니하다. 여론은 그것이 여론인 한은 사회적이 아니면 아니된다. 개인은 문제를 제 임의로 취급할 수는 없다. 그리하여 문제를 독단적으로 해석함을 불허한다. 하고냐 하면 문제는 늘 사회적으로 규정되고 따라서 사회적 존재로써의 이론이고 또 사회적 문제로써의 한 과학이므로이다. 문제는 그 자력(自力)이 이론적이고 객관적이므로(그 점에 문제의 문제인 이유가 있는 것이다)

---

25) '문제'의 문제에 대하여서는 흔히 권리의 문제와 사실의 문제로 나눈다(간드) 이깃은 또 이론의 문제와 실천의 문제로 대치할 수가 있다. 그러나 나의 '문제'의 문제는 그것을 논하려는 것이 아니다.

26) 문제를 구별하여 둘로 하여 질의에 대한 문제로서의 문제도 문제라고 한 것으로 술어상의 혼동을 초래할 걱정이 있는 것 같으나 문제로서의 문제와 질의로서의 문제와는 원리상 구별되지 않으면 아니된다.

주관적이고 일상적인 질의와 분명하고 판연하게 구별된다. 그러나 질의는 문제에의 향상을 노력하고 있다. 질의를 발하는 개인의 존재의 방식은 사회적으로 규정되어 있다. 사회에 있어서의 개인이고 순수한 개인으로의 개인은 있지 않다. 그러므로 질의는 문제의 빛을 통하여 그 질의를 발한 개인의 배후로서의 입장의 문제에까지 원칙적으로 그러나 간접으로 관계하게 된다. 즉 예언(例言)하면 '어찌하면 사느냐'라는 질의의 배후에는 '실업'이라는 문제를 통하여 피착취 계급이라는 '입장'에까지 연결되는 것은 그것이다.

문제는 그러면 어찌하여 제출될 것인가. 즉 그 제출의 방식과 그 선택의 근거는 어디서 구해볼 것인가. 문제의 제출방식은 '전제'에 관계한다.[27]

그리하여 이 전제는 역사사회성에 의하여 제약된다고 생각한다. 문제제출에는 반드시 하등의 전제를 예상한다. 그리하여 그 예상은 역사성을 예상하고 또 사회성을 반드시 예상한다. 하등의 전제함이 없이 돌발적으로 문제를 제기하지 못할 것은 자명한 일이다. 일정한 기준으로써 입장은—그것이 입장인 한 이론적으로 세련된 정합Kongruenz을 가진다—문제를 선행시키고 문제는 또한 흔히 일반적 의미에서 역사성 사회성을 예상하는 전제를 가진다고 생각한다. 즉 '입장'을 정하는 자는 문제이고 문제를 규정하는 자는 역사사회성이다. 이론적으로 세련된 정합으로서의 '입장'은 동등한 자격을 가지면서도 서로 반발배척하는 둘 또는 그 이상의 입장으로서 존재할 수 있다. 절대주의와 상대주의는 그 좋은 예이다. 그러므로 이 두 가지의 '입장' 중에서 어떤 것을

---

27) 문제—Problem의 Pro는 Before(前)을 의미하고 Blem-Blema는 a throw를 의미한다. 즉 문제는 그것의 본질상 한 개의 전제를 요구하는 것이다.

선택할 것인가 하는 현실적 동기는 그 입장의 정합 이전의 다른 것으로서의 문제에 관련한다. 그러므로 입장은 이론 성립에 있어서의 종국적인 것이 아니다. 그러나 그것은 문제를 한 개의 입장에까지 환원하는 것을 요구한다. 왜 그러냐 하면 '입장'의 본질 구명은 문제를 그리하여 전제에까지 소급하지 않고는 못견디는 것이나 다시 그 소급에서 입장—정합으로서의 입장에까지 환원되어 우리의 현실적 입론의 실천적 출발이 되지 않으면 아니되는 까닭이다. 입장은 그 이론적 의미에 있어서 통일된 모순 없는 이설(理說) 또는 일개의 체계에까지 정제된 주장의 형식에 있어서의 역사적 사회적 일 단계이다. 문제의 문제성은 입장에 선행하여 그것의 이론적 구조를 밝히고 다시 그것에 환원하여 현실적 언표의 근거를 마련한다. 이 문제의 문제성은 그리하여 '해답'을 필연적으로 전제하게 된다. 이 해답은 현실적 진술(Angabe)을 요구한다. 이 현실적 진술은 또한 역사적 사회 견지에 있어서 입장의 진술에까지 연결되지 않으면 아니된다.

그러면 이 전제의 문제는 어떻게 제출될 수 있는 것인가. 이 전제는 독립한 한 개의 자체로써 제기됨을 불허한다. 이것도 문제 및 입장과의 관련에서 사유되지 않으면 아니된다. 전제는 한 개의 가정이라고 볼 수 있다. 전제 및 가정은 선행하는 것이고 추종하는 것은 아니다. 그러나 이 선행은 선천적 보편적인 것이 아니다. 일정한 역사적 단계에 있어서 그것의 필연적 전경을 조망하는 구체적인, 다음에는 반드시 실현될 가정이다. 그러나 이 가정의 문제 즉 전제의 문제는 결코 칸트적으로 해석되어서는 불가하다. 칸트학파에 있어서는 경험적 연관 또는 학문의 근본 전제는 인식의 아푸리오리(先天) 혹은 선험적인 것(Das Transzendetal)이라고 한다. 칸트에 있어서의 여사한 인식 성립의 근본적 요건인 아푸리오리의 문제 따라서 전(全)경험적 사정을 그것 이전의 가능적 장면에 있어서의 타당성을 문제삼는 '무전제의 전제'라는 이론은 그리하여 한 개의 모순적 사실이 아니면 아니된다. 이 '무전제의 원리'[28]는 형식주의에 있어서의 불가피의 요청이다. 이 순수한 아푸리오리라는 것이 한 개의 보편적인 자로써 온갖 인식의 선행조건이 된다는 것은 도저히 구체성에 있어서 생각할 수가 없다. 인식될 수 있는 온갖 것은 인식 형성의 조건 하에 서지 않으면 아니되고 또 인식의 목적은 순수하게 이론적 인간적 개체에 의하여 지각되는 그러한 사실이라고 한다. 이 개체라고 하는 것은 인식주관이기는 하나 순수한 자아이며 대상에 가치추구적으로 교섭하는 것이라고 한다.[29] 그러나 이러한 인식의 방식은 문제를 또 그것의 전제를 늘 일정한 고정적 형식을 통하여 보게 된다. 그러므로 늘 문제제기의 태도가 공허하게 된다. 오인은 이 공허한 것을 구하는 것이 아니다.

칸트적 문제제기의 방식은 이상과 같이 보편타당성의 가능의 문제에서 제출된다. 이 칸트적 방식은 현상학적 문제제기의 방식에서 그것이 철저한 모양을 얻는다고 볼 수 있다. 즉 후자는 그것이 온갖 자연적 태도에 있어서의 이론을 배제하는 무전제적 입론에서 본질의 구조를 직관한다고 하나 이것은 칸트에 있어서의 보편타당성의 가능의 문제 대신에 '현상학적 태도'라는 것을 접어 놓은 것에 불과하다. 이 두 개의 사상은 역사적 사회적 사상의 설명 앞에서는 그것의 정체를 폭로한다.[30] 환언하면 무능력하다. 그러나 무능력하거든 무능력 한 채로 있지

---

28) '순수'라고 하는 것은 칸트에 있어서 아푸리오리와 동의의 것이다. 아푸리오리는 순수하지 않으면 아니된다. 그러므로 칸트의 입장은 이같이 말할 수가 있다고 생각한다. 그러나 칸트에 있어서는 '무전제의 원리'라는 자각에까지 이르지 못하였다고 생각한다.

29) Jonas Cohn, Voraussetzungen und Ziele des Erkeruen 1908 〈內外의 원리〉 〈초개인적 자아〉 참조

도 않고 우리의 현실적 사상을 변장시킨다. 즉 우리의 실천적 문제를 왕왕히 변장된 문제형태에서 현혹시킨다. 우리는 이러한 점을 엄밀히 구명하고 비판하는 용의를 가지지 않으면 아니된다. 관념적 이설(理說)에 있어서의 문제제기는 현실적 사실의 변장이고 왜곡이니 그것의 입장으로부터 불가피의 일이다.

그러나 문제제출의 방식은 우리의 이상의 분석에 의하여 역사적 사회적이었다. 즉 이 점에 문제제출의 방식은 변증법적이어야만 하는 이유가 있다. 그리하여 그 문제의 입장은 역사적 운동에 실천적으로 참여하게 된다. 이 실천적 참고는 한 개의 사물에 대한 과학적 분석을 본질적으로 함으로 말미암아 그것의 입장을 자신으로부터 소외하여 그 비판을 가능케 한다. 즉 변증법적 문제제기의 방식만이 오인에 있어서의 입장 비판의 과제가 아니면 아니된다. 동 자격으로써 주장되는 이론적 정합을 가진 절대주의 혹은 상대주의, 논리주의 혹은 심리주의의 입장으로서의 상호비판은 오인이 철학적 이론을 연구함에 당하여 결국 '수가론(水街論)'에 그치고 마는 것을 볼 수 있는 것이니 이것은 이 정합을 가진 입장들이 오직 존재를 생의—운동의 문제로써 취급하지 않는 때문이다. 따라서 절대를 꿈꾸는 영원의 현재로써 관념을 지상화하는 것이다. 그러나 변증법적 문제제기에 있어서는 '오인은 오직 해결할 수 있는 문제만을 문제삼는다'. 이것은 진리다. 늘 선택된다. 이것은 역사적 사회적 필연이다. 임의로 자의적으로 취사를 자유로 할 수 있는 문제는 따라서 문제가 아니다. 역사적 사명과 사회적 임무에 의하여 규정

---

30) 칸트 자신에 있어서는 역사철학은 그 모양을 이루지 못하였다—신칸트학파에 있어서는 관념적으로 체계지어지기는 하였지만 칸트에 있어서와 같이 후설의 현상학에 있어서도 역사철학은 성립할 도리가 없다.

된 문제가 변증법적 입장을 한 개의 당위로서의 입장으로써 규정한다.

하고냐 하면 일체의 문제는 시대를 초월하고 사회를 사상(捨象)하여서는 존재할 수 없음으로. 즉 영원한 문제는 없다. 있는 것은 다 시대의 문제이다.

그리하여 이 시대의 문제는 현대에 있어서는 '현대의 문제'이다. 현대가 가지고 있는 계급××과 사회××의 문제는 그리하여 우리에게 과제된(Aufgaben) 문제이고 따라서 변증법적 입장은 이 과제에 실천적으로 관여할 당위를 가지고 있다.

입장의 문제는 이상과 같이 구명되지 않으면 아니된다. 한 개의 이론 혹은 이론의 이동(異同), 모순, 저어(齟齬), 오류 등을 비판하고 그리하여 그 진위를 결정함에 있어서 아무렇게나 '입장이 다르니……' 운운의 이론으로써 처매버릴 것이 아니다. 입장의 문제는 문제를 즉 무엇을 문제 삼아야 하는 것인가를 구명하지 않으면 아니된다. 그리하여 전제의 문제에까지 언급하지 않으면 아니되는 것이다.[31]

(3)

입장의 문제를 '이데올로기'로서의 방면에서 다시 음미하여 보자.

'이데올로기'라는 것은 일정한 역사적 단계에 있어서의 정신, 가치판단, 관념, 규범 등의 의식의 전내용이다. 맑스와 엥겔스Friedrich Engels(1820-1895)의 해석을 쫓으면 사회적 경제적 관계의 기초 위에

---

31) 문제와 전제와의 관계에 대하여서는 더 자세한 논술이 필요타고 생각하였으나 나의 이 논문은 입장의 문제가 중심이므로 그것에 필요한 것에만 국한하였다.

서 있는 상부건축이다. 그리하여 그것은 사회적 경제적 발전에 의하여 규정되는 것이다. '이데올로기'의 결정적 이해는 이것으로써 충분하다. 그러나 이 이데올로기 개념은 또한 일방으로 나쁜 기만과 타방으로 이론적으로 그릇되게 구성된 견해와 중간에 놓여진 현상을 상상한다. 이러한 개념은 심리학적 영역에서 연출되는 망상의 층—이것은 그러나 기만에 있어서와 같이 의욕된 것이 아니라, 일정한 인과적 강제 진행에 의하여 수행된다—을 상상한다. 이러한 의미에서, 우리는 어느 정도까지 베이컨Francis Bacon(1561-1626)의 우상설에서 현대의 이데올로기 개념의 예상(豫想)을 볼 수가 있다. 베이컨은 우상(Idola)를 편견 또는 잘못된 개념으로 이해한다. 즉 이미 인간의 이지를 점유하고 또 그것에 깊이 뿌리박혀져 있는 우상과 그릇된 관념은 사람의 마음을 진리를 그 안에 들어가게 하기에 어렵게 할만치 싸고 있을 뿐 아니라, 들어갈 수가 있은 뒤일지라도, 만약 사람이 그것을 미리 방지하여 그 공격에 대하여 준비하지 않으면, 제과학의 재흥에 제(際)하여 다시 우리를 괴롭게 만들 것이다. 사람의 마음을 싸고 있는 우상에 네 가지 종류가 있다. 이 네 가지의 명칭을 들면, 제1은 '종족의 우상', 제2는 '동굴의 우상', 제3은 '시장의 우상', 제4는 '극장의 우상'이다.[32] 종족의 우상이라는 것은 인간성 그것의 안에 인간의 종족의 안에 있는 감관적인 그릇된 지각이고, 동굴의 우상이라는 것은 각 개인의 우상을 말하는 것이니 주관적 오류 또는 편견을 말함이다. 그리고 시장의 우상은 인인(人人) 상호의 교제 또는 담화에서 생기는 오성에 대한 장애를 가르키고, 끝으로 극장의 우상은 종종(種種)의 철학적 이설 또는 논리적 법칙에서 사람의 정신 안에 이입된 우상을 일컫는다.

---

32)  Karl man heim, Ideologie une Utopie 1929 S.14ff

이것들은 다 인간성 일반에서 나오거나 혹은 어떤 일 개인에서 나오거나 하는 망상 또는 기만의 근원이다. 뿐만 아니라 또한 사회라든가 전통이라든가에 돌려보낼 수 있고, 참된 견해에의 길을 차단하는 것이다. 사회와 전통이 그러한 오류의 근원이 될 수 있다는 의견은 정(正)히 사회학적인 무엇을 예상케 한다. 그러나 현대의 이데올로기 사상은 '이돌라' 사상과의 실재적 관계 또는 현실적인 이념사적으로 추궁할 수 있는 연관에 있어서 시대적 이해의 관념을 달리 할 뿐 아니라 또 사회적 의의에 있어서 전자는 후자보다 포괄적 규정성을 가지고 있다. 양자는 일견 같은 것 같으면서 현수(懸殊)하게 다르다.[33]

사회생활에 있어서 물질적 정신적 제형식과 그것의 유기적 관계와 및 기능은 사물, 지식 방법 및 관습에 여러 가지의 국한성, 차이성을 부여한다. 즉 그 국한성, 차이성을 일개의 독립한 개별성에서 고찰할 때, 그것들은 베이컨의 이른바 우상으로서의 편견 혹은 오류로써 보여졌을 것이다. 그리하여 그는 이 우상을 배제하여, 자연의 신해석을 위하여 '신기관(新機關)'으로서의 자연과학적 연구방법을 얻으려고 한 것이었다. 그러나 그가 본 바의 자연해석의 방법으로서의 귀납법 그리하여 그것의 과학적 기초를 부여하려고 한 그의 '신기관'은 당시에 있어서의 그것의 역사성에서 이해되지 않으면 아니된다. 문예부흥시대에 있어서의 실험에 의한 과학연구의 방법의 맹아는 이 베이컨의 '신기관'에서 그것의 일체계를 얻은 것이었다. 그것은 '봉건적'에서 '시민적'으로의 과정에 서 있는 근대 자본주의적 발전의 모체를 형성하는 것으로써 고찰할 수 있는 것이다. 그러나 그 이돌라적 견해의 제거로부터, 진정한 과학적

---

33)  이데올로기 ideologie는 희랍어 idea(영어로 idea) + logos(Science)의 합성어이다. 그러나 이돌라idola는 희랍어로 eidoon(an image)에서 온 것이다.

지식에의 완성을 도모한 16세기의 경험론적 시민계급적 사상은 그것의 역사적 발전에 있어서 여하하였던가를 분석하여볼 필요가 있다. 이곳에서 우리는 입장의 사상의 역사적 의식을 볼 수가 있는 것이다.

'이돌라'의 사상은 영국에 있어서의 발흥하려는 시민계급의 진보적 사상이었다. 왕권신수설과 로마법왕의 교회적 지배는 영국 정치의 근대화에 있어서 큰 장애이었다. 이 교회적 지배를 탈(脫)하여 장래할 의회정치라는 부르조아적 정치사상 상의 자유사상은 소위 명예혁명이라는 한 개의 필연적 전향을 마련한 것이었으니 전통적 제관념의 우상에서의 이탈이라는 베이컨의 사상은 분명히 발흥하려는 시민계급의 입장의 대변이었던 것이다. 이같이 베이컨의 사상의 이돌라 제거라는 입장은 우상의 역사성 사회성의 문제를 문제삼음으로부터 그것의 입장 규정이 명백하게 된다. 이 사상은 그리하여 시민계급의 완전한 승리를 의미하는 프랑스 혁명까지 이어 내려왔다. 이 때에 있어의 일반적 관념학은 사상사상의 소위 '프랑스 유물론'이었으니 로크John Locke(1632-1704)와 콘디악Étienne Bonnot de Condillac(1715-1780)의 영향을 받은 데스튜드 드 트라시Antoine Louis Claude DEstutt de Tracy(1754-1836)는 관념, 심리적 형태 및 과정에 관한 학문으로서의 이데올로기를 일반적인 심리적 분석에 유용하고 또 윤리학과 정치학의 근저가 될 수 있는 정신과학으로써 기초지었다.[34] "이데올로기는 관념의 과학이다"라고 그는 말한다. 그리하여 콘디악의 추송자 중에서, 형이상학을 배척하고 정신과학을 인간학적으로 또는 심리학적으로 토대지어 주려고 한 프랑스에 있어서의 철학도를 이데올로그(관념학자)라고 일컫는다.[35] 베이컨의 자연연구에 있어서의 귀납적 방법이 관념적

---

34) Rudolb eisler Philosp beulexikon. Destutt de Tracy

이고 심리학적인 방면을 그것의 구체적이고, 실험적이었음에도 불구하고 그 안에 내재시켰다는 사실은 그리하여 한 개의 방법—즉 그의 우상배제의 귀납적 방법의 입장이 역사적 사회적 견지에서 한 개의 문제적 입장으로의 자각을 가지지 못하였다는 점은 그 뒤에 오는 그것의 추종자들에게 관념학자라는 별명을 주게 하였으니, 이것은 현대에 있어서의 이데올로기의 당파성 혹은 계급성의 문제와 연관하여 온다.

현대적 의미에 있어서의 이데올로기 개념은 먼저 나폴레옹Napoleon이 이들 철학자(그의 제왕적 야욕에 반대한다고)를 경멸하는 의미에서 이데올로그-관념학자라고 한 데서 시작한다.(만하임) 이에서 비로소 이 단어는 이론적(doktrinaer)이라는 단어와 같은 현금까지 사용되는 의식을 얻은 것이었다. 물론 이데올로기라는 말의 발생적 고찰은 이것으로써 충분할 것이나 그러나 나폴레옹이 경멸하는 의미에서 이 말을 썼다고 이 말이 결코 현금에 있어서도 경멸하는 의미에서 사용되는 것은 아닐 것이다. 이 이데올로기의 문제는 현금에 있어서는 입장비판의 문제로서의 한 중요한 엄밀한 규정을 요청하는 것이다. 우리는 그것에 대하여 경멸은커녕 분석 음미하지 않으면 아니 될 중요한 과제라고 생각한다. 더구나 현금과 같은 사회파시스트 대두의 시대에 있어서는.


(4)


입장의 분석적 고찰은 문제의 사회성, 역사성의 문제에서 그 이론적 구조를 밝힌다는 것을 상술하였다. 즉 한 개의 입장이 입장으로써 정합

---

35)  Karl mannheim, ibid S.26ff

을 가진다는 것의 가능은 그것의 문제의 다른 문제에 대한 비판 성립의 장소에서 수행되는 것이다. 환언하면 입장 상호간의 비판의 가능은 그것의 문제의 역사사회성에서 인식되는 실천적 전망에서만 성립된다. 이 점에 변증법적 태도의 우위가 있다. 따라서 이 우위는 그것에서 정신적 무기를 발견하는 프롤레타리아적 정합으로서의 입장의 이여(爾餘)의 입장—부르조아적, 사회민주적, 사회파시스트적—에 대한 우위가 있는 것이다. 이 우위는 이데올로기에 반영하여 프롤레타리아적 이데올로기의 이여의 이데올로기에 대한 우위로 된다.

보통 사회적 존재가 의식을 규정하는 것이고, 의식이 존재를 규정하는 것이 아니라고 말한다. 오인은 공식화된 이 말의 정당성을 인정한다. 무비판적으로 섭입(攝入)하는 것이 아니고, 그 합법칙성의 사회적 제기구의 속에 뿌리박은 필연성의 인식으로써 그 정당성을 인정한다. 그러므로 사회적 존재의 반영으로서의 의식적 형태의 상품의 마술성에 의한 그 본질의 은폐와 애매는 있는 그대로의 또는 변화발전하는 존재 그것의 형상을 전도하고 변조하여 반영한다는 것을 인정하게 된다. 따라서 그 전도 변조가 어떻게 하여 마련되는가를 분석 음미하는 것은 이데올로기 비판의 과제가 아니면 아니된다. 그리하여 상품의 마술성의 변환은 한 개의 엄연한 사실에 대하여 역설적 사유로서의 문제를 제출케 한다. 그 변환에 현혹된 때 그리하여 그 현혹을 합리화하여 정합으로서의 입장에까지 정제할 때 소위 사회파시스트적 이데올로기로서의 '사유의 위기'의 문제가 생(生)하여 온다.[36] 자본주의는 그것의

---

36) 칼 만하임의 전게서 『이데올로기와 유토피아』는 조금도 에누리없이 현금의 사유는 이제야 위기의 상태에 있다는 것에서 출발한다. 그것은 파시스트적 경향에 대한 이론적 근거를 주려고 하는 기도에 불외(不外)한다.

경제적 지배원칙을 인식함—과학적 분석에 의한—을 회피한다. 즉 그것은 상품의 마술성에 의하여 현혹된 그대로의 시야로써 현실을 내다보려고 또 그 외는 다른 도리가 없다. 왜 그러냐 하면 만일 그 반대라고 하면 그것은 그것의 필연적 몰락을 인식하지 않으면 아니되고, 따라서 사멸하는 것의 위협을 통감할 것이므로.

이같이 자본주의적 이데올로기는 그것이 정합으로서의 입장을 가지기는 하나 환언하면 한 개의 입장적 문제이기는 하나, 그 문제의 역사사회성에 의한 변증법적으로 발전분화한다는 가능적 전제는 상품의 마술성의 소실 즉 '자본'의 소멸과 같이 사거(死去)하지 않으면 아니된다. 베이컨에 있어서의 이돌라 배제라는 이데올로기성, 그리하여 18세기에 있어서의 계몽철학적 이데올로기성—이것 등은 다 발전하는 근대 자본주의적 자유사상의 문제의 역사사회성의 형태이었다. 그러나 이 자본주의의 발생발전의 과정이 현대의 몰락적 단계에 다다랐을 때에는 그 이데올로기적 입장의 문제도 그 종언을 고하게 되었다. 이에 이데올로기의 개념을 명확히 규정할 것 같으면 이데올로기라는 것은 어떤 특정한 역사적 사회적 의식형태이고 따라서 자본주의의 발생, 발전, 사멸과 그 운명을 같이할, 존재하는 것의 그 가장 근본적인 본질을 은폐 애매케 한 의식형태이다. 그러나 흔히 맑스주의적 이데올로기라고 한다. 그러나 이것은 결코 이데올로기로서의 맑스주의를 의미하는 것이 아니다. 양자는 구별되어야만 한다.[37] 입장의 문제와 이데올로기의 문제는 이같이 부즉불리(不卽不離)이다. 입장 상호간의 관계는 이상

---

37) '맑스주의 이데올로기'라는 말은 '자본주의적 이데올로기'라는 말에 대비하여 상대적으로 사용될 때만 허용된다. 하고냐 하면, 이데올로기로서의 맑스주의라는 것은 위에 말하여 온 것에 의하여 존재할 수가 없으므로. 맑스주의는 결코 역사적으로 발생, 발전, 사멸할 이데올로기는 아니다. 이 점은 주의하지 않으면 아니된다.

과 같다. 그리하여 한 개의 입장으로부터 다른 입장에 대한 비판은 그 성질상 역사성, 사회성에 있어서 가능하지 않으면 아니된다. 즉 이론과 실천과의 합일에서만 그 가능적 장면을 발견하지 않으면 아니된다. 그리하여 이 입장비판의 이론적, 실천적 가능의 문제는 그 이데올로기성의 원인의 양기에 있지 않으면 아니된다. 그리하여 의식의 이데올로기성은 없어진다. 여기에 비로소 '자유의 왕국'은 시작된다.

이상과 같이 입장으로서의 입장의 문제는 원칙으로서 2개의 입장으로 구별된다. 즉 이데올로기적 입장과 맑스주의적 입장과의 그리하여 이 두 가지의 입장에 대한 비판가능의 수속(手續)은 상술한 바와 같다. 그러나 이제에 와서는 그러면 어찌하여 맑스주의 자체의 과학연구의 방식은 상래 논술하여온 논거를 변호하면서 가능하냐하는 문제가 생한다. 즉 맑스주의적 과학연구방법이 어찌하여 입장의 문제와 연관하여 독자적으로 가능하냐 하는 문제가 생한다. 이것은 우리에게 주어진 과학비판의 과제이다. 이 과제를 푸는 것은 또한 이데올로기 아닌 입장의 필연적 내적 문제가 아니면 아니된다. 이 문제는 나의 후일의 숙제이다.(1932. 2. 8)

# 이데올로기와 사회파시즘

## - '신수정주의'와 현계단 -

『신계단』 1호 1932. 10.

경제적 사회적 위기의 급박 하에서 부르조아 과학과 철학의 위기도 묵은 사고의 형식과 방법의 일반적 쇠퇴를 보이며 우리의 앞에 전개되고 있다. 제국주의와 프롤레타리아 ××의 시대에 있어서 재래의 사유 방법이 여하히 그 무능력 무비판 몰이해한가를 보는 것보다도 오히려 그 사회적 ×동성[38]을 껍질 벗기는 것이 얼마나 필요하고 또 그리하지 않으면 아니되는가는 이론적 담당자에게 있어서 간과하지 못할 과제이고 임무이다. 더욱 다만 이론적 담당자에게 있어서만이 아니라 실천의 과중(過中)에 있는 제군에게 있어서도 관심하지 않으면 아니될 문제이다. 우리는 그 문제를 고구(考究)하리라. 그 문제는 우리에게 역사적

---

38) 편자주 : 운동성. 검열로 한 자를 ×함.

으로 사회적으로 과제된 입장의 문제에 있어서 고안되지 않으면 아니된다.[39]

벌써 세계대전 수 년 전에 있어서 막스 베버Max Weber(1864-1920)라든가 에른스트 트뢸치Ernst Troltsch(1865-1923) 같은 독일 부르조아지의 유명한 이론적 학자가 과학, 특히 정신과학의 위기에 대하여 말한 바 있었는데 그것은 부르조아 과학의 현대의 발전경향과 문제에 대한 관계를 명확히 반영하였었다. 그리고 자연과학에 있어서도 그 방법론적 위기가―그것에 대하여 엥겔스는 벌써 명료하게 지시한 바 있었다.―자연인식과 원리에 대하여 격렬한 논쟁을 야기하였다. 헤겔의 말한 바와 같이 사물 자체의 내부에 일어나는 그 자력(自力)의 모순과 발전 변화의 과정은 필연적으로 묵은 것의 태내에서 신(新) 비약적 출생을 영위하지 않으면 아니되는 것이니 부르조아 학자에게 있어서도 총명한 두뇌는 이 엄연한 사실을 인정하지 않고는 못 견디는 것이었다. 베버라든가 트뢸치라든가의 사상사상의 거물은(사실로 그들은 거물이다. 그러나 오인에게 있어서는 그 거물됨의 의의가 殊異하다. 그들은 역사적 시대에 있어서 사회적 지배적 정신의 대표적 이론가이었다는 점에서 거물이라는 것을 인정한다) 오인과는 다른 관점에 서서 있었다 할지라도 현대에 있어서의 정신과학의 위기를 인식한 점은 등한에 부(付)하지 못할 맛(味)이 있는 것이다.

금일 시민적 과학과 철학의 파탄은 온갖 방면에 있어서 완전히 혼란을 재래하였고 그리하여 그 '카오스'로부터 빠져나갈 구멍을 찾는 거의

---

39) 이 '입장의 문제'에 대하여서는 나는 『비판』지 금년 5, 6 양월호에 「입장의 문제와 이데올로기」라는 소론으로서 비교적 상세히 논구하였다고 생각한다. 이곳에서 다시 되풀이하는 번(繁)을 피하리라.

절망적 기도는 오인에게 진실로 민연(憫然)한 바 있게 한다. 이러한 정세에 있어서 묵은 부르조아 자유주의와 입헌주의는 파시즘화하며 따라서 부르조아 과학과 철학의 파시즘화의 과정도 꾸준히 생장하고 있는 것이다. 우리는 이곳에 파시즘의 특질을 대변하는 신헤겔주의를 내보일 수가 있는 것이다.[40] 그러나 타방에 있어서는 맑스주의와 변증법적 유물론의 ××를 보이는 새 사실과 문헌이 매일같이 오인의 안전(眼前)을 거래(去來)한다. 소비에트 러시아에 있어서의 사회주의 건설의 세계사적 진전은 ××주의의 역사적 정의와 창조적 역량에 대한 산 증거를 보인다. 뿐만 아니라 그것은 즉 그것의 세계관적 근거를 형성하는 유물변증법적 방법의 풍만한 성과를 보이는 것이 아니고 무엇이겠는가?

자본주의 체계의 위기 증장과 따라서 대중적 실업과 빈약의 밑에서 부르조아 민주주의의 지도자들은 그들의 역사적 임무의 수행에 급급하고 있다. 즉 독일에 있어의 긴급칙령의 남발, 각 자본주의 국가에 있어서의 '조국' 또는 '민족'의 군호 하에 강행되는 '통제경제'의 ××에의 확대 충당, 그것의 나팔수인 관료적 학자의 이론—이 모든 것은 현금에 있어 소위 '사회파시즘'을 형성하고 있으며 이론적으로는 독오(獨墺)학파적 수정주의에 대한 파시즘화한 수정주의의 길을 걷고 있다. 이것을 이른바 '신수정주의'(Neurevisionismus)라고 일컫는다. 그리하여 사회파시스트의 신수정주의(는) '부르조아 데모크라시'의 정치적 경제적 지원 하에 조직적 역할을 한다. 그러나 이 신수정주의의 방법이 ×

---

40) 신헤겔주의(Neuhegelianismus)라는 것은 일반적으로 말하면 현대에 있어서 헤겔의 정신을 부흥시키려는 철학적 경향이다. 신헤겔주의라고 하더라도 그 안에는 여러 가지 경향과 지반의 상이(相異)가 있다. 현재에 있어서는 네델란드 헤이그에 본부를 둔 '헤겔연맹'에 의하여 사회적으로 계급적으로 한 개의 단체적 형태를 성(成)하고 있다. 시방에 와서는 이름있다는 철학자는 크든지 적든지 모두 이 신헤겔주의적 요소를 섭입(攝入)하고 또 그 경향을 가지고 있는 것이다. 헤겔 르네상스(헤겔 부흥)라는 말은 지금의 철학에 있어서 일반적 문제인 것 같다.

×의 현대에 있어서 사회민주주의의 대중에게 과연 만족한 이론적 안심을 주고 있는 것인가? 부(否)! 사회파시스트의 압제의 첨예화 밑에서 이데올로기의 '세련'을 기도하고 있는 신수정주의의 이론가들은 가능한 한도에 있어서 맑스주의에 대한 '이데올로기적 반대'를 꾀하기는 하나 그러나 그것은 맑스주의 이론의 일호(一呼) 하에 여지없이 파괴되고 마는 것은 실로 가엾기 짝이 없는 일이다. 독오학파적 수정주의는 정면으로 맑스주의에 대한 수정, 공격을 한 것이었으나 이 소위 사회파시스트의 신수정주의를 일견 맑스주의의 이론같은 즉 '가좌익적(假左翼的)' (scheinlinke) 언사 하에 이론에 소원한 대중을 현혹케 한다. 오인은 그 '가좌익적' 이론에 쓸려 들어가는 과오를 주의하지 않으면 아니될 것이다. 즉 이데올로기 문제의 사회역사성[41]을 정당히 이해하지 않으면 아니된다. 사회 파시스트의 이데올로기적 체계로서의 신수정주의의 계급적 분석과 역사적 해명 하에 그것이 부르조아 이론의 일 세련된 형태라는 것을 파악하지 않으면 아니된다.

이 새 이론은 그 내용에 있어서 사회민주당의 이론가 힐퍼딩Rudolf Hilferding[42](1877-1941)의 것과 구별되는 것이니 그것은 맑스주의인 척하는 그릇된 이론을 노동자의 체내에 밀수입시키는 것에 의하여 사회민주당의 파쇼화의 경향을 조장하고 그것의 정책을 반영하는 점이다.

---

41) 사회역사성의 이론적 구명은 일언으로 설명할만한 그러한 간단한 것은 결코 아니다. 이것에 대한 이해는 실로 상세한 학적 준비를 필요로 한다. 따라서 이데올로기의 사회역사성의 문제도 상당한 분석적 음미의 귀납 하에 이해되리라. 만연(漫然)히 사회적이라든가 역사적이라든가의 술어를 사용하는 것은 결코 아니다. 필자가 이러한 술어를 사용한다 히더라도 그것은 그같은 분석적 음미를 전제로 하고 사용한다는 것을 일언(一言)한다. '이데올로기의 사회역사성'의 문제에 관하여서도 나는 전게 『비판』지 5, 6월호(「입장의 문제와 이데올로기 비판」-편자주)에 논급한 바 있었으니 다시 되풀이 하지 않겠다.

42) 편자주 : 독일사회민주당의 이론가. 『금융자본론』(1910)을 통해서 마르크스 경제학 발전에 공헌하였다. 나치에 반대하여 망명하였다가 체포되어 1941년 수용소에서 사망하였다.

'바이마르 헌법을 옹호하라', '자유의 노동자들아'의 슬로건 하에 소위 '좌익적 동원'이라는 것을 하고 있다. 그러나 자유를 위하는 노동자라는 막연한 규호(叫號)로써 ××적 의식에 로맨틱한 양념을 쳐주고 있다. 그들의 외치는 자유는 노동자 농민의 가슴에서 우러나오는 전위적 슬로건이 아니라 긴급칙령의 자유로운 반포를 찬성하는 자유에 지나지 않는 것이다.

이러한 사회민주당의 파쇼화의 과정은 ××적 맑스주의에의 대중적 이행을 도리어 가능케 하고 있다. 그리하여 그 신수정주의의 파쇼적 이데올로기의 가(假) 맑스주의인 정체가 폭로된다. 나는 다음에 이 소위 신수정주의의 호개의 일례로써 란쓰후트와 마이엘의 감수 출판한 『칼 맑스의 역사적 유물론』을 들리라. 이 두 사람은 사회민주당의 이론가이다. 그들은 세계관적 역사철학적 개념에 있어서 맑스의 청년시대의 이론적 문헌을 이해하려고 하였다.[43] 이 논집은 메링그판 맑스엥겔스전집의 유고집과 맑스엥겔스연구소 출판의 맑스엥겔스전집에 나온 맑스의 청년시대의 논고 외에 거의 『독일 이데올로기』 전부와 모스크바판 맑스엥겔스전집에 나온 1844년 이전의 맑스의 논고까지도 포함하고 있으며 또 전기 양 출판인의 손에 의하여 『국민경제와 철학』이라는 표제 하에 출판되었다. 이제 우리가 이것을 문제삼는 것은 그들의 출판한 그 서책의 내용에 관한 것이 아니라 그 책의 서언에 나타난 양인의 사상과 맑스주의 이해에 대한 논점을 비판하려는 것이다.

이 책의 서문에는 1908년 플레하노프Georgii Valentinovich Plekhanov

---

43) 그 책은 이러한 것이다.
Karl Marx, Der Historische Materialismus. Die Fiuhschriften. Heransgegeben Von S. Landshnt und I. P. Mayer. 2. B.de Leipzig. 1932.

(1856-1918)가 그의 『맑스주의의 근본문제』에서 논한 바를 이야기하고 있다. 즉 플레하노프가 맑스를 칸트라든가 마하Ernst Mach(1838-1916)라든가 아베나리우스Richard Avenarius[44](1843-1896)라든가로써 이해하려고 하고 또 한편으로는 맑스를 토마스 아퀴나스Thomas Aquinas(1224-1274)로서 조화하려고 하는 기도에 대하여 투쟁하였다는 것을 들고 있다. 플레하노프의 이론은 대체로 긍정되는 것이나 그러나 어떤 점에 있어는 정합을 얻지 못한 것이 많다.

더구나 그는 맑스와 젠틸레Giovanni Gentile[45](1875-1944)를 조화시키고 맑스주의를 파시즘과 타협시키려는 사회민주주의적 이론가의 기도를 예견하지 못하였다. 이제 이 사회민주주의자의 기도를 실행하려는 것이 란쓰후트와 마이엘의 임무이다. 그리하여 그들의 이론은 따라서 '신수정주의 철학'의 중요한 특질을 형성하고 있는 것이다.

이 양인의 출판자의 사상적 입장은 '맑스의 정신적, 역사적 이해'로서 결정할 수 있다. 그리하여 소위 모든 '편견'을 배제하고 정신사적 보편적 관점을 표시하였다. 이것은 즉 전체성에 있어서의 맑스, 역사적 사회적인 맑스, 천재적 두뇌로서의 맑스의 이해가 아니라 일(一) 국한된 왜곡된 관점에서 본 맑스의 이해에 불과하다.

다음의 사실은 어떠한 초보의 학도에게 있어서도 다 아는 일이다. 즉 맑스는 1845-46까지는 헤겔철학과 포이에르바하 유물론의 비판적 해석의 도정에 있었고 또 프랑스 사회주의와 정치적 경제학의 근본적 연구에서 변증법적 유물론자에까지 이른 것이었다. 맑스의 청년시대의

---

44)  편자주 : 독일의 철학자. '경험비판론'의 창도자이다.

45)  편자주 : 이탈리아의 철학자. 무솔리니 집권 후 교육부 장관이 되었고, 파시즘을 공공연히 주장하였다.

논고는 그의 완성된 입장과 내적 연쇄 하에서 있는 것이고 결코 분리된 전연 다른 입장에 서 있는 것이 아니다. 엥겔스에 의하면 맑스는 벌써 1845년 이전에 있어서 그의 유물론적 역사관을 완성하였다고 한다. 이때의 맑스의 부르조아 데모크라시로부터 프롤레타리아에의 과도(過渡)는 완성된 것이고 노동운동에의 직접적 관여가 시작되고 변증법적 유물론이 맑스의 사상에 있어서 완성된 것이었다. 『신성가족』은 맑스가 헤겔 철학으로부터 사회주의에 전향한 중요한 노작이라는 것을 레닌은 말하였다.

이같이 맑스의 청년시대의 문헌을 연구하여보면 여하히 맑스가 개념의 변증법은 객관적 유물적 현실의 반영 이외 아무 것도 아니라는 것에 도달하였다는 사실을 구체적으로 보이는 것이다. 이것이 즉 맑스가 헤겔 철학을 거꾸로 세운 것이라는 것이다. 그러나 이상의 두 사람은 이 사실을 인정하지 않는 것이다. 그들이 마음대로 『국민경제와 철학』이라는 표제 하에 출판한 맑스의 논문이 맑스 사상의 최고위를 점하는 중심적 노작이라고 그들은 말한다. 그러나 맑스가 헤겔과 포이에르바하에서 받은 술어는 『신성가족』과 같은 논저에 있어서는 벌써 그 본래의 형이상학적 의미는 없어진지 오랬고 또 그의 완성된 새 사상의 유물론적 내용은 이들 신수정주의 맑스 연구에 의하여 사변철학적 체계의 마수 하에 왜곡되고 만 것이다.

이같은 트릭을 가지고서 그 출판자들은 맑스를 헤겔학파의 관념론자로 변하고 말았다. 그들의 의견에 쫓으면 맑스의 전 사상은 헤겔의 철학에 의하여 구성되었다고 한다. 이같은 맑스의 이상주의적 이해는 따라서 그의 사상을 관념적 세계관과 역사철학의 견해로 인도하는 것이 되고 그리하여 맑스의 특질을 파시스트적 이데올로기의 견해 하에 설명하는 것이 되고 만다. 이것이 진정한 맑스의 이해이겠는가?

그들의 역사 이해의 중심점은 인간 및 그 자기 소격(疏隔)의 가능성의 근본적 이해에 있다. 인간의 진정한 이념 및 그 공유체를 얻는 곳에 그들의 출발점은 있다. 현실의 인식은 이념의 척도를 비판하는 곳에 있다. 그리하여 현실과 이념의 조화의 가능의 문제가 그들에게 있어서는 세계 해석의 중심 과제가 아니면 아니되는 것이었다. 그들에게 있어서는 철학의 문제는 현실과 이성의 조화 일치에 있었던 것이다.[46]

이상과 같은 맑스의 이해로부터 그들은 다음과 같은 견해를 가지게 된다. 즉 헤겔에 있어서의 절대적 정신과 같이 자본은 운동의 주체이고 맑스의 자본론은 헤겔의 정신현상론의 반복으로서 표시할 수 있다는 것, 환언하면 부르조아 사회의 정신 형식에 전연 일치한다는 것을 말한다. 그리하여 또 그들은 자본은 사상의 진정한 주체이고 부르조아 사회의 정신은 자본에서 그 주체로써 현상하는 것이라고 하고 이것은 인간의 세계에 대한 관계로서의 전조 이외에 아무것도 아니라는 것을 말한다.

이러한 해석은 어디까지든지 위에 말한 바와 같은 이념과 현실을 동

---

46) 란쓰후트와 마이엘의 견해와 같이 현금 유세(有勢)한 철학의 경향은 흔히 그러한 방법을 취하면서도 필경은 이념에 우위를 주고 있다. 현상학이 그 중 우월한 자이라고 하겠다. 나는 그것에 대하여 상세한 논술을 할 여유를 가지지 못하였다. 이곳에 일언을 첨가할 필요를 느끼는 것이 있으니 그것은 그러한 철학적 경향에 있어서 일반적 특질을 성(成)하는 것은 '인간'이라는 것의 이해를 중히 여긴다는 것이다. 그러나 그 '인간'은 현실적 구제적 '인간'을 운위하는 것이 아니라 관념적 인간을 문제삼는 것이다. '인간'이라고 하면서도 거의 '이념적 존재'와 동의어로 쓰고 있다.
　　이러한 철학적 조류가 있는지 없는지를 혹 아는지 모르겠으나 조선의 '수양동우'적 이론가인 이광수씨의 「묵상기록」은 실로 가관이다. 그는 '유심사관'을 말하고 전체주의 즉 구실주의를 논한다. 이같은 단편적 수필을 문제삼는 것이 오히려 이 논문의 본의는 아니나 조선에 있어서의 민족과 파시스트적 색채를 가진 그의 사회적 존재로부터 하여 일언을 정(呈)하지 않을 수가 없다. 나는 씨의 소위 「묵상기록」의 본체를 구명하려 하였으나 남의 단편적 어록을 중대시하여 논평하는 우를 가지려고 하지 않음으로 다만 이 일언으로써 그친다. 씨에게 있어서도 그것이 오직 기분적 단편에 지나는 것이고 그의 전체를 말하는 것이 아니라는 것이면 묵과할 수도 있는 것이다.

화 타협시키려는 저의 하에 논술되는 것이니 이러한 역사철학적 잠꼬대는 헤겔 철학과 포이에르바하 철학의 술어를 혼동하여 사용하였고 따라서 그것들을 이해하지도 못하고 끌어낸 곳에 있는 것이다. 이탈리아 파시즘의 대사(大師) 무솔리니Benito Mussolini(1883-1945)의 비장(秘藏)철학자 젠틸레 교수가 대표하는 파시스트적 국가철학의 이론을 그냥 가져다가 자가농중(自家籠中)의 비약(秘藥)을 삼은 것에 불과하다. 이념의 자기 소격(疏隔)과 자기 실현으로서의 역사는 젠틸레 교수가 말한 '현실적 행위' 또는 '행동적 행위'로써 세계사의 폭로된 비밀이라고 한다. 그들에게 있어서는 역사는—더욱 인간사회의 역사는 이념의 자기 실현의 역사라고 하는 헤겔의 전통적 견해를 그냥 보지하고 있으며 정신이 순수 행위로써 나타나고 그리하여 파시스트의 국가는 자기 실현을 완성하는 것이다라는 젠틸레의 의견과 일치한다.

이상에서 대체로 신수정주의의 파시스트적 이데올로기를 해명하였다고 생각한다. 즉 그들 젠틸레를 대장으로 하는 신수정주의자의 이론은 맑스를 연구(?)하면서 맑스를 이해하지 못하고 헤겔의 사변적 관념론과 포이에르바하의 불확실한 유물론에서부터 이론적 정합에의 길을 얻지 못하고 오직 그들의 사변적 술어만을 사용함으로써 그들은 이해한 듯이 태도를 가지는 새 철학적 입장은 젠틸레에 있어서와 같이 아주 명확한 사회적 정치적 임무를 담당하고 있는 것이다. 즉 사회파시스트적 이데올로기의 파시스트 국가적 공급자로서 규정되고 있는 것이다. '헤겔의 이성'에 의하여 사회를 해석하고 인간을 본질을 왜곡하여 태연한 이 신수정주의자들의 이론은 그리하여 헤겔 부흥을 꾀하는 신헤겔주의의 제이론과 공통하는 사회적 임무를 부담하고 있다. 그들은 맑스를 연구함으로써 맑스를 극복하려 하며 따라서 변증법적 유물론의 세계관적 의의를 말살하여 버리려고 한다. 그러나 불행히도 그들의 사회파시스트적 이데올로기의 체계는 이곳저곳에 이론적으로 중대한 결점을 노출하고 있는 것이니 파시즘의 사회적 이념과 국가적 이념을 가지고 맑스주의를 극복하려 하고 그리하여 사회사업가의 비약적 전향을 부정하여 ××운동의 국가 기관에 의한 ××을 꾀하고 있는 것이다(此間 六行 略)[47]

……의 사실을 목전에 보는 현계단에서 이상과 같은 이데올로기적 파시즘의 형태로서의 신수정주의를 고찰하게 된 것이 결코 우연한 일이 아닐 것이다.


이상으로써 나는 파시스트적 이데올로기로서의 신수정주의를 기분간(幾分間) 해명하였다고 본다. 이론적 학문에 정진하는 이나 실천에 있는 이나 다 이러한 이데올로기적 형태의 올빼미 눈 같은 변전(變轉)을 주의하지 않으면 아니될 것이다.(1932. 9. 14)

---

47) 편자주 : 검열로 인한 삭제로 추정된다.

# 조선어 철자법 문제의
# 위기에 대하여

『신계단』 제3호 1932. 12.

* * *

이 주제는 조선어학 연구계에 있어서의 파시스트적 경향을 논하여 그것의 ××적 의의를 폭로하고 아울러 대중은 여하히 이 문제를 취급할 것인가의 논리적 해명을 주려고 함에 그 본의가 있다. 조선어 철자법에 있어서의 부분적 문제를 문법론적으로 취급하려고 함이 아니다. 조선어 철자법의 귀착되어야만 할 일반적 방향을 과학적 견지에서 규정하려고 한다.

* * *

　지금 조선어학연구계에 있어서는 2개의 유파가 서로 항쟁하고 있다. 하나는 조선어학회이고 다른 하나는 조선어학연구회이다. 전자는 10여년의 역사를 가지고 '한글 운동'을 강력적으로 진행하고 있고 후자는 작년 겨울에 창립되어 불과 1년 미만의 생장을 가질 뿐이다. 그러나 이것은 전자에 비하여 단기간의 역사를 가졌음에도 불구하고 현재에 있어서는 완전히 대립하는 동등의 지위에서 객관적으로 그것의 존재를 주장하게 되었다. 지난 11월 7일부터 3일간 동아일보사의 주최 하에 마련된 대립토론회는 이것을 말하는 것이다.[48] 그러면 이 양방의 대립은 무엇을 표명한 것인가. 이것을 단지 조선어학연구계에 있어서의 철자법 문제라는 일(一) 특수한 학문적 영역에 있어서 발생한 견해의 차이라고만 보고 따라서 문전(文典) 연구와 그 정리에 관한 주장의 상위(相違)라고 하여 일부 문법연구가의 임의에 맡겨둘 것이라고 할 것인가. 아니다! 학문의 연구는 그것의 여하한 부문에 있어서를 불문하고 전체와의 상관성에 있어서 고찰되지 않으면 아니된다. 문법적 연구에 있어서 이 견해의 상위를 그 자체로서 일반적 사회사상과 분리독립시켜서 내버려 둘 것이 아니다. 사회적 정세와 역사적 필연을 고려하면서 우리는 이 조선어 철자법 문제를 대중적 비판의 면전에 제출하지 않으면 아니된다. 이에 우리가 전기(前記) 양 연구단체의 대립항쟁의 본질을 구명하지 않으면 아니되는 이유가 있다. 조선어학회의 견해와 주장에 대한 조선어학연구회의 반대는 그리하여 조선어학회의 쪽에서 볼 때

---

48)　편자주 : 동아일보사가 마련한 '조선어철자법토론회'를 언급한 것이다. 조선어학회 측에서는 신명균, 최현배, 이희승 3인이 출석하였고, 조선어학연구회측에서는 박승빈, 백남규, 정규창 3인이 출석하여 제1일(7일)에는 쌍서(雙書)문제, 제2일(8일)에는 겹바침, ㅎ받침문제, 제3일(9일)에는 어미와 기타 조선어와 관계있는 모든 문제에 대해 토론했다. 각각 자기의 학설을 발표한 후 문답식으로 토론을 진행했다.

자체에 대한 한 개의 위기의 문제로써 나타났다. 이것은 상술한 토론회 단상에서 연출된 조선어학회 쪽의 연사의 이론으로써 볼 수 있고 또 지난 10월 29일부터 3일간 훈민정음 반포를 기념하기 위하여 동아일보사 지상에 게재된 「한글운동의 현상과 전망」[49]이란 글에서 그것을 집어낼 수가 있다. 그러면 이 위기의 문제는 여하히 하여 나타난 것인가.

우선 일반적으로 위기라는 것의 본질을 구명하자.

위기라고 하면 보통 한 개의 정립에 대하여 그것에 반대 모순하는 것이 나타났을 때에 운위되는 것이다. 이 위기에 대하여서는 여러 가지 종류의 위기가 말하여지리라. 그러나 그 모든 위기는 일반적으로 사상의 위기라는 것에 귀향(歸向)되고 만다. 왜 그러냐 하면 그러한 여러 가지 종류의 위기는 그것의 논리적 의미에 있어서 순수하게 자기의 반대자에 전향(轉向)하는 것이고 따라서 차등의 위기를 생(生)케 한 근저에는 의식에 있어서의 반동적 요소와 그것의 내용적 빈곤을 가지고 있는 까닭이다. 그리하여 그 내용적 빈곤과 반동적 요소는 필연적으로 반대자에 의하여 비판되지 않으면 아니된다. 한 개의 학문이 그것의 위기에 당면하였다는 것은 즉 그 학문이 그것 이외의 것에 의하여 비판되고 따라서 그것의 일면성과 제한성과를 폭로하였다는 것을 언명하는 것이다. 그러면 그러한 위기는 그 학문 자체에 대하여서는 바야흐로 새 출발을 가져오는 가치있는 것이 아니면 아니될 것이다. 결코 그 위기를 증오하고 중상할 것이 아니다. 한 개의 학문 혹은 한 개의 사상은 그 대립자에 의하여 부정되는 동시에 그것을 매개삼아 자기의 일면성과 제한성을 탈(脫)하여 자기를 양기(揚棄)할 것이다. 그러한 운동을 통하여 대상은 비로소 구체적으로 전면적으로 이해되고 파악될 것이다. 이같

---

49) 편자주 : 이갑, 「한글운동의 현상과 전망」, 동아일보 1932. 10. 29-30.

이 하여 위기라 하는 일개의 사실은 학문 또는 사상의 부(富)를 재래(齎來)할 것이다. 그곳에 약동하는 생명이 있고 포괄적인 발전이 있다.

위기라는 것이 그 자체의 논리적 분석에 있어서 이같은 것이라고 할 것 같으면 그리하여 그것을 정당히 학문적으로 의식할 것 같으면 진리를 탐구하는 학자 혹은 사상가에 있어서는 참으로 반가운 현상이 아니면 안 될 것이다. 자기의 견해 또는 사상을 부정 반대하는 것이 출현하였을 때 학자 또는 사상가는 쓸데 없이 그것을 미워하고 두려워하고 슬퍼하여서는 불가하다. 그러한 반대자 부정자를 자기의 안에 섭입(攝入)하여 자체의 내용적 풍부와 자기비판의 계기를 삼지 않으면 아니될 것이다. 그러므로 소위 위기가 있지 않은 곳에는 응고와 고사가 있을 뿐이다. 자각적 의식에 있어서는 위기가 반가운 물건이고 고마운 객체이다. 무릇 그것에 의하여 자체는 발전하여 활동적으로 될 것이므로.

＊　　＊　　＊

그럴 것 같으면 조선어학연구계에 있어서의 소위 이단적 반대자에 대한 자체의 순조로운 발전에 있어서의 위기라는 것도 결코 배척할 것이 아니다. 소위 이단적 반대자야말로 학문의 연구와 사상의 발전에 있어서 아니 문화의 사획적 연장과 역사적 필연에 있어서 중요하고 의의 있는 것이 아니면 아니된다. 조선어학연구회는 조선어학회에 비하여 그 역사에 있어서나 전통에 있어서나 또는 구성인원에 있어서나 문제도 되지 않게 짧고 또 적다. 그럼에도 불구하고 후자의 전자에 대한 태도는 실로 전횡적이다. 「한글운동의 현상과 전망」이라는 글을 읽는 사람은 누구나 그것을 간취할 것이다. 그러나 학문적 연구의 진지한 태도에 있어서는 그러한 빌큘[50]은 있을 수가 없다. 조선어의 어학적 완미와 가치를 선양하고 또  그것의 문전적(文典的) 정리를 꾀하여 이때까지 불규칙하고 난잡한 어법을 정상한 길로 이끌어 들이려는 점에서 양자는 일치한 목적과 임무를 가졌다고 할 것 같으면 이 두 연구단체는 설사 그 어법적 견해가 다르다고 할 지라도 서로 자체의 원만발전을 위하는 동시에 '조선어의 조선문화에 있어서의 중요성'이라는 더 큰 중대한 목적을 위하여 협력하지 않으면 아니될 것이다. 더욱 조선어학회는 그만한 역사 위에 서 있는 선구로서의 임무로써 바야흐로 겨우 한 돌을 맞이하려고 하는 조선어학연구회에 대하여 호의의 협력과 조언이 있어도 좋을 것이고 또 그러한 아량을 가져야만 자신의 중대한 신임(新任)을 달(達)하는 까닭이 될 것이다. 또한 후자는 자체의 더 좋은 충실과 완성을 위하여 전자의 재료와 견해를 음미 섭입(攝入)하는 태도를 버려서는 아니된다. 그러나 현재에 있어서의 양 연구기관의 태도는 어떠한가. 더욱 조선어학회의 독단적 영웅주의적 태도는 엄밀히 그 본질을 캐보지 않으면 아니된다. 위에서도 말한 바와 같이 모든 것은 전체성의 견지에서 고찰되지 않으면 아니된다. 조선어학회의 조선의 문화운동 더욱이 반동적 문화와의 긴밀한 결합을 망각하고 그것의 존재이유를 평가할 수는 없을 것이다. 물론 그것의 어법적 견해와 문헌적 연구 그 자체에 있어서는 하등의 배척될 근거가 없다고 할 것이다. 뿐만아니라 그것의 더 많은 연구와 통찰이 나날이 늘어나가기를 바라는 바이다. 그러나 현실적 사상에 있어서는 사실은 자기 일개의 존재와 주장만으로 통용하는 것이 아니다. 사실은 언제나 구체적이고 연관적이다. 자기 하나만을 영웅적으로 떠받들어 올리는 독단적 추상적 태도는 철회되지 않으면 아니된다. 그러한 추상적 사유에 있어서는 지금 운위되

---

50)  편자주 : 전횡을 뜻하는 독일어 'Willkür'을 그대로 음차하여 사용함.

는 조선어학계에 있어서의 위기는 극복되지 않는다. 조선어학회는 조선어연구회를 일개의 애매한 단체라고 본다. 그것이 과연 조선어의 정당한 발전과 정리를 위하여 출현한 것인가를 의문시하여 다음으로는 그것의 사회적 존재 이유를 말살하려고 하였다. 나는 무엇 조선어학연구회의 편을 들어 그것을 옹호하려는 일방적 편견에 사로 잡혀 이것을 쓰는 것이 아니다.[51] 나는 누누이 말하는 것과 같이 전체성에 있어서의 조선어법정리의 문제의 중요성을 강조함에 불과하다. 그리하여 그것에 대한 불만에서 나온 비판검토의 태도를 지(持)함에 불과하다. 나는 객관적 기술의 태도를 가지려고 한다. 그러므로 조선어학회의 자기지존적(至尊的) 독단을 미워한다. 그리하여 더욱 조선의 ××주의적 부패한 견해에 사로잡히어 있는 것을 미워한다. 철두철미 그들은 학문의 역사적 필연성과 사회적 사상의 상관규정성을 알지 못한다. 추상적 사유에 사로잡히어 진리의 보편타당성을 신봉한다. 이러한 보편타당성은 추상적인 영원성이다. 진리의 자기동일성을 주장한다. 이러한 자기동일성은 형식적인 불변성이다. 이러한 보편타당성 자기동일성을 주장하는 자 환언하면 진리가 반대모순을 매개로 하여 발전하는 것이라는 것을 알지 못하는 자는 자기의 사상 또는 견해에 대립하는 사상 또는 견해가 나타나서 자기에 반대할 때 그는 그것이 오직 자기의 사상 또는 견해에 대히어만 소위 위기이라는 것을 망각하고 그것이 일반적인 것 같이 가장하는 것이다. 그리하여 진리는 아주 이것에 의하여 타격을 받는 것이라고 생각한다. 그들은 부정은 단지 부정이고 모순은 단지 모순

---

51) 편자주 : 신남철은 문시혁, 백남규 등과 함께 조선어학연구회 창립(1931.12.10.)에 관여하였다. 조선어학연구회 창립식에서 "리긍종, 신남철, 정규창, 문시혁, 백남규" 등 5명이 간사로 선임되었다. (『동아일보』 1931. 12. 13) 조선어학연구회의 편을 든다는 오해를 받을 사정이 존재하고 있었다고 할 수 있다.

인 줄만 안다. 그리하여 반대 또는 오류는 언제든지 이단적이고 배척되어야만 할 것이라고 한다. 또한 그들은 타인만이 착오와 오류에 빠지는 것이고 자기는 언제나 정당하고 최구극적(最究極的)인 진리의 소유자라고 믿는 것이다. 그러나 사실은 그 반대이다. 그들은 자기의 사상 또는 견해에 반대되는 것을 만났다고 한 개의 학문 또는 사상의 위기라고 부르짖으면 짖을수록 자기의 사상 또는 견해를 더욱더욱 공허하게 만들고 추상적으로 만든다. 일개의 학문을 위험에 집어넣는 것은 학문 그 자체의 안에 있는 것이 아니라 그 학문의 위기를 부르짖는 그들이 저지르는 것이다. 학문 또는 사상의 본질적인 상대성을 인식하고 있는 자는 결코 그러한 추상적 사유에 떨어지는 법이 없다. 그러한 상대성을 인식하고 있는 자라야 비로소 학문 또는 사상의 발견의 절대성을 긍정하는 자이다. 이 상대성을 인식하는 자는 자기비판적인 것임에 반하여 추상적 사유에 사로잡혀 있는 자는 독단론자인 것이다. 그들은 자기의 사상을 영원화하고 절대화한다. 이것이 한 학문적 태도라고 할 것인가. 조선어학회의 인사는 이것을 알아야 한다. 쓸데없이 조선어학연구회의 출현 성장에 대하여 분개하기 전에 자신의 냉정한 자기비판을 가하지 아니하면 아니될 것이다.

*　　*　　*

그러면 여사(如斯)한 독단론적 추상적 사유에 빠진다는 것은 여하한 사회적 배경을 가진 것인가. 우리는 그것을 검토하지 않으면 아니된다. 발흥하는 조직적 대중에게 어떤 영향을 주는 것인가를 보지 않으면 안된다. 상술한 바와 같은 이론적 분석의 필연적 귀결로서의 추상적 사유의 반동성을 지적하지 않으면 아니된다. 그리하여 조직적 대중은 그 귀취(歸趣)를 감시하지 않으면 아니된다.

현금의 조선의 문화적 제운동 중에서 현저하게 오인의 이목에 촉발되는 것은 민족적인 문화운동이다. 또한 공연하게 민족적이라는 것을 표면에 내세워 가지고 외친다. 그것이 두드러지게 오인의 안전(眼前)에 왕래하고 그리하여 그것을 지금의 역사적 대중에게 주의의 대상이 되게 하는 것은 역사적 사회적 현상의 전체성에서 보아 반동적이라는 점에 그 소이연이 있다. 그리하여 그 '반동적'이라는 것은 현계단에 있어서는 파시스트적 성격을 가지고 있다는 점이다. 현재 오인은 이같은 반동적 문화운동에 있어서 중요한 소임을 맡아 가지고 있는 민족적 출판물 및 소위 '브나로드' 운동을 집어올리지 않을 수 없다. 상술한 바와 같이 문맹 타파를 목적으로 한다는 소위 '브나로드' 운동이라든가 또는 철자법 정리운동 등을 그 자체로써 추상적으로 고립화하여 고찰할 수는 없다. 비록 그러한 운동 그것에서만 본다면 결코 반대할 것이 아니나 그러나 그러한 추상적 견해는 과학적일 수가 없다. 어떻게 하든지 그것은 사회제기구의 연계에 있어서 고찰되지 않으면 아니된다. 사회가 계급적 구성을 가진다고 할 것 같으면 불가피적으로 피상적으로 '민족' 일반이라는 것으로써 포섭시킬 수가 없다. 그리하여 그곳에 나타나는 문화라는 것은 계급적 성격을 가진 것이 아닐 수가 없다. 이제 이상에 말한 문화적 운동이 여하한 부층(部層)에서 마련되는 것인가를 볼 때 그것은 의심없이 '민족'을 전제로 한 파시스트적 사상에서 발출(發出)하는 것임을 볼 수 있다. 문맹의 아동이나, 노동자 농민에게 ㄱ, ㄴ, ㄷ…을 교수하는 것은 크게 환영하지 않으면 아니된다. 그러나 그렇다고 일률로 상술한 바와 같은 민족 파시스트에 의하여 영위되는 것을 간과할 것인가. 조직적 대중은 자기 독자의 문화교육운동을 일으키지 않으면 아니된다. 사회기구의 연계에 있어서 문맹타파라는 동일한 목적을 가짐에도 불구하고 비판적으로 음미하여 수용되지 않으면 아니될 것이다. 문화사, 사회사에 있어서의 사회적 제기구를 분석함이 없이 막연하게 조선역사, 조선 제역대의 지배적 사적(事蹟)을 숭앙 구가(謳歌)할 것이 아니다. 현금의 '한글운동'은 그러한 민족 파시스트적 문화와 엄밀한 결합을 가지고 있다. 따라서 이 '한글운동'의 원천으로서의 조선어학회의 본질은 자명하게 된다. 그것이 가지고 있는 문전적(文典的) 견해가 여하한 것임을 불구하고 그리하여 그것이 순연히 소위 '대가들의 학구기관'이라고 하더라도 그것의 정치적 성격을 덮어두지 못할 것이다.

조선어학회는 그러한 성격을 가지고 지금까지 자라나왔다. 그런데 이제 그것에 반대하는 조선어학연구회가 불과 1년 미만의 과거를 가졌다 할 것이나 전자와 대립되는 문전적 견해 하에 출현하였다. 조선어학연구회의 사회적 성격 등을 지금에 논하기에는 그것은 너무 어리다. 아니 그것은 그것의 존재를 문전적 견해 하에 주장하려고 하는 동시에 그 사회적 성격을 획득하며 있다. 조선어학회는 그것의 정치적 성격을 십분 표명하였으나 연구회는 아직 그것의 성격의 객관적 평가를 얻지 못하고 있다. 설혹 그것이 계명구락부[52]라는 성격적 단체와 동일한 장소에 있다 할 지라도 우리는 아직 그것이 현재에 있어서 순연한 연구회에 불과함을 인정하고 그 장래를 감시하여야만 한다. 그러나 이 두 단체는 그 문전적 견해에 있어서 서로 용납되지 않는 것이다. 그리하여 조선어학회는 전기한 위기를 운위한다. 동시에 자기의 견해의 보편타

---

52) 편자주 : 1918년 민족계몽과 학술연구를 목적으로 최남선, 박승빈, 오세창, 이능화 등 당시 지식인 33인이 발기하여 설립한 단체이다. 기관지 『계명』을 간행했다. 조선어연구회의 모체가 되었다.

당성을 논한다. 이것은 추상적 독단론이다. 이 독단론은 그 대립—설사 문전적이라 하더라도—이 격성(激成)하여 광대할 때는 실천적 수단을 강(講)하기에 이를 것이다. 독단론에 있어서는 논리적인 것은 필연적으로 실천적인 것으로 전화한다. 그러나 그 전화는 결코 종합전화가 아니라 논리 그것의 부정을 의미하는 비과학적인 것이다. 이 비과학적 부정에 이르러서는 오인은 말할 바를 아지 못하리라. 그러나 조선어학회가 이 비과학적 부정을 또 자기자신의 운동에 의하여 지양하려고 한다면 모름직이 그것은 이른바 위기라는 반대자의 출현에 중상 증오를 보낼 것이 아니라 자신의 더 좋은 발전을 위하여 자기의 일면성과 제한성을 의식하고 이 의식을 사회적으로 표명하여야만 할 것이다. 결코 자신의 지상적(至上的) 유아론(唯我論)에 빠져서는 아니될 것이다. 더욱 자신의 정치적 성격이 이상과 같을진대 자신에 대한 자기비판이 없지 못할 것이다.

그러면 조선어의 철자법 문제는 여하히 규정하여야 할 것인가. 우리는 철자법의 역사적 변천의 자취를 더듬지 않으면 안 된다. 신기한 철자의 강요로써 자기만족을 느껴서는 아니된다. 이론적으로 정당한 것일지라도 그것이 역사적으로 내버려져서 민중이 사용하지 않게 되었다는 점이 극히 중대하다. 그것은 민중의 실생활의 불편에 기인함도 있을 것이고 또 어음(語音)의 변화하는 과정을 보이는 것일 것이다. 이러한 변화는 강요할 것이 되지 못한다. 민중의 실용에 불편이 없는 한에 또 현재의 음리상(音理上) 불합리가 없는 한에 그것은 정리되지 않으면 아니된다. 그리고 아동 또는 문맹의 학습상의 편리를 고려하여 정리되지 않으면 아니된다. ‘한글철자법’이 여하히 아동에게 고통을 주는가는 각 가정에서 넉넉히 누구나 경험하는 사실일 것이다. 우리는 형식주의에 떨어져서는 불가하다. 이 형식주의는 사상의 위기에 있어서 일반적으로 출현하는 것이다. 그들은 그들의 논리의 비현실성에 보편타당성 또는 영원성이라는 아름다운 표찰을 내걸고 있다. 그러나 형식주의는 형식을 설(說)하는 것에 의하여 결코 우리의 인식을 풍부하게 하지 못하고 도리어 그것을 빈곤하게 한다. 그러므로 우리는 조직적 대중의 문화운동의 초보로서의 조선어운동을 철두철미 대중 자신의 조직에 의하여 독자적으로 그들의 학습의 편리, 음리상의 합리, 역사적 준거 등을 고려하면서 진행하지 않으면 아니될 것이다. 조선어학연구계에 있어서의 이상의 2개 단체의 문전상의 견해는 실로 전형적인 것이나 그것은 학습의 난이는 대중 자신이 결정할 것이다. 대중은 엄밀히 그들의 일일(日日)의 학습과 실용에 대한 편의를 고려하여 이 두 단체의 견해를 비판섭취하라. '한글운동'이 그만한 역사를 가지고 있음에도 불구하고 그것에 대한 난해의 성(聲)은 일일(日日)이 높아감을 보겠다. 이러한 때를 당하여 양단체가 질적으로 대립하게 된 것은 주목할 만한 일이다.

(이하 13행 생략)[53]

---

53) 편자주 : 검열로 삭제된 것으로 추정된다.

# 파르메니데스적 방법과
# 헤라클레이토스적 방법

「연구실을 찾아서」, 『조선일보』 1932.12.6.

열 한 시쯤 되면 햇살이 책상 위에 비친다. 펴 놓은 책에 반사하여 눈이 부시다. 알파벳이 춤을 춘다. 커텐을 내리고 담배를 피워 물면 연기는 회회돌며 황등색 커텐에 가늘게 서린다. 전혀 자기 아닌 자기의 환상적 존재를 추상에 의하여 발견한다. 그러나 그러한 도취된 경지도 역시 구체적인 자기의 현실적 의식이었다. 책상 위에 구지레하게 늘어놓은 책책책……의 내용이 담배에 어질러진 머리에 폭사열(幅射熱) 같이 일시에 들이닥친 것이었던가. 오로지 가다듬지 못한 상태에서 고요한 이 밤을 나의 인간적 존재까지도 함유시켜서 객관화한다. 그 객관화의 작용이 시작될 때 나의 의식은 바야흐로 명징하게 되려고 하는 것이다. 두뇌에 번역되는 현실적 존재의 착잡(錯雜)은 어떠한 이론적 계통의 실마리에 붙들리어 매게 된다. 알파벳은 춤을 한케 추고 그쳤다. 잉크를 찍는 손과 책장을 넘기는 손은 율조적으로 결코 서로의 임무를 방해하려고 하지 않는다. 이때에 나는 참된 면학의 제호미(醍醐味)[54]를 비록 순간이라 할망정 느끼는 것이다.

그러나 그러한 소위 제호미라는 것은 결코 어떠한 '몰(沒)' 이론적 의식상태를 말하는 것이 아니다. 그것은 객관적으로 계획적인 '칙(則)'이론적인 생동하는 의식상태이다. 나는 계획적이라는 것을 강조한다. 그것이 계획적인 까닭으로 '칙'이론적인 것은 목적의식적인 것이다. 목적의식적인 까닭으로 체계적 방법과 발전적 방법을 자력(自力)의 안에 내포하지 않으면 아니된다. 왜 그러냐 하면 그것은 이론적이고 또 실제적이 아니면 아니됨으로 그러한 두 개의 방법, 환언하면 체계적 사색과 역사적 사색은 계획적으로 '칙'이론적인 것에서 그 통일성을 발견한다. 파르메니데스(Parmenides)적 방법(그것은 체계적 사색의 예로 들 수 있다)과 헤라클레이토스(Herakleitos)적 방법(그것은 발전적 사색의 예로 들 수 있다)은 영원히 상교(相交)하지 않는 평행선이 아니라 계획적으로 '칙'이론적인 것에서 그 구체적 통일을 가져오지 않으면 아니된다. '진리는 어떻게 나타나느냐'와 같이 '무엇이 진리이냐'의 두 가지 질의는 제3자에서 그 합일된 형태를 발견하지 않으면 아니될 것이다. 진리는 화폐가 아니다. 즉 기성품은 아니다. 그것은 체계적 사색과 역사적 사색의 계획적 '칙'이론적인 것에서 실천적으로 입증된다.

학문은 영구히 포만이라는 것을 알지 못하리라. 포만에서 자족하는 학문이 있다면 따라서 그것은 학문이 아니리라. 상술의 두 가지 방법은 서로 만족이라는 것을 알지 못하고 음양 양극 같이 끌려다니고 있다. 화화(火花)가 난다. 그곳에서 진리는 실천적이 될 것이다. 자기의 빈곤

---

54) 편자주 : 참다운 묘미. 원래 불가의 용어이다.

을 의식함은 학문의 값없는 영광이다. 그러나 이러한 학문에 종사하는 자의 사회적 용납에 있어서는 불우인 것을 본다. 이곳에 '탄타로스'의 오뇌가 있다. '탄타로스'를 해방하라. '프로메테우스'여 나오너라.

체계적 사색과 역사적 사색이 지식의 빈곤의 자각에서 현실적으로 실천적 통일을 마련하려고 할 때 '탄타로스'의 오뇌는 머물 바 모르고 뻗어 나아간다. 더구나 소위 상아탑적 연구가 얼마만큼 사회에 있어서의 계획적 '칙'이론적인 것이 될 것인가. 그러나 각모(角帽)를 벗어 내던진 1년유여에 나의 학문에의 관심과 지식의 빈곤을 자각함에 있어서 현재의 내 자신을 발견할 때 스스로 자신의 이만한 심화(深化)를 느끼여 마지 않는다. 일종의 '관(觀)'이라는 소극적 태도를 혼자서 즐기기도 한다. 그러나 그 '관'은 끝까지 '관'에 머물러서는 아니될 것이다. 타트(行)에로 뻗어나아가자! 그곳에 진리의 실천적 입증이 있다. 혼자서 고요히 부르짖기도 한다.

파르메니데스의 유(有)와 헤라클레이토스의 화(火)는 실로 아직 미숙한 나같은 사색자에게는 비길 데 없는 흥미와 참을 느끼게 한다. 전자를 '관'의 사색이라고 하면 후자는 '행'의 사색이다. 이 관과 행과는 분리하여 상대적 존재일 수는 없다. 그것은 진리의 실증에 있어서의 속성으로 볼 수가 있을 것이다. 이 두 가지의 태도는 타(他)를 배척하는 것이 아니라 서로 색인(索引)하는 것일 것이다. 이론과 실천과의 통일은 계획적 '칙'이론적인 것에 있어서 필연적이다.

나의 사유는 붓을 들면 멎을 바 모르고 달아나려고 한다. 까딱하면 탈선하려고 한다. 이것을 정상의 궤도에 돌려 놓으려고 할 때 '탄타로스'의 오뇌는 또한 시작되는 것이다.

우리의 나라 그곳에서 나는 참된 이론가 참된 사상가의 면전에서 실컷 온갖 문제를 이야기하고 싶다. 조선의 젊은 세대는 그러한 현실적 사상자를 대망한다. 우리의 전 정열과 인간적 신뢰를 바칠만한 사색의 사람을 바라는 마음은 절실하다. 우리 사회에는 이론의 학문 진리를 '칙'이론적으로 실증하려고 하는 태도에 대한 관심이 너무 냉정하다. 우리의 세대는 온갖 의미에 있어서 신흥의 세대이다. 이 '칙'이론적 태도도 그러한 신흥의 세대에 있어서의 일 징표가 아니면 아니될 것이다. 나는 이 나라 사람의 '철학'에 대한 관심의 환기를 바라서 마지 않는 바이다. '철학은 빵을 굽지 않는다'는 서양 이언(俚言)이 있다. 그러나 그것은 종래의 유한(스콜라)철학을 두고 한 말이다.

농장에서 가두에서 일어나는 구체적 이론을 들어라. 생명있는 절실한 이론에의 사념은 타고 타고 또 탄다.

종일 책과 같이 싸우다가(사실로 책으로 더불어 싸운다고 말한다) 어둑어둑할 때에 가방을 들고 길에 나선다. 그 길은 '자유의 대도'도 아무 것도 아니었다. 핼쓱한 눈이 전등에 어슬핏하게 비취는 것이었다. 그 눈들! 그 웅숭그린 모양들! '연구실' 소위 연구실이라는 곳에서 학문이라는 것의 참을 세월과 더불어 알아갈 때 실로 삼척(三尺) 내외의 나의 가슴은 가지가지의 사념에 타오르고 그리하여 뿌듯한 아픔을 느끼는 것이다. 사변에 타는 열정이고 또한 열정에 불붙는 사변이기도 하다. 사변의 연구실만이 아니라 정열의 연구실도 가지려고 한다. 사변, 정열 그리고 비(非) '자유의 대도'!

약력 : 1907년 출생. 중앙고보를 지나 경성제대 예과 동(同) 법문학부 철학과를 작년(1931) 3월 졸업. 현 법문학부연구실에.

# 편집후기

『신흥』7호 1932.12.14

쌀쌀한 바람이 몸에 스며든다. 우리의 잡지『신흥』제7호가 온갖 곤란을 무릅쓰고 이에 세상에 나왔다. 전호를 낸지 만 1년만이다. 그러나 우리는 우리의『신흥』이 호를 거듭할수록 충실하여감을 기뻐한다. 독자여 양두구육(羊頭狗肉)의 시정(市穽)의 잡지와 비교하라.

* * *

우리의『신흥』은 당면한 현실적 제문제에 대한 과학적 연구에서 그 체계적 해명을 줌으로써 임무로 한다. 진정한 학술논문의 발표기관을 가지지 못한 조선에 있어서 우리는『신흥』의 유의미성을 강조하여 마지 않는다. 우리의『신흥』은 결코 자체의 발전을 부정하는 것이 아니다. 당금의 의식형태에 있어서의 그 발전의 부정성과 합목적성은 끝까지 사회적인 것이다. 『신흥』은 그러므로 신흥적 기도를 가진 것이다. 그리하여 조선에 있어서의 과학비판의 주제적 원천이 되려고 한다. 이것은 우리의 자부도 아무 것도 아니다. 우리의 양심이다.

우리는 『신흥』을 잘 길러가지 않으면 아니된다. 그러나 우리의 앞에는 온갖 곤란이 횡재(橫在)한다. 우리 『신흥』의 경영은 전혀 부원 제군의 지원 없이는 불능한 것이었다. 편집에 당한 자로써 감사의 뜻을 표하며 아울러 제군의 꾸준한 노력을 빈다. 우리는 우리의 뒤에 오는 사람들을 위하여서도 학문적 노력을 아끼어서는 아니될 것이다.

*　　*　　*

이번 호에는 진오(陳伍)의 「위-ㄴ학파의 주장과 그 비판」[55]이란 장논문을 실리려고 하였었으나 필자의 다망으로 인쇄에 부치지 못하였음을 섭섭히 여긴다. 또 중봉(中峰)의 「성대(城大) 개학기념강연을 듣고」는 사무상의 이유로 인쇄에까지 미치지 못하였음을 필자에게 미안히 생각한다.

*　　*　　*

우리의 『신흥』은 이제 바야흐로 제5년의 봄을 맞이하려고 한다. 약동의 봄과 같이 우리는 결실을 준비하리라. 우리는 우리의 배전의 발전

---

55) 편자주 : '위-ㄴ학파'는 'Wien'(오스트리아 수도 빈)을 그대로 음차한 것으로 보인다. 따라서 이는 논리실증주의를 내세운 '빈학파'에 대해 유진오가 비판논문을 준비하고 있었다는 사실을 일러주는 대목이다.

을 기하나니 제8호의 확충하여가는 모양을 기다리라.(申)[56]

---

56) 편자주 : 『신흥』의 편집후기 중 신남철을 뜻하는 (申)이 명기된 유일한 편집후기이다. 이
'申'이라는 기명을 통해서 7호의 편집후기에서 "편집에 당한 자"가 신남철이었음을 알 수 있다.
이에 편집후기를 그의 문장과 인식으로 간주하여 포함하였다.

# 교육가로 조선여성에게

『全線』1호(부록『女線』) 1933. 1

나에게 주어진 문제는 나에게 적합한 것이 아니다. 나는 교육가가 아니다. 연구실 속에서 그 무슨 새로운 탐탁한 것이나 얻어볼까하고 일야(日夜) 걱정하는 일개의 철학도에 불과하다. 그러므로 '교육가로서' '조선여성'에게 '올리고 싶은 말'을 쓸 수가 없다. 그들에게 하고 싶은 말이 있다면 오직 철학을 공부하는 가운데에 무엇하나 말하고 싶은 것이 있는 것도 같구나─하는 막연한 생각이 있을 뿐이다. 그러나 보통 철학이란 '관념의 장난이라'고 욕을 하는 철학을 공부하다가 '여성'이라는 것을 생각하게 된다는 것은 너무도 어려운 일이다. '여성'이라는 생리학적 존재가 철학에게 무슨 직접적 기연을 주느냐고 질문당할 때 나는 주지 않는다고 대답하겠다. 적어도 나에게 있어서는 그만치 나에게 주어진 문제는 거북한 문제이다. 타당치 않은 문제이다. 나는 생각나는 대로 아무 것이나 하나 적으려 한다.

이곳에 철학이란 무엇이냐 하는 문제를 끄집어 내는 것은 당치 않은 것이나 존재의 발전을 통일성에서 보려고 하고 사상의 자기발견을 자각적으로 인식하는 것이 철학이고 하면은 한 개의 문제로서의 여성의 문제 더욱 그것의 역사인 여성해방의 문제에서 볼 때 여성의 문제가 철학적 이해의 시중(視重)에 들어오지 않음이 아니다. 여성의 문제라고 하면 그것은 여성해방의 문제이다. 그리하여 해방의 문제는 일반적으로 인류 내지 인간의 사회적 생존과 역사적 자기 반성의 문제로서 고찰되어진다. 즉 여성의 문제는 사회적으로 역사적으로 규정된 문제이고 따라서 그 점에 '여성'이라는 번뇌스러운 문제가 복재한다. 여성의 문제는 결코 괴테가 『파우스트』에서 말한 것과 같은 신비적인 '영원의 모성'의 문제가 될 수 없다. 여성이라는 것을 생각할 때 그것은 명백한 인간존재이고 또 그것의 문제를 생각할 때 그것의 사회 역사성이 안중에 들어올 뿐이다. 그러나 우리는 명백한 인간 존재로서의 거기에 있는 여성만을 일반적으로 생각할 수는 없다. 우리가 '여성'이라고 운위할 때 우리는 벌써 그것의 문제성을 고려하게 된다. 그리하여 여성의 문제는 여성해방의 문제로서 고안된다.

괴테는 '영원의 모성'을 이상하였다. 중세기에서의 교회와 기사의 여자 특히 '가정적인 호인(好人)'에 대한 경애의 염은 그에게 로맨틱한 성모마리아와 같은 처녀를 생각하게 하였다. 그리하여 여자에 대한 중세적 사변은 그 당시의 괴테의 사주(四周)와 합하지 않았다. 그는 변변(辯辯)하며 또 노교(老巧)하도록 '영원의 모성'을 구하여 애욕을 만족시켰다. 그러나 그의 얻은 바는 결코 영원한 모성도 이상의 처녀도 아무 것도 아니었다. 당시의 시민적 분위기에서 썩고 있던 미모의 동무가 인간의 본능에 있어서의 열정적 가슴을 현혹케하여 주었을 뿐이다. 시인은 이것을 '사랑'으로서 노래하였고 예술가는 이것을 재료적으로 표현하려고 하였다. 아름다운 것 영원한 것 또 감미한 연애로써 구가하였다. 그러나 그 구가 속에는 애완물로서의 종순(從順)의 미덕이 숨쉬고 있었다. 그 종순의 미덕이 연가에서 샘솟을 때 여성은 그의 자신을 헐값으로 내맡긴 것에 그 진상이 있는 것이었다. 봉건 영주 또는 근대적 시민의 사교생활에 있어의 숙명적인 여성의 종순의 미덕은 그리하여 '영원의 모성'으로서 그 성적 생명과 사회적 자각을 엄피(掩避)하게 하였다. 괴테가 구한 바 '영원의 모성'은 진실한 의미의 모성의 문제를 형성하지 못한다. 절대화된 영원이라는 것이 있을 수가 없다. 영원이라는 것은 시간이 아니면 아니된다. 영원의 모성을 구하여 이내 얻지 못하고만 그의 심정이 괘씸스럽기도 하다. 자력의 욕구는 그 '영원의 모성'이라는 것 때문에 아름답게 장식되어졌었다. 괴테를 통하여 온 여성의 문제는 그리하여 근대 여성운동의 여명에 당하여 그 밖으로 터지려던 싹을 가루것드리는 한 개의 시대적이적(時代的理的)(sic)이었던 것이다.[57]

이 괴테의 여성관에 좋은 대조가 되는 것은 영국의 존 스튜어트 밀 John Stuart Mill(1806-1873)의 『부인복종론』[58]이다. 괴테는 미덕으로서의 여성의 순종을 논하여 영원의 모성을 사념하고 밀은 부인복종론을 가지고 부인의 해방을 부르짖었다. 이곳에 문제되는 것은 종순(從順)과 해방이라는 두 술어이다. 어느 것이나 순 이론적으로 고구할 때 서로 타(他)를 전제하지 않고는 있을 수가 없다. 그러나 나는 양자의 이론적 구조를 분석하려고 하지 않는다. 오직 이 자리에서는 양자의 사상사적

---

57) 편자주 : 조판상의 오식이거나 원문장의 문제로 짐작되는 비문인다. 그 본래 의미를 찾고자 애썼지만 문장을 재구하기 어려웠다. 이에 원래 문장을 그대로 옮겼다.

58) 편자주 : 신남철은 밀의 저서 『The Subjection of Women』(1869)를 『부인복종론』으로 옮기고 있다.

관련을 여성의 문제에서 보려고 함에 불과하다. 해방이라고 하는 한 우리는 해방을 한 개의 구체적 사실로서 밀접하게 자력의 문제로써 가지게 함에는 강권의 지배라고 하는 객관적 사상을 보지 않으면 아니되는 것이다. 여성의 해방이라고 하는 한 필연적으로 이 강권의 지배라고 하는 불합리한 근대사회에 있어서의 두드러진 역사를 보지 않을 수가 없다. 밀의 부인론도 이것을 기조로 하여 있는 사상이다. 근대사회는 모두 이른바 자유라고 하는 원리 하에 사회조직의 제기구를 보려고 하였다. 그러나 그 이른바 자유주의라고 하는 것도 시대의 변천과 함께 사자(死者)의 잠꼬대같이 그 존재를 잃어버리고 말았다. 밀의 여자직업론이 보이는 여자의 노예적 종속에서의 해방은 필경 자유주의의 찬란하던 시대의 의미를 가질 뿐이겠다. 그러나 그가 도도하게 부인의 자주적 향상과 해방을 부르짖은 곳에 그리하여 여자교육은 어떠어떠하지 않으면 아니되겠다는 점을 볼 때 우리는 그에게서 선구자인 위대한 품격을 볼 수가 있는 것이다. 괴테의 '영원의 모성'이란 달콤한 시인적 정서보다는 더 굳세인 사회적 열의를 간취할 수가 있는 것이다. 참으로 밀의 시대적 의의는 위대하였다. 영국경험론에 있어서의 그의 공리주의, 근대경제학에 있어서의 그의 획시기적 지위 또 이 부인해방론 등을 볼 때 사실 그는 큼지막한 존재이다. 물론 그렇다고 그의 학설 내용 그것을 전적으로 지정(旨定) 찬성한다는 것을 의미하는 것이 아니다. 그의 역사적 의의의 크다는 것을 말할 뿐이다. 근대 부르조아지의 발전사에 남기고 간 족적으로 볼 때 괴테보다는 밀이 보다 더 위대하다.

밀은 다음과 같이 말한다.

"이론의 인(人) 사색의 인(人)에게 가장 가치 있는 것은 진실로 훌륭한 부인을 반려로 하여 그 부인의 비판을 받으면서 그 사색의 길을 걸어가는 데 있다. ……" 이것은 그의 귀부인과의 체험에서 얻은 것이다.

『경제학원리』에 다음하여 밀의 그 부인과의 공동저작은 『자유론』이었다. 그러나 그 부인이 그보다 일찍이 세상을 떠난 뒤에 그는 다시없는 적막을 느끼었다. 그리하여 죽은 부인을 생각하는 간절한 마음은 드디어 그로 하여금 부인의 묘지 옆에 일(一) 소실(少室)을 설(設)케 하여 일년의 대부분을 지냈다고 한다. 그에게 종생의 반려인 그리하여 그의 연구의 공편자인 부인과의 사이의 『부인복종론』이 나왔다는 것은 결코 우연의 일이 아니었다. 여자에 대한 남자의 마음은 폭군과 같은 것이고 그 가정적 경제적 지출에 있어서의 생활의 단면은 끝까지 남자의 전제에 매어있는 것을 그는 너무도 밝게 보는 바였다. 자기의 부인이 현모양처이고 또 좋은 연구의 공편자이면 일수록 그는 여성 일반에 대한 자책의 염(念)을 금하지 못하였다. 그의 부인론에 가득한 자유한 사상은 즉 부인의 전통적 부부관계에서의 사회적 지위에서의 해방은 정신상으로 평등히 여성을 대접하고 또 인간성의 진실한 전개를 위하여 여러 가지의 직업을 부인에게 해방할 것 등을 밀은 열심히 부르짖은 것이었다. 그러나 위에서도 말한 바와 같이 밀의 이러한 견해는 필경 한개의 여성해방론의 선구적 편달을 주었음에 불과하다. 결코 밀의 이룬 바에 의하여 여성은 그들의 지위를 향상하고 또 경제적으로 독립한 생활을 영위하지 못할 것이다. 여성의 완전한 해방은 사회적으로 온갖 기성 질서의 소멸 이후에야 비로소 기대될 것이다. 여성이 그들의 완전한 해방을 꾀하려거든 그들은 모름직이 이 기성질서의 소멸의 운동에 적극적으로 참여하는 것이어야만 하겠다. 있는 대로 이 사회질서 하에서는 결코 여성의 해방은 바랄 수가 없다. 그러나 현금의 여성에 대한 교육이라는 것은 될 수 있는 대로 이 제도질서에 알맞은 현모양처를 만들기에 노력하고 있다. 나는 현모양처 그 자체를 부인하는 것이 아니다. 사회주의 사회에 있어서도 현모양처라는 인격적 가치기준에 있어서의 완전한 교양을 가진 사회인으로서의 양처현모가 있을 수가 있으리라. 아니 그러한 양처현모로서만 밀의 말한 바 가치있는 진실한 훌륭한 부인을 반려로 하여 이론의 인(人), 사색의 인(人)은 그 연구의 길로 정진할 수가 있을 것이다.

이제 조선의 여성들을 볼 때 나는 일종의 적막을 느끼지 않을 수가 없다. 그들은 너무나 이론적 교양, 사색적 능력에 결한 바가 없지 않을까 하고 있다. 소위 상아의 탑 속에서 조선의 발랄한 신여성들의 기품을 배견할 기회를 가지지 못한 필자로서는 무엇이라고 고언을 정(呈)할 나위조차 없는 것이나 가끔 문자를 통하여 그들의 활동을 볼 때 가히 이렇다 두드러진 무엇을 찾아 내지 못하겠다. 열의 있는 지조에 타는 실천을 볼 수가 없고 무거운 학문적 이해의 문학을 볼 수가 없다. 조선의 여성은 아직 그들의 역사적 배경에 있어서 이렇다할만한 선각자를 가지지 못한 것이 한 가지 큰 유감이다. 그들의 신사조에의 교섭이 불과 이삼십년이니 더불어 말할 처지가 못된다고 덮어버리면 그만이나 그러나 이 무서운 궁핍의 현실에서 그들도 무엇 새로운 것을 위하여 가두에서 부르짖는 바가 있을 것을 생각하지 않을 수가 없다. 더욱이 그들은 그들의 교양을 위하여 노력하지 않으면 아니 될 것이다. 여자고보를 졸업하였다 하나 일상생활에 이어 너무도 사회인으로서의 교양과 상식에 흠(欠)한 바 있음을 볼 때 나는 조선의 여자의 자기의 힘에 의한 자신의 상대적 해방도 앞길이 멀지 않은가 하고 있다.

해방은 결코 타방적으로 자력의 노력과는 몰교섭하여 가져와 지지는 않는 것이다. 해방은 그것이 해방인즉 자기자력에 의한 자기를 압제하는 강권의 선안(先眼)에서 그리하여 그것을 초월하는 곳에 가져와 지는 실천적 노력의 대가로써 규정된다. 조선의 여성은 자력의 교양을 부단히 고려하면서 사회적 업가(業家)에 대한 승판부절(承判不折)의 안목을 기르지 않으면 아니될 것이다. 그것은 즉 그들의 상대적 해방에 있어서 일의적 효과를 가져올 뿐 아니라 사회적 변혁에의 전면 운동에 있어서도 그리하여 그들의 완전한 해방을 가져오는 데 있어서 불가결의 요건일 것이다. 그들은 현재의 교육을 가지고 만족하여서는 아니된다. 그들도 현재의 본질을 파악하지 않으면 아니되리라. 여자고등보를 마치고 그들의 행방에 방황하고 있는 수 많은 여성들은 더욱 자기 반성에 의한 구체적인 실천에의 출발을 마련하지 않으면 아니될 것이다. 나는 무엇보다도 그들에게 최소한 상식인으로서의 교양이 필요하다고 생각한다. 그러나 상식의 수준은 나날이 고도화한다. 따라서 그들은 상식인으로서의 교양을 보전하려도 그들은 부단한 노력을 하지 않으면 아니될 것이다. 그리하여 감미한 소설에 재미를 부치는 것보다도 학술적 이론에 더욱 많이 정진하여 주기를 바란다. 도야지가 되어 배를 튀기며 사는 것 보다는 소크라테스가 되어 굶어죽는 기개를 가지는 것이 얼마나 인간으로서의 생활미를 가져올 것인가를 생각케 한다. 존재를 논하고 시간을 담(談)하여 세계와 역사를 과학적으로 이해하고 그리하여 인간의 그 중에 있어서의 육체현실감과 정신적 예술적 지향을 스스로의 몸으로 더불어 식(識)하고 체험하는 충실을 가지고 싶은 것이다. 그 충실 속에는 애(愛)도 있고 성욕도 있고 교우도 있고 육아도 있고 또 로사의 실천도 있고 소피아의 열정적 최후도 있는 것이다. 그 충실 속에는 괴테의 '영원의 모성' 아닌 시간의 모성 즉 영원이라는 이두수(二頭獸)의 탈을 벗기는 시간이라는 실천적 모성도 있고 밀의 '부인해방론'에서 본 역사적 배경에 있어서의 부인의 생활개선의 의욕도 있는 것이다. 그 충실성에 사회역사적 문제로서의 여성 해방의 문제는 그 해답을 가져올 것이고 또 그 해답을 가져오도록 노력하게 하는 당위가 있는 것이다.

나는 조선의 여성을 생각할 때, 아니 그들을 생각하는 때는 나의 고담(枯淡)한 사색이 나의 아내로 더불어 기분간(幾分間) 윤택한 맛을 가질 때이나 '로맨틱'한 애가적(哀歌的) 정조에 붙들린다. 조선같은 불행한 땅에서 또 조선의 남성같은 노력에 대한 정당한 대가를 받지 못하는 불행한 이성을 더불어 살지 않으면 아니된다는 것을 생각할 때 그러한 것이다. 사실로 불행한 조선의 여인들은 더욱 그 불행한 조선의 남자와 같이 우리의 마땅히 가져야 할 질서를 위하여 싸워주기를 바라서 마지 않는다.

# 철학과 문학

## ─ 생각나는대로의 단편(斷片) ─

『조선일보』 1933. 2. 23.-3. 1 (총5회)


사람은 생각하는 갈대(蘆)이다. 블레즈 파스칼Blaise Pascal(1623-1662)의 이 말은 씹으면 씹을수록 맛이 난다. 생각함이 있는 까닭으로 사람은 자기의 세계관을 가지고 현실에 대한 일정한 태도를 결정하며 그 태도가 결정되는 곳에 일종의 이론이 생(生)한다. 그러나 생각 그것은 세계관이 아니다. 생각은 온갖 감성지각의 결과 생(生)하는 심적작용이다. 그러나 단지 심적작용에 그치는 것이 아니다. 그것을 초월하여 자신의 세계를 가진다. 이 자신의 세계는 복잡한 구조를 가진다. 감성지각의 다양성 및 변화에 의하여 소위 정신의 세계로서의 사유(思惟, 생각)의 세계이다. 그러나 이 정신의 사유 또는 사유의 세계라는 것이 얼마나 허전허전한 것인가는 보통의 사람에게는 이내 알 수 있는 것이겠나.

이 정신의 세계를 파스칼같이 빈약한 인간의 신적 감정의 거소(居所)

로써 규정할 수가 있다. 그러나 이것은 그의 인간의 이해에서 보아 한 개의 배리(背理)를 내포하지 않으면 아니 될 것이다. "인간은 무(無)와 만유(萬有)의 중간물이다."

　무를 절대에 돌리고 만유를 감정의 흐름이라고 볼진대 정신은 인식의 목적이다. 사유의 표현이다. 물론 감정의 흐름 더욱 신앙의 감정을 부인하지는 못하겠으나 그것은 정신의 세계의 그릇된 표현이다. 신앙의 감정은 확설의 이론에 의하여 대치되어야 한다. 파스칼은 수학적 확신을 가지고 있었다. 그러나 신의 세계를 밀수입하여 그것으로써 정신을 '애(愛)'로써 배불리었다. 생각하는 약한 조물(助物)인 사람은 생각하는 작용 그것까지도 신에게 바쳤다. 신은 증명할 수는 없으나 그것은 신앙하는 것은 확실한 일이다라고 생각하는 갈대가 신앙을 가졌다. '생각에서 신앙에―'. 이것은 중세기의 사상의 일반의 특징이었다.

　신의 애(愛)―은총에서 자연의 인식으로― 이것은 중세기에서 근대 사상맹아의 시대에의 과도기의 외쳐보지 못한 슬로건이었다. 교회의 권력에서 휴머니즘으로―그리하여 인간이성의 자각으로 인류의 사상적 발전은 흘러 내려왔다. 생각은 중요한 것이었다. 이러한 과도기에 출생하였던 파스칼의 이른바 생각도 그러한 일반적 특징의 궤도에서 벗어나는 것이 아니었다. 그리하여 그 생각은 다시 신앙으로 후퇴하고 말았다.

　지금 밀한 철학적 사상의 발전에 연(沿)하여 문학적 작품의 일반적 특징도 찾아볼 수 있는 것이니 중세적 기사의 연장(戀狀) 또는 서사시(序事詩)에 있어서의 신적 이념의 사모, 사랑의 영원한 신앙적 설대화, 감성에서 찾아내려고 애쓴 감미한 환상적인 꿈, 지상계의 추악에서 천상적 복음으로 가려는 부단한 추구 등을 볼 수가 있다. 기독교적 인생의 이상은 온갖 차안적인 생활을 □□하였다. 그러나 그러한 지반 위에 새로운 싹이 트지 않으면 아니되는 것이니 문예부흥시대에 일어난 휴머니즘과 이것에 계기(繼起)한 계몽주의의 유물론적 세계관은 사회 기구의 해체 변신에 따라 새로운 정신의 세계를 가지게 되었다. 중세의 『니벨룽겐』이 기독교적 행복에 있어서의 기사의 영원사모의 정과 감정적 불안을, 단테Alighieri Dante(1265-1321)의 『신곡』이 관념적 환상에서 천상계의 이상을 그린 것이라든지는 철학적 사상의 발전과 서로 연관관계를 가진 것이 아닐 것인가. 생각은 세계의 총체를 인식하려고 한다. 더욱 인식이 정적 요소로 분할되어 다시 오성(悟性)으로 통일될 때 소위 문학적이 된다. 생각은 홀로 그 인식한 것을 자기의 세계 안에 가두어버리지 않는다. 그것을 표현하려고 한다. 그 표현이 중세기적으로 신비의 옷을 입고 나올 때 그것은 신의 은총에 안기어버리는 것이다. 중세의 지배적 공기이었던 신학적인 표현과 그 강제는 생각의 자유로운 노래를 막아버렸다.

그러한 강압의 속에서 문예부흥의 '후마니스무스'[59]의 이상은 세워졌다. 생각—사유의 자연주의적 표현이 유물적 자연과학적으로 외면화하여진 때 구라파의 계몽사상은 독립되었다. 그리하여 개인의 인간으로서의 긍대(巨大)한 힘이 전면으로 나아왔다. 칸트의 이성비판은 이것을 철학적으로 기초지어준 것이겠다. 볼테르Votaire(1694-1778)가 "온갖 송덕을 분쇄하라!"고 외친 것은 개인의 생각(思惟)의 자유로운 표현을 거부한 교회—기독교적 권력에 대한 반역이었던 것이다.

생각은 반드시 표현됨을 요구한다. 이것이 오성적일 때는 보통 이론적 표현을 가지고 그것이 직관적 감정적일 때는 문학적 표현을 가진다고 한다.

---

59) 편자주 : Humanismus(인문주의)

이 문학적이라는 것은 광의로 해석하여 예술적이라고 하여도 좋다. 예술은 전연 개념을 부정한다고 한다. 그러나 이것은 예술지상주의자의 구문(口吻)이다. 생각을 이데올로기적 형태의 잠세적(潛勢的)인 것이라고 하면 그것의 표현은 이데올로기 그것이다. 따라서 생각의 종종(種種)의 표현은 즉 이데올로기로서의 제형태를 가질 것이다. 생각은 감수와 표현의 중간물이다. 감수를 역사적 연관에 있어서 체계적으로 이론화할 때 그것은 이데올로기적 형태의 최고한 것으로서의 철학이 될 것이다. 철학에 있어서는 감수(感受)는 그대로 재현(再現)하지 않는다. 그것은 일반적 세계관의 개념에까지 승화한다. 그것에는 일반화의 작용이 있다. 그 작용의 결과로써 표현될 때 그것은 철학으로서의 이데올로기적 표현을 가진다. 그러나 예술적 표현에 있어서는 생활에 있어서의 감수가 그것의 구체성 현실성을 그대로 가지고 사회적으로 재료적으로 표현된다. 이 재료적 표현에 있어서 조형미술과 문학과가 구별된다. 나는 그렇게 생각한다.

철학은 세계관이다. 이 세계관은 진정한 의미의 유물적 구조를 가진 때 철학적 과학이 되고 그리하여 통일적으로 세계를 인식한다.

철학적 과학으로서의 유물적 세계관에 있어서는 주지주의도 주의주의도 또는 주정주의도 스스로 자신을 해소하고 만다. 그러한 일면적인 이설(理說)은 관념적인 정체를 폭로하고 만다. 사회적 역사적 통일 원리로서의 유물석─따라서 변승법적 세계관은 인류최고의 이데올로기적 표현이다. 그러나 이 과학으로서의 철학은 이데올로기적인 고로 자신을 양기(揚棄)한다. 그리하여 더욱더욱 역사직 사회적 성격을 가지게 된다. 이 양기(揚棄)의 체계로서의 과학적 철학은 그 점에 자신을 단지 이데올로기로 시종함을 그치고 영원한 것이 되리라. 이 영원이라는 시간은 헤겔의 의미에 있어서 현실적인 사물의 과정 그것을 가르침은 물론이다.

　문학도 세계관이다. 그러나 특수한 기술을 가진 세계관적 표현이다. 그 특수한 기술이라는 것은 문자에 의하여 제약된다. 이 문자는 음성이라는 것을 전제한다. 음성은 음운적 변화를 한다. 역사적 과정에 있어서 그 내부의 모순 발전을 하고 있다. 이것은 성음학을 주의할 때 누구나 눈에 띄이는 일이다. 문자에 의하여 표현된 세계관적 기술로서의 문학은 기초적 부분에 대한 이데올로기적 반영이라는 점에서 철학과 같으나 철학과 그 표현의 방식을 달리한다는 점에서 자기의 독립성을 주장한다. 철학은 생각에 의한 일반적 통일을 목표로 하고 문학은 문학-문체에 의한 구체적 통일을 목표로 한다.

　철학이 이론적으로 과학적이라고 하는 것에 대하여 문학은 계획적으로 일정한 사물의 정서적 표현의 기술이라고 한다. 소설은 이 경우에 가장 적합한 것이 될 것이다. 공동제작의 문제가 생기는 것 그리하여 그것이 가능하게 되는 것은 이러한 때이다. 철학이 변증법적으로 사물을 생각할 때 그것의 과학적이라는 것을 표명하듯이 문학도 변증법적으로 사물을 그 구체적 형태에 있어서 문체화할 때 소위 문학적이 될 것이다. 문학에 있어서의 변증법적 이해의 문제가 생기는 것도 그 때문이다. 문학도 철학도 같이 사물의 모순의 계기를 망각하여서는 아니 될 것이다. 문학은 그것이 문학인 한 사회의 제사실이 그 본질로 하는 모순대립을 그 진행형에 있어서 명확하게 클로즈업하지 않으면 아니 될 것이다.

　문학은 형식적 병립적 나열이어서는 아니 된다. 작가의 주관이 민첩하게 또 명확하게 일정한 스토리를 문학적으로 표현하는 때는 모순대립의 진행을 변증법적으로 이해한 때이다.

　문학은 철학보다 몇 곱절 기술적이다. 소설보다 희곡인 때는 그것을 더욱 인지하게 된다. 기술적인 점에는 오성적이라는 것이 내포된다. 오성적으로 일정한 의도를 표현하려고 한다. 소위 '경향물'이라는 것은 이것의 초보적 □□라고 하겠다.

철학에는 명랑성이 없다. 철학적 과학으로서의 세계관-유물론은 보통의 의미에 있어서 명랑성이 아니라 명확성을 가지고 있다. 그것은 이론적 확실성이다. 철학은 새삼스럽게 사회적 의도를 운위할 여지를 가지지 않았다. 철학은 변혁의 세계관설이나 끝으로 철학은 문체적 구미(口美)라는 것을 가질 수가 있다. 그러나 그것은 절대적으로 필요한 것이 아닐 것이다. 칸트나 헤겔의 문장은 실로 난삽하다. 문학적으로 그것을 음미하는 이가 있다면 아마 여러 가지로 그 불비를 찾아낼 것이다. 그러나 그들의 저작은 철학에 있어서의 고전으로 움직이지 못할 지위를 가지고 있다. 이에 반하여 딜타이Wilhelm Dilthey(1833-1911)의 저작은 문장에 있어서 펙 유창하다. 철학에 있어서의 문학적인 작품이라고 하겠다. 대개 철학적 저작이 문학적 문장으로 씌어 있는 때는 로맨틱할 때가 많다. 딜타이에 있어서도 로맨틱한 색채가 농후하다. 철학에 로맨틱한 색채가 있을 때는 보통 레벤(人生)이라든가 미적감(美的感)이라든가 또는 사변적 종교적인 요소가 포함된다고 생각킨다. 문학적 철학이라고 하는 수가 있는 것도 그 까닭이라 하겠다. 이 문학적 철학에 대하여 철학적 문학이라고 하는 것이 있을 수가 있다. 괴테의『파우스트』라든가 니체의 작품 또는 하이네의 산문 등은 이 부류에 집어넣을 수가 있다고 생각한다.

괴테는 광풍노도시(時)의 로맨틱한 '후마니테트'[60]의 문제를 희곡『파우스트』로써 표현하였다. 그것은 문학적 작품이나 그러나 그것은 철학적으로 당시의 감정적 범신론적 의식을 담은 것이다. 니체의 작품

---

60)  편자주 : Humanität(인간성, 인간다움)

은 개인주의 철학적 지상화(至上化)를 꾀한 것이다. 프랑스 혁명이 발견한 개인의 자유는 니체의 초인철학에서 그 최고봉을 쌓았다. 하이네의 산문은 자본주의가 성열기(成熱期)에 들어가려할 때에 있어서의 불행한 유태인의 ××적 기분의 표현이다. 더욱 인간을 풍자하면서도 그 속에서 찾아보려는 종교적 정서는 그로 하여금 사회혁명을 필경은 부인하고 영원한 복음을 찾게 하였다. 하이네는 '혁명의 아들(子)'이었던 것 같이 보다 더욱 '반혁명의 아들(子)'이었다. 이상의 삼인의 문학적 저작은 단지 소위 문학적인 것이 아니다. 철학적인 내용을 가지고 있다. 철학적이라고 하는 점에 그들은 세계관적이고 통일적인 인식을 가졌던 것이다.

철학이 구극의 목표로 하는 것은 '진(眞)'이고 예술의 그것은 '미(美)'라고 할 수 있다. 철학은 '진'의 발견이고 예술은 '미'의 제작이라고도 한다. 그러나 우리는 이것을 그냥 무조건으로 수입할 수 없다. 자연과학은 자연의 '진'되는 소이연의 법칙을 발견한다. 그렇다고 자연과학이 즉 철학이라고 할 수 없다. 철학이 자신을 철학적 과학으로 주장하려면은 헤겔에 의하면 체계적으로 사색하는 것 즉 구체적으로 자기의 안에 자기를 전개하고 통일하고 지속하는 전체성의 사색이 아니면 아니된다. 그러한 사색에 있어서만 진리는 동적으로 발견된다. 아니 발견이 아니라 체험되는 것이다. '진'의 발견이라고 했다고 금괴를 발견하여 누구에게 주든지 다 같이 고맙게 사용할 수 있는 그러한 것은 아니다. 리케르트Heinrich Rickert[61](1863-1936)는 "세계(웰트알)의 체계로서의 철학"이라는 말을 한다. 물론 그 같이 말할 수 있다. 그러나 철학은

---

61) 편자주 : 리케르트에 대해서는 본서에 실린 「현대사상과 리케르트」를 참조할 것.

체계라는 것을 형식에 의하여 세계전(世界全)에 강제할 수는 없다. 리케르트의 이른바 철학은 그러한 것이 아닌가 생각한다. 철학은 헤겔같이 그러나 더욱 유물적으로 이해될 때 오인에게 가장 직접적이고 구체적인 진리의 체계를 준다. 똑 그와 같이 예술 또는 예술적 작품도 어떠한 영원한 미적 이상을 실현하려고 하는 것이 아니라 그것은 헤겔에 의할 것 같으면 (1) 자연산물이 아니라 인간의 행위에 의하여 실현될 것 (2) 본질적으로 인간을 위하여 제작된 것 더욱 인간을 위하여 많던지 적던지 감성으로부터 가져온 것 (3) 자신이 한 개의 목적을 가진 것(헤겔 미학 ‘서론’)이다. 그리하여 그 행위라는 것은 외물(外物)의 의식적 제작이고 그 의식적이라는 것은 대상에 대한 합목적적인 ‘러벤디히카잇’(○○)이 아니면 아니 될 것이다. 예술은 단지 자연의 모방도 아니고 자연을 이상화하는 것도 아니다. 이 두 가지 학설-자연모방설과 자연이상화설은 예술관에 있어서 독립적 견해를 성(成)하고 있으나 어느 것이나 예술의 중대한 본질을 성하는 합목적적 의식의 감성적 표현-제작이라는 것을 잊어버리고 있다. 예술은 인간행위에 의한 합목적적 생산이다.

이 생산의 형식은 재료에 따라 다르고 내용에 의하여 종별(種別)된다. 시각적으로 미적 관능을 촉발할 때는 회화가 되고 조각이 되고 건축이 되고 한다. 청각에 허(許)일 때는 음악이 된다. 이 두 가지 미적 관능은 고급관능이라고 하여 헤겔 이래 금일까지 미각, 촉각 등의 저급관능과 구별된다. 그러나 미적 관능의 내적 욕구를 문학에 의하여 표현되려고 할 때 그곳에는 문학이 성립한다. 문학은 미적 관능의 종합적 표현으로서 문학을 통하여 나타날 때 그리하여 합목적적으로 의식될 때 성립된다.

문학에는 비장이라든가 숭고라든가 애수라든가 또는 반역이라든가의 감정이 영랑(玲瑯)한 문자의 나열에서 유출(流出)한다. 음률적으로 시가 되고 산문으로 소설이 되고 현실계의 무대상의 재현으로서 극이 된다. 그러나 하자(何者)이고 다 개인의 감수(感受)를 통하여 사회적 사상(事象)이 목적으로 재현(再現)되었다는 점은 동일할 것이다. 그렇다면 이곳에 개인의 감수라는 것이 여하한 것인가가 문제이나 그것은 그 개인의 사회적-계급적 성격에 의하여 결정된다고 생각한다.

사실의 문학적 표현은 더욱 언어의 기사수단(記寫手段)으로서 문자를 통하여만 가능하니만치 여타의 예술적-회화적 음악적 혹은 조각적 작품에 있어서 보다 더 많이 직접적이고 절실한 것이다. 언어의 문제의 철학과 구조의 문제는 참으로 흥미있는 제목이 된다. 철학에 있어서 언어의 논리학 심리학 또는 사회학으로서의 언어철학의 문제도 생한다. 언어 대상에 대한 오인의 체험의 외적 표현의 수단이다. 그 수단은 문학에 의하여 기호화한다. 그러한 기호를 통하여 문학이 가능하고 철학이 명제화한다. 언어문자와 문학철학과의 관계는 떨어지지 못하게 긴밀한 것이다. 뷔허Karl Bücher(1847-1930)는 그의 『奇勝天才의 諸相』에서 말하여진 언어에서 씌여진 언어에의 과도는 씌여진 언어에서 인쇄된 페-지(頁)에의 과도보다 일층 놀라운 일이고 그 결과에 있어서 일층 혁명적이었다고 한다. 언어라는 것으로 문자를 발명하여 서사(書寫)하는 술(術)을 발명해진 시자(時者)는 과연 어느 때인지 막연하나(물론 중국에 있어서 倉頡이가 한자를 발명하고 서양에 있어서는 앗시리아 바빌로니아에 알파베트의 기원이 있다고 한다만은) 실로 인류역사에 있어서 거대한 혁명적 시기이었음은 틀림없는 일이겠다.

문자에 의하여 문학도 철학도 다같이 그것의 독특한 내용을 표현한다. 그리하여 이 문자에 의하여 문학은 그것의 사회적 의도에 대한 선전적 임무를 가지게 되고 철학은 과학적 철학으로서 자력을 명제화하는 것이다. 어느 것이나 문자라는 인류문화사상의 위대한 공적에 의하여만 존재할 것이고 또 영원히 존재할 수가 있을 것이다.

끝으로 인생과 예술, 인생과 철학과의 문제를 간단히 말하고 이 단편록(斷片錄)을 맺겠다.

오귀스트 로댕Auguste Rodin(1840-1917)에게는 「생각하는 사람」이라는 조각이 있다. 나는 그것의 사진을 볼 때마다 엄숙한 침묵에 빠진다. 그리하여 그 「생각하는 사람」이 생각하듯이 나도 생각한다. 무엇을? 그것은 일언으로 운위할만하게 그렇게 단순하고 또 명료한 것이 아니다. 위대한 예술가는 동시에 위대한 사상가이다. 그러나 그는 반드시 이야기하는 상상가가 아니다. 그들은 대개는 불교적 예술과 같은 정진에서 침묵으로써 말하는 사상가이다. 그들도 行(타트)로써 웅변을 대용(代用)한다. 그들은 천박을 미워한다. 자기에 고유한 개성의 세계에 비친 현실계에서 어떤 일정한 목적적 이념을 찾으려고 한다. 로댕의 「생각하는 사람」은 로댕 자신의 예술적 정진을 말하고 있는 동시에 그것은 19세기의 위대한 정신의 표상이다. 세기말적 기분에서부터 탈출하여 굳세인 인간의 이해를 찾으려는 새출발이다. 그 표랑(漂浪)한 근육을 보라. 그 생명에 찬 기혼(氣魂)을 보라. 그 억세고 골직한 포-스를 보라. 그 7, 8척의 대작-산과 같은 육체의 기복에서 들리는 미묘한 광영에 찬 감성적 연봉(演奉)의 율동을 들으라. 황홀히 판테온의 앞에 서 있는 위대한 이가을 생각할 때 나의 심신은 조그마한 사진을 들여다보고 있는 것이 아니라 멀리 생각은 파리의 뤽상브르(Luxembourg) 공원의 푸른 잎 피는 잔디밭을 눈앞에 보는 것이다. 보불전쟁의 원수를 갚으려는 파리장의 조국애에의 지향은 그리하여 자본주의적 발전의 프랑스적 열정은 유감없이 로댕의 천재를 통하여 신비화되고 예술화되었다. 「루팡슐(생각하는 사람)」[62] 파스칼의 이른바 생각하는 갈대인 약한 사람은 로댕에 와서 생각 그것이 있는 때문에 위대한 생명을 얻었다. 감격을 얻었다. 듬직한 근육의 융기를 얻었고 소박한 약동을 장(藏)한 모순의 심연을 얻었다. 이 조각은 「지옥의 문」을 형성할 일부분적 요소이었으나 나중에는 독립한 작품으로 제작되었다. 그는 인생을 단지 피상적으로만 볼 줄 아는 사람에게 산 표본을 보여주었다. 생각하는 인생이라는 오인에게 주어진 철학적 과제는 로댕에게 있어서는 웅변으로 그러나 묵묵한 정적의 웅변으로 우리에게 해결하여준 것 같이 보인다. 사실로 그는 해결하였다. "심각하게 철저하게 진실하여라" 이것은 그의 말이다. 그는 '심각'이라는 것과 '진실'이라는 것을 퍽 사랑하였다. 심각하게 사물을 보는 동시에 진실하게 그것을 표현하지 않으면 아니 된다.

로댕에게 있어서는 심각과 진실은 냉철하였던 것 같이 동시에 열정적인 것이었다. "예술은 정서(상티만) 이외의 아무 것도 아니다"라고 한다.

정열에 타는 동시에 또 의지적으로 기술에 숙달하지 않으면 아니 된다. 로댕에 있어서는 이 모든 요소는 한 개의 통일체를 성(成)하고 있다. 그리하여 인생의 예술적 대답을 주고 있다. 「생각하는 사람」은 턱을 짚은 바른 팔을 펴고 일어서려고 한다. 그러나 그는 사변에 잠겨 있다. 바야흐로 웅비하려는 사변의 열정을 '데카다니즘'의 패배에 대한 반역의 선언인 동시에 온갖 모순 고뇌를 섭입(攝入)하여 그것을 합리화시키고 신학적으로 만드는 관료적 의도의 표현이 아니던가! 로댕의 「루팡슐」은 영원히 바른팔을 펴고 일어서지 못하리라! 그것은 묵묵히 사변의 열정에 타리라―파리장의 독일에 대한 복수의 열정에 타면서―

그러나 나는 로댕의 「생각하는 사람」을 좋아한다. 생명과 기혼(氣魂)과 의지의 통일로서의 「루팡슐」을 좋아한다. 인생은 예술에 의하여 굳세게 살아가고 또 생활(광의의)의 참된 의의를 체득한다. 나는 예술가도

---

62) 편자주 : 'Le Penseur'(생각하는 사람)를 '루팡슐'이라고 그대로 음차하고 있다.

되지 못한다. 그러나 나는 그것을 한편 구석에 방관하며 또 그것을 향락하는 지향을 가지려고 한다. 여하한 사람이든지 나에게서 이것을 뺏지는 못할 것이다. 인생은 반역의 정열에서 자기를 또는 사회를 약동의 계열에서 발견하리라. 예술도 ××적인 점에 자기의 생명을 보존할 것이다. 예술이 ××적이라면은 그것은 오성적이 아니면 아니 될 것이다.

인간은 철학적 욕구를 본래부터 가지고 있다. 더욱 인간이 생각한다는 것을 불가피적으로 자신의 특성으로 할 때는 그 욕구는 필연적인 것이다. 구체적이고 현실적인 인간이 그것의 의미 또는 의미의 이해로서 인생이라는 철학적이고 우주론적인 존재를 문제삼을 때 인간은 자신을 철학적으로 규정한다. '인간의 인생' 이것은 하이데거Martin Heidegger(유명한 현금의 독일철학자)의 '존재자의 존재'에 비등할 것이 되지 않을까 생각한다. 『추풍감별곡』이라는 소설노래에 나오는 인간의 구체적인 모양 인간의 가지가지의 비명과 저주와 반역과 애수에서 볼 수 있는 인생의 이해를 나는 너무나 똑똑이 가지게 된다. 『추풍감별곡』을 읽을 때 나는 존재자인 인간의 존재로서의 인생을 이해한다. 물론 어느 정도까지이나 그러나 의기저상(意氣沮喪)하여 있는 대다수의 인간의 인(□□□□□□□□□□□□□□□□□□□□□□□□□□□□□□□□□□□□□)[63] 그렇게 이해되고 있다. 일부의 유한적 부류는 그러한 인생에서 일생을 마친다. 그리한 인간의 인생이 있을 수 있다. 그러한 인간의 인생에는 오성적인 통일의 이론을 결하고 있다. 그러한 유한적 부류에게 오성적인 계획적 의도-과학적인 동적 지향을 주며 그리하여 인간의 인생을 참으로 이해하게 하는 것은 문학적 노작에 의하여 퍽 효과적이라고 생각한다. 문학적 노작 뿐 아니라 예술 일반의 인생 그것에 대한 철학적 의의의 중심

---

63) 편자주 : 원발표지가 훼손되어 식별불가하다.

점이라고 생각한다. 예술은 미에서 인생의 과거, 현재, 미래를 동적으로 이해시키는 것이라면 문학은 말하여지는 문자로써 직접으로 절실하게 인생의 오의(奧義)를 지시하는 것이겠다.

인간의 의미적 존재로서의 인생은 그리하여 철학적 존재가 될 것이다. 과학적으로 체계지어진 동적 세계전(世界全)으로서의 인생의 의미가 나올 것이다. 이러한 점에서 소위 인생철학이라고 하는 술어는 그 통용성을 얻을 수 있다. 보통 '인생'이라고 할 때는 퇴영과 애수를 더 많이 내용으로 하여 생각한다.

그러나 인생은 결코 그러한 것이 아니다. 그것은 쌈의 체계이고 오성적 계획의 과학적 통일의 의미가 아니면 아니 될 것이다. 그 안에는 애수도 비명도 저주도 퇴영도 있을 수 있다. 그러나 그것은 자신을 양기(揚棄)하여 굳세인 새 영위로 나아가는 의지적 의도가 아니면 아니 될 것이다. 인생은 어디까지든지 인간의 쌈의 생활의 의미적 존재이다.

이 점에 인생은 철학이라고 하고 그 통일적 의도의 실현과 선전에 있어서 예술(문학까지도 넣어서)과의 결합을 필연적이게 한다.

고요히 독서하는 기회와 생각하는 기회를 가지게 한 이 낙산 하의 남면한 창을 통하여 가지가지의 화살(矢)을 받는다. 그 화살을 받을 때마다 나는 흥분되고 자극된다. 그 화살들은 외적으로 나를 쏘는 것이다. 그러나 일단 그것을 받고나면 생각에 타고 감개에 젖는다. 어떤 때는 그 화살이 정통으로 골수를 찌를 때가 있다. 그때는 참으로 고통이다. 그 고통의 대증요법도 있을 수가 있으리라. 그러나 그것의 근본적 요법은 과연 무엇인지? 무엇인지 모르는 바 아니나 또한 물어본다. 철학을 공부하는 자의 애꿎은 자문자답이다. 쓸데 없는 트워들[64]일까? 이때껏 적어놓은 것이 모두 쓸데 없는 트워들이라면 나는 철학공부를 집어치우겠다. 그러나 또한 자문자답한다. 과연 그것이 트워들이든가 하고—트워들같이 보이는 이러한 논술이 트워들이 되지 않게 하려는 곳에 철학하는 자의 학문적 정진이 있는 것이겠다.

2월 16일 낙산 하에서

---

64) 편자주 : 'twaddell'(실없는 소리, 허튼 소리)을 그대로 음차하여 사용하고 있다.

# 조선철학계의 성장을 위하여

『조선중앙일보』 1933. 7. 19

조선의 학문적 수준이 나날이 높아가는 것을 볼 때 우리는 참으로 기쁨을 금하지 못하겠다. 온갖 방면에 독학(篤學)의 토(土)가 現□히 또 은연(隱然)히 그들의 학문적 정진을 쌓고 있음을 조금이라도 조선의 학계에 유의한 사람들은 곧 인지할 것이다. 우리의 앞에 전개되어 있는 모든 사상(事象)은 설사 그것이 우리의 지향을 제주(制肘)하는 바 많다 하더라도 진지한 지식인에게 있어서는 절실하고 활발한 학구적 태도를 가지도록 충동하는 기연(機緣)을 주는 때가 많다. 우리의 젊은 세대에 있어서 북받치는 열의와 통절한 사색은 그 지향과 그 지향의 제주(制肘) 때문에 여러 가지로 분화하여 나아가리라. 그러나 그 열의, 그 사색이 식지 않고 멈추지 않는 한 우리의 젊은 세대의 걸어 갈 길은 형자(荊刺)의 악도(惡道)일망정 빛나고 영화로울 것이다. 그 빛나고 영화로운 형자의 악도에서 만나고 당하던 가지가지 사실은 아무리 그것이 진부하고 사소하다 하더라도 참된 지식에 눈 띄여 가는 이 땅의 젊은이에게는 진부한 것이 아니라 참신한 것이요, 사소한 것이 아니라 거중(巨重)한 것으로 애용될 것이고 따라서 새 출발, 새 영위의 신나고 복스러운 노작(勞作)으로 나아가게 할 것이다. 현금 이 땅의 모든 학문적 지반은 아직 굳어지지 못하였고 따라서 천박하고 침체되어 있는 감이 불무하나 바야흐로 첫발을 내띄인 학문적 정진의 여러 유파(流派)는 다소 이 유파에 합류하려는 우리에게 있어서는 말할 수 없는 기쁨인 것이다. 그것을 생각하면 우리 젊은 동무들은 실로 다복하다. 왜? 그 학문적 정진의 제유파가 우리의 적으나마 노력에 의하여 더욱 더욱 넘쳐가고 불어 갈 것이므로. 적으나마 합하면 커진다. 그리고 발전하고 분화하고 결실한다. 우리의 동무 사이에는 각기 그 전공한 학문의 분과에 의하여 서로서로 손을 나누어 굳게 맞잡고 각자의 학문적 노력을 아끼지 않고 있음을 보는 것이니 이 어찌 반갑지 않으리요. 그러나 우리의 앞에 횡재(橫在)한 그 형자의 악도를 보라! 중도에 좌절을 착(捉)하고 九□에 패퇴를 슬프게 안다. 이 땅의 젊은 동무들은 그리하여 뜻하지 않은 실망에 잠기는 것이다. 이 일을 어찌할까 하고 수수방관할 것인가?

＊　　＊　　＊

조선에는 철학을 공부한 사람 또 공부하고 있는 사람들이 많지는 못하나 그러나 그 중의 몇몇 동무들은 서로서로의 생각을 탁마(琢磨)하며 또 동호(同好)들의 비판을 널리 구하고자 『철학』이라는 정기간행물을 발행하려는 계획도 있다. 이는 결코 아무 자부도 오만도 가지지 않은 것으로 오직 자기가 현실에 즉하여 여하히 사색하고 또 사색할 것인가의 통절한 요구에서 자기의 처하고 있는 위소(位所)를 반성 비판하는 일(一) 기연(機緣)에 지나지 않는 것이다. 우리는 결코 다른 아무에게도 자기의 사색을 강제됨이 없이 자유롭게 그러나 어디까지든지 진중히 생각을 돌려가면서 서로의 '철학하는 태도'를 표명할 기회를 얻게 된다면 이보다 더 다행한 일은 없을 것이다. 우리가 철학이라는 것에 관한 통절한 관심을 가지면 가질수록 우리는 우리의 그 관심을 폐쇄해 버려서는 안 된다. 정체하여 있는 물은 부패하는 법이다. 아니 그 안에 독소가 양효(釀酵)하고 있는 법이다.

현금 조선의 철학에 대한 수준이 높지 못하다 할지라도 적어도 이 방면에 뜻한 자로서는 협력 토구(討究)해 나아가야 할 것은 물론이오, 또 그 연구의 결과를 발표하여 대방의 아낌없는 비평을 받지 않고는 안 된다. 이것이 곧 독단과 독소의 발생을 방지하는 동력이 될 것이니 이번 『철학』지가 나옴에 임하여 우리의 기대를 크게 하는 것도 이 점에 있는 것이다.

# 불안의 사상의 유형화

-『개조』6월호 미키 키요시(三木淸)씨의 소론을 읽고 -

『衆明』 제3호 1933. 7

1928년 경부터 1930년이 반이 넘도록까지 일본 사상계에 있어서 미키 키요시三木淸(1897-1945) 씨의 새로 가다듬은 사회과학적 이론은 많은 인텔리 층에게 매력과 추종을 가지게 하는 듯이 보였다. 그의 논문이 발표되고 저서가 나올 때마다 또 그가 일본 프로과학연구소원으로서 철학 부문에 관계하게 뇌있을 때는 그가 사회과학에 대한 새로운 이론적 기초를 세우려고 하는 데 대하여 적지 않게 주목을 하였던 것이다. 그러나 그의 얼른 말하자면 소위 '심경의 변화'는 현재에 있어서 우리에게 여하한 사색의 산물을 제시하고 있는가. 나의 지금 논하려고 하는 것은 그의 최근의 논문(?)「불안의 사상과 그 초극」(『개조』6월호)를 대상삼아 그의 현재에 있어서의 사색의 일단을 규지(窺知)하려고 하는 것이다.

현대에 있어서의 소위 '불안' '위기'의 사상은 그 연유하는 바가 경제 내지 문화적 불안·위기에서 오는 정신적 불안·위기로써 이해된다. 객관세계의 가지가지 역사적 사회적 해리(解離), 모순·반발은 인간적 환경에 현저한 변화를 야기하고 그리하여 그 변화에 제주(制肘)되는 정신생활도 역시 불안·방황·공포를 감수하게 된다. 따라서 현대의 사회적 기구가 그 무절조한 발전을 영위하는 한 현대에 처하고 있는 우리의 세대는 온갖 문화적 내지 정신적 생활에 있어서 그것에 연행(沿行)하는 일정한 과도시대적 '지금' 또는 '이곳'이라는 것을 가지게 되는 것이다.

그러나 헤겔이 말한 바와 같이 이 '지금'이라든가 '이곳'이라든가는 우리의 세대에 의하여 명확하게 확신을 가지고 '지시'되는 한 그것은 벌써 '지양'의 계기가 되는 것이고 또 '지양'된 것임으로 우리의 이 불안·위기로써 이해되는 '지금'과 '이곳'은 비관(悲觀)의 것이 아니될 뿐일 것만 아니라 도리어 빛나는 전망을 가진 것으로 이해될 것이다. 그리하여 그 빛나는 전망에의 참가에 있어서만 현실의 불안·위기의 기분적인—그러나 신체적으로 절실히 느껴지는 사상이 극복될 것은 물론 그러한 사상의 배후에 있는 것도 그것의 존재를 그칠 것이다.

그러나 현대의 문화적 내지 사상적 분야는 혼돈착잡(混沌錯雜)하여 그것의 추향이 어찌될까 하는 의혹·주저의 염(念)을 가지게 한다. '인간' 혹은 '세계'라는 것을 또는 '인격'이라는 것을 초월적으로 상정함에 의하여 아플만치 온몸에 느껴지는 소위 '현대고'의 공포·절실에서 은둔하려고 한다. 막스 쉘러Max Scheler(1874-1928)의 '인간학', 하이데거의 '세계내존재'의 '세계성'이라는 것을 밝혀가지고 불안에서 무(無)에로 초탈하려는 철학, N. 하르트만Nicolai Hartmann(1882-1950)의 인격주의적 윤리학 등 철학의 영역에 있어서의 온갖 현대적 사유는 하나도 빼지 않고 그러한 불안·위기의 사상의 '초극'을 목표로 하고 있는 듯이 보인다. 뿐만 아니라 그 외의 학문적 분과에 있어서도 슈라펠과 바르트Karl Barth(1886-1968) 등의 위기신학(변증법적 신학) 고갈텐Friedrich Gogarten(1887-1967)과 브루너Emil Brunner(1889-1966) 등의 기독교적 정치사상 또는 하우푸트Joachim Haupt(1900-1989)와 슈타펠 등의 국법(國法) 이론에 있어서의 민족주의적, 정신주의적 사관 등등…의 이론도 모두 많든지 적든지 현대의 위기사상의 유형화를 목표로 하고 있는 것이다. 사회의 기초적 부분이 위기에 임하여 그것의 지속과 안전을 도모할 때는 반드시 비상한 '힘'을 요(要)하여서만 가능하다. 그 '힘'은 그 기초적 부분에 있어서 뿐만 아니라 그 위에 서 있는 온갖 부문에까지 그 영향을 미치는 것이고 또 그러지 않고는 그것의 지속과 안전을 도모할 수가 없는 것이다. 그때에 문화적 내지 사상적인 것은 일정한 목적을 위하여 봉사 통제되게 된다. 더욱 '순풍미속(醇風美俗)'을 해하고 안녕질서를 난(亂)할 염려가 있는 온갖 문화적 시설이라든가 사상은 박멸되고 있는 것이다. 지금의 독일의 현상은 무엇보다도 이것을 웅변으로 증명하고 있다. 그리하여 국가사회에 유익한 학문만이 생산되고 있다. 히틀러Adolf Hitler(1889-1945)의 갱유분서(坑儒焚書)가 어찌 연유 없는 일이랴. 히틀러 정책의 이론적 지지자인 전기(前記) 요아힘 하우푸트의 '인종적(민족주의적) 유기적 사관'의 사회직 근거는 현대사회기구의 기초적 부분의 이해에 있어서만 가능할 것이다. 이와 같은 위기·불안의 시대에 당하여 일본의 미키 키요시씨도 새로운 의상—'파토스'(격정)와 '로고스'(이성)의 변증법적 통일 위에 입각하는 세계관설을 가지고 우리의 앞에 등장하여 왔다. 우선 그는 현재 일본에 있어서 위기·불안의 사상의 '가장 정신적인 것 매혹적인 것'은 아직 생산되지 않았다고 한다. 그러나 그는 현금의 일본 사상계의 정세 분야를 너무도 잘 알고 있을 것임에도 불구하고 그의 이른바 '가장 정신적인 것 매혹적인 것'이 내적으로 경험되지 않았다고 하는 것은 일본사상계의 현재의 양태에 맹목임을 말하는 것이다. 일년 전에 출판된 미키 키요시씨 자신의 『역사철학』(1932년 4월 간행)이 너무도 명확하게 현대 일본의 사상위기에 있어서의 '가장 정신적인 것 매혹적인 것'임을 알지 못한다. 더욱이 '니시다(西田) 철학'이라는 이름 아래 불려지는 니시다 기타로西田幾多郎(1870-1945) 박사의 '무의 자각적 한정'으로서의 철학이 어떠한 사회적 의식을 가지고 있는지 알지 못한다 함은 너무도 그의 '내적인 것' '정신적인 것'을 추구하는 나머지 왕일(往日)의 그의 발랄하던 면목은 찾아 볼 길이 없다. 그의 말과 같이 일본의 사상계는 '불안으로서 십분(十分) 내면적으로 되지 못할 사정'에 있었던가? 그는 일본의 사상계가 서구의 새로운 학설의 번역·이식에 많은 노력을 불(拂)한 것이 오직 '일본인 상투의 애호벽에서 환영되었다'고 한다. 그는 일신우일신하는 사상적 조류의 변화발전의 사회적 이유를 알지 못하는 것인가. 결코 일본의 사상계는 단지 애호벽에서만 서구의 신학문을 가져온 것이 아니었다. 일본의 사회적 발전의 서구의 그것보다 높을지언정 얕지 않은 현재의 수준은 세계자본주의의 국제성에 있어서 이해되지 않으면 아니될 것이다. 그리하여 서구의 신학설―예를 철학의 영역에서 든다고 하면은 하이데거의 철학이 만연히 애호벽 때문에 저절로 일본에 유행하게 된 것이 아니라 일본의 사회적 소지가 그 철학을 사색해 낸 독일의 그것과 공통되어 있는 때문이라고 보지 않을 수가 없다. 물론 '행동의 비극'은 '내면화'하여 '지식의 비극'으로 돌려진다. 이것은 인간생활에 있어서 불가피의 현실이다. 그러나 그 내면화된 지식의 비극은 다시 사회적으로 반작용한다. 그리하여 가장 선구적인 사상―즉 지식의 비극에 대하여 구체적 전망을 지시하는 일련의 사상체계는 그 지식의 비극이 내면화하면 할수록 더욱 투쟁적 부정적으로 된다. 지식의 비극의 내면화가 현대와 같은 위기·불안의 사상에서 극도로 상징된 때는 즉 그 두 개의 사상체계간의 상극이 격화된 때이다. 이러한 시대에 있어서는 모든 생활이 미키씨의 말과 같이 '아펙티브'(격정적)한 것도 사실이다. 그리하여 기분적, 종교적으로 흐르려는 경향이 있다. 일본의 사회적 상태와 독일의 그것과가 극도로 발달된 물질적 토대 위에 놓여 있고 그 국제간의 지위도 거의 방불한 바 있어 행동의 비극에 국척(跼蹐)한 대다수의 '인텔리'가 내면적으로 이상의 세계로 둔입(遁入)하는 것은 이곳에 노노(呶呶)할 필요가 없이 명백한 사실이다. 그리하여 미키씨가 열거한 불안·위기의 사상의 네 개의 특징이 나타나게 된 것이다. 씨가 들은 특징 즉 불안의 사상은 첫째로 시간적이라는 것, 둘째로 격정적이라는 것, 셋째로 주관적이라는 것, 넷째로 엄숙성을 가지고 있다는 것 등은 오인의 일상 직면하는 사실로써 경험된다. 이 제4의 특징이 엄숙성이라는 것은 일반적으로 권력—'파시즘'과 결합하는 유력한 요인을 성하는 것이다.(이 점을 미키씨는 빼놓았다.) 독일의 가장 젊은 철학계의 제조류는 모두 이 네 개의 특징을 많거나 적거나 가지고 있다. 니체와 키에르케고르Soören Aabye Kierkegaard(1813-1855)의 철학이 부활되고 신토마스 철학이 카톨릭 교회를 중심삼아 유포되는 사실 등은 이 불안의 철학의 호개의 예승이 되는 것이다.

그러면 이 불안의 사상은 여하히 하여 '초극'될 것인가? 이 점에 대하여 미키씨는 선기의 특징에 대비하여 네 개의 원리를 들고 있다. 제1 시간성 대신에 공간성의 원리가, 제2 격정적인 것에 대하여 이성적인 것이 그 권리와 신용을 회복하지 않으면 아니될 것, 제3 주관적 '리얼리즘'에 대하여 객관적 '리얼리즘'이 주장되지 않으면 아니될 것, 제4 기술적(記述的) 방법에 대하여 구성적 방법이 역설되지 않으면 아니되고 이것들이 일면적이 아니라 변증법적으로 그리되어야만 한다는 것이다. 이것은 참말로 '미키철학'에 있어서 함직한 말이다. 대체 이 네 개의 원리가 변증법적으로 성취되면 불안의 사상이 '초극'된단 말인가? 미키철학은 하고(何故)로 '초극'된다는 근거를 보여 주지 않는가. 그가 근간에 발표하여온 다른 논문 등을 읽어 보아야 도무지 그 '초극'의 가능한 까닭의 의거(依據)를 발견할 수가 없다. 그러나 그는 오직 한 개의 가능한 경우를 오인에게 제시한다. 즉 '인간이 구체적인 타이프에까지 종합 형성되어야' 비로소 가능할 것이라는 것을 제시하고 있다. 맑스주의가 운위하는 프롤레타리아라는 인간의 '타이프'(유형)는 아직 미키씨의 바라는 '타이프'를 종합 형성하지 못하고 있다. 이 미키씨의 이론은 "맑스주의에도 진리는 있다. 그러나 그 진리는 아직 순수한 형태에서 나타나지 않았다"고 하는 칼 야스퍼스Karl Jaspers(1883-1969)의 말과 조금도 다름이 없다. 미키씨의 바라는 것은 인간 행동은 순수한 유형에까지 종합형식(—이것이 그에게 있어서는 변증법적이겠지?) 되지 않으면 아니된다는 것이다. 프롤레타리아트라고 하는 일정한 역사적 인간 '타이프'가 미키씨의 말과 같이 순수한 '타이프'를 형성하였느냐 못하였느냐 하는 문제는 지금의 문제가 아니다. 여하한 사상을 섭취함에 있어서든지 그것을 일정한 '유형'에까지 순화한다는 것이 무엇이냐 하는 것이 문제이다. 즉 이 '유형화'의 문제는 사상의 구체성을 의식적으로 거부하는 것이다. 그리하여 형해없는 형식에서 사물을 일정한 위소(位所)에 정체(靜滯)시키는 것이다. 미키씨는 이 '유형화'의 노력이 현금의 불안의 사상을 '초극'하는 소이연이라고 한다. 놀라지 않을까 보냐? 미키씨의 사상은 그의 학문적 노력의 금자탑인 『역사철학』에 있어서 벌써 명료하게 나타난 바이었다. 그의 말한 바 '파토스'와 '로고스'와의 변증법적 발전의 그럴듯한 이론은 외타(外他)의 많은 변증법적 발전을 운위하는 학설과 같이 실은 자기의 '이세계설(二世界說)'의 거북한 통일이 아닐까 하고 나는 생각한다. 더구나 그 통일된 것은 상술한 '유형화'의 문제에도 나타난 것 같이 '로고스'적 성격의 우위에서 대상 인식을 '에어헬렌'(개명)하는 것이 아닐까. 야스퍼스는 사유는 대상을 인식하는 것이 아니라 '개명(開明)'하는 것이라고 한다. 그와 같이 미키씨도 프롤레타리아의 '타이프'를 '개명'하려고 하는 것이 아닐까? 미키씨의 파악하려고 하는 것은 의연(依然) 그 전체가 추상이고 또 일반화된 유형이 아닐까. 그는 막스 쉘러의 인간 '타이프'의 유형화를 너무도 잘 알 것이다. 그러나 그는 자신의 그러함은 의식하고 있지 않은 것 같다.

그는 이와 같이 불안의 사상의 초극을 말하고 있다. 현대인의 심리에 굳게 박혀 있는 위기·불안·초려(焦慮)의 초월 극복을 위하여 새로운 인간유형의 창조라고 하는 '아가페'(신의 愛)를 꿈꾸고 있다. 위기신학으로서 변증법적 신학이 나타나서 '카톨릭' 주의에 들어간 것 같이 '파시즘'의 국가이론이 신헤겔주의와 긴밀한 것 같이 미키 철학에 있어서의 '파토스'와 '로고스'의 변증법적 유형화의 이론은 정(正)히 현대가 생산한 불안의 사상 바로 그것을 형성하고 있다. 미키씨의 이론은 그 자체가 결코 불안의 사상의 초극을 위한 주체적 이론이 아니라 '초극' 되어야 할 불안의 사상 바로 그것이다. 이와 같이 미키 철학의 최근의 이론은 되어 있다!

# 최근 세계사조의 동향

## -각국에 있어서의 약간의 문제의 적출-

『동아일보』 1933. 9. 13-24(총10회)

## 1. 필요한 전언(前言) 1

현금 독일의 유수한 사회학자 칼 만하임Karl Mannheim(1893-1947)은 그의 저서 『이데올로기와 유토피아』(1930년 출판)에서 사유는 이제야 위기의 상황에 있다는 인식에서부터 출발하고 있다.

즉 사유의 위기라는 것이 그의 이른바 지식사회학의 단초를 성(成) 하는 동시에 최후의 문제이기도 한 것이다. 이러면 이 사유의 위기라 는 것은 무엇인가. 오인은 이에 당하여 필요한 분석을 이데올로기의 문 제와 연관하여 논술해야만 할 것을 느끼는 바이나 나는 일찍이 그것 에 대하여 논급한 바 있었고 또 그것을 이곳에 집어내는 번쇄를 피하 기 위하여 오직 현금에 있어서 과학비판의 근본적 과제의 일(一)로서의

‘현실의식’에 관하여 2, 3의 문제를 고찰함으로써 이 논평의 서언을 삼
으려고 한다.

만하임은 일찍이 『인식론의 구조분석』(1922년, 칸트 연구지 소재)에서
인식론의 논리적 해명을 시(試)하여 그 구조를 순수하게 이론적으로 분
석하여 보려고 하였다. 그러나 그의 봉착한 난관은 소위 형식적 범위
의 순수성에 대한 자기 자신의 질곡이었다. 이때까지의 칸트주의의 사
상은 일반적으로 이 자업자득의 보편적 마법에 얽매어 허덕허덕하고
있었다. 그것의 최후의 그리고 최상의 형태를 우리는 에밀 라스크Emil
Lask(1875-1915)의 논리학에서 볼 수가 있다. 대학의 강단에서는 이 라
스크의 순논리적 논리학 ‘논리학의 논리학’을 퍽이나 상완(賞玩)하고
있는 것이나 그러한 보편적 범주, 순수논리학의 형식적 공허에 싫증난
1920년 이후의 실재론적 경향은 문화라든가 현실이라든가 구조 관련
이라든가의 말로써 얼른 표시할 수 있을만치 흘러내려 왔다. 만하임의
전게 저서도 그러한 경향 중의 일(一) 대표적 저작으로 볼 수 있는 것으
로서 소위 ‘인식론의 인식론’으로서는 도저히 현대의 복잡다단한 시대
성, 변전성을 수용할 수가 없는 것을 자각한 것에 불외한 것이다. 그러
면 그 저서는 과연 우리의 현금의 ‘문제 및 제문제’를 해명하여 주는 지
침이 될 수 있을까. 다시 말하면 그의 이른바 지식사회학이 오인의 절
실한 당면한 의욕을 보족(補足)하여 줄 수 있을까. 우선 이것을 우리는
구명하지 않으면 아니된다.

오인의 당면의 의욕은 그러한 지식사회학으로서는 비록 이론적이라
고 하더라도 분석하고 해결하기에는 너무나 거중(巨重)한 것이다. 현대
의 온갖 사회사상은 오인에게 골수에 스며들만치 통절한 것이 있다. 그
것은 이곳에서 노노(呶呶)하게 반복할 필요를 느끼지 않는다. 소위 ‘인

식론'으로서 해석되던 현실의 제문제는 어느 틈에 그 해석을 박차버리고 호방하게 전진한다. 만하임의 이데올로기적 편국성(偏局性)은 사회적 존재의 종합적 인식이 될 수 없다. 그것은 여하히 구체적으로 보이더라도 그것의 특수성과 한계성의 상피는 단번에 벗기어 질 것이다. 그가 '이데올로기'의 문제를 역사적으로 취급하고 그리하여 일체의 사상을 □□적으로 위기적 모멘트에서 고찰한다 하더라도(이 점을 H. 푸라이엘은 경복하였지만) 그리함에는 그 배후자의 발전에 대한 과학적 비판이 없이는 진정한 고찰의 성과는 나오지 않을 것이다.

만하임에 있어서의 상술한 바와 같은 사유의 위기는 필연적으로 다른 술어로써 발표됨을 요구하였다. 즉 '현실의식'이 그것이다. 이 현실의식이라는 것은 일반적으로 말할 수 있는 것과 같이 과학 특히 정신과학에 있어서의 비장(秘藏) 표어라고 할 수 있으리라. 지식사회학이 사유의 위기를 부르짖고 나온 것은 그의 말과 같이 현대의 사회적, 역사적 사상을 확증하려고 한 것이었다. 그러면 그는 여하히 하여 그것을 확증하고 더욱 극복까지 하려고 나온 것인가는 우리가 그의 '이데적 태도의 우위'에서 볼 수 있는 것이나 문제되는 것은 브렌타노Franz Brentano(1838-1917), 후설, 쉴러 또는 하이데거에 있어서의 말하면 외부적인 현실적 의식이 여하한 시대적 의식을 가지고 있는가이다. 만하임은 이 여러 사람과 관련을 가지고 있다. 그리하여 일종의 절충주의적 입장에서 전체성에의 길을 뚫고 있는 것이다. 이 전체성에의 길이라는 것은 두말할 것 없이 현실의식과 얼른 보아서는 혼동될 만치 긴절히 관계하고 있다. 현대의 사조를 비판하는 자 누구나 다 이 전체성에의 길을 뚫고 있는 현실의식을 망각하지 못할 것이다. 퍽 당돌한 말이나 현대의 일반적 사조는 '전체성에의 사념'에 젖어 있다. 그것은 우리가 일상 볼 수 있는 것이 아닌가. 독일 민족 전체의 복지를 위하여라든 가 또는 무엇이니 무엇이니 하고 있는 이 시대적 현실의식에 두고 있 다고 하리라.


## 2. 필요한 전언 2

그러면 그 현실의식이라는 것은 무엇이냐. 브렌타노의 내부의식은 현실의식이다. 후설의 환원도 자연적 태도로서의 현실의식에서부터 순 수의식으로 형상화되는 것이다. 하이데거의 일상성도 현실의식의 문제 로써 고찰되리라. 차등의 현실의식의 문제로써 고찰할 수 있는 모든 철 학적 사상은 긴절히 현대의 문제와 관련을 가지고 있는 것이다.

이것은 딜타이의 현실의식의 확증의 문제와도 일맥의 공통성을 가 지고 있는 것으로 필경은 만하임에 있어서와 같이 '이데적 태도의 우 위'에서 그것의 성격을 완전히 표명하고 있는 것이다. 그리하여 그들의 부르짖는 슬로건 사실 그것으로 돌아가라(Zu den Sachen Selbst 현상학 파의) 또는 제문제에 부닥뜨리는 것(Zu den Problemen vorzustossen 하이 네만의)의 의의내용은 오인에게 새삼스러운 주의를 끌기에는 너무도 귀 가 아프다.

브렌타노 이후의 현상학파의 주조를 살피어 볼 것 같으면 그것이 흔 히 칸트학파의 공허하고 건조한 인식론의 작업에 대한 반동이라고 하 나(물론 그 점에 대하여는 이론이 없으나) 우리는 그보다도 더 근본적인 그 반동의 연유를 음미하지 않으면 아니될 것이다. 후설이 엄밀과학으로 서의 철학을 주장하여 이때까지의 자연과학적 인식론철학과 역사주 의적 철학을 배격하여야 된다고 하며 오인의 현상적 의식의 기술적 관련을 밝히려고 한 것은 지금 오인의 문제인 현실의식의 문제에 대하여 일(一) 파문을 일으킨 것이었다.

그것은 오인에게 교시하는 바 많은 논문이었으나 그 근본적 태도에 있어서는 1910, 20년대의 역사적 동향의 철학적 표현에 불과하였다. 세계대전과 함께 그 종언을 고하였다고 하여도 좋을 칸트학파의 이론은 포연탄 위의 속을 지나와 일시적이나마 안정을 얻게 된 사회적, 경제적 기구에 대하여 무력을 폭로하였다. 신칸트학파 최후의 우월한 철학자 라스크가 서부전장에서 전사한 것과 같이 신칸트학파는 그 성루를 현상학파에 인도하고 오직 연만한 리케르트에 의하여 그 여운을 지키고 있을 뿐이다.

이같이 현실의식의 문제는 대전 이후의 사상의 제(諸) 조류에 있어서 중요한 지위에 치(置)하여 있었고 현금에 있어서도 그러하다고 생각한다. 제반 사상의 발전변화, 모순반발의 성질은 오인에게 반영되는 것이고 그리하여 다시 두뇌적으로 가공되어 재생산된다. 그곳에 학문 특히 정신과학의 일반적 특질을 성립할 것이다. 이 점에 있어서는 외계 또는 자연 물질이라는 것에 의한 정신 또는 의식의 피구속성을 인식하게 된다. 그러나 현실의식에 있어서는 외계는 이념적 대상으로서 형상화되고 만다. 이 이념적 대상의 형상화라는 것이 나의 지금 말하려는 현실의식의 내용을 성(成)한다.

이러한 현실의식의 문제가 현금의 온갖 정신과학에 있어서 그 역사적 사회적 의의를 나타내고 있는 것이다.

도덕론에 있어서 그러하고 종교에 있어서 그러하고 법률, 정치론에 있어서도 그러하다. 그것은 일반적으로 파시즘과 구심적으로 접근하고 있고 카톨릭의 신부 등도 의식적 또는 무의식적으로 주장하고 있다. 도덕적, 종교적 현실의식의 의식사적 연구는 오인에게 시사하는 바 많으나 이 논평에서 그것을 논술하지 못하는 것을 나는 퍽 부족으로 여기나 어떻든 현금의 일반적 동향은 이 이데적 우위로서 규정된 현실의식의 마술을 가지고 있는 전체성을 주의하기로 하고 나는 각국의 현대적 사조의 동향을 고찰하여 보겠다.

그러한 현실의식은 실로 현금의 사상계에 있어서 두드러진 한 개의 문제이다. 그것은 만반의 사회현상을 일응(一應) 해결한다. 그리하여 체계화한다. 그러나 그것은 많은 문제를 내포하고 있는 것이고 더욱 사회생활과 접융(接融)할 때는 만하임의 위기사상 극복의 이론과 부합되는 바 있다. 그리하여 이 현실의식이 이데적 우위에서 전체성을 사념하고 있는 것은 현대에 있어서의 주목할 이론으로서 구명의 조상(俎上)에 올리지 않으면 아니될 것이다. 콩트Auguste Comte(1798-1857)의 실증사회학에서 형식사회학으로 그리하여 문화사회학으로—. 이 조류 속에서 현대의 각항(各項) 사물은 왜곡되어 이해되어 있다. 만하임을 선도로 하는 지식사회학의 일련의 이론은 이리하여 오인에게 적지 않은 문제를 제공한다.

나의 논술은 참으로 앉은 자리에서 된 불충분한 것이다. 거(去) 월말에 약간의 연구적 논명을 하여보려고 하였으나 현재의 나의 심신은 피곤을 느끼고 있어서 그것을 하기에는 너무 산일(散逸)되어 있다. 먼저 독자에게 그 불충분함을 사(謝)한다. 김두헌金斗憲(1903-1981)씨의 소론에 「현대천하 어디로 가나」에 대하여는 기다(幾多)의 의혹이 있으나 그것에 대하여는 논급하지 않으련다.


## (1) 독일

만하임에 있어서는 오직 전체만이 문제이었다. 직관적 전체라고 할 수 있는 그러한 이념적 현실의식만이 가능하였다. 독일 전체를 위한 의

식이 문제다. 지금은 거국일치하여 위기를 정복할 비상시이다. 그에게
있어서는 온갖 모순 계급성은 상실되어 있고 그리하여 사회파시즘의
조류로 흘러들어가고 있는 것이다. 독일 최근의 문화사회학의 현실인
식의 문제는 거국일치적 정신운동으로서 지상에 내려왔다.

이러한 정신운동은 '독일의 신'을 상정하는 독일 국민교회(에른스트
베르그만)에서 볼 수 있다. 그것은 중세 독일적 뮤토스에 대한 타협인 동
시에 카톨릭 교회의 '기분(氣分) 내용'과 프로테스탄트 교회의 '인간 중
심 신앙'과의 타협이고 더 나아가서는 높은 인간정신의 기초(신)에 대
한 타협과 투입이다. 그리하여 전지전능한 신에로 귀의한다.

우리는 이 점에 대하여 두 가지 점을 지적할 수가 있는 것이니 즉 하
나는 카톨릭과 악수하여 독일민족의 정신성을 고양하는 것이고 다른 하
나는 복음교회 즉 프로테스탄트적, 루터Martin Luther(1483-1546)적인 인
간중심적 신앙의 사상과 타협하는 보편인간적 의식(이것은 필경은 자유주
의적 퇴영적이다) 이념적 현실의식이 그것이다. 이곳에 우리는 현재 독일
에서 우세인 카톨릭 교회에 그 정신적 지주를 가지고 있는 파시즘의 특
질을 찾을 수가 있다. 히틀러의 파시즘은 이와 같은 양두수(兩頭獸)의 현
실운동에 지나지 않는다. 그것의 종교적 특질을 발견할 수 있는 동시에
소위 '독일국민혁명' 운동의 사상적 의거를 발견할 수가 있지 않을까.

그런데 그 이른바 독일 국민성(Deutsches Volkstum)의 선양이라는 것
은 카톨릭과의 결합을 의미하는 동시에 경제적으로는 독일 중산계급의
자유주의 생활 환경에 오는 무자비한 핍박을 도피하려는 운동에 불과
한 것이다. 만하임의 인테리겐치아의 사회학 지식사회학이라는 것은 두
말할 것도 없이 이러한 중산계급의 이데올로기적 표현에 불과하였다.

그러나 독일 파시즘에 있어서의 자유주의적 인테리적 방면은 남독
일 거주의 대지주의 카톨릭적 독일의 '신의 운동'에 거항(拒抗)할 수 없

을 만치 그들의 경제적 환경은 위기에 처하여 있었다. 즉 만하임 등의 인테리 사회학이 문화사회학으로서 사유의 위기를 부르짖고 나온 현실적 근저가 있는 것이다. 그러나 그 문화사회학이라는 것도 구경은 카톨릭 진영의 종교적 '신의 운동'에 그 지반을 들어주고 말았다. 아니 그것에 해소되고 말았다.

이같이 하여 현금 독일의 '위기신학'의 문제는 나오게 된다. 이 '위기신학'이라고 하는 것은 얼른 듣기 쉽게 말하자면 히틀러 파시즘의 이론적 표현에 불과하다. 사실로 이 새로운 신학의 출현 그것이 벌써 한 개의 거대한 위기를 내포하고 있는 것이었다. 독일의 신학계가 비상히 긴장한 것도 무리는 아니다. 그리하여 자유주의 프로테스탄트적 신학과 격렬한 논쟁을 일으키었으나 그러나 경제적 근저와 정치적 배경을 가진 이 위기신학에 대하여는 자유주의적 신학은 그 적이 아니었다. 현재 본 대학교수로 있는 칼 바르트는 그 급선봉이었다.[65] 그의 『위기신학』이란 저서는 그 센세이션을 일으킨 장본인이다. 바르트를 중심으로 하여 취리히 대학에 있는 에밀 브루너, 부레스라우 대학에 있는 프리드리히 고갈텐 등은 다 같이 독일 국민사회주의노동당의 고마운 학자들이다. 카톨릭적 사회주의에의 길을 걸어가려는 그들의 이론적 또는 사회적 배경은 히틀러 운동과 부합하여 있다. 히틀러 운동 즉 나치스 운동은 멀리는 강단사회주의 운동에 기인하여 있는 점도 있고 또 루터파의 프로테스탄트의 지지를 가지고 있었으나 지금에 와서는 순연히 카톨

---

65) 편자주 : 신남철은 칼 바르트의 '위기신학'을 히틀러의 독일 파시즘에 동조한 신학으로 설명한다. 이 글이 쓰일 당시에는 그러한 경향을 지니고 있었을지 모르지만 1934년 5월에 바르멘에서 열린 제1회 고백회의에서는 '바르멘 선언'을 기초로 나치스에 반대하는 '고백회의'의 기본적 자세를 명확히 한다. 히틀러에 대한 충성선언 거부문제를 직접적인 원인으로 1935년 6월에 본 대학 교수에서 파면당하고, 자신의 고국인 스위스의 바젤 대학으로 옮겨갔다.

릭적 교의의 우세에서 독일의 신을 설정하기에 급급하고 있다.

그리하여 그 실천적 전선은 '독일종교사회주의자동맹'에 의하여 통일되고 있다. 이 동맹에는 여러 가지 단체가 가맹하여 있다. 그 정책적 뉘앙스에 있어서는 기분간(幾分間) 다르다 할지라도 다 이론적 사상적 근저에 있어서는 상술한 바의 '현실의식'의 위에 선 이념적 현실주의에서 일치하는 것이다. 나는 이곳에서 위기신학의 철학적 사상의 공급자인 상술한 브루너의 사상을 소개하지 못하는 것을 유감으로 생각한다. 그에게는 『신비와 말(語)』, 『신과 인간』 등의 저서가 있다.

위기신학의 사상은 철두철미 정치적 지배와 관계하고 있다. 그 윤리설도 즉 정치윤리설인 것이다. 그들의 철학은 국가의 권위에 의하여 신에 접근하는 신학적 유한감에 지나지 않는 것이다. 그리하여 이 국가의 권위의 선양과 유물론의 철저한 배격을 위하여 독일 파쇼 철학자들은 I. B. D 운동을 전개하였다. 이것은 '독일관념론 운동'의 두(頭)문자를 취한 것이다.

나는 이상에서 불충분하나마 현금 독일에 있어서의 사상적 조류의 지배적 진영을 대략 말하였다. 내일은 일본으로 발길을 돌리기로 하고 이만 그친다.

(2) 일본

이곳에서 메이지유신 이후의 사상적 조류의 변천한 자취를 살피어 보는 여유를 가지지 못하였으나 그것이 서양 및 일본의 자본주의적 발전의 곡선과 그 궤를 동일히 하고 있음은 평자(評者), 연구가가 다같이 인정하는 사실이다. 메이지10년대에 가토 히로유키加藤弘之(1836-1916) 씨의 스펜서Herbert Spencer(1820-1903) 연구로부터 출발한 일본철학계 내지 사상계는 칸트의 영향에 의하여 그 지반이 성립되고 최

근에 와서는 일본적 내지 동양적 사상의 특질을 가진 사상가를 가지게
되었다. 그러나 칸트의 사상이 소개된 이후부터는 일본의 사상계는 거
의 전부 독일철학사상의 영향 하에 있었다. 그리하여 그것의 번역, 조
술(祖述), 소개로써 일을 삼고 있었다.

그러나 현재의 일본의 문화적 수준은 철학적 사상에 있어서도 어떤
관점에서 보면 난숙기를 형성하고 있었다고 볼 수 있으리라. 어학적으
로 불리한 입장에 있으면서도 그이들의 지적 기도와 창의는 나날이 어
떤 명백한 목표를 위하여 제각금 노력하고 있다. 나는 이곳에서 두 개
의 방향을 지적하려고 하는 것이니 하나는 니시다 기타로, 타나베 하지
메田辺元(1885-1962) 양 박사를 중심으로 한 소위 경도파철학과 '유물
론연구회'를 중심으로 한 자유주의적 급진학도들의 활동이니 이 두 가
지 방향이 일본의 사상계를 지배하고 있다고 하여도 과언이 아니다. 그
러나 나는 이곳에서는 전자에 대하여만 약술하려고 한다.

니시다 기타로 박사는 일본이 가진 유일한 세계적 철학자라고 한다.
타나베 하지메 박사가 독일유학 시에 후설에게 니시다씨의 저서를 번
역하여 들리어 주었을 때 그는 그 창의적 논리에 경복하였다고 한다.
니시다철학은 일본의 사상(내지 동양사상)과 서양의 사철(思哲)과의 융
합체라고 말한다. 제임스William James(1842 – 1910) 와 베르그송Henri
Bergson(1859-1941)을 배우고 피히테와 헤겔을 연구하였으며 리케르
트와 후설을 섭취한 박사의 사상이 다시 동양적(봉건적) 선(禪)의 사상
을 중심으로 윤리적 체계를 쌓았다고 한다.

이곳에 그의 철학적 체계를 논술하는 여유를 가지지 못하였으나 그
의 사상은 『선의 연구』, 『자각에 있어서의 직관과 반성』, 『의식의 문
제』, 『동(動)하는 자에서 견(見)하는 자에』, 『일반의 자각적 체계』 및 최
근의 단계를 보이는 『무의 자각적 한정』에까지 다다랐다. 그리하여 그

의 체계화를 완성하였다고 한다. 그러나 이 니시다철학에 대하여 그의 고제(高弟) 타나베 하지메 박사는『철학연구』(1930년 5월)에「니시다선생의 교(敎)를 앙(仰)함」이라고 하여 그의 니시다철학에 대한 의문과 반대의 견해를 논술하였다. 양박사의 논점은 결코 근본적인 반대와 차이를 형성하고 있는 것이 아니라 서로 그 묘상(苗床)을 같이하면서도 그 논리적 이로(理路)의 불합치를 표시한 것에 불과하였다. 타나베 박사는 『헤겔 철학과 변증법』,『철학통론』 등으로 그의 최근의 사상적 생활의 귀중한 논저를 오인에게 보이고 있다. 그들의 제저작을 통하여 볼 것 같으면 양박사의 사상의 공통점은 위에서 전언(前言)과 독일의 차(次)에서도 말한 현대의 사상위기의 신학적 색채를 다분히 가지고 있는 것이라고 하겠다. 니시다철학에 있어서의 종교적 직관적 성격을 도사카 준戶坂潤(1900-1945), 야마자키 켄山崎謙 씨 등은 부르조아적 또는 봉건적이라고 지적하고 있다. 니시다박사보다 타나베박사는 더 많이 논리적이고 또 행위적이다. 그러나 이것이 현대의 일반적 색채를 형성하고 있는 이데적 현실의식에로 흘러들어가고 있는 것이다.

이 이데적 현실의식은 미키 키요시씨를 중심으로 한 니시다철학의 아류에게 있어서도 더 명백하게 나타나 있다. 나는 미키 키요시씨의 최근의 논술에 대하여 간단히 논평을 시한 일이 있었지만(『중명』7월호) 그의 불안사상에 대한 로고스와 파토스적 태도는 현금의 인간학적 존재론 내지 변증법적 존재론에로 들어가는 초극되어야만 할 왜곡된 현실의식에 지나지 않는다. 그의 최근의 저작『위기에 있어서의 인간의 입장』은 그러한 이데적 현실의식의 변증법적 존재론적인 이론에 지나지 않았다. 이러한 미키씨의 이론은 문학의 영역에까지 그 영향을 미치고 있다. 그리하여 소위 '불안의 문학'론이 나오게까지 되었다. 가리키 준조(唐木順三), 후지와라 마사히로(藤原正) 씨 등의 '미키철학' 추종자를 볼 수가 있게까지 된 것이다.

이 같이 하여 니시다박사를 선도로 하는 소위 경도파철학의 대두와 그 영향은 일본 현금의 사상계에 있어서 독보의 지위를 형성하고 있다. 일본 현금의 지배적 사조는 이 유파로써 대표될 만치 되어 있다. 니시다박사의 무(無), 타나베박사의 행위적 자유, 미키씨의 로고스와 파토스의 변증법 등 모두 구체적 현실에 대하여 상당한 관심과 지향을 가지고는 있다. 그러나 그 사상전체를 관통하는 논리는 철두철미 이데적 태도의 우위에서 독일에 있어서와 같은 위기사상의 색채를 아니 가졌다고 할 수 없다. 그러나 그들에게는 아직도 자유주의적 특색을 보유하고 있다. 이 자유주의적 특질은 그들에게 낭만적 영상을 주고 있다. 이 점은 도사카 준씨가 지적하고 있는 바이다.

일본 사상계에 있어서의 기다(幾多)의 문제는 우리와 밀접한 관계를 가지고 있다. 그 여러 가지 문제 중에서 오직 이 경도파철학만을 문제삼은 불충분을 독자에게 사(謝)하고 명일은 프랑스로 껑충 뛰어보자.

## (3) 프랑스

전세기의 상반기에 하인리히 하이네는 그의 저 『낭만파』에서 독일과 프랑스의 철학적 차이를 퍽 재미있는 말로 풍자한 일이 있었다. 즉 프랑스에서 물질이 승세하면 독일에 있어서는 정신이 물질을 부정하고 나왔다. 마치 라인강의 이쪽과 저쪽이 서로 모욕에 대한 복수를 하는 것 같다고. 환언하면 정신이 프랑스에서 부정된 때에 그것은 독일로 이민하여 물질을 부정하여 버렸다고.

이러한 해학은 한 개의 해학으로서 퍽 재미있는 말이라고 할 지나 적어도 우리가 현금에 있어서 세계의 사상적 조류를 통찰할 때는 각국에 있어서의 국민적 색채의 뉘앙스는 있을망정 엄연한 시대적 공통성을 지적할 수 있는 것이다. 그 시대적 공통성은 즉 종래 말하여온 현실 의식의 이데적 우위라는 것이니 직관적이고 생의 철학적인 시대의식 이 그것이다. 이러한 일반적 조류에서 현재 프랑스의 국보적 철학자 앙리 루이 베르그송은 예외를 지을 수가 있을까? 나는 그러한 관점에서 이 금년 73세의 노철학자의 사상도 고찰하는 충분한 이유와 근거를 가졌다고 생각한다. 그러나 또한 이 노철학자의 독특한 사상을 잊어서는 아니 될 것이다.

프랑스의 철학에도 칸트의 영향이 적지 않게 있었다. 그리하여 데카르트 이후의 합리주의적 경향과 합하여 프랑스적 철학의 전통을 가지고 있다고 할 것이다. 그러나 그 합리주의적 조류는 베르그송에 와서는 퍽 낭만적 색채를 가하는 동시에(니시다 철학의 낭만적 색채도 그에게서 받은 영향이 아닐까) 현실을 직관적으로 파악하는 그 속에 신비로운 도덕의 세계를 '관(觀)'하는 특징을 가지었다. 그것은 독일인의 논리를 앞세우는 사상 생활에 대하여 프랑스인의 낭만주의적 유심론의 전통을 힘있게 보인 것이라고 하겠다.

그리하여 베르그송에서 뿐만 아니라 멘 드 비랑Maine de Biran(1766-1824) 이래의 낭만적 전통을 지키고 있는 '루로아'에게서도 볼 수 있는 사실이다.

루로아의 사상은 베르그송의 그것과 같이 반주지주의적 사상이다. 직관, 창조, 생생한 약동 등의 현실적이면서도 생명적인 내면적 충동을 중요하게 여기는 비유해 말하자면 심장의 철학인 것이다. 독일의 사상은 포이에르바하의 말과 같이 두뇌의 작용을 일의적으로 여기고 있으나 프랑스의 사상은 말하자면 심장적인 방면을 다분히 가지고 있다.

이것이 프랑스의 사상을 낭만적으로 채색하고 있는 것이다. 그리하여 베르그송에 있어서는 창조적 진화의 세계에서 순수 지속의 생명이 약동한다.

프랑스에 흐르는 두 개의 전통-18세기의 유물론의 계통과 데카르트, 멘 드 비랑 이래의 낭만적 생명철학적 계통은 현재에 있어서 거대한 불가피의 모순 속에서 용솟음치고 있는 것이나 그러나 프랑스의 국민적 생활환경은 독일적 색채와 다른 바가 많다. 처음에 말한 하이네의 해학도 이러한 관점에서 보면 정당하다고 할 수 있다. 그러나 루로아의 카톨릭적 생활 환경과 그것으로부터 나오는 그의 사상은 현대의 사조에 대하여 공통인 무엇을 주고 있지 않을까. 그는 카톨릭 교인이라고 한다. 그 사상적으로 다른 독일과 프랑스의 특색이라 할지라도 사회적으로 동일한 시대성을 가지고 있다. 더구나 그의 사상에 영향을 준 베르그송의 아마 최후의 저서일는지 모를 『도덕과 종교의 두 개의 원천』(1932년, 파리)은 최근의 프랑스의 사상을 운위하는 자의 빼놓지 못하는 문헌이다.

이 책의 내용은 벌써 일본에도 소개되어 있지만 그 표제가 보이는 것과 같이 종교와 도덕의 참된 시원은 창조의 원동력으로서의 생명의 신비적 본능에 의하여 '동적으로' '엘랑비탈'(생명력)이 흘러나올 때라고 한다. 그리하여 그러한 도덕과 종교가 '동적으로' 시작되는 곳에 개인과 사회의 파탄은 구하여 진다고 하는 것이다.

참으로 베르그송은 예언자와 같은 풍모를 가지고 우리의 앞에 도덕과 종교의 창조원리를 설교한다. 파리의 어떤 평자는 "이 책은 물질에 대한 정신의 승리이다.—이 통절한 환경 속에서 그 저작은 완성되었으니까"라고 하였다. 그리하여 "베르그송은 우주의 내면적 유심적 희곡을 실현하려고 한 것이다."라고 평하고 다시 "그것은 신을 제조하는 기계이다"라고까지 도파(道破)하였다. 그에게 있어서의 인간 예지의 문제는 정신의 진행을 방해하는 온갖 물질적 장애를 정복하는 것이었다.

그는 '인간성'(휴마니테)를 문제삼았다. 그것은 온갖 직관의 기술이 보여주는 추상적이고 내면적인 자기 성찰을 위주하고 현대철학의 운명적 번뇌이다! 사람은 베르그송에 있어서의 자유가 어떻게 하여 자유의 온갖 현실적 탐구를 교묘하게 도피시키고 있는가를 알지 못한다. 아니 그것을 알려고 하지 않는다. 이러한 추상적 인간의 내면적 직관을 말하는 베르그송 주의는 독일의 나치스적 위기사상과 비교하여 적지 않은 차이성을 구성하고 있다 하리라. 오인은 이것을 망각하지 않는 동시에 다시 양자의 현대적 일반성도 망각하여서는 아니될 것이다. 정신=프랑스는 물질=독일과 여하히 상관하고 있는가는 전술한 하이네의 말로써 다시 생각케 한다.

## (4) 이탈리아

이탈리아라고 할 때 우리는 서슴지 않고 곧 문예부흥 시대를 생각하게 한다. 로마 제국의 전제왕정을 생각하는 것보다 이 문예부흥시대의 찬연한 문화를 추모하고 저작하는 사념이야말로 우리의 관심이 아닐 수가 없다.

인류문화사상 거대하고 찬란한 족적을 남기고 있는 그곳의 제 도시와 당시의 위대한 거인의 군상을 안전(眼前)에 방불케하는 것이니 피사의 경탑(傾塔)을 찾아서 갈릴레이Galileo Galilei(1564-1642)의 위대한 실험을 생각하고 피렌체의 교외에 서서 다빈치Leonardo da Vinci(1452-1519)의 「최후의 성찬(聖餐)」을 바라본다. 모차르트Wolfgang Amadeus Mozart(1756-1791)의 불행한 생애에 동정의 눈물을 뿌리며[66],

---

66) 편자주 : 오스트라아 국적의 모차르트를 이탈리아 편에서 언급하는 이유는 모차르트의 음악과 그의 3차에 걸친 이탈리아 여행이 깊은 관계가 있기 때문인 것으로 보인다.

브루노Giordano Bruno(1548-1600)의 분살(焚殺)된 황야를 찾아서 폭군을 끝없이 저주하고도 싶도다.

참으로 이탈리아의 현금의 파시즘 철학과 그 동향을 생각할 때 나는 변전하여 마지않는 인류 역사의 굉대한 작업에 다시 한 번 놀래는 것이다. 단테의 시가 있고 캄파넬라Tommaso Campanella(1568-1639)의 『태양국가』를 가진 당시의 이탈리아는 실로 근세 문명의 위대한 여명이었다. 그러나 그 후는 별로 이렇다 할만한 학자 사상가를 가지지 못하였다가 비코Giovanni Battista Vico(1668-1744)가 역사철학으로서 우리의 주목을 끌게 하였을 뿐이었다. 오직 외국 사상의 조술(祖述), 불완전한 체계로써 19세기에까지 이르렀던 것이다.

그러나 19세기에 이르러서는 구주 일반의 발흥하는 자본주의 번영에 휩싸여 이탈리아도 봉건 제후의 사회로부터 통일적 국가를 형성하게 되었고 외국의 철학사상도 조수와 같이 밀려 들어왔다. 실로 푸리츠 하이네만Fritz Heinemann(1889-1970)의 지적함과 같이 국민적 사회적 또는 정신적 지반의 다양성에 의하여 칸트 학설, 헤겔 학설, 실증사회학 등이 몰려 들어왔다. 그리하여 관념론자 바리스코, 맑스주의 철학자 라부리오라, 헤겔 학자 스파벤타Bertrando Spaventa(1817-1883), 범죄학자 롬부로소Cesare Lombroso(1835-1909) 등을 내게 하였다.

이같이 하여 문예부흥시대 이후 독특한 사상을 가지지 못하고 있던 이탈리아는 통일 국가가 성립하는 깃을 기연삼아 비로소 사상적 건설 시대로 들어가게 되었던 것이다.

이곳에서는 오직 현금의 지배적 철학인 크로체Benedetto Croce(1866-1952), 젠틸레 등을 중심으로 한 이탈리아 파시즘의 사상적 지주인 신이상주의-이탈리아에 있어서의 신헤겔주의에 대하여 약간의 고찰을 하여 보기로 하자.

크로체는 문학사 연구로부터 출발한 사람이다. 그는 금년 68세로 이탈리아에 있어서의 세계적 학자이다. 문예부흥시대로부터 현대에 이르기까지의 문호와 시인 셰익스피어William Shakespeare(1564-1616), 단테, 코르네이유Pierre Corneille(1606-1684) 등을 연구하였을 뿐 아니라 사적유물론, 맑스주의 경제학까지도 공부하였고 더욱 헤겔과 비코를 연구하여 『정신철학』 4권을 간행하고 있다. 그는 그의 철학을 미학으로부터 출발시키고 있는 것이고 문학사와 문학비평은 정신철학의 전(前)계단이고 철학은 일방에 있어서는 예술론을 근본적으로 중시한다. 그가 칸트의 『판단력비판』을 중시한 것도 이치있는 일이다. 그는 예술에서 정신의 실재성을 파악한다. 그리하여 그는 묻는다. 예술은 무엇이냐?고 하면 직관이고 투시다라고 답한다. 이것은 예술이라는 것이 개념적 과학에 의존하는 것이 아니라 직관적 감성적 인식에 의존하는 것을 의미한다.(하아데만―『철학의 신로(新路)』) 그리하여 직관적 개인이라는 것을 중시하는 것이다.

이러한 견지로부터 그는 헤겔 철학을 연구하였다. 『헤겔에 있어서의 생자(生者)와 사자(死者)』는 그의 너무도 유명한 저서이다. 다시 이탈리아의 신헤겔주의자인 젠틸레의 행동주의를 봉(奉)하는 절대관념론을 볼 것 같으면 그것은 일에서 십까지 무솔리니에 대한 사상적 사회적 봉사인 것이다. 교수와 문부대신을 지낸 그는 버클리George Berkeley(1685-1753)의 주관적 관념론을 논리적으로 정리한 소위 행동주의인 것이다. 사유를 공간과 시간을 초월한 위치에 모셔 올려가지고 그곳에서 나오는 자기구성의 순수한 창조를 말하고 있다.

이상 두 사람의 철학자는 혹은 주관적 개인의 직관을 말하고 혹은 순수한 신적인 사유를 말하고 있다. 크로체에 있어서나 젠틸레에 있어서나 그들의 철학이 보이고 있는 특색은 어떠한 시각에서 보든지 신헤겔주의적 유사성을 가지고 있고 따라서 신헤겔주의의 역사성에서 그 존재의 국보적 의의를 발견할 것이다. 젠틸레는 철학과 정치와의 긴밀한 관련을 찬미한다. 그곳에 순수사유의 행동주의의 의미가 있는 것이다.

이탈리아에 있어서도 이같이 현실주의를 발견할 수 있다. 크로체의 직관에서 출발한 정신주의를 직접으로 나의 이 논술의 중심 과제에 부치기는 어렵다 할지라도 어떤 지시를 받지 않을 수가 없다. 이탈리아의 위대한 정신주의의 정치운동에서 보는 이같은 사상적 지주는 현대의 비극적 자유행동이다. 우리는 그곳에서 절망의 철학을 본다.

## (5) 영국 및 미국

최후로 영국 및 미국의 개인주의적 세계관의 기조를 보기로 하자.

베이컨의 '신기관' 이래 근세 인본주의적 경험론의 기저를 쌓은 영국 경험론은 현재에 있어서도 그들의 생활원리이다. 산업혁명 이래 의회정치는 영국인의 현실주의적 개인주의와 밀접한 관계를 가지고 있었다. 그리하여 '인간'이라는 것이 독일 현대철학에 있어서의 '인간'과는 그 면모를 달리하여 사회생활의 근본원리를 성(成)하고 있었다. 그 '인간'이라는 것은 개인주의적 실용이라는 것에 치중하고 있었다. 현대철학이 말하는 '인간'이 플라톤Plato적이라면 영미인의 운위하는 '인간'은 아리스토텔레스적이다. 중세에 있어서의 교회적 인간에 대한 반박 거부로서 나온 인간의 연구―홉스Thomas Hobbes(1588-1679)의 『리바이어던(Leviathan)』이 말하는 인간, 로크의 인간오성론이 말하는 인간, 흄David Hume(1711-1776)의 인간성질론이 말하는 인간, 현재에 있어서는 제임스, 듀이John Dewey(1859-1952)의 실제주의가 말하는 인간 등은 모두 자유 경쟁을 원리로 하는 자본주의적 개인주의에 그 기조를 두고 있었다.

이러한 개인주의적 인간이라는 것은 현재에 있어서는 그 난조 쇠미의 추태를 내놓은 의회주의가 활동의 황금기를 이루고 있을 때의 인간이었다. 생활에 있어서의 개인의 우위는 영미사상을 특징 지어주는 중요한 지표이다.

그리하여 잡연(雜然)히 엉키어 있는 경험주의, 감각주의, 상식주의, 유물론, 회의론 등이 그 개인적 인간 연구의 내용을 성(成)하고 있었다.

그러나 '레쎄페어'(자유방임)가 전락하고 의회 만능의 부르조아 정치가 최후의 막다른 골목으로 쫓기어 들어가자 영미의 현실주의적 개인주의의 응용, 실용, 이익 등의 목적에 일대 전환이 오지 않을 수가 없게 되었다. 이것은 내가 이곳에 노노(呶呶)할 필요를 느끼지 않는 엄연한 사실이다. 온갖 사회적 구조가 일대 변형의 위기 앞에 놓여 있는 현금에 있어서 그러한 실용적 인간의 개인적 측면을 강조하는 사상은 어떻게 하여서든지 제 자신을 사회적 변혁과정에 적응시키지 않을 수가 없는 것이다. 그리하여 광휘 있는 전통을 가진 영국의 상술한 개인주의적 경험론은 현대 사조의 일반적 색채에로 흘러 들어가는 역연한 자취를 발견할 수가 없지 않을까 한다.

그것은 영미의 현금의 사상가들이 보이고 있는 신(新)실재론의 내용을 검토하면 발견할 수 있는 이상주의적 현실주의이다. 17세기 후엽에 일어난 '케임브리지 플라톤' 학파의 영향을 받은 수많은 영미의 사상가들—코울리지Samuel Taylor Coleridge(1772-1834), 칼라일Thomas Carlyle(1795-1881) 또는 영국 경험론 철학에 대한 반대로써 일생의 일을 삼았다고 하여도 좋을 토마스 힐 그린Thomas Hill Green(1836-1882)의 유심론, 미국에 있어서는 애머슨Ralph Waldo Emerson(1803-1882), 로이스Josiah Royce(1855-1916) 등의 관념론적 사상에 접할 수가 있는 것이나 그것은 늘 영미철학을 지배하고 있는 아리스토텔레스적 측면에 압도되어 그 플라톤적 측면을 충분히 나타내지 못하였다고 하리라. 그러나 최근에 와서는 독일철학의 영향을 받은 관념적 경향이 우세하지 않은가 한다. 일언으로 폐지하면 관념론적 실재론이 현금 영미의 사상계를 특색짓고 있는 것이라고 하겠다.

그러한 관념적 실재론의 대표자로서 나는 이곳에서 편의상 영국의 버트란드 러셀과 미국의 존 듀이를 들어 말하려고 한다.

버트란드 러셀Bertrand Russell(1872-1970) 은 무어George Edward Moore(1873-1958)의 실재론적 사상에 영향을 많이 받은 문명비평가로서도 일가를 성(成)하는 철학자로서 사회주의적 색채도 가지고 있다. 그는 인간의 소유충동 보다도 창조충동을 더 많이 중시하여 정신과 물질의 논리적 관계의 구명을 위주로 한다. 신비주의와 논리학 정신의 분석 등의 저서는 모두 그의 논리적 지식론을 연구한 저서로서 감각적 여건에서 오는 직접적 지식에서 보편적 실재성을 본다. 이러한 그의 논(論)은 수학성으로 논술되어 있다. 존 듀이의 기계주의 또는 도구주의와 그 상거함이 멀다고 하겠으나 현금에 있어서의 집단적 기계주의의 자본적 생산방침에 대하여 순수한 논리적 기초를 주는 것이 아니라고 누가 말할 것인가. 러셀의 수학적 실재론을 현대에 있어서의 위기의식의 수학적 기호적 논명이라고 하면 듀이의 도구주의는 세계적 불황에 헐떡이는 인류에 내던져진 이상적인 새로운 개인성의 발견이 아닐까? 그것은 집단화하는 미국 산업조직의 안에 있는 신(新) 개인성의 발견이다. 이러한 듀이의 도구가 독일의 하이데거의 철학과 일맥 공통되는 관련을 가지고 있음을 우리는 망각을 할 수가 없다.

이와 같이 현대 영미사상의 동향은 일견하여 퍽 실제주의적이고 또 개인주의적이다. 그러나 그것은 다 독특한 심리학을 선행시키지 않고도[67] 성립하지 못하는 유심론적 우위를 전제로 하지 않는가? 그리하여 그곳에는 신개인주의 싹이 트고 있다. 그러나 이러한 신개인주의적 사조는 그냥 의회중심의 구(舊) 개인주의의 수정이라고 하기에는 너무나 조단(早斷)일 것이다. 우리는 그 속에 발전변화하는 거대한 힘을 본다. 영미인의 세계관의 변전뿐만 아니라 세계사적으로 비류(非類)없는 변전의 당면함을 보는 것이다. 듀이는 종래의 철학을 모두 도피의 철학이라고 하였다. 그러나 자신도 그 속의 하나임을 안 때 그는 이 위대한 변전의 앞에 전율하리라. 듀이의 사상은 참으로 아메리카 자본주의가 낳은 위대한 사상이다. 그는 종래 철학이 등한시한 실천의 문제를 다시 모셔왔다. 그러나 이 불안과 위험의 세계에서 어떻게 인류는 재생할 것인가?

위기의식의 현실주의는 도처에 물결치고 있다! 거중(巨重)한 전형기. 나는 오직 이 한미디로써 나의 이 논술을 끝막으려 한다.

---

67) 편자주 : 문맥상 '않고는'이 되어야 할 터이지만, '않고도'로 적혀있다. 원문을 그대로 두었다.

# 현대종교에 있어서의 루터적 과제

## -마르틴 루터의 생탄(生誕) 사백오십년-

『동아일보』 1933. 11. 24.-30.(총4회)

## 1. 1483년과 1933년

참된 신학은 실천적이고 그 기초는 신앙에 의하여 파악된 기독이다—신학은 인식으로부터 올 수가 없다(1531년의 그의 연설 가운데의 일절)

중세와 근세와를 구별하는 사실로서 문예부흥과 종교개혁은 너무나 유명한 사상사상의 나일강이다. 전자는 고전적 인문주의를 그 주조로 하고 후자는 시민적 자각의 정신적 표현을 그 특질로 하는 것이었다. 이 양자는 중세의 교황적 지배에서 이탈하여 새로운 사회질서에로 이전하려는 거대한 전형기의 역사적 형태로서 오인의 관심과 연구를 자극하여 마지 않는 온갖 근대주의의 거대한 원천을 가지고 있는 것이다. 문예부흥과 종교개혁이 신학사상에 미친 영향을 이곳에 노노(呶呶)할 필요는 없다. 그러나 1인의 사상사상의 거인을 그의 450년 생탄제에 임하여 현실문제와의 관련에 있어서 약간의 고찰을 비(費)함도 강(强) 히 무의미는 아닐까 한다. 마르틴 루터는 지금부터 정히 450년전 11월 10일에 북독일의 어떤 곳에서 났다. 그가 레푸르트의 아우구스티누스 파 수도원에 들어간 것은 1505년 22세되던 해의 여름이었다. 그곳에 서 2년을 지낸 뒤 비텐베르그의 동교파 수도원으로 신직을 얻어 가게 되었고 다시 그곳 대학의 철학과 교수가 되었다.

그의 학문상의 업적은 다수한 저술로써 후세에까지 남아 있으나 그 를 엄밀한 의미에 있어서의 신학자라고 하는 것은 일반으로 의문으로 생각키어져 있고 오직 신약전서(1522년)와 구약전서(1534년)을 독일역 (譯)하였다는 점에서 그의 이름은 불후이다.

루터를 종교개혁의 대파소파(大波小波) 중의 거상(巨像)이라고 일컬 은 연유는 문명의 경계선에 생기한 풍부한 문화적 개혁적 기운에 정열 적인 생애를 바친 반역자이었다는 점일 것이다. 그러나 그를 중심으로 한 종교개혁은 오직 교권과 전통에 대하여서만 반역적이었다. 바야흐 로 올 위대한 계몽적 시대의 종교에 대한 진보적 정신에서 본다고 하 면 하등의 종교 그것에 대하여서의 혁명적 의의는 관취(觀取)할 수 없 는 것이었다. 개혁적 사상에 횡일한 시대에는 언제나 '종교에의 혐기' 가 내포되어 있었다. 그러나 이 종교개혁에 있어서는 '신의 국(國)의 종 언'은 몽상도 못할 것이고 오직 "신앙에 의하여만 의(義)는 산다"는 이 념이 굳었었다. 위대한 낭만주의자 노발리스Novalis(1772-1801)는 종교 개혁과 같이 기독교의 나라의 종결은 아무 곳에서도 찾을 수 없었다고 하였다.

그러나 이 종교개혁의 시대를 특히 마르틴 루터의 출생년을 중심으 로 한 전후의 기십년간은 종교적 사상의 변동이 극심한 때였다. 그때는 중세적 제도에서 벗어나려는 신시대의 온갖 사회적 운동의 반영으로서 실로 종교도 일찍이 보지 못하던 동요를 보았던 것이다. 당시에는 광대한 범위에 긍하여 사회적 소란이 있었다. 그 중에 큰 것으로 농민의 봉건질서로부터의 이탈과 시민계급의 흥기를 들 수 있고 또 국가 정책적 통일운동을 지적할 수 있으리라. 광대한 범위를 휩싸고 일어난 개인주의적 이익의 확립, 따라서 개인주의적 논리의 시민적 욕구도 중세교회의 전제적 곡질(梏桎)을 뚫고 팽배하게 일어났다. 그리하여 법왕의 전일(專一) 교회의 해산, 국민교회의 수립을 절규하였다. 이러한 모든 현상은 교회와 수도원의 거대한 재정적 소비, 로마에의 헌금을 어디까지든지 배척하였다. 그리하여 그것은 종교개혁이라는 바야흐로 세력을 잡으려는 시민적 계급의 이익을 위한 정신적 표현이었다. 중세적 전통과 새로운 경제 교회적 지식과 개인적 법치사상과의 모순의 결과이었다. 그 점에 있어서 종교개혁은 중세에 대한 반역이었다.

그러나 그 반역은 현대의 종교적 제사상의 혼돈에 비하면 그 심각의 경(經), 광범의 위(緯)에 있어서 그 족하(足下)에도 불급(不及)할만치 적다고 할 수 있으리라. 현대의 종교개혁적 운동 더 나아가서는 종교 부정의 태도는 이론적으로나 실천적으로나 실로 오인의 상상에 절(絶)하는 바가 있다. 혹은 '종교적 혁명시대'라고 하여 종래의 종교적 이설에 대한 새로운 저술과 유파가 혼연히 얽혀 있고 혹은 '무종교의 종교'라고 하여 '신없는 종교', '새로운 종교'를 말한다.

'변증법적 신학'이 종래의 정식화된 종교이론에 새로운 이념과 해석을 주입하고 무신론의 기성 종교에 대한 공격군은 철저하게 종교비판을 게을르지 않고 있다. 종교철학이 '실재하는 것으로의 신', '인간성의 한계 외(外)의 종교'를 교수한다. '인간학으로서의 불교'가 말하여질 때 우리 조선에는 '인내천주의'가 활발하다. 실로 1933년에 있어서의 종교적 과제는 450년 전의 루터적 개혁운동과는 비교도 안될 만치 거중하고 심각하다.

## 2. 집단적 신비주의와 기독

현대 종교에 있어서의 여러 가지 문제는 오인에게 일견하여 그 귀추를 가리지 못할만치 다기적이고 따라서 그 내면적 자기소멸적 번민은 언제 해결될른지 모를만치 절망적이다. 세계본질로서의 신의 구극적 지배의 이념은 세계발전의 비극적 필연으로서 일체를 그 적나라한 모양에서 폭로하고 있다.

진정한 종교개혁의 프로테스탄트적 세계인식의 이상은 금일에 있어서는 '사랑과 진리'로서 현실적 인간에 작용하기에는 너무나 희화적인 것 같이 보여진다. 그러나 그러한 루터의 범신적 종교의 인간(개인으로서의) 중심의 철학체계가 집단적 의식에 강한 현대에 있어서 한 개의 새로운 계시로써 나타나는 듯이 보인다. 전세기의 중엽에 기독교 사회주의 운동이 예수 그리스도의 프로테스탄트적 정신의 순수한 부활에 있어서 빛나는 첫걸음을 내디디게 된 것을 보았다. 폭력을 쓰지 않고 평화로써 피를 보지 않고 사회정의의 실현에 힘쓰려고 하였다. 이 운동은 1848년 2월 혁명 후에 영국에서부터 시작되어 1920년 기독교 노동조합 국제연맹이 네델란드에 생기게까지 계속되어 왔다. 폭력행위 계급투쟁을 부인하고 입법 수단에 의하여 사회정의 경제적 지위를 개선하려고 하였다. 이러한 운동이 보이는 명백한 사상적 의거는 루터적 범신론에서 그 새로운 날개를 얻으려는 개인중심의 의식이었다. 내면적인 자아의 경건한 구제이었다. 우리는 이러한 내면적인 엄숙한 의식을 이 운동 이전에 있어서 칸트 철학에서 발견할 수가 있다. 윤리적 자유의 세계로서의 '목적의 왕국'은 개인의 순화에 의하여 도달할 수 있는 '신적 실천의 왕국'이었다. 이러한 왕국을 기독교 사회주의 운동은 목표로 하고 있는 듯이 보인다. 루터에 있어서의 '예수 그리스도의 신비'를 교황적 타죄(惰罪)로부터 해방하여 '이성의 광(光)'을 비치어 인간에 접근시키려던 종교철학은 오래 동안 프로테스탄티즘을 신봉하는 국가에 있어서 지배적이었다. '예수 그리스도'를 숭배하는 순정신적 이념을 현실적 이익과 경쟁으로 더불어 타협시키려던 것이다. 천상에 계신 예수를 지상에서 경험하려는 신비로운 태도 하물며 이익 중심의 제도 위에서 그것을 집단으로써 경험하려는 태도 그것이 제일기의 현대 종교에 있어서의 집단적 신비주의라고 할 수 있으리라. 나는 소위 기독교 사회주의를 이같이 보려고 한다.

이러한 종교적 운동에 있어서는 이른바 '성서주의', '복음주의'가 말하고 있는 것과 같이 주관주의 철학을 토대로 한 개인의 구제가 최전면에 나오게 되는 것이었다. 개인은 '영원한 죄인'으로서 규정되었었다. 그곳에 신학적 프로테스탄트적 페시미즘이 있었다. 칸트의 철학적 원죄설도 이것과 관련하여 생각되리라. 이러한 영원한 죄인인 개인의 구제는 상술한 바와 같이 일정한 집단적 의식을 굳게 함에 의하여 가능하게 되었었다. 종교의 민족화운동에서 볼 수 있는 제 경향은 오인에게 이것을 말하여 주고 있었다. 이러한 민족화적 운동—환언하면 국가 단위의 종교운동(다시 환언하면 일정한 경제권을 단위로 한)의 국제적 결성으로서의 '기독교 노동조합 국제연맹'은 현대에 있어서의 루터적 과제의 일 형태라고 볼 수 있으리라.

그러한 기독교 사회운동에 나타난 루터적 과제에 있어서의 '신단독성(神單獨聖), 소조일체악(所造一切惡)'이라는 근본동인에 의하여 인간중심의 주관주의는 자기 모순에 빠지게 되었다. 그러면 이 모순은 여하히 하여 극복되었는가?

역사적인 개인의 문제가 루터에 있어서는 종교적으로 취급되었었다. 그 점에 역사발전의 법칙성을 본다. 그러나 그것은 복음주의의 원죄설과 내면적으로 타협할 수 없었다. 이곳에 현대종교철학에 있어서의 번민이 내재한다. 슐라이어마허, 트뢸치 등의 비판적 종교사상도 구극적으로 이 문제를 해결하지 못하였다. 그리하여 최근에 와서 카톨릭적 종교관이 공연하게 실천성을 문제삼고 나오기까지의 종교철학의 보조는 실로 형극의 험로이었다. 그러면 그러한 험로를 밟어온 그 모순은 현대에 있어서 카톨릭 신학, 변증법적 신학, 파씨즘의 신학 등으로 표시할 수 있는 일련의 종교사상에로 정연하게 지양되었는가?

사실로 지양되었다! 이 지양된 국면을 나는 제2기의 집단적 신비주의라고 말하겠다. 제1기의 그것에 있어서의 인간중심의 구제이념은 그것보다 더 절실하고 통격(痛擊)한 문제에 의하여 대치되어 있다. 최후적인 위기의 문제가 내포되어 있는 것이다. 국가! 국가가 최전면에 나와 있는 집단적 정신주의이다.

그러나 □□의 문제는 아직도 루터적 여운을 가지고 있다. 이 집단주의의 형태인 변증법적 신학은 루터의 종교개혁의 정신을 중시한다. 그러나 권력의 앞에 무릎을 꿇지 않으면 아니되는 것이다. '천상의 아버지 예수 그리스도'는 영원불가착(永遠不可捉)의 계시로서 이 권력을 빛나게 하는 것이다. 유한한 것은 무한한 것을 포함하지 않는다라는 변증법적 신학의 근본명제는 이 신비로운 집단주의의 권력행사를 원조하고 있다. 그곳에는 그리스도가 형이상학적 계시로서 존재를 구제하려고 만편(萬遍)없이 비치고 있는 것이다! 계시(오펜바룽그)의 뮤토스가!

# 3. 인간중심에서 신중심으로

전절에서 나는 집단적 신비주의와 기독과의 관계가 현실적인 종교 연동(連動)에서 여하히 표명되었는가를 약술하였다. 이 집단적 신비주의가 현재에 있어서 어떠한 역할을 하고 있는가를 보임에는 또 한 개의 명제를 제출함에 의하여 더욱 명백히 이해되리라. 즉 "인간중심(안트로포젠트리쉬)에서 신중심(테오첸드리쉬)으로"라는 명제가 그것이다.

다비드 흄에 의하여 독단적 미수(微睡)에서 깨어나 코페르니쿠스 Nicolaus Copernicus(1473-1543)적 전향을 마련한 칸트의 철학은 근대 개인주의 사상의 학문적 최고봉을 쌓은 것이었고 프랑스 대혁명의 자유, 평등, 박애의 3대 슬로건은 그것의 구체적 표현이었다. 개인은 오직 개인의 자력 개인의 의사에 쫓아서 행동할 것이고 자유로 방임되어야 할 것이다. 그러면 사회는 진보하리라 하는 개인주의 사상의 경제적 원칙은 자본주의 사회의 보편적 진리로서 인정되었었다. 국가는 개인에 대하여 자유방임주의를 취하여 왔다. 여하한 사람이 여하한 생산방법으로 얼마만한 물재(物財)를 얼마만한 분량으로 생산하든지 또한 여하한 물재를 여하한 방법으로 어디다 소비하든지 그것은 각 개인의 절대의 자유이었다. 생산의 자유, 소비의 자유, 노동의 자유, 소유의 자유는 자본주의 사회의 철칙이었다. 이러한 자유방임(렛세펠)을 그 생명으로 하는 개인주의는 '개인 인간'이라는 것을 일의적으로 주장하였다. 인간은 수단이 아니고 목적 바로 그것이었다.

이러한 개인 인간을 목적 바로 그것으로 삼는 인간 중심의 사상이 종교상에 반영되어서는 프로테스탄트의 복음주의로서 나타났다. 은총적으로 구주 기독교에 의하여 개인이 구제된다는 것이다.

개인의 원죄설이 이에 따라다니는 것은 전절에서도 말하였다. 여하튼 기초적 부분으로서의 경제상에 있어서 뿐만 아니라 실질상에 있어서도 인간 중심의 사상은 움직이지 못할 사실이었다. 그리하여 인간 중심적 신학이 가장 내로라라고 활보하는 것이었다. 이러한 인간 중심신학은 루터의 종교개혁적 정신을 최대의 요소로 하였다.

그러나 루터의 사상에는 따라서 종교개혁 그것에는 중세적 권위사상이 완전히 지양되어 있지 않았다.

중세의 토마스적 요소가 다분히 내포되어 있었다. 이 루터에 있어서의 토마스적 요소를 현대의 종교는 새로운 관점에서 섭취하여 들이려고 하는 것이다. 이것은 즉 현대종교에 있어서의 루터적 과제의 내면적인 신학적 부분인 것이다.(전절에서 말한 현대종교운동의 국제적 결성으로서의 기독교 노동조합 국제연맹은 그 외부적 표현이라고 하리라)

근대신학은 슐라이어마허를 비롯하여 역사주의 심리주의의 감화를 받고 있는 소위 문화적 프로테스탄티즘이었다. 그것은 모두 정도의 차는 있을망정 주관적인 인간중심적 기조를 가지고 있었다. 그러한 근대에서부터 최근에까지의 인류 사상의 기조는 철두철미 경제학상에 있어서의 개인중심의 법칙을 중축으로 하여 회전하는 것이었다. 그러나 일단 이 개인중심의 자유방임(렛세펠)이 전락하고 말자 인류의 사상은 전고(前古) 미증유의 혼돈을 현출하고 있는 것이다. 현재 우리가 위기라고 일컫는 역사적 계단은 그 혼돈의 질적 변환기—심각의 최고조기를 일컬음에 지나지 않는다. 이러한 시기를 당하여 온갖 전통적 질서는 그 근저로부터 동요하기 시작하였다. 현재 우리가 경험하고 있는 온갖 사상은 우리에게 이것의 확증을 주고도 남는 것이 있지 않은가.

이러한 시기에 있어서 어찌 종교라고 안연할 수 있으랴. 지금까지 내로라고 뽐내던 소위 문화적 프로테스탄티즘이 그 내부로부터도 반대된 것은 물론 최근 독일에 일어난 소위 변증법적 신학의 주장은 종교에 있어서의 위기를 표명하는 자인 것이다. 이 신학의 사상은 전술한 인간중심의 신학적 프로테스탄티즘에 반대하여 다시 성서적 종교개혁적인 신중심의 사상으로 돌아가는 것이다. 소위 '테오첸트리쉬'라는 중심표어는 오인에게 현대의 사회적 사정을 이해시키는 중요한 요소를 포함하고 있는 것이다.

이곳에서 변증법적 신학을 소개하고 논평하는 여유를 가지지 못한 것을 유감으로 여기나 간단하게 이것의 요점을 말한다고 할 것 같으면 이러하다. 현재 독일 본대학 교수로 있는 칼 바르트의 저서 『로마서』(뢰멜뿌리푸, 1918년간)에서부터 논의되게 된 것으로 (1) 신과 인간과를 명백하게 구별한다. 즉 신과 인간과는 영원히 연속관계에 있을 수가 없다 (이 점이 프로테스탄트 교회와는 정반대이다.) (2) 루터에 있어서 지양되지 못한 토마스적 전통을 계승하여 유한한 피조자인 인간은 주체로서의 신의 대상으로서만 실재할 수 있다 하며 (3) 따라서 신과 인간과는 영원히 교섭하지 못할 것이나 그러나 인간은 신과 같이 신의 말씀을 듣지 않으면 아니된다. 이것은 기초적인 모순이다. 이것은 논리로서는 해결하지 못한다. 이때에 바르트는 변증법을 사용하는 것이다. 전세기 전반에 41세로 조졸(早卒)한 덴마크(丁抹) 제일의 위대한 사상가 키에르케고르의 질적 변증법을 차용한 것이다.

이것이 그 요점이다. 재래의 인간중심의 신학으로부터 떠나 신중심의 교회를 재현하지 않으면 아니된다는 것이다. 그러면 이 종교사상은 여하히 현대의 사회사상을 보이고 있는가 이것이 오인이 문제삼지 않으면 아니될 최중요한 과제인 것이다.

# 4. 십자가(十)와 구십자(鉤十字)의 하켄크로이츠(卍)

　　신중심사상의 발동은 중세적 권위사상의 재현이라고 볼 수 있다. 그러나 그것은 단순한 재현이 아니다. 위기사상에 있어서의 당파적 일형태이다. 강권의 종교적 기초를 주는 사상이고 국가권력의 더 큰 효과있는 행사를 지지하는 폭풍적 신학사상이다. 그것은 프로테스탄트 교회의 인간중심사상에 대한 카톨릭 교회의 적극적 진출을 의미한다.

　　이 신학이 한번 세상에 선전되자 많은 학자들은 여러 가지 점에서 논구의 표제로 삼았다. 더욱 신교파의 신학자로부터는 맹렬한 비난공격을 받았다고 한다. 같은 카톨릭 교회 안에서도 이 새로운 주장에 대하여 다대한 주목을 끌게 되었다. 히틀러의 정신적 민족주의가 하등의 학문적 토대도 없이 독일 민족의 번영이라는 군호 밑에서 부동하는 중간층을 진군시키고 있을 때 이 신학은 그것에 발맞추어 대체에 있어서 나치스와의 공명점(共鳴點)을 발견하는 것이었다. 그러면 그 공명점이란 무엇인가? (1) 다같이 집단적 신비주의를 받들고 있다는 점 (2) 기독의 교회와 히틀러의 국가는 다같이 민족적 기초를 가져야 하겠다는 점-즉 기독교도 독일적이어야만 한다는 점 (3) 다같이 절대적 권위를 설정하는 점 등에서 대체로 일치하고 있는 것이다.

　　나치스가 표방하는 독일국가의 민족적 강화는 히틀러를 총수로 하는 절대권력에 의하여만 가능하다. 이 독일민족을 위하여 행사되는 권력 앞에는 그것에 대한 여하한 비판도 자유일 수 없는 것이다. 설령 신의 이름 밑에서 행하여지는 교회일지라도 이에 반항하는 태도는 가질 수가 없는 것이다. 신의 나라도 권력의 앞에 굴복하지 않으면 아니되는 것이다. 나치스의 구십자(하켄크로이츠)가 폭풍적으로 전독일을 점령한 (금년 2월) 이래 십자가는 그 지상권을 그것에 양도하는 광경을 일으키었다. 전독일의 신교 교회를 통일하라는 소리가 들렸다. 그리하여 나치스적 기독교도만이 대도를 활보하게 되었다.

그러나 이 점에 있어서는 즉 교회통일에 있어서는 변증법적 신학은 반대를 표명한다. 기독 자신의 측으로부터가 아니고 외부적으로 인간에 의하여 개조되든지 통일되든지 하여서는 아니된다. 교회는 신의 교회이다. 신의 계시와 화해에 의하여 된다면 모르거니와 인위적으로 인간에 의하여 하여져서는 아니된다. 성령과 세례에 의하여 교회의 행사는 정하여 지는 것이다. 인간은 신의 대상으로서만 존재할 수가 있고 신을 대상으로 취급하여서는 아니된다는 바르트의 사상으로부터 본다면 무리가 아닌 반대이다. 사실로 이 때문에 변증법적 신학이 나치스에 의하여 어떤 때는 배격을 받기도 한다고 한다. 나치스는 강권적 지배 속에 신의 말씀하시는 곳인 교회도 집어 넣으려고 하고 사실로 집어넣고 있는 것이나 바르트는 신학자이니만치 강권에 대한 신의 말씀의 우위를 주장한다.

그러나 이것도 최후적인 것이 아니다. 그는 구극에 있어서는 나치와 타협하는 것이었다. 교회의 임무는 신의 말씀에 충실하는 데에 있다. 십자가가 있는 곳에는 신의 영예와 안위가 있다. 그런데 우리들의 임무는 신에 봉사하는 동시에 국가에 헌신하지 않으면 아니된다. 신의 말씀을 국민에 있어서 충실히 이행하지 않으면 아니된다. 따라서 신의 말씀에 충실하지 않은 것은 국민으로서 충실하지 않은 것을 표명하는 것이 되고 만다. 신에 대한 죄는 즉 국가에 대한 죄이다. 십자가와 구십자는 동시에 은혜의 원천이 아니면 아니되는 것이다! 신의 말씀을 잘 듣는 것은 국가에 대한 봉사이고 국가에 대한 충실은 즉 신의 말씀을 잘 들었다는 것의 표현이다. 십자가는 구십자와 밀접하게 붙어 있다.

인간중심사상으로부터 신중심사상으로의 이같은 전향은 조금도 에 누리없이 위기사상의 반동적 형태인 것이다. 사실로 바르트는 자신의 변증법적 신학을 위기신학이라고도 한다. 독일 현하의 국정이 보이고 있는 모든 사실에서 우리는 종교와 국가와의 관계를 명백히 관취(觀取)할 수가 있는 것이다.

　부기: 루터의 출생지를 제일절에서 나는 북독일의 어떤 곳이라고 하였으나 그것은 잘못이었다. 그는 1484년 11월 10일에 삭쏘니아의 아이스레벤에서 나 가지고 1546년 2월 18일에 역시 아이스레벤에서 죽었다. 이 죽은 날 18일이 16일로 된 데(종교윤리백과전서)도 있으나 대부분의 세계적으로 권위있는 사서에는 모두 18일로 되어 있다. 여러 가지 점에서 이론적으로 더 구명할 필요를 느끼는 것이었으나 논술의 성질상 미비한 채로 남겨둔 것을 사(謝)한다.(11월 27일)

# 이상이란 무엇인가

『학등』 1934. 1.

아득한 과거의 역사를 생각하고, 무한한 미래의 발전을 내다볼 때, 사람은 스스로 저의 현재의 처지를 살펴보게 된다. 좋든지 그르든지 순평하든지 곤란하든지, 나의 살고 있는 곳과 때를 이리 생각하고 저리 살펴볼 때 그곳에는 저절로 일정한 반성과 희망이 생기게 된다. 그리하여 그 반성과 그 희망이 어떠한 통일된 의식으로서 나타날 때, 그곳에는 이상이라는 그것을 추구하고 실현하려는 노력이 생한다. 이상은 공상이 아니다. 그것은 현실적으로 나의 뜻한 바를 수행하고 말겠다는 굳센 의지를 가진 인생의 거룩한 사념이다.

"환상없는 국민은 멸망한다"고 옛날의 어떤 예언자는 말하였다. 희망 없는 청년, 의기 없는 청년—그들에게는 박력도 없고 환상도 없다. 박력 없고 이상 없는 사람은 따라서 저의 해야 할 사명을 잃은 사람이다. 환상이라고 하든지 박력이라고 하든지 또는 이상이라고 하든지 어떤 것이나 우리에게는 없지 못할 '목적의 왕국'이다. 이상을 추구하려 박력있는 생활을 영위하는 의식에 강한 레에벤덴(생활자)만이 해방된 사람이다. 우리는 그러한 생활자가 되자. 그러한 생활자만이 참뜻 있는 이상의 소유자일 것이다. 그때에 이상의 이념은 생명에 충실한 현실적인 '환상' 바로 그것일 것이다. 사실로 "환상 없는 국민은 멸망한다!"

세계의 역사는 우리에게 좋은 사표다. 역사의 발전을 내뚫은 원리를 생각하고, 그것에 따라서 몸소 꿋꿋한 보무를 내디디자. 그곳에 의식된 자유가 있고 과학적인 이상이 있다. 그러한 자유 그러한 이상은 결코 서로 반발하는 것이 아니라, 서로 연모하고 있는 것이다. 역사에서 그러한 자유와 이상을 찾아서 내것으로 만들려는 노력! 그것이 즉 우리의 이상의 이념이 아니면 아니될 것이다.

유구한 역사를 뒤집어, 그 속에서 여러 가지 교훈과 암시를 받을 때같이 기쁜 일은 없다. 각 시대를 통하여 특정한 문화의 형태를 인식하고 그 여러 가지 형태와 형태와의 필연한 관련을 계통적으로 알게 된 때 우리는 이때까지 배워온 역사의 지식보다 좀더 절실하고 내면적인 법칙을 발견할 것이다. 이 법칙의 인식이야말로 우리로 하여금 이상의 정열적인 동력을 가지게 하는 것이다. 세계의 역사는 위대한 군왕장상(君王將相)의 전기의 연속이었다고 하리라. 그러나 우리는 그러한 역사를 연대기적으로 암송하는 것으로써 만족할 수가 없다. 물론 그러한 사람들도 문화의 발전상 적지 않은 영향을 주었을 것임은 부인 못할 일일 것이다. 그러나 우리가 알고자 하는 배우고자 하는 역사, 우리의 이상 우리의 목적에 조금이라도 교시를 주는 역사는 그러한 연대기적인 군왕장상의 역사가 아니다. 도리어 인류의 향상과 사회의 복지를 위하여 무거운 사명을 느끼고, 또 괴로워한 사람이 우리에게 친애한 감정을 주는 것이 아니었던가. 세계의 역사로부터 나폴레옹이나 카이사르 Gaius Julius Caesar(BC 100-BC 44)가 보이지 않는다고 우리에게는 조금도 섭섭함이 없다. 도리어 루소Jean Jacques Rousseau(1712-1778)라든가 톨스토이Lev Nikolaevich Tolstoi(1828-1910) 같은 위대한 사상가가 우리에게는 영원히 기억되어야 할 사람인 것이다. 새로운 인간성 새로운 세계를 사망(俟望)하며[68], 몸소 내 육체 내 정신을 진리의 영예를 위하여 바친 이상에서 산 사람들만이 우리에게는 의의있는 인물인 것이다. 역사의 흐름에서 빼어서는 아니될 인물인 것이다.

그러한 선각자 선구자들의 심오한 번고(煩苦)의 생애를 생각하고, 다시 그들이 지시한 미래의 사회에 대한 끝없이 따뜻한 열정을 바라볼 때, 우리는 무엇인지 모르게 머리를 숙이게 된다. 그들의 사상이라든지 생애의 점(點)이 덧는[69](sic) 이상(理想)의 샘물, 사회 해방의 혈흔이 설령 기록으로서 남아 있지 않다 하더라도 우리는 그 샘물 그 혈흔을 영감(靈感)하지 않을 수가 없다. 그만치 그들의 생애는 역사에 있어서 유의의(有意義)하였다. 역사에 있어서 그러한 사람들의 사회적 의의를 천명(闡明)히 하고, 그리하여 그 연관 관계를 통일적으로 의식할 때, 우리의 이상은 어떠하여야 하겠다는 역사적 토대가 서게 되는 것이다. 이러한 점에서 이상이라는 것은 결코 공상이 아니다. 참 의미의 이상은 공상일 수가 없다. 제군은 이상의 이러한 역사적 기초를 몰각할 수가 없으리라.

---

68)  편자주 : 기다리고 바라다.

69)  편자주 : 요령부득의 문장이다. 원문 그대로 남겨두었다.

이상은 그러한 엄연한 토대 위에서 사념되는 유의의한 의식이다. 해방과 자유, 건설과 사명을 내포하고 있는 혼연한 의식이다. 따라서 그것은 빛나는 미래에의 전망을 가지고 있다. 이 미래에의 전망이야말로, 이상의 적극적인 방면이다. 과거의 역사를 회고하는 것에서 우리는 이상의 토대를 쌓고, 그 토대 위에 그 적극적인 건설을 마련하는 것이다. 이 적극적인 건설에는 과거의 문화에 대한 비판과 동시에 합법칙적인 전수를 필요로 한다. 따라서 이상이라는 것이 비판을 도외시할 수가 없이 된다. 이 비판을 통하여, 앞을 내다보는 태도가 즉 우리의 이상을 결정하는 것이 될 것이다.

"일보 앞은 암흑이다"라고 그 누가 말하였다. 또 "일보 뒤에 일도 예기하지 못하는 것이 인생이다"라고도 하였다. 그러나 우리는 이러한 절망적이고 운명적인 태도에서 우리의 참된 이상을 가질 수가 있을까. 아니다. 이상은 그러한 애조를 띄인 '엘레지'가 아니다. 무상념에서 영원한 무엇에 의빙(依憑)하려는 감정도 아니다. 분홍빛 영탄에서 인간의 활동을 비관하는 은자의 자족도 아니다. 그것은 굳센 사명에 내 몸을 불태우고 있는 비판적 사념이고 건설적 정열이다. 빛나는 전망을 가진 신나는 출발이다. "이상에 빛나는 청년"이라고 할 때, 우리는 그 얼마나 감격을 느끼는 것일까. 그 말은 결코 막연한 희망과 기대에서 하는 말이라고 해석하여서는 아니된다. 그 말에는 무한한 의미와 내용이 있는 것이다.

> 뜨거운 눈물을 끝없이 흘리며
> 나는 새로운 세상이
> 나를 위하여 건설되는 것을 느끼었다.
> 이 노래가 청춘의 유쾌한 놀이와

봄의 축일의 자유로운 행복을 전하여 주었다.


나는 '파우스트'로 하여금 이러한 말을 하게 하고 싶다. 동경과 신념에 굳은 청년은 자유롭게 명랑하게 노래 부를 것이다. 그러나 그 자유 그 명랑은 결코 과거에 대한 과학적 인식과 미래에 대한 건설적 계획 전망을 말살하는 것이 아니리라. 이곳에 비로소 이상은 이상으로서 그 일(一) 명정(明精)한 한정을 얻을 것이다.

(끝으로 한말 첨부할 것은 나는 이상을 이론적으로 그 구조를 분석하려고 한 것이 아니었다는 것을 말하여 둔다.)

(1933. 12. 14. 아침)

# 최근 조선연구의 업적과 그 재출발

## -조선학은 어떻게 수립할 것인가-

『동아일보』 1934.1.1.~7(총4회)

## 1. 조선학 수립에의 서언

(1)

극히 최근에 와서 '조선학'이란 문구를 듣게 되었다. 일부 '국학자'들 사이에서는 이 말이 유행된 지 벌써 오래되었겠지만 그것이 공연히 인구에 회자되게 된 것은 극히 최근의 일에 속한다. 그러면 '조선학'이란 것은 어떠한 의미 내용을 가진 것이며 또 당연히 가져야할 것인가. 오인의 문제는 그것을 해부하고 결출(抉出)하여 그 과학적 구조를 정제하는 데에 있을 것이다. 새로운 세대의 조선에 대한 과학적 지식을 획득하려는 노력은 당연히 종래 거의 고루하고 관념적인 방법에 의하여 연구되어 오는 조선의 역사적 문화에 대한 재음미를 요구하여 마지 않는다.

조선학은 조선의 역사적 연구로부터 시작된다. 그런데 이 '역사적'이라는 말은 재래의 조선의 학자들 사이에는 파(頗)히[70] '비역사적'인 잡박(雜駁)하고 표면적인 고증과 연대기로써 이해되고 있었다. 그러나 역사적 연구의 진정한 의미는 그러한 것이 아니다. 그것은 과학적 필연성의 법칙을 객관적 발전의 속에 발견하여서 제형태의 교호관계를 조직하고 이해하는 데 있는 것이다. 나는 우선 나의 당면한 문제에 들어가기 위하여 '역사'라는 것의 개념을 고찰하여 보려한다.

(2)

역사라는 것은 보통 이중의 의미에서 사용되고 있다. 이것은 수많은 철학자, 역사연구가 등에 의하여 지적되고 있는 사실이다. 그것은 일방으로 객관적인 '생기(生起)한 사실 그것'을 의미하는 동시에 타방으로는 '생기한 사실의 서술'을 의미하고 있다. 우리가 보통 '역사'라고 할 때는 이같은 이중의 의미에서 그 의미 내용을 이해한다. 그리하여 역사를 경험하는 동시에 역사를 쓰기도 하는 것이다. 그러나 이러한 역사의 의미의 이중성은 결코 각기 독립하여 고찰됨을 불허한다. 역사연구에 있어서는 언제나 또 반드시 '생기한 사실 그것'으로서의 역사가 역사의 서술에 선행하는 것임은 물론이다. 역사서술에 있어서 이 점은 출발점이고 귀착점이다.

그러나 종래의 조선연구가들에게는 이러한 방법론적 자각이 없었던 것은 물론 '생기한 사실 그것'으로서의 역사의 발전에 대한 과학적 인식도 부족하였었다. 따라서 그들은 조선의 역사, 문화, 전설 또는 민족

---

70) 편자주 : 자못(생각보다 매우)

을 관념적으로 특수화시키고 말았다. 그러나 "조선의 민족은 특수한 전통의 아들도 아니고 생물학적으로 진화해온 일반적이고 정상적인 인간이다. 그리하여 그들이 동물로부터 구별되는 역사는 그 육체적 조직에 의하여 조건지어진 생활자료의 생산에서부터 시작되었다. 그것이 역사적으로 형성, 발달, 전환하는 과정에 있어서 조선의 정치사 문화사도 그것과 관계적으로 전개되는 것이다."(백남운白南雲씨 저 『조선사회경제사』) 이 점은 온갖 역사적 사실을 연구함에 있어서의 근본적 명제이다. 이 명제에 의거한 역사과학적 연구도 물론 문헌적 연구를 등한시하지는 않는다. 역사서술의 기초를 성(成)하는 사료의 허위 또는 불확실의 폭로 새로운 사료의 발견 특히 지금까지 사용된 사료와 모순되고 차이 있는 사료의 발견 등등은 역사서술에 있어서의 근본적 조건이다. 그러나 우리도 그 사료 문헌에 대한 비판적 선택도 없이 그냥 섭취할 수는 없을 것이다. 우리에게 주어진 사료, 금석(金石) 및 문헌 등은 가끔 '존재로서의 역사'의 어떤 일면만을 추출하여 정책적으로 왜곡되어 있는 것도 있으리라. 그러므로 우리가 조선을 연구하여 그 편견없는 사실로서의 역사를 문화사적으로 천명하게 하자면 (1) 역사의 내면적 원동력으로서의 사회적 생산관계를 과학법칙에 입각하여 파악할 것 (2) 역사서술에 있어서의 기초적 조건이 사료문헌의 선택이 필요한 것이다. 이 선택이라는 것은 언제든지 현대적 정황을 고려하여 현대가 어떤 영향 발전의 결과가 되게 된 역사적 관심을 기초로 하여 현대를 초치(招致)한 신(新) 기인(機因)을 탐색하는 요구를 가지지 않으면 아니될 것이다. 경제사, 정치사, 민속사, 미술사, 문학사 등이 어떠하게 현대의 정황과 관계하고 있는가를 보지 않으면 아니될 것이다. 이것은 필연적으로 (3) 역사적, 문화적 연구가 성취되려면은 일정한 '전체'가 전경(前景)에 조망되지 않으면 아니될 것이다. 만일 그렇지 않다고 할 것 같으면 진정한 역사적 연구와 서술은 불가능하리라. 하고(何故)냐 하면 개개의 생기된 사실과 그 여러 가지의 계단은 전체의 속에서 또는 전체와의 관계에 있어서 고찰될 때 비로소 그 독자성에 있어서도 그 필연성에 있어서도 인식될 것이므로이다.

이상의 역사적 연구에 있어서의 3대 중요과제는 서로 연결하여 현재 우리에게 일대 임무를 과제하고 있다. 즉 지금까지의 조선의 온갖 부문의 역사는 새로운 현대의 의식을 통하여 '다시 쓰이지' 않으면 아니된다는 것이다. 즉 흔히 우리가 우리의 앞에 주어진 역사적 고전적 연구는 새로 일정한 전체적 관심 하에 다시 쓰이도록 연구하지 않으면 아니될 것이다. 이것이 즉 역사과학적 임무이다.


(3)

돌이키어 조선에 관한 역사적 연구를 볼진대 그 너무나 적막함을 느끼지 않을 수가 없다. 온갖 사회생활이 우리에게 불여의한 바 많은 것에 비례하여 우리 조선의 학문적 연구의 업적도 양양호(凉凉乎)[71]하여 특히 두드러진 저술을 보지 못하였다. 그러나 근년에 이르러 기예(氣銳)한 젊은 학도들의 각고한 연구 하에 차차로 전문적 연구가 차근차근 적축(積蓄)되어가는 것을 볼 때 기뻐하는 반면에 종래의 학자들의 산만하고 반과학적인 물어연(物語然)한 '연구'든지 또는 고증 위주이 논단이는지 모두 현실생활을 신화화시킨 비과학적 태도로 일관한 것이 아니었던가. 그러나 이것이 사회 전체의 현대적 관심에 기여하는 바 적었기 때문에 새로운 과학적 방법 하에 조선을 재인식하려는 경향이 농후하

---

71) 편자주 : 서늘할 凉자를 중첩한 것으로 보아 조선 연구 업적이 부족함을 의미하는 것으로 보인다.

게 양성되며 있는 것을 볼 때 참으로 흠행(欽幸)한 생각을 금할 수가 없는 바이다.

이에 비로소 '조선학'의 수립―역사과학적 방법에 의한―이 바야흐로 부르짖어지게 된 것은 이세(理勢)의 필연한 바라고 하겠다.

그러나 '조선학'이라는 것은 결코 관념적으로 조선의 독자성을 신비화하는 국수주의적 견해와는 아무 인연도 가지지 않은 것이어야 한다는 것을 주의하지 않으면 아니될 것이다. '조선학'은 결코 조선의 과거만을 연구대상으로 하는 것도 아니고 초월적 존재를 신앙대상으로 하는 종교도 아니다. 그렇다고 문학 내지 조선어학의 이론적 내지 역사적 파악을 목적으로 하는 것도 아니요. 또는 민속학적 연구만도 아니다. 이것은 이것들을 모두 포용한다. 그렇다고 이것들을 한 개의 보조과학으로 하여 성립되는 것도 아니다. 그것은 이것들의 전문적, 과학적 연구의 제성과가 전체적 연관 하에서 현대적 의식을 통하여 비판 조성된 때 비로소 나타나는 일개의 고차적 개념이다. 그것은 반드시 기초적 조건인 제연구가 조선의 제역사적 형태를 전문적으로 구명한 성과를 토대로 하여 있는 것이 아니면 아니된다. 따라서 조선학은 각 부문적 연구 없이는 불가능한 것이다. 조선학은 조선에 대한 무사(無私)한 역사의 사회적 연구를 기다려 비로소 성립하리라.

아직 조선에 있어서 이 '조선학'에 대한 이론과 그 본질적 개념 규정은 아무도 하고 있지 않은 것 같다. 나의 이 제언이 타당할지 안할지는 후일 대방의 비판에 의하여 결정될 것이나 우선 나는 이같이 논정(論定)하고 나의 다음 문제로 들어가려 한다.

## 2. 조선학 수립의 의의

### (1)

전절에서 나는 조선학이 가능하다고 하면 그 가능한 제전제의 의거할 바 방법을 약술하였다. 조선학은 그것이 수립되자면 결코 독단적으로 또는 관념적으로 도식화되기에는 너무나 거대한 노력과 진지한 연구를 요하는 미답의 경지이다. 지금까지의 여러 가지의 주관적인 고증과 설화적인 사관으로서는 조금도 그 수립의 가능을 논증하기에는 너무나 무력하였다고 보아도 좋을 것이다. 조선학은 상고의 단군설화를 연구함으로써 민족적 유대를 공고하게 하는 연유(綠由)를 발견하는 것만도 아니요 고구려 백제 신라의 건국사화를 비교 논단함도 아니며 수, 당의 입구(入寇)와 고구려의 대승을 지지(地誌)적으로 논명하여 그 영토의 광대하였음을 영웅화시켜서 만족하는 것도 아니다.

또 고려의 불교, 이조의 유학을 정치적 관련에서 연구하여 그 민족적 특수성을 발견하려는 것도 아니요 화랑도의 재인식, 향가시조의 기원 발전고(考)를 오인의 앞에 제시하는 것도 아니다. 가족사의 계보적 연구로써 조선의 특수성을 확립하려 하며 사론의 파쟁적 기원을 해부하여 그 국가적 영향을 비탄하는 연구태도도 고차적 개념으로서의 조선학의 성립에는 그것만으로는 아직도 전도요원한 바 많다고 생각한다. 또 그 밖에 조선어학의 역사적 연구, 금석지(金石誌)의 연구 등 여러 가지 사학적 요소가 있을 것이고 고증적 연구도 있을 것이다.

이러한 것들은 모두 그 분야에 있어서 오인의 연구대상이 될 수 있고 또 당연히 그리되어야만 할 것이다. 이 점에 대하여는 아무도 이의를 삽입하지 않으리라.

그러나 이상의 것은 결코 조선학의 본질이 아니다. 그러면 조선학은 대체 어떠한 개념에 의하여 그 본질을 구명하여야 할 것인가.

(2)

일본에서는 '국학'이라는 것에 대하여 논의된 지 벌써 이백수십년이고 중국에서도 역시 '국학'에 대한 새로운 운동이 오래 전부터 일어나서 중국 근대 정치사상에도 큰 한 페이지를 점하였고 또 그것이 활발하게 토론된 것은 주지의 사실이다.

새로운 개념에 새로운 방법으로써 그들의 역사적, 사회적 조건에 의거하여 역사적 문화의 유산을 비판토론하여서 써 그것에 일정한 현대적 좌표를 정하려고 하였다. 그러나 일본과 중국의 그 운동에는 중대한 차이를 인정하지 않을 수가 없는 것이니 전자에 있어서는 '국수적'이라는 것 후자에 있어서는 '진보적, 개혁적'이었다는 것을 지적할 수가 있을 것이다. 나는 양자에 있어서의 그 차이를 비교하여 조선학 수립에 있어서의 약간의 참고를 제공하려 한다.

일본의 '국학'은 소위 '4대인(四大人)'이라고 통칭되는 승려 케이추契沖(1640-1701) 이후 가다노 아즈마마로荷田春滿(1669-1736), 가모노 마부치賀茂眞淵(1697-1769), 모토오리 노리나가本居宣長(1730-1801) 등이 국가의식을 기점으로 한 '황국지학(皇國之學)' 또는 '국학'이라는 개념을 설정하여 고도설(古道說)의 제창, 자연주의, 배유론(排儒論) 등으로써 '일본고유'의 '문화'를 '선양'하려고 하였고 그것은 여러 가지 발전경로를 밟아서 메이지유신에까지 이르렀었다. 그러나 '일본적 국학운동'은 도쿠가와 시대 중기에 이르러서 '한(漢)문명'과 인도사상에 대하여 또는 구래의 번쇄 저급의 학풍에 대하여 반항적 혁신적 복고적인 학풍이 창도되게 되었다. 이것이 즉 국학으로서 정치사상으로는 근왕론의 동기로서 또는 메이지유신의 가치많은 일 요소로서 중대시되어 있는 것이다.(河野省三 저,『국학의 연구』)라는 것이 일본의 '국학'이란 어(語)가 일본에 성립하고 상고적(尙古的) 국가적 정신으로써 전혀 상대(上代)의 문헌을 연구하여 국수를 발휘하는 것이 그 목적이 되었다.

그러나 일본에 소위 양학-서양문화가 수입되고 메이지유신이 성립되자 "'국학'에 대(代)하여 일찍이 이단자로서 박해를 받는 양학이 신일본의 건설자로서 등장하여 왔다."(伊東多三郎 저, 『국학의 사적고찰』) "전(前)과학자인 국국(國國)은 이에 멀리 귀사(歸史)의 저쪽에 있는 존재가 되고 그 국수의 잔재는 급격한 사회의 진전에 대하여 바야흐로 낙오자의 비애를 느끼며 따라서 유교와 합류하여 왕왕히 국수적 반동적 역할을 연(演)하고 있는 것을 볼 때"(同上) 이에 우리로 일본의 소위 '국학'의 현대적 의의를 발견할 수가 있을 것이다. 유학 불교에 대립하여 신도와 고도(古道)의 선명을 위주하는 일본의 국학은 현재에 있어서는 완전히 그 존재의 의의를 상실하고 말았다. 쉬지 않고 매진하는 역사의 치차(齒車)는 그와 같이 일본의 국학운동으로 하여금 필연적으로 그 존재 이유를 잃어버리게 하고 말았다.


(3)

중국에 있어서 민국 8년[72) 이래의 학생단 내지 민족운동을 지배한 사상의 역사를 살피어 보면 실로 복잡다기하여 그 선각자의 일인으로 하여금 "주의를 잊고 오직 문제를 파착(把捉)하여라"고 부르짖게 하였다.

왈 민주주의, 왈 국가주의, 왈 인도주의, 왈 페비어니즘, 왈 맑스주의, 왈 문화주의, 그와 같이 혼란한 상태에서 그들의 사상을 잡아내는 것은 단지 곤란할 뿐 아니라 왕왕히 착오에 빠질 위험까지도 있는 것이다.

---

72)  편자주 : 민국기년(民國紀年)은 중화민국의 건국이 선포된 1912년을 원년으로 하는 기년법이다. 민국 8년은 1919년이다.

　　그러나 중국의 선각자들은 (예컨대 첸쉬안퉁錢玄同(1887-1939), 차이위안페이蔡元培(1868-1940), 후스胡適(1891-1962) 등) 그러한 복잡다기한 사상혼란에 있어서도 일정한 지침을 주는 것을 잊지 않고 있었다. 중국의 일체의 전통—유교도 전제정치도 영웅숭배의 사상도—에 대한 유예(猶豫)없는 비판으로부터 출발하여 보수적인 국수주의는 '국적(國賊)'이라고까지 하였으며 적극적으로 데모크라시와 과학과 모랄리티로써 새 중화민국을 건설하려고 하였다. 중국으로 하여금 양인의 소매 밑에서 해방하여 신청년 중국을 건설하자면 중국 고래의 '충효절의'라든가 '강상명교(綱常名敎)'라든가 '民可使由之不可使知之'[73]라는 완고하고 비현대적 전통으로서는 반식민지로서의 중국의 자주적 해방을 기하기 어려우니 무엇보다도 먼저 중국 민족으로 하여금 노예적 생활을 감수하게 하는 소위 비복수지적(婢僕須知的) 사상을 타파하지 않으면 아니된다고 하였다. 그리하여 서양적 내지 자본주의적 개인사상으로써 신중국의 지도원리를 삼지 않으면 아니된다라고 하였다. 그것이 즉 애국과 자아 각성의 구극의 의의라고 하였다. 고래의 운명적인 '천명론(天命論)'이라든가 '안분수기(安分守己)'라든가 '원수서민(元首庶民)'이라든가의 전통적 사상을 그러한 입각지에서 새로 회고하며 음미하여 중국으로 하여금 완전한 근대국가적 위엄을 보유하기를 노력하였던 것이다. 후스, 차이위안페이, 천두슈陳獨秀(1879-1942) 등의 선구자에게 영향받은 저 유명한 5·4운동의 이상적 배경을 우리는 잘 알고 있다. 그 민주주의적 민족운동의 내부를 흐르고 있던 사상적 배경도 실로 이들 중국 국학운동에 그 직접간접의 영향을 받고 있는 것이었다.

---

73)　편자주 : 『논어』, 「泰伯」편에 나오는 말. "백성이란 가야 할 길로 걸어가게는 할 수 있어도 그것을 알게 만들 수는 없다."

민국 6년(1917년) 11월 미국에서 기초된 후스의 『문학개량추의(芻議)』라든지(중국의 '문학혁명'은 이것을 중심으로 하여 논의되었다) 『중국 철학사 대강』과 차이위안페이의 『중국윤리사』 같은 저술은 모두 이 중국의 민주주의적 국학운동에 큰 기여를 한 것이었다. 뿐만 아니라 천두슈의 유교비판에 관한 제논문 가운데에서 호씨(후스-편자주)의 문학혁명에 있어서의 『문학개량추의』에 필적할만한 민국 5년 12월 『신청년』에 발표한 「공구(孔丘)의 도(道)와 현대생활」은 현대 중국의 신진학도들에게 다대한 감격을 일으키었다고 한다.

이와 같이 중국에 있어서의 신인들의 신중국 건설을 목표로 한 여명운동은 형식적으로 또는 관념적으로 유령과 같이 중국 4억만 민중의 두뇌 속에 깊이 뿌리박은 전통적인 정신생활을 속속들이 파헤집어내고 다듬어내서 봉건정치로부터 민주정치에 반식민지적 예속으로부터 완전한 해방에, 격식적 윤리로부터 민주주의적 윤리의 확립에 등등으로 노도와 같이 휩쓸려 내려갔다. 이것은 두말할 것 없이 중국의 역사적 사회적 과정의 필연적 일익으로서 중국에 있어서의 자본주의의 급격한 발전과 같이 그 운동도 치열하게 토론되었었다. 중국의 '국학운동'은 대체에 있어서 이와 같은 내용을 내포하고 있는 것이었다. 물론 지금에 있어서는 그 운동은 질적으로 변환하여 더 새로운 견지에서 중국의 사회적, 역사적 연구가 성행되고 있다. '중국사회사논쟁' 같은 것은 너무나 유명한 사실이다. 중국의 소위 국학운동은 처음부터 그들의 반식민지적 사회환경 때문에 진보적이었다. 그러나 그것은 반드시 오고야 말 다음의 계단으로 변환하고 말았다. 지금에 와서 새삼스럽게 중국의 국학운동을 재흥 운운함은 쑥스러운 일이리라.

(4)

이상에서 일본과 중국에 있어서의 '국학운동'에 대하여 약간의 고찰을 비(費)하였다. 일본에 있어서는 복고적 국수주의적 색채가 거의 그것의 전부이었으나 중국에 있어서는 진보적 개혁적인 것이 그 성격이었다. 그러나 일본에 있어서는 그것은 완전히 서양학문에 있어서의 연구방법에 해소되고 말았고 그 잔재가 반동적 사상과 결합하여 있을 뿐이라는 것은 이토 다사부로伊東多三郎(1909-1984)[74] 씨의 『국학의 사적 고찰』이 지적하고 있는 바이며 중국의 그것은 질적 변환을 완성하며 있다는 것 다시 말하면 당초에 있어서는 국학운동으로서 광휘 있는 개혁적 진보적 영향을 중국 최신 사상에 많이 끼치고 있는 것이나 지금에 와서는 보편적 과학방법론으로서의 사회과학적 방법에 의한 연구가 진행되고 있다는 것을 지적하면 족할까 한다.


(5)

그러면 '조선학'을 지금에 와서 문제삼으며 그 수립이 가능하다고 하면 그 가능하다는 것의 의의는 무엇인가. 이것이 오인의 가장 관심할 바 문제의 핵심이다.

나는 이 '조선학수립'의 문제를 오직 (1) 일개(一個)의 문제로써 제출하는 것이 아니다. 문제는 그 문제 그 자신으로서는 존립할 수가 없다. 문제도 사회적 연관에서만 그 문제의 가능성이 발견된다. (2) 조선학은 또한 오직 학적 연구 그것에만 국한되어서는 아니된다. 그것은 무엇

---

74) 편자주 : 이토 다사부로는 동경제대 문학부 국사학과를 졸업하여 동경대 교수를 역임한 일본의 역사학자이다. 『국학의 사적고찰』은 그의 동경제대 국사학과 졸업논문으로 1932년에 출간되었다.

이든지 한 개의 '프로스펙트'(조망)을 제공하는 것이 되어야 할 것이다. 그리하여 한 개의 조망을 제출하는 것이라면 그것은 반드시 사회적 제 운행과 밀접하게 관계하지 않으면 아니된다. 따라서 오직 연구 그것에 만 그치어서는 아니된다. 그것은 실천적 방면을 자기의 타자로서 내포 하지 않으면 아니된다. (3) 조선학의 수립에 있어서는 종래의 설화적 사관으로부터 탈각하지 않으면 아니된다. 문헌적, 훈화적(訓話的) 연구 도 고증적 교감학(校勘學)적(후스) 연구도 필요하다. 그러나 무엇보다도 필요한 것은 조선의 '문제사적 연구'이다.

이 3자가 일정한 목표 아래 통일된다면 조선학은 빛나는 새 출발을 할 것이다. 그때에 비로소 가능하리라. 그리하여 조선의 사회적 역사적 진행과 부합되는 끝에서만 그 의의를 발견할 것이다. 나는 조선학은 여 사(如斯)히 하여 수립되어서만 그 의의를 발견할 수 있다고 생각한다. 조선학의 수립과 그 과정은 일본의 그것과 같은 것이 아니라 중국의 그것과 같은 것이어야만 비로소 그 수립의 의의가 있다고 생각한다.

나는 다음에 최근 조선연구의 제업적에 대하여 불충분하나마 소개 하야서 써 조선학수립에 관한 약간의 고찰을 하려고 한다.

# 동양사상과 서양사상

## - 양자는 과연 구별되는 것인가 -

『동아일보』 1934. 3. 15.~23(총 8회)

## 1. 먼저 몇 마디

요사이 동양과 서양과의 구별이 강조되고 있다. 나는 그것에 대하여 아주 비망록식으로 몇 개의 제목에 관하여 적어보려고 한다. 하등의 함축있는 연구가 아니다. 조략(粗略)한 기사식의 소묘이다. 나는 우선 그 구별이 지역적으로 또는 문화적으로 가능하다는 보통의 상식을 인정하고 이 논(論)을 진섭(進涉)시키겠다(결론을 보라)

*　　*　　*

온갖 문화적 정신적 영역에 있어서 이 '동양적'과 '서양적'의 구별이

가능하고 또 그것이 가능하지 않으면 아니되는 듯이 선전되고 있다. 미학에 있어서 철학에 있어서 자연관에 있어서 또는 윤리관에 있어서 이 '동양적'과 '서양적'이 유형적으로 구분되고 사회사, 경제사 내지 정치, 사상에 있어서도 이 두 개의 술어는 명백히 제 독특한 권리와 존재를 주장한다고 한다. 그것이 구별되어서 무엇하며 구별되지 않는다고 어떨까 하는 사람도 있을런지 모르지만 그 표면상 아주 평범한 듯한 이 두 개의 개념 내용이 엄밀한 고찰과 규정을 요청하여 마지 않는 것이다. 이 두 가지가 구별되는 것이고 또 구별되지 않으면 아니 된다고 하는 관점과 구별되지 않고 또 구별되어서는 안 된다는 관점과의 대립은 그리 대단치 않은 듯이 보이지마는 실상인즉 이 두 가지 관점은 이윽고 끝으로는 중요한 생활상의 차이를 가져오는 것이 되는 것이다. 그 생활상의 중요한 차이라는 것은 너무도 절실한 사회적, 정치적 생활태도까지도 규정하게 된다고 생각한다. 요사이 소위 문화과학이라고 할까, 정신과학이라고 할까 하여튼 학문상에 있어서 '아카데믹'한 논객, 교수, 정치가들 사이에 이 동양적과 서양적의 구별, 이어서는 동양적 학문, 사상, 도덕관의 규명 및 그 체계의 수립 정제에 대한 요구와 장려가 일익(日益) 더 하여가는 것을 볼 수가 있는 것이다. 그리하여 서양적 학문, 사상, 문화에 대한 경탄, 배척의 의도가 은연(隱然)히 생기고 있는 듯이 보인다.

그러면 왜 이 두 가지 사상체계(과연 그것이 필연히 구별되는 것인지는 나중에 알 것이다)의 구별이 그같이 강제되고 있으며 또 더욱 근일에 와서 그 구별이 의식적으로 요구되고 있는 것인가. 나는 그것에 대하여 해답을 주어야만 할 것이다. 그러나 나는 그것에 대하여 적극적인 해답은 줄려고 하지 않는다. 오직 양자가 구별되는 점 즉 유형적으로 차이와 동일을 성(成)하고 있는 점을 소묘로서 보이려고 한다. 양자는 상식적 안목으로 또는 과학적 분석적 두뇌를 가진 사람에게 있어서도 그 구별은 절대적인 듯이 보일 때가 있다. 사실로 양자는 구별되어 왔고 또 구별되어 있다. 그러나 현재와 같이 의식적으로 그 구별을 강조하고 있는 점이 중대하다. 그러나 그것을 내가 지금 이곳에 논평하려는 것이 아니다. 나의 지금 하려고 하는 것은 그것의 이동(異同)을 보이려고 함에 불과하다. 이하에 나는 자연관, 경제관, 문화관의 삼자에 있어서 양자가 여하히 관련하고 있는가를 보이련다. 이 세 가지에 있어서 대략 논술함으로써 '동양적'과 '서양적'의 개념은 명백하여 지리라고 생각한다.

## 2.

### (1) 자연관에 있어서(상)

동양이나 서양이나 자연에 대하여 서로 부차적으로 이질적인 설명을 가(加)하고 있다. 그러나 그 근본에 있어서는 서로 같은 것이 아닌가 한다. 서로 한 개의 자연관이라는 것을 가지게 된 것은 동양에 있어서는 노장(老莊)에 와서 처음으로 어느 정도까지 완성된 것이고 이것이 그 뒤로 소위 동양적 자연관의 원류를 성(成)하는 것이 아닌가 생각된다. 공자孔子(BC551-BC479)에 있어서도 자연에 대한 생각이 없다고는 하지 못하리나 그에게 있어서는 '천도(天道)'라는 것이 천리(天理)로서 천명(天命)을 아는 것이 아니었는지 모르겠으나 '五十而知天命'이라는 말을 가지고 보면 천도라는 것은 용이히 그 '정(精)'함을 '극(極)'할 수가 없는 것 같이 보인다.

그러나 노자老子에 있어서의 '도법자연(道法自然)'이라는 말이라든가 또는 '무위자연(無爲自然)'이라든가를 가지고 보면 그에게 있어서는 자연이라는 것은 신비롭고 타율적인 것의 속에 허정(虛靜)한 '도(道)'를 관(觀)하는 그러한 태도로써 고찰한 것 같다. 자연과학의 대상이 되는 자연계—일월성신(日月星辰), 산천초목 등의 온갖 것의 속에 허무한 어떤 목적적 이념—도(道)를 가지고 있고 그 이념이 일정군(一定群)에 의하여 신비화되어 생활상의 태도를 소극적이 되게 하였고 당시의 발달된 경제적 생활에 대하여 부정적인 소위 노자적 자연주의를 창도하게 되었던 것이라고 한다. 이 노자의 사상은 유형적으로 동양의 자연관을 특징짓는다고도 볼 수 있다.

노자가 동양에 있어서 그러함과 같이 서양의 희랍철학에 있어서의 자연관도 노자에 있어서의 '도'와 같은 '로고스'의 사상 없이는 불가능한 것이었다. 자연은 '로고스'의 현상형태이었다. '퓨시스'(자연)라는 것이 '로고스'(법칙)를 통하여 '코스모스'(세계질서)로서 존재하게 된다. 동양에 있어서의 천도라든가 또는 '도법자연'이라든가의 '도'라는 것 없이는 천연(天然) 또는 자연의 근본적 고찰은 불가능한 것과 똑같다고 생각된다. 이 노자적 사상은 이후 동양의 자연관을 서양의 그것과 구별하는 것이라고 하나 실상인즉 서양—더욱이 희랍시대의 자연관과 동일한 범주에 속하는 것이 아닐까. 서양 중세에 있어서의 지신론적(智神論的) 내지 초월신론적 자연관에 있어서도 이 '로고스'적 우위는 지속되어 왔다고 할 수 있다. 그러나 서양 근세의 자연관은 이러한 '로고스'적 사상의 우위에서 벗어져 나와 물질적, 이용 후생의 생각이 가미되어 있다고 하리라. 그리하여 동양의 소위 자연주의적 허정(虛靜)한 관찰로서의 자연관과 구별된다고 하리라. 그러나 인류의 문화가 발달되고 경제생활이 그것의 기초적 부분으로서 발전하여 옴을 따라 동양과 서양의 자연관에 있어서의 부차적이고 속성적(屬性的)인 그러한 차이는 그것의 차이로서의 존재성까지도 상실하게 되지 않았는가 생각한다.(노자의 자연관이 명상적이었다고 하여 동양의 그것을 특정지으려 하나 서양의 신플라톤학파의 자연관은 어떠하였던가. 서로 다같이 명상적이다. 오직 동양만의 특색이 아니다.) 또 천지현황(天地玄黃), 우주홍황(宇宙洪荒)이라는 자연관은 하필 동양적일뿐이랴. 소위 '서양적 사색'이라고 하는 것에서도 그러한 관념은 타당한 것이다. 그 예를 들기에 곤란치 않다. 동양에 있어서는 천혼지백(天魂地魄)이라고 하여 자연현상의 배후에 일정한 영적인 것을 설정하여 그것의 소산으로서 인간은 생존한다고 한다. 천지인(天地人)을 관통하는 일정한 원리가 있다. 그것이 동양에 있어서는 '도'가 아니었던가. 이와 같이 서양에 있어서의 자연관에도 '도'와 같은 것이 있다. 그것의 명칭이 시대를 따라 변하였다 하더라도 필경 자연을 섭리하는 일정한 배후자가 있다는 점에서 동양적 관찰과 서양적 관찰의 동일성이 있다고 보지 못할 것인가. 그리하여 동양에서나 서양에서나 다같이 그 배후의 원리로서의 존재자를 설정하는 점에서 양자 공히 그 자연관이 종교적이라는 것이 나타나는 것이다. 이 종교적이라는 것은 양자에게 공통한 중요한 것이다.

## (2) 자연관에 있어서(하)

서양의 자연과학이라든가 자연인식이라든가 혹은 자연관이라든가의 것은 언제나 목적론적인 것이었다고 볼 수 있었다. 희랍 초기의 철학은 퍽 유물론적인 것이었으나 소위 인성론적 시대 이후에서 문예부흥 이전까지의 자연인식은 모두 신학적이었다고 하여도 과언이 아니다. 그것이 문예부흥시대의 위대한 자연과학자들에 의하여 경탄할 '코페르니쿠스의 전향'을 마련하여 현대의 한 개의 '학'으로서의 자연과학을 이룬 것이지마는 일방에 있어서는 중세기적 자연관이 현대에 있어서도 교단(敎壇)에 성행됨을 보는 것이다. 그러한 신학적 자연관이 소위 '동양의 자연관'이라고 하는 것과 현금에 있어서 얼마나한 거리를 가지고 있는가? 물론 신학적이라고 얼른 말하여 버리기는 어려운 일이나 여하간 목적론적 자연관을 가지고 있었고 또 가지고 있는 것이다.

서양은 자연에 대한 태도가 상술한 바 같이 이용후생적이라고 한다. 물론 그 점에는 일부분의 타당성을 발견할 수 있다. 그러나 그러한 사상은 베이컨 이후의 것이다. '정복'이라든가 '실험'이라든가의 자연에 대한 태도는 하필 서양적일뿐이라고 하랴. 현대의 동양 더욱 중국에 있어서 그것은 봉건적 자연관에 대치되려고 하지 않는가. 아니 벌써 대치되고 있다. 후스(胡適) 등을 중심으로 하고 있는 부르조아적 실재론적 사상은 중국의 젊은 세대를 풍미하지 않았던가?

인간의 생활이 과학적 기계를 사용하지 못하던 시대의 자연관은 동양이나 서양이나를 물론하고 그 근본적 태도에 있어서 목적론적이고 신비적이었다. 그러나 인간의 경제생활 내지 문화가 발전함을 따라 그러한 자연관은 필연적으로 붕괴되어 갔다. 그러나 그 붕괴의 과정은 지지(遲遲)하였다. 그리고 그 발전붕괴의 과정은 동양과 서양이 연대적으로 일치하지 않을 뿐이었다. 그리하여 자연관의 잔재가 서양에 비하여 더 많이 남아 있는 것뿐이다. 더구나 그것이 걸핏하면 일정군(一定群)의 의도에 의하여 모든 것을 지배하려는 경향을 가지고 있다.

동양미술론에 있어서 동양적 심미감이라는 것을 독립시키어 논하는 이가 있다. '정물화'라는 것은 서양화에 있어서의 표현이고 동양적인 것은 아니다. 그 대신 동양에는 '화조화'라는 것이 있다고 한다. 그러나 그것이 양자의 자연관의 근본적 차이를 설명하는 것이 될 것인가.

어떻든 자연관에 있어서 소위 '동양적'과 '서양적'은 다 같이 '목적론적, 신비적'이라는 점에서 그 근본적 태도를 같이 하고 기타의 여러 점에 있어서는 '베이컨' 이후의 서양의 실험적 자연과학적 사상의 영향을 훨씬 뒤에 받은 동양이 서양에 비하여 여러 가지 봉건적 사상을 가미하고 있는 것이고 그 점에 부차적 차이를 성(成)하고 있는 것이다. 그러나 현재에 있어서 그러한 이의적(二義的)인 이질성도 소멸하며 있다. 동양문화의 '선양'이라고 하는 것이 역사사회적으로 연구되는 것을 의미하지 않고 오직 이러한 이의적(二義的)인 차이성을 지금에 와서 사색에 강요하는 것이라면 하등의 □□를 가지지 못할 것이다.

## (3) 경제관에 있어서(상)

동양적 사회는 농촌생활을 주로 한 사회이고 서양적 사회는 도시생활을 주로 한 사회이었다고 한다. 물론 이 점은 일부의 정상성을 가졌다고 할 수 있는지도 모른다. 동양에 있어서는 봉건유제가 아직 많이 남아 있으나(중국, 인도 등) 서양에는 그것이 벌써 오래 전에 자본가적 생산관계로 대치되어 있다. 따라서 도시적 생산양식을 산출하였으나 동양에 있어서는 자본가적 생산이 비교적 뒤늦게 발전하였고 따라서 이때까지의 봉건적 잔재물이 많이 남아 있으며 농업의 경영이 상공업의 경영보다 우월하여 있는 것이다. 그리하여 먼저 말한 동양은 농촌생활을 기조로 하였고 서양은 도시생활을 기조로 하였다는 것은 이러한 한에 있어서 부분적으로 인정된다. 그러나 현재에 있어서의 일본과 같은 나라의 고도로 발달된 자본가적 생산관계는 온갖 점에 있어서 농촌생활보다 도시생활을 기조로 하여 발달하고 있다는 것을 부정하지 못할 것이다. 따라서 원시공산제 사회 이후의 각 경제적 시대의 범주('아시아적 생산양식'의 문제는 잠간 논외로 한다)에 있어서는 사유재산이라는 것이 인간생활의 기조로서 존재하였고 따라서 현대에 있어서도 동양 서양을 물론하고(쏘비에트 러시아는 제외) 소유와 생산이 모두 개인본위의 사유(私有)를 근본원리로써 규정되어 있다.

　　그러나 동양에 있어서는 재산의 '사유'에 대하여 '분배'가 중시되었고 따라서 '공동재산'이라는 것을 도덕의 범위에 넣었었던 것이라고 한다. 서양이 '이(利)'를 본위로 한 사유재산의 개인주의 사회라고 하면 동양은 '과욕(寡欲)'을 도덕이라고 생각하는 '청빈'의 자연적 태도를 이상하는 사회라고 한다. 그리하여 아세아적 내지 동양적 경제사상은 '무욕' 또는 '과욕(寡欲)'을 근본으로 하여 물질을 초월하는 점에 성립한다고 한다.

　　물질에 대하여 '덕(德)', 부(富)에 대하여 '무욕'을 주장하였다. '德者本也　財者末也'(大學)라는 것이라든지 '曲肱而枕之　樂在其中'[75](공자)이라든지가 모두 이러한 동양적 경제사상을 표시하는 것이라고 한다. 그러나 이곳에 문제되는 것은 과연 대학이나 논어가 당시의 경제적 상태와 그 사상을 그대로 표현한 것일까이다. 도리어 그 보다도 동양의 재물에 대한 사유의 욕(欲)이 너무나 강하였고 더욱이 당시의 봉건귀족―제후들의 착취주구(搾取誅求)가 심한 나머지 정치적 사회적으로 부대끼는 인민의 생활을 눈앞에 너무도 절실하게 보는 통치자에게는 참으로 '財者末也'라는 말을 하게 한 것이기도 할 것이다. 춘추전국시대의 문란하여진 사회질서 인륜도덕을 바로잡으려고 오륜삼강이 생긴 것이라는 것을 우리는 강단학자들에게서도 들을 수가 있다. 그와 같이 재불에 의한 인간상호의 갈등을 볼 때 공자 또는 노자같은 선각은 재물을 천시하게 하였을 것이다. 그리하여 더욱더욱 당시의 제후의 구미를 맞췄을 것이다. 맹자의 사단설―측은, 수오, 사양, 시비 등의 인의예지의 설도 경제적 사상과 반드시 관련하여 있을 것이오 더욱 맹자의

---

75)　편자주 : 『논어』, 「述而」 15장. "거친 밥을 먹고 물을 마시고 팔꿈치를 굽혀 베개를 삼아도 즐거움은 바로 그 안에 있다."

'衣食足而知禮節'[76]의 사상은 당시의 너무나 현격한 빈부의 차에서 피치자 계급의 무참한 생활을 그의 사단설과 같은 봉건도덕의 눈으로 볼 때 한 말일 것이다.

## (4) 경제관에 있어서(하)

동양의 경제사상이 특히 '과욕(寡欲)', '財者末也'의 관념으로서 일관되어 있다는 것은 용인하기 어렵다. 그러한 사상은 너무 '재욕(財欲)'에 추장해가는 당시의 사회, 사유(私有)와 탐리(貪利)에 정신을 잃고 있던 일정군(一定群)의 경제생활에 대한 반동으로서 생긴 것이 아닐까. 춘추 전국시대의 '법가'의 사상은 반드시 이 공맹의 '무욕' 경제사상과 반발하였을 것이다. 양주楊朱의 이기주의와도 서로 대립하는 것이 아닐까. 백성이 너무나 도적질을 하기에 노자가 한탄한 말도 있지 않은가.

어떻든 동양의 경제사상이 공맹의 '무욕청빈'의 사상으로써 표시된다는 것은 협소한 견해가 아닐까 한다. 서양에 있어서도 그와 같은 사상가가 없다고 할 수 없다. '플라톤'을 통하여 본 소크라테스의 언행, 근세에 와서는 루소의 사상 등 모두 당시의 과도적 위기에 있어서의 인간의 윤리적 행위를 규정하려고 한 것이 아닌가.

그렇다고 서양의 사상이 소크라테스라든가 루소의 사상으로써 전부가 율(律) 되지 않는 것과 같이 동양의 사상 더욱 그 경제사상이 공맹의 '무욕, 청빈'의 사상으로 대표될 리가 없는 것이 아닐까. 그러한 것으로서 '동양'의 경제사상의 중심문제로 삼는 견해에는 찬동할 수가 없다.

동양에 있어서나 서양에 있어서나 그 경제사상은 다같이 일반적으로 말하여 노예적, 봉건적 자본가적 생산관계에 의하여 규정되어 있다

---

76) 편자주 : 입을 것과 먹을 것이 풍족해야 예절을 안다.

고 못할 것인가. 그러나 그 각 시대의 장단이 동양과 서양이 서로 어그러져서 있었고 또 현금에 있어서의 봉건적 유제의 잔존 여부에 의하여 그 '이데올로기'상의 반영이 달라져 있는 것 뿐이라고 생각한다. 현재에 있어서 동서양이 구별되는 이데올로기 상의 근거의 결정적 요인은 그 봉건적 잔재의 존재나 조만간 그것이나마 다음 단계로 해소되어 없어지면 따라서 '이데올로기'상의 동서양의 구별은 불가능할 것이 아닌가? 오직 지역적(자연적) 인종적인 것으로써 논술한다는 것은 불충분한 것일 것이다. 그러나 이곳에 동양과 서양과가 구별되는 점이 하나 있다고 생각한다. 즉 그것은 구별이라기보다도 서로 자기의 이데올로기상의 색채를 농후하게 어느 정도까지 가지고 있는 점은 동양에 있어서는 그 경제사상이 '경세제민'이라는 말과 같이 너무도 긴밀하게 도덕, 정치사상과 결합되어 있다는 것이다. 물론 서양에 있어서도 그러하지 않은 바 아니나 동양에 있어서는 그 정도가 너무 강한 듯싶다. 서양사상에 있어서는 도덕을 논할 때는 반드시 종교적 이념이 수반하는 것이나 동양에 있어서는 직접으로 경제생활과 결합하는 것이다. 그리하여 국가사상, 즉 '齊家', '治國平天下'가 따라 나온다. 그러나 서양에 있어서는 도덕사상은 일단 경제사상, 정치사상과 분리되어 논술되고 있는(물론 근본에 있어서는 분리될 수 없다) 반면에 종교와 직접으로 결합하고 있는 점이다. 그러나 이것은 양자의 구별되는 구극적인 것이 되지 못할 것이다. 공히 '사유재산'이라는 것을 중심삼아 그 주변의 농담(濃淡)을 달리할 뿐이나.

이 항에 끝으로 조금 부언할 것은 지금 성(盛)히 연구 문제로서 논의되고 있는 '아시아적 생산양식의 문제'이다. 동양은 서양에 비하여 경제사적으로 특수한 발전을 가지고 있다는 견해 밑에서 이 '아시아적 생산양식'의 문제가 처음으로 상정된 지는 벌써 1859년의 옛날이다. 그러나 이것에 대한 해석의 방식이 여러 가지로 제출되어 있는 것이다. 그것을 정당히 해석하느냐 못하느냐에 따라 동양의 사회적, 경제적 구성이 어떠한 것이며 그 현실적 동향과 '운동'은 여하할 것이냐의 이론에 중대한 차이를 생하는 것이라고 한다.

'아시아적 생산양식'이라는 것이 세계사 발전에 있어서 '고대적 아시아적 시대'를 취급한 것에 불외하고 아시아적, 고대적, 봉건적, 및 근대 부르조아적 생산양식은 사회의 경제적 구성의 계승적인 시대로써 생각할 수 있으리라고 한다. 따라서 이 '아시아적 생산양식'의 문제가 하등의 동양사회의 특수성을 강요하는 것이 아니라 사회 구성의 사실상의 특수성을 객관적으로 분석하는 방법론적 변용이라고 하기도 한다.

어떻든 동양과 서양과가 세계사의 발전에 있어서 서로 이질성을 가질 수가 없다. 사회의 기초적인 부분으로서의 경제적 조직과 그 사상도 구극적으로 동양과 서양과가 구별되는 것이 아니다.


## (5) 문화관에 있어서(상)

동양과 서양과는 상술한 바와 같이 자연관과 경제사상에 있어서 공통된 유대를 가지고 있다. 그러고 그 위에 부차적인 차이를 가지고 있는 것임을 말하였다. 그러면 그러한 자연관, 경제관 위에 서 있는 문화에 대한 태도는 여하한가를 보기로 하자.

동일한 묘상(苗床) 위에 난 나무도 커지면 서로의 형태, 발육의 정도가 다른 것과 같이 동양과 서양의 문화적 이동(異同)도 어느 정도까지 그 존재의 가능성을 인정할 수 있다. 헤겔이 그의 역사철학에 있어서 아세아를 '시초일반(始初一般)'이라고 하여 온갖 것의 시초는 동양—아세아에 있다고 하였던 것은 유명한 사실이다. 그리하여 독일이라는 나라는 온갖 학술 문화의 종합(綜合)으로서 가장 고차적인 것이라고 하였다. 이것은 그의 독단이고 망견(妄見)이라고 하겠으나 여하간 동양과 서양과가 구별되는 것이라는 것을 말하는 사람들은 이것을 예로 들고 있다. 그러나 헤겔 사후 일세기에 슈펭글러Oswald Spengler(1880-1936)는『서양의 몰락』이라는 책을 내 가지고 서양문명의 종언을 고한다. 그리하여 헤겔의 말한 온갖 것의 시초인 동양에 대한 세인의 관심을 자아냈다. 그러면 이같이도 동양과 서양의 문명은 다른 것인가. 오인은 그것을 검토하지 않으면 아니된다. 이상에 나는 동양과 서양과의 자연관, 경제관에 있어서 같은 지반과 해석을 가졌다는 것을 말하였으나 그러면 문화에 있어서는 동양문화는 과연 서양의 그것보다 우수한가. 동양과 서양이 서로의 지리적—산맥, 하천, 해안선, 해류— 차이와 인종적—몽고족 계통과 인도 게르마니아족 계통— 차이를 가지고 있는 한 서로 어떠한 형식에 있어서든지 그 이질성을 나타내고 있을 것은 분명한 사실이다. 그러나 인간생활의 근본지반을 성(成)하는 경제적 근거가 대체에 있어서 동일함을 볼 때 또 우리는 양자 간의 동일성을 발견할 수 있을 것이다.

　동양과 서양의 문화에 대한 태도에 있어서 얼른 생각키는 것은 동양의 '회고적'임에 대하여 서양은 '진보적'이라는 것이다. 동양에 있어서는 언제나 요순시대의 태평함을 사모하였다. 그때에 돌아가야 비로소 부위자연의 기운을 마실 수 있는 듯이 생각하였다. 공자도 늘 이 요순시대를 회고하지 않았는가. '선왕(先王)' 시대에 돌아가자 하는 것이 그의 이상이었던 것 같다. 그러나 이 구별이 과연 타당한 것일는지 의문이다. 이 회고, 영원한 선왕에의 회귀의 유교사상은 늘 '동양적 특징'을 가지고 우리의 앞에 나타났다. 그것은 봉건적 잔재물이 많으면 많을수록 그러하였다. 그리하여 서양의 '인간취(臭) 나는 기계적 문명'을 혐기(嫌忌)한다. 서양에 있어서는 사회적 조직과 그것의 문화는 늘 인간을 중심으로 하여 현실적이었으나 동양에 있어서는 현실에서 물러나와 사회와 자연을 '관(觀)'한다는 태도를 가지고 있었다. 불교가 동양사상 내지 문화에 영향한 현실에서 떠나 정허(靜虛)한 태도로써 사바세계를 관념하려는 태도와 유교의 '도덕 즉 정치'라는 인성론과 합하여 일종의 특수한 문화를 건축하였으나 그것은 경제적 생활방식의 발전하여 나감을 따라 그 '뉘앙스'를 달리하고 있는 것이다.

### (6) 문화관에 있어서(하)

서양적 사상 내지 문화가 인간의 본성 또는 충동, 요구 등을 단적으로 긍정하여 그것을 여하히 조리(調理)하고 만족시킬까한 때 곧 '도구'라든가 '기계'라든가를 생각해낸 것이라고 하나 동양에 있어서는 그 인간적 충동 또는 요구를 도덕―유교적 도덕의 빛을 통하여 가공하였다고 한다.

그러나 그 반면으로는 어디까지든지 그 요구를 충족시키는 것이 아니었던가. 이같은 것은 문예, 회화 등에 있어서도 '동양적'과 '서양적'이 얼마큼 구별되리라고 생각은 한다. 그러나 그러한 차이는 늘 그 경제적 지반을 같이 하면서도 시대를 달리하는 까닭이라고 생각한다. 즉 온갖 과학 및 문화의 역사적 발전에 있어서 서양은 동양보다 일반적으로 선구를 성(成)하고 있고 동양은 뒤늦게 그것을 따라간다. 이것은 15, 6세기 이후 더욱 현저하였다. 그리하여 일정한 시기에서 보면 양자는 이질성기(異質性紀)[77]를 가지고 있는 것이라고 생각하는 것이다. 다시 서양에 있어서는 '아는 것은 힘이다'라는 베이컨 이후의 귀납적 과학적 사상이 언제나 실제적인 지식을 추구하게 하였다. 그리하여 그 '지(知)'

---

77) 편자주 : 異質性期의 오식처럼 보인다.

위에 다시 보다 고도의 '지(知)'를 가하려고 하였다. 이것은 희랍 이후의 전통적 사상이라고 하여도 좋다. '知의 不知'라는 것을 '모토'로 하고 있다. 그러나 동양의 재래의 사상은 그러한 것이 아니라 그와는 반대로 '不知의 知'를 이상적 지식으로 하였다. 서양에 발달된 '논리학' 보다 동양에 있어서는 함축있는 '수사(修辭)'가 중용되었다. 정허(靜虛)한 무위자연의 사색에 있어서는 '부지의 지'를 관하였다. 초논리적 묘미라고 한다.

이러한 태도가 문화 내지 과학에 있어서 현실적 발달에 기여하는 바 적은 것은 물론이다. 사회라든가, 문화, 과학이라는 것을 도외시한 것이 아닌가고 생각할만치 그것을 관념적으로 운명시 하였다. 불교사상과 유교사상에 의하여 착색되어 있는 '동양'은 문화라는 것을 '외적인 것'이라고 하여 부정한 것이다. 그리하여 기독교적 사회관에 젖어있는 서양의 목적론적 문화관과 일단 구별되는 이데올로기상의 차이를 형성하고 있는 것이다. 서양의 문화는 수학적 논리학적으로 계산되고 입증되는 것이라고 하나 그것이 어느 정도까지 타당한 것일는지는 의문이다. 오쿠라 긴노스케小倉金之助(1885-1962) 박사가 '아시아적 수학'이라는 것을 서양의 산수학에 대치하는 것을 볼 때 수학에 있어서도 동양과 서양과는 구별되는 것 같이 보이나 이것도 물론 그 기초적인 부분의 대립 차이에서 오는 이데올로기상의 구별이 아니라 산수학 방법론 및 사용하는 부호상의 차이를 보이는 것이 아닐까.

이같이 동양과 서양과는 그 문화적 관점에서 볼 때 제일로 일빙은 유교, 불교사상에서 영향을 받아 늘 인간 중심적 사상에서 멀리하려고 하며 따라서 과거에 인간생활의 도법(道法)을 보고 자연적 무위를 깨달으려고 하였으나 서양은 인간중심의 진보주의적 과학사상을 가지고 있었다고 하리라. 제2로 동양에 있어서는 '부지의 지'를 인간문화의 본연적 원리로 삼았고 서양에 있어서는 '지의 부지'를 자유낙천적 문화의 중심사상으로 관찰하였던 것이라고 하리라. 이 두 가지 구별은 우선 가능하다고 생각한다. 그러나 그 가능한 구별은 결코 교착(膠着)하여 있는 절대적인 것은 아니라고 생각한다. 경제적 지반을 동일히 하면서도 그 지리적 인종적 차이에서 오는 이데올로기상의 한 소(小) 징표임에 불과할 것이다.

## 3. 결어

이상의 세 가지 관점—자연, 경제, 문화에서 나는 동양과 서양과의 이동(異同)을 조박(粗朴)하나마 규정하였다. 그러면 동양과 서양과는 언제든지 보편적으로 구별되는 것일까. 나는 이상의 규정의 필연적 귀결로서 구별되면서도 필경에 있어서는 구별되지 않는다고 한다. 왜 그러냐 하면 현대의 모든 문화적 시설과 사상상의 교통은 그 구별을 가능하게 하는 유대를 끊어버리고 있으며 더욱 세계의 경제적 연계는 그 구별을 더욱 불가능하게 하는 것이라고 생각한다.

현대에 처하고 있는 동양인이나 서양인이나 그 '이데올로기'상의 태도는 동질적인 것이라고 생각하는 것이다. 지리적 인종적 차이는 결코 문화에 있어서의 구별의 결정적 요인을 성(成)하지는 못하리라고 생각한다. 현대의 자본가적 생산 관계에 있어서의 극도로 발달된 문물은 동양이나 서양이나를 물론하고 다같은 편익과 고통을 감수하게 한다. 문명의 편익과 그 생산관계의 질곡은 누구에게나 보편적으로 현대의 생활자에게 절실한 바다. 따라서 동양과 서양과의 구별이 근본적으로 생활태도를 규정할 수가 없게 되어 있는 것이다. 동양의 봉건적인 것 서양의 부르조아적인 것이라는 구별도 절대적인 것이 아니다.

자연관에 있어서 또는 경제 내지 문화관에 있어서 동양 서양이라는 것을 나는 처음에도 말한 바와 같이 구별된다는 조박(粗朴)한 상식을 인정하고 출발하였다. 그러나 나는 끝으로 이 동양 서양의 구별 그 자체가 가능한지 어떤지를 다시 한 번 음미하여 보려고 한다. 만일 그 구별이 퍽 애매하고 그 한계가 불분명하다고 하면 이 동양 서양의 구별에서 따져보는 문화 방면의 차이도 근본적인 것이 아니라는 것을 우리는 알아야만 할 것이다.

우선 누구든지 동양과 서양과의 경계선을 그으라고 하면 아마 아무도 그을 사람이 없을 것이다. 현금(現今) 지리 교과서가 보이고 있는 아세아주(亞細亞洲)를 가지고 동양이라고 하고 구라파주, 아메리카주와 그 식민지를 서양이라고 할까.

그러면 이 지리 교과서상의 구별은 역사 교과서상의 구별과 모순되어 있지 않은가. 지리 교과서를 쫓는다고 하면 소위 동양역사에서 취급하여야 할 '앗시리아', '바빌로니아'의 역사는 서양사 교과서가 '부당히도' 점거하고 있다. 그리고 이집트의 역사는 서양사에서 제외되어야만 할 것이다. 이와 같이 지리학상으로나 역사학상으로나 이 구별은 과학적으로 근거있는 것이 아님을 알 수가 있다. 거금(距今) 칠십여년전 최우암(崔愚菴)[78]은 박래하여온 기독교적 사상을 '서학'이라고 하여 배척하였다. 이 경우의 '서학'이라는 것과 일본의 도쿠가와(德川) 막부 시대에 서구의 학문을 일률로 '양학'이라고 한 것이 그 경계와 개념이 불분

---

78) 편자주 : 최제우를 지칭하는 것으로 보인다. 최제우의 잘 알려진 호인 水雲이 아니라 '우암'을 그의 별칭으로 사용하고 있는데, 당대의 저널리즘과 여러 용례를 뒤져봐도 최제우를 '최우암'이라고 명명하는 것은 신남철의 사례뿐이었다. 그의 착각인 듯하다.

명하였음과 같이 동양이라는 말의 범주도 퍽 애매하다. 조선에 있어서는 흔히 동양 삼국이라고 말하였다. 즉 조선, 중국, 일본을 지칭하여 한 말이다. 또 미야케 세츠레이三宅雪嶺(1860-1945) 박사의 말을 쫓으면 일본에 있어서는 동양이라고 하면 인도—천축(天竺)까지도 넣어서 생각하였다고 한다. 여하간 인도까지 넣는다 하더라도 동양의 각 지역은 서로 그 지세, 기후 등 지리적 규정이 상반되었다. 또 서양인의 동양에 대한 학문—소위 '동양학'의 범주가 분화분열되어 와서 이집트, '헤브루' 및 '앗시리아'는 동양에서 떠나서 서양학의 범위에 들어가 있는 것이다. 이 같이 엄밀히 소위 동양이라는 것의 한계와 내용을 규정할 때는 상반되는 요소를 발견할 것이나 대체에 있어서 동양이라고 하면은 인도와 중국을 중심으로 하고 일본 조선을 합한 유교와 불교의 사상에서 2, 3천년간 배양된 이데올로기상의 구별이라고 할 것이다. 그것은 지리학상으로나 역사학상으로나 그 한계와 범위를 확정할 수 없는 그러한 것이다.

그러나 그같은 '동양적과 서양적'은 현재에 있어서 정치적 견지에서 그 명백한 구별과 동양의 학문적 우월을 천명(闡明)히 하려고 한다. 그러나 '서양적'과 '동양적'에 있어서도 외타(外他)의 학문—이데올로기에 있어서와 같이 근본적 구명을 경(經)함이 없이 그냥 피상적으로 일방의 타방에 대한 우월을 입증할 수는 없는 일이다. 그러나 현재에 있어서는 그것이 요청되고 있는 것이다. '동양적과 서양적'은 이같은 동질의 자연관, 경제관 내지 문화관을 가지고 있고 또 구별이 요구되는 현대적 요청—(정치적인)을 가지고 있다.

# 정여사 독창회를 앞두고

## - 歌詞(其二) -

『동아일보』 1934. 4. 29


연화(蓮花) - 하이네 작(作)


태양의 장엄 앞에
수줍은 연꽃 하나
머리를 수그리고
꿈꾸며 밤을 기다리지오


그의 애인 달이 돋아
월광 고이 그 꿈 깨면
고개들어 반기면서
순한 그 얼굴 나타내지오

한창피어 불타며 빛나는 연꽃
우뚝서서 말없이 바라보지요
사랑도 설운 사랑 몸서리치며
향기피며 우는 연꽃이라오


불원(不怨)


나는 원망하지 않는다. 가슴은 터질지언정.
영원히 가버린 사랑아! 나는 원망하지 않는다.
그대 설사 찬란한 금강석으로 빛난다해도
그 가슴의 밤에는 아무 빛도 비치지 않으리니.

그것을 나는 안지 오랬다. 그렇다 나는 그대를 꿈에 보았다.
그대의 가슴속 한 구석의 밤도 보았고
그대의 가슴을 파먹고 있는 배암도 보았다.
나의 사랑아, 어이그리 그대는 가엾은고.

# 신희랍의 문예

『동아일보』 1934. 5. 15-16(총2회)

## (상) 민족어운동과 신극운동

현재의 희랍은 소위 '발칸 민족'이라고 하여 대우하는 것을 좋아하지 않는다. 현재의 희랍은 자신을 고대 문화의 계승자로 자임하고 또 수세기간의 터키의 영향으로부터 탈각하여 자신의 서양적 특질을 발견하려고 노력하고 있다. 그리하여 그 노력에의 도정은 희랍으로 하여금 현대 구주문학의 온갖 가치와 비가치를 선택하는 데까지 이르게 하였다. 특히 파리는 현대 희랍의 예술에 매력있는 색인력(索引力)과 다방변의 영향을 주고 있는 것이다.

이 새로운 희랍의 문학은 19세기 전반에는 소위 '이오니아파'로서 시작되었는데 그 파의 창시자는 '칼보스'와 '쏠로모스'의 2인의 서정시인이었다. 이 2인의 시인이 민족어의 요소를 자기의 시작에 채용하였을 때에 비극시인 '바시리아디스'로 대표되는 '아테네파'는 현재까지 관청과 대학용어로서 남아 있는 '극히 순화된' 학문어를 쓰고 있었다.

그러나 온갖 시작(詩作)은 전세기 하반기로부터 점점 민족어의 샘솟는 우물에서 제작되었다. 그리하여 그러한 최초의 작품으로서 시인 푸시카리의 제1저작 『여행』(1888년)은 희랍문학에 현실적인 혁명을 초래하였던 것이다.

그의 영향에 의하여 현대 희랍의 가장 고귀한 서정시인인 당년 57세의 코스티스 팔라마스Kostis Palamás(1859-1943)를 낳게 되었다. 또한 현대 희랍에 있어서 프랑스 낭만문학의 영향을 많이 받고 있는 미문학(美文學)은 그 발전을 예술적인 문학어로부터 민족어로 전환시켰고 그 승리는 현금에 있어서 결정적인 것이다.

그와 같이 연극도 점점 '바시리아디스'의 순정비극으로부터 민족과 친근한 민족어의 길을 찾고 있는 것이다. 시인 크세노풀로스Gregorios Xenopoulos(1867-1951)의 희극과 '멜라스'의 희곡 등은 한 개의 새로운 극문학의 풍요한 출발을 의미하는 것이었고 그것은 현재 아테네에 있어서 극계의 다대한 흥미와 더 큰 발전을 기대하고 있는 것이다.

19세기에 있어서의 미미한 극계의 출발 이후 1900년에는 '왕립극장'이 아테네에 건설되어 현대적인 희랍연극을 수립하였던 것이다. 특히 놀랄만한 연기를 가진 여배우 코토풀리Marika Kotopouli(1887-1954) 여사에 의하여 주목할만한 공헌이 있었다. 여사의 빛나는 연출은 쉴러의 '마리아 스투알트'에 비(比)하는 것이었다. 세계대전이 일어나서 이 '왕립극장'이 폐쇄되었을 때 '코토풀리' 여사는 시대의 경향에 쫓아가지고 벌써 사회극과 희극에 새 경지를 개척하였었다. 설사 아테네의 비평가의 의견이 여사의 불후의 연출을 종래의 고전적 비극의 영역에서 벗어져 나오지 못하였다고는 하였을지라도 여사는 자신의 극장을 건설하였고 그것은 현재도 일차 왕방(往訪)할만한 가치가 있는 것이다.

### (하) 그 조형미술에 대하여

그리하여 1930년에는 아테네에 '왕립극장'의 전통을 계승하는 '국민극장'이 개설되었다. 시인 '그튀파리스'와 독일무대 예술에 많은 영향을 받은 유명한 연극비평가 '폴리티스'와 또 우수한 무대감독 '론디리스'와의 협력에 의하여 현대적인 기술을 채용한 이 극장은 주목할 작품을 많이 상연하였다. 라인할트에게 영향을 받은 「오이디푸스왕」 같은 것은 '골도니스'의 '로칸디에라'로서 훌륭한 연출을 보였고[79] 또한 견실하게 연출된 현대의 사회극이었다. '아에쉬로스'의 「페르시아인(波斯人)」과 쉴러의 「돈 카를로스」는 최근의 상연 각본으로서 광고되었다.

장식 도안에 대한 현대 희랍인의 강렬한 감수성에 대하여서는 그 국민극장의 측면 배경이 웅변으로 보이는 작품이다. 이러한 희랍인의 특수한 천품은 또 그들의 조형예술의 최근 발전에서도 규지할 수가 있는 것이다.

현대 희랍회화의 여명기에 있어서는 독일의 영향을 많이 받은 것이었다. 풍자화가 '뀌시스'와 사실론자(寫實論者) 야코비데스의 양인은 공히 뮌헨에서의 포이에르바하, 카울바하와 렌바하의 예술형식에 쫓고 있는 것이나. 니셉 폴 뤄트라스도 역시 뮌헨에서 수학한 사람인데 '슈빈드'파에서 출발하여 명랑하고 소박한 사실주의의 길을 걷고 있는 것이다. 그의 아들 니콜라스 뤄트리스는 희랍에 있어서의 인상파의 개척자이었다. 또 그 이전의 화가들은 아무 제주(制肘)를 받음이 없이 비범한 화재(畵才)를 보인 초상화를 제작하였다.

---

79) 편자주 : 뜻을 알 수 없는 문장이다. 원문 그대로 두었다.

희랍 조형미술의 최근의 발전은 특히 프랑스의 영향을 많이 받고 있는 것이다. 신인상파로부터 입체주의에 이르기까지의 프랑스 예술발전의 모든 계단은 아테네의 화실에서 복제되었으나 왕왕히 주목할만한 화재(畵才)를 보이는 것이 있었다. 또 현금 아테네의 가장 고명한 화가인 '콘스타틴 팔테니스'는 벌써부터 특출한 재분을 가진 사람으로서 여러 가지 형식에 대한 이해있는 협동자이다. 인상파 운동에 얼마 동안 관계한 뒤에 그는 온갖 형식 해소의 실험을 지나 마치 독일의 '활첼파(派)'를 연상케 하는 장식회화에 도착하였고 지금은 드디어 희랍 국회의사당의 벽화설계에 참여하고 있으며 예술가적인 최고의 태도로서 그 문제많은 신고전파를 대성(大成)하려고 하고 있다.

동시에 섬세한 천품과 예술가적 감수를 가진 이는 조각가 미켈 톰부로스이다. 그는 언제나 명랑하고 고상한 단순성을 표현하고 있다. 그의 조상(彫像)과 인체의 부조 특히 독특한 수태한 동물상은 한 개의 고상하고 기념할 형식을 성립시키고 있는 것이다.

이러한 여러 예술가들이 서양적 방향을 걷고 있을 때 화가 콘도글류는 전연 현대적으로 감상된 회화에 비잔틴 전통을 계승하려고 예의 노력하고 있다. 그리하여 그는 여러 가지 점에서 프랑스의 천재적 화가 앙리 루소Henri Rousseau(1844-1910)를 연상시키는 한 개의 새롭고 굳세인 표현을 발견하고 있으나 또한 독특한 희랍적 특징을 가지고도 있는 것이다.

이와 같이 특자(特自)의 깊은 민족성에 뿌리를 내린 굳세인 회화예술은 현재에는 아테네의 소위 예술가의 대다수가 오직 경박한 조소로 대하고 있는 것이나 우리에게는 늘 프랑스인의 회화법의 취미적인 모방보다는 더 확호하고 또 장래성 있는 듯이 보인다. 실로 콘도글류는 천품있는 화가일 뿐 아니라 특자의 예술의 개척자이기도 하다.

(부기) 이것은 최근호의 『다스 도이치 볼트』지(4월 20일호)에 실린 막스 피쉬의 짧은 글을 번역한 것이다. 그런데 잠간 말하지 않을 수 없는 것은 이 주간지의 내용이다. 이것은 3월까지도 『문학세계』라고 하였었는데 4월부터 『다스 도이치 볼트』라고 개제하는 동시에 그 내용도 거의 전부가 보다 더 나치스의 선전을 충실히 하고 있는 것임을 우리는 역력히 간취할 수 있는 것이다. 따라서 이 막스 피쉬의 희랍의 문학과 예술에 대한 시야가 어떠한 것인가도 알 수 있겠다.

# 계몽이란 무엇이냐

## -역사와 개인에 대한 단상-

『동아일보』〈학생계몽대의 동원을 기회하야〉 1934. 6. 20-23(총3회)

(1)

"인간은 본래 자유로운 것이다. 그러나 그는 도처에서 철쇄에 얽매어 있다"고 저 위대한 18세기의 프랑스 사상가 루소는 사회계약론의 모두에 말하였었습니다. 이 말은 너무나 유명한 말입니다. 내가 더 설명을 가하지 않더라도 스스로 이해될 말이 아니겠습니까. 사실로 인간은 여러 가지 철쇄에 얽매어 있습니다. 역사를 뒤적이어 보고 목전의 현실을 바라볼 때 오— 얼마나 많은 그 거중(巨重)한 철쇄들이 우리 인간을 사로잡고 있는 것이겠습니까. 그러면 그 철쇄는 무엇이며 또 어떻게 하면 그것을 끊어버릴 수가 있을까? 이 크나큰 과제의 해결을 담당할 이는 오직 인간 뿐입니다. 우리들 자신입니다. 금번의 하기 학생 계몽운동에 참가하는 수천의 학생제군들도 그 철쇄를 끊는 큰 일의 한 모퉁이를 떠맡는 용사들입니다. 나는 이 조잡한 글이나마 여러분들에게 드리려 합니다.

젊은 번민!

젊음의 자랑! 우리는 젊습니다. 수천수만의 학생 여러분들. 당신들은 바야흐로 피려는 꽃봉오리입니다. 활짝필 명일을 약속하고 있는 젊은 여러분이 어찌 자랑스럽지 않겠습니까. 그러나 젊은이 만치 당신들의 가슴에 불타고 있는 가지가지 생각이 인정 없이도 당신들의 천진한 밤잠을 깨치고 있는 것은 아닐까요. 이래볼까 저래볼까 하는 향방을 못잡을 생각들이 오고 가고 또 와서 끄치지 않겠지요. 행여나 지각할까 하고 걸음을 재촉할 때에 휘끈 본 처녀의 얼굴을 그리며 책에다가 얼굴을 파묻는 것일까요? 닥쳐오는 시험공부가 귀찮아서 이리저리 뒹굴면서 조바심하는 것일까요? 아닙니다! 단연코 아닙니다.

여러분들의 젊은 번민은 더 깊고 크고 또 몹시도 아픈 것입니다.

설사 당신들은 그것을 의식하고 있지 않을는지는 모른다 하더라도 당신들의 이 생각 저 생각의 말미암아 오는 바를 따져본다면 당신들의 그 번민은 즉 조선의 번민입니다. 당신들은 천진한 시인인 것입니다.

시인! 여러분들에게는 아마 시인이라고 하면 '처녀의 화환'이나 '황포강의 갈매기'나를 노래 부르는 것이나 아닐까 할는지 모르지만 실상인즉 지금까지의 조선의 시인이라고 하는 분들의 대부분은 너무나 여러분들에게는 좋지 못한 선입견을 넣어 주었습니다. '분홍빛 사랑'이나 '금잔디 노래'나를 읊고 지었다고 그렇게 쉽게 시인이 되어서야 참말 시인들은 억울하다할걸요! 여러분들도 아시지요? 저 영국의 셸리, 키츠John Keats(1795-1821), 독일의 로사, 하이네, 러시아의 푸쉬킨 Aleksandr Sergeevich Pushkin(1799-1837), 에세닌Sergei Aleksandrovich

Yesenin(1895-1925) 등을! 그들은 대개는 여러분들과 같이 젊었을 때에 벌써 남 유다른 생각을 가졌었습니다. 그들의 안계는 넓고 또 높았습니다. 목전에 있는 적은 일보다 사람이 마땅히 가져야 할 권리와 질서에 눈떴었습니다. 그리하여 먼 장래를 내다보는 형안을 가졌었습니다. 여러분들의 번민보다 못하지 않게 괴로워하였고 목전의 형편에 만족하지 않았었습니다. 그리하여 그들은 방랑도 하였고 망명도 하였고 또 객사도 하였습니다. 그들은 정당한 질서와 인간의 자유를 위하여 불덩이 같은 열정에 북바쳐 있었습니다. 목전에 있는 내일을 생각하는 것과 같이 인간의 권리와 사회의 질서를 이리저리 궁굴리어 생각하여 보았고 따져서 비판도 하였습니다. 그리하여 몸소 나섰습니다. 그 권리와 그 질서를 위하여 스스로 내몸을 던졌습니다. 그것이 내 자신을 더 잘 살리고 또 크게 하는 보람있는 일이라고 생각하였습니다. 먼저도 말한 바와 같이 자유이어야 할 사람에게 삼중사중으로 얽혀있는 그 무서운 철쇄를 끊어버리려고 하였습니다. 그것이 즉 제 자신을 몇 겹으로 묶고 있는 철쇄까지도 끊어 버리는 것이라고 확신하였던 것입니다.

젊은 당신들을 사로잡고 있는 그 번민! 그 번민으로부터 당신들이 해방되자면 당신들이 지금 조선의 학생이라는 처지를 충실히 자각하고 이행함에 의하여 당신들이 가지고 있는 비록 적다고는 할지라도 그 지적 재보를 나누어주기를 고대하고 있는 백천만의 형제와 같이 지내는 것에 의하여 그 제1계단의 실현을 볼 것입니다. 자유로워야 할 인간의 가지가지 철쇄 중에서 가장 비참하고 고통인 것은 무지의 철쇄입니다. 그러한 철쇄를 철쇄인 줄 모르고 있는 그들은 따라서 그 비참하고 고통인 처지를 벗어나지 못하고 마는 것입니다. 그들에게는 현실을 바로 보는 눈이 감기어져 있습니다. 오직 동물적인 고통과 소박한 팔자타령이나 하고 있을 뿐인 것이니 어찌 가엾지 않으며 딱하지 않습니

까! 그 가엾고 딱한 모양은 그들의 것인 동시에 우리 젊은 학생들의 것
입니다.

아, 그 철쇄를 고리고리 끊어 헤칠 용사는 그 누구인고! 보면서도 모
르고 들으면서도 모르는 그들에게 지식을 주어야겠습니다. 그리하여
그들의 인간으로서의 권리와 자유를 깨닫게 하여 주어야겠습니다. 중
세기의 어떤 철학자는 '무지의 지'를 말하였습니다. 그러나 그것을 말
하는 것은 속임수입니다. "아는 것은 힘이며(스체엔티아·에스트·포텐티
아) 또 그것은 지상의 원리인 것입니다." 여러분은 당신들의 지식을 그
아는 이만치 고통의 철쇄에 매어 있는 그들과 나누어 가지며 그리하여
그들로 하여금 스스로 그 철쇄를 끊는 제일보를 내디디도록 협력하여
주어야겠습니다. 계몽이란 것은 즉 이것입니다.

우리는 우선 계몽이란 것은 이것이라고 알아둡시다. 당신들은 용사
입니다. 당신들의 젊은 번민은 이 일을 통하여 해결에의 실마리를 잡을
수 있을 것입니다. '분홍빛' 아니고 공상이 아닌 젊은 번민 그것은 참으
로 값있는 것입니다. 큰 자랑입니다.


(2)


회고일편

조선의 땅에 계몽이란 말이 외쳐진지는 벌써 오랩니다. 단순한 의미
의 계몽이 아니라 일정한 목적을 위한 의식적인 운동으로서 출발한지
는 적어도 12, 3년 이상의 시간적 거리를 가지고 있습니다. 한참 당년
의 저 노도같이 내려밀린 '팜플렛'군(群)을 우리는 기억할 수가 있겠
습니다. 동경에서 경성에서 십전 십오전 하는 불과 2, 30쪽(頁) 내지 4,

50십쪽(頁)의 소책자가 그때의 활발한 모양을 회상케 합니다. 아마 현대의 젊은 세대로서 그 소책자의 노도의 여말(餘沫)을 받지 않은 사람은 없겠지요. 경향을 물론하고 방방곡곡에 생긴 청년회 등의 단체에는 모두 그러한 소책자를 비치한 문고가 있었다고 합니다. 새로 일어나는 젊은 힘의 지식에 대한 초보적인 열구(熱求)를 만족시키는 데에 있어서는 이러한 소책자들은 그야말로 안성맞춤이었을 것입니다.

그러나 그러한 요구에 응하여 출생한 그 수십종 수백종의 소책자들은 지금은 조그마한 헌 책점의 선반에서 뽀얗게 먼지를 들쓰고 지난날의 영광과 만족을 생각하고 있습니다. 참으로 그것들의 지나온 길은 로마로 가는 길이었고 그 맡은 임무는 컸습니다. 비록 중역(重譯)의 또 중역이오 초역(抄譯)의 또 초역이며 내용에 있어서도 유치하기 짝없었고 또 오류에 차 있는 것이었지만 그것이나마 없어서는 아니되겠다고 하였고 또 완전은 다음으로 우선 알려라하는 요구 밑에서 소위 낙양의 지가를 높이게 한 것이었습니다. 그러하기 1년, 2년… 5년, 1926, 7년경의 팽배한 사회적인 제 운동은 바야흐로 무슨 질적 비약을 마련하려고 하였으며 그 노도같이 밀린 소책자군도 한 물 지난 듯한 감이 있었습니다. 이같이 하여 그 소책자군의 임무가 일단락을 짓자 그 지식 소위 순수한 지식이 아니라 용(用)과 행(行)을 위한 지식에 대한 요구는 좀더 높은 계단으로 나아가도록 되었습니다. 동경 등지에서 출판되는 서적은 곧 이곳의 눈과 귀를 울렸습니다. 그곳에서 과제된 문제들은 하나도 빼지 않고 이곳에서도 논의되는 듯하였습니다.

□□불식(不息)하는 역사의 치차(齒車)는 조금도 머무르지 않고 모든 것을 운전하여 제 갈 곳까지 가게 합니다. 그러나 또한 인간의 노력 없이 역사는 만들어지지 않습니다. 모든 것이 제 갈 곳으로 가자면 인간 노력의 계기적 또는 주체적 참여(이것은 좀 어려운 말이나 얼른 말하자면 몸

소 들어가 관계한다는 뜻으로 해(解)하여도 좋습니다.)가 있어야 합니다. 지금의 우리의 생활을 좋은 것, 걱정없는 것으로 만들자면 반드시 우리의 노력이 있어야 한다는 말입니다. 역사의 일정한 시대에 있어서 그때의 사회적인 제 관계가 다음 시대의 것으로 옮겨가는 데에서는 사람이 노력을 많이 하였느냐 또는 하지 않았느냐 하는 데에 따라서 그 옮겨와진 시대의 좋고 그르다는 판단도 한 몫을 보게 되는 것입니다.

이 점이 역사와 인간의 관계를 이해하는 데에 있어서 한 중요한 점입니다. "우리는 일을 해야겠다"는 것이 의식있는 사람, 다시 말하면 어떠한 목적을 실현하겠다고 스스로가 깨닫고 또 몸소 일어서는 사람들의 외침이었습니다. 그러나 누구나가 이러한 의식적인 지향을 갖는 것은 아닙니다. 대개의 사람은 저절로 돼 가는 대로 있다가 어떠한 기회에서의 처지를 통절히 느끼고 "이래서는 안되겠다"하고 주먹을 쥐고 일어서는 것입니다. 전자 즉 의식적인 지향을 가지고 몸소 먼저 나아가서 일하는 사람을 우리는 흔히 역사상의 선구이니 위인이니 하고 그렇지 못한 사람들을 자연생장적으로 의식해가는 사람들이라고 부를 수 있습니다.

이제 이 점을 먼저에 말한 조선의 땅에 계몽이란 소리가 외쳐진 것과 상관하여 생각하여 보건대 조선의 당년의 사회적인 제운동은 지금 말한 이 두 가지 종류의 사람들이 그들의 당면한 생활을 나음 계단으로 발전시키기 위한 일정한 노력의 소산으로서 계몽이란 소리가 외쳐진 것이었습니다.

사실로 그 계몽의 결과는 컸습니다. 지금의 조선이 이만큼이라도 자신의 교양을 가질 수 있게 된 것은 그 계몽운동에 의존하는 바 적지 않을 것입니다. 그러나 아직 전 인구의 70% 이상이 문맹의 불행한 상태에서 헛되이 오는 날 오는 날을 보내는 것을 생각할 때 어찌 아득하지 않습니까. 밥과 옷을 주는 동시에 글도 주어야겠습니다. 밥과 옷을 요구하는 것은 인간 생활을 유지하는 근본 조건이나 인간은 그 근본 조건만으로서는 인간일 수가 없습니다. 그 근본 조건의 충족과 동시에 문화로서의 교양의 제일보인 글을 가지지 않으면 아니됩니다.

우리는 우선 밥을 가져야겠습니다. 그러나 또한 그와 동시에 글도 갖지 않으면 아니됩니다. 우리가 밥을 요구하는 절실한 부르짖음이 일어날 때에 그곳에는 글도 주어야 한다는 외침도 납니다. 또 먹고 사는 길을 뚫기 위하여도 글을 배우지 않으면 아니되겠다고 외칩니다. 그러한 글을 요구하고 또 그것을 주지 않으면 아니되겠다고 결심할 때의 사회는 대단히 긴장되어 있는 사회라는 것을 잊어서는 아니됩니다. 그 사회의 일부에서는 글을 요구하는 데 따라서 과학적 지식을 요구하여 마지 않습니다. 즉 그 긴장된 사회가 요구하는 글은 과학적인 글인 것입니다. 흔히 계몽의 시대라고 일컬어지는 시대는 대개 과학을 요구하는 동시에 유물적인 사상이 전면에 나와 있는 때이었습니다. 우리는 그러한 예로서 17, 8세기의 소위 계몽의 시대를 들 수가 있습니다. 현재 조선의 사회에 글을 주어야겠다 또는 과학사상을 보급하여야겠다고 하는 외침은 그것의 엄밀한 음미는 차치하고라도 결코 우연한 것이 아닙니다. 조선은 지금 자신의 교양을 좀 더 전진시키려고 애쓰고 있습니다. 여러분이 여하한 사념으로 나오든지 또는 나오게 되든지 여러분들의 출진을 요구하고 있는 조선의 문맹 대중은 확실히 어떠한 긴장한 의식에의 과정에 있는 것입니다. 그들은 여러분의 굳세인 협력을 바라서 마지 않습니다. 무엇보다도 그들은 학생제군에게 글을 알리라고 요구하고 있습니다.

(3)

　계몽이란 것은 언제나 또는 아무 곳에서나 외쳐지는 것은 아닙니다. 이 말이 생기게 된 데에는 그때의 사회적 형편이 어떠한 큰 전형을 마련하고 있었다는 사실이 드러나 나와 있지 않으면 아니되는 것이었습니다. 가령 18세기를 가지고 보더라도 그때에는 중세기의 기독교회가 모든 방면에 있어서 절대한 권위를 휘두르고 있어 가지고 많은 사람을 압제하고 있었습니다. 그러나 그때에 새로 일어나는 시민계급은 그 압제에 대하여 반항하였습니다. 그리하여 그 둘 사이에는 여러 가지 방면에 있어서 싸움이 일어났습니다. 시민 부르조아들은 교회의 전제 하에 아무 자유도 가지지 못하고 있었습니다. 경제적으로 정치적으로 무거운 철쇄에 얽매어 있었습니다. 그래서 먼저도 말한 바와 같이 루소 같은 사람은 본래 자유로운 사람이 왜 이렇게 육중한 철쇄에 얽매여 있느냐. 우리는 그 철쇄를 끊고 일어서지 않으면 아니되겠다고 한 것이었습니다. 그리하여 그때의 시민계급은 온갖 방면에 있어서 교권의 지배를 타파하고 말았습니다.

　이같이 그때의 사회형편은 퍽 긴장되어 있어 가지고 필경은 한 커다란 전형을 가져오고 말았습니다. 즉 부르조아의 사회는 그래서 생긴 것입니다. 그런데 그 부르주아의 사회가 생기기까지에는 참으로 많은 노력이 쌓여졌습니다. 당시의 교회의 영향을 받아 사물을 똑바로 보는 눈이 가리워져 있어가지고 맹목적인 편견과 신앙의 권위 밑에 참된 자유로운 해방을 얻지 못하고 있는 것은 가장 불행한 일이라고 생각하였습니다. 그리하여 그 때의 새로 일어나는 시민들은 그들의 이익에 관한 모든 것을 스스로가 깨달을 수가 있는 교양을 가질려고 애썼습니다. 이 점에 대하여 독일의 마이에르스 렉씨콘이라는 믿을 만한 대부(大部)의 백과전서에는 계몽이란 것은 하층의 계급의 해방을 위한 노력과 밀접하게 관련하고 있다고 했습니다.

그러나 칸트(1724-1804)같은 철학자는 이 계몽이라는 것을 퍽도 특수한 의미에서 사용하고 있는 것입니다. 즉 계몽이란 것은 오성의 해방에만 관계하고 있는 것이라고 오해하고 있는 것입니다. 칸트는 그의 「계몽이란 무엇이냐」라는 논문에서 이 같이 말합니다. "계몽이란 것은 사람이 자기의 미숙한 상태에서 빚어져 나오는 것이다. 그런데 이 미숙한 상태라는 것은 자기의 오성을 타인의 지도없이는 사용하지 못하는 것을 말하는 것이다. 용감하게 알아라! 네 자신의 오성을 네 스스로가 사용할 수 있는 용기를 가져라! 이것은 따라서 계몽의 표어이다"라고 했습니다. 물론 우리는 이것만으로는 그의 계몽에 대한 정의를 우선 인정할 수가 있습니다. 그러나 그는 이 계몽이라는 것을 전연 논리적 의미에 있어서의 교양이라고 정의하여 이것을 실천적인 교양으로서의 문화와 대립시키고 있습니다. 그리고 또 사람이 그 완전히 성숙한 상태에 이르지 못하는 것은 그의 게으름과 변변치 못함이 있기 때문이라고 하였습니다.

이것은 루소를 골독하게 읽은 그로서는 좀 덜 깨달은 말입니다. 사람을 얽매고 있는 그 도처의 철쇄는 그냥 모르는 체하고 말았습니다. 그리하여 계몽이라는 것을 이른바 세계공민적 의도에서 자기의 오성을 사용할 수 있는 성숙한 상태에 이르러야 한다고 하였는데 그 중에서도 종교상의 미성년을 가장 해롭고 가장 불명예한 것으로 생각하여 종교상의 계몽을 무엇보다도 중대한 것이라고 하였습니다.

이것은 칸트가 생각한 계몽의 뜻입니다. 그러나 우리는 계몽이라는 것을 칸트와 같이 해석할 수는 없습니다. 계몽이라는 것은 오성을 완전히 사용할 수 있는 상태에 이르게 하는 것도 아니며 더욱 종교상의 자유와 관용을 가지자는 것도 아닙니다. 계몽은 무지로부터의 해방인 동시에 보다 높은 문화형태에로 전진하는 역사적 사회적 요구입니다. 그리고 이 요구를 들어주는 것은 그것을 잘 이해한 자만의 사명입니다. 참으로 계몽은 무지에 대한 문화의 투쟁인 동시에 역사의 운행에 새 박차를 가하는 인간의 주체적 실천입니다. 아니 그래야 합니다.

이번 계몽운동에 참가하는 여러분들은 이러한 역사, 사회에 대한 인간의 노력을 충실히 이행하려는 용사들입니다. 부디 건강하소서!

# 명상의 용문산아

## −여름 그리운 산, 그리운 바다(16) −

『동아일보』 1934. 7. 23.

중세 화가의 그림을 볼 때 우리는 그 화면에 나타나는 특이한 정서에 취하는 일이 한 두 번이 아니다.

그 종교화에 나오는 산을 주의하는 사람이면 누구나 기묘하고 심메트리칼 한 산자(山姿)에 취할 것이다. 저 유명한 모나리자의 배경을 이룬 험준하고 유수한 산과 그 앞에 있는 모나리자의 미소를 보라. 신비, 숭엄, 조화의 입체적인 화면은 다시 없이 사색자의 마음을 끌고 있다. 이 고전미가 나로 하여금 더욱 말못할 친애한 정을 일으키게 하는 것은 나의 고향의 산 용문산을 연상케 함이다.

아마 용문산을 아는 사람은 퍽 적을 것이다. 경기 일판에서 제일 큰 산 또 유명한 산이라고 하면 누구나 삼각산을 지칭할 것이나 우리의 용문산은 그보다도 더 높다. 더 깊고 더 거하다. 삼각산의 기개로도 용문의 기엄(奇嚴)에는 못따를 것이요, 그 표묘(漂渺)와 흘립(屹立)으로도 용문의 거창(巨蒼)과 절벽에는 버금할 것이다. 실로 용문은 내 일찍이 올라본 여러 산에서 얻지 못한 유현(幽玄)한 정취를 감득케 하고 있다. 금강의 비로봉도 보은의 속리산도 또는 강화의 마니산도 다 유닉크한 윤곽과 조망을 가지고 있다. 그러나 우리 용문산의 명상적인 생명력 만치 나에게 원시적인 정열을 추감(追感, 나하엡핀덴) 시키지는 못하였다!

나의 어린 시절을 키워준 곳은 양평(에서)도 '넓은 여울'(광탄)이다. 봉황대, 택승정(澤升亭)을 안고 끼고 흐르는 넓은 여울은 언제나 행객의 발을 멈추게 하는 곳, 거한 숲과 깊은 송담(松潭)이 백천년의 고석(古昔)을 속삭이고 있을 때 우리의 용문산은 그 기골(氣骨)의 준초(峻峭)를 자랑하고 있다. '두견이고개'를 넘어서 북서편으로 열 두 개울을 건너서 가면(개울은 하나이지만 山谷間의 길이라 이리 돌고 저리돌아 건너고 또 건넌다는 뜻) 용문의 현관인 용문사에 다다른다. 찌렁찌렁 풍경 소리가 불당의 처마 끝에 펜둘럼을 칠 때 천수백년 동안 이 산을 지킨 거대한 은행수에서는 까치가 까악까악(이 은행수는 너무나 유명한 나무다. 본지에도 양평의 명물로서 두어 번 소개된 일이 있다).

그때는 이른 봄이었다. 내가 삼년 만에 애틋한 향수의 자취를 더듬어 '넓은 여울'을 어릴 때의 벗들과 같이 거닐 때 별로 의논함도 없이 지금 오사에 있는 C군, 용문면소에 있는 Y군괴의 세 죽마의 빗은 용문산 답사를 결정하고 바로 떠났던 것이다. 보통학교에 다닐 때에는 춘추로 하는 원족이면 의례히 용문산을 찾을 만치 이 곳은 우리의 어린 때를 독차지하는 양평, 가평 양 군경에 흘립한 영산이다. 얼마만이던지 반가웠다할까 그보다 더 나에게는 지상의 충실을 느끼게 하고 또 그 엄연(嚴然)한 산용(山容)에 힘을 얻도록 하는 것 같았다.

일찍이 게오르그 짐멜Georg Simmel(1858-1918)은 알프스 산을 두고 말하였다. 부동(不動), 침점(沈點)이 지배하고 있는 전년의 눈(雪)을 그냥 가지고 있는 산곡은 '비역사적' 풍경이라고. 사실로 용문산에서 상원암(上院庵)을 지나 윤필사(潤筆寺)까지 가는 동안에 오르고 내리고 하는 조야(粗野), 험준한 바위 길은 천고의 인적부도처(人跡不到處) 같기도 하였다. 이것을 '비역사적' 풍경이라고 하면 할 수 있으리라. 대치(對峙), 긴장한 위용, 길항(拮抗) 참차(參差)한 세력을 눈앞에 바라보고 천인단애(千仞斷崖)의 계곡을 굽어볼 때 그 무시무시한 위압은 실로 언어에 절하는 장엄한 풍경이었다. 이 때에 내 머리를 사로잡은 것은 실로 절실한 생명감이었으니 영원히 부근(斧斤)을 드리지 못할 듯한 위대한 산용에서 받는 인간정신의 피구속성을 힘껏 참으로 힘껏 느끼면서도 무엇인지 모를 충실감을 가지는 것이었다.

우리 세 사람은 윤필사에서 하루밤을 잤다. 이른바 명사(寺)의 일야를 마음껏 즐기었다. 벙석 깔은 방에서 저 유명한 용문산 취나물에 혀를 치면서 우리는 배부른 게트림을 하는 것이었다. 지금 생각하니 그때는 벌써 6년 전의 일이다.

변화의 시간은 나에게는 불멸의 명상천(冥想泉)이다. 그 명상천에서 잔잔히 흐르는 맑은 물을 한 국(掬) 두 국 떠서 마실 때 같이 기쁜 일은 없다. 적어도 나의 생명을 바치는 학문의 영역에 있어서는 그 명상천—변화의 시간은 순시도 잊지 못할 애인이다. 이제 6년 전의 용문산이 짐멜 말마따나 '비역사적 풍경'을 가지고 멀리 동쪽에 솟아 있다고 하면 나에게는 그 동안 그 변화와 시간의 출몰 자재한 연속이 있을 뿐이었다. 그러나 용문산도 상원암의 파첨(破檐)에서 역사적으로 변하는 의미를 갖게 하는 것과 같이 나에게는 변화와 시간의 명상천이 무슨 후일의 생명수를 먹여주는 예시인 것 같기도 하다.

용문산아 잘 있느냐. 내 너를 찾을 날을 지금 꿈꾸고 있다.

# 조선연구의 방법론

『청년조선』 1934. 10.

## 1. 서언

나는 전자에 「조선학은 어떻게 수립할 것인가」라는 제하[80]에 약간의
고찰을 시한 바 있었다. 그때에 나는 '조선학'을 수립하는 데에 있어서
다음의 3개의 과제를 우선 전제히지 않으면 아니된다고 하였었다. 즉

(1) 역사의 내면적 원동력으로서의 사회적 생산관계를 과학적 법칙에
의하여 파악할 것.

(2) 역사연구에 있어서의 기초적 요건인 사료의 선택이 필요하니 이

---

80) 『동아일보』 1934년 1월 신년호.

선택이라는 것은 언제든지 '현대적 정황[81]'을 고려하여 현대가 어떠한 발전의 결과로 일정한 역사적 시대를 조성하고 있느냐 하는 역사적 관심을 기초로 하여 현대를 초치(招致)한 제 기인(機因)으로 탐색하지 않으면 아니될 것. 조선의 경제 · 정치사, 민속, 미술, 문학사 등이 여하히 현대의 정황과 관계하고 있는가를 보지 않으면 아니될 것. 따라서 이것은 필연적으로

(3) 조선의 역사적, 사회적 연구 그 자체가 일정한 전체—당면한 조선의 제문제를 해결하는 통일적 관점이 전면에 조망되지 않으면 아니될 것. 즉 조선의 당면하고 있는 제문제의 분석비판적인 관점에서 출발하여 조선의 역사적 문화의 제상이 연구되지 않으면 아니될 것.

이라는 것을 제시하였었다. 그리고 이상의 3개의 근본적, 전제적 요청에 답하기 위하여 또한 다음의 3개의 방법론적 태도에 언급하였었다.

(1) '조선학 수립'의 문제는 오직 일개의 관념적 반실천적 태도에서 제출되어서는 아니된다. 한 개의 문제는 언제든지 사회적, 구체적 연관에 있어서만 한 개의 절실한 문제로서의 엄격성과 해결가능성과를 발견할 것이니

(2) '조선학'도 소위 '학적 연구' 그것에만 국한되어서는 아니되는 것은 물론 한 개의 '프로스펙트'를 제공하는 동시에 반드시 사회적 제운동과 밀접하게 관계하여야만 한다. 따라서 그것은 사회적 실천의 방면을 자기의 타자로서 내포하고 있는 것이 아니면 아니될 것.

---

81) '현대적 정황'이라는 것을 자세히 말하자면 끝이 없으나 지금 우리가 당하고 있는 전체적인 '프로스펙트'이다. 현대라고 하는 일정한 역사적 설계의 제상의 통일적 표현을 말한다.

(3) 종래의 학자들이 취하여 온 설화적·피상적 역사연구와는 전연 관계가 없는 것이어야 할 것. 문헌적·훈고적 연구도 고증적·교심학적(후스) 연구도 필요하기도 하겠지만 무엇보다도 조선의 사회적, 문제사적 연구를 조선연구의 주제로 하지 않으면 아니될 것.

그리하여 이 3자가 일정한 목표 아래 통일된다면 '조선학'은 빛나는 새 출발을 마련할 것이고 또 그때에 있어서만 비로소 가능할 것이다. 조선의 역사적, 사회적 제문제의 해결과 그 해결의 비판적 전진과 일치하는 곳에서만 그 의의를 발견할 것이다.

대개 이상과 같은 취의의 것을 말하였었다. 지금도 나는 이상의 '조선학' 수립의 3개의 전제적 요청과 그 방법론적 과제에 대하여서는 근본적인 점에 있어서 별로 경개(更改)할 하등의 추진적(推進的) 이론을 발견하지 못하고 있다.

유래 그 의미 내용에 있어서는 달랐으나 중국과 일본에는 '국학운동'이라는 것이 있었다. (그것에 대하여는 전기 신문지상에서 약간 논술한 바 있다.) 또 서양의 학자들이 전세기 중엽 이래 그 자본주의적 발전의 계선에 연하여 '동양'에 관심한 이래 소위 '동양학'(Philologiaorientalis)라는 말이 생기게 되었었다. 이 '동양학'이라고 하는 것은 그 광의에 있어서는 소아세아, 인도 등지까지도 포힘한 중국을 중숙으로 한 Situated in the east or Proceeding from the east인 모든 역사적 유물의 연구를 의미하는 것이다. 그것은 하등의 과학적 연구방법에 의거한 것이 아니라 소위 '정책'학적으로 동양의 연구를 분산적으로 진행하고 있었음에 불과하였다. 그들의 동양에 시계(視界)를 돌려가지고 한 일은 오직 정책이 주안이었었고 역사적 고찰이라고 하는 것은 한갓 간판을 장식함에 불과하였었다. 그들의 이른바 '지나학'(Sinologie)이라는 것도 설사 그 학문적 노력에 있어서 귀중한 문헌으로서 참고자료를 제공함이 있다 하더라도 그 성과는 극히 추상적이고 빈약하였으며 또 오류에 차 있는 것이었다. 한갓 종교, 철학, 예술, 문학 등의 이데올로기적 현상만을 취급하였었고 중국하면 중국의 농촌의 구조, 농업의 질서, 소작제, 근로자의 상태와 같은 것은 전혀 문제도 되지 않았었다.

그러나 1920년의 「민족문제테제」 이래 '혁명적 지나학'(revolutionaere Sinologie)라고 하는 중국의 역사적 사회적 제구성을 연구하는 학문이 울연히 발흥하여 와서 현대에는 온갖 영역에 있어서 중국의 전모를 과학적으로 분석하고 있다. 그리하여 아세아의 농업사회는 전혀 새로운 생명을 획득하였고 이 농업사회의 합법칙성을 기초적으로 구명하는 것이 맑스주의적 방법에 의한 동양학(Orientalistik)의 임무이었다.……그리하여 묵은 부르조아 지나학의 방법, 이론, 사상에 대하여 가차없는 비판이 수행되었다.[82]

이것으로써 볼 것 같으면 '동양학' 혹은 '지나학'이라고 하는 것이 한 개의 학문으로서 성립하고 있다는 것을 알 수 있다. 종래의 부르조아적 '지나학' 혹은 '동양학'의 제부문이 기도하지 못한 바를 과학적 조명하에 분석, 비판, 정제하였다. 아세아적 농업사회의 정체적 발전의 비밀, 불변인 것 같은 부단히 동일형태로서 행하여진 재생산, 당면하고 있는 농촌 위기가 결정하고 있는 사회적 위기의 과학적 분석은 제18세기의 계몽기에 있어서의 프랑스의 지리적 유물론, 중농학파의 지나연구, 또는 헤겔의 '동양사회'도 어떤 것이나 다 도저히 조금도 이 분석의 단서조차 착수하지 못하였다.[83]

---

82)  平野義太郎, 「支那研究に對する二つの途」(唯物論研究 第20號)

83)  비트포겔저 · 平野譯 「解體過程に ある支那の經濟と社會」(상권) 509쪽.

그런 것을 새로운 이 '동양학'과 '지나학'은 수행하였다.

이러한 의미에서 '조선학'이 조선의 사회구성태의 사회적-경제적-정치적-관념적-제형태를 그 물질적 기초구조로부터 분석하고 또 그 발달의 역사를 역사적 법칙으로 정제하여 조선사회의 세계사적 지위를 확정하는 그러한 '조선연구'이어야만 할 것은 당연한 일이다. 그러나 나는 '조선학'이라 하면 종래의 훈고적·관념적 역사연구를 위주하는 것이다 하고 생각하는 반과학적 태도를 연상할 위험이 있지 않은가 두려워 한다. 마치 '지나학'이니 '동양학'이니 할 때에 전술한 바와 같은 부르조아적 이해가 있는 것과 같다. '조선학'이라고 하였다고 그것은 결코 조선의 특수성만을 추출하여 일정한 정책에 예속시키는 것이라고 생각하여서는 아니된다. 그것은 조선의 역사적, 사회적 제현상을 그 토대로부터 분석 정제하여 그 현단계적 지위를 결정하는 동시에 '동양학'에의 해소적 일 계기로서 그것과 연관하여 늘 아세아적 농업사회가 발전하여온 일반적 법칙을 고려하지 않으면 아니될 줄 생각한다. 왜 그러냐 하면 조선의 역사적 제발전의 시대는 아무것도 독자적으로 인근제국과 독립하여 이루어진 것이 아니라 아세아 사회의 일반성과 또 그것과의 연관관계에 있어서만 그것의 지위가 명백하게 될 것임으로이다.

이에 나는 '조선학'은 각 부문에 긍(亘)한 과학적 소선연구가 사회발전의 기초적 요인인 생산제관계의 분석 위에 체계화된 때에 비로소 운위될 수 있으리라고 생각한다.

나는 다음에 나의 이 견해를 좀 더 구체적으로 논명하여 보려한다.

## 2. 조선연구의 두 길(二途)과 역사과학의 임무

### 1) 반역사적 역사학과 역사과학

"1928년에는 '모스로'에서 국제역사가회의가 개최되어 국민국가주의의 그물에 사로잡혀 있는 서구 및 기타의 부르조아 역사학의 위기적 상태와 무력(無力)과를 스스로 밝히고 그들이 사십년 전의 천재 랑케 Leopold von Ranke(1795-1886)를 아직 일보도 벗어날 수 없음을 보였을 때 동년 12월부터 1929년 1월에 긍(亘)하여 모스코바에서 최초의 소비에트 유니온 맑스주의 역사가 회의가 개최되어 맑스주의 역사의 건전한 장족의 진보를 보이는 동시에 역사학의 기다의 중요문제의 상세한 학문적 해결에의 지침을 주어 객관적 학문적 방법이 어디있는가를 명백히 하였고 이 객관적 학문적 방법을 가지고서만 저 부르조아 역사서술의 전혀 이해하지 못한 기다의 역사적 현상이 이해될 수 있는 것을 확증하였다."[84] 이 사실은 학문연구에 있어서의 두 가지 길을 표시하는 한 예증으로서 오인의 고찰하려는 역사학이 여하하여야 하겠는가에 대한 방법론적 키노트를 주는 것이라고 생각한다. "일체의 역사서술은 자연적 제기초의 위에서 인간의 활동이 역사과정에 있어서 여하히 그것을 변경할 수가 있는가 하는 것으로부터 출발하지 않으면 아니된다"[85] 이것은 일점의 의문도 삽입할 여지가 없는 진리이다. 그러나 종래의 역사서술의 방법은 실로 역사적 사실을 취급하면서도 비역사적 아니 반역사적 방법에 의하여 불유쾌할 만치도 근시안적 고증과 주관적 해설로 일관한 것이었다.

---

84) 羽仁五郎, 轉形期의 歷史學 1-2쪽.
85) 엥겔스, 「포이에르바하론」, 岩波文庫 47쪽.

최근에 조선연구가들은 조선사학을 위하여 얼마만한 공헌을 하였을까. 혹은 문헌고증 때문에 혹은 고적답사 및 유물채집을 위하여 심혈을 경주하고 있다. 물론 그것은 필요한 일이다. 그러나 그들의 심혈을 경주한 노력의 결과가 얼마나 조선의 역사에 과학적 분석 정제의 공적을 재래하였나를 볼 때에는 실망하지 않을 수가 없다. 소위 민간학자들은 "적어도 관념적으로 조선문화사를 독자적인 소우주로서 특수화하려는 기도"를 가지고 있었음에 반하여 이와는 별개로 "관인제공의 조선특수 사정이라는 이데올로기"가 또한 조선의 특수성을 강조한다. "이 양자의 차이를 구할 것 같으면 전자의 신비적 감상적임에 대하여 후자는 독점적 정치적이라는 것을 지적할 수가 있으나 본질적으로는 인류사회발전의 역사적 법칙의 공통성을 거부하는 점에 있어서는 전연 동궤적이고 따라서 반동적이다. 이 양형—실은 같은 것이나—의 특수성은 조선사학의 개척을 위하여는 "정력적으로 배격되어야 할 현실적 대상인 것이다"[86] 그들은 역사의 역사성을 거부하고 있다. 민간의 조선역사연구가들은 설혹 그 진지한 태도에 있어서 감복할만한 점이 있다 하더라도 그것은 민족을 신비화하려는 결론에 달하기 위하여 너무나 성급한 것이었다. 역사발달의 원리에 대한 맹목과 구체적 개념적 파악의 결여 때문에 그 진지한 태도까지도 결과에 있어서는 하등의 보상을 얻지 못하고 말았다. 아니 보상은커녕 조선 및 조선 역사연구의 세문제의 비판적 전진을 위하여 철저히 배격되어야만 할 것이다. 그들은 조선역사의 발단, 조선민족의 시원을 고찰함에 당하여 하등의 방법론적 비판과 준거도 없이 단군신화로부터 출발한다. 그리하여 태백산 단목(檀木) 하(下)가 어디냐 하는 데에 관하여 논쟁한다. 최남선崔南善(1890-1957), 신채

---

86) 백남운씨, 『조선사회경제사』 7쪽.

호申采浩(1880-1936), 권덕규權悳奎(1890-1950) 제씨 등의 학설을 우리는 안다. 그러나 그 학설의 차이는 언제든지 그와 같은 연구태도에 있어서는 해결될 가망을 가지지 못할 것이다. 역사를 연구함에 당하여 신화로부터 출발하는 그러한 반역사적 역사학-소위 정신주의적 역사학이 어떠한 성과를 가져오고 있는가는 우리가 상기 제씨의 역사서술로부터 그 구체적인 실례를 볼 수가 있다. 그들은 물론 여러 가지로 문헌을 고증, 탐색하고 고적, 유물, 금석을 비교분류하여 각각 단안을 내린다. 그러나 그러한 물적 사료의 협력을 얻고 있다 하더라도 우리는 그것에 그냥 찬동하기에는 너무나 역사의 역사성과 문헌학적 역사학의 역사과학상에 있어서의 지위를 잘 알고 있다. 관념형태로서의 '신화'의 사회적 역사적 형성을 우리는 잘 알고 있으며 지금까지 우리에게 주어져 있는 '신빙할 만한 전거'로서의 삼국사기, 삼국유사, 고려사 등등의 '정책적' 방면도 잘 알고 있다. 또 인근 제국의 사기 등에 산견되는 조선에 관한 편편(篇篇)의 비역사적이라는 것도 잘 알고 있다. 그러나 그러한 문헌을 참고하지 않으면 아니되고 또 어떤 때에는 유일한 전거로 여기지 않으면 아니된다고 생각하는 것은 무슨 까닭이냐.

그것은 역사는 오직 '쓰여진 역사' 뿐이다라는 편협한 역사 이해에서 오는 시정할 수 없는 근본적인 유견(謬見)이며 독단이다. 역사는 오직 정치적 변전(變轉)과 문화-이데올로기적 제형태만을 취급하는 것이라고 하는 관념적 이해가 종래의 역사가들의 통념이었다. 사회의 물적 제구성의 변화발전에 맹목인 결과는 신화적 환영에 사로잡히어 '쓰여진 역사'를 이리저리 견강부회하는 것을 일삼았다. 그리하여 점점 역사학과는 멀어지고 말았다. 문헌학적 확신이 역사적 존재의 이해에 대하여 하등의 기여한 바 있다 하더라도 그것은 극히 소부분에 한하였을 것이다. 비교언어학적 방법, 지명고증, 고문서 섭렵, 외교문서의 발굴 등 문헌에 의한 이데올로기적 형태만에 국한된 종래의 문헌학적 역사학은 그러므로 역사과학적 방법으로 대치되지 않으면 아니된다. 지금까지 문헌학적 역사학은 이에 종언을 고하지 않으면 아니되게 되었다. 관념적, 신화적인 방법론을 부정하는 종래의 역사연구의 길은 이에 유일한 과학적 방법인 역사과학의 길로 양기 확충되어 가게 되었다.

역사서술의 방법은 우선 무엇보다도 역사의 역사성의 파악으로부터 출발하지 않으면 아니된다. 이 역사성의 파악없는 역사학이야말로 죽은 역사학이다. 그러므로 역사과학은 무엇보다도 먼저 역사성의 파악을 문제로 한다. 역사가로서 이 역사성을 파악하고 있는 때에는 그는 역사적 재료의 단순한 수집이나 서술보다 훨씬 큰 것을 자신에 요구하고 있다. 역사과학은 외면적인 현상의 서술을 언제든지 배척하고 거부한다. 역사과학은 사상의 내면적 통일적 인식을 재래하는 과학적 사유를 중시한다. 따라서 그것은 역사적 과정에 있어서의 실천적 모멘트를 주체적으로 파지하는 것을 임무로 한다.

## 3. 역사과학의 방법론

일반적으로 말하면 방법론의 내용은 학자의 기다의 세대의 경험을 일반화한 것인데 이 경험이라는 것은 물론 사변적인 것이 아니고 실천이 그 기준인 그러한 것이다. 이것은 역사학의 방법론이 현상의 실제적 법칙을 반영하여야만 할 것을 의미한다.[87] 역사과정의 온갖 부분을 인식, 비판하며 그것을 방법적으로 정제하여 객관적 필연성과 합법칙

---

87)  N.S. 부이코프스키, 사학개론(西雅雄譯), 白楊社 발행, 6쪽.

성을 발견하는 곳에 역사과학의 방법론은 이해될 수가 있는 것이다. 이 객관적 법칙성의 인식은 온갖 역사적 사상의 과정에 있어서 수행될 것이니 단순히 지금까지 일반적으로 믿어져 내려온 부르조아적 역사해석이 말하는 소위 역사교과서적 역사가 아니라 인류생활 전 영역에 침투하여 그 모든 현상의 유물변증법적 파악을 임무로 하는 것이 아니면 아니될 것이다. 그런데 이 점에 있어서도 보다 기본적이고 제일의적인 사회의 물적 기초인 생활제관계의 발전과정의 인식에 착목하지 않으면 아니된다. 그리하여 이 인식으로부터 출발하여 그 위에 건립된 이데올로기적 제형태의 서술에 도달하지 않으면 아니된다.

그런데 종래의 역사기술의 방법으로서 문헌학적 역사기술의 방법이 있다는 것은 이미 전절에서 논술한 바이지만 또 문화사적 방법이 있는 것을 볼 수가 있다. "문헌학적 역사학에 있어서의 전역사성의 몰각 및 역사의 확실성의 편협한 해석의 비판에 의하여 소위 광의의 문화사적 방법이 발생하였다"[88] 왕실 중심의 편년적 정치사에 편벽되이 치우쳐 있던 문헌학적 역사학이 배척되고 문화사적 방법에 의하여 역사의 영역을 확장시킨 것은 참으로 문화사적 역사학의 한 큰 공헌이었다. 민속학적으로, 종교학적으로, 사회학적으로, 원시토속학적으로 또는 경제사적으로까지 인류의 역사생활을 연구하려고 하였었다. 그러나 이 문화사적 방법도 일대곤란에 조우하지 않으면 아니되게 되었다. 그것은 역사영역의 확장에는 성공하였지만 그 확장된 영역을 종합통일하여 역사를 체계화하는 방법론에 있어서 자신의 약점을 나타내고 말았다는 것이다. 우리는 그 예를 멀리 외국에 구할 것 없이 우리 조선의 역사가들 가운데서도 구할 수가 있다고 생각한다. 년전에 조선일보지상에

---

88) 羽人五郎, 전형기의 역사학, 5쪽.

게재된 신채호씨의 「조선문화사」(?)[89]란 긴 논술을 보아도 알 것이고 또 이능화李能和(1869-1943)씨의 여러 가지 저서에서도 그 가까운 예를 찾을 수 있으리라고 생각한다. 역사서술에 있어서는 백이면 백, 만이면 만 온갖 역사적 부문의 서술을 반드시 필요로 하지 않는다. 인간생활의 온갖 영역에 긍(亘)한 지식의 완전한 획득이라는 것은 까딱하다가는 천박하고 불확실하기가 쉬운 것이다. 소위 문화사적 역사학의 주장하는 역사서술의 방식은 그 자체에 있어서 방법적으로 파탄을 내고 말았다. 가장 중요한 전체적 연관의 방법론적 파악에 있어서 치명적 결함을 보이고 있다. 그러나 만일 문화사적 역사학이 이 종합통일에 있어서 그 가능성을 주장한다고 하면 그것은 소위 예술적 종합이지 역사학적 종합은 아니다. 이것은 일종의 '아날로기'에 불과한다.

그런데 타 일방에는 또 철저하게도 정책학적으로 정신주의적 역사해석의 방법이 있다. 애국적 민족주의가 있고 인격적 교훈주의가 있다. 이런 것들은 본래부터 역사의 역사성을 의식으로 희생시키고 또 왜곡하여 어떠한 공리주의의 빛으로써 역사현상을 변장시킨다. 그리하여 정열이라든가 윤리도덕의 관념계로 비상한다. 그곳에는 종교적인 요소가 다분히 있다. 우리는 이러한 현상을 현재 조선의 사학계에서 지적할 수가 없을까? "이러한 견지에 서는 한 아무리 문헌을 종횡으로 구사하고 또 아무리 해박한 고증을 임의로 하더라도 의연히 조선사의 본질적 발전과정은 밀봉되는 것이다. 더욱 외관적인 문화양상을 가지고 조선사의 기축이라고 하는 사안(史眼)으로는 결코 조선문화의 역사적 사회적인 각 시대에 있어서의 내면적인 특수성은 이해할 수가 없는 것이

---

89) 편자주 : 『조선일보』에 연재되었던 「조선상고문화사」(1931. 10. 15-12. 3, 1932. 5. 27-5. 31)를 말하는 듯하다.

다."<sup>90)</sup> 현금 조선의 사학계를 이끌고 나아가는 제씨의 노력은 퍽이나 귀중한 것이기는 하나 그러나 역사의 합법칙성, 사회의 경제적 관계 및 그것과 이데올로기적 제구조와의 교호관계를 이해하지 못하는 근본적 오류 때문에 회복할 수 없는 사지에서 허덕이고 있다고 하여도 과언이 아니다.

이와 같이 문화사적 역사학은 문헌학적 역사학의 편협성을 탈각하여 새로이 넓은 영역을 개척하려 하였으나 고만 통일종합의 문제 앞에 결함을 노출하였고 정신주의적, 인격주의적 역사학은 종교적 관념적인 점에서 역사과학의 방법이 될 수 없다는 것을 보았다. 이에 우리는 이러한 역사연구의 방식을 배격 거부하는 것에 의하여 진정한 역사연구의 방법으로서의 역사과학적 입장에 돌아가지 않으면 아니될 것이다. 종래의 위에 말함과 같은 역사연구의 방법 즉, 반역사주의적 분장을 비판 검토함에 의하여 그 사회적 성격을 구명하는 동시에 적격적(積格的)으로 그 극복에까지 추창해 나아가지 않으면 아니된다. 그리하여 일정한 사회적 임무에 기여하지 않으면 아니된다.

그러면 그것은 여하한 방법에 의하여서이냐.

방법론은 역사적 사건의 여러 가지 설명을 규정하고 또 여러 가지의 평가를 제약한다. 그리하여 최후로 방법론에 의하여 여러 가지 사실의 선택 역사적 재료의 생략 또는 확충이 규정된다. ……비유적으로 말하면 방법론이야말로 정히 역사학에 '혼을 넣어주는' 것이다. 이 방법론의 원리적 파악 없이는 역사학은 불가능하다. 역사기술에 있어서 사실의 선택과 그 해석이 법칙적으로 행하여지는 것도 이 방법론의 파악이 있기 때문이다. 역사과학에 있어서는 일정의 사실의 선택은 일정한 해

---

90)   백남운, 조선사회경제사, 446-7쪽.

석을 필연으로 하고, 사실의 일정한 해석은 일정한 사실의 선택을 필연으로 한다. 선택과 해석의 문제는 이 역사과학에 있어서 조홀(粗忽)히 하지 못할 것이다. 선택과 해석은 서로 관계하고 있어서 그 중에 일자가 결(缺)하면 타자는 의의를 실(失)한다. 일정한 사실의 선택은 비판에 의하여 가능하고 그리하여 해석되기로 예정되어 있다. 그리하여 비로소 역사서술(Historiographie)이 시작된다. 그런데 아우구스트 뵈크 August Böckh(1785-1867)는 그의 대저『문헌학적 과학의 백과전서와 방법론』에서 '해석'(Hermeneutik)이라는 것을 형식적으로 규정하고 있다.[91] 즉 절대적 '이해'(Verstchen)라는 것은 '해석'이고 상대적 '이해'는 '비판'(Kritik)이라고 하였다. 물론 '해석'이라고 하는 한 일정 사실은 그 성격이 결정되어 있다는 점에서 절대적이라고 할 수 있고 또 '비판'이라는 것은 그것이 수행되자면 비판되는 당해 사실과 대비되는 여러 가지 사실을 전제하리라. 그러나 그러한 '해석'과 '비판'은 결코 '형식적 작위'는 아니다. 그것은 사회적 인간이 자기의 현실적인 요구에 의하여 추구되는 것이 아니면 아니되리라. 뵈크같이 문법적, 개체적, 종속적, 혹은 논리적, 역사적으로 이해되는 것과는 하등의 관련이 없는 것이다.

현실의 문제의 해결과 그 지침을 얻기 위하여 즉 우리의 현재의 역사적 사회적 생활과의 연계 하에서 역사적 사실은 선택되고 또 해석되지 않으면 아니된다. 그러므로 이 선택과 해석은 과학적 사유가 아니면 아니된다.

"역사학의 방법론은 과학직 사유의 규칙으로써 역사가를 무장한

---

91) August Böckh;Encyklopaedie und Nethodologie der Thilologischen Wissenschaften 1886. Lpz.S.55. '뵈크'(1785-1867)은 독일 고대언어학자로서 유명. 문헌학과 언어학에 고대의 지식을 파(頗)히 중시하고 자료적 방면을 강조하였다고 한다.

다"[92] 그것은 여러 가지 선입견과 억단을 배척하고 또 파괴한다. 이것이 즉 역사과학의 방법론의 일의적인 과제이다. 이 과제는 광범하게 제종(諸種)의 임무를 규정한다.[93]

---

92) 전게, 사학개론, 7쪽

93) 편자주 : 이 글의 앞부분에서 신남철은 '조선연구의 방법론'의 목차를 제시했다. 그 목차는 다음과 같다.
"서언(예비적 고찰 '동양학'과 '조선학'), 1부 조선연구의 이도(二途)와 역사과학의 임무 (1) 반역사적 역사학과 역사과학 (2) 역사과학의 방법론, 2부 조선연구의 방법론 (1) 자연적 조건과 조선민족 (2) 노동과정과 역사의 이해 (3) 조선사회의 특수성과 일반성의 문제, 3부 조선연구의 기술론(技術論) (1) 기술적 방법론 (2) 사료의 개념 및 비판 (3) 개별과학적 연구, 결론".
1부 (2) 역사과학의 방법론까지만 실려 있다.

# 나치스의 철학자 하이데거

## ─ 그의 간단한 소개를 위하여 ─

『신동아』 1934. 11.

"인간이 존재하는 이상 철학적 사색은 없을 수가 없다"고 철학자로서의 영예(!)를 극하고 있는 마르틴 하이데거는 그의 『형이상학이란 무엇이냐』라는 그가 1929년 6월 24일 프라이부르크 대학에서 한 취직 연설에서 말하였다. 얼른 듣기에 퍽 평범한 말 같고 사실 또 아주 진부한 말이다. 우리가 듣기에 그만한 말은 '나도 할 수 있다'고 할만치 아무 특색이 없는 말이다. 그러나 그는 이 간단한 말 가운데에 그럴듯한 의미 내용을 포함시키고 있는 것이다. 이때까지의 철학지들도 그만한 말은 다 하였었고 철학자 아닌 사람으로서도 아무 깊은 고려도 없이 말할 수 있는 것이라고 하겠으나 그는 이 평범하고 간단한 말을 하기에 애도 많이 썼고 공부도 많이 하였던 것이다.

그러면 무엇 때문에 그가 말한 이 짧은 잠언 비슷한 말이 우리들에게 이 생각을 가져다 주는 것일까. 아주 심오한 철학적 사색이나 하여 철학자 아닌 사람들에게 이런 듯이 자랑거리나 삼으려는 듯도 보이면서도 실상인즉 그의 이 말은 무슨 우주, 인간을 투철하는 만고의 진리를 속인들에게 계시하려는 것도 아니고 단지 기거(起居) 행동하며 희노애락하는 인간의 일상생활을 이리 굴리고 저리 따져서 생각하여 보니 아무래도 "인간이 존재하는 이상 철학적 사색은 없을 수가 없다"고 한 번 외쳐본 것이다. 그러나 그의 이러한 말이 그 자체만 가지고 보면 그럴듯도 하지만 그의 철학 전체계와 현금의 세계 내지 독일을 쓰리고 아픈 현실 생활과의 관련 밑에서 엄격하게 따져본다면 너무도 우리의 기대—기대라기보다도 통절한 현실적인 원망과는 천인(千仞)의 차가 있는 것을 발견하고 이렇듯 실망을 하고 마는 것이다!

　현재에 있어서 철학을 운위하는 사람이라면 누구나 이 하이데거를 모르고는 행세를 못할 만치 그는 유명한 춘추 부(富)한 철학자이다. 그러나 그 같이 유명한 반면에 그의 철학설에는 좀처럼 접근하기가 어렵다. 그의 철학서술의 태도는 참으로 물부어 샐 틈 없이 꼭 짜여 있다. 그리고 또 독일의 학문의 일반적 특장인 체계적이라는 점에서 그의 철학은 참으로 빈틈이 없어 논술이 정연하다. 이 체계적이란 점은 더 말할 필요도 없지만 종래의 철학자들이 난해의 술어를 많이 조작하여 쓰고 있었음에 반하여 하이데거는 아주 평범한 일상생활의 용어를 그냥 쓰고 있다. 따라서 그의 문장은 일견 아주 평이하다. 그의 주저 『존재와 시간』이나 그밖에 여러 논술을 보면 누구나 이것을 알 수 있다. 그러나 읽기는 읽었고 또 모를 글자나 어구는 아무 것도 없는데도 불구하고 그 의미와 내용이 얼른 머리에 들어오지 않는다. 그래서 다시 한번 읽어본다. 그래도 분명치 않아서 삼독사독하고 또 턱을 고이고 생각하여 본 뒤에야 비로소 그 글의 전후의 관계와 뜻을 알게 된다. 이만치 그의 철학은 평범한 가운데에서도 분석이 치밀하고 용의가 주도하다. 그리고 그의 철학하는 태도와 방법이 종래의 그것과는 딴판이다. 그래서 그렇게 쉽게 그의 철학을 하루밤 사이에 이해한다는 것은 망상 중에서도 큰 망상이다. 물론 누구의 철학이던지 그렇게 쉽게 이해되는 것은 아니지만 이 하이데거의 철학은 알 듯 알 듯 하면서도 실상인즉 그리 쉽게 알아지지 않는 철학인 것이다. 이렇게 말하는 내 자신 역 '하이데거의 철학'도 알아보려고 해온 지가 벌써 3, 4년이나 되지만 과연 얼마나 정확하게 그를 이해하고 있는 지 스스로 의문으로 생각하고 있다. 그러면 그는 어떠한 내력을 가진 인물인가.


## 1. 하이데거의 내력


그는 1889년 9월 26일 독일 메스키르히라는 곳에서 출생하였다. 그의 가정이 어떠하며 그가 어떠한 학교교육을 받았는지는 과문인 나는 알 수가 없다. '마이엘'의 백과전서증보판을 뒤져 보았으나 아직 자세한 것을 발견하지 못하였다. 그의 나이가 금년에 44세라 아직 젊은 탓으로 그런지·그의 전기에 대하여 소개된 것도 아직 보지 못하였다. 그러나 그가 카톨릭 신자로서 고전과 희랍, 라틴어에 놀랄만한 지식을 가지고 있는 것은 그의 저서를 보면 넉넉히 알 수 있는 것이다. 철학상의 술어를 어원석으로 분석하여 그 의미를 밝히는 지식은 놀랄만하다. 희랍 라틴어를 자유자재하게 구사한다. 더욱 희랍의 플라톤, 아리스토텔레스의 저서에 대하여는 모르는 것이 없는 모양이다. 독일에 유학하여 하이데거를 친히 만나고 돌아온 어떤 이의 말을 들으면 한 동안 희랍고전을 열심히 공부하고 있더니 그것이 모두 그의 철학적 저술에 이용되고 있다고 한다. 그는 현상학의 창창자(創唱者) 에드문트 후설(1859- )의 제자로서 현상학을 공부하고 있었으나 나중에는 스승 후설을 초월하여 그의 이른바 『해석학적 현상학』 혹은 『기초적 존재론』을 주장하고 있다. 그리하여 후설로부터는 '현상학'의 이단자시되고 있다.

1923년 '말부르크' 대학 교수에 취임하여 6년 동안의 말하자면 그의 철학의 준비시대를 경(經)하여 1928년 그의 스승 후설의 뒤를 이어 '프라이부르크' 대학으로 전(轉)하여 그의 활동기는 시작된 것이다. 그는 다른 철학자와 논의하는 것을 싫어하고 들판에서 농부와 같이 비근한 생활의 제상을 이야기하는 것을 즐겨한다고 전하여진다. 카톨릭의 신자로서 번화로운 생활을 피하고 조용히 일상생활을 요모조모 굴리고 따져서 사색하며 전통적인 용어를 무시하고 늘 쓰는 말을 쓰면서도 자기 자신의 독특한 의미 내용을 주고 있다. 사실 그의 철학에 있어서는 이 '일상성'이라고 하는 것은 퍽이나 중요한 술어를 성(成)하고 있는 것이다.

그는 4, 5년 전에 즉 '프라이부르크'로 가기 전과 작년에도 베를린대학의 초빙을 받았었다고 하나 그는 그것을 거절하고 남독일의 '프라이부르크'에서 이내 대학총장의 지위에까지 오르게 되었다. 그것은 바로 작년 봄의 일이다. 그러나 그가 우리의 많은 흥미를 끄는 점은 '나치스 당원으로서의 하이데거'이라는 것이다.(이 점에 대하여 후술) 유태인과 양심있는 진보적인 유수한 교수들이 나치스의 폭압 하에 독일로부터 추방을 당하고 있을 때 그는 나치스에 의하여 노대가로서 선거에 의하여 추천되는 종래의 독일의 대학의 관례를 깨트리고 임명된 점 및 그것을 태연히 받고 나치스의 대학 개조에 협력하고 있는 점이 오인의 주목을 끌고 있는 것이다. 그가 나치스 당원이 되었을 때 세계의 철학계에서는 흥미있는 화제를 삼았었다. 그것이 얼마 아니되어 다시 『독일대학의 자기주장』이라는 대학총장 취임연설에 의하여 불꽃을 돋았던 것이다. 철학자는 대학총장이 되며 정치에 관여하여서는 못쓴다는 법이 없거든 왜 그에게만은 그 같은 흥미를 끌고 있는 것인가. 헤겔도 대학총장이 되었었고 라이프니츠Gottfried Wilhelm Leibniz(1646-1716)라던가 피히테도 정치문제에 관여하지 않았던가. ……그러나 우리가 하이데거를 가지고 흥미의 대상을 삼는 것에는 현대적 의미가 있지 않으면 아니될 것이다. 더욱 파시즘과의 관련을 가지고 보는 점에서 그러한 것이다.

이에 그의 저서를 대강 적어보면 다음과 같다.

1. 심리주의에 있어서의 판단에 관한 학설(1914년)

2. '던스 스코투스'의 범주론과 의미론(1916년)

3. 존재와 시간 제1권(1927년)

4. 칸트의 순수이성비판과 기초적 존재론의 이념(1928년)

5. 칸트와 형이상학의 문제(1929년)

6. 근원의 본질에 대하여(1929년)

7. 형이상학이란 무엇이냐(1930년)

8. 독일대학의 자기주장(1933년)

(최후의 7, 8의 양책은 강연원고의 출판이다)


## 2. 최근의 독일철학과 하이데거

나치스의 철저한 검열통제 하에 독일의 제신문—일간, 주간, 월간할 것 없이 날마다 각지의 광장과 가로에 거행되는 무슨 대회니 기념일이니 열병식이니 돌격대제(祭)니 또는 퓨러(히틀러를 그들은 이같이 부른다. 지도자라는 뜻이나 총통이라고 譯하고 있다)의 해방 연설이니 하여 몇만,

몇십만의 노약(老若) 남녀가 야단법석을 하고 있는 광경을 큰 사진과 큰 활자로 보도하고 있다. 그리하여 히틀러 총통 하에 전 독일의 대중은 안온한 생활을 하고 있다. 또 수차(收次)[94]할 수 있다는 것을 선전하며 대중의 마음에 파시즘의 주사를 하고 있다. 현실적으로 격증해가는 사회적 불안과 생활의 고통을 잊고 제3제국의 환영 하에 모여들도록 하기에 급급하고 있다. 왜 그러냐 하면 나치스의 25개조의 강령이나마 공수형(공수표-편자주)에 불과하다는 확신이 독일 대중의 뇌리에 점차 팽배하여가고 있는 때문이었다. 그리하여 이것을 본 나치스의 두목들은 자(自) 계급의 소생을 꾀하지 않으면 아니되는 까닭이었다. 이러한 황폭한 노력은 독일파시즘의 현단계적 특징이다. 파시스트 정부는 전혀 그들의 사회적 배경을 성하고 있는 계급의 이익만을 위한 경제정책을 은폐하여 대중이 파시즘으로부터 이탈하여가는 과정을 될 수 있는 대로 오래 끌기 위하여 그와 같은 행진과 연설의 야단법석을 필요로 하였다. 그리하여 뒤를 이어 국민대중을 저희 쪽으로 이끌어오는 새로운 이데올로기를 필요로 하는 것이었다.

이 이데올로기의 직접 혹은 간접의 표현형태로서는 여러 가지의 문화 제부문에 있어서의 현상을 예시할 수가 있다. 그러나 내가 지금 이곳에 말하려는 철학에 있어서는 보통으로는 그것의 사회적 성격에 대한 명백한 규정을 내리지 못하고 있다. 대체로 철학이라는 것이 구체적인 현실적 물질생활과는 그 연이 멀다고 생각되어 있는 까닭이다. 그러나 실제에 있어서 철학처럼 현실생활의 반영인 이설은 없을 것이다. 현금의 독일이 겪고 있는 대내적 또는 대외적 위기는 일찍이 겪어보지 못한 규모에서 국민의 생활을 전반적으로 악화시키고 있다. 철학이 이

---

94) 편자주 : 數次의 오식인 듯.

러한 때에 형이상학을 주류로 하여 유상무상의 이론을 전개시키고 있는 것은 우리 철학도에 있어서는 한 흥미있는 문제이다. 현금 독일의 철학은 일찍이 그 수를 보지 못할만치 형이상학에의 사념에 불타고 있다. 칸트(1724-1804) 이후 헤겔(1770-1831) 철학의 전성기를 지나 신칸트학파가 대두하여 독일 자본주의를 개인주의적 합목적론적으로 부액(扶掖)하였고 타방에 있어서는 개인적 심리의 의식론적 기술을 표방하는 현상학이 신칸트학파의 선구론에 반하여 들고 일어났다. 그리하여 세계대전까지 순조로 자본주의 발전의 선에 연(沿)하여 따라 왔었다. 그러나 대전(大戰)의 휴(休) 나팔과 같이 독일자본주의가 치명적 타격을 받자 철학의 영역에도 색채가 좀 달라졌다. 소위 ‘현대의 형이상학’이라는 ‘과학의 여왕’이 아니라 전후 자본주의의 노비가 형형색색의 분장을 하고 등장하여 왔다. 왈 자연주의적 형이상학. 왈 종교적 형이상학. 왈 인간학적 형이상학…

참으로 다기다양한 철학설이 나타났다. 그것을 모두 어떠한 범주 밑으로 정리한다는 것은 여간 까다로운 일이 아니다. ‘윌리목-’이라는 학자는 『20세기의 독일철학』이라는 저서(그라이프스왈트, 1922년)에서 그 제유파를 (1) 정신과학적 방향 (2) 자연과학적 방향 (3) 윤리실천적 방향 (4) 심리학적 방향 (5) 논리인식론적 방향 (6) 형이상학적 방향의 6개로 유별하고 있으나 도무지 타당하여 보이지 않는다. 또 현금의 독일 형이상학의 방향을 (1) 존재론 (2) 인간학 (3) 변증법의 3자로 나누어 보려고도 하나 이것도 현금의 세계 내지 독일의 사회적 제형세를 고려하여 볼 때는 아직도 문제가 있다고 생각한다. 그래서 나는 독일의 현재의 철학적 제설을 (1) 실존의 철학(또는 불안의 철학) (2) 신토마스철학(또는 신스콜라철학) (3) 신헤겔철학의 3자로 분류하려는 것이다.

그러면 지금 이 논술의 주제가 되어 있는 하이데거는 나의 말하는 세 가지 철학파 중 어떤 것에 속하느냐 하면 그것은 실존의 철학 즉 불안의 철학에 있어서 대표적인 것이라고 말하려는 것이다. 이것은 누구나 다 인정하는 바이다. 그러면 실존의 철학이란 무엇이냐? 이것을 논술하는 것은 퍽이나 번잡한 일이다. 그러나 간단히 말하자면 브렌타노(1838-1917)에 의하여 지경(地境)이 닦이고 후설에 의하여 건축된 현상학(페노메노로키-)의 발전형태라고 할 수 있다. 그 대략의 내용은 차절에서 하이데거의 철학을 별견함에 의하여 짐작할 수 있으리라고 생각한다. 실존의 철학이라는 것이 현금 독일의 철학계에서 가장 세력있는 듯이 보이고 또 독일 철학의 직접적 영향 밑에 있는 일본 철학계에서도 퍽 많은 관심자를 이끌고 있는 듯하다.


## 3. 하이데거의 철학-불안과 무의 철학

하이데거의 철학을 이같이 '불안의 철학' 또는 '무의 철학'이라고 얼른 단정하여 버리는 것은 그의 전 체계를 이해하는 데에 있어서 퍽이나 위험한 모험이다. 엄밀하게 그의 철학을 연구하여 보면 참으로 인생생활의 평범하면서도 심오한 기미(機微)에 투철하고 있다고도 말할 수가 있다. 더구나 현대의 인테리겐치아의 생활과 관련하여 볼 때에는 여간 그 애틋한 방향(!)에 유혹을 받게 하는 것이 아니라고 할 수 있다. 그렇기에 지금의 젊은 철학도들에게 많은 관심을 가지게 하는 것이겠다. 그의 철학에 있어서는 '불안'이라던가 '무'라던가 하는 것이 퍽이나 중요한 것이다. 그렇다고 대번에 그의 철학을 불안의 철학 또는 무의 철학이라고 하는 것은 좀 당돌하기도 하나 또 그것이 잘못된 것은 아니다. 도리어 '무'니 '불안'이니 하는 것으로 그의 철학을 한데 묶어서 논술하는 것도 한 가지 방편이라고 생각한다.

그는 인간적 존재(그는 이것을 '다싸인'이라고 한다)라는 것은 어떠한 것인가를 근본적으로 구명하여 보려고 한다. 이것이 그의 기초적 존재론의 최초의 문제이다. 『존재와 시간』이라는 그의 주저는 이 문제의 제출로부터 출발하고 있다. 그런데 일반으로 존재자라고 하면 우리의 일상생활에서 늘 당하고 부닥뜨리는 여러 가지 것을 운위하는 데 그러한 존재자의 의미를 묻(問)지 않으면 아니된다. 그 의미 즉 존재자의 존재에 대한 질의가 명백히 해답되면 존재의 문제는 해결되는 것이다. 그는 존재자와 존재와를 구별하고 있다. 그런데 우리 인간 자신도 다른 존재자와 같이 한 개의 존재자이나 이 존재자는 특히 존재자에 대한 질의를 제출할 수 있는 존재자이다. 그래서 인간은 다른 존재자와 구별하여 술어적으로 현존재 혹은 인간적 존재 다싸인이라고 부른다. 이 다싸인이라는 것이 그의 형이상학의 중심과제인 것이다. 그런데 이 다싸인은 세계를 떠나서는 있을 수가 없다. 그러므로 '세계내존재'라는 것이 우리 인간 존재의 근본 구조인 것이다. 다시 말하면 이 '세계내존재'라는 것은 인간이 세계와의 관계에 있어서 생하는 내면적 관계이다. 인간적 존재라는 것은 다른 존재자들에 의하여 제 자신을 표현하는 것이 아니라 인간적 존재 제 자신에 의하여만 저를 표현할 수 있는 것이다. 다시 환언하면 그의 형이상학에 있어서는 '세계내존재'로서 나튼 손재자에 교섭관계를 가지는 '자각존재'—이것을 그는 엑시스텐츠라고 말한다—로서의 인간존재만이 그의 철학에 있어서는 중요한 것이다. 이러한 방법에 의하여 비로소 그는 존재라는 것의 구체적 전체적 파악이 가능하다고 한다.

인간이라는 것을 이같은 형식에서 파악하려고 한 철학자는 그리 많지 못하였다. 그는 개인적 인간을 단지 원자적으로 평가하지는 않았다.

세계라는 것과의 관계 밑에서 고찰하였다. 이러한 인간 고찰은 포이에르바하의 운위하는 인간과 일맥상통하는 바 있다고 한다. 그러나 그의 말하는 인간이 참 의미에 있어서 사회적 인간이라고 말할 수가 있을까? 이것은 많은 문제를 장(藏)하고 있는 것이라고 하겠다.

먼저도 말한 바와 같이 그의 『형이상학이란 무엇이냐』를 가지고 볼 것 같으면 '형이상학적 질의의 전개'에 있어서는 무엇보다도 이 인간적 존재의 본질적 상태를 출발점으로 삼지 않으면 아니된다고 하였다. 그런데 이 인간적 존재는 어떠한 존재자에 대한 특별한 세계관계에 있거나 어떠한 태도를 가지거나 또는 그것에 침입하여 있거나 하는 세 가지의 존재양식을 가지고 있는 것인데 이때에 소위 무(無)라는 것이 나타난다고 한다. 그리하여 그러면 '무라는 것은 무엇이냐'라는 문제가 또 생기게 된다. 이 무의 문제를 해명하는 것은 즉 그의 철학을 이해하는 열쇠가 된다고 하여도 좋다. 지금까지 말하여온 그의 형이상학의 내용이 독자에게는 너무나 소원(疏遠)하여 이해하기 어려울 줄 아나 적어도 그의 철학을 말하자면 이것만은 최소한도로 말하지 않을 수가 없는 것이다. 따라서 그가 무엇을 말하고 있나 하는 것의 윤곽이나마 어렴풋이 우선 알아주기를 바란다.

그런데 그의 철학이 무의 철학이라고 운위되는 근거는 어디 있나. 무라는 것을 학술은 존재하지 않는다고 하여 내버린다. 그러나 무라는 것은 그것이 무엇이냐고 묻는 최초부터 이상한 무엇을 보이고 있는 것이라고 한다. 무라는 것을 근본적으로 파악하자면 오성이나 사유로서는 불가능하다. 무는 그 '기초경험'(그룬드엘파룽그)에 의하여서만 탐구될 수가 있고 오성에 의하여 방해되는 일은 없다고 한다. 그러면 그 기초경험이라는 것은 무엇이냐 하는 것이 당연 문제되지 않으면 아니된다. 그것은 기분이라고 하는 정체 모를 것에 의하여 운위될 수 있는 것이며 무는 불안이라고 하는 기분에 의하여 나타나는 것이라고 한다. 그는 말한다. "불안은 무를 나타낸다. 우리는 불안 속에 떠(浮)있다"고.

이 불안이라던가 무라던가 하는 것에 대한 그의 해석은 참으로 교묘하다. 그의 논술의 태(態)는 바로 현대의 사회적 위기에 처하여 불안과 동요에서 허(虛)를 느끼고 스스로 자지러지는 인텔리의 심리를 어쩌면 그렇게 그려내었을까 하는 탄성을 내게 할만치 교묘하고 긴밀하게 그려 놓았다. 더욱 그의 철학이 기분적이라고 하느니만치 그의 저서를 읽으면 기분적인 소스라침이 마음을 엄습하는 것을 느끼게 된다. 그의 철학이 현재로부터 출발하는 점 더구나 그 도구는 (그것은 프래그머티즘 더욱 존 듀이의 도구론을 연상케할만치) 퍽 실재론적이다. 그러나 필경은 지금 말한 바와 같이 관념적인 것이다. 존재를 너무 그 저쪽에 기분적으로 무라던가 불안을 운위할 그의 철학이 철저한 의식론적 관념론인 것은 누구나 인정하지 않을 수가 없다.

이상은 그의 철학에 대한 극히 조략한 논술에 불과한(그의 철학의 구성에 있어서는 또다른 중요한 개념이 있으나 다 지금 말한 바와 연관하여 있다) 여하간 그가 무엇을 말하고 있다는 것에 대하여서는 어렴풋이나마 짐작할 수 있으리라고 생각한다. 이것이 상기한 실존철학에 있어서 가장 대표적이라고 할 수 있는 사상이다. 실존의 철학에 있어서는 이 하이데거와 그와는 경향이 좀 다른 야스퍼스의 2인이 그 대표적인 인물이다.


## 4. 나치스와 독일정신

끝으로 나치스와 하이데거와의 관계에 대하여 일언하려 한다. 전술한 바와 같이 하이데거는 나치스에 입당하여 자본주의 옹호에 대한 최후의 혈전을 하고 있는 히틀러의 휘하에서 지적봉사의 일을 하고 있다. 그의 철학의 기분관념적인 특색과 이 지적 봉사와를 동시에 생각하여 볼 것 같으면 그의 철학은 히틀러의 지배를 위한 이데올로기적 역할을 하고 있음을 곧 간취할 수 있는 일이다. 설사 그의 철학이 나치스의 철학으로서 애초부터 성장하여 온 것은 아니라고 하더라도 현대의 독일의 사회적 정세로부터 고찰하여 보건대 그것은 변명의 여지가 없는 엄연한 사실이다. 현실의 심각한 생활고와 그것으로부터 해방되려고 몸소 내달아 싸우는 자유를 위한 사회의 진행을 극히 기분적으로 이해하고 있는 하이데거의 철학이 '모순'을 비과학적으로 이해하며 따라서 그것을 초극하려는 것이 아니라 도리어 은폐하려고 하는 나치스의 정론과 부합한 데 대하여서는 하등의 부자연이 없다.

나치스가 독일국가 독일민족이라는 것을 언제나 떠받들고 있는 것 따라서 민족과 국가를 위한 전체주의 밑에서는 개인의 이익은 언제나 희생되어야만 한다는 것은 다 아는 사실이다. 그러나 동사, 아사가 발등 밑에 박두하여 있는 경제적 절망에서 어떻게 하면 살아나갈 수가 있을까. 이 통절한 현실문제에 당면하고 있으면서도 국민사회주의 독일노동당은 방송선동연설과 가두행진으로써 민중에게 희생과 봉사를 요구하고 있다. 그 뿐이랴. 재작년 여름 학기 이래 독일에서는 대학 총장은 모두 나치스 당원이라야만 된다고 하여 학계의 대가, 거인으로서 히틀러에 대한 충성을 거부하는 사람은 모두 축출을 당하였고 학문과 연구의 낙원으로서 그 자유로운 학풍과 제도를 자랑하던 20여개소의 대학은 나치스에 의한 대학제도 개혁안 밑에 무참히도 유린을 당하고 말았다. 흔히 건실, 상무, 풍부한 연구심 등으로 표현되던 독일민족성은 나치스에 의하여 일정한 목표, 파시즘의 독재를 위한 신화에 봉사하도록 강요되고 있다. 그리하여 대학은 나치스의 소위 정신적 혁명의 기초의 확립을 위하여 재출발하지 않으면 아니되게 되었다. 하이데거는 이 '정신적 혁명에 기여하기 위하여' 질조(質粗)한 서재에서 연구 불태(不怠)하던 생활까지도 희생하고 나치스의 대학개조에 분주하고 있다 한다. 특히 그가 작년에 한 프라이브르크 대학 총장 취임연설은 '대학생활의 자유'를 독일대학으로부터 방축하는 데에 있어서 결정적인 것이었다. 순수한 피의 민족, 영원한 국가의 존재 이 두 가지를 위하여 나치스는 독일정신에 새로운 신화를 구성하고 있고 하이데거는 그 집행자의 일인이다. 나는 그것이 좋고 그르다는 가치판단을 내리는 것을 잠간 보류한다. 왜 그러냐 하면 대학의 자유와 연구의 신성이라고 하는 것이 어떤 권력자에 의하여 침해되는 것이 먼저 구명되어야만 할 것이므로이다. 하이데거가 독일대학의 사명으로서 노동봉사, 국방봉사, 지식봉사의 3자를 들어 초계급적 국민공동의 책임을 다하여 최고의 권위 국가에 대한 절대적 예속을 주장하였을 때 아마 나치스의 지도자들은 회심의 미소를 띠었을 것이다. 그리하여 땀과 피와 흙을 토대로 한 새로운 독일정신의 형성을 기뻐하였을 것이다.

＊　　＊　　＊

　끝으로 이 고(稿)를 마치기 전에 하이데기에 대하여 또 한 가지 말하고 싶은 것은 그의 인간생활의 특질에 대한 논거이다. 그는 인간생활의 특질을 카톨릭적 죄악관에 두고 있다. 그가 카톨릭의 신자래서 그렇다는 것보다 나치스의 종교관과의 연계 하에서 또한 오인의 흥미를 이끌고 있는 것이다. 우리의 일상생활이 자연과 사회에 적응하는 노력이 아니라 원죄에 의한 타락(페어팔렌)으로부터 구제되기 위하여 사(死)에 대한 각오로부터 현실존재의 재생을 기도하지 않으면 아니된다는 것이다. 그러나 그는 사의 피안에 무엇이 있으며 무(無)를 왜 설정하지 않으면 아니된다는 것에 대하여서는 아직 오인에게 답하는 바 없다.

하여간 그의 철학은 평범하면서 일찍이 보지 못한 철학적 논술을 우리에게 보여주고 있다. 사실로 "인간이 존재하는 이상 철학적 사색은 없을 수가 없다." 그러나 그 인간의 존재라는 것은 사회적인 존재적인 존재이고 따라서 그것에 의하여 규정되고 있다. 하이데거는 그 호개의 예증이다.

나치스의 철학자로서의 하이데거는 이와 같이 평범하면서도 위대한 철학자이기도 하다. (10월 8일 夜半)

# 세모수상(歲暮隨想)

『동아일보』1934. 12. 25, 27, 28(총3회)

## (상) 관조 · 해석 · 모사

신춘현상문예에 응모한 그 많은 소설, 희곡, 실화, 가요, 기타에 관하여는 아직 알지 못하지만 '특별논문'으로 기고한 여러 논편을 읽어 보니 그 대다수가 얼마나 관조의 세계에서 오락가락하고 있는가가 얼른 눈에 띠었다. 관조의 세계라는 시학적 표현을 빌어다가 그 대부분의 논편을 비평한다는 것은 오히려 과도의 평이라는 것을 스스로 느낄만지 미흡한 바가 많았다. 사실 나로서는 기대가 컸었던 만치 실망도 컸다. 그러나 그 많은 논편들은 우리들의 지적 생활의 한 부분의 노작이라는 것을 생각할 때 저윽이 간과하지 못할 시사를 느끼는 것이었다. 이곳에서는 그것들을 논평하려고 하지 않거니와 그 대부분의 논편에 나타난

'관조적 태도'만은 하여튼 문제삼지 않을 수가 없다고 생각한다.

＊　　＊　　＊

무릇 자기가 일상 부닥뜨리며 겪어가는 현대라는 역사적 시대에 있어서 가지는 견해에는 내 생각 같아서는 세 가지의 경우가 있으리라고 믿는다. 첫째는 일정한 견해를 가질 수 있다는 가능성의 투입이요, 둘째는 여러 가지의 가지고 있는 형태를 있는 그대로 이해하는 것이요, 셋째는 가져야만 한다는 필연의 인식이다. 우리가 매일 가두에서 목도하는 일, 신문에서 글자로 읽는 일이 얼마나 많은 자극과 흥분을 가져다 주는 것인가는 다시 말할 것도 없이 명료한 사실이다. 그리하여 여러 가지 생각과 감정이 머리를 아프게 하고 또 가슴을 찌른다. '자선남비'를 보고 빈궁을 미워하며 울릉도의 이민의 기사를 읽고 현대라는 세대의 일(一) 소축도를 그려본다. 이러한 여러 가지의 엄연한 사실을 몸소 겪는(나는 경험, 체험 등의 어휘를 피하고 이렇게 말하고 싶다) '지금의 사람들'에게는 그러면, 위에 말한 세 가지의 경우 중에서 어떤 것이 필요 차(且) 충분하며 적절 차(且) 긴급한 것일까? 이 점이다! 우리가 바로 문제삼으려는 점은. '지금의 사람'들이 '몸소 겪고' 있는 이러한 구체적 현실 앞에 머리를 숙이고 생각하는 바는 실로 천차만별이다. 그러나 그 천차만별한 생각들을 유형화할 것 같으면 관조, 해석, 모사(模寫)의 삼자로 구분할 수 있다고 생각한다. 관조는 먼저 말한 일정한 견해를 가질 수 있다는 가능성을 투입하는 태도이요, 해석은 여러 가지의 가지고 있는 형태를 그냥 있는 그대로 이해하려는 태도이요, 모사는 그 여러 가지 형태로부터 일정한 필연성을 자각하고 실천하는 태도라고 생각한다. 이 최후의 태도는 그야말로 '자유의 입장'이라고 하여도 좋을 것이다. 우리는 이 '자유의 입장'에 서려고 상념한다. 아니 그것만이 필요 차(且) 충분, 적절 차(且) 긴급한 것이라고 생각한다.

＊　　＊　　＊

　그런데 이번에 읽어본 제 논편을 생각하여 볼 것 같으면 위에도 말한 바와 같이 그 대부분이 조박한 관조적 태도에서 헤매고 있었다. 속(마음)이 바질바질 타고 몸둥이의 살을 이도(利刀)로 어이는 듯한 거중한 이 세대가 어찌하여 그 대부분의 논편들에게는 그러한 관조적 태도로써 반영되었을까! 나는 관조, 해석, 모사의 세 가지 태도가 어떠한 것인가에 대하여는 이곳에서는 더 논급하려 하지도 않고 또 어떤 것이 좋고 좋지 않다는 판단도 잠간 중지하려 한다.

　어떻든 나는 그 '특별논문'들에 기대가 컸더니 만치 실망도 크다. 표현의 방법, 문장의 졸렬 같은 것이야 어떠하든지 나는 문제도 삼지 않으려 한다. 현세대를 전체로서 어떻게 파악하고 있는가가 긴절하다. 나는 그렇게 생각한다. 현세대는 끝없이 밉다. 또 너무나 거중하다. 그렇다! 밉고 거중하니만치 우리는 현세대를 문제하지 않을 수가 없다. 우리에게 부과되는 문제는 현세대를 기점으로 하고 있다. 이 기점으로서의 '지금', '우리의 지금', '당장(當場) 해야 할 지금'은 결코 니시다 기타로 박사의 '영원의 지금이라는 자기한정'도 아니다. 천만년 지속되는 그러한 지금도 아니며 '지금 전차를 타고 종로로 가는' 그러한 지금도 아니다. '우리의 지금'은 절실한 과제로서의 '지금'인 것이다.

## (중) 정야사(靜夜思)

나는 재작년 4월 이후로 야반이면 깨는 버릇이 생겼겄다. 저녁을 먹은 뒤에 산에를 잠간 올라갔다가 돌아온 뒤에는 대개 자리를 보고 자버리는 것이었다. 일찍이 자니까 야반에 깨게 되는 것은 당연한 일이라고 하겠지만 그것이 버릇이 되고 보니 늦게 자는 날도 꼭 깨지는 것이었다. 그래서 어떤 때는 두 세 시간씩 이불 속에서 구르기도 하지만 흔히는 일어나서 읽기 쉬운 서적들을 빼다가 읽는 것이었다. 그것이 작년 10월 경까지 계속되었었다.

그러나 나의 생활에 조그마한 변화가 생기게 되자 걸핏하면 이와 같은 밤의 과공(課工)이 깨지기 시작하였다. 원체 섬약한 몸이라 밤늦게 집에 돌아가면 퍽이나 피곤하였다. 더욱 내가 학교를 졸업한 뒤의 만 2년 반의 생활이라는 것이 비교적 직업상의 제재를 받지 않고 이르거나 늦거나 또는 그 밖의 여러 가지 일이 있어서 자유이었던 관계도 있었겠지만 작년 9월 이후로는 걸핏하면 나의 즐거운 '밤의 일'이 깨지기 시작하였었다. 나는 그것을 다시 전과 같이 회복하여 보려고 하였다. 그러나 나의 생리적인 욕구는 그것을 불허하였다. 충분한 잠이 무엇보다도 필요하였다.

그러나 그것이 다시 금년 가을 이후로 이렇다 할 이유도 없이 먼저의 상태로 돌아가게 되었다. 늦게 자거나 일찍이 자거나 야반이면 대개는 눈을 뜨게 된다. 안방에 있는 시계 소리가 아주 분명하게 째각째각하고 들려올만치 그렇게 고요한 밤에 나는 일어나 앉았다. 그리하여 자주 먹을 줄 모르는 권련을 피워 문다. 나는 책을 볼 때에 담배를 먹는 것이 퍽 거폐스러운 것을 알면서도 이 적막 그 물건 같은 밤에 무엇인지 모르게 허전한 마음에 벗을 얻어줄까 하고 피워 무는 것이다. 그러나 맑고 깨끗하던 머리는 어찔해진다. 다시 담뱃불을 끈다. 그러나 책장을 넘기는 동안에 또 옆에 놓인 담배에 유혹되어 다시 피워 문다. 이같이 반복하기를 몇 번 책상과 책에는 담뱃재가 떨어져 있다.……멀리서 야경(夜警)의 나무짝치는 소리가 들려온다. 방안이 너무 퀭한 것 같다. 내가 쉬는 숨소리가 내 귀에 쟁쟁하다. 책장 위에 떨어져 있던 재가 바르르 날라서 물러간다. 그것이 어데가서 저의 정지의 위치를 잡나하고 바라본다. 아무리 적은 재라 할지라도 나의 시력이 가능한 한 똑똑히 보인다. 그럴 때마다 나는 증(症)을 내고 몸을 뒤틀었다. 전등이 너무 밝아서 화증이 나는 때문이다.

　이같이 하기를 몇몇 밤 몇몇 달. 나의 마음에는 늘 무엇인지 모르게 결여된 무엇을 느끼었다. 그것을 이 결여된 무엇을 종교적인 무엇 형이상학적인 무엇이라고 하지 말아라. 나는 그것들이 무엇인지를 잘 알고 있다. 나의 마음에 오는 야반의 공허를 나는 이론적으로 음미하고 또 분석할 수가 있으리라. 그러나 나는 그러한 공허중에서 '파토스'적(말하자면 정열적)인 무엇을 느끼는 것이다. 이백李白(701-762)의 「정야사(靜夜思)」는 시인적인 위대한 경지에의 미도(味到)이다. 그 경지에는 '에토스'적(윤리적이라고나 할까)인 무엇이 있는 것을 느끼는 것이나 나에게는 그러한 것이 아니었음을 나중에 추상(追想)에 의하여 발견하는 것이다. '지향'이란 말이 철학상으로는 특수한 의미내용을 가지고 있는 것이고 또 현대에 와서는 논의의 중시문제가 된 일도 있었지만 그러한 '지향'으로도 잘 설명이 되지 않을만치 나의 그 마음은 초(超)이론인 세계이었다. 고요히 생각하는 밤에 이러한 파토스의 지향적인 세계를 스스로 상념하는 순간을 가질 수 있게 된 나의 유일한 기쁨을 나는 다시 없이 애끼고 싶은 것이다.

　그러나 이 겨울 더욱이 연말을 당하여 그러한 '고요한 밤의 생각'을 가질 수 없게 되어 있는 것을 다시 없이 슬퍼한다.


## (하) 종로 네거리

　언제나 종로 네거리를 지날 때이면 생각하는 바이지만 우리의 종로 네거리 같이 영성하고 들떠 있고 맞지 않고 또 째이지 못한 곳은 없으리라고 생각한다. 그것이 더욱 연말을 당하니 그러한 것 같다. 이만한 도시이면 어디나 다 마찬가지이지만 이곳에도 현대과학의 총아들이 다 한 몫을 보고 있다. 통행을 위한 여러 가지의 기계가 질주하고 있는 것은 물론 지금의 생활에 불가결하다는 은행과 데파트는 이 네거리가 제 것인 체하고 거만을 부리고 있다. 가지각색의 인간이 제 볼 일에 바쁘며 '이(利) 남기자'는 표지가 저무는 햇발에 빗겨 빛난다. 이리하여 우리의 종로 네거리는 구성되어 있다.

　한 번 발길을 멈추고 그곳에 서보라. 동남으로 고개를 돌리어 보신각의 처마를 보고 한 층 눈을 높이어 동일은행의 첨탑을 보라. 그때에 그는 야릇한 느낌을 가지게 되리라. 민민하나 으젓하게 굽어 오른 처마의 연장선과 그 첨탑을 떠받들고 있는 수선(垂線)으로 내려쏟는 무거운 벽돌집이 맞부딪는 곳을 속맘으로 따져보라. 이 연장선과 이 벽돌집을 대조하여 생각한 사람은 물론 많을 것이다. 다시 그 두 가지 건물의 충돌에서 받는 어색한 느낌은 그 두 가지 것의 색채에서도 가질 수가 있다. 벽공(碧空)을 배경으로 한 이 두 가지 건물의 윤곽선을 그리고 다시 그것들의 색채를 비교할 때 그것이 좋아 보인다고 할 사람은 아마도 없을 것이다. 그러면 왜 그 같은 '어색해' 한 느낌을 가지게 되는 것일까. 이 점의 해명에는 건축물을 관상하는 데 있어서 한 중요한 논의의 제목을 주리라고 생각하나 어쨌든 어색하다(부자연하다)는 것을 직각적으로 깨닫는 것이 아닐까 생각한다. 이것을 깨닫는 데에는 물론 어떤 정도의 교양을 필요로 하겠지만 어떻든 어색하다 째이지 못하고 맞지 않는다는 데에는 이론이 없으리라. 나는 언제나 그것을 의식하고 그곳을 지나갈 때에는 일종의 증오까지도 느껴서 마지 않는다.

이 양자의 대조는 한 가지의 재미있는 생각거리를 가져다 주기도 하지만 화신의 건물을 '장식'한 저 끔찍끔찍한 '이(利) 남기자'는 표지에는 참으로 진저리가 날만치 불유쾌를 느껴서 마지 않는다. 가뜩이나 엉성하고 째인데 없는 이 종로 네거리가 요새에 와서는 더욱이나 불유쾌를 자아내서 못견디겠다. 날마다 그곳을 지나는 나에게는 한 가지의 고통거리라고까지 말하였다. 그 무딘 색채와 졸렬하기 짝이 없는 의장은 참으로 타기할 만하다. 그 볼꼴 없는 건물에 보기 끔찍한 '금송아지', '예물', 어쩌면 그렇게 알뜰하게도 격이 맞았는지 모르겠다. 건물은 여하간에 그 의장만은 좀더 잘 할 수가 없었을까. 전차를 기다리느라고 서 있을 때에 안 볼 수 없이 보게 되는 그것—근일의 종로 네거리는 참으로 눈을 감고 지냈으면 좋겠다.

어떤 이는 이것의 '부조화의 조화'를 말하리라. 그러나 나는 부조화가 조화에까지 이르자면 그곳에는 질적인 변화가 없어서는 아니된다고 생각한다. 종로 네거리를 에워싸고 있는 그 실로 잡다한 건물늘이 그냥 우리들에게 조화로서 반영되어 올 수는 없다. 우리는 그곳에서 천식(喘息)하는 군상을 본다. 그 군상들은 시대적인 기분에 에워싸저 있다. 이 시대적인 기분의 전환과 동시에 열리는 새로운 안광에 의하여서만 종로 네거리라는 이 조그마한 세계도 그 반영의 의미를 달리할 것이다.

어떻든 종로 네거리는 더욱 요새같이 연말을 당한 종로 네거리는 결코 오래서서 거닐만한 곳이 못된다. 차라리 경성우편국 앞이 낫다. 조선은행과 이 우편국은 바라보아서 그렇게 부조화라든가 나아가서는 불유쾌한 느낌을 주지 않는다. 경성에 있어서는 드문 좋은 건물이라고까지 할 수 있다. 그리고 경성부청 같이 그렇게 욕을 할만치 보기 싫은 건물은 아직 보지 못하였다. 더욱 그 정면현관으로부터 그 첨탑에 이르기까지의 모양은 아무리 생각해도 좋다고는 할 수가 없다. 경성에는 좋은 건물(그 외양만이라도)이 퍽 드물다. 그것도 경성의 생활자들인 우리에게는 한 큰 불행이다.

# 사실과 그 표현

『동아일보』 1935. 1. 6

하도 걸작이라고 야단들이기에 히라다 고로쿠平田小六(1903-1976)의 『囚はれた大地』를 읽어보았다. 물론 이때까지의 일본 문단에서는 일찍이 보지 못하던 묘사의 묘를 얻고 있다. 묘사의 묘뿐 아니라 전개되는 제 장면의 진전도 아무 부자연이 없다. 기무라(木村)라는 인텔리 교원의 생활이 너무도 침통하게 그려져 있다. 무뚝뚝한 속에 애틋한 사랑도 있다. 그러나 그 작품이 보이고 있는 사실—역사사회적인 농촌의 사실도 과연 우리에게 심담을 서늘케 하는 공전(空前)의 사실이라고 할까? 결코 부(否)! 히라다平田는 주어진 사실을 있는 그대로 박력있게 파내려가는 필치를 가지고 있다. 그는 표현이라는 것을 어떻게 할 것인가를 어느 정도까지 체득하고 있다 할 수 있다. 그러나 이 '표현'이라는 것을 단지 존재로서의 사실의 재생이라고 해서 아니된다. 사실과 그 표현의

문제는 그렇게 간단한 것이 아니다. 히라다도 이 문제의 앞에서는 너무나 적은 완성밖에는 달성하지 못하였다. 이 점에 대하여서는 도쿠나가 스나오德永直(1899-1958)도 언외(言外)에 인정하고 있는 듯하다.(『문학평론』 12월호) 돌이켜 조선의 농촌, 화전민의 생활과 그 표현의 문제를 생각하여 보라. 히라다적 수법으로서는 만족하지 못하리라. 객관적으로 주어져 있는 사회적인 엄연한 사실과 그 표현은 재치니 필치니 하는 기술로서의 세련보다도 움직이고 있는 것의 속을 들여보는 전체적 원리적 파악 없이는 불가능한 일이다. 섬세한 필치보다도 무딘 심각이 있어야 한다.(凉山)

# 현민(玄民)의 최근작

『동아일보』 1935. 1. 8

우리는 현민俞鎭午(1906-1987)의 「T교수와 김강사」(『신동아』 신년호)가 실재한 인물이냐 아니냐를 물을 필요가 없다. 그 소설이 보이는 사실의 진행=인텔리 생활의 단면을 보면 그만이다. 그 생활의 묘사와 그 묘사를 통하여 보여진 작자의 인텔리 비판이 그러면 타당하냐 아니하냐가 문제이다. 현민은 이 점에 있어서 인텔리 야점, 동요, 고식, 되영 등의 제 속성을 예시적으로 보여주었다. H과장집으로 과자를 사 가지고 가다가 돌아서서 안 가던 아주머니 집으로 가는 광경은 우습다는 것보다도 도리어 비참하다. 인텔리의 전형으로서의 김만필-그가 분열된 자기를 또렷이 인식하여 벌벌 떠는 모양은 실로 역사적인 비참사이다.

현민의 필치는 실로 부드럽다. 어려운 외국어와 술어를 험사(驗使)하고 있으나 조금도 부자연이 없다. 현민에게 비쳐진 인텔리 김만필의 모양이 ×라는 실재인물의 변용된 타자라는 것, 실재로서의 T교수가 그의 비속한 처세술 때문에 필경은 자신까지도 망치고 말았다는 사실은 아마 이 정찰기만이 알 것이다.(보고는 당분 보류한다) 현민은 성공적으로 어떤 분위기를 그려내었다.(凉山)

# 특별논문을 읽고

『동아일보』 1935. 1. 19-20

해마다 신춘을 당하여 모집한 현상원고에는 무게있는 좋은 것들이 많이 있었다. 신년이라고 하면 그 글자가 표시하는 바와 같이 한 새로운 전기를 가져보려고 하는 것은 누구나 다 같이 느끼며 또 기망(企望)하는 바이다. 조선의 문단과 논단이 신년을 당하면 저윽이 활기를 띠이게 되는 것두 그 한 표시라고 하겠는데 그것이 흔히는 화화적(火化的)인 안타까운 일시적 현상이 끄치고 좀 지나면 여전히 치둔(稚鈍)하고 평범한 상태를 지속하면서 대소의 문제가 명멸하는 것이었다. 그러나 본지가 재래의 신춘모집원고의 형식을 좀더 확충하여 「특별원고」라는 명목 하에 당면한 우리의 생활환경으로부터 긴절한 문제를 집어올리는 동시에 우리 젊은 세대의 교양에 기여하는 바 있고자 다섯 개의 제목을 걸어 널리 값있는 특작을 기성의 논단에서까지 구한 것은 확실히

일보 전진한 한 개의 새로운 기도이었었고 또 그 기도가 어느 정도까
지 충족되었다고 하여도 과언이 아니라는 것을 믿어서 마지 않는 바이
다. 본지가 제출한 다섯 개의 과제―(1) 우리의 인생관 (2) 1935년 조
선사상계의 주요문제 (3) 조선의 문화유산과 그 전승의 방법 (4) 춘향
전의 현대적 해석 (5) 연애와 결혼에 대한 나의 제창은 얼른 보아 아무
참신미도 없는 예비적 의의 밖에는 가지지 않은 것이라고 할는지도 모
른다. 그러나 우리가 이 다섯 가지의 문제를 좀더 꼼꼼히 우리의 현실
생활과의 관련 하에서 따져본다고 할 것 같으면 그 속에는 여러 가지
의 당면한 문제 해결을 요청하는 사실이 복재하여 있음을 발견할 것이
다. 이곳에서 구태여 이러쿵저러쿵 잔소리를 할 필요가 없다고 생각한
다. 물론 현금 조선의 언론이 그 향유하고 있는 자유의 범위 내에서 하
는 것은 췌언할 것조차 없다. 교양의 일보 전진을 위하여서 뿐만 아니
라 또 명일에의 무기로서 뿐만 아니라 우리의 입각한 '이곳'과 '지금'의
문화상의 한 문제를 해명하여 보자는 점에 있어서도 우리의 이번 문제
제출은 한 개의 시의에 적(適)한 것이라는 자부를 가져도 좋으리라고
생각하는 바이다.

이상과 같은 5개의 과제는 역시 문제가 문제이니만치 좀처럼 손을
대기 쉬운 것은 아니었다. 우선 그 수에 있어서도 다른 창작이나 시가
에 비하여 퍽 적었다. 그러나 '1935년 조선사상계의 주요과제' 같은
4, 5편의 응모밖에 안 되는 것도 있었지만 그 외의 것은 모두 각각 수
30십 편이나 들어 왔었다. 더욱 '우리의 인생관' 같은 것은 퍽 많았었
다. 그러나 한 가지 유감되는 것은 '1935년 조선사상계의 주요과제'에
대하여 한 편도 게재할 만한 것을 얻지 못한 것이나 그 외의 제 논편은
실로 현금 조선이 교양과 이론의 최고 수준을 걷고 있는 귀중한 노작
들이었다. 천태산인金台俊(1905-1950), 박사점朴鍾鴻(1903-1976), 박치

우박치우朴致祐(1909-?), 이종우李鍾雨(1903-1974) 제씨 등은 독실한 학구들로서 아는 이가 많을 줄 아나 씨들이 이상과 같은 논제에 대하여 힘있는 해명을 하여 준데 대하여는 다시 없는 기쁨을 느끼는 바이다.

이하에 제씨의 논편에 대한 독후감을 조략하나마 적어보려 한다.

첫째로 '우리의 인생관'이라고 특히 일인칭 복수를 써서 문제를 제출하였었다. 그러나 제 논편은 거의 대부분이 '나의 인생관'을 적어 보냈다. 이 우리가 사회적인 나로 대치할 수가 있다 하더라도 그곳에는 스스로 넘어서는 안 될 한도가 있다고 생각한다. 우리라는 것을 나로부터 본 우리, 나를 통하여 본 우리로서 해(解)할 수가 있으리라. 그러나 우리라고 하는 한 희생적인 '나의 통일적이고, 고차적인 일정한 사회적 그룹'이라고 말할 수 있으리라. 우리와 나와에는 스스로 구별되는 포인트가 있다고 생각한다. 어떻든 박치우, 김기석金基錫(1905-1974) 양씨의 논고는 '나의 인생관'으로서는 당당한 것이라고 하겠다.[95]

박치우씨는 '푸리츠 하이네만'의 '인간의 위기'에 대한 논의 비평으로부터 출발하여 새로운 '인간다운 인간', '상실된 인간성의 탈환'에서 '인간적인 철학'의 건설을 꾀하였다. 그리고 이 '인간적인 철학'의 건설에 있어서 인간을 의학적으로 심리학적으로 또는 도학적으로 해석하는 것을 배격하고 '모순의 인간', '싸움의 인간', '심장의 인간'을 찾아야 한다고 하며 해석학적 인간학에 대한 불만을 발하였다. 유창한 문장으로 쓰여있는 씨의 글은 실로 암시하는 바 많다. 이러한 논은 깊은 사색과 노력이 있고서야 비로소 쓸 수 있는 것이라고 하겠다.

그런데 씨에 대한 나의 2, 3의 의문을 말할 것 같으면 우선 하이네만

---

95)  편자주 : 박치우, 「나의 인생관-人生哲學序想」, 『동아일보』 1935. 1. 11-18(총6회),
김기석, 「나의 인생관-人生學序論」, 『동아일보』 1935. 1. 22-29(총8회)

의 오류를 지적하면서 씨 자신 그 동일한 위기적 인간의 파토스적 측면만을 강조하고 인간의 위기의 사회적 근거가 명백히 되지 않은 것 같지 않은가. 또 인간 자신에 무슨 위기라는 것이 있는가. 즉 현대의 일정 그룹에 있어서의 교양의 위기를 인간 자신의 위기라고 보지는 않았는가. 또 '호소하는 철학'이 어떤 권위자에 대한 귀의를 궁극에 있어서 요구하는 것이 아닐까?(나는 씨의 이 점에 대하여 나치스의 학자 슈미트Carl Schmitt(1888-1985)의 '환성(喚聲)의 이론'(아클라마티온스테오리)를 상기한다) 이 세 가지 점에 대하여 씨의 교시가 있으면 심행(甚幸)이겠다.

김기석 씨의 「인간학 서설」도 퍽 함축있는 논이었다. 우선 그의 깊은 사색에 경의를 표한다. 씨는 나와 너의 구별로부터 출발한다. 그리하여 인간 일반의 규정에서 인간 생활의 기본 과제에 논급한다. 미(迷)에서 오(悟)로, 암흑에서 광명으로-이것이 인간이 과제를 가져야만 하는 근본 요구이라고 하고 사회의 인간학적 인식 원리로서의 '이성'을 논하여 인식의 본질에 급(及)한다. 변증법을 헤겔의 잠꼬대라고 하여 손쉽게 부정하여 버리고 구도의 생활이 '사람의 한 세상'이라고 하여 기독의 생애와 불타의 교설에 돌아갈 것을 말하였다.

이 논문에서는 실로 논리(論離)할 점이 많다. 우선 그 모두언(冒頭言) '이 시대의 사조의 특질은 나와 남과를 가르는 데 있다'부터가 논의할 호개의 제목이 된다. 또 씨는 인간 일반이라고 하는 말을 많이 쓰고 있으나 그 정체가 명백하지 않다. …여타의 문제는 여하튼 씨가 변증법을 부정한데는 많은 자신이 있음을 간취하겠으나 대담한 기도라고 하지 않을 수가 없다. 우리는 어떤 무정부주의자가 공산주의를 배격하는 이론의 근거를 얻기 위하여 용감히도 이 변증법을 검토 배격하려고 덤빈 것을 본 일이 있다. 씨의 이 기도가 성공(!)한다면 참으로 큰일이다. 씨의 논의 읽고 느껴지는 것은 씨가 어떤 'ひがみ'[96]를 가지고 인간 및

사회를 이해하려고 하는 것, 그리하여 '인간생활에 있는 미(迷), 염(染)의 현실을 그대로 시인하지 않으면 아니된다'는 것, 유물, 유심론이 다 관념론이요 형이상학이라고 하여 배척하면서 돌아서서는 다시 그 형이상학의 문을 두드리고 있다는 점을 지적하려 한다. 그러나 이 논문은 여러 가지로 생각케 하는 점이 많다. 우리는 그의 사색에 넘치고 있는 '씬씨어리티'를 잊어서는 안 될 것이다. 그는 현대생활에 있어서의 어떠한 모랄을 찾으려고 하고 있다. 설사 독단적인 점이 많다고 하더라도.

이상 양씨 이외에 정태준씨의 '우리의 인생관'은 재미있는 생활기록이었다. 동양의 '페스탈로치'되기를 자기(自企)하며 '이상주의적 찰나주의자'로 자임하는 씨의 논은 가식 없는 언언절절(言言切切)한 확신에 불타는 것이었다. 모범 농촌선생으로 자정(自定)하며 '심(心)-물(物)-아(我)를 가치화시키려고 한다.' 씨의 논은 씨의 생활고백서라고 하여도 좋을 것이다. 그리고 양갑석, 정일수 양씨의 논도 별개의 타입의 인생관의 편린을 보여주었다.(이상, 「특별논문을 읽고」(1), (2)-편자주)

---

96) 편자주 : 曲解

# 문화의 논리학에 대한 일 기여

－특별논문을 읽고(3)(4) － 박씨의「문화유산과 전승방법」－

『동아일보』 1935. 1. 29-30.

　문화라는 개념의 해석은 사람에 따라서 다를는지 모른다. 벌써 그것을 종래의 학자들에게서 보아온 바다. 그들은 문화를 일정한 절대자의 소산이라고 보기도 하였고 또 진선미 더 나아가서는 성(聖)까지도 합하여 이른바 '가치체계'로서 보기도 하였다. 그러나 그 이른바 문화재 혹은 문화가치라고 하는 것은 게오르그 짐멜과 같이 생의 창조적 운동이 어떠한 산물을 만들어내고 그 가운데서 이 운동이 자기의 표현, 자기의 실현의 제형식을 발견하여 그것에 활동범위와 질서를 줄 때 우리는 문화에 대하여 말할 수가 있다고 한 그러한 것이거나 또는 하인리히 리케르트와 같이 보편타당성을 가진 규범적 이상으로서 문화재의 순수한 가치라고 본 그러한 것이거나 하였다.

　그러나 이와 같은 생의 철학적 혹은 형식사회학적인 문화이해나 또는 신칸트파적 형식주의를 지금에 와서 그냥 신봉하는 사람은 없을 것이다. 나는 이곳에서 문화의 이론에 대하여 논급하는 여가를 가지지 못하였으나 문화를 사회생활의 온갖 형식의 총체, 물질적 생활수단의 온갖 조직의 양식 및 그 상호침투의 현실형태와 그 사적발전의 단면에서 문화의 제상을 본다는 것은 현금에 와서는 일반적으로 인지되어 있는 학문상의 공유재산인 듯싶다. 환언하면 문화라는 것은 사물지식, 습관, 방법 등의 역사적 체계라는 것이다. 그러나 이 체계라는 것이 영원, 불변으로 제사회적 그룹에게 통용되는 것이 아니라 일정한 사회적 성격을 대(帶)하고 있는 것이다. 그리고 그 사회적 성격에 있어서는 양적 방면과 질적 방면이 있음을 간취하리라. 그리하여 이 양자 사이에 상호작용 이행의 사실이 있음도 다 아는 바일 것이다. 바로 이 점에 문화의 논리학(나는 이렇게 말하고 싶다)의 문제가 생한다. 이 문화의 논리학은 문화의 변증법이라고 하여도 좋다. 이 문화의 논리학에는 따라서 과학적으로 구명되어야 할 제다한 문제가 우리의 앞에 닥쳐온다. 이 문제를 수미일관하게 해명한다는 것은 참으로 거대한 노력을 요하는 일이다.

그러나 그 거대한 노력을 요하는 이 문화의 논리학을 그냥 그 거대한 노력을 요한다는 것 때문에 그것들로부터 손을 뗄 수가 없다. 어렵고 큰 문제이니만치 할만한 일이다. 더욱 그것이 우리 조선인의 입각지로부터 볼 때 정히 투구되어아 할 당면의 과제라고 생각하는 것이다.

이 점에 있어서 박사점씨의 「조선인의 문화유산과 그 전승의 방법」[97]에 대한 논고는 실로 주목할만한 것이었다. 씨의 논은 문화유산과 그 전승의 방법에 대하여 한 개의 중요한 전초전을 떠맡은 논구되는

---

97) 편자주 : 憂憂子(박사점), 「조선의 문화유산-특수성과 아울러 그 전승방법」, 『동아일보』 1935. 2. 1~15(총12회)

기다의 문제를 내포하고 있는 것이었다. 씨는 문제의 제출방식에 있어서 실로 진지한 태도를 가지고 나섰다.

그는 이 문제의 해명에 당하여 첫째로 우리가 묻고 있는 것은 '무엇'인가로부터 출발하였다. 즉 '조선의' 문화유산이라는 것을 소위 '로고스적 평면으로부터 해방하여' 일층 깊고 넓은 지반 즉 현대의 우리들의 현실적 사회적 생활의 지반에 있어서 이것을 선명(鮮明)하여야 된다고 하여 구체적 현실 생활의 지반을 물었고 둘째로 이 문제를 어떻게 묻고 있는가 하는 문화유산 전승의 방법에 관하여 문제의 초점을 실천에 두어 가지고 관념적인 해석적 태도를 배격하였다. 그가 제출한 문화유산의 인식과 실천에 있어서의 무엇과 어떻게의 두 계기는 변증법적 통일을 성(成)하여 있어야 한다는 것이다. 그리고 이 무엇과 어떻게의 두 계기는 조선의 문화유산의 인식 및 그 전승에 있어서 현실적 정황 즉 현단계적 입장의 고려를 망각하고서는 명백하게 현시될 수가 없는 것이니 씨의 입론하는 태도가 그 시초에 있어서 뿐만 아니라 해론의 전체를 통하여 어떠한 것이겠다는 것을 아주 명백하게 표명하는 것이었다.

그러면 씨는 '조선의 문화유산의 방향을 규정하는 현단계적 입장'을 여하히 보았던가? 씨는 실천의 태도가 상이한 두 개의 사회적 그룹의 존재를 선명히 하여 '과학의 당파성'을 지적하였다. 그리하여 조선의 문화유산을 인식함에 있어서 특수한 사회적 그룹의 문화가 마치 전 조선문화의 대표자인 것 같이 간주하는 폐(弊)를 배격하였다. 왜 그러냐 하면 사회적 그룹의 입장에서 문화유산을 인식하여야 한다는 가장 중요한 태도를 망각한 태문이다. 그가 사회과학적 안광을 통하여 문화의 문제를 고찰하는 사회 사상(事象)의 문제성을 엄밀하게 규정하려는 태도는 실로 시사하는 바 많다. 즉 고유문화의 문제와 몰가치적, 몰목적적 태도에 대한 견해가 그것이다. 그러나 씨가 후자에 대하여 실천을 자각적으로 유리한 관조적 태도라고 하여 배제한 바는 좋다고 하더라도 전자에 대한 이른바 고유문화의 문제와 조선의 문화유산의 특수성의 문제에 대한 논술에 대하여서는 사람에 따라서는 좀 다른 견해를 가질 수도 있지 않은가 한다. 그는 고유문화와 민족적 특수성의 문제와를 구별하고 있는 듯하다. 고유문화를 어떤 몰락하여 가며 있는 사회적 그룹의 구태여 취하는 바 회고적 현실도피의 궁여지책에 불과하다고 하면서 이 민족적 특수성의 문제와 여하히 관련하여 있는가에 대하여서는 조금도 논급하는 바가 없지 않은가 한다.

우선 고유문화를 민족의 '원시적 문화'라고 하는 씨의 가설(?)에 대하여 의문이 생긴다. 물론 씨와 같이 고유문화를 원시적인 문화라고 한다면 씨의 논술도 정당하겠지만 고유문화가 과연 민족적 특수성(씨의 말하는 바)과 일반성의 문제에 대한 논리적인 논술에 대하여는 실로 경청할 바 많다고 하겠으나 그 구체적인 적용에 있어서는 내 생각 같아서는 좀 알기 어려운 점이 있다고 생각한다. 씨는 공허한 공식주의적 추상론의 배경에 급한 나머지 그 민족적 특수성의 인식의 과정에 있어서는 논급하는 바가 보다 적다고 생각한다. 물론 씨의 말과 같이 "현실적 생활의 모든 실천은 그것이 각기 민족의 특수한 문화유산을 전승함으로써뿐 그의 질적 내용을 획득할 수가 있다." 그리고 또 "문화유산의 특수성은 일개의 통일체로써 사실상 존재하고 있다." 그러면 이 경우에 있어서 그 소위 고유문화는 여하히 대우를 받게 되는가? 또 그 특수성의 인식의 과정은 여하한가? '근로적인 사회적 그룹'의 견지에서 권력적인 사회적 그룹이 떠받드는 민족적 특수성의 강조를 배격한다 하더라도 '현실적인 발전의 과정'에서 본 문화의 민족적 특수성의 특수성되는 연유는 해명되지 않은 것이 아닌가 생각한다. 씨는 처음에 문화유산에 대한 '무엇 계기'를 물어야만 한다고 하였다. 그 '무엇 계기'를 인식하는 과정이 '어떻게 계기'로서의 전승의 방법에서 해명된다고 하면 나의 이 의문은 의문될 수가 없겠지만 그래도 그 인식의 과정과 전승의 방법과는 스스로 특자의 영역을 가진 것이 아닌가 생각한다. 물론 내가 이렇게 말한다고 씨가 경계하는 바와 같이 산 통일체를 성(成)하여야 할 양 계기를 기계적으로 분리시켜서 논하는 것은 아니라고 생각한다.

그러나 씨는 나의 이러한 의문에 대하여 답하리라. 사회적 그룹의 대립적 긴장이 도리어 민족문화의 특수성을 그 일층 현저하게 해주는 것이요 또 어디까지든지 역사적 발전적이며 민족적이면서도 세계적인 비권력적인 사회적 그룹의 입장에서 인식한 특수성이 조선의 문화의 특수성이며 민족과 사회적 그룹의 긴밀한 현실적 통일에서 실천적으로 이해함으로부터 조선의 문화유산의 특수성은 객관적으로 인식된다고 할 것이다. 그러면 첫째로 사회적 그룹의 대립적 긴장과 둘째로 민족과 사회적 그룹의 현실적 통일의 양자가 민족적 특수성을 시인하며 천명하는 근거의 구체적인 토대는 어디있나? 씨는 문예부흥, 데모크라시, 기독과 석가, 조선의 불교문화의 유산 등의 예를 들어서 지시한 바 있었으나 이 양자(사회적 그룹의 대립적 긴장과 민족과 사회적 그룹의 현실적 통일)의 이른바 '인식근거'는 여하히 설명할 수가 있을 것인가?

그러나 이러한 제점에 대한 의문(?)을 씨의 해론(該論)에 대하여 제출한다는 것은 해론의 성질상 무리한 짓이라고 생각한다. 물론 씨가 그 제한된 지면관계로 소회를 충분히 서술하지 못하였음은 잘 아는 바이나 나는 씨의 논을 삼사차 통독하고 느껴지는 바를 말하였음에 불과하다는 것을 또한 말하여 둔다. 어떻든 씨의 해론에 있어서는 이 특수성과 일반성의 문제가 중심이 되어 있는 것이라고 생각한다. 또 나는 그 '무엇 계기'와 '어떻게 계기'의 양자가 여하히 현실적으로 적용되며 논술되겠는가를 중요시 하는 것이다. 이 현실적 적용의 문제에 의하여 실천과 이론의 변증법적 통일이 구체적으로 설명되리라고 생각한다.

끝으로 씨의 '전승의 방법'에 대한 논술은 실로 함축있고 암시많은 논술이었다. 깊은 논리적 시련(試鍊)과 사색 없이는 될 수 없는 것이었다.

# 새로운 조명을 받은 문학고전

### ─특별논문을 읽고(5) – 천태산인 춘향전의 현대적 해석 –

『동아일보』 1935. 2. 1

문예사가가 문예사를 연구함에 당하여 그 대상이 되는 문예상의 제
현상을 사회적 기초에까지 파내려가서 연구하는 것은 퍽 필요할 것이
다. 어떤 한 작품을 통하여 보여진 일정 사회의 습속, 윤리 등의 제관념
형태를 그 생기와 발전의 필연적 근거에 소급하여 해명하는 것은 적어
도 그 문예사가가 '과학적'이라고 할 때에는 필수의 요건일 것이다. 그
러나 이 필수 요건이 현재의 조선 일반사가 내지 문예사가에 있어서는
의식적으로 또는 무의식적으로 등한에 부쳐지고 있다. 그러는 한 우리
의 문예사적 연구의 진보와 성과는 기대할 수가 없으리라. 지금까지의
문예사가가 문예작품을 연구의 대상으로써 집어올릴 때는 거의 저도
(低度)한 상식의 견지를 벗어나지 못하고 있었다. 그들은 역사연구라는
기초적인 방법적 이해를 가지지 못하였음은 물론 고전을 ─문학고전

을 연구한다는 대상으로써의 제 현상도 해명도 하지 못하였다. 그러니 경험비판론의 저자[98]가 톨스토이에 대한 비평같은 그러한 엄밀한 비판적 정신을 그들에게서 요구한다는 것은 연목구어도 분수가 없는 일이었다. 그들은 저도(低度)한 상식 위에서 사물을 내다볼 줄 밖에는 몰랐기 때문에 자가의 평범한 독단의 동혈(洞穴)을 파는 데에는 능하였지만 일단 광대하고 엄숙한 탐구의 세계에 발을 들여놓으려 할 때에는 고만 어이없는 모험을 감행하는 것이었다. 이와 같은 말은 '공상에서 과학으로'의 저자도 말한 바 있었다. 상식이라는 것은 대중을 할 수가 없는 것이다. 그것이야말로 과학에 의하여 비판되지 않으면 아니된다.

천태산인의 「춘향전의 현대적 해석」[99]은 실로 상술한 과학의 입장에서 일(一) 문학 고전을 오인에게 해명하여 준 것이다. 우리는 춘향전이 문학고전으로서 우리에게 특별한 관심을 가지게 하는 것이 비단 그 예술적 문학적 가치에 있어서 뿐만 아니라 그 작품이 성립된 시대의 사회적 분위기를 안전에 현시하여 주는 호개의 사회기록이라는 점에서 또한 우리들의 당면의 문제인 현단계적 입장으로부터 해석되고 비판되기를 요구하였던 것이다. 그런데 그 요구된 '현대적 해석'은 바야흐로 씨의 박학강기 더욱 과학적 조명 하에 우리에게 주어지게 되었다. 씨의 이 논은 실로 우리의 신춘논단에 있어서 한 개의 반가운 선물이다. 씨는 역사연구에 있어서 필요한 사료의 수집과 그 정리에 대한 징당한 방법적 이해를 가지고 있다. 이 사료에 대한 방법적 이해는 일조

---

98) 편자주 : '경험비판론'의 저자란 『유물론과 경험비판론』을 쓴 레닌을 가리킨다. 식민지 시기 마르크스주의 관련의 저널리즘의 기사 및 논고에서는 이처럼 'Capital'의 저자, '도이치 이데올로기'의 저자 등으로 맑스를 표현하는 등의 방식이 자주 사용되었다. 이것은 검열을 의식한 일종의 풀어쓰기로 이해할 수 있을 것이다.

99) 편자주 : 천태산인, 「춘향전의 현대적 해석」, 『동아일보』 1935. 1. 1-10(총6회)

에 득달(得達)할 수 있는 것은 아니다. 그것은 반드시 의지적인 이론적 훈련을 경(經)하여서만 얻을 수가 있는 것이다. 그때에야 비로소 아무리 많은 사료라도 충분히 구사할 수가 있다. 씨는 그 풍부한 사료를 충분히 정리하여 구사하였다. 씨는 연구대상인 춘향전의 문헌을 가능하고 필요한 한 가지고 있는 듯하다.

우리의 역사에 대한 태도는 연구대상과 밀접한 관계를 가진 문헌만을 연구하면 좋은 것이 아니다. 위에서도 말한 바와 같이 문헌비판의 안식(眼識), 역사의 방법론을 이해하고 있지 않으면 아니된다. 그때에는 역사가—씨의 경우에는 문예사가로 하여금 제현상을 그 역사적 발전에 있어서 연구하기를 의무적으로 요구하는 것이다. 이 점에 의하여서만 당해 작품을 생산한 전체에 있어서의 역사적 과정의 구체적 제 현상을 정세(精細)하게 알 수가 있는 것이다. 이 점에 있어서 씨는 조금도 유루됨이 없이 춘향전의 역사적 의의를 밝히었다. 춘향전 저작시대의 사회계급에 대한 씨의 상세 친절한 해명에서 도출되는 일(一) 문학적 고전으로서의 '춘향전의 시대성'이 마치 파노라마와 같이 안전에 방불함을 느끼게 되었다. 이리하여 씨는 순차로 춘향전이 보여주는 사상과 그 문학사적 의의와 가치를 천명하였다. 지금까지 춘향전이라고 하면 마치 유한자의 완롱물로 여겨지거나 그렇지 않으면 겨우 그 가요적인 측면에서 우수한 점을 말하거나 또는 로맨티시즘에 의한 왜곡된 해석, 작자 고증을 위한 공연한 노력의 대상으로만 여겨 오던 것이었으나 이제는 넓은 비판적 안광을 통하여 우리의 앞에 조명되었다. 이것은 결코 나의 과찬도 아무 것도 아니다. 씨의 이 논편을 읽은 사람이면 다같이 느낄 일이라고 생각한다.

우리의 문학고전은 인제 역사과학적 조명에 의하여 그것이 가지고 있는 역사적, 사회적, 문학적 가치가 비판되기 시작하였다. 우리는 이것을 기뻐하지 않을 수가 없다.

# 연애와 결혼에 대한 호개(好個) 평론

－특별논문을 읽고(6)(7-완)-이종우, 최횡 양씨의 '연애와 결혼관' －

『동아일보』 1935. 2. 2-3.

연애와 결혼의 문제는 인간에 있어서 영원히 사라지지 않을 문제일 것이다. 인류의 역사에 있어서 몽매, 야만, 문명의 삼시대가 구별된다고 하면 이 연애와 결혼의 문제는 설사 그것이 비상히 판이한 형태에 있어서 행하여졌다 하더라도 언제나 계속되어온 문제라고 할 것이다. 몽매, 야만의 이(二) 시대에 있어서는 우리가 지금 이해하고 있는 그러한 의미에 있어서의 결혼과 연애는 없었고 또 있을 수도 없었다고 하더라도 적어도 그와 유사한 의미에 있어서의 생식을 위한 교섭이 남녀 간에 행하여졌을 것을 상상할 수 있는 일일 것이다.

그러나 그러한 비상히 '나이브'한 오직 동물적 본능에 의한 성적 접촉(接衝) 이외에는 아무 것도 없었으리라고 생각되는 이러한 시대에서는 우리가 지금 의미하는 연애와 결혼의 문제는 생(生)하지 않았다. 적

"

어도 이 문제가 인류 생활의 역사에 있어서 의식적으로 인간의 심정에 뿌리박기 시작한 것은 이른바 야만 상기(上期)—철광의 용해, 문자의 발명에 의한 문명에의 과도기부터라고 하는 것이 어떨까 생각한다. 사실로 영웅 시대의 희랍인, 해적 시대의 노르만인 등에 있어서는 사랑의 노래와 그것을 달성하려는 욕구가 의식적으로 피등(彼等)의 심정 속에 생겼던 것이다. 호머Homeros의 서사시와 여러 가지 형태의 신화는 우리에게 이것을 웅변으로 말하여 주는 것이 아닐까. 몰간에 의한 인류 역사의 삼대기(三大期)의 구별과 마찬가지로 이 '연애와 결혼'의 문제는 여러 가지의 현상적 형태와 정서적 내용을 가지고 발전하여 왔다고 할 수 있으리라. 이 문제는 이 삼대시기에 있어서의 생산의 형태와 특질에 의하여 제약되면서 늘 참으로 유구하게도 인간의 생활에 절대한 압력을 가하여 왔고 또 갈 것이다. 실로 연애와 결혼의 문제는 진부한 문제이면서도 언제나 새로운 문제로서 우리의 앞에 닥쳐오고 있다. 인간이라고 명칭을 가진 동물은 누구나 적어도 한 번은 이 문제 앞에 마음을 조려 왔고 조리고 있으며 또 조릴 것이다. 아마도 이 문제와 같이 인간에게 있어 그렇게 보편적으로 절실하게 부과된 문제는 없을 것이다. 물론 살기 위하여 '먹어야 한다'는 명제와 동일한 권리를 가지고 살기 위하여 '성적 접충'을 가져야겠다고 하는 것은 누구나 인정하고 있는 아주 평범한 보편적인 문제이다.

그러나 이 '성적 접충'이 '먹어야 한다'는 명제와 같이 동일한 절실성을 가지고 있으면서도 개인 인간의 일정 시기에 있어서 그렇게 고뇌의 요소가 되는 일이 있음은 무슨 까닭인가. 이것이 바로 우리가 생각해야 할 문제이었다. 그리고 우리가 지금 문제삼는 '연애와 결혼'도 바로 이 점에 그 초심(焦心)이 집중되어 있다고 할 것이다. 더욱 현대와 같이 온갖 현실 생활에 있어서 그 모순, 괴리가 극도에까지 달하고 있는 때

에는 해결하지 않으면 아니되는 이 문제가 해결하기에는 너무도 거중
(巨重)하게 젊은 남녀의 앞에 콱 막어서 있음에랴! 그러나 이 거중한 과
제로서의 연애와 결혼의 문제가 자체에 있어서 밥먹듯이 그렇게 쉽게
해결되기 어려운 요소를 가지고 있다는 것보다도 전통, 도덕, 습속 등
의 여러 가지 관계로 얽매여 있는 '가족'이라는 것이 이 문제의 해결 요
청자를 제약하고 있으며 또 일방으로는 경제문제가 큰 힘을 가지고 그
에 좌우를 넘실거리고 있다. 실로 이 문제가 언제 한 번 현대와 같이 그
렇게 공뇌(共惱)와 번민에 의한 큰 원인이 된 일이 있었던가. 우리는 이
연애와 결혼의 문제에서 현대의 온갖 관계가 하나도 빼지 않고 '컨덴스
[100]' 되어 나타나는 것을 볼 수가 있으리라고 믿는다.

그러나 우리가 연애와 결혼에 대하여 제시한 문제는 이러한 광범한
문제까지 취급할 것을 요구한 것이 아니라 연애와 결혼에 대한 보다
세련된 이론적 태도를 해명하여 줄 제창을 요구하였던 것이다. 연애와
결혼의 문제를 자기의 교양에 빛을 통하여 어떻게 이해하고 있으며 또
태도를 가지고 있는가를 알고자 한 것이었다. 현대의 교양으로서 일응
(一應)은 이 문제를 자기의 문제로서 파악하고 있지 않으면 아니될 것
이겠으므로 연애와 결혼에 대한 문제는 늘 새로운 문제로서 우리의 앞
에 제출되어 있는 것이다. 이종우, 최횡의 양씨의 논[101]에 대하여 간단
히 논급하려 힌다.

이종우씨는 먼저 연애의 본질을 구명하여 다음의 여섯 개를 들었다.

---

100)　편자주 : 'condense'(응결되다, 농축되다)를 그대로 음차하여 사용하고 있다.

101)　편자주 : 이종우, 「연애와 결혼에 대한 나의 제창」, 『동아일보』 1935. 1. 17-26(총9회)
최횡, 「연애와 결혼에 대한 나의 제창」, 『동아일보』 1935. 1. 1-10(총5회)

첫째 남녀 양성이 일체가 되려는 것, 둘째 질투, 셋째 성적충동, 넷째 감각적 미, 다섯째 상대자에 대한 적의를 가진 경우—환언하면 정신적 결합이 미약한 경우, 예하면 약탈종혼(掠奪從婚), 또는 '짝사랑' 등에도 나타나고 여섯째로는 종족유지의 본능-생물학적 특징으로서 나타난 양성 간의 교합 등을 상세히 분석음미하고 다음으로는 연애와 결혼과의 관계에 언급하였다.

연애는 연심을 가진 남녀가 성생활을 기초로 하는 부부생활에 들어가는 것을 의미한다. 연애에는 연심이라고 하는 정신적인 정서를 필요로 하고 일단 그 연심이 양성에 발생하여 서로 타자를 이해한 때에는 육체적 접충을 기초로 하는 결혼에까지 미치게 되는 것이라고 한다. 씨는 연애와 결혼의 필연적 관련을 설명하여 '결혼은 연애의 분묘'라고 하는 일면적인 견해를 논란하였다. 꽃봉오리로서의 연애가 그 내면적 발전에 의하여 꽃을 피게 하는 것을 꽃봉오리의 가치상의 타락이라고 하여 개탄할 것이 아니라 도리어 꽃봉오리의 내면적 생명이 꽃을 피게 함에 의하여 일단 높은 계단으로 발전하는 것이다.

즉 결혼이라는 것은 꽃을 피게 하는 일단 높은 계단으로 발전해 간 것이다. 그러니 꽃이 피게 되었다고 꽃봉오리로서의 아름다움이 잃어버려졌다고 하여 슬퍼한다는 것은 사물을 부분적으로 보는 추상적 견해로서 불건전한 것이라고 하였다. 연애와 결혼의 관계에 대한 이러한 발전적 이해는 실로 암시되는 바가 많다. 흔히들 결혼은 연애를 파괴한다고 하나 그 잘못됨에 대하여서는 씨의 이러한 견해로서 충분히 시정될 수가 있을 것이다. 씨는 또 '불건전한 연애—자기파탄의 모순을 내포한 것'과 '건전한 연애-반드시 결혼에까지 이르는 것'과를 구별하여 연애는 결혼에 이르러서만 반드시 그 가치와 사명을 다할 수가 있다고 하였고 "결혼생활에서는 안심과 위안과 안정의 정서가 생하여 능히 생(生)의 고(苦)(방점필자)를 잊을 수가 있다"고 하였다.

씨는 연애와 결혼에 대하여 이상주의적으로 보고 있다는 것은 내가 씨의 논을 읽을 때의 직접적으로 느낀 바였다. 그뿐 아니라 '생의 철학' 적인 방향(芳香)이 군데군데에서 나는 것도 느끼었으며 또 한편으로는 월트 휘트먼Walt Whitman(1819-1892)의 개인주의적 낙천적인 생활태도 도 간취할 수 있었다. 내체적(內體的)[102] 요구에 대한 씨의 적나라한 분 석과 비판은 씨가 휘트맨의 시를 인용하여 가며 논구하니만치 비상히 현실주의적이었다.

씨는 결혼의 의의, 결혼의 형태 등에 대하여서도 철학적인 세심한 분 석과 사회학적 고찰을 꾸준히 준용하고 궁극에 가서 인도애적 경지에 서 인격의 완성을 도(圖)하는 것으로서 결혼의 윤리적 종말을 본 것 같 다. 씨의 논은 이상주의적 색채가 많은 것이라고 생각한다. 그러나 신 여(新與)의 사실을 철저하게 응시하며 기탄없이 자기 소신을 피력하는 씨의 제창은 퍽 암시하는 바가 많았다.

끝으로 최횡씨의 연애와 결혼관도 퍽 좋은 것이었다. 저널리스틱하 면서도 양자의 관계에 대한 흥미진진한 고찰의 방식은 퍽 정연한 것이 었다. 더욱 씨의 입론하는 태도는 일정한 세계관에서 흘러나오는 자유 로운 필치에서도 엿볼 수가 있었다. 씨가 연애와 결혼을 구별하여 연애 와 부부애를 질적으로 다른 것으로 보고 이 양자 사이에 실석 선환의 방식을 적용한 데에는 퍽 재미있었다.

이싱에서 대략 양씨의 논에 대한 니의 감상을 말하였다. 이종우씨는 학문적으로 연애와 결혼에 대한 태도를 보여주었고 최횡씨는 저널리 스틱하게 양자의 관계에 대한 태도를 보여주었다. 양씨의 사이에는 스

---

102)　편자주 : 육체적(肉體的)의 오식인 듯.

스로 차이가 있다고 하겠으나 그러나 양씨는 다같이 개인 인간의 현실 생활에 있어서 언제나 새롭게 닥쳐오는 이 문제에 대하여 적어도 ‘카펜터’류의 비판적 견해나마도 보여 주지 않았다. 이러한 남녀양성 간의 불균형—더욱 여성의 당면한 지위에 대한 고찰은 본 문제의 논외에 속할는지는 모르지만 역시 알고 싶은 것이었다. 어떻든 양씨의 논은 다같이 우리의 현재 논단에 있어서는 얻기 어려운 것이었다.

그리고 발표는 되지 않았으나 함흥 임인식씨의 논도 한 개의 주장으로서 정연한 것이었다. 씨는 연애와 결혼에 대하여 ‘일(一) 무산자의 입장으로부터’라고 서브타이틀을 붙인 것만치 통절(痛切)할 바가 있었다.

끝으로 제씨의 꾸준한 노력을 빌고 이 졸렬한 평필을 놓는다.

# 복고주의에 대한 수언(數言)

## - E 스프랑거의 연설을 중심으로 -

『동아일보』 1935. 5. 9-11 (총3회)

최근에 와서 복고주의적 경향이 대두하고 있는데 그것은 세계 각국의 일반적인 풍조인 듯 싶다. 현재 우리가 보는 바와 같이 이 복고주의라는 것이 어떤 사회적 그룹에 의하여 특히 강조되고 있는 시대에 있어서는 문화가 그 정상하고 자연한 발전의 도정을 밟는 때가 아니라 우회와 전환의 회중(洄中)에서 고민하고 있는 때이다. 그 고민은 흔히 말하기를 많은 비극적인 것을 내포하고 있다고 한다. 이 비극적이라고 하는 것은 공식으로부터의 탈각, 자유에의 사념, 또 관념론으로 돌아가라는 등의 표어가 제조되어가고 있으면 있을수록 주체적인 돌파가 보다 더 절실하고 또 치열하게 되는 때에 일어나는 모순적인 상극의 소극적인 표현이다. 그런데 이러한 소극적인 표현은 왕왕 문학적 용어를 빌려가지고 자기의 모순적인 성격을 안개 저쪽으로 밀어던지는 위험을 가지고 있다고 생각킨다. 왜 그러냐 하면 현금과 같이 역사의 발전이 목숨을 던져가며 싸우고 있는 일정 시기에 있어서는 직절 간명하게 사람의 심정에 호소하는 것을 이 문학적인 소극적 표현은 막는 일이 적지 않다고 생각키는 때문이다. 그러므로 나는 비극적이라는 말을 가끔 보는 데 그냥 덮어놓고 문자 그대로의 뜻 이상을 더 보지 못하고 쓰는 사람들에게 조그마한 경고나마 주고자 한다.

잠간 여담에 흘렀으나 현금의 복고주의는 물론 역사상의 그 어느 복고주의와도 성질이 다르다. 물론 다를 것이다. 다음의 스프랑거Eduard Spranger(1882-1963) 의 연설의 소개에서도 볼 수 있는 만치 퍽이나 민족적인 색채가 농후한 아니 민족지상주의라고도 할 수 있는 한 개의 이즘을 중심으로 하여 현대의 정치경제와 온갖 이데올로기상의 대립이 이 복고주의에 반영되어 있는 것이다. 그런데 이즘이라고 하는 것은 동작 또는 행동이라는 것과 분리하여 생각할 수가 없는 것이다. 이즘이라는 것은 행동과 연결된 관념, 직접행동에까지 분화되어 가는 관념이다. 그러므로 한 개의 이즘이 되어 있는 현대의 복고주의가 행동에까지 나타나게 될 것은 물론이다. 그러면 현대의 복고주의는 어떠한 정도로 행동에까지 나타나고 있는가? 일본 내지와 조선에 있어서의 그 표현형태에 관하여는 지금 문제삼지 않으려 한다. 오직 세계적 유행으로서의 현금의 복고주의의 유형적인 일형태로 볼 수 있는 독일의 그것을 다음에 소개하려 한다.(『뻴리너 타게쁘라트』 4월 1일 부)


지난 3월 30일(토요일) 오후 프러시아 과학 아카데미의 기념관에서 개최된 고대예술의 연구가의 회합에서 에드와드 스프랑거 교수는 「제 세대의 투쟁에 있어서의 고전」이라는 제(題)로 강연을 하였다. 그러면 우선 고전적이라는 것은 무엇이냐? 고대에 있어서는 '아울루스 겔리우스Aulus Gellius'[103]가 오직 '귀족적 문필가'라는 뜻으로 사용하기는 하였으나 희랍인들은 그것을 규준과 같은 것으로 해(解)하였었다. 오거스틴 대제 시대의 로마인에게는 기원 5세기의 아테네가 전형적인 모범으로서 나타났고 문예부흥시대의 인문주의자들에게는 고전적인 고대가 역시 전형적인 모범으로서 나타났다. 그런데 17세기의 프랑스인들은 이 개념을 각자의 민족적 정신 내용의 최고봉이라고 확장하였고 그리하여 고전적이라는 것에 특히 합리적인 것의 준승(準繩)이라는 뜻을 첨가하였다. 그리고 훔볼트Karl Wilhelm Von Humboldt(1767-1835)와 쉴러의 독일 세계주의자들은 그것을 정신적 가치 일반이라고 말하였다. 어느 때나 고대에 대한 관계가 결정적이기는 하였지만 그러나 각 시대인들은 모두 이 고대를 서로 다른 것으로 이해하였던 것이다. 이 고대 희랍에 관하여 스프랑거는 그럴듯한 예를 들어서 말하기를 그것은 거울에 비치는 사람의 모양과 같다고 하였다. 그러한 변화는 훔볼트에 의하면 독일에 있어서는 드로이센Johann Gustav Droysen(1808-1884)의 헬레니즘, 로데Erwin Rohde(1845-1898)[104]의 프시케(心), 니체의 아폴로적과 디오니소스적, 빌라모비츠Wilamowitz와 마이어의 역사적 발전과 현재에 있어서는 예거스파이 데이아의 '관념론으로 돌아가라' 등에서 볼 수가 있다. 그래서 스프랑거는 "고대라는 것은 고정된 것이 아니다. 그것은 언제나 우리와 같이 살어나가고 있나"고 밀하였다. 모든 민족은 각자의 고유한 고전을 가진 최고봉까지 발전한 것이다.

그럴 것 같으면 이 최고봉은 어디에 있느냐? 그것은 독일을 예로 들어 말하면 고전적인 시와 철학의 시대 또는 니벨룽겐의 시대냐? 루터,

---

103) 편자주 : 고대 로마의 수필가.

104) 편자주 : 독일의 고전학자. 그리고 소설·종교의 연구로 유명하다.

라이프니츠 또는 비스마르크의 시대냐? 키케로Cicero 이후로 사람들은 규준이라는 것을 찾으려고 애썼다. 그 규준은 뽀아로에 있어서는 빙켈만Johann Joachim Winckelmann(1717-1768)에 있어서와 달랐고, 자연과 관념과의 화해를 기도한 쉴러에 있어서와 잘 아는 사람이 별로 없는 「문학적 과격 혁명주의」(리테라리쉘 상퀼로티스무스)(1795)라는 논문에서 고전론을 말한 괴테에 있어서는 서로 달랐던 것이다. 괴테는 나중에는 낭만적이라는 것이 병적인 고로 고전적이라는 것을 건전한 것이라고 하였으나 양자는 서로 조화 통일 되는 것이라고 하였다.(고전적 낭만적 판타스마고리-환상으로서 나타나는 파우스트의 헬레나를 보라) 일민족 혹은 문화의 단초, 뮤토스(신화), 고유어, 특질을 본질적인 것으로 본 헤르더 Johann Gottfried von Herder(1744-1803)라든지 신비적 종교적인 것 속에 문화는 결정적으로 정류(碇留)하는 것이라고 본 금일의 오스왈드 스펭글러의 견해와 같이 문화생물학적인 것을 규준이라고 해야 좋겠는가? 아니다. 어떤 것이나 규준이 될 수 없다.

고전적이라고 하는 것은 우리에게 내적 심려를 강박하는 모든 위대한 것의 자기 계시(셀프스트오펜바룽)이다. 이러한 내적 심려는 견본이나 표본이나 또는 모방을 의미하는 것이 아니요. 그것과의 연환이요 정적, 인격적 결정이요 미적일 뿐 아니라 인간적이요(멘쉴리히) 그리하여 회유(回有)한 본질과 창조를 결실케 하는 것이다. 환언하면 능동적 과거가 생동적 현재와 결합하여 창조적인 작위를 하게 하는 것이다. 마치 괴테가 파우스트의 헬레나로 하여금 말하게 한 것, 입센Henrik Ibsen(1828-1906)이 그의 제3제국에서 생각한 바와 같다. 그러므로 문헌학과 고고학에 의한 고대의 연구로는 만족할 수가 없다. 고전의 연구에 당(當)하여는 감격의 성(聖)된 거화(炬火)를 높이 들어 멀리 가지고 가는 사도를 요구한다. 불연이면 그 불은 꺼질 것이니 금일 독일에 있어서는 신시대의 문화의 3개의 기본요소가 요구되나니 첫째는 게르만 민족성이요, 둘째는 고대요, 셋째는 기독교다. 생활이 고전적인 것에서 원조를 얻을 수 있을 때에만 생활은 현대의 불타는 요구와 문제를 해결할 수가 있을 것이다.


(중)


　상술한 에드와드 스프랑거의 연설의 소개는 닥터 오페른 브로니코브스키Friedrich von Oppeln-Bronikowski(1873-1936)의 의견이 첨부되어 있는 것이니 스프랑거가 과연 여하한 내용의 연설을 하였는지 그 정확한 논지의 전반은 아직 알 길이 없다. 그러나 이 소개문을 가지고서도 넉넉히 그 어떤 경향만은 간취할 수가 있다고 생각한다. 스프랑거는 금년 52세의 독일철학자로서 딜타이의 영향을 많이 받은 정신과학적 교육학을 주장하는 사람이다. 히틀러가 정권을 쥐고 우수한 대학교수들을 추방 혹은 면직시키는 통에 그도 사직이 강요되었었으나 다시 베를린(백림) 대학의 교수로 유임하게 된 데는 양자 간에 타협이 있었다고 전하나 저간의 소식은 잘 알 수가 없다. 여하간 그가 지금도 베를린 대학의 교수로 있는 것만은 사실인 듯싶다. 히블러의 치하에서 대학교수로 있게 되자면 암묵간에 양자 사이에 타협이 있었을 것은 넉넉히 상상할 수 있는 일이다. 이 브로니코브스키의 소개문을 스프랑거의 연설의 개요라고 할 것 같으면 스씨도 완전히 나치화된 철학자라고 할 수 있으리라.
　그러면 이 소개문에 나타난 한에 있어서 스씨의 최근사상은 어찌하여 나치화되었느냐가 문제일 것이다.

그가 말한 고전적인 것의 해석의 역사적인 개관은 생의 철학자로서의 스프랑거가 함직한 말이다. 희랍과 로마의 고전에 나타난 수법, 정신 및 풍취가 문예부흥시대 이후 여하히 독일의 근대정신의 구성에 작용하였으며 또 각 시대의 대표적인 사상가 상호 간에 나타난 고전 감수의 차이성을 지적하여 고전적 영향의 심도와 광폭의 척도를 용이히 발견할 수 없음을 말하였다. 사실로 서양에 있어서 희랍 로마의 고전의 무한한 저수지는 용이히 자질하고 저울질 할 수 없을만치 그 이후의 문화에 대하여 가지가지 형태로써 영향을 미쳤던 것은 우리가 다 아는 바이다. 문예부흥시대의 인문주의자들은 말할 것도 없고 고전적 정신을 열애한 괴테는 이 희랍 로마의 고전을 광명 위대, 환희, 조화, 미, 평안 등의 고토(故土)로서 동경하고 사모하였던 것이다.

사실 괴테에 있어서는 낭만적 정신과 고전적 정신과는 융연(融然)히 조화되어 있었다. 그러나 괴테가 비록 예술적인 천재라고 하더라도 희랍 로마의 고전의 고장(高壯)과 웅대를 제 마음대로 낭만적 혹은 고전적 정신으로 구성해 버릴 수는 없는 것이었다. 그의 배후에는 바이마르 공이 있었고 또 바이마르 공의 사위(四圍)에는 쇠잔해가는 봉건귀족과 시민층이 있었다. 괴테로 하여금 시대적 천재가 되게 한 것은 신격화된 그의 천재적 소질이 아니라 당시의 시민층의 사회적 문화적 요소와 진보성이 그로 하여금 천재가 되게 한 것이었다.

그러니 괴테가 희랍 로마의 문물에 침잠하여 그것을 일정한 형식으로 전승하였다 할진댄 그것은 괴테의 유니크한 개인적 독창이 아니라 당시의 사회적인 문화가 괴테에 있어서 어느 정도까지 집중적 표현을 얻었다고 할 수 있으리라. 이러한 점에 있어서 괴테의 천재도 역 시대의 산물이었다. 스프랑거의 말과 같이 고대는 고정한 것이 아니며 거울에 비치는 사람의 모양과 같이 시대라는 거울에 따라서 그 면모를 달리하여 나타난다. 역사는 시대를 만든다. 역사는 모순적 제요소의 극복과 전화발전이다.

이것은 역전시킬 수가 없는 것이다. 조박한 눈으로써 볼 때에는 역사가 반복하는 듯이 생각키는 때가 있다. 그러나 그것은 역사를 참말로 이해한 것이 아니다. (현재의 구주의 정치정세를 보고 대전 전과 흡사하다고 하여 역사는 반복한다고 하는 말을 듣는다. 그때에 나는 고소를 금하지 못한다) 역사는 결코 반복하지 않는다. 그것은 전수와 전승의 변증법적 운동이다. 그러니 이러한 변증법적 운동의 계열 안에 들어오는 고전이라는 것이 따라서 예전 그대로의 모양을 가지고 재현될 수가 없음은 명약관화한 일이다.

그럴 것 같으면 역사로서의 현대로 하여금 희랍 로마의 고전적 정신에 돌아가게 하자는 것은 한 개의 불가능사가 아니면 아니된다. 복고주의는 이와 같이 성립될 수는 없는 성질의 것이다.

그러나 복고주의가 창도되는 것은 오직 이상론적 미적 태도에 있어서만 그 용납의 여지가 있다고 생각한다. 복고주의는 일종의 낭만적 정신이다. 역사상의 낭만사상의 발생이 대체로 반동시대의 산물이었다고 할 것 같으면 이 복고주의도 한 개의 반동사상에 지나지 않는다. 더욱 민족주의의 치열한 독일의 현상을 가지고 보면 명백히 한 개의 반동적 사상이라고 나는 생각한다. 니체의 『비극의 탄생』이 녹일과 일본에 있어서 사회적 동요의 고조에 제하여 감격적으로 영합되고 있는 것은 본능적, 직감적, 비합리적으로 흐르고 있는 현대의 반동적 성격에 의한다는 것 외에는 설명의 길을 발견하지 못할 것이다. 니체의 부흥의 비밀을 공개하고 고전적 고대의 정신에 돌아가자는 현대 로만티커의 가면을 벗긴다면 그곳에는 개인적 안정이라는 요물이 자기를 주장하려고 악착하고 있는 것을 발견하리라. 물론 고대의 연구라든지, 니체의 위대

라든지를 그냥 부인해 버려서는 아니된다. 문제의 요점은 고대라든지,
니체에게서 무엇을 현대에 전승하려고 하느냐이다. 이 점을 고려할 것
같으면 현대의 낭만적 복고사상은 개인적이고 주관적이며 나아가서는
파시스트적이기고 한 것이다. 현대의 낭만적 복고사상에는 사실로 파
시스트적 쇼비니즘을 많이 가지고 있다. 나치 독일의 광신적 행동성을
보라! 그 광신적 행동성에 지배되고 있는 독일에서 고대에의 복고가
문제되고 있다. 현대의 복고주의는 이와 같이 개인적, 낭만적, 주관적,
광신적 행동성 파시스트적 요소를 가지고 있는 것이다. 그리하여 독일
의 복고주의적 사조는 이와 같은 제 성격 하에서 히틀러적 노선에 놓
여 있는 것이 아닌가 생각킨다.


　　(하)


　복고적 사상이 이상에서 말한 바와 같이 로맨틱한 개인적 안정을 희
구하는 모양으로 현대에 있어서 나타나 있다고 할 수 있다. 그러나 그
것은 또 단지 개인적 안정만을 희구하는 단순한 것이 아니다. 그것은
광신적 행동성을 가지고 있다. 그런데 이 광신적 행동성이라는 것은 주
관적이요 파토스적(격정적)이다. 따라서 현금 독일, 일본 등에서 운위되
는 복고주의 사상이 주관적 파토스적이라고 할 수 있으리라. 전술한 브
로니코브스키가 말한 "정적, 인격 결정적이요 미적일 뿐 아니라 인간적
(메쉴리히)"이라고 한 말은 저간의 소식을 전하는 것이라고 생각한다.
　이러한 고전에의 추모가 과거의 의식을 잠재적으로 혹은 현실적으
로 나타나게 할 것은 넉넉히 상상할 수가 있는 일이다. 현재 독일에서
'껠마넨툼'이라고 하는 기사적, 중세적인 민족적 특성을 고양시키려고

하는 것을 보아도 알 수가 있다. 이 '껠마넨툼'을 요구하는 것이 독일의 신시대의 문화의 삼개 기본요소 중의 제일이라고 한다. 과거에의 추모라고 하더라도 그것은 과거를 전부 모든 점에 있어서 완전하고 미적이라고는 생각하지 않는다. 그 추모에는 헛된 유토피아 의식이 작용하고 있는 것이다. 복고적 사상은 일종의 유토피아적 의식에 지배되어 있다고 할 수 있다.

유토피아를 생각하는 것은 오직 먼 미래에 있어서만이 아니라 아득한(!) 과거에서 구하려고도 한다. 일견 이것은 불가능한 것 같이 생각할 것이다. 그러나 '껠마넨툼', 고대와 기독교를 신시대 문화의 기본 요소라고 하는 독일의 현재에서도 볼 수 있는 것과 같이 사실로 반복시키고 역전시킬 수 없는 과거에 유토피아를 꿈꾸고 있는 것을 보아도 알 수 있을만치 현재의 복고주의자들은 그것을 불가능사라고 생각하지 않는다. 그러나 유토피아라고 하는 것은 본래 미래의 상으로서 구성되는 것이라고 하리라. 이것이 상식이 허하는 유토피아의 뜻이다. 복고주의자들은 이 상식적인 생각을 인정하는 동시에 회고적인 유토피아도 생각하지만 이 회고적 유토피아를 보다 더 중시하고 있다. 참으로 이보다 더한 낭만적인 것은 없을 것이다. 퍽도 미적이요 몽환적이라고 할 수 있다!

그러나 유토피아에 있어서는 현실적인 제 관계는 말살당하고 있는 것이다. 따라서 역사적 의식은 부인되고 있는 것이다. 이러한 현실적 역사 의식이 말살된 유토피아가 얼마나 허망한 깃인가는 더 말할 필요도 없으리라. 이러한 허망한 유토피아 그것이 회고적이든 미래 동경적이든 간에 이를 꿈꾸고 있는 복고주의자들의 꿈은 아침 햇발에 사라지는 이슬과 같다고 극언하고 싶다.

대체 복고주의는 상술한 바와 같은 것이라고 생각한다. 이 복고주의에 대한 나의 논평은 설사 그것이 여하한 형태를 가지고 현실적으로 나타나 있든지 간에 원리적인 점에서 타당하리라고 생각한다. 독일의 복고주의자에 관하여서뿐 아니라 일본의 그들에 대하여서도 이와 같은 말은 할 수가 있고 또 조선의 그들도 비판할 수가 있다고 생각한다. 조선에 있어서의 복고주의적 경향(나는 그것을 간취할 수 있다) 그것은 너무도 비참하다할만치 유치한 것이라고 생각하나 그 유치한 대로 비판의 척도는 상래 말하여 온 바에서 얻을 수가 있으리라.

끝으로 브로니코브스키의 말한 고전적이라는 것에 대하여 두어마디 더 잇대겠다. 그는 "내적 심려를 강박하는 모든 위대한 것의 자기계시"라고 하였다. 이 점은 퍽 실존철학적 표현이라고 생각하나 암시가 많은 말이다. 또 "능동적 과거(빌케데페어강겐하이트)가 생동적 현재(레벤디게께 겐왈트)와 결합하여 창조적인 작위를 하게 한다"는 말도 함축있는 말이다. 이 복고주의에도 실존철학이 다분의 영향을 주고 있는 듯하다. 독일에 있어서의 이 복고주의적 경향과 하이데거 일파의 실존철학과의 관계에 대하여는 호개의 논제가 되리라고 생각한다. 브로니코브스키는 고전적이라는 것과 현재와에 있어서 전자를 중시하거나 또는 겨우 양자를 동등으로 취급할 따름인 것 같다. 이것은 현재의 현실적 관계의 추이에 따르는 고전적인 것의 전승의 주체성을 흐리게 한 것이라고 생각한다. 그것이 퍽 생각하게 하는 명제임에도 불구하고 이와 같은 기본적 점에서 멀리 떨어져 있는 것을 지적할 수가 있지 않을까.

# 자유·하이네

『동아일보』1935. 7. 2

이성과 낭만의 이원고에서 끝끝내 탈각하지 못한 시인 '하이네'는 재미있는 비유로서 '자유'에 대한 영, 불, 독인의 태도를 논파한 일이 있다. 즉 그는 말하기를 "영인은 자유를 정처(正妻)와 같이 사랑한다. 그들은 자유를 소지하고(하벤) 있다. 프랑스인은 자유를 결혼 전의 연인과 같이 사랑한다. 그들은 그 때문에 열중(뿌렌넨)한다. 그러나 독일인은 자유를 연만한 조모같이 사랑한다. 그들은 늙어빠진 할머니를 두고 멀리 타향으로 깄으나 그리나 그레도 할머니가 그립다. 그래서 그들은 몽상 가운데에서 다시 자유의 할머니를 발견(에어핀덴)한다"라고. 하이네의 이 말에 의하여 우리는 독인(獨人)의 자유에 대한 세 가지의 유형을 볼 수가 있다. 실로 기지와 풍자에 부(富)한 하이네가 함직한 말이다.

하이네는 독일을 고국으로서 사랑하면서도 한편으로는 삼색기의 라 마르세즈를 열정을 다하여 고창하였다. 자기의 저작이 프러시아 정부에 의하여 발금을 당하고 파리의 객사에서 문맹의 아내로 더불어 어려운 그날그날의 살림을 이어나갈지라도 그는 독일을 잊지 않았다. 한스럽고 욕스러운 독일이었으나 또한 사랑스러운 독일이었다. 이와 같이 그에게 있어서는 모든 것이 모순인 동시에 합리이었다. 그는 이성주의를 극히 폄척하였다. "회색빛을 한 선험주의의 연미복"을 입고 밤과 낮을 가리지 않고 횡행하던 세계공민적(웰트밸거리헤) 이성주의자를 다시 없이 빈정거렸으나 그러나 한편으로는 어느 결엔지 그 미워하던 이성을 밀수입하고 있는 것이었다. 나는 그에게 있어서와 같이 모순의 일치가 내적으로나 외적으로나 구현되어 있는 인간을 보지 못한다. 정신적 육체적 모순의 상극을 그는 마치 인류를 대표하여 자기 일신에 통일시키고 있는 듯하다.

*　　*　　*

이와 같이 하이네는 유닉크한 인간 타이프를 자기를 표본으로 하여 보여주었다. 물론 나의 이 하이네 해석도 그의 역사적 생존에 대한 이해 없이 하는 말이 아님은 물론이다. 이성의 신이 비판의 검을 들고 뽐내던 시대를 지나 로맨틱한 정념이 관념 형태의 기조(基調)를 성(成)하던 때에 생을 향수한 그이니만치, 더욱 7월혁명의 여신이 아직도 몽몽(濛濛)하고 있던 파리에서의 생의 막을 닫은 그이니만치, 그에게는 독일적 요소와 프랑스적 요소가 낭만적 정신에 있어서 융연(融然)히 일체를 성(成)하고 있었다.

이러한 하이네가 자유를 열망하였다는 것은 조금도 부자연함이 없다. 위에 말한 영, 불, 독인의 자유에 대한 태도의 비판에서도 볼 수 있는만치 그는 자유를 일종의 종교적 정념에 있어서 의식하였다. 칸트적 선험적 자유와 같은 것은 그에게 있어서는 문제외이었다. 그가 언젠가 영국에 가서 템스 하(河)를 바라보고 "사람의 가슴의 힘은 모두 자유의 사랑이 되어지고……자유는 신시대의 종교이다"라고 외쳤다. 그는 자유를 이념으로서 인식하는 것이 아니라 영국인과 같이 정처와 같이 사랑하였다. 프랑스인과 같이 연인과 같이 사랑하였다. 독일인과 같이 연만한 조모와 같이 사랑하였다. 이 삼국인의 자유에 대한 태도의 상위는 즉 하이네 자신의 자유에 대한 태도의 종종상(種種相)에 불외하는 것이었다.

*　　*　　*

자유! 하이네는 '자유의 전사'이었다. 그러나 그 전사라고 하는 것은 총검으로 무장한 그러한 것이 아니라 불길(화염)과 꽃(花)과 반항을 합주하는 칠현금으로 무장한 것이었다. 그는 7월혁명의 절규가 순교적 정열을 가지고 그에게 핍박하여 오는 것을 느꼈다. 안한(安閒)하게 시작(詩作)에 탐닉하는 것보다 동란의 과중(過中)으로 비입(飛入)하고 싶어하기를 몇 번! 그러나 그는 끝끝내 자유를 노래부르는 시인이었다. 해방에의 사념이 열화같이 타올랐으나 그러나 '새로운 종교'로서의 자유의 복음이 사기의 배후에서 암습(庵襲)함을 느끼고 '법열'을 느끼는 것이었다.

시인이 노래부르는 자유! 하이네의 자유 ― 그것은 정처와 같은 가정적 자유이었다.

애인을 바라보며 애태는 욕정의 자유이었다. 꿈에 보는 오망 할머니와 같은 몽환의 자유이었다.

마음의 젊음이 위축 고사하지 않는 한 자유에의 이념은 영원히 우리의 갈망하는 목표이리라. 그러나 이 자유라고 하는 술어 그 자체가 얼마나 역사적으로 그 내용의 변천을 겪어왔는지. 세계공민적 영원 평화의 이념으로서 자유가 운위되기도 하였다.(칸트) 박애, 평등과 같이 신흥하는 부르조아지의 삼대 기치 중의 일(一)로서 부르짖어지기도 하였다(1800년 전후) 렛세펠(자유방임)이라는 경제학상의 표어이기도 하였다(중농주의자). 그러나 이 삼자는 동일한 범주에 속하는 것이었다. 엄밀한 의미에 있어서 우리의 하이네가 사랑하여 마지않은 자유도 이 범주에서 벗어나지 못하였다.

그러나 현금에 있어서는 자유의 내용이 얼마나 달라져 왔는지? 하이네가 지금 재생해 와서 다시 자유를 노래 부른다고 하면 반드시 여상(如上)한 말은 하지 않을 것이다. 그러나 "내 관 위에다가는 꽃을 놓는 것보다는 자유의 검을 놓아라"고는 할 것이다. '자유와 하이네' 나는 언제나 그를 친애한 느낌으로써 상기하는 것이다.

# 두 개의 인간론

『동아일보』1935. 8. 6

사(死)의 벽에 맞닥드렸음을 보고 인간이 자기의 신세를 생각할 때엔 침통과 비참의 심정의 포로가 되고 만다. 이때에 파스칼의 인간학이 생긴다. 그는 인간을 섬약한 갈대(蘆)라고 하였다. 그러나 그 갈대는 사색할 줄을 아는 갈대이었다. 정신, 관념, 언어를 가진 물에 떠내려가는 보잘 것 없는 갈대이었다. 지구를 몇 개 거저 준다하더라도 이 "생각하는 것"과는 바꿀 수가 없다. 자연 가운데에서 이 생각할 줄 아는 갈대는 물 한방울로라도 죽일 수가 있을만치 그렇게 약한 것이다. 그러나 이렇게 약한 것일지라도 인간은 그래도 저를 죽이는 자(우주) 보다도 고귀하리라. 왜 그러냐 하면 우주는 제가 아무리 고귀하다하더라도 제가 고귀한 줄을 모르는 까닭이다. 생각할 줄 아는 것 때문에 인간은 저의 권위를 보지(保持)하는 것이었다.

그뿐이랴. 인간은 또 신의 은총에 의하여 생각하는 갈대로서의 기쁨과 사랑을 얻을 수가 있는 것이었다.

이 파스칼의 인간론에 대하여 라메트리는 정히 그 대척의 지점에 서 있다. 그의 인간기계론은 철두철미 인간을 생리물리적으로 기능화 시키고 있는 것이다. 인간은 나선을 감는 기계이다. 열이 소모되면 식물(食物)이 들어가서 보충한다. 인간도 장미도 아침에 생겨가지고 저녁에는 벌써 없다. 만물은 뒤를 따라 생기고 또 자취를 감추어버린다. 그러나 아무 것도 사라져 버리지는 않는다. 흙에 돌아간 때 사람과 초목과의 사이에 무슨 차이가 있겠는가. 동물의 재(灰)와 식물의 재는 같지 않은가? 자연의 세계에 있어서는 사(死)는 수학에 있어서의 영(零)과 같은 것이다. "육체는 시계이다" 이 시계는 나선의 집합체이다. 따라서 육체는 나선의 집합체에 불외(不外)한다.

이와 같은 두 개의 전형적인 인간 해석은 철학사상(哲學史上) 거의 그 유례가 없을만치 두드러진 것이다. 하나는 사람을 어떤 신비로운 베일에 쌓여 있는 사색하는 존재라 하였고 다른 하나는 뇌라는 물질에 의하여 작용하는 기계적 조직이라고 하였다. 전자나 후자나 다 같이 단명으로 일생을 마친 프랑스의 사상가이다. 파스칼은 소위 "이성의 섬광"이 빛나기 시작하던 17세기 전반의 사림이오 라메트리는 프랑스 유물론의 빛나는 대표자라고 일컬어지는 18세기의 사람이다.

＊　　＊　　＊

그러면 이 두 사람은 현대에 무엇을 끼쳐주고 있는가? 인간적인 존재(소위 다-싸인)가 온갖 학문의 영역에 있어서 근본으로부터 다시 고려되어야 한다고 하는 현대는 이 두 사람의 사상가에 의하여 무엇을 자기의 양식으로서 섭취하였는가? 일방은 신비적 은총주의자이고 타방은 철저한 유물론적 기계론자이다. 이 양자가 현대의 해석학적 인간학 혹은 기초적 존재론에 누구보다도 더 문제를 제공하였음직하게 생각한다. 그러나 나의 천학(淺學)으로 해서는 데카르트는 끌어드리면서도 파스칼은 등한히 여겼고 칸트는 문제를 삼으면서도 라메트리는 아주 돌아보지도 않았다. 이 극단의 유물론자에게는 체계적 논리의 전개는 없어도 인간의 일상성에 대한 '대담부적(大膽不敵)'한 해설이 있다. '현대의 관념론'이 인간 및 그 인간적 존재에 대하여 스콜라적인 분석과 이해를 그 사명으로 할진댄 왜 이 두 개의 전형적인 인간론에 주의를 보내지 않았는지가 의문으로 생각된다.

'현대의 관념론'은 그것의 역사적 발생에 있어서 물론 이 두 가지의 인간론을 고려하기에는 너무나 시대적 성격을 가진 것이었다. 그러나 현재와 같이 저를 배불리고 저를 개장(改裝)하기에 여념이 없는 현대의 관념론은 이 두 개의 인간론을 집어드림에 의하여 저에게 편리한 무슨 새로운 전기를 얻지 않을까 생각된다. 일견하여 라메트리 같은 유물론자는 끌어들일 여지가 없을만치 문화는 꽉 닫혀있다. 그러나 뉘라서 예단하랴. 그 꽉 닫힌 문이 스스로 열려오지 않으리라고.

현대의 관념론은 일찍이 그 유(類)를 보지 못할만한 정도에 있어서 인간을 그 일상성, 비근성에서 반성하고 음미하려고 한다. 그리하여 인간이란 것을 기분적으로 이해한다. 이것이 현대의 관념론의 특색을 성하고 있는 것인데 기분석 이해가 또 최근에 와서는 무슨 새로운 전기를 마련하려고 하며 있지 않은가 생각된다. 이곳에 파스칼과 라메트리의 서로 용납되지 않는 인간론에 의하여 무슨 시사를 얻을 수가 없을까 생각한다.

# 비극·여성화(禍)·해방

『신동아』 3권 9호 1935. 9

시방 세상에 있어서는 '여성의 문제'라고 하면 그것은 여성 해방의 문제라고 할 수가 있다. 옛날부터 여성이라는 것이 인간생활에 있어서 가지가지의 사단을 일으키는 주제가 되어 왔다. 가령 조선으로 말하면 칠거지악이니 부부유별이니 부창부수니 하는 것이 모두 여자쪽을 중심으로 하여 일어난 문제이었다. 그러나 우리는 이런 것들을 그때의 봉건 도덕이 빚어낸 일방적 강제라고 하여 여자의 처지를 동정하고 그 애무함을 이해하기 전에 우선 여자 자신의 운명적으로 타고난 생리적이고 인간적인 비극적인 결정이라고 하여도 그리 무리한 억설은 아닌 줄 생각한다.

물론 현재 조선의 여성이 그 전통과 가정에 얽매어 좀처럼 인간다운 건설적인 생활을 할 수 없을만치 무수한 질곡에 휩싸여 있음을 보고 그것을 여성 자신의 선천적인 죄업이라고 하는 그러한 허무맹랑한 억설을 퍼붓는다면 그것은 천부당 만부당한 말이다. 왜 그러냐 하면 조선의 여성도 세계사가 보이는 바와 같이 일반적인 사회발전의 필연적 결과로 지금과 같은 억울한 처지에 놓여 있게 된 것이지 결코 여성 자신의 잘못은 아니었다. 나는 이것을 누구보다도 잘 알고 있다. 그러나 애초에는 도리어 모권시대를 가졌던 여성이 왜 이같은 '영원한 모성'이니 '부덕(婦德)'이니 '종순(從順)'이니 하는 일방적인 의무만 짊어지고 있는 듯한 현재의 처지로 전락하였는가 이것이 문제인 것이다. 이것이 여자 자신은 물론 널리 남자도 다 함께 생각하여야할 문제라고 생각한다.

여성이 그 같은 처지에 전락한 것은 물론 사회적 역사적인 인간의 생활환경의 변천의 필연적인 결과이다. 나는 이것에 그 근본적인 원인을 두려고는 하지만 그래도 여자 자신의 내면적인 원인이 비록 적기는 하다 하더라도 있다는 것을 부정하지 못하겠다.

그러면 그것은 무엇이냐.

첫째 여자의 생리적인 신체의 구조라고 본다. 옛날과 같이 생활이 단순하던 때면 모르지만 인간의 생활이 점점 복잡다단하여 와서 모든 사회관계가 지배 피지배의 두 가지로 분열항쟁하게 되고 사회적인 생산관계가 이 분열된 사회관계와 밀접한 접촉을 하게 되자 여자의 월경, 결혼, 임신, 분만, 수유 등의 신체구조로는 격심한 생활전선에서 남자와 어깨를 겨누기 어렵다는 것을 들지 않을 수가 없다.

둘째 이 생리적인 신체구조에서 오는 필연적 결과로서 여자의 자기부정적 경향이 오랜 세월을 두고 축적되어 왔다는 사실이다. 그러면 이 '자기부정'이라는 것은 무엇이냐. 그것은 좀 알아듣기 어려운 말일는지 모르지만 여자의 '정조(情操)의 문제'와 연관하여 오는 것이다. 그러면 또 이 정조라는 것은 무엇이냐? 일언이폐지하면 정조라는 것은 감정이다. 다시 다른 말로 바꾸어 말하면 여자의 전 '감수생활(感受生活)'이 남자와 같이 일반적으로 무디지가 않고 예민하고 섬세하며 또 다기(多岐)하다는 것이다. 이것은 즉 여자가 여자로서의 특징을 인상적으로 나타내는 첫 발자욱인 것이다. 그런데 여자는 이 예민한 감수생활 때문에 흔히 인간으로서 다시 말하면 사회적 활동의 주체로서의 자기를 잊어버리고 자기의 몸(얼굴과 의복)을 제가 생긴 모양보다 더 낫게 더 좋게 더 아름답게 하려는 마음을 가지게 된다. 이것을 나는 여자의 '자기부정'이라고 하고 싶다.

셋째 이 '자기부정'에 의하여 여자는 미에 대하여 반사하는 힘이 크다. 물론 이 '미'라는 것의 기준은 사회적인 것이다. 영원불변하는 미의 기준이라는 것은 없다. 그때 그때의 인심의 동향, 기호에 따라 미의 기준이 달라간다. 그런데 여자들은 그 미의 표준에 대하여 여간 민감인 것이 아니다. '미미가꾸시'와[105] 입술 연지가 유행하는 때는 곧 그것을 따라간다. 화장하는 법, 옷입는 법 심지어 구두의 모양까지도 때를 따라 변하고 있는 것에 여자들은 무심하지 않다. 치마감을 뜰 때에도 적삼감을 바꿀 때에도 행여나 남에 뒤질까 하여 걱정을 한다. 그들은 미의 주장자(主將者)이다. 그러나 그들은 그들 자신이 미를 창조하고 경향을 만들어낼 만치 그렇게 독창적인 두뇌를 가지지 못하였다. 그들은 미에 대한 반발력이 퍽 크다. 이 반발력은 크면 클수록 그들의 인간으로서의 임무와 활동을 잊고 더욱 더욱 자기 부정의 길을 걸어가고 있는 것이다. 상품생산자—자본가가 자기의 무질서한 이윤을 추구하려고 가지가지의 유행을 만들어낸다— 모양 무늬 품질 등으로 그리하여 자기의 광대한 선전기관을 통하여 허울좋은 광고를 한다. 광고를 한다

---

105)  편자주 : 'みみかくし'(귀가 가려지도록 다듬는 여성의 머리 모양)

는 것보다도 억지로 '이것을 사서 입어야(써야) 한다'고 강제한다. 그러면 얼씨구나하고 그것에 민감하다. 이것이 즉 여자의 자기부정의 하나라는 말이다.

*     *     *

위에서 나는 여자가 자기의 본래의 지위로부터 전락하여 온 원인의 내면적인 것을 세 가지 들었다. 그러나 이 세 가지는 서로 떨어져 있는 것이 아니라 모두 한끈에 매여 있는 것이다. 말하자면 이 세 가지가 한 가지의 커다란 원인이 되어 있는 것이다.

이곳에 여자의 비극성이 잠재해 있다. 여자는 어떻게 말하면 본디부터 이 비극성을 선천적으로 타고난 것 같이 생각하는 사람도 있다. 물론 이것은 근안자(近眼者)의 관찰이라 하겠다. 현대의 사회관계가 여자로 하여금 효부, 열부, 규중, 정숙을 가장(假裝)하도록 하게 한 것은 움직이지 못할 사실이지만 위에서도 말한 바와 같이 여자 자신의 내면적인 원인도 전연 부인해 버리지는 못할 것이다. 그 내면적인 원인에 여자의 '비극성'이 잠재해 있다. 그것은 일종의 무의식 상태이다. 이 무의식 상태가 무슨 외면적인 기인(機因)을 얻을 것 같으면 번개같이 표면화하는 것이다. 그 표면화의 동인(動因)은 현금과 같이 생활의 곤란이 극도에 달해 있는 때에 더욱 많다. 생활 정도의 차이가 너무도 현격해진 지금에 그들은 어이없이도 그 차이를 무시하려고 덤빈다. 이곳에 식자(識者)로 하여금 외화(外華)를 걱정케하는 원인이 있다. 물론 이것은 여자만의 책임이 아니나 여자가 더욱 그러한 경향—환상에 사로잡혀 있는 것만은 부정하지 못할 일이라고 생각한다. 그리하여 연애, 정조, 허영심, 행복, 음독 등의 일련의 술어가 반드시 여자를 동반하고 나옴을 본다. 사건의 현상형태만 가지고 본다면 여자의 비극성은 거의 본질적인 듯도 싶다.

종래로 시인문호라고 하는 사람들은 이 여자의 비극성을 거의 전부가 취급하였다. 희랍의 싸포Sappho 이래 이 극적인 여자의 생활은 실로 눈물없이는 생각할 수가 없다. '약한 자여—너의 이름은 여자니라'하는 셰익스피어의 말은 가장 잘 이 여자의 비극성을 표현하고 있는 듯이도 생각킨다. 독일 괴테의 이른바 '영원의 모성'은 중세의 기사들이 '가정적인 부인'을 이상으로 한 데 대한 다시없이 로맨틱한 표현이었다. 그들은(기사와 괴테) 늘 '성모 마리아'와 같은 처녀와 모성을 사모하였다. 그러나 아마 역사상의 여성으로서 이 '성모 마리아' 만치 비극성을 다분히 가진 여성은 없었을 것이다. 독생자 예수를 처녀의 몸으로서 낳았다는 점부터가 비극이다.

종래의 미학의 관찰로서는 결여된 무엇이 있어야 완전한 것보다 낫다고 한다. 이것을 여성의 경우에 갖다 대면 그것은 여자의 비극성에 지나지 않는다고 생각한다. 여자는 이 비극성 때문에 사람—남자들에게 미덕으로서 구가(謳歌)되어 왔다. 그 뿐 아니라 여자 자신도 그것을 한 개의 독특한 자랑인 듯이 생각하는 일이 있다. 사랑의 노래가 흔히 비극적인 요소를 많이 가지고 있음도 이 여성의 비극성과 관련하여 있는 것이다.

＊　　＊　　＊

그런데 이 여성의 비극성은 그가 무지한 때 다시 말하면 지적 훈련을 겪지 못한 때에는 비참 혹은 참혹한 사건이 되어 나타난다. 우리는 이것을 가끔 본다. 여자의 비극성이 그의 지적 훈련을 통하여 나타날 때에는 사람은 그것을 미덕이라 하고 또는 예술이라고 하여 칭송한다. 그러나 이 무지를 통하여 나타나는 여성의 비극성은 다시 없이 잔인하다. 이곳에 여자의 비극성은 악의 정화(精華)로서 나타나는 것이니 우리는 그 예를 비근하게 우리들의 사회생활에서 얼마든지 찾아낼 수가 있다. 독시모니 악계모니 본부독살이니 또는 영아압살이니 하는 모든 현상이 이 여성의 비극성을 통하여 나타남을 본다. 물론 나는 사회적으로 무지한 여자로 하여금 그러한 일을 저지르게 한 구극적인 원인을 빼놓치는 않는다. 그 구극적인 원인이라는 것은 위에서도 말하였지만 사회관계의 분열과 생산수단의 편재(偏在)에 의한 것이라는 것이다. 이것이 여성으로 하여금 현재와 같은 처지에서 허덕이게 한 것이다. 그러나 또한 위에서 말한 세 가지의 내면적인 원인의 작용에 의하여 스스로 자기를 비극적인 존재로서 구성하는 데 협력하였다. 이에 여성화(女性禍)는 나타나는 것이다. 여성의 무지는 참으로 놀라운 힘을 가졌다. 그 힘이라는 것은 죽음 파괴 잔인에의 길을 직선으로 돌진하는 힘이다. 그러나 이 힘은 또한 어이없는 웃음을 자아내기도 한다. 인간의 온갖 미덕을 다 가지고 있는 여성이 다른 한편으로는 이 같은 무서운 비극성도 가지고 있다는 것은 어디로 보나 인간의 한 수수께끼라고 하지 않을 수가 없다. 여성의 무지가 빚어내는 잔인하고 천박한 비극—그것은 참으로 악의 정화이다. 이 정화 '여성화'는 인간이 자업사득한 과보이다. 그것은 벌써 여성만의 것이 아니고 남성의 것이며 동시에 그 사회 그 시대의 것인 것이다. 그것은 그같이 변질한다. '악의 정화'에 대한 책임을 묻는다면 그것은 여성이 질 것이 아니고 또 남성이 질 것도 아니며 그 시대 그 사회가 져야 할 것이다.

이 같이 여자의 비극성은 그 구극에 다다르면 다시 그 원인이 여성 자신을 떠나게 된다. 그렇지 않으면 영아압살, 본부독살, 악시모, 악계모의 행장 등에 대한 본질적인 설명이 서지지 않기 때문이다.

　실로 여자의 이 비극성은 밉살스러운 동시에 사랑스러운 것이고 심술궂은 동시에 아름다운 것이고 야박한 동시에 훈훈한 것이며 강인한 동시에 유순한 그러한 여러 가지의 모순된 성질을 한 몸에 구비하고 있는 인간—여성의 본연의 자태인 것이다. 같은 인간이면서도 여자가 많이 부드럽고 곱고 예쁜 얼굴을 가졌다는 것은 생리적인 설명만으로는 만족할 수가 없다. 우리는 여성의 온갖 미점을 너무 잘 알기 때문에 도리어 그들의 이 비극성이 더욱 똑똑하게 보이고 느껴지는 것이다.

*　　*　　*

　위에서 나는 여성의 문제는 현대에 있어서는 여성해방의 문제라고 하였다. 그것은 지금 말한 여자의 비극성의 문제도 구경에 가서는 이 여성 해방의 문제와 관련하여 오는 때문이다. 일견하여 여성의 비극성과 이 해방의 문제와는 아무 연결이 없는 듯이 보일는지 모르지만 현대의 여성이 가지고 있는 가지가지의 문제는 모두 이 해방의 실현 여부에 매달려 있다. (1/3 페이지 분량의 글자가 깎여 있다. 검열에 걸려 연판깎기가 행해진 것으로 추정된다. -편자주)

# 최근 조선문학 사조의 변천

– '신경향파'의 대두와 그 내면적 관련에 대한 한개의 소묘 –

『신동아』 1935. 9.

## (1)

일정 개인이 자기자신을 응시하여 반성하는 단계에 이르게 되었다
는 것은 그의 일생을 통하여 한 개의 커다란 사실이 아니면 아니된다.
왜 그러냐 하면 모든 개인 인간이 자기자신을 반성한다는 객관화의 작
용을 할 수가 있다는 것은 그의 부단한 교양적 향상의 인간적 노력을
경(經)한 뒤가 아니면 아니되는 때문이다. 그러므로 일정 개인에 있어
서 이 자기자신에 관한 반성의 작용에 생하자마자 그의 생활태도에는
질적 전환이 생하는 것이다. 나는 이것을 개인인간에 있어서의 변증법
적 일계기로 간주하고자 하는 바이다. 이 계기는 개인인간이 자기를 반
성하여 가족, 우인, 사회, 자연—환경과의 관계를 인식하는 최초의 계

단인 동시에 대단히 중요한 것이다. 인간은 이러한 계기에 의하여 자기 자신을 사회적 인간—계급적 인간에까지 자각하여 가는 것이다.

그러나 이 사회적—계급적 자각의 최초의 형태로서의개인적 자기반성이라는 것이 언제나 또 어디를 물론하고 누구에게나 가능한 것이 아니다. 그것은 재래사회적인 자기를 그러한 것으로서 의식하지 못한 상태에서 어떤 무슨 사건—시사(時事)를 통하여 저의 본래의 자태를 발견하게되더라도 이 사회적—계급적 자각에까지 다다르기까지에는 상당한 거리와 노력을 쌓지 않으면 아니되는 일이 많은 것이다. 물론 이 개인인간적 반성과 사회적 자각과의 사이에는 완급강약의 종류의 차이를 가지고 형성되는 것이나 원리적으로 보아 전자가 후자보다 최초적인 것이라는 것은 누구나 긍정할 것이라고 생각한다. 사실 '안지히'로부터 '퓨어·지히'—그리하여 '안·운트·퓨어지히'에 이르는 것이 변증법적 발전의 공식화된 교설이지만 이 세 가지 계단의 양적 증대 및 질적 비약에는 시공적인 일정한 계수적인 표준이 있는 것이 아니라 그때그때의 온갖 객관적인 사정과 주관적 상태여하에 의하여 급박히 또는 완만히 그것이 변화를 전개하는 것이다. 그리하여 '안·지히'로부터 '퓨어·지히'에 이르는 동안은 빠르다 하더라도 여러 가지 조건의 배열여하에 의하여 '안·운트·퓨어지히'에까지에는 오랜 시일을 경과할 수도 있는 것이고 또 그 역(逆)도 될 수가 있는 것이다. 그와 같이 개인인간이 자기를 '퓨어·지히'로서 의식했다 하더라도 그 의식적인 제계기가 '안·운트·퓨어지히'에까지 이르게 성숙되어 있지 못한 때에는 주체적 노력—실천이 더 많이 축적되지 않아서는 안 되는 것이다. 개인인간의 '퓨어·지히'로서의 반성자각이 없이는 즉 이 계단을 경과하지 않고는 (짧던 지 길던 지 간에) '안·운트·퓨어지히'에까지 이를 수가 없는 것이다. 그만치 이 개인의 '퓨어·지히'로서의 자기반성, 자각은 극히 중요한 의의를 가진 것이다. 그것은 그 개인인간의 일신상의 중대사일 뿐 아니라 그 반성과 자각이 사회적으로 전화될 발전적 계기로서도 중요한 것인 것이다. 우리는 이 개인인간의 자기반성과 그것이 사회적 자각에까지 전화되는 경로를 무시하여서는 아니되고 또 그것에 주체적으로 공동(共動)하지 않으면 아니되는 것이다. 인간은 모두 자기를 개인인간으로부터 사회적 인간에까지 자각하거나 또는 사회적 인간으로서 자각하는 동시에 개인인간으로서의 자각이 재래되는 수도 있는 것이다. 이것은 교육, 선동 등의 종종(種種)의 형식 하에 성취되는 것이다.


(2)


조선의 문학사—더욱 최근의 소위 '신문학' 발생 이후의 문학사를 뒤적거려 본다고 할 것 같으면 우리는 상술한 바와 같은 개인인간의 반성자각의 과정을 아주 범례적으로 간취할 수가 있다고 생각한다. "조선의 신극운동과 신소설운동에 있어서 누구보다도 선각이었고 선구이었던 이인직李人稙(1862-1916)"(김태준, 『조선소설사』)을 뒤이어 이해조李海朝(1869-1927) 등을 거쳐 소위 "밭아기를 독담(獨擔)한"(동상)다는 이광수李光洙(1892-1950)에 이르는 사이는 말하자면 조선인이 자기를 개인인간으로 또는 사회적으로 자각해가는 한 개의 과도적 시기이었다고 할 수 있으리라. 이광수의 『무정』, 『개척자』 등에서는 사실 진보적, 경향적 요소를 많이 간취할 수가 있었다. 그러나 이것은 끝끝내 개인인간의 생활개선의 역(域)을 탈각하지 못하였다. 그것은 당시의 사회적 계급분화의 개인주의적, 상인적(商人的) 유물주의적 표현에 불과하였다. 이것이 조만간 새로운 노력의 성장과 함께 대두한 소위 '신경향파문학'과 대립하게 된 것은 아주 자연적인 이로(理路)이었으니 그것은 각기 그 사회적인 지반을 달리하고 있었기 때문이었다. 그러면 그 지반이라는 것은 무엇이냐. 그것은 사회의 2대 화해할 수 없는 모순적인 '그룹'에 의하여 특질을 주어지는 그러한 것이다. 이광수 등이 생산한 소설은 그가 속하고 있는 그룹의 관념형태에 의하여 인간, 사회, 생활, 민족, 연애 등을 취급한 것이었고 소위 "신경향파의 문학이라는 것은 막연한 계급문학의 개념 아래서 현실의 모순을 저주하고 개인적인 복수행위를 무상의 반항으로 ××으로 묘사하던 문학이었다"(김팔봉, 프로문학의 현재수준, 본지, 소화 9년-1934년-2월호) 시간적으로 고려할 때에는 이광수 등의 문학적 노력과 그 작품은 신경향파에 앞서기 근 10년이나 되며 또 그 사회적인 실세력에 있어서도 전자는 후자의 비(比)가 아니었다. 그러나 이 '신경향파'라고 이름을 붙여 가지고 그들의 문학적 행정과 구별 대립이 되게 된 곳에는 큰 의의가 있지 않으면 아니되는 것이었으니 그것은 즉 조선의 사회적 분열이 이윽고 대립항쟁을 개시하였다는 것에 상응하는 것이다. 그 대립항쟁의 이데올로기적 일표현으로서의 이 '신경향파'의 대두는 적이 역사적인 사건이었다. 이것은 이광수 등의 소설이 종래의 신, 구소설의 형식내용에 대한 획기적 출현이었던 것보다 몇곱절 더한 정히 역사적인 것이었다.

그러면 왜 이 소위 '신경향파'의 출현이 역사적인 특질을 가지고 있는 것이었던가? 이 신경향파라고 하는 것은 비상히 유치한 수법, 졸렬한 취제(取題), 미숙한 문장, 초보적인 자각적 의식을 가지고 시를 쓰고 소설을 지었음에도 불구하고 그것이 이광수 등의 개인적, 상인적 문학작품 보다 났다는 것은 그 수법, 그 문장, 그 취제에 있어서가 아니라 사회적인 소위 '목적의식적' 개조운동과의 연관과에 있어서 우위를 가졌다는 것이다. 이 점에 대하여 논자는 문학적 작품 그것과 개조운동과는 별개의 것이 아니냐고 말할른지 모른다. 물론 양자는 일응 별 것으로서 구분할 수가 있다. 그러나 모순적 그룹간의 항쟁이 바야흐로 개시된 때에 있어서 문학작품을 평가하는 '리흐트슈눌'(準繩)이 신흥하는 그룹의 역사적인 임무에 의하여 규정되는 것은 아주 자연일 뿐 아니라 또한 필연적인 것이기도 한 것이다. 이것은 신흥하는 그룹의 이론적 무기로서의 과학 및 과학성의 우위가 재래의 전통적 이론 및 '과학'에 대하여 주장되는 것과 동일한 이치에 속하는 것이다. 환언하면 신흥과학 및 그 방법은 구래의 과학 및 그 방법 보다 우월하다는 이론과 일치하는 것이다. 나는 이곳에서 이러한 과학론의 '아·베·체'[106]를 이야기할 한가를 가지지 않았으나 이 신흥과학의 우위성과 동일한 정도로 이 '신경향파'라는 것의 사회적 우위성을 주장할 수 있는 것이었다. 이 점에 있어서 박영희朴英熙(1901-?)의 「사냥개」, 「지옥순례」, 최서해崔曙海(1901-1932)의 「기아와 살육」 등은 문학적 작품으로서의 결함에도 불구하고 유의의한 것이었다.

　이것은 소위 '신경향파'의 사회적 유의의성에 대한 간단한 논증이다. 그러면 그것이 산출한 작품이 내포하고 있는 상술한 제결함은 무엇에서 유래하는 것이었던가. 이것을 구명하는 것이 오인의 다음의 문제가 아니면 아니된다.


(3)


　흔히 '신경향파'는 대정 13년(1924년)에 비롯하였다고 한다. 이것은

---

106)　편자주 : ABC

아마 동년 1월에 '조선프로레타리아예술동맹'이 창립되었기 때문에 그리 말하는 것인가 한다. 그러나 사상사의 일정시기를 구분하는 데에 있어서 연대는 그리 중요한 것은 아니다. 그보다도 그 일정시기가 계기한 전후전말과 그것이 다음의 시기에로 해소된 연유와 경과의 특질에 의하여 규정되는 것이 중요한 것이라는 것은 이곳에서 노노(呶呶)할 필요가 없다. 우리가 이 신경향파의 면모와 그 특질을 중요시하는 것은 조선의 프로문학의 발족점이었다는 점에서 뿐이 아니라 이것을 산출한 바로 당시의 문학권이 조선에 소위 신문학이 발생한 이후 처음보는 성황을 이루었었고 또 사회적인 신흥세력의 동향도 퍽 생기있었고 활발하였다는 점이다. 우리는 우선 이 신경향파를 배태산출케한 당시의 정세를 알아보기로 하자.

(2줄 검열 삭제)

이 역사적 장관은 또한 세계사의 일환으로서 이해되는 그러한 것이었다. 봉건적 유제에 대한 자본주의적 비판은 이 동란(動亂)을 통하여 고조되는 동시에(조선인 자산가가 자기를 자본가로서 형성시키기 시작하였다) 그것은 다시 자유주의적 내지 사회주의적 안목에 의하여 비판되는 질적 변화를 얻게까지 되었다.

일본유학으로부터 돌아온 수다한 청년문인들은 『서광』, 『개벽』, 『공제』, 『서울』, 『폐허』 등 이루 헤일 수 없을 만치 많은 잡지를 창간하여 잡다한 사상경향을 아는 그대로 베낌질하여다가 소개하고 부연하기에 여가가 없었고 또 창작활동도 그것에 수반하여 활발히 진행되었다. 그리하여 '시인' '소설가'가 배출하였다. 이때의 우월한 자는 전술한 이광수를 비롯하여 김동인金東仁(1900-1951), 염상섭廉想涉(1897-1963), 현빙허玄鎭健(1900-1943), 나도향羅稻香(1902-1926), 김억金億(1896-?),

김형원金炯元(1900-?), 남궁벽南宮璧(1894-1921), 김정식金素月(1902-1934), 양주동梁柱東(1903-1977) 등이었다. 이들은 모두 재기발랄하게 활동하였다. 조선의 근대문학사에 있어서 사실 그들의 이름은 몰(沒)할 수가 없으리라. 그들의 교양, 역량, 야심 등은 그 당시의 지적수준으로 보아서는 고급에 속하는 것이었다. 그러나 그것은 급속한 속도로 변전해 가는 당시의 사회경제적 질서에 응하여 혼돈하기 짝이 없는 것이었다.

그런데 이곳에 망각하여서는 안될 것은 청년총동맹과 노농총동맹의 창립과 전조선 민중운동자 대회 등이 개최된 것이다. 삼일운동 후의 조선의 사회가 여하히 급속도로 사회분화의 과정을 밟고 있었는가는 차 등의 제계급 운동의 자연적 내지 의식적 성장에 의하여 알 수 있는 것이다. 팽배해 오는 교육열, 이것의 응급적 시설인 각지의 야학과 강습소, 또는 방방곡곡에 조직되어 가던 청년회 등 실로 삼일운동 이후의 5, 6년간은 그 전의 반세기 이상의 기간에 해당하는 급 템포로써 사회경제의 각 부문에 긍한 자본주의화와 동시에 그것으로부터의 이탈을 기도하는 노력이 시작된 것이었다. (이것은 조선인 자체의 부르조아적(민족적) 자각에 의하여 각 산업부문에 투자하기 시작한 것을 의미하는 동시에 그 자체의 내부모순의 격화를 의미하는 것이었다.) 이것에 따라서 문예운동도 촉진되었나니 이것이 촉진되면 될 수록 그 내부에 있어서 급진적인 자와 그렇지 않은 자가 서로 분열하기 시작하여갔다. 이것은 사물의 필연적 현상인 것이었다. 그 급진적인 자는 주마등 같이 변전해가는 사회의 제운동에 기여함으로써 그 일익을 담당하려 하였고 그렇지 않은 자는 몽롱한 가운데에서 그저 무의식적으로 또는 의식적으로 자본주의화하고 있는 문화의 지지자가 되었던 것이다. 이때에 그들은 '민중의 목탁' '사회의 공기(公器)'로서 출현한 3대신문의 '밀알바이터'(共働者)가 되기도 하였다.

　사실로 삼일운동 이후 5, 6년간은 혼돈한 '모색시대'(김팔봉, 조선문학의 현재의 수준―본지, 소화 9년 1월호)이었다. "현실주의, 허무주의, 낭만주의, 유미주의, 악마주의, 인도주의, 자연주의 등 문예사조로 이름이 생긴 온갖 종류의 경향이 일시에 불결한 호수와 같이 조선문학의 위에 덮여 눌려 있었다"(동상)는 설명도 일응은 타당하는 듯이 보인다. 그러나 과연 이 모색시대에 있어서 이와 같은 여러 종류의 주의와 경향이 풍부하게 조선의 젊은 세대인의 머리에 움직이고 있었던가? 나의 생각으로는 그것은 한개의 호의적 규정이 아닐까 생각킨다. 물론 그에 유사한 종종(種種)의 경향이 동시에 이곳저곳에서 간취되기는 하였으리라. 그러나 이 시기에 있어서는 아무도 자기의 포지(包持)하고 있는 생각을 그러한 한 개의 '주의'에까지 형성하였던가에 대하여는 다대한 의문을 갖지 않을 수가 없다. 왜 그러냐 하면 이 시기의 문예작품으로서 기미 이전의 작품에 비하여 우위를 주장할 수 있다면 그것은 오직 김동인의 「약한자의 슬픔」, 염상섭의 「표본실의 청개구리」, 현빙허의 「할머니의 죽음」 등의 수편의 우월한 작품에 의하여 한계를 지을 수가 있다고는 하더라도 봉건 도덕에 대한 반항, 새로운 연애기술의 고안사(考案事) 모방 등의 역(域)에서 별로 진전된 것은 없었다고 해도 과언이 아닌 줄 생각하며 따라서 그들은 자기가 작품을 제작할 때에 하등에 주의에 대한 의식적 고량(考量)을 가했다고는 생각할 수 없는 까닭이다. 그들의 대부분에 있어서는 '현상의 잡다성의 바다'에 빠져서 허덕이다가 만 것이었다. 일부분은 보면서도 그것을 포함하는 전체를 보지 못하였고 그 전체를 설사 본다 하더라도 그것을 구체적으로 그것의 발전성에 있어서 파악한다는 것은 어림도 없는 일이었다. 물론 그들은 당시의 시대감각에 예민하였다. 그러나 그들은 감각이 여하히 하여 재래되었으며 여하히 분화해 가리라는 것에 대한 전망의 안광(眼光)은 가질 수가 없었다.

그들은 오직 그 시대적 감각을 정직하게 수용하고 감수하였을 뿐이다. 이 점에 그들의 공로는 있는 것이다. 그리고 그 이상 아무 것도 아니다. 이것을 나의 혹평이라고 할까?


(4)


이상과 같은 반봉건적 부르조아적 문예의 분위기 속에서 이 소위 '모색시대'가 사회의 진전에 따라 종언을 지으려 할 때에 새로운 여명은 왔다. 그것은 즉 상술한 그 내부에 있어서의 자기분열에 의한 프로문학의 대두이다. 말하자면 이 삼일운동 이후 5, 6년간이라고 하는 기간은 프로문학 탄생의 진통기이었다.

온갖 관념형태는 항상 그것의 지반인 사회적 경제적 질서의 변전의 뒤를 따라 변하여 간다. 상술한 바와 같이 사회의 분화과정이 의식적 계획적 운동에 의하여 촉진되고 있을 때 잡지『개벽』을 무대로 한 일군의 작가가 있었으니 이것을 소위 '신경향파'라고 불렀다. 이때에 눈에 띄우는 작가 비평가로서는 김기진金基鎭(1903-1985), 박영희 양인의 존재는 사실 큰 것이었다. 이『개벽』에 웅거했던 때에는 극히 초보적이고 계몽적인 논평을 발표함에 지나지 않았으나『염군(焰群)』,『신흥문학』,『문예운동』,『조선지광』,『조선문단』 등의 문예, 시잡지가 창간됨에 따라 문단의 진영은 확연히 분열되어 갔다. 그리하여 종래의 작품에서 찾아볼 수 없는 사건이 제재로서 '픽업'되었다. 즉「기아와 살인」이 그것이었다. 이것은 바로 '퓨어 · 지히'로서의 자각이 '안 · 운트 · 퓨어지히'로 발전하여가는 한 큰 길목을 이루는 것이었다.

그러나 이 한 큰 길목을 이룬다는 이 신경향파의 문학적 행동도 그것을 사상사의 전 계열하에서 조명시켜 볼 때에는 문학적 작품으로서 뿐만 아니라, 의식적 지향의 억양(抑揚)이라는 점에 있어서도 기다의 결함과 모순을 내포하고 있는 것이었다. 그 최대한 자로서는 아직도 사물현상의 이해와 파악에 있어서 세계관적 의식을 가지지 못하였다는 점이었다. 따라서 그들은 그들의 역사적 등장에 대한 과학성 및 진리성에 대한 주체적 이해를 가지지 못하고 아직도 개별적, 주관적, 분산적인 관찰력을 소유함에 불과하였다. 이것은 이 '신경향파'가 자기를 배태하여 낳아준 사회적, 물질적 지반과 그 변이의 도를 같이하는 것이나 적어도 이름부터 '신경향파'라고 불러지기에 부끄러움이 없자면 세계관과 과학성의 획득을 위하여 노력하지 않으면 아니되었었다. 그러나 그들의 일군은 아직도 자연발생적 의식단계에 놓여 있을 뿐이었다. 그리하여 그들로 하여금 자기를 주장할 수 있는 유력한 멜크말(징표)로서는 오직 개인적 반항, 복수의식이 강렬히 불타고 있었다는 것이었다. '비참한 현실', '감당할 수 없을 만치 고통스러운 생활'이 너무도 핍진하여 왔다. 그래서 그들은 고주(雇主)에게 대항한다. 심하면 살인방화도 하여 도피하던가 형무소로 가든지 한다. 이것은 실로 자기를 '어려운 사람'으로서 의식하게 되는 초보적 계단이었다. 막연하나마 계급대립—빈부의 차를 인식하여 「땅바닥 위로」, 「토굴 속으로」, 「저자거리로」 나아가야 한다는 관념의 문학관을 이루었었다.(김팔봉, 프로문학의 현재수준). 배고픈 이야기, 복수한 이야기가 "판에 찍은 듯이 이 사람에게서나 저 작가에게서나 생산되었다"(동상)

이러한 개인적 반항의식은 실로 감성적 확실성의 '의식'으로부터 이 확실성의 진리를 획득하는 '자의식'에의 발전에 상응하는 그러한 것이었다. 개인적 자각과 사회적 자각과가 혼연히 초보적인 단계를 보지하면서 상호규정을 하고 있었다. 이에 명료한 반성적 부면이 그 혼돈한 의식을 비치기 시작하였으니 즉 그것은 이 복수 감정의 폭발에 대한 예찬과 자연 장생(長生)적 반항을 작품의 주요구성분으로 하는 것이 프로문학의 진정한 길이 아니라는 자기비판이 은연히 그 진영의 내부에서 일어나기 시작하였다. 이것은 소화 2년(1927년)부터의 일이었다.

그러면 무엇이 그들로 하여금 이러한 자각을 가지게 하였던가? 아니 어째서 그들은 이러한 자신의 결점에 상도(想到)하였던가. 이것이 우리의 고구를 요청하는 근본문제이다. 문학사의 연구에 있어서 이러한 근본적인 문제를 간과하는 것은 그것의 연구를 포기하는 것을 의미한다. 아니 하필 문학사에 한하랴. 적어도 어떠한 역사적 사실의 일계열에 대한 사적 관련을 찾아서 그 내부에서 움직이고 있는 기본동력을 명백히 하자면 그 사실의 '나하아이난더'(계기)와 '너벤아이난더'(공존)의 두 측면을 구체적 보편적으로 이해하지 않으면 아니된다. 이것은 누구나가 할 수 있는 것이 아니다. 사실을 많이 또 상세히 안다고 할 수 있는 것이 아니요 고증에 능하고 연대맞춤에 장(長)하다고 되는 것이 아니다. 그것은 과학적 역사관의 소유자만이 가히 할 수 있는 바이다. 세계관의 방법론을 자기의 것으로서 소지하고 있는 사람만이 가능한 것이다. 나는 이 점에 대하여 아직 우리 사회에서 만족할 만한 역사이론가를 발견하지 못하고 있다. 더욱 문학사의 방법론적 연구에 있어서 적이 적막을 느끼지 않을 수가 없다.


(5)


잠간 여담에 흘렀으나 이 신경향파가 자기의 사회적 존재와 그 작품에 대하여 새로운 반성의 기회에 제회(際會)하였다는 것은 어디로 보나 중요한 사실이었다. 그러나 이 사실을 그것 자체만으로서 이해하려고 하는 것은 불법이고 또 비역사과학적이다. 우리는 그 자각의 배후자를 찾지 않으면 아니된다. 그 자각의 동인을 찾지 않으면 아니된다.

소화 2년(1927년-편자주)이라고 할 것 같으면 조선의 사회적 제운동의 분야가 적이 통일에로의 기치 하에 움직이고 있을 때였다. '민족적 통일전선'으로서 '신간회'가 창립되어 '무산계급운동은 혼돈 중에서 통일화하'는 외부형태를 정(呈)하였다. 소위 '헤게모니'의 문제가 일어난 것도 이때부터였다. 삼일운동 이후의 사회운동도 이 고비에 이르러 한 물 지나가고 다시 새로운 한 고비로의 출발을 준비하는 때라고 하여 떠들었다. 바로 이때였다. 신경향파가 상술한 바와 같은 개인적 복수행위의 의식적 혹은 무의식적 표현으로부터 새로운 전향을 꾸미지 않으면 아니될 때는 정히 이때였던 것이다. 관념형태 중에 있어서 가장 사람의 심정(께뮤트)에 호소하는 힘이 많은 것은 문학작품이다. 그런데 그것이 도리어 그 '께뮤트'에 호소는 커녕 천편일률적인 악감을 일으키는 것이라면 그것은 타기해야 할 것이다. 우리가 현재의 수준으로서 당시의 「사냥개」 같은 작품을 읽을 때에는 실로 감흥이라고는 커녕 일종의 불유쾌감에 사로잡히기까지 한다. 그만치 그것은 유치한 것이었다. 당시의 신경향파의 작가의 사상과 세계관(!)은 그만치 유치하던 것이었다. 그들이 사회적 제운동의 진전에 따라서 자기비판과 반성이 생기게 된 것은 당연한 것이라 하리라. 이때의 작가들의 사상과 세계관에 대하여 김팔봉은 말한다. "계급대립을 인식하고 현실을 저주하고 기계를 파괴하고 고주에게 폭행하는 등의 원시적 한계로부터 진출하여 ……인류사회의 역사적 발전의 법칙을 파악하는 구체적인 실천의 세계관에까지 발전하게 하였다. 소화 2년(1927년)부터 소화 5년(1930년)까지가 내가 본 작가 및 비평가의 이같은 세계관 획득을 위한 짧지 않은 과정이었다"(전게, 프로문학의 현재수준)고.

　아마도 당시의 작가들은 "이래서는 아니되겠다"고 외쳤으리라. 국한된 독서력, 고갈된 상념, 무비판한 재탕 등 온갖 '불명예'(!)한 언사로써 당시의 작가 및 비평가들을 비평하는 사람이 있다면 그것은 어느 정도까지 타당하면서도 또한 타당하지 않으리라. 왜 그러냐 하면 그것은 나무는 보면서도 숲은 보지 못하는 류의 비평임으로써다. 물론 당시의 작가 및 비평가들의 교양의 정도는 낮았었다. 그러나 이 "낮았었다"는 것도 당시의 일반적 수준에 비하여서는 결코 낮은 것이 아니었다. 심원하지는 못하였을지언정 직절(直截) 간명하였고 체계는 없었을지언정 명랑하였으며 고식적이 아니라 용왕(勇往)하는 기상이 보였고 신념정열에 넘쳐 있었다. 이것은 나의 호의도 악의도 아무 것도 아니요 그 당시의 일반적인 정세에서 귀납된 객관적인 판단인가 한다. 피등에게 호의든지 악의든지 가지기에는 나는 너무도 국외자이다. 그러나 나로 하여금 이곳에서 잠시 문학사가가 되기를 허한다고 하면 나는 전후의 제사정과 사적 방법론의 엄숙성의 이름 밑에서 이렇게 말하는 것을 주저하지 않으리라. 논자는 눈을 크게 뜨고 제외국의 문학사의 발전과정을 살펴보아야 한다. 동일한 사회적 조건과 주체적 역량 하에서는 대개는 동일한 생산(문학적 혹은 기타)의 수준을 보지(保持)한다는 것을 잊어서는 아니된다. 그러나 그 발전의 게단만은 서로 참치(參差)하여 있어서 그 상호간의 진상을 비교하는 데에 있어서 천학자에게는 무법한 망평(妄評)과 오류를 범하는 수가 종종 있다. 이 점은 대단히 중요한 점이다. 소위 역사과학에 있어서 문화 또는 단계의 '특수성'의 문제가 논전(論戰)되는 것도 이 점과 관련하여 있는 것이다.

(6)

　　신경향파는 적으나마 한 개의 비약을 마련하였다. 자기의 내부에 있어서 이 질적 비약—변환은 또한 자기 내부에 있어서의 모순적 요소를 확대하는 것이었다. 아니 자기의 양적 발전에 의하여 새로운 그러나 필연적인 '퓨어·지히'의 상태를 특래(特來)하였다. 그것은 즉 그들이 작품창작상에 있어서 소위 공식화라고 하는 도식주의의 오류에 빠지고 말았다는 것이다. 이 소위 신경향파라는 것을 그것의 통체적 파악에서 고찰한다고 할 것 같으면 그것은 자기모순 및 청산의 과정으로서 이해할 수 있으리라. 모순 창작상에 있어서 또한 여타의 문화운동과의 관련에 있어서 그들이 도식주의라고 하는 질곡에 얽매이게 된 것은 직접간접으로 그 당시의 일반적 사회정세의 한 반영에 지나지 않았다. 이것은 극히 있음직한 일이었다.

　　그러면 이 도식주의에 빠지게 되었다는 것은 무엇을 말함이냐. 첫째 '도식'이라고 하는 것은 본래 철학상의 용어이다. 평범한 상식적인 이해에 있어서는 이것은 '형식'이라고 하여도 좋다. 환언하면 공식적인 형식주의에 함(陷)하여 있었다는 것이다. 그러면 이 도식주의는 어떠한 형태를 가진 것이었나? 그것은 "지도자의 영웅화와 맑스주의적 정치이론, 경제학설의 대도연설(大道演說, 방점필자)이 천편일률로 판에 찍은 듯이 이 사람의 작품에서나 저 작가의 작품에서나 드러나 있는"(김팔봉, 프로문학의 현재수준) 그러한 것이었다. 이것은 개인적 복수행위를 '무상(無上)'의 주제로 엮었던 그 대두 초기의 질곡의 한 발전된 형태이었다. 이와같은 형식주의적 '대도연설' 식의 작품이 문학으로서 성공할 수 없는 것은 명약관화한 일이다. 당시의 작품으로는 송영의 「인도병사」 조명희의 「낙동강」 등이 생기고 이기영의 「원보」, 조명희의 「아들의 마음」이 발표되었을 때 전문단은 경탄의 눈으로서 프로문학 작품의 성과를 응시하였었다. 그러나 이 작품들과 그 이후의 제작은 모두 정치적, 경제적 교설을 생경하게 담고 있었다. 그러니 자연 예술 내지 문학적 작품으로서의 필수요건이 되어 있는 소재의 형상화라고 하는 것은 어림도 없는 일이었다. 이것이 이 시기에 있어서의 둘째의 내부적 질곡이었다.

물론 이때에는 산만하던 작품 구성이 어느 정도까지 조직적으로 꼭 째이게 되었고 주제의 선택에 있어서도 좀더 적극적이기는 하였다. 그러나 이상에 말한 그 두 가지의 문학작품 제작상의 과오는 아직도 작가의 주체적 노력을 요구하여 마지 않는 형편에 놓여 있었다. 그들은 세계관을 획득하려고 하다가 차질(蹉跌)하고 말았다. 헛되이 생경한 추상적인 이론을 씹지 않고 삼켰던 것이다. 제것으로 잘 저작하지 못하고 공식적으로 두서너 군데의 문구를 외우고 있는 그러한 형편이었으니 그들에게 예술적 형상화를 바란다는 것은 어림도 없는 일이었다.

그러나 우리는 이것을 그 작가들의 결점으로 인정하는 동시에 그것을 또한 이렇게도 할 수 없고 저렇게도 할 수 없는 절대적인 결점이라고는 생각하지 않는다. 그것은 보다 좋은 경지에의 발전도중에서 필연적으로 가져와지는 사물의 성격이었다. 이것을 기계적으로 이해하여서는 아니된다. 우여곡절을 경한 뒤에 완전 가까운 경지에 이르는 것이 사물의 본성이다. 이때의 작가들에게 있어서의 소위 '이데올로기성의 강조'를 가지고 "얻은 것은 이데올로기요 잃은 것은 예술이라"는 등의 탄식으로써 제법 그럴듯한 '이론'을 제작한 사람들에게는 상술한 사물의 본성을 이해하지 못하는 것을 자백하는 비밀이 내재하여 있었다.(박영희, 이형림李荊林(1908-?)[107] 등의 이론은 정히 그러한 것에 가까운 것이었다.)

개인적 복수주의의 작품으로부터 도식주의의 오류를 범하기까지 이른바 신경향파는 그 내실 외모를 확대하고 충실히 하였다. 그러나 이것은 아직도 문학적 행정에 있어서 계몽적 역할의 일익을 담당하였음에 불과하였다. 복잡한 작가적 정신에 대한 반성의 진실성과 허위성을 주체적으로 실질적으로 이해하기에는 좀 먼 거리에 놓여있었다. 그들은 이에 번민하였다. 우리는 그 번민의 자취를 그들의 창작방법상의 제토론에 있어서 간취할 수가 있다고 생각한다. 그들은 '유물변증법적 방법'을 예술적 문학적 창작과정에 '아인퓨렌'(特入)하려고 하여 많은 논란을 거듭하였다. 이것은 그들이 세계관 획득의 노력에서 실패한 전철을 회복하는 동시에 '현상의 잡다성의 바다'에 익사할 뻔 하던 피상적 활동에서 일보전진하려던 그룹적 번민이었다. 그들이 또한 그들의 조직에 대한 일층의 강화를 도(圖)한 것도 그 그룹적 번민의 일(一) 외적 물질적 표현이었다. 이때의 그들의 활동은 활발하였다. 「과도기」, 「일체 면회를 거절하라」, 「조정안」[108] 등은 이 번민적 노력의 결과로 특래(特來)된 호개의 작품이었다.


(7)


나는 이곳에서 잠간 소위 「변증법적 창작방법」에 관한 이야기를 하지 않을 수가 없다. 그것은 대체로 이 변증법적 창작방법에 대한 당시

---

107)  편자주 : 이갑기(李甲基)의 필명.

108)  편자주 : 「과도기」(한설야, 1929), 「일체 면회를 거절하라」(송영, 1930), 「조정안」(김남천, 1931)

의 이해가 너무도 피상적이요 기계적이었으며 따라서 요새의 소위 '쏘시얼리스틱 리얼리즘'이 문제가 되어오자 그것을 폐리(廢履)[109]와 같이 내던지는 듯한 태도에 언급하지 않을 수가 없다. 그들은 이 변증법적 창작방법의 질곡성을 강조하였다. 그리하여 그것에 반하여 세계관— 이데올로기의 강조를 거부하는 태도를 취하기도 하였다. 다시 이것은 문학적 창작에 있어서의 이른바 '사상성'의 문제와도 관계하여 있었고 또 이른바 '정치성'의 문제와도 연계하여 있었다. 어떤이는 문학의 정치적 측면을 배척하여 그 순수성을 고조하였고 또 어떤 이는 '문학이냐 정치냐'에 방황하던 나머지에 '안·운트·퓨어지히'의 상태에 다다르지 못하고 비속한 고정화를 특래하기도 하였으며 또 어떤 이는 문학의 수단성을 강조하여 방편주의의 형해를 안고 허덕이기도 하였다. 진정으로 사회적 인간의 생활적 진실에서 문학의 사회적 임무와 예술적 형상화의 통일을 체득한 사람은 드물었었다. 아니 거의 없었다고도 할 수 있지 않은가 한다. 그들이 그같이 문학적 창작을 현실적 통일적 관점하에 파악하지 못하였기 때문에 일방에서는 '사상성', '정치성'을 장탄식하고 타방에서는 그것을 지상(至上)한 것으로서 주장하는 듯하였다. 이것은 모두 사물을 그 자체에 있어서 이해하는 것을 통하여 '주체적'(단지 주관적이라는 뜻이 아니다. 이것은 헤겔의 의미에 있어서의 '개념적'이라는 뜻을 가지고 있는 그러한 것이다)으로 인간적 실천의 적극성을 가하는 역사적 자유의 인식을 결하는 때문에 초래된 과오이었던 것이다. 그들을 변증법을 운위하면서 변증법을 이해하고 있지 않았으며 창작방법을 운위하면서 참된 창작방법이 무엇인지 그것에 대한 반성을 결하고 있는 듯이 보여졌었다. 그렇기 때문에 재작년 가을 이후 '카프'의 맹원들 사

---

109)　편자주 : 헌신짝.

이에 이러니 저러니 하는 동요가 생기고 따라서 수종의 성명적 예술론과 소위 해소론이 등장하게 되었던 것이다. 그리하여 '소시얼리스틱 리얼리즘'이 해외의 문단에서 논의되자 그들은 이 '변증법적 창작방법'에 대한 진지, 확호한 비판과 섭취를 경함이 없이 이이(易易)하게 손빠르게 전자를 내것인양 떠든 것이 아니었던가?

나는 이곳에서 창작론을 술할 여가를 가지지 못하였으나 아무리 예술적 내지 문학적 창작에 있어서는 오직 감동과 형상화의 기능만 체득하면 그만이라 하더라도 적어도 비평가에 있어서는 그 창작과정에 대한 방법적 이해를 결하여서는 안된다는 것은 췌언을 불요하는 바다. 인간이 서식하고 있는 곳이 역사적 사회적인 것이고 그 안에서 생기하는 모든 사건이 따라서 역사적 사회적으로 규정되는 것이라면 그것이 변증법적 운동 및 발전을 그 본질로 한다는 것은 당연한 일일 것이다. 따라서 이 변증법적 방법이라는 것이 인간적 환경(자연, 사회 및 역사)를 관통하는 정합적 이론이라는 것을 이해하게 된 것이다. 그러니 이 이론을 창작과정에 적용한다는 것이 아니라 창작과정 그것이 바로 변증법적으로 되어 있고 또 그리 이해되는 것은 조금도 부자연이 아니리라. 이것을 그들은 새삼스럽게 무슨 진리나 발견한 듯이 '소시알리스틱 리얼리즘'을 떠받들고 금시에 변증법적 방법을 폐리(廢履)와 같이 버리는 듯한 태도는 감복할 수가 없다. 도리어 지금에 와서 그들은 이 '소시얼리스틱 리얼리즘'을 그 변증법적 창작방법과의 관련하에 논의하고 연구하여야 할 것이다. 창작과정에 있어서 이 변증법적 방법을 결코 포기되는 성질의 것이 아니라 창작방법 그것이 현재에 있어서는 벌써 변증법적으로 '소시얼리스틱 리얼리즘'에 발전한 것이다. 그러니 의연히 '소시얼리스틱 리얼리즘'에 있어서 변증법적 활동을 하고 있는 것이다. 예술상 문학상 '리얼리티'를 추구하는 것은 예술, 문학의 본무이다. 그러나 이것은 그 '리얼리티'를 생경한 상태에 있어 파악하여서는 아무 것도 아니다. 예술 및 문학은 현실적 제사상을 그것의 우연적 일면성에 있어서가 아니라 통일적인 전체성에 있어서 일층 명백하고 일층 생동 하게 창조적 형상의 세계로써 인식하고 파악하는 것을 본무로 하지 않 으면 아니된다. 그때에 비로소 예술 및 문학은 시대의 정신을 담을 수 가 있는 것이다. 그리하여 어느 점에 있어서는 선전적 효과도 거둘 수 가 있는 것을 잊어서는 아니된다. 그들은 지금까지 예술 및 문학의 정 치성 및 선전성의 일면을 비상히 강조하기도 하였고 또 두려워하기도 하였다. 이것은 어느 것이나 다 정곡을 얻은 것이 아니다. 진정한 예술 적 창작의 세계에 있어서는 그 소재의 취급, 수법의 운용, 형식의 조정 (粗精), 내용의 우열상 등이 모두 아무러한 강제를 받지 않고 극히 자연 히 그 과정이 변증법적이고 그 목표가 사회적 '리얼리티'로서 나타나 게 되는 것이다.(나는 문학적 창작과정에 대한 방법적 이해에 있어서 '헤르만 헤 펠레'에 의하여 1. 소재 2. 내용 3. 형식으로 나누고(Hermann Hefele. Das Wesen Der Dichtung) 그것들의 종합적 형상화의 과정을 변증법적으로 관찰하며 그 목표를 '사 회적 진실성'의 표현에 두고자 한다.)

이러한 문예상의 메카니즘을 이해하지 못하기 때문에 '카프해소론' 운운의 논편(論片)에서 우리는 "얻은 것은 이데올로기요 잃은 것은 예 술이라"는 일견 그럴듯한 단식의 어구를 발견하는 것이있고 또 '문학과 정치'의 불가조화를 운위하는 일면적 견해에 접하는 것이었다.


(8)


이상에서 나는 최근 조선문학사상에 있어서 '신경향파'라고 명명되는 문예적 경향에 대하여 문제사적으로 그 내면적 제관련을 조략(粗略)하나마 지적비판하였다. 그리고 최후로 그 일군의 작가 및 비평가에 있어서의 변증법적 창작방법에 대한 이해의 일면적이었음을 지적하였다. 그러나 나의 이 논술이 현재조선이 가지고 있는 문예에 있어서의 2대 유파―'프로문학과 민족문학'(김팔봉의 구분을 그대로 답습한다)에 대하여 전자만을 문제삼고 후자에 대하여는 거의 접촉하지 않고 지나왔음에 대하여 일언 변(辯)하지 않을 수가 없다. 나에게 지면과 시간의 여유가 있었더라면 나는 양자를 비교연구하였을 것이나 그렇지 못함은 유감으로는 생각한다. 그러나 이 신경향파 대두 이후에 있어서 사회적 역사적으로 가장 오인의 이목을 번거롭게 하였으며 또 구체적 민족문학의 진영에 있어서는 타성에 의한 반복에서 그것의 필연한 발전과정을 일직선으로 밟어왔다고 보여지기 때문에 나는 전자에 대하여만 거의 문제를 삼은 것이다. 이 '민족문학'에 대하여 김팔봉의 「조선문학의 현재의 수준」과 「조선문학의 현단계」(양자 공히 『신동아』지)은 그것의 이해를 위한 도서적(導緒的) 문자임은 틀림없을까 한다.

이곳에서 삼일운동 직후의 활동적이고 생산적이며 진보적이고 건설적이던 '신문학운동'이 자기의 내부적 모순에 의하여 저의 반대물―신경향파를 출산하였고 그리하여 양자의 대립―(대립이라고 하는 것보다는 '민족문학' 편에서의 과소평가와 일종의 질시, 악의를 포함한 장애물 視)은 온갖 문학적 논평에 나타나 있었다고 할 수 없을까? 그러나 사실에 있어서 비록 짧은 동안이라고는 할지언정 프로문학은 그 질과 양에 있어서 '민족문학'보다 우위를 점한 때가 있었고 또 그리되리라. 이것은 그 당시의 조선의 말하자면 계급운동의 치열하던 외부적 제정황의 반영이 아니었던가 한다. 그러나 소위 외부의 '객관적 정세'의 변전과 주체적 역량의 미흡은 이 양진영에 다같은 전기를 초래하게 하였다. 즉 민족문학은 소위 '역사소설' 혹은 '대중소설'이라고 하는 1. 봉건적인 충의관념을 고조하며 2. 개인의 영웅화를 꿈꾸며 또 3. 복고적인 무기력한 도피행을 마련하는(김팔봉) 그러한 것으로 전락하여 그것의 탄생 당시의 활발하던 면모는 이제와서는 찾아볼 수 없게 되었고 '신경향파'라는 이름 밑에 출발한 '프로문학'은 변전무쌍한 사회적 정치적 지반과 그것의 통절한 공세 하에 이반, 탈락의 제경향을 내포하면서 나아오다가 이내 그것의 조직체의 '해체'까지 선고되고 말았다.

그러나 이 두 개의 유파가 앞으로 어떻게 그것의 진로를 마련할 것인가. 그것은 상래 말하여온 두 개의 과학 및 그 과학의 방법론의 당파적 성격과 신흥하는 역사적 과학의 우위에 의하여 결정될 것이다. 환언하면 '민족문학'이라고 하는 것은 이 과학의 방법론을 소유하지 못한 그 배후자의 퇴영적 존재에 의하여 하향의 선을 걸을 것이요 프로문학은 그것의 역사과학적 반성 및 그 방법론의 우위에 의하여 외부의 물질적 정세의 여하에 불구하고 직각 코쓰를 밟으면서 상향의 길을 걸어갈 것이다. 나는 비상히 추상적이나마 이러한 단안을 내리기에 주저하지 않는다. 금후의 조선문학의 전망은 이 원칙적인 견해로부터 자유로울 수가 없을 것이다. 나는 이 말로써 나의 창졸간에 집필한 이 논고를 끝막으려 한다.

# 한 개의 유치한 '폴레모스'

『동아일보』 1935. 10. 6

일찍이 유명한 역사적 문헌학자 '뵈크'는 교양없는 민족도 또한 철학할 수가 있다(필로소파인) 그러나 문헌학(필로로가인) 할 수는 없는 것이라고 하였다. 이것은 그가 독일의 역사학파 및 그 이전의 특히 고대의 모든 문헌학적 자료의 해석에 대한 깊은 연구로부터 귀납시킨 말이었다. 실로 교양없는 민족일지라도 생각하고 싸움도 하고 할 줄은 안다. 그러나 그는 문헌학 할 수 있는 교양은 가질 수가 없는 것이다. 고대희랍인들이 외방인을 '발바로스'라고 가르쳐 경멸한 것도 그들이 교양을 가지지 않고 오직 폴레모스(싸움)을 즐겨한 때문이었다.

지금 이 뵈크의 말을 우리는 이 땅의— 재기발랄한 한 사람의 비평가(!)에게 적용할 수 있는 불행을 가지게 된 것을 슬퍼한다. 그는 독선적으로 생각하는(!) 힘은 가지고 있으나 역사적으로 사물의 문헌학적 이해를 통하여 한 개의 정당한 비평에 도달하기에는 전도요원한 감을 주고 있는 것이다. 실로 교양없는 일정 개인도 교양없는 민족과 마찬가지로 저돌적인 '폴레모스'를 즐겨하는 듯하다. 김남천金南天(1911-1953)씨라는 비평가(!)의 「공식과 문학사」[110]라는 일평은 그것에 해당한 것이다.

그는 우선 프레체Vladimir Maksimovich Friche(1870-1929)[111]의 과오 운운하였으나 프리체는 조금도 그 소위 과오에 대하여 관지(關知)하는 바 없을 만치 학문상의 유산을 전수하고 있는 것이다. 또 그는 변증법의 초보공식 운운하였으나 도대체 변증법의 초보공식이 어떠한 것인지 보여주었으면 좋겠다. 변증법에 초보공식이 있다는 것은 실로 놀라운 '탁설(卓說)'이나, 이것이야말로 논리학 또는 변증법의 수개의 함축 있는 단편을 모여가지고 다니며 가장 변증법을 이해하고 있는 체 하는 것이니 실로 걱정되는 일이라 하겠다. 변증법은 이러한 유의 사람에 의하여 기계적으로 이해되어 가고 있는 것이다. 변증법은 일응 도식적으로 극히 압축된 명제에 의하여 핵심을 표시할 수는 있다. 그러나 그것은 결코 변증법의 공식도 아무것도 아닌 것이다. 우선 변증법 공부부터 해야 할 일이다.

그는 욕설을 위하여 무소부지의 건필(!)을 휘둘르고 있다. 이것은 실로 자기의 무지에 대한 졸렬한 표현수단이다. 그리하여 일껀 현재의 높아지고 있는 비평의 수준을 후퇴시키는 것밖에는 아무 것에도 소용되는 데가 없다. 나의 소론에 대하여 이의가 있거든 구체적으로 지적하라. 그것이 평가(評家)의 마땅히 할 일이다.

---

110)　편자주 : 김남천, 「공식과 문학사」, 『조선중앙일보』 1935. 10. 4.

111)　편자주 : 소련과학아카데미 문학·언어·예술위원회 대표 역임. 예술사회학을 주창함.

신동아지 구월호 소재「최근 문학사조의 변천」에 대한 씨의 비겁무류한 욕설과 허무맹랑한 개인적 중상에 대하여는 아무것도 말할 필요를 느끼지 않을만치 유치한 것이었다. 나는 이 이상 더 씨의 비평에 대하여 고려하지 않으련다.

# 추야만상(秋夜漫想) 수제(數題)

『사해공론』 제1권 제7호 1935.11

## 1. 번역

번역이라는 것은 실로 어려운 일이다. 뻔히 그 뜻을 알면서도 또 그 문(文)의 구성도 알면서도 그것을 조선말로 옮겨 놓자면 여간한 일이 아니다. 그래서 어떤 사람은 엄밀하게 말하면 번역이란 원래 불가능한 일이라고까지 말한다. 그러나 이 '불가능한' 번역은 없어서는 안 되고 또 없을 수가 없는 것이다. 번역이 불가능하며 또 가능하다 하더라도 그것이 대단히 곤란한 일이라고 하는 것은 외국어 그것에 대한 지식에도 관계하는 것이겠지만 실상인즉 외국인의 생활감정과 그 표현방식이 또 그 표현방식이 규정하는 역사적 생활의 차이에 의하는 일이 많은 것이라고 생각한다. 가령 독일어를 가지고 말하건데 그들의 둔중하고 사변적인 사고의 방식은 그들의 문화적 전통에 의하여 독지(獨持)한 표현법으로 조성하고 있는 것이다. 그들은 비상히 많은 추상명사를 실로 부러울만큼 아무 거리낌 없이 분간해 사용할 줄을 안다. 그 뿐 아니라 상식으로 생각해서는 한 사물에 대한 수개의 표현어가 다 같은 내용과 같은 의미를 가지고 있는 동의어인듯이 보이기도 하지만 실상인즉 그곳에는 실로 분명하고도 자세한 구별이 있는 것이고 또 그들은 이것을 쓰일 곳을 또박또박 분간해서 쓰고 있는 것이다. 그뿐 아니라 또 수많은 접두어들을 붙여서 얼마든지 새로운 의미를 가진 신어를 임시임시 만들어 쓰기도 한다.

이것은 철학자들에게서 흔히 볼 수 있는 것이다.

이리하여 더욱더욱 번역을 곤란하게 한다. 예를 들면 철학에서 Sein(존재)라는 말은 퍽 중요한 말인데 Da-sein, So-sein, In-Sein, Sein-in Seinde 등의 사전에도 없는 말을 만들어 쓴다. 만일 이것을 영어나 일본어나 또는 조선어로 번역한다고 할 것 같으면 누구나 쥐어 짜던 머리를 뒤흔들며 들었던 붓을 내던졌을 것이다. 물론 의역은 할 수 있다.

그러나 그것을 본래 그것이 가지고 있는 그대로의 뜻대로 직역한다는 것은 거의 절망이라고 하지 않을 수 없다.

실로 번역이라는 것은 어려운 일이다.

그러나 이것은 과학서적에 있어서는 문학이나 철학서 등에 있어서보다는 좀 쉬운 듯이 보여진다. 가령 독일어로 쓰여진 의학서를 가지고 말하면 불과 이삼년간의 독일어 공부만 있으면 충분치는 못하다 하더라도 대개는 보는 모양이다. 그러나 문학서나 철학서 같은 것은 내 경험을 미루어본다면 도저히 어려운 일이라고 생각한다. 물론 한 개의 외국어를 얼마나 열심으로 공부했느냐 하는 데도 관계하겠지만 보통의 공부로서 일정한 외국어로 쓰인 문학서나 철학서를 능히 이해할 수 있게까지 되자면 적어도 사오년의 시일을 한하지 않으면 아니 된다고 생각한다.

그러나 요해(了解)는 한다 하더라도 그것을 엄밀하고 정확하게 번역할 수 있다고 하는 것은 퍽 어려운 일이다. 우리는 흔히 전문 대가들의 번역서 가운데서도 오역, 졸역을 발견하는 일이 왕왕 있다.

그것은 번역이라는 것이 얼마나 곤란한 사업인가를 보이는 한 예증일 것이다.

그러나 이 곤란한 번역은 그것이 곤란할수록 문화의 진전과 세계성 때문에 절대로 필요한 것이다. 이 번역이라는 것 때문에 우리가 얼마나 많은 은택을 입고 있는가는 노노(呶呶)할 필요조차 없는 일이라 하겠다.


## 2. 오귀스트 콩트와 종교

조선의 종교가 금세기 삼십년대에 들어서는 아주 '활발하게'(?) 진출하는 듯이 보여진다. 천주교 공교(公敎)의 조선 전래 150주년 기념이 지난 10월 2일 평양에서 거행되었다는 것은 확실히 조선종교사의 한 페이지를 점할 것이다.

근자에 카톨릭, 프로테스탄트를 물론하고서 성(盛)히 각지에서 대회를 열고 또 그 교회당의 수도 늘어간다고 한다. 아무리 미국이나 케나다에서 보내는 돈이 삭감된다고 하더라도 그들의 종교적 활동의 실질에 있어서는 조금도 통양(痛痒)을 느끼지 않을 뿐 아니라 도리어 조선인 자체의 손으로 더욱더욱 '종교의 이윤'이 선전되어가는 듯이 보인다.

이러한 모든 종교계의 동태는 그들의 출판물의 수에도 나타난다. 유의(有意)의 인(人)이라면 각 종교가 간행하는 정기, 부정기의 출판물을 조사하여 보면 알 것이다. 가지각색 별별 것이 다 있다.

이것들은 실로 남이야 '종교는 아편이다'라고 말하든 말든 점점 기세를 올리고 가며 있는 듯하다.

그러면 왜? 현금에 와서 종교계가 활발하게 되어 있는 것인가? 이것은 오인이 세심한 주목을 요청하는 일이다.

이것은 결국 조선의 사회적 역사적 관점에서만 본질이 파악될 것이나 여하간 현재 은연히 또는 현저히 종교가 여러 가지의 군호와 나팔에 발을 맞춰서 성(盛)해지고 있는 것만은 사실인듯 싶다.

그런데 이곳에 '오귀스트 콩트'의 소위 '유마니테 교(敎)'라고 하는 것을 잠깐 이야기하려 한다.

'콩트'라고 하면 누구나 다 저 유명한 십구세기 프랑스의 사회학의 창립자라는 것쯤은 알 것이다. 그러나 그가 한편으로는 '종교의 시조'가 되기도 한다는 것은 아는 이가 적을 것이다. 어떠한 일정한 사회 단계가 그것이 선행적 단계를 양축(揚築)하고 자기의 '다망(多望)한' 발전을 마련하려고 할 때에는 흔히 그 단계의 주동적 세력에 의하여 한 개의 새로운 의상을 입힌 '신의 포념(抛念)'이 조작(造作)되는 것이었다. 이것은 우리가 역사상 사실에 대어보아서 알 수 있는 것이다. 이것을 구주의 종교사에 의거하여 보더라도 알 수 있는 일이다. 저 프랑스대혁명에 있어서 기독교의 전래적인 제 교양에 새로운 의상을 입는 듯이 보여졌었다.

즉 혁명후 '로베스피에르 Mximilien Robespierre(1758-1794)'와 같은 사람은 법령으로서 '지고존재(至高存在)'를 설정하여 혁명에 의하여 부정된 신을 다시 형상을 달리하여 등장하게 하였다.

그리하여 여러 가지로 교양의 개고(改稿)가 행하여졌었다. 즉 '근대인'

이라고 하는 부르주아적 자유인에게 알맞는 '신의 개념'을 만들어냈던 것이다. 현대의 과학의 세례를 받고 있는 진보적인 인간은 벌써 신의 존재와 그 개념의 형식에 대하여 하등의 흥미도 느끼지 않고 있으나 그러나 또한 일방으로는 그것에 대한 새로운 공작이 성행되고 있는 것은 사실이다. 프랑스대혁명 후와 현금과는 그 사회적 역사적 배경을 달리하고 있으나 반문화적 반과학적인 것이 지배하려고 하였으니 또 지배하고 있다는 점에 있어서는 일반이라고 하지 못할 것인가. 십구세기의 프랑스에서는 정히 '자유인'이 자유롭게 온갖 문화-정신을 '창조'해 냈었다.

이 '오귀스트 콩트'의 이른바 '유마니테 교'라고 하는 것은 그러한 프랑스의 자유인을 배경으로 하여 생한 것이었다. 그것은 현재도 남미 제국에 있어서 성행되고 있다 한다. 이곳에서 '콩트'에 대하여 이야기하는 번거로움은 피하거니와 과학발달에 신학적 형이상학적 실증적의 삼계단을 구별하여 '실증철학'의 체계의 건설을 목표로 하였던 그가 일방으로 종교의 시조가 되기도 한다는 것은 주목할만한 일이다. 그러나 이것은 근대 자유인에게 있어서는 있을 수가 있는 것이었다.

더욱 '콩트'에 있어서는 그의 실증철학의 건설이 이 '유마니테 교'를 만들어내는 데에 있어서의 한 개의 노작이었던 듯도 하다.

그는 그의 청년기에 있어서는 '신을 믿지는 않는다'라고 명확하게 선언할만큼 '실증철학체계' 전6권을 지어내려는 과학적 노작에 정진하였었다.

그러나 그의 후반생에 있어서는 그것이 흔히 종교기리고 이름지어 불러오는만큼 소위 '유마니테 교'(Religion de l'Humanité)의 개종을 선(宣)하였다. 그리하여 그것을 위한 '실증정책체계' 전4권의 대저를 냈던 것이다. 그로 하여금 그 '유마니테 교'에 대하여 말하라고 하면 그것은 종래의 신앙과 그 교의에 돌아가는 것이 아니라 한 개의 새로운 종교의 창설이라고 말할런지 모른다.

즉 그의 이른바 '성애(聖愛)를 통하여 신(新) 신앙에' 라고 할 것이다.

이것이 이 '유마니테 교'의 모토이다. 콩트는 이것으로써 새 종교가 시작된다고 했다.

그러나 그것은 그의 만년에 고독에서 생한 환상이었던 것이나 아닌가 한다. 과학 노작에 피곤한 그는 이러한 종교적 청념에 붙들리고 말았던 것이다.

그런데 그로 하여금 그 종교를 개종하게 한 데에는 배후에 박명의 미인 '크로칠드'가 있었던 것이라고 한다.

'콩트'는 이 여인에 의하여 무슨 '영감'을 받았다고 한다. 그것은 1845년이었다. (그는 1857년 死) 언젠가 우연히 한 제자의 누이동생되는 이 '크로칠드'는 삼십세의 생과부였다.

왜 그러냐하면 그의 남편되는 사람은 어떤 중대한 범죄 때문에 종신 징역에 처해 있기 때문이었다.

이 당시로 말하면 콩트는 '카로린' 부인의 부정(不貞) 때문에 몹시 상심하고 있는 때였다.

그러한 때에 이 미인을 만나서 새로운 '생명'을 들이마셨다고 하는 것이다. 둘의 사이에는 백열(白熱)하는 사랑이 오고 갔었다. 처음에는 '크로칠드' 는 '콩트'의 구애에 대하여 퍽 냉정하였으나 필경은 의기투합하게 되었던 것이라 한다.

그러나 불행하게도 이 박명의 미인은 31세 되는 그 다음 해에 병환으로 죽고 말았다 한다. '콩트'는 퍽 슬퍼하였다. 파리의 대묘지 '페-르·라 세-스'에는 이 '크로칠드'의 묘지가 있는데 '콩트' 는 그의 명일(命日)에는 반드시 묘전(墓前)에 나아가 고두저회(叩頭低徊)하기를 상사(常事)로 하였다고 한다. 그는 벌써 죽기 전에 유언으로 '크로칠드' 묘

옆에 묻어주기를 말하였다 한다.

이것은 한 개의 콩트 생애의 '에피소드' 이다.

이것 때문에 사회학도가 반드시 한번은 통과하지 않아서는 안되는 '콩트' 의 과학적 노작이 상(傷) 받을 리는 없을 것이다. 그러나 이것은 '콩트' 의 전생애를 이해하는 데에 있어서 빼버리지 못할 한 페이지일 것이다.


## 3. 문학이라는 것

여럿이 모인 자리에서 어떤 한 사람이 하품을 하면 웬일인지 다른 사람들도 하품을 하게 된다.

이것은 심리학자더러 말하라면 무엇이라고 설명을 할 것이다. 일종의 암시작용에서 오는 것이라고도 할 것이고 또 좀 크게는 어떤 사회학자같이 모방의 원리를 가지고 설명하기도 할 것이다. 도대체 남들이 떠드니까 귀를 기울이는 것은 조금도 무리가 아니다. 그러나 귀를 기울였다고 곧 그 떠드는 데에 들어가 한 몫을 보게 된다면 그것이야말로 경솔한 일이라고 하지 않을 수가 없다.

한 때 이곳 저곳에서 '문예부흥'의 맞장구 소리가 났었다. 더욱 현해(玄海)를 건너오는 잡지와 신문에는 이 '문예부흥'에 대한 논의가 분분하였었다.

하도 여러 사람들이 지껄이고 있어서 이제는 실증이 날만큼도 되었겠지하고 있으면 또한 구석에서 무어라고 지껄이고 있다.

그러나 그 어느 것이나 다 그럴듯한 말을 한 것은 없었다. 모두 한 말을 되씹고 되씹고 하며 있을 뿐이었다. 대관절 무슨 의미의(문예부흥)이란 말이었던가. '희랍고전에의 복귀인가', '새로운 인간성의 발견'인가, '자연인식의 대두'인가 '발견여행'을 떠나잔 말인가. 이탈리아의 시인 페트라르카Francesco Petrarca(1304-1374)를 부흥시켜보잔 말이었던가. 이런 것들을 말하는 것은 너무나 진부한 수작이었다. 우리는 지금까지의 철학사, 과학사, 문학사에 비추어 보아 이따위 군호가 실증이 날만한 부동문인층(浮動文人層)의 한때의 호기적(好奇的) 자의(恣意)에서 나왔었음을 본다.

저 중세기 이후의 사상사를 들추어보라. 도서관 서고에 찬 백천만의 서적들을 보라. 대번에 그 많은 책들에게 기가 눌릴 것이다. 그러나 그들은 그러한 십육칠세기의 문예부흥을 취급한 선인들의 해석이나마 그냥 답습하자는 것도 아니고 자기네들의 비위에 알맞는 문예부흥을 외쳐본 것이었다. 그리하여 그 구호가 한동안 그렇게 성행되더니 지금 와서는 씻은 듯 부신 듯 잠잠하다. 그 소위 '문예부흥'이라는 것이 엄밀하게 말하면 '순문예의 부흥'인 듯도 하였지만 이것은 역사의 차륜을 후진시키자는 반동적 기도 이외에는 아무 것도 아니었다.

그들은 '순문예의 부흥'이라고는 명언하지 않았다. 그러나 그들의 여러 가지 논술을 종합해 보면 가지가지의 표현으로서 이것을 말한 것 같았다. 그것이 다시 최근에 와서는 순수소설론이니 또는 문학에 있어서의 우연론이니 하는 표제 하에 새로운 옷을 입고 나오는 듯이 보인다.

문학이라는 것이 그같이 개인적 주제 하에 제 마음대로 주창도 되고 해석도 된다고 하면 참으로 그것같이 고마운 일은 없을 것이다. 문학의 그것이 물질적 지반으로서의 당해(當該) 사회에 굳게 발을 디디고 있음을 우선 이해하고 그 다음으로 그것이 여하히 사회적인 개성을 통하여 창작되는 것인가를 방법적으로 체득하며 끝으로 그 창작과정에 있어서의 제 신체적인 감수(感受)의 문제를 처리하는 기술적인 수속을 창조하는 사람에게 있어서만 문학은 문학으로써의 생명을 보지할 수가 있을 것이다.

이러한 세 가지의 것을 진지(眞止)히 제 것으로써 파악한 사람만을 우리는 존경할만한 작가라고 할 수가 있다.

이러한 작가는 그가 설사 역사상의 사건이나 인물 또는 신변잡기나 심경의 변이를 테마로 하여 쓴다 하더라도 그는 결코 단순한 이른바 '역사소설'이니 '심경소설'을 쓸 수가 없는 것이다. 그는 그 취재의 여하에 불구하고 우리에게 그러한 테마를 통하여 새로운 성장 계획 전망 명랑성을 보여주는 것이다. 일언이폐지하면 그는 리얼리스틱한 예술을 보여주는 것이다. 대립, 충돌, 투쟁을 형상화된 구체성에 있어서 보여주는 것이다. 이러한 때에는 문학은 단순한 '순문학'이라고 하는 역사적 과거물이 될 수가 없다. 그것은 진지한 의미에 있어서의 예술적 창조인 것이다.

이것을 이해하는 사람은 퍽 적다. 더욱 이 소위 '문예부흥' 론자들에게서는 그것을 터럭끝만치라도 발견할 수가 없다고 해도 과언이 아니다. 물론 그것이 그대로의 완성품으로써 감수될 수는 있다. 그러나 그것은 위에서 말한 문학의 사회적 지반과 그것에 대한 적극적인 진보적인 반작용은 간취할 수가 없는 것이다. 즉 문학의 교육성 편동성(遍動性)은 가시지 않았다는 말이다. 현재에 있어서는 이 문학의 교육성이 크게 강조되는 것을 본다. 그러나 그것의 본의는 아니라 하더라도 굳혀지고 있음을 본다. 문학은 역사와 사회라는 거대한 핀국을 그것의 극히 적은 한 양동이에다가 집어넣어서 압축시키는 난(難) 사업이다. 이 사업을 성장시킬 수 있는 사람은 즉 문학이라는 한 개의 '과학' 을 '내것'으로서 파악하고 있는 사람이다.

（了）

# 러시아의 철학과
# 톨스토이의 이성애

『동아일보』 1935. 11. 20-21.

내가 이곳에서 '러시아의 철학'이라고 하는 것은 제정시대의 그것을 말하는 것이다. 그때에 있어서 최초의 철학자는 스코보로다Grigorij Sarvich Scoboroda(1723-1794)이었다. 그는 구주를 편력하는 동안에 자국이 서구의 어느 나라보다도 온갖 방면에 있어서 뒤떨어져 있음을 보고 귀국한 뒤에는 스스로 지기를 모아놓고 세사를 논하였다. 프랑스, 영국, 독일은 각각 그의 계몽시대를 경과하면서 앙시앙 레짐Ancien regime에 대한 항쟁을 계속하였고 이 항쟁은 1789년의 프랑스대혁명으로서 대단원을 지었었다. 그리하여 칸트의 이른바 세계공민적인 신흥시민은 그의 광휘있는 발전을 영위할 수가 있었다. 그러나 러시아에 있어서는 아직 중세의 암흑 속에서 절대적인 왕권과 교권이 지배하고 있었다. 이 두 개의 세계를 목도한 스코보로다가 국민의 각성을 착(捉)한 것은 당연한 일이라 하겠다. 그의 사상이라고 하는 것이 반신비적이고 반합리적이기는 하였으나 당시의 서구철학사상을 이식하는 선구를 잡았던 것이다. 그의 뒤를 받아서 페테르스부르크와 모스코바의 대학교수 등에 의하여 철학에 대한 관심이 잦아지게 되었다. 이때에 러시아의 철학에 최초로 영향을 준 것은 셸링과 헤겔이었다. 다비도브(1794-1863)는 셸링을 미하일 바쿠닌Mikhail Aleksandrovich Bakunin(1814-1876)과 알렉산더 헤르첸Aleksandr Ivanovich Herzen(1812-1870)은 헤겔을 이 나라에 소개하였던 것이다. 그러나 그 소개라는 것은 어느 나라에 있어서든지 처음에는 그러하였던 것과 같이 아직 초보적인 계단을 지나지 못하였었다. 그러나 고고츠키(1813-1889)에 이르러서 처음으로 칸트와 헤겔 등의 독일관념론의 철학이 엄밀하게 소개되게 되었고 순정철학에 대한 저서까지도 나타나게 되있었다. 고고츠키의 『철학사』 및 『헤겔철학개론』은 러시아의 철학사상에 적지 않은 족적을 남긴 것이었다.

그러나 이때에 있어서 일반으로 철학을 문제삼는 사람들의 머리를 왕래한 바 근본사상은 치체린Boris Nikolaevich Chicherin(1828-1904)에 있어서와 같이 유기적인 생기론이 지배적이었다. 즉 질료와 에네르기에 관한 논구가 많았던 것이다. 이리하여 러시아의 철학에 있어서의 제1기인 셸링, 헤겔의 영향하에 있던 시대로부터 제2기인 유물론과 실증론의 시대로 들어오게 되었고 이 시대의 종밀은 즉 변증법적 유물론의 역사적 사회적인 지반이 성립되던 때이다. 이 유물론과 실증론의 시대에 있어서의 이름있는 철학자로서는 시베리아의 개척자요 경제학자이던 체르니셰프스키Nikolay Gavrilovich Chernyshevski(1812-1889), 왈샤우 및 페테르스부르크 대학교수 카레예프Nikolai Ivanovich Kareev(1850-1931) 및 필립포브(1858-1903)이었다. 이들은 모두 인성론적, 생물학적으로 역사철학을 주장하고 또 현실의 철학을 말하였다. 카레예

프는 생물학적 민족심리학에서 인간생활의 변화의 의미를 탐구하여 역사철학의 근본문제를 조정하려고 하였고, 필립포브는 진화의 법칙 및 심적 현상의 물적 규정의 법칙을 과학의 2대 근본원칙이라고 하는 생기론을 주장하였던 것이다. 이때에 있어서는 철학자는 대개가 생물학적, 생기론적으로 에네르기의 문제를 중요시하였었다. 그 중에서 가장 유명한 사람은 니콜라우스 그로트(1852-1899)이다. 그는 물(物), 심(心) 양(兩) 에네르기의 변화를 인정한다. 그는 감각, 표상, 주관적 노력 및 객관적 운동을 심적인 것의 원(圓)운동의 네 개의 모멘트라고 하였다.


(하)


이와 같은 유물적 실증적 철학은 그러나 페터 스툴베(1870-?)를 선두로 한 맑스주의적 사상 경향의 소유자들에 의하여 점차로 후퇴하기 시작하였으나 그러나 여러 가지의 철학적 사상이 혼연히 그 당시의 사회적 형편에 응하여 존재하고 있었다. 이에 러시아 철학에 있어서의 제3기가 오게 되었다. 이때에는 쏠로비에프(1853-1900) 같은 종교적 신비주의자, 로파틴Lopatin(1855-?) 같은 철저한 유심론자, 트루베츠코이 Nikolai Sergeevich Trubetskoi(1890-1938) 코슬로브(1813-1901) 같은 신칸트 학자가 있고 끝으로 우리의 위대한 톨스토이 옹의 사상도 이때에 있어서 한 큰 몫을 보는 것이었다.

톨스토이의 사상은 그 뒤에 이르러 그에게 있어서의 '사회(死灰)된 것'으로서 비판을 당하였지만 그러나 당시 여하히 큰 영향을 주었는가에 대하여도 내가 이곳에 노노(呶呶)할 필요를 느끼지 않을만치 절대한 것이었다. 그는 자기의 철학사상에 대하여 체계있는 저술을 가지지 않고 있다. 그러나 그의 『인생론』(1887), 『종교는 무엇이냐』(1902) 및 『파스칼』(1906) 등의 만년의 사색이 보이는 심원한 인생에 대한 통찰은 실로 유니크한 철학을 형성하고 있는 것이다. 쇼펜하우어, 루소, 니체 및 파스칼을 애독한 그는 원시기독교에 돌아가자고 하였고 그 교의를 당시의 교회 및 국가에 대립시키었다. 진정한 기독교는 내적인 전생활을 충만하는 신의 신앙에 의하여만 가능하다고 하였고 오인의 마음에 살고 있는 신에 대한 신앙에 의하여 신 및 린인(隣人)에게 봉사함으로써 '신의 왕국'은 성립한다 하였다. 그의 만년이 퍽 종교적으로 윤색된 것은 사실이나 그러나 그가 명예, 공리의 욕망으로부터 떠나 '영(靈)의 힘'에 의하여 살려고 한 것은 즉 이성에 의하여 진리에 도달하려고 한 것이었다. 그는 이성적 생활에 의하여 생명을 획득하려 하였다. "동물적 감각과 이성적 감각과의 새로운 관계에 의하여"(인생론) 인간의 신생활은 시작되는 것이었다. 그는 이러한 인간생활에 있어서의 합리적 의식이 이성의 법칙에 의하여만 도달할 수 있는 행복이야말로 진정한 행복이었고 그 행복에 대한 동경에 의하여서만 '사랑'은 있을 수가 있다 하였다. 이 '사랑'은 즉 '이성애(理性愛)'이고 이 '이성애'에 의하여 인생은 비로소 빛나는 것이었다.

톨스토이는 위대한 예술적 사상가이었다. 그리하여 제정 러시아의 철학의 제3기를 빛나게 하는 영향직인 거인이있다.

(이 일문은 C, Guettler저 『근세 외국철학사개설』(1922년, 라이프치히)에 의하여 초한 것이다.)

# 역사연구의 방법론(1)

-Kristian Erslev : Histoische Technik -

『진단학보』3호 〈講座〉, 1935. 12

—역자언(言). 이것은 크리스티안 엘슬레브Kristian Erslev(1852-1930)의 저 『Historische Technik』(1928년, 뮌헨과 베를린)의 번역이다. 원저서의 표제와는 부합되지 않는다고 할는지 모르지만 나는 그것을 「역사연구의 방법론」이라고 역하였다. 이 책의 내용을 보면 사실 역사를 어떻게 연구하여야 하나를 기술적(방법적) 관점에서 보여주고 있다. 더욱 사료를 여하히 취급하여야 하느냐 하는 실제적 제방법을 예시하고 있다. 표제의 번역에 대하여 일언을 변(辯)하는 바다.

그런데 이 '엘슬레브'의 생애에 대하여 좀 알려고도 하여보았으나 자세한 것은 알 길이 없었다. 그는 덴마크(丁抹)의 사가로서 1852년 12월 28일 코펜하겐에서 출생하였다. 그러나 현재도 살아 있는지는 알 수가 없었다.(브록하우스 대사전 제5권(1930년간)에는 살아 있는 것으로 되어 있다) 1883년부터 1916년까지 30여년간 코펜하겐 대학교수로 있었고 1916년부터 1924년까지 국립문고장(國立文庫長, 라이희스알히파)으로 있었다. 이곳에 역출(譯出)하는 것은 '에바 브란트' 부인의 독역(獨譯)으로부터의 중역이다. 졸렬한 역필로서 원저의 본의를 해한 바 있을 것을 두려워한다. 속무(俗務)에 분망한 몸이라 금회에는 조금 밖에는 역하지 못하였으나 차회에는 더 많이 하려 한다.


## 서언


내가 1870년에 나의 연구를 시작하였을 때에는 코펜하겐 대학에는 역사가가 되려고 하는 사람에게 대하여 아무 지도도 없었다. 그래서 우리 젊은 사람들은 근본적으로 제 자신의 힘으로 노력을 쌓아 올라가지 않으면 아니되었었다. 전문적 연구로서 나는 중세말기의 덴마크의 역사를 택하였고 그것에 관하여는 독일에서 일어난 사료비판의 방법을 신뢰하였었다. 나는 덴마크 연보에 실린 '우싱거'(Usinger)[112]와 '셰퍼'(Schaefer)[113]의 학위논문을 연구하였고 그 외에 '바이츠'(Waitz)[114]

---

112)  루돌프 우싱거Rudolf Usinger(1835-1874) 독일의 조졸(早卒)한 역사가. 어려서부터 폐환으로 학교에 가지 못하고 개인교수를 받아가며 역사를 공부하고 또 연구하였다. 하(下) 싹센지방의 역사에 대하여 특별한 흥미를 가지고 있었다. 나중에 '게오르그 바이츠'를 알아 그에게서 많이 배웠다. 독일과 덴마크의 관계에 대한 역사를 더욱 깊이 연구하였다.(역자)

113)  디트리히 셰퍼Dietrich Schaefer(1845-1929) 독일의 민족주의적 역사가. 1877년 예나 대학교수로부터 교단생활을 시작하여 1921년까지 베를린 대학교수로 있었다. 정치사가 역사학의 주요과제라는 견지를 고지(固持)하여 『근대세계사』(제2판, 1922년)에서 그는 독일 민족의 의식이라는 것을 고조하였다.(역자)

114)  게오르그 바이츠Georg Waitz(1813-1886) 랑케의 제자. 베를린대학 교수를 지냈다. 그의 주저는 『독일헌법사』이다. 전8권. 1844-78년에 간행.(역자)

의 여러 자작 특히 '헤르만 콜넬'(Hermann Korner)[115]에 관한 그의 연구에서 배운 것이 많았었다. 그 뒤에 나는 1878-79년간의 동(冬)학기에 베를린 대학을 방문하고 그곳에서 역사가를 과학적으로 양성하는 교수법에 접하고 놀랐었다. 사료비판에 관하여서는 나는 '라헤빈'(Rachewin)[116]에 관한 '니취'(Nitzsch)[117]의 연습과 여러 가지 과제에 관한 노대가 '바이츠'의 연습에 참석하였었다. 그 뒤 내 자신이 1883년 코펜하겐 대학의 교수가 되었을 때 나는 학생들에게 여하히 역사를 비판적으로 연구할 것인가를 보이기에 큰힘을 들였었다. 이것은 가장 기초적인 원칙을 해명할 수 있는 사소하고 단순한 사례로부터 시작하는 연습에 의하여 행하여 졌다. 그리하여 이것으로부터 우리는 차차로 여러 가지 종류의 광범한 역사적 소재에 의거하지 않으면 안되는 큰 문제에까지 도달하였다. 이 '초학자를 위한 역사연구의 연습'으로부터 한 개의 적은 교과서가 생겨났다. 그것은 처음에는 등사되어 나누어 가졌었으나 1892년에는 인쇄되었다.(Grundsaetninger for historisk Kildekritik 318) 이 적은 책자가 거의 절판이 되었을 때 나는 동일 제목 하에 역사과학과 역사기술의 전(全)이론을 강의하였다. 이러한 넓은 배경(역사연구의 예비적 작업-역자)은 적지않게 여러 가지 점에 있어서 역사적 연구의 특질을 분명히 이해하게 하였다. 이러한 원칙 하에 나는 1911년에 『역사연구의 방법론』(Historisk Teknik)(911면)이라는 책을 출

---

115) 헤르만 콜넬. 독일 투베크에서 난 중세기의 연대학자. 14세기 후반에 나 가지고 1438년에 죽었으리라고 한다. 도미니칸 승원(僧院)의 일원. 어떤 사람은 이를 '지방적인 경향을 가진 일반사가'라고 평하였다 한다.(역자)

116) 라헤빈. 중세기 독일의 사가. 1177년 이전에 죽었으리라 한다.

117) 칼 빌헬름 니취(1818-1880) 킬대학교수로 있었다. 니불의 제자. 사(師)보다도 더 경제사의 가치를 강조하였다 한다. 그는 '인간의 자유는 물질적 이해의 자연력에 의하여 제한된다'고 말했다.(역자)

판하였다. 그것은 지금 근본적으로는 개정되지 않은 제2판이 간행되어 있다.

이하에 내가 말하는 바에 의하여 독자들은 내가 얼마나 역사연구의 영역에 있어서 독일의 역사과학에 의빙(依憑)하고 있음을 알 것이나 그것이 또한 내 자신의 학설이 아니라는 것도 알 것이다. 내가 전기 '원칙'이라는 책자를 완성하였을 때에 나는 이 책의 서론에서 다음과 같이 말하였다. 즉 "역사연구에 대한 체계적인 규칙을 세우려고 하는 것은 대단히 곤란한 듯하다. 왜 그러냐 하면 전 문헌 가운데에서 이 방향에 의하여 한 개의 연구를 수행할 수는 없고 동시에 많은 초학자들이 '자연적으로는' 하등의 규칙도 존재하지 않는다는 명제를 제출하는 까닭이다." 물론 내가 1892년에 이 '원칙'을 출판하였을 때는 '베른하임'의 입문서(後出-역자)의 제1판(1889)이 나온 뒤이다. 그러나 이 책이 얼마나 주목을 끌었던지 간에 나에게 있어서는 사료비판에 관한 그의 논술은 정히 불완전한 것 같았다. 이것은 그의 그 후의 전편에 긍(亘)한 대개정판에 있어서도 그대로 남아 있었다. 1908년 베를린에서 개최된 역사가 대회에서 나는 특히 '베른하임'의 사료구분에 논급한 연설을 하였으나 그것은 출판되지 않았다.

정히 나의 학설은 독일에서 배워지는 것과는 현격(懸隔)이 있으므로 나는 나의 입문서가 그것의 역사과학에 대하여 깊은 은의를 느끼는 녹일에서 간행되기를 원하였다.

이 독역의 대본이된 책의 원고가 완성되었을 때에 나는 자연히 덴마크와 스칸디나비아의 독자를 고려하고 쓴 제1장을 여러 가지로 경개(更改)하지 않으면 아니되었었다. 이 점에 있어서 나에게는 '베른하임'의 대부(大部)의 개론서와 그의 짧기는 하나 그러나 그 내용이 풍부한 〈서론〉(삼룽펫센, 삼판, 1926년)이 퍽 참고가 되었다. 나는 나의 제2장과

제3장의 이해를 위하여 퍽 중요한 수다한 예를 드는 데에 큰 곤란을 당하였다. 그 예의 일부분은 일반세계사에서 취하였으나 그 대부분은 자연히 내 자신이 가장 잘 아는 덴마크 역사에서 취하였다. 이같은 예의 대부분은 덴마크의 북독일에 대한 관계에 관한 것이었는데 그것은 독일학생들에게도 명백한 것이며 동시에 그 외의 것도 스스로 아무 전제도 없이 이해할 수가 있을 만치 석연(釋然)한 것이다. 이러한 종류의 많은 예를 나는 이 책에서 내버리지 않았으나 그러나 여러 가지 것을 생략하지 않으면 아니되었었고 또 소범위에 긍(亘)하여 새것을 보충하기도 하였다.

나의 책의 번역은 적지 않은 곤란을 야기하였다. 그러므로 나는 '킬'의 '빨토린' 출생의 '에바 브란트' 부인이 나의 소청대로 이 힘드는 일을 맡아 하였고 그의 부군되는 교수 '오토 부란트' 박사는 역사가로서의 많은 좋은 조언을 준 데 대하여 정직하게 감사의 의를 표한다.

코펜하겐

1927년 12월, 크리스티안 엘스레브

## 1. 서론

(1) 역사(Historie)라고 하는 말은 희랍어에서 나온 것인데 라틴어를 지나 대개의 현대 각국어에서 발견되고 덴마크어에서도 찾을 수가 있다. 이 말은 본래 탐구 혹은 관찰을 의미하는 것인데 설화라든지 또는 기술을 의미하기도 한다. 로마인은 이 말을 특히 인간적 사건(Menschliecher Geschehnisse)[118]의 서술에 관하여 사용하였고 그 전에

는 거의 부지중에 사건 바로 그것을 표시하는 데까지 사용하였다.

독일에 있어서는 Geschiehte(geschehen-발생한다-와 비교해 보라)라는 말이 본래 유독 생기한 것(das Geschehene)에 관하여 사용되었는데 그것을 표시할 때에 Historie라는 말을 응용하였었다. 그러나 점점 이 Historie라는 말은 전혀 역사적(historisch)이니 또는 역사가(historiker)이니 하는 도출어(導出語)에서만 볼 수 있도록 배제되어 지금은 없어지게까지 되었다. 따라서 독일에 있어서는 그 말의 발전경로가 다른 나라에 있어서와는 반대되는 것이 있으니 즉 Geschichte라는 말이 객체에 대한 기록으로부터 점점 생기한 것의 표현까지도 포함하게 되었다.[119]

(2) Geschichte(또는 Historie)라는 말이 '생기(生起)한 것'에 관한 서술 또는 인식인 동시에 또한 '생기' 그것까지도 표시한다는 사실은 실로 주목할만한 일이다. 한 개의 과학과 그것의 대상이 동일한 명칭 아래 표시가 된다는 것은 아마 이것이 유일한 것일 것이다. 그러나 이것은 과거의 역사라는 것이 본래 역사가에 의하여서만 성립될 수 있다는 사실과 관련한다. 식물학자가 없더라도 우리는 나무와 꽃을 볼 수가 있고 물리학자가 있든지 없든지 소낙비는 멎는다. 그러나 과거의 사건을 서술하고 또 그것의 사장되고 은닉된 유물을 담론할 수 있게

---

118) 저 왕고(往古)의 '플리니우스'는 그의 대부(大部)의 자연기술을 Naturalis historia라고 명명하였다. 지금도 우리는 자연사에 대하여 말을 하기는 하나 이때의 역사라는 말은 '플리니우스'에 있어서와는 그 의의가 전연 다른 것이다.(이 '플리니우스'(Plinius)는 로마의 유명한 사가(광의의)로서 기원후 23(4)-79년까지 생존하였었다. 장교로서 전쟁에도 출전하였을 뿐만 아니라 그의 문법, 수사, 군사, 자서전, 역사 등에 관한 저작은 다 분실되어 버렸으나 오직 상술한 〈자연사〉 만은 남아 있는데 그것은 37권이나 되는 대저작이다. 그것은 천문, 지리, 인류, 역사 등 각반에 궁(亘)한 것이다.(역자)

119) P. E. Geiger, Das Wort Geschichte 1908 참조.

까지 하는 역사가 없이는 과거는 우리에게 존재하지 않을 것이다. 이 Geschichte라는 말의 이중의 의미는 역사과학의 본질에까지 깊이 관련하는 것이다.


(3) 어느 민족에 있어서나 최고의 역사기술자는 그들보다 선행한 역사설화자의 자취를 따라가는 것이다. 그리하여 그들은 자기민족과 영웅의 행적과 특출한 체험을 서술한다. '뷔테킨트'(Widukind)[120]가 그의 저작을 Gesta Saxonum(색슨인의 행적)이라고 명명한 것은 주목할만한 일이다. 점점 사람은 생활의 다른 방면으로 들어가기 시작하였다. 즉 문학과 예술, 교회와 국가조직이 어떤 때에는 저 혼자 떨어져서 또 어떤 때에는 정치사와의 관련 하에 그것의 역사적 발전에 있어서 기사(記寫)되었다. 그리하여 오늘에는 역사는 인간생활을 그것의 전영역에 긍(亘)하여 파악하려고 노력한다. 그러나 이러한 광대한 범위에서도 한 개의 자연적인 분업을 유효하게 한다. 그리하여 협의에 있어서의 역사가는 국가와 사회의 생활에서 그의 본래의 활동의 분야를 발견한다.

무한한 역사의 연구영역의 인쇄물 중에서 많은 사람은 역사에 관한 한 개의 좁은 한계를 찾으려고 하였다. 역사는 오직 정치사이어야만 한다는 점에서 역사를 제한하려고 하였고 또 소위 비역사적인 인민을 제외하려고도 하였다. 그러나 이러한 시험은 모두 실패하고 말았다. 역사는 '유사전(有史前)'이라고 표시되는 제시대를 제외하는 그러한 방식으

---

120) '뷔드킨트'라고 발음하지 않고 '뷔테킨트'라고 한다. 독일 싹소니아의 공작이었는데 기독교의 선포에 의하여 반항한 인물. 생사년 월일이 불명하여 서기 812년 이전 사람이라고만 전하여진다.(아이엘스렉시콘)(역자)

로 한정할 수도 없는 것이다.

역사의 문헌학에 대한 관계를 규정하기는 대단히 곤란하다. 왜 그러냐 하면 문헌학자들은 자기네의 학문의 영역에 관하여 도무지 일치하는 일이 없기 때문이다. 고전연구의 문헌학자들은 오래동안 문헌학의 목적으로서 고전적 고대의 완전한 이해라는 것을 설정하고 그것이 실로 또한 역사연구의 목적이 아니면 아니된다고 한 '뵈크'[121]의 정의에 의거하였었다. 수많은 근대의 문헌학자, 낭만주의자 또는 게르만 학자들은 분명한 한계를 찾으려고 애썼다. 그러나 지금 문헌학이 하고 있는 것과 같이 문헌학은 위에서 '협의의 역사가'에 관하여 말한 것과 거의 같은 방식에서 제일 먼저 역사과학 내부의 한 개의 특별한 활동분야로서 표시되지 않으면 아니될 것이다.


(4) 역사가가 기술하려고 하는 인간의 생활은 일련의 체계적 과학-법학, 경제학, 정치학, 미학, 심리학 또는 그밖의 여러 가지 과학의 대상이기도 하다. 이 모든 과학은 그 중심을 현대의 생활에 가지고 있다. 그러나 이것을 이해하자면 늘 과거에 돌아가지 않으면 아니되며 또 그럴 때에는 역사가는 여러 가지 사건에 조우하게 된다. 이것이 정히 본질적인 상태인 것이다. 그리하여 사람은 역사라는 것은 다른 과학과 같이 그것의 특유한 영역을 가지지 않는다는 것을 일반으로 이해하지 않으면 안 된다. 우리에게 역사인 것은 우리의 조부에게 있어서는 생동한 현재이었고 또 금일 일어난 일은 내일은 역사인 것이다. 그래서 '세

---

121)  독일의 유명한 '아우구스트 뵈크'(A. Boeckh)(1785-1867)를 말함이니 『문헌학적 과학의 백과전서와 방법론』(1886년간)이라는 저서는 역사학에 뜻을 둔 사람은 누구나 읽지 않으면 안 되는 명저이다.(역자)

뇨보Charles Seignobos(1854-1942)'[122])가 한 개의 대상은 오직 '위치에 의해서'(Par position)만, 즉 그 대상을 연구한 그 사람에게 있어서는 과거라고한 한에 있어서 역사적이라고 말했다면 그것은 적절한 표현이었다. 그러나 이 점에 또한 역사가에 있어서 가장 특질적인 것, 즉 그가 연구하는 외적인 다종다양의 사물은 벌써 과거해버렸고 더 다시 나타나지 않는다는 한 가지 공통된 점이 있는 것이다. 그래서 역사가의 중심과제는 그가 직접으로 관찰할 수 없는 것에 대한 길을 찾는 것이다. 그러므로 역사에 있어서도 연구방법이라고 하는 것이 한 개의 결정적인 역할을 연(演)하고 있는 것이다.

역사가는 그의 개인적 관찰에 종사할 수가 있을 것이나 그러나 그는 그러한 경우에 있어서도—기억이라든가 필기 같은 것을 문제 삼을 때에 있어서— 이러한 것을 마치 다른 관찰자에 반대하는 것과 똑같은 태도에서 검토하지 않으면 아니된다. 역사적 관찰에 있어서 가장 특징적인 것은 본래 역사적 과정이 다시 되돌아 오지 않는다는 것과 같이 그렇게 확실하게 그 관찰을 반복시킬 수가 없다는 점에 있는 것이다.

(5) 설사 고왕(古往) 2000년 이래 역사가 기술되었다 하더라도 역사 연구의 특질은 겨우 19세기에 있어서 설명되었다. 1800년경까지 사람은 물어(物語, Sage)와 역사적 전설(historische Ueberlieferung)과를 명백히 구별할 줄 몰랐고 따라서 그때에는 물어시대와 역사시대와를 구별하지도 못하였다. 그러나 새로 창설된 베를린 대학에서 술한 로마

---

122)  샤를 세뇨보는 프랑스의 역사가로서 '띠죤', '솔본느'의 각 대학의 교수를 역임하였고 그의 주저에는 『현대구주의 정치사』가 있다.(역자)

의 역사에 관한 니불Barthold Georg Niebuhr)(1776-1831)[123]의 저 유명한 강의―그것은 나중에 출판이 되었다.(1811-13)에 의하여 그 길은 열리게 되었다. 그는 '리비우스'[124]에 있어서의 물어가 얼마나 믿을 수 없는 것이라는 것을 보았고, 그리고 그 대신으로 로마의 국가조직의 발전의 기준을 후일의 더 잘 아는 시대에 있어서의 로마의 상태에 관한 우리의 지식에 의거함에 의하여 발견하려고 하였다. 그리하여 그것으로부터 과거에의 추리를 도출하였다. 그런데 우리가 처음에 물어와 역사적 전설 사이에 뚜렷한 한계선을 그을 수가 있다고 믿는다면 우리는 그들 설화 작자에 의하여 된 모든 기록이 각각의 특색을 가지고 있음을 알 것이다. 이곳에 『신역사기술의 비판』(Zai Kritik neuerer Geschichtsschreiber)(1824)이라는 랑케[125]의 저작은 획시기적인 영향을 주었다. 이 책에서 그는 니불의 비판적인 근본사상을 풍부한 사료를 이용해가며 더 효과적으로 신시대에 응용하였다. 이러한 기본방법하에 우리는 더 연구를 진행할 수가 있고 따라서 아득한 옛날의 구비를 역사라고 해서는 안 된다는 인식을 가지고 이 왕고(往古)의 제시대의 생

---

123)　발트홀드 게오르그 니불은 코펜하겐에서 난 역사가, 정치가. 과학 아카데미의 회원으로서 베를린 대학에서 강(講)한 전술한 강의는 유명한 것이었다. 1816-23년간의 프로이센의 로마주새내사. 1823년 이후 숙기까지 로마 아카데미 회원으로도 있었다. 그의 유명한 〈로마사〉는 전3권인데 제1, 제2권은 1811-12년 사이에 출판되었고(본문에는 13년까지라고 하였으나 '부르크하우스'에 의함) 제3권은 1832년에 출판. 제2권은 처음으로 역사적 사료비판을 시(試)한 것으로서 비판적 역사기술을 '삐그륜벤'하였다. 이 방법을 '싸비니'와 '랑케'가 발전시킨 것이나.(역자)

124)　티투스 리비우스(Titus Livius)(ca59B.C-17A.D)는 로마의 역사가. 로마의 전 역사를 연지체(年誌體)로서 142권이나 저술(역자)

125)　레오폴드 폰 랑케(Leopold v. Ranke)(1795-1886)는 역사적 비판적 방법 및 객관적 예술적 역사기술의 주창자 중의 1인. 베를린 대학에서 1833년 이후 그에 의하여 지도된 역사연습은 '랑케학파'의 형성의 출발점이었고 19세기 후반의 독일의 유명한 사가의 대부분은 이에 속하여 있었다.

활문화의 이해를 위하여 원시시대의 유물을 모두 이용하려고 하는 선사 고고학을 배우는 것이다. 이것의 실천적인 응용에 의하여 역사적 방법은 완전에 가까운 높은 정도에까지 다다른다. 참으로 오래동안 이 방법을 이론적으로 논명하려고 하는 것에 대해서는 흥미를 가지지 않았었으나 그러나 최근에 와서는 형편은 달라지고 말았다.

베른하임Ernst Bernheim(1850-1942)[126]은 그의 『역사적 방법의 망요(網要)』(Lehrbuch der historischen Methode)의 제1판(1889년)에서 역사적 방법을 모든 개별성에서 추구해 보려는 한 개의 진중한 연구를 시작하여 많은 공적을 얻었다. 그 뒤에 이 근면한 저자는 판을 개정할 때마다 그의 이 책을 늘 개작하였다. (5판부터 6판(1908년)까지). 이 책은 그 풍부한 문헌의 열거 때문에 대단히 참고가 된다. 그러나 베른하임의 체계적 논술은 나에게는 조금도 만족을 주지 않고 또 그의 각 명제도 명백하지 못한 듯이 보인다.


(6) 역사적 사학에 관하여 19세기에 있어서 배운 것을 간단한 말로써 포괄하려고 할 것 같으면 다음과 같이 말할 수가 있으리라. 즉 모든 역사적 기록은 그것의 저자들의 주관적인 견해 때문에 그 특색을 가지고 있음을 보았고 또 다른 방면에 있어서는 원시시대부터 아직도 남아있는 여러 가지 것을 끄집어내서 이 사료가 그 기록보다 확실함을 알았다고 할 수 있으리라. 이 방법은 아주 자연스럽게 사료 그것을 그것

---

126) 베른하임(1850-1942) 독일 현대의 역사철학자. '랑글로아'와 '세뇨보'의 〈역사연구입문(Langlois und Seignobos. Introduction aux etudes historiques 1905)도 물론 온축(蘊蓄)있는 것은 아니지만 베른하임의 것보다는 명료하다. 또 세뇨보 혼자서 지은 『사회과학에 있어서의 역사적 방법의 응용』(La Methode historizue appliquee aux Sciences Soziales 1901)참조. 또 바우어(Bauer)의 『역사연구입문』(Einfuehrung in das Studium der Geschiehte 1912) 참조.

의 차이에 응하여 분류하려고 하는 데까지 미친다. 그리하여 그것은 기록(Bericht), 전설(Tradition)과 유물(Uebrereste)의 두 가지 주요군으로 나누어진다.

독일에 있어서 아직도 지배적인 이 두가지 분류는 그럼에도 불구하고 엄밀한 고사(考査)에는 감당할 수가 없다. 개개의 기록이 동시에 유물을 형성한다는 것은 명백한 일이다. 즉 싹세[127]가 덴마크의 행적에 관하여 말한 것은 기록이나 그러나 그의 저작 그것은 왈데마 시대[128]의 유물인 것이다. 그러므로 이 두 개의 분류는 벌써 그 지반을 잃어버리게 된다. 만일 이러한 사실을 정당히 깊이 생각할 것 같으면 이 구별이라는 것이 본래 사료 그것에 국한된 것이 아님을 알 것이다. 사료를 기록으로서 사용하든지 또는 유물로서 그보다도 더 사건으로서 이용하든지 하는 것이 역사가인 것이다. 이 점에 대하여서는 더 자세히 논구하리라(62절)

독일의 사료구분은 원시시대로부터 보지(保持)되어온 것(유물)과 기억에 의하여 전래해온 것(전적 혹은 전설)의 두 가지로 구별한 J. G. 드로이센에까지 소급한다(Historik 1868). 그런데 그는 다른 목적을 위하여 건립한 과거에 대한 회상의 작용을 가진 기념비(Denkmaeler)라는 중간물을 첨가하였다.

베른하임은 시료를 유물과 기록으로 구분하는 것은 프랑스의 방법론자들로부터 전승된 것이 아니라고 경탄(驚歎)하였으나 나는 그것을

---

127)  SaxoGrammaticus는 본래 "Der Sprachgelehrte"라는 라틴어이나 덴마크의 역사가이다. (1150년 경 生-1220년경 死) 싹소라고 발음하지 않고 'Sakse'라고 한다(부르크하우스) Historie Danica라는 16권의 저가 있는데 이것은 고대로부터의 구비를 기록한 것으로서 덴마크 최초의 역사이다.

128)  Der gosse Waldema I 라고 하는 덴마크왕(1131-1182)의 시대를 말함인데 그는 1157년에 왕위에 올랐다.

인정하지 않는다. 이 구분이 사료를 물질(materiels)과 외형(figures)과 혹은 문자(ecrits)로 구별된 문서(documents)라고 할 것 같으면 그것은 실로 나중에 말할 나의 '무언'의(stumme)의 사료로 나눈 구분과 일치한다. 그러나 materiels이라는 표현은 적당하지 않다.

(7) 사료를 그것이 방법적으로 취급되는 것과 같이 그 종류와 성질에 따라서 구분하려고 할 것 같으면 즉 다음과 같이 된다.

A. 원시시대의 인류 바로 그것의 유물과 그것을 싸고 있던 자연의 유물.

B. 원시시대의 인류로부터 유래했고 또 아직도 남아 있는 모든 종류의 출토물(Erzeugnisse를 나는 이곳에서는 '출토물'이라고 역하는 것이 좋다고 생각했다-역자)

C. 원시시대의 사건에까지 소급시킬 수 있는 현대의 생활

물론 역사적 사료의 대다수는 이 제2류에 포함된다. 그러나 이 출토물에 관하여 그 종류에 따라서 다시 한 개의 새 배치를 찾으려고 하는 것은 거의 필요하지 않고 또 여러 가지 경우에 있어서 연구방법을 위하여 하등의 특별한 의의도 가지지 못한다. 이와 반대로 많은 사료는 그것이 문자로 나타나든지 또는 형상으로 나타나든지 그것의 제작자의 어떤 무슨 고지(告知)를 가지고 있다는 것을 주의하지 않으면 아니된다. 그런데 그러한 사료에 대한 한 개의 공통된 표현을 가지려고 하면 좀 이 말이 시대에 맞지 않는 듯이 들릴는지 모르지만 '유언(有言)'의 사료라고 표시하는 것이 제일 좋을 것이다. 그리고 그러한 고지를 가지지 않은 사료는 유물 및 기록으로서 사용할 수가 있는 한 실제에 있어서 방법적 의의를 가진 것이다(제6절 끝 참조). 그러나 사료 그것을

이 견해에 따라서 둘로 구분한다는 것은 실제에 있어서 퍽 실행하기 어려운 일이다.

이와 같은 두 개의 구분은 그 대체의 특질에 있어서 독일에서 관용하는 그러한 것과 일치한다. 그러나 그 이분법을 그러한 불합리한 관용에까지 갔다 대서는 안될 것이다! 우리는 청동시대로부터 면도칼이라고 생각할 수 있는 같은 종류의 많은 도구를 가지고 있으며 또 그 도구 중의 일부에 있어서는 선박의 모사라고 할 수 있는 여러 가지 것을 본다. 이 선박의 모사는 그것을 그 주된 군(群)과, 아무 모사를 가지지 않은 그 일부분-말하자면 자연에 속해 있는 물(物, Dinge)로 분리할 수 있으리라. 우리는 로마제국권 외의 로마인의 직장이었던 곳에서 나오는 많은 물건을 본다. 그 중의 어떤 부분은 정히 로마의 제조인이라는 명칭을 가지고 있어서 '유언'이라고 할 수 있으나, 그러나 그 대부분은 '무언'인 것이다. 그러나 또 이 출토물들을 두 개의 분리된 표제하에 구분한다는 것은 너무나 부자연할는지도 모르지만 우리는 이 원시적인 '유언'의 사료로부터 많은 과정을 지나서 위대한 역사서에까지 상승하려고 원망하는 것이고 그밖에는 아무 방법적 한계도 없는 것이다.

흔히 '분실된 사료'(Verlorener Quellen)의 이용에 관하여 말한다. 그러나 그것은 우리가 어떠한 방법으로서든지 한 개의 개념을 만들어보고 싶은 사료를 상상함에 불과히다.

언어(Sprache)를 역사적 사료로서 사용하려는 것은 그릇된 생각이다. 언어는 그것이 말해지는 닦어(Gesprechenes Wort)나 또는 문자어(Schriftsprache) 임을 막론하고 과거에 있어서 어떻게 만들어져 있는지를 직접으로 관찰할 수는 없는 것이다. 우리는 오직 그것에 대하여 현존해 있는 언어유물(Sprachresten)로부터 추리를 할 수 있을 것이다. 그와 같이 관습과 풍속을 사료로서 인증할 수도 없다. 우리는 그것의 개개의 현상을 보는 것이며 그러함에 의하여 그것들이 알려질 따름이다.

상술한 이분법이 유지될 수 없음을 도외시하더라도 베른하임의 사료에 대한 이해는 개개의 점에 있어서도 많은 결점을 가지고 있다. 그는 저작(Produkte)에 관하여 말한다. 그러나 또한 사무상의 서류(Geschaeftsakt)와 역시 저작인 다른 많은 것에 대하여서도 말한다. 그는 여러 가지 유물에 의하여 '상태와 제도'(Zustaende und Institutionen)를 인증한다. 그러나 우리는 과거의 상태와 제도를 직접으로는 알 수 없고 오직 상태와 제도에 관하여 설명할 수 있는 사료에 의하여만 알 수 있을 뿐이다. 이곳에는 베른하임이 그의 『역사적 개론』(삼무룽 꾓셴)에서 말한 현대라는 부가물이 명백히 빠져 있음을 본다. 이분법의 곤란은 '유물'에 대하여서는 비명(碑銘, Inschriften), 전설에 대하여서는 '역사적'(Historische) 비명을 대치한 사정에 의하여 표시된다.[129]

(8) 역사적 연구가 사료의 힘을 빌어 가지고 과거에의 길을 발견하려고 하는 데로 출발한다고 할 것 같으면 3개의 주요 계단을 구별할 수가 있다. 그렇게 하자면 우선 사료를 발견하여 그것이 보편화되도록 해야 한다. 광범한 의미에서 이것을 우리가 쓸려고 할 것 같으면 발견법(Hemistik)이라고 명명할 수가 있다. 그 다음으로는 그 사료를 정확히 검토하여야만 한다. 이것은 사료비판(Quellen-kritik)이라고 할 수 있다. 끝으로 그같이 검토된 소재사료로부터 어떻게 하면 현실에 대한 추론

---

129) 이 절은 전부 엘슬레브의 '에른스트 베른하임'에 대한 비평의 일단을 표시한 것인데 그는 특히 베른하임의 역사학개론(Einleitung in die Geschichtswissenschaft, 1920, Berlin) 「제3장 사학연구수단(방법론)」에 대하여 한 말이라고 생각한다. 이 책은 『歷史とは何んどや』 하는 표제로 고 坂口昻박사와 永野鐵二의 공역으로 암파서점에서 출판되어 있다. 대정 11년. 암파문고판은 소화10년 8월(역자)

을 도출할 수 있을까 하는 데 대하여 명백하게 되지 않으면 안된다.

이 3개의 계단에 관하여는 그 실지의 응용에 있어서 늘 변하는 것이다. 소재사료의 검토는 새 사료의 발견에 대한 길을 열어 주는 것이다. 새 사료의 실재와 그것의 개념을 얻고자 하면 다시 사료의 성질과 가치를 명백히 하지 않으면 안 된다. 그러나 비상히 다종다양한 사료에 접할 때면 언제나 문제가 되는 그 방법을 이해하고 또 그 윤곽을 포착하자면 반드시 전술한 3개의 구별을 실행하지 않으면 안 될 것이다.


## 2. 사료

### 사료의 추정과 보존

(9) 예전부터 사람들은 역사의 문자적 사료와 과거의 예술품과를 수집하였다. 모든 다른 과거의 유물이 얼마나 큰 의의를 가지고 있는가에 대하여서는 겨우 금세기에 이르러서 이해를 가지게 되었고 그리하여 전세계의 도처에서 과거의 유물을 발굴하려는 작업이 강행되고 있다. 여러 가지의 많은 발굴품(Fund)이 큰 주의하에 발굴되었고 그리하여 설명 안되는 것이 없었으며 더욱더욱 체계적이면서도 유루없는 추구가 길밍되어 있다. 균등화하는 현대의 문화 앞에서는 이러한 모든 것들이 소실될 위험에 처해 있으므로 민속학(Wissenschaft der Volkskunde)은 대략 현재까지에 구비로 전해온 것의 기록과 민속(Volkssitte)의 기술로부터 시작한다. 현대의 기술적인 발명은 그 순연한 기계적인 제조술 때문에 신용할 수 있는 복제를 허용하고 있다. 사진술은 지금에 있어서는 고고학 이외에 있어서도 광범위로 응용되어 있고 또 사진 화상은 기록이나 임사(臨寫)로서 아주 확실히 신빙할 수 있는

것이다. 소여의 사실에 관한 산 그대로의 화면을 제시하는 것이 성공된 뒤에는 그 사실의 외적 경과가 모두 미래에 대하여 보지되게 되었다.(예하면 세계대전의 영화와 같이) 그와 같은 방법으로서 성음(聲音)을 잡아서 축음기에 의하여 보장(保藏)할 수 있게 되었다. 그리하여 이 방법이 역사적 사료의 수요에 대하여 점대(漸大)하는 의의를 가지게 되었다.

(10) 지면에 고착해 있는 원시시대의 유물은 파손되기 전에 사람이 법칙적 측정에 의하여 보호해야 하며 또 자연에 의한 풍마우세(風磨雨洗)로부터도 가능한 한 그것을 보호하지 않으면 아니된다. 금일에 있어서는 전일보다 유물의 손멸(損滅)을 복고(復古)시킨다는 것에 대하여는 자제들을 하고 있다. 뿐만 아니라 소위 양식에 맞는 재건조(그 대가는 예하면 비올레 르 뒥[130]이 있다.)에 대하여도 사람들은 아무 흥미를 가지고 있지 않다. 현대 생활의 실제적인 요구가 과학의 원망과 일치하도록 하는 것은 퍽 어려운 때가 있다. 과거의 기념물이 어쩔 수 없이 완전히 소멸되어 버렸을 때는 사람은 적어도 측정과 모사에 의하여 그 인식을 확실히 하지 않으면 아니된다.

다른 사료들은 유물관, 도서관, 및 기록문고(Archiv)에 수장되어야 한다.

(11) 왕후(王侯)의 미술적 소장물과 골동품 진열소로부터 시초한 박물관은 현금에 있어서는 특별히 과학적인 관점에서 관리되어야 하며

---

130)　Eugene Emmanuel Viollet le Duc(1814-1879)은 프랑스의 유명한 건축가. 중세기 프랑스 예술에 대한 조예가 깊었다. 고딕 양식의 부활에 노력하였고 더욱 중세기의 예술적인 건축물과 기념물을 재건조하였기 때문에 '엘스레브'는 이 같이 말한 것이다. 그에게는 『11세기로부터 16세기까지의 프랑스 건축』(1854년)이라는 전10권의 저가 있다.(역자)

그 비교적 오래지 않은 성립이니만치 체계적인 질서가 아주 이이(易易)하게 보전되어야 한다. 그것들은 출산지와 시대에 따라서 진열되어야 하며 그 다음에는 사실적인 연관에 의하여 진열되어야 한다. 거대한 발굴품을 사람들은 좋아서 한 곳에 모아놓고 정교한 비교에 의하여 한 개의 강한 인상을 주는 과거의 상을 새로 만들어내기도 한다.

Dav. Marray, Museums, Their history and their Use(3 bde 1904) 1905년 이후의 Museumskunde 참조.


(12) 도서관은 그것이 수집하고 있는 수고(手稿)를 그 당초의 형태 그대로 보관하고 있다. 그러나 한 번 그것을 체계적으로 정리하려고 하면 많은 곤란에 봉착하게 된다. 그 곤란이라는 것은 그 문서의 잡다한 성질에 기인하기도 하고 또는 개개의 수집가나 학자의 문서와 부절히 접촉하게 되는 그러한 수집의 역사적 유래에도 기인하는 것이다. 그러므로 우리는 체계적인 목록에 의하여 모든 수고적 재료에 정연한 차서(次序)를 주도록 노력하지 않으면 아니된다. 그러나 이 일에 관하여서는 현재 우리가 퍽 뒤떨어져 있는 것이다.


(13) 도서관과 미술관과는 반대로 정부와 제기관이 저의 활동을 기록보존하기 위한 순연한 실제적 필요에서 분고(Archive)가 성립되어 있다. 시대의 진운에 따라 행정을 위한 실제적 이해를 가진 자료를 보관하고 있는 개개의 기관과, 고대의 자료가 수집되어 있으며 이 자료를 역사적, 연대적, 풍토기적, 또는 구체적 관점에서 정리하고 있는 국립 수도 문고(Hauptarchiv des Staates)와의 사이에는 확연한 차이가 형성되어 있다. 그리하여 나중에는 기록의 집적이 증대하고 증대하여 이 세밀한 분류도 유지될 수 없게 되었다. 따라서 개개의 기록의 분류가 현재에 와서

는 자료를 어떤 기관이나 관청의 사무의 진행에 따라서 보장하던 그 분류대로 내버려두는 푸로베니엔츠(유래)의 원리[131]에 의거하여 있게 되었다. 그런 고로 역사가는 최초의 행정조직까지 구명하지 않으면 아니된다. 그런 뒤라야 그는 어떻게 연구해야 하는 지를 알 것이다.(계속)

---

131) Prinzip der Provenienz(Herkueit) 내 생각 같아서는 이것은 역사연구에 있어서 사료(기록에 의한)의 취급을 종래 거의 관행적으로 해내려오던 분류 및 보장의 방식을 그대로 준용하는 한 방법을 말하는 것 같다. 이 점에 관하여 엘스레브는 S. Muelle. u. a., Handleidung voor het ordenen van archieven 1893(H. Kidse에 의한 독역은 1905년)을 참조하라고 하였다.(역자)

# 돈키호테와 깍두기

『사해공론』제 2권 제1호, 1936.1

'명물남(名物男)'이니 '인물남(人物男)'이니 하여가지고 아동도졸(兒童走卒)은 물론 허다한 교양이 있다고 하는 사람들까지도 언젠가 한번은 그 '생긴 꼴'이 보고 싶다고 하는 세칭 '깍뚜기'의 이야기가 서울의 거리거리에서 사무실에서 교실에서 또는 다방에서 벌써 오래되는 듯 하다. 젊은 한 사람의 인간을 놓고 그같이 '서리의 병물'이라는 손징을 떠받치는 일은 아마 이번이 처음일 것이다. 소위 그 '인기'에 있어서 일찍이 보지 못할만치 비상한 듯이 보여진다. 그러면 어째서 '미목수려'리던가 '좋은 체격의 소유자'라든가 또는 '교양있는'이라든가의 형용구와는 인연이 없는 것은 물론 그 밖의 아주 다른 생래적인 특징을 가지지 못한 이 평속(平俗) 그 물건과 같은 한 사람의 청년을 거리에다가 내놓고 세상철학자 하이데거의 이른바 '다스만'(Das Mann 이것을 말함이겠지)

은 조소와 감복과 경탄으로 얼버무린 기분으로써 찧고 까불고 얼르고 다루며 있는 것일까. 우리는 이 '깍뚜기' 의 출현과 그 이른바 인기라는 것으로 잠깐 지상에 올려놓고 해부해보기로 하자.

'깍뚜기'라는 사람의 청년의 특징이라고는 그 외표(外表)에 나타나 있는 분장(粉裝)과 파렴치하고 자득(自得)한 태도에 있다고 할 것이다. 그러나 그 빨간 넥타이 빨간 핸커치와 밀기름이 뚝뚝 떠있는 모자를 잃어버린지 오랜 머리와 단장이라는 것만으로는 조금도 범상한 정도를 벗어난 무엇을 가졌다고는 할 수가 없다. 우리가 길을 걸을 때 데파트의 층계를 오를 때 또는 전차를 탈 때 이보다도 더 하면 더 하지 덜 범상한 분장을 하지 않은 많은 청년남녀를 흔히 목도하는 것이다. 그러면 그 '인기'는 어디서 오는 것일까? 눈꼴 틀리는 많은 괴상한 복장과 걸음걸이를 날마다 봄에도 불구하고 그것에는 시이불견(視而不見)하면서 유독 '깍뚜기'에게서만 신기한 것을 보는 것일까. 아니다. 남이 저를 많이 화두(話頭)에 올리면 올릴수록 그것이 저의 '인망'이 높아가는 소이연인 줄 알고 자득(自得)하며 활보하는 좀 어떻게 보면 못난 구실을 하는 듯이 보여지는 그의 태도에서 세상사람이 일종의 '후몰'[132]을 느끼는 까닭이라고나 할까.

응 그것도 그럴는지는 몰라. 그러나 그것도 아니다. 이 자득하는 태도라는 것은 우리가 보다 악질인 정도에서 일상 보는 것이라 하겠다. 그러면 무엇이 그를 그와 같은 '인기남', '명물남'이라는 배우로서 등장시켰나. 우리는 그의 개인인 제 속성만으로서 그의 인기를 다룰 수는 없다. 그 이른바 '인기' 속에 내재해 있는 사회성 인기의 사회적 우연적 성격을 망각해서는 아니될 것이다. 이 인기의 사회적 우연적 출래(出來,

---

132)　편자주 : 외래어를 음차한 것으로 추정되지만 뜻을 알 수 없다.

께쉐-헨)에 의해서만 일개의 범속한 청년에 불과하는 세칭 '깍뚜기'의
전면모가 클로즈업 되리라는 것을 말하고자 한다.

인기라는 것은 사회적 산물이다. 우리가 '인기작가', '인기배우', '인
기여성'…이니 할 때에는 반드시 그들이 대다수의 세인에게 선전되고
있음을 보는 동시에 그 선전이 비상히 기분적이라는 것을 간과할 수가
없다. 그러나 그 기분적 선전이 인기를 성립시키는 데에는 그 성립의
조건이 없어서는 아니된다. 그것은 그 인기의 대상이 되어 있는 작가나
배우나 또는 여성의 개인적인 소질(생득적인 것이든지 또는 후천적인 것이든
지를 물론하고)이 우선 있지 않으면 아니될 것이다. 작가면 그의 필치 및
묘사의 웅대 섬세라든가 배우나 여성일 것 같으면 청년의 풍만한 육체
와 미모 또는 연기의 숙달이라든가 등이 있어야 할 것이다. 그러나 이
것만으로는 그가 넉넉히 '인기있는'이라는 접두어를 획득할 수는 없다.
그들이 인기를 얻자면 무엇보다도 관중, 독자 등의 기분 및 기호에 맞
지 않으면 아니된다. 아무리 훌륭한 개인적인 소질을 가진 작가나 배우
일지라도 이 관중 및 독자의 기분과 기호에 맞지 아니하면 인기를 박
(博)[133] 할 수가 없는 것은 우리가 흔히 보는 바라고 할 수 있다. 그러나
이 기분 및 기호라고 하는 것은 비상히 자의적인 듯이 보이면서도 실
상인즉 일정한 법칙적 현상에 수반되는 것이 보통인 것이다. 즉 일정한
인과적인 관계 밑에서 일정시기의 기분 및 기호를 다른 시기의 그것으
로부터 구별할 수가 있을만치 그 속에는 법칙적인 관계가 있는 것을
볼 수가 있다. 그러면 이 기분 및 기호를 그 시기의 일반적인 카테고리
밑에서 이해할 수 있느냐 하면 또한 그렇지도 않다. 즉 사회적인 제관
계에 의하여 그것은 수삼(數三)의 기분 및 기호로서 나타날 수가 있는

---

133)  편자주 : 넓히다.

것이다. 그러나 이 기분 및 기호가 전연 독립하여 존재하는 것이 아니고 서로 엇갈리고 맞부딪쳐서 교호적으로 일정 시기의 사회적 생활을 지배하고 있는 것이다. 이 점에 있어서 중역(重役)이나 지주의 기분 및 기호가 고용인이나 농사꾼 또는 인테리나 학생군(群)의 그것과 일치하는 점도 극히 적기는 하나 있을 수가 있다. 그러면 그것은 어떠한 기분이며 기호이냐. 즉 유머러스한 희극을 보고 유쾌한 기분에 잠긴다든가 또는 그런 것이 자꾸 보고 싶다든가 하는 극히 트리비얼한 쇄말사(瑣末事)인 것이다. 중역이나 지주, 인테리나 학생군 또는 고용인이나 농사꾼의 기분 및 기호는 전연 반발만 하고 대립만 한다고는 하지만 또한 이러한 희극적인 것에 대하여는 비록 짧은 동안이라고는 하더라도 일치하는 점을 가지고 있는 것이다. 그 공통적인 기분 및 기호가 개인적인 소질 및 환경에 의하여 미구에는 다른 뉘앙스를 가지고 재생되어 오는 것이지만 그 희극적인 장면과 태도를 볼 때에는 중역이자 지주나 인테리나 학생군이나 또는 고용이나 농사꾼에게 '우습다' 라든가 '재미있다' 라든가 또는 '익살맞다' 등의 말을 하게 하는 동시에 일정시간 그들에 의하여 언표된 심리상태가 지속한다고 볼 수가 있다. 그 지속으로서 살아있는 동안에는 '우습다', '익살맞다' 또는 '재미있다' 등의 기분이 성립한다. 이 기분은 일종의 무기(無記) 감정이라고 하여도 좋다. 따라서 그 기분을 향락하려는 성벽(性癖)으로서의 기호라는 것이 형성하게 되는 것이라고 볼 수가 있다.

현대의 자본주의 사회에 있어서의 소위 인기라는 것은 이러한 공통적인 기분 및 기호에 투합(投合)한 때에만 생(生)할 수가 있다. 현대에 있어서의 일반적인 인기라고 하는 것은 어떤 특정한 부층의 기분 및 기호에만 알맞아서는 성립할 수가 없다. 그러므로 인기라고 하는 것에는 좋은 측면을 가진 동시에 반갑지 않은 측면도 가지고 있는 것이다.

현대와 같이 절박한 숨통이 터지는 사회에서 생활하는 우리에게 있어서는 이러한 '부르'나 '프로'에게 공통적인 '인기자'에게 잠시의 안위(安慰)를 구한다는 것은 일종의 비애(悲哀)라고 말하지 않을 수가 없다. 소위 '인기남'이니 '명물남'이니 하여 그것이 일동일정(一動一靜)을 화두(話頭)에 올린다는 것은 뜻 있는 사람으로는 하지 않을 일일 것이다. 왜 그러냐 하면 그러한 인기라는 것은 엄밀한 의미에 있어서의 과업과 노작에 의하여 스스로 지래(持來)된 것이 아니라 그러한 일종의 무기감정(無記感情)적인 기분 및 기호에 의하여 주어진 것임으로서다. 개인적 우연적인 요소로서의 소질이 중요한 것이 아니라 여하히 하면 사회적인 기분과 기호에 잘 투합할가를 생각해내는 환언하면 그 사회의 취향에 아첨하는 것에만 애를 쓴 때 그는 인기를 박(博)할 수가 있을 것이다. 그러나 우리는 그와 같은 인기가 하루살이의 목숨에 지나지 않는다는 것을 본다. 마음있는 작가와 배우는 자기가 인기작가 및 배우가 되기를 싫어할 것이고 또 그리 되는 것을 부끄러워 할 것이다.

이상에 '인기'라는 것에 대하여 좀 사족적인 설명을 가하였으나 그것은 우리의 '인기남' '깍뚜기'를 달아보는 한 예비공작에 지나지 않는다. '채플린'Charlie Chaplin(1889-1977)이나 최승희崔承喜(1911-1969)는 대단한 인기를 가지고 있다. 그러나 그 인기는 소위 단순한 인기는 아니다. 그것은 소위 인기로서의 인기를 지난 자기의 개인적인 소질을 여하히 하면 잘 살릴까 하는 노력에 의하여 얻은 것이라고 하겠으나 '깍뚜기'의 인기는 아무 특징도 소질도 가지지 못한 빔속한 일개의 무명 청년으로 하여금 전술한 무기감정적인 기분에 투합하게 만든 한 개의 희생으로서 나타난 신기루와 같은 것이다. 따라서 '깍뚜기'의 일동일정은 그 자신은 여하히 알고 있던지 간에 이 희생으로서 자신을 충실히 해가는 한 개의 묘표에 지나지 않는다. 그러나 그것이 또한 무리가 아니라는 것을 생각할 때 오직 암연할 따름이다. 왜 그러냐 하면 대다수의 독자층은 희망없는 고담(枯淡)한 생활의 반복에서 무슨 자극을 요구하고 있으며 순시적(瞬視的)인 향락의 추구에서 오고 또 오는 미래를 파멸의 암연(暗淵)에 장(葬)하려 하는 기색이 보이는 까닭이다. 그들은 사회불안에 얽매여 전전반측하면서 일층 기분적인 것에 욕구를 포기하지 못하는 배냇 병신인 모양으로 정(呈)하고 있다. 이러한 때에 괴상한 두발과 복장으로 거리를 활보하는 일청년이 있자 그를 붙잡아 자기(自己)의 기분적인 향락의 희생에 공(供)하려고 하는 것이다. 이것은 희극인 동시에 어느 틈엔가 벌써 비극으로 질적 전환을 하고 말았다. 이것은 '깍뚜기' 자신을 위하여도 불행이다.

끝으로 나는 이 '깍뚜기'와 '돈키호테'를 비교하여 볼까 한다.

'돈키호테'를 '세르반테스'Miguel de Cervantes Saavedra(1547-1616)가 풍자하고 조소한 중세 봉건시대의 퇴폐적 기사도의 상징으로서 출현시켰던 것과 같이 이 '깍뚜기'를 현대의 무기력한 몰락하고 있는 중간층의 생활을 몸소 풍자하는 한 전형으로 간주할 수 있다면 그도 또한 '돈키호테'에 비길 수가 있으리라. 사실 그의 행동 및 분장에는 '돈키호테'적인 것을 많이 가지고 있다. 그러나 그는 '돈키호테'와 같이 꿈, 이상, 정신주의, 정의를 가질만한 자격이 있느냐 하면 나의 그에게 대한 지식과 추측으로서는 부정적인 답을 하지 않을 수가 없다. 젊은 정열의 시인 '하인리히 하이네'가 '돈키호테'를 읽고 주인공의 의협과 용무(勇武), 순박과 곤란에 끝없는 눈물을 흘렸다고 하는 이 문자고전이 보이는 상업자본 대두기의 봉건귀족의 생활과 '깍뚜기'가 보여주는 금융자본에 의한 독점통제의 시대에 있어서의 몰락계급의 생활과의 사이에는 비교할 수 없는 거대한 차이가 있다. 그러나 만일 '깍뚜기'가 자기와 '돈키호테'적인 사명을 생각한다고 하면 그것은 한 개의 커다란

경이라 할 수 있을 것이다. 이것은 나의 한 개의 공상에 불과한 것이다. 왜 그러냐 하면 그것이 자신이 한 개의 희극적 포-즈이면서도 사회적으로는 희극비극적인 존재이며 따라서 그의 인기라는 것이 그의 소향(素享)과 이상에 의한 정당한 대가가 아니라, 현대에 사는 불행한 인간의 호기적인 기분에 의하여 출현한 인형에 불과함으로써다. '깍뚜기' 인기는 즉 현대 조선의 사회불안에 의하여 재래된 기형적인 속취(俗趣)에 영합하려고 하는 분장과 태도에서 결과된 것이라 하겠다. 이것은 실로 그를 위하여서나 또는 그를 싸고있는 인기의 고취자를 위하여서나 불행은 될지언정 조금도 자득(自得)한 만족이 될 수는 없다.

내가 그 어느 날 조선호텔 앞으로 지나갈 때에 예(例)에 의하여 '깍뚜기' 씨를 만났다. 그때에 바로 십팔구세 되는 구두 신은 처녀 2인이 그를 힐끗 흘겨보고 지나가면서 욕을 하는 것을 보았다. 그들은 조소의 웃음을 웃으며 연해 뒤를 돌아다보았다. 그러며 하는 말이 '저게 뭐야— 아이 보기 싫어'

'깍뚜기'의 이른바 인기는 길지 못하리라

현대의 데카당은 그의 포즈를 자포적 기분에서 모방할 것이다.

그리하여 진실없는 허위에서 허울만인 '돈키호테'로서 막을 닫을 것이고 그 이상 아무것도 아닐 것이다. '깍뚜기'적 데카당한 그것은 웃어버리지 못할 시대의 한 투영이다.[134]

---

134) 편자주 : 당대 조선호텔 앞의 '깍두기'는 인구에 회자된 인물이었다. 그에 대한 언급은 다음의 글을 참조할 것. 천안거사, 「실화 깍두기의 정체」, 『사해공론』 1권 제5호, 1935. 9.

# 특별논문 독후감

『동아일보』 1936. 1. 16

이 땅의 교양과 문화제과학에 대한 관심을 한걸음이라도 전진시켜 보자는 미충(微衷)에서 작년부터 '특별논문'이라는 새로운 항목을 설(設)한 것은 본사의 신춘모집문예원고의 풍부한 종목과 엄밀한 고선과 아울러 한 가지 유니크한 모집물이었다. 작년에는 '나의 인생관', '문화유산의 전승방법'이라든가 또는 '연애와 결혼', '춘향전의 현대적 해석' 같은 일반적이고 학술적인 제목을 택하여 원고를 모집하였었으나 금년에는 좀 더 현실적인 문제에서 제목을 취하여 조금이라도 이곳의 문화적 진운에 이바지하는 바 있고자 하였다. 그러나 이번의 응모원고는 그 질에 있어서 작년의 비(比)가 아닐만치 저열한 것이었다. 그 양에 있어서 3개의 제목을 통하여 오십여편에 불과하였다는 것이 벌써 작년의 5종목을 통한 응모원고의 반이 될까말까하는 형편이었을 뿐만 아니라 응모한 제씨의 노력의 자취에 있어서는 더욱 떨어지는 바 많았었다. 사실 작년의 '특별논문'은 현재 조선의 학계에서 활약하는 분들이 원고를 보내준 데에도 관계되겠지만 그밖의 원고에 있어서도 대체로 금년의 것보다는 좋았었다. 그것이 이번에는 향상은커녕 도리어 떨어지는 바 다대하였다. 물론 이것으로써 침침불식(駸駸不息)하는 조선의 문화적 교양의 수준이 후퇴한 것이라고 단정하는 것은 부당한 일이지만 작년의 그것에 견주어 보아 금년의 성과는 섭섭한 바 적지 않았다.

이번에 응모된 제원고를 읽고 느낀 바는 첫째로 그 응모된 원고에 나타난 한에 있어서 그들은 너무도 악착한 현실에 얽매인 고담한 생활 때문에 '판타지'의 힘까지도 박탈되어 버리고 말았다는 점이었다. '판타지'라고 하면 반드시 허황한 공상만을 의미하는 것은 아니다. 그것은 계획하는 구상력일 수도 있고 또 그 계획의 오매(悟昧)에서 꾸어지는 '꿈'일 수도 있다. 꿈을 꾸지 못하는 생활은 비참 바로 그것이다. 우리는 이 꿈꿀 줄도 모르는 박해적인 현실생활이 얼마나 우리를 좀 먹고 있나를 볼 수 있었다. '문화투자의 신방면과 그 구체안'에 나타난 제 논술은 정히 그러한 것의 표본이었다. 또 '여성의 갈 곳은 직장이냐, 가정이냐'에 나타난 천박한 추리와 상상력도 그들의 윤택없고 성산(成算)없는 그날그날의 생활에서 연유하는 바인 듯 싶었다.

그리고 둘째로 느낀 바는 자기가 경험하고 또 생각하는 바를 여하히 표현할 것이냐 하는 데에 있어서 너무도 기초적인 수련이 부족하다는 것이었다. 사실로 '표현'의 문제는 여러 가지 각도에서 큰 문제를 제공하고 있는 것이지만 자기가 지내온 바를 사실적으로 표현하면서도 그 속에 미끈한 줄거리가 은연히 자라가고 있는 함축있는 표현력이 결여하여 있는 것이었다. 이 표현력의 강인, 웅건, 핍진이라는 것은 반드시 학력의 여하를 물은 뒤에 따질 것이 아니라 일정 사실에 대한 자기의 견해를 표명하는 당자의 '나의 교양'에 대한 노력적 수련의 유무에 의존하는 것이라고 볼 수가 있다. 물론 이 점에 있어서는 그 당자의 노력적 수련 이외의 사회적인 요인으로서의 교육-더욱 초등교육에 있어서의 조선어교육의 문제와 관련하여 오는 바이지만(사실 이것이 더 큰 문제이겠으나) 현재 농촌에서 야학, 강습소 및 기타의 계몽적인 운동에 종사하고 있는 분들에게 있어서 자기의 교양 및 수용의 표현에 대한 노력적인 수련이 부족하다는 것과 그 수련이 부족할 수밖에 없는 그 생활의 핍박을 볼 때에는 오직 암연할 따름이다! 별로 이 기본적인 문제에 저촉하고 싶은 생각은 없으나 이번의 '농촌야학의 육성책'을 읽고 이 문제가 얼마나 절실하게 우리의 앞에 맞닥뜨려 오는가를 느끼는 것이었다.

셋째로 느낀 바는 통일적인 사회관을 가지지 않는 한 아무리 심원한 연구라 할지라도 결국에는 일방적인 혹은 독단적인 결론에 도달하고 만다는 것이었다. 그리하여 심히 이해하기 어려운 현실에 대한 견해를 표명하고 있다는 점이다. 이번의 '문화투자의 신방면과 그 구체안'에 대한 약간의 논편과 '여성의 갈 곳은 직장이냐 가정이냐'에 대한 카톨릭적 혹은 종교적인 수삼의 논편은 정히 그러한 것의 표본이었다. 무릇 무슨 과학을 물론하고 이 통일적인 사회관을 가지지 못한 한 그것에 관여하는 사람이 끄내내는 결론이라는 것은 대개가 현실 생활의 운행과는 인연이 먼 것이 되고 마는 것은 우리가 늘 보는 바이다. 이번에 응모된 특별논문에 있어서도 이 점은 역시 간취되는 바이었다.

이상에서 나는 대체로 이번의 성적이 좋지 못하다는 것을 그 원리적인 점의 지적에 있어서 약술하였다. 그래도 원고의 수로 가장 많았던 '농촌야학의 육성책'이 나은 편이었으나 선자는 이상의 제점에서 적지 않은 불만을 느끼는 바이다. 이곳에서 구체적으로 응모 제씨의 원고에 대한 개개의 평은 적을 틈이 없으나 금화(金化) 신기복씨의 소론은 작문과 습자를 중요시 하는 점에 특색이 있었으나 그 경리법에 있어서 너무 추상적인 혐이 불무하였다. 또 학습지도에 일정한 체계가 없는 것이 유감이었다. 그러나 대체로 좋은 원고이었음을 부언하며 더욱 노력함이 있기를 바라서 마지 않는다. 또 '여성'의 갈 곳은 직장이냐 가정이냐에 있어서 최재희씨의 것은 (1) 서론 (2) 여성의 역사적 고찰 (3) 직장과 여성해방까지는 정합을 얻은 논술이라고 보았으나 (4) 가정의 의의 이하는 논자의 의도와 방향이 전 삼자와는 전연 상반될 뿐 아니라 추상적이었고 '홈'의 규정이라든지 또 용어에 있어서 고려할 점이 많이 있었다고 생각한다. 이상 2편은 가작으로 당선된 4편과 거의 백중하는 것이었으나 대체로 좋으면서도 여상한 점에 결함을 가지고 있었기 때문에 선에 들 수가 없었다.

끝으로 지상에 발표되는 4편의 원고를 가작으로 채택한 데에 일언을 변하고자 하는 바는 선자가 위에 말한 세 가지의 점으로부터 보아 이만하면 좋겠다 하는 만족을 느낄 수 없었던 때문이었다.

응모제씨의 건강과 노력을 빌며 망언을 다사(多謝)한다. (1월 12일)

# 아동과 가정교육

『동아일보』〈時感〉1936. 2. 3

"사랑은 언제나 내려 사랑하게 되는 것이고 치올라가는 법은 없다"
는 말은 우리들 가정에서 흔히 하는 말입니다. 즉 이 말은 부모의 자녀
에게 대한 사랑이라는 것은 자녀의 부모에게 대한 공경과 사랑의 정보
다 더 크다는 말입니다. 그만치 부모의 자녀에 대한 사랑은 가끔 맹목
적이라고 하느니만치 모든 공리적(功利的)인 성심(成心)을 초월하여 무
조건한 것입니다. 어머니의 사랑의 이슬은 하루밤 사이에도 열두번씩
내린다는 말과 같이 천금같이 여기는 어린 아들이나 딸에게 대한 부모
의 사랑이야말로 다시 없이 거룩하고 고마운 것입니다.

그러나 부모의 사랑이 크고도 또 크다고 하여 자녀의 기거행동을 언
제나 방임하고 또 자녀의 주위에서 넘실거리고 있는 모든 사회악을 모
르는 체 할 수는 도저히 없습니다. 자녀를 사랑하는이만치 자녀에 대한

교육에 절대한 관심과 연구를 게을리하여서는 아니됩니다. 아무리 좋은 기틀과 재주를 가졌다 하더라도 그것을 닦어주지 않으면 헛되어 그 기틀 그 재주도 쓸데가 없는 것이니 부모된 당연한 직분으로 언제나 날카로운 감시로써 북돋아 주지 않으면 아니됩니다. 귀하다고만 내버려 둘 것이 아니라 귀하고 중한 내 자식이니 만치 한시라도 자녀의 교육에 힘쓰지 않으면 아니될 것입니다.

그런데 자녀의 마땅한 교육을 위하여서는 불가불 학교에 보내지 않을 수가 없는데 이 학교 교육이 큰 문제인 것입니다. 근자 조선의 형편은 학교에 들어가기가 대단히 어려운 것이 벌써 우리들로서는 한 큰 문제이지만 일단 학교에 들어간 뒤에도 그곳에서 받는 교육이 과연 우리가 절대로 신임하여서 가정에서는 조금도 관심하지 않아서 좋으냐 하면 그렇지도 않은 것은 누구나 다 잘 아실 것입니다. 학교에 보내서 모르는 글자를 알고 또 새로운 지식을 배워 오게 하는 동시에 가정에서도 적당하게 이른바 '가정교육'을 힘쓰지 않으면 아니될 것입니다. 물론 학교 교육도 필요하지만 이 학교 교육만으로 우리는 만족할 것이 아니라 그와 동시에 가정교육을 병행하여 나아가지 않으면 금지옥엽 같이 귀히 길르던 보람이 없어질 것입니다. 그 같이 가정교육은 학교교육에 못지 않게 중요한 것입니다.

그러면 가정교육은 무엇일까요. 이 점에 대하여서는 여러 가지로 말을 할 수가 있겠지만 무엇보다도 필요한 것은 천진하고 단순한 어린아이들에게 확호한 의지적 활동의 기초가 될 바닥을 길러주어야 한다는 점입니다. 다시 말하면 학교에서 보고 듣고 온 바를 물어서 그것에 대한 적당한 이해력과 비판력을 북돋아 주도록 하여야 할 것입니다. 학교에서 보고들은 것에 덧붙여 보충도 하여주고 또 그것을 잘못알고 있지나 않나 하는 것을 따져서 바로 알도록 하여 주어야 할 것입니다. 이것은 아동의 장래에 대하여 큰 관계가 있는 것이라 하겠습니다. 그리고 말하는 법, 몸가지는 법, 어른에게 대하는 법 등 일상생활에서 모든 것을 바로잡아 주도록 하여 주지 않으면 아니될 것입니다.

가정교육이라는 것이 학교 교육에 못하지 않게 아동의 장래에 큰 관계를 가지고 있다는 것을 깊이 깨달아야 할 것입니다.

# 스펭글러의 사상

## -그의 부음을 듣고-

『동아일보』1936. 5. 13

오스왈드 스펭글러(Oswald Spengler)는 1880년 5월 29일 독일 할츠 지방의 브랑켄부르크에서 출생한 유니크한 철학자이다. 각 대학에서 철학 정치사 사회사 및 미술 더욱 미술사를 많이 연구하였고 자연과학과 수학도 공부하였다. 그리하여 1908년에는 함부르크에서 중학 수학 교사 노릇을 하였다. 그로부터 3년 뒤에는 저술가 되기를 결심하고 뮤니히에 정주하여 우선 희랍의 헤라클라이토스의 연구로써 학위를 얻었다.(1911년) 점차로 자기의 사상이 원숙하여 감을 따라 최초의 역작인 『서양의 몰락』의 제1권(1918년)을 간행하자 단시일에 11만부라는 큰 부수가 매진되는 성황을 이루었고 다투어 각국어로 번역되었다. 그리하여 전 독일에 스펭글러협회가 탄생하였을 뿐 아니라 프랑스와 영국에도 그의 철학을 연구하려는 회합이 생기게까지 되었고 이 책의 제

2권(1922년)이 나오자 그의 철학 문화론은 더욱 퍼퓰러하게 되어갔다.

스펭글러의 저작은 전기 『서양의 몰락』 이외에 『프로이센주의와 사회주의』(1919년), 『독일제국의 재건』(1924년), 『독일청년의 정치적 임무』(1924년), 『인간과 기계』(1931년), 『위기하의 독일』(1932년), 『정치론집』(1933년) 등이다.

그의 철학·문화론은 일종의 유기체적 형이상학이다. 그의 영향적이었던(sic) 『서양의 몰락』은 그 자신이 '세계사형태학'(몰폴로기 데어 웰트께쉬히테)이라고 하는이만치 각 문화형태의 특질을 독자의 형식 하에 분류하고 해석하였다. 즉 개개의 문화형태를 각각 유기체라고 생각하여 유기체적인 유추에 의하여 그 진상을 결출(抉出)하여 서양문명의 몰락을 단정하였다. 세계대전이 끝나자 서구인심에 깊이 못박힌 것은 결정론적인 운명론이었다. 그것은 동시에 일종의 비관론을 수반한다. 그는 이 시대적인 풍조에서 자기의 문화형이상학을 조직하였다. 운명론적으로 인간의 역사를 동일한 유형으로 성립되는 수 개의 개별적 문화형태로 분류하였다. 즉 8개의 특수한 문화권이 구별되는데 그 최종의 것이 서양의 문화라 하였는데 그의 백과전서식의 지식은 각 문화상호간의 이동을 놀라울만치 추적하여갔다. 그에 의하면 서양문화라는 것은 그것의 절정의 고비를 넘어섰고 민주주의의 시대는 씨저리즘과 전제주의(專制主義)로 바뀌지 않으면 안 된다. 그리하여 나치 독일과 파시스트 이탈리아에 있어서는 스펭글러를 '혁명의 예언자'라고 추앙되었었다.

니체에게 영향을 받은 그의 사상은 나치주의와 공통하는 많은 것을 가지고 있다. 독일은 세계에 결재를 줄 나라라고 한다. 그것은 독일인이 연소하여 세계역사적인 제문제를 충공(充公)히 체험하고 결정하는 까닭이라는 것이다. 그러나 그는 만년에 있어서는 나치스에 용납되지 못하고 다만 재야의 사상가로서 활동하였을 뿐이라 하니 '나치스 강령'의 기안자인 페더Gottfried Feder(1883-1941)가 나치에게 쫓겨난 것과 같이 파시즘에 이론적 기초를 준다고 반드시 환영되지는 않는 듯하다.

지금 세계적인 문명비평가로서 웰스, 러셀, 듀이, 스펭글러를 들 수 있다면 이 스펭글러는 아무에게도 지지 않을 깊고 넓은 사색과 지식을 가진 사람이었다고 할 수 있다. 그는 더욱 기술의 문제에 대하여 많은 사색을 비(費)하고 있다. 전기 『인간과 기계』는 주목할 만한 책이었다. 그의 사상이 일시 세계의 독서계를 풍미하였다 할 지라도 그것은 운명적인 문화형이상학인 때문에 지금에 와서는 그리 주의를 끌지 못하게 되어 있는 것이다.

간단하나마 이것으로써 일인의 유니크한 사상가의 부음을 듣고 분망중에 수자 적어 그의 여하한 인물이었음을 보이고저 한다. (12일)

# 랑케의 생애

## ─ 내적 생활을 중심하야 ─

『동아일보』 1936. 5. 23

'랑케와 그 시대'에 대하여는 별항에 논술되어 있으니[135] 이곳에서는 그의 일생을 내면적인 측면에서 간단히 소개하여 보려한다. 이것은 '뿌록하우스 백과전서'와 '에른스트 시몬'의 『랑케와 헤겔』(1928년, 베를린)에 의하여 초한 것이다.

레오폴드 폰 랑케는 1795년 12월 20일 독일 비헤에서 출생하여 1886년 5월 23일 베를린에서 90세의 고령으로 서거한 19세기에 있어서 뿐만 아니라 현재까지 그와 비견할 사람을 발견하지 못할만치 저명한 역사가이었다.

그의 아버지 이스라엘 랑케는 법률가이었다. 신심 깊은 그는 18세기

---

135) 편자주 : 같은 지면에 김병모, 「랑케와 그의 시대」가 실려 있다.

의 합리론적인 계몽사조에 대하여 반대하였으므로 아들의 훈육에 있어서 조금도 그 영향을 받지 못하게 하였다. 또 그의 최초의 사(師)인 '사이펠트'도 그를 종교적으로 교육하였다. 그리하여 랑케가 열 살되었을 때에는 벌써 「신과 세계」라는 논문을 지어 사람을 놀라게 할만치 신동의 기림이 높았었다. 가정에서는 그의 재분을 더욱 발휘시켜 보겠다고 하여 승원(僧院) 학교에 입학을 시켜 당시 프랑스 혁명을 중심으로 한 구주의 정치적 사회적 제정황과 격리하여 공부만 하게 하였다. 그리하여 목사가 되려고 루터적 신앙에 박몰(迫沒)하게 되었었다.

1814년에는 드디어 신학생으로서 라이프치히 대학에 입학하였다. 그러나 그곳에서 그는 단순히 신학 뿐만 아니라 고전, 문헌학과 철학도 공부하는 기연을 얻게 되었다. 1818년까지 오년간 그는 후일의 대사가가 될 기초적인 학문 연찬에 전심하였다. 사실 라이프치히의 대학생활은 그에게 있어서는 여러 가지 의미로 중요한 것이었다. 그는 그곳에서 사(師) 칠넬의 우인이요 당시 아카데미의 칸트철학의 대표자인 크룩을 알게 되었던 것이다. 이 크룩Wilhelm Traugott Krug(1770-1842)은 헤겔의 우인이요 칸트의 제자이었다. 이 크룩에 지도되어 칸트의 제일 비판을 밤이면 열심히 공부하였다고 한다. 그가 후일 자기의 체계에 '윤리·비판적인 색채'를 주게 되었다는 것도 그 영향일 것이다. "그의 철학적 태도는 전연 이원론적이었다."

그는 라이프치히의 대학생활에서 많은 학자들과 접촉하게 되는 데 따라, 학문의 시야가 넓어지는 동시에 자기의 본래의 목적인 신학에 대하여 점점 만족을 느낄 수가 없게 되어갔다. 당시 라이프치히의 학원을 지배하고 있던 합리론적 사조는 그의 신학공부에 대하여 영향을 미치지 않을 수 없었다. 그리하여 그는 고민하였다. 즉 그는 목사가 되겠느냐 교사가 되겠느냐 하는 것을 얼른 결정하지 못하였다. 그의 직업선택에 대하여는 제가(諸家)의 의견이 구구하다. 1818년에 학업을 마치고 프랑크푸르트 암 오델의 김나지움으로 교사가 되어 갔다. 이것은 문헌학자 포프의 주선에 의한 것이었다.

이때부터 그의 내적인 신학에 대한 투쟁은 시작되어 갔던 것이니 즉 그는 그 자신에게 "세계에는 세계적인 것이 있느냐 또는 신적인 것이 있느냐"하는 질의를 제출하고 나서는 "모든 것은 신적이다"고 자답하는 것이었다. 그리하여 더욱더욱 경건주의로 흘러가는 것이었다. 그는 "역사에 있어서 신을 인식하는 것" "신성한 상형문학" 등의 유명한 말로써 자기의 역사관을 신비하게 표시하였다. 회의, 상념적 방황, 신비한 환상, 혜안적인 체험이라는 것이 그의 역사연구의 동기가 되어갔다.

이와 같은 종교적 사념은 김나지움 시대에 있어서 한껏 깊어갔다. 심지어 몽유병자와 같이 신을 열구(熱求)하고 있었기 때문에 언젠가 그의 아버지 생일에는 신이 실제로 자기 앞에 체현(라이프하프트) 하였다는 것이다. 그러나 그의 이 종교적인 사념은 1825년 베를린 대학 역사 강좌조교수로 초빙된 뒤부터는 실제적인 역사연구에로 전환되어 갔다. 그러나 그의 신에 대한 문제는 용이하게 해결되지 않았다. 그가 실제적 노작에 종사하여 수 없이 대부(大部)의 명저를 저술하여 갈수록 그는 "신의 인격적 파악"에 있어서도 깊어가는 것이었다. 그도 1827-31년간에 이탈리아와 빈으로 연구여행을 떠난 것을 비롯하여 그의 전학구생활이 3차의 여행에 의하여 중단된 이외는 줄곧 계속되었었으며 "전 생애는 신과 역사를 위하여 바치겠다"는 맹서에도 변함이 없었다. 그의 신에 대한 태도는 시몬에 의하면 "신을 지식하는 것"(꼬트 빗센)이나 "신을 체험하는 것"(꼬트 에어레벤)도 아니고, 오직 "신을 모방하는 것"(꼬트 아넨)만을 그의 유일한 길로서 취하였던 것이다.

그는 역사기술에 있어서 "본래 있던 사실 그대로"라는 것을 모토로

하여 역사적 사실의 개별성을 존중하였다. 그는 헤겔의 철학에 영향을 받고 있으면서도 방법론적으로는 그의 역사철학적인 생각에는 반대하였다. 그리하여 헤겔 학파의 학자들에게는 맹렬한 반박을 받았다. 그러나 크로체에 의하면 그는 "늘 헤겔 철학에 대하여 싸워왔고 그리하여 철학이 사가들 속에 가지고 있던 신용을 상실케하는 데에 적지않게 공헌한" 대(大) 역사기술가이었던 것이었다.

그는 1832년에는 프로이센 아카데미의 회원, 1834년에는 베를린 대학 정교수, 1859년에는 바이에른 아카데미의 역사위원회장, 1854년 이후에는 프로이센 추밀고문관 등을 역임한 역사가로서 정치에도 관여하여 귀족까지 된 근대사학상의 거벽이다.

# 신문화 건설의 길

『사해공론』 1936. 5

## 1. 근대주의 붕괴와 문화학대

‘프랑스 혁명의 독일적 이론’으로서의 칸트의 철학이 근대사회의 모든 문화적 발생의 집중적 표현이라고 할 수 있다면 소위 ‘국민혁명의 사회학’이라는 독일 나치스의 정신주의적 문화이론은 그만 못하지 않게 근대사회가 붕괴하여가는 꼴을 그대로 표현하고 있다 할 수 있다. 칸트의 철학이라는 것은 근대사회가 청년기에 들어가려고 할 때의 문화이론이었음에 대하여 이 ‘국민혁명의 사회학’이라는 것은 근대사회가 노쇠 쇠멸에 빈(頻)한 때에 있어서의 문화이론이다. 전자는 봉건적 교회철학에 대한 반역이라는 점에서 그 시민적 진보성을 가지고 있었으나 후자는 퇴각하는 시민제의 최후의 번병(番兵) 노릇을 하려고 애쓰고 있다는 점에서 새로 올 것에 대하여 반동적인 의미 밖에는 아무 것도 가지지 못하고 있다. 근대주의의 문화가 다시 말하면 자본주의의 이윤추구를 원리로 하는 방대한 근대의 사회체제가 쇠미후퇴하고 있는 것은 우리가 목도하고 있는 바이니 어제까지도 근대사회의 완성을 위하여 지도적 역할을 하고 있던 제문화이론이 오늘에 와서는 그 목표와 임무를 잃어버리고 있는 것은 용이하게 지적할 수 있는 바이다.

이러한 문화이론의 붕괴의 현상은 국가관에 있어서 종교 및 도덕론에 있어서 철학사상에 있어서 또는 사회학에 있어서 용이하게 간취할 수 있는 것이다. 이곳에서 그 개개의 것에 대하여 그 붕괴의 현상을 규지할 수는 없으나 일반적으로 시민제를 토대로 한 근대주의적 이론구성으로써는 새로운 사태에 적응할 수가 없게 되었다는 점은 일반적으로 말할 수 있는 것이다. 그러면 그 새로운 사태라는 것은 무엇이냐. 이하의 각항에 있어서 관설(關說)하려하는 바이지만 우선 이곳에서 지적하지 않을 수 없는 것은 현재 서구의 각 자본주의 국가를 풍미하고 있는 파시즘이다. 독일과 이탈리아는 그 우(優)인 자라 하겠지만 각국이 다 다소의 윤색은 있다할지라도 모두 이 파쇼 내지 파쇼적 정책으로써 국내적인 질곡으로부터 활로를 찾으려고 하고 있다. 파시즘은 본래 정신주의적 입장을 지(持)하는 자로써 경제적 정치적인 '개조'도 이 정신의 '개조'에 의하여 결정된다는 것을 강조하고 있느니만치 모든 문화이론에 이 정신주의를 반사하고 있다. 이것은 금일 서구의 각 자본주의 국가의 지배적인 현상이다.

이 정신주의적인 파시즘은 따라서 모든 것을 자기의 정신주의에 비춰서 이해하려고 하고 있다. 우리는 그 대표적인 자로서 나치스의 문화정책을 들 수가 있다. 그들의 계몽선전성(省)은 이 정신주의적 문화정책의 총본영이다. 그들은 온갖 문화유산을 정신주의적으로 이해하지 않고는 못배긴다. 그리하여 저이들의 정신주의에 '유해'하다고 인정하는 것이면 무엇이나 박멸하기에 주저하지 않는다. 그들의 문화야만주의가 세계의 이목을 용동(聳動)시킨 것은 너무도 저명한 사실이 되어 있다. 이것은 오직 그 예를 독일에 든 것에 불과하다. 시민적 제도를 유지하려고 온갖 보강 공작을 강행하고 있는 국가를 우리는 독일 이외에 있어서도 발견할 수가 있는 것이니(이탈리아 기타) 이론이 아니라 신앙, 평화 등이 아니라 차별, 과학이 아니라 권위, 민중이 아니라 국가가 온갖 문화의 원리가 되어 있으며 따라서 이 원리에 어그러지는 것이면 무엇이나 배격되었다. 자유주의, 민주주의, 의회주의 내지 법치주의까지도 그 존재를 박탈되었으며 또 한편에서는 박탈하려고 한다. 역사는 전통주의에 의하여 변색되었고 도덕은 귀족적 봉건주의에 의하여 '정화'하려고 하고 있다.

이러한 모든 경향은 작금의 자본주의적 서구 제 국가의 문화를 지배하고 있는 특징적 사실이다. 그리하여 이러한 경향에 반하는 사상은 여지없이 배격 박멸을 당하고 있다. 나는 이것을 문화학대라고 이름지으리라. 근대주의가 붕괴하고 있는 현대에 있어서는 이러한 문화학대가 너무도 통절하게 세대인(世代人)의 심신을 자극하고 있음을 본다.


## 2. 인간의 위기 인격 및 교양의 분열


벌써 '위기'란 말이 인구에 회자되어 온 지도 오래다. 새로운 사상의 출현에 민감한 현대의 저널리즘이 이 위기란 말을 집어 올린지도 벌써 4, 5년이 되는 것 같다. 그러나 작금에 있어서는 이 위기라는 말에 대하여 거의 반발증에 걸려 있는 듯하다. 요새에 와서는 조선 및 그 일본

내지에 있어서 아무도 이것에 대하여 씨리어스하게 문제삼는 것을 보지 못하겠다. 그러면 그것은 이 '위기'가 다 지나간 때문일까. 아니다. 우리는 지금이야말로 다시 한 번 이것에 대한 반성의 기연을 찾아볼 때가 아닌가 한다. 문화학대의 도가 그 심도에 있어서 그 광의에 있어서 공전(空前)한 것은 잘 안다. 문화의 위기가 절규된지도 오래지만 그 절규의 경종이 참으로 온갖 문화적 사회적인 사상을 고려하면서 자기의 인간적 내성에까지도 파내려가 보았는가가 문제이다. 우리는 수많은 위기에 관한 문헌을 가지고 있다. 철학적 사상적인 것만으로도 상당한 수에 달하고 있다.(위기에 관한 사상적인 문헌을 알려하는 독자는 『사상』제 125호에 실린 「정신적 위기에 관한 최근의 문헌」을 보라. 그 중에는 대전 이후의 영독불의 문헌이 대략 망라되어 있다) 그러나 이 땅에 있어서는 아직 좀더 이 문제를 절실히 문제 삼은 것을 보지 못하였다고 생각한다.

종교과학은 인간의 내면적인 심정을 문제삼는 것인만치 이 위기에 있어서의 인간존재의 분석이 어느만치 경청할만한 정도로 진행되고 있음은 불무(不誣)의 사실이라 하겠다. 우리는 그 예를 '칼바르트'의 '종교적인 인간학'에서 찾어볼 수가 있다고 생각한다. 그는 인간의 본질을 분석하여 그 '의문성'에 도달하였다. 즉 그는 이 인간의 의문성을 영원과 시간, 시과 인간의 변증법적 교차의 장소에서 이해하였다. 그리하여 인간은 결국에 있어서 확정적이고 직접적인 "es ist"(如斯하다는 단정)을 가질 그러한 자본적 존재가 아니라 신에 의빙함에 의하여 신의 자유와 계시를 받아 인간 자체의 입술을 통하여 말하여지는 "es Sei"(如斯하다는 가정)밖에는 가질 수 없는 숙명적인 불안의 존재라고 하는 것이다. 우리는 이러한 신학적 의상을 입은 인간 해석이 결국은 인간존재 그 물건의 현실적 분석적 이해를 포기하는 것이라는 것은 잘 알고 있다. 그러나 그가 말하는 이른바 '인간의 의문성'이 현대의 사회적 인간의 내면적 반성에 아무 암시도 주지 못한다고는 할 수가 없다고 한다. 현재 우리가 우리의 역사적 생활에 있어서 당하고 있는 시민제 사회를 근저로부터 동요시키고 있는 심각광범한 위기는 흔히 말하는 바와 같이 '인간의 위기'로서도 이해되고 있는 이만치 이 '바르트'의 종교적인 '인간의 의문성'이나마 비판적으로 음미하지 않으면 안 될 것이라고 생각한다. 그리하여 우리의 위기의 이해에 자(滋)하는 바 있나를 보려한다. '바르트'는 일체의 시간적인 존재자에게는 벌써 '우리는 무엇을 할 것이냐'하는 의문이 가수(假睡)하고 있다 한다. 그러나 그 '무엇'이라고 하는 것은 '시간, 유한'의 속에서 대답될 것이 아니라 '영원'의 '무엇'으로서 머무를 것이므로 이 인간의 의문성은 늘 영원으로부터 오는 것이라고 하였다.

이것은 '바르트'의 위기신학에 있어서의 이른바 인간 해석의 본질적인 부분의 하나를 형성하는 것이지만 그가 운위하는 인간 그것이 벌써 신학적 인간이고 또 위기니 불안이니 하는 것도 신과의 관계에 있어서 말하여지는 것이지만 어떻든 그가 인간의 '의문성'을 제출한 것은 현대의 '인간의 위기론자'들에게 대하여 한 개 보족적인 설명을 가하는 것이라고 생각한다.

위기의 철학자 '프리츠 하이네만'은 '실재'의 입장에서 인간의 위기를 구하려고 하고 있다. 현대의 위기를 시민적 문화의 위기가 아니라 도리어 '인간의 위기'라고 말하는 그에게 있어서는 결국은 이 인간의 의문성에 연관하는 것이 아니면 아니될 것이다. 왜 그러냐 하면 그것은 병들은 이 사회의 해체의 과정 속에서 발견되는 인간이 주제적으로 취급될 때에는 그것에 어떤 유한적 한정을 붙이지 않을 수 없음으로써다. 이 인간의 유한적 한정은 따라서 무슨 종교적인 의미를 붙이지 않고는 못배긴다. 위기적 인간은 정열도 이지도 또는 자기의 감성적 진실성까지도 일상적 세계를 넘어서 영원히 도달할 수 없는 피안에 자기의 전 실존을 떼 맡기는 것에 의하여 오로지 피안적인 생활의 고뇌로부터 탈출하려한다. 이것이 일언이폐지하면 하이네만류의 위기철학자 및 바르트류의 위기신학자의 본령이라고 말할 수 있는 것이다. 그들에게 있어서는 인간의 의문성이 비록 다른 이론적인 순로를 밟고 있기는 하지만 결국에 와서는 합치하고 마는 것이 아닐까.

위기에 있어서의 인간의 존재를 인간의 의문성에서 규정한 이러한 현대의 위기의 사상가들은 사실 인간의 내면적 관상에 침윤하여 그 심리의 기미에 저촉해준 바 적지 않다. 그러나 그들은 결국에 있어서 더욱더욱 인간의 절망에 도달할 뿐이었다. 그리하여 철없는 젊은 세대인으로 하여금 비극을 논하고 낭만을 운위하게 하고 있다. 현재 이 나라의 지식청년들이 지드Andrée Gide(1869-1951)와 셰스토프Lev Shestov(1866-1938)를 즐겨 말하고 있는 현상은 마치 이러한 종교적, 철학적 내지 문학적 자성에만 급급하여 자기를 위요(圍繞)하고 있는 악착한 현실의 운행에 맹목하려는 생활태도에 불외한다. 그들은 그들의 자신의 인격의 분열을 보지 못한다. 설사 본다 하더라도 그것을 적나라하게 결출(抉出)하려는 용기를 가지지 못하고 있다. 그들이 인간의 의문성에는 상도(想到)하고 있다 하더라도 그 의문성이 연유하는 바 원심적인 구체적 정황을 주체적으로 이해하고 파악하는 데까지 도달되어 있지 않다.

인간의 의문성은 사실로 풍부한 지성의 소유자에 의하여 제출되어 있다. 이것은 조금도 의심할 수 없는 의문성이다. 현대에 있어서 위기를 논할 수 있는 지식인에게는 이 의문성은 그가 이것을 의식하고 있는 여부를 막론하고 내재적 필연이라고 할 수 있으리라. 참으로 현대의 위기는 지식인에게 있어서는 인간 존재의 불안, 절망의 의문성으로서 이해되고 있는 듯하다. 그러나 그 의문은 단지 불안, 절망의 의문성 이상으로 초출(超出)하지 못하고 있다. 그들은 위기를 시민적 사회의 해체, 전형의 위기로서 이해할 줄은 안다. 물론 이것은 위기의 근본적인 능인(能因)이다. 이것 없이는 위기는 말하여질 수가 없다. 그러나 이것은 아직 저학년적이다. 내면적인 사상생활의 풍부한 결실을 기망(企望)하여 철학, 문학, 예술을 감격과 흥분을 가지고 이야기하는 문화인인 지식인은 자기의 '인격의 분열'에 상도하라. 본래적인 자기의 내면적 세계의 파산을 바라보고 일종의 의분을 금하지 못할 것이다. 현민의 작 「김강사와 T교수」의 주인공 김만필은 이러한 의분을 느끼는 전형적인 인물이었다. 그는 언제나 자기를 부정하는 암영이 배후에서 엄습하는 우울을 금할 수가 없었다. 그리하여 자기의 본래적인(아이겐틀리히) 상태에 돌아가려하면 할수록 자기의 인간적인 존재(다-싸인)에 대한 의문이 자꾸 생겨왔다. 부자연한 취직운동이라는 의식이 자기의 인간적 존재에 대한 증오 내지 의문과 서로 교착하면서 발전해나아가는 심리의 상태가 명백하게 우리의 앞에 묘출되어 있다. 우리는 자기의 인격의 분열을 의식하면서도 어찌하지 못하는 젊은 현대의 지식인을 그 소설을 통하여 볼 수가 있다. 이러한 인격의 분열은 더욱더욱 그 도를 가(加)하여 가고 있다. 지식계급에 있어서의 '무냐, 혼돈이냐, 내지 결단이냐' 하는 선언적 명제가 해결되기를 강박하면 할수록 더욱더욱 자기에 대한 의문성은 심각화하여가는 것이다.

그러나 이러한 의문성이라는 것은 '바르트'에 있어서와 같이 '신에 직면한 인간'의 그것이 아니고 인간적 존재의 범위 내에서 일어나는 회의로서 규정되는 것이다. 이 점에 있어서 인간의 존재범위에 있어서의 의문성과 '바르트'의 그것과는 차이가 있는 것이다. 그러나 이 양자는 일단 구별되면서도 어떠한 공통성을 가지고 있다고 못할 것인가. 인간

적 존재의 범위 내에 있어서의 의문성은 자기의 약소, 무력의 인식에서
온다. 이 인식이 경험적 인식으로 그치고 말면 이어니와 그 경험적인
역(域)을 탈출하여 무슨 절대자에 귀의하는 정념에 붙들리고 말 때에는
신에의 예속을 의미하게 된다. 사실로 이것은 흔히 보는 현상이다. 인
격의 분열은 이곳에 와서 그 종점에 달한다. 그는 인격의 분열을 이렇
게 처치한데 대하여 가쁜 숨을 내쉬리라. 물론 인격의 분열이 모두 이
러한 결과를 맺는다는 것은 아니다. 그 가능한 사태 중의 일(一)을 말한
것에 불과하다. 이에 인간의 의문성에 있어서의 두 가지 상태의 오치점
(瘟致點)[136]을 볼 수가 있는 것이다.

　인격이라고 하는 것은 자기의 속에 안고(安固)한 행위적, 정신적 기
초를 발견하는 기준으로서의 온갖 교양의―(도덕적, 학예적) 집중적 표현
이다. 그러므로 인격을 운위할 때에는 반드시 교양을 문제삼지 않을 수
없을 것이며 인격의 분열이 운위될 때에는 필연적으로 교양의 분열이
논의되지 않으면 안 된다. '크레미유'의 '불안과 재건'은 이 점에 있어
서 오인에게 시사 깊은 무엇을 던져주고 있다 하리라.

　이 인격의 분열과 교양의 분열은 현대에 있어서의 인간의 위기를 구
성하는 상층적 성소라고 할 수 있다. 위기의 정치적, 경제적 내지 학술
적 제현상―현대의 시민적 문화가 재래하는 역사적 사회적 피규정성
은 그 컨덴스된[137] 사상적, 정신적 형태로서의 교양의 위기, 인격의 위
기로서 표현할 수 있으며 나아가서는 인간 그것의 위기로서도 이해할
수가 있다. 그러므로 우리는 역사적 사회적 피규정성의 즉자-대자적
상태로서 이해한다는 조건 하에 '인간의 위기'에 대하여 말할 수가 있

---

136)　편자주 : 오식으로 보이나 원래의 어휘를 유추하기 어렵다.

137)　편자주 : 영어 'Condense'의 음차, 응축된.

으리라. 이는 동시에 현대의 문화의 위기를 말할 수 있는 내면적 기연이 될 수 있으리라.


## 3. 제 외국의 문화의 동향

우선 독일을 중심으로 한 작금의 구주의 일반적인 정치적 동향을 살펴보기로 하자.

작년 3월 히틀러가 베르사이유 조약 중의 군사조항을 파기한 소위 폭탄선언을 내던지자 구주제국의 진해(震駭), 더욱 프랑스의 경악은 컸었다. 영이(英伊)와 결속하여 스트레사 회의를 개최하여 구주의 안전보장과 현상유지를 결의하기에 이르러 대독공동전선이 성립되는 듯이 보였었다. 그러나 이것보다도 먼저 발발한 이(伊)의 분쟁은 드디어 영이(英伊)의 관계를 급박화하게 하여 양국의 관계는 소위 '일촉즉발'의 비등점에까지 이르게 되었다고 전하였으며 프랑스는 종래의 대독 관계로부터 보아 불소(佛蘇) 상호원조조약을 체결하여 영국의 해군협정을 미워하면서도 영국과 행동을 일치하게 하지 않을 수 없게 되었었다. 그러면서도 영이관계의 험악에 제(際)하여 이탈리아에게 호의를 표하는 듯 마는 듯한 양단을 지(持)하는 태도로써 철저하게 영국의 대이(對伊) 제재의 주장을 지지하지도 못하였다. 이것을 프랑스의 대독정책의 강화를 책(策)하는 대독공동전선의 주장에서 나온 것이었다. 그리고 미국은 먼로주의의 간판하에 대구(對歐) 불간섭주의를 지(持)하는 것 같았다.

작년 1월, 이(伊)에 분쟁의 발발 이래 이는 물론 불, 독, 영의 각국은 이 분쟁에 의하여 각자의 국내적 질곡과 상호간의 복잡한 대립관계가 일단 더 발전된 형태로 나아갔다. 이탈리아의 에티오피아 침략이라든가 독일의 폭탄선언이라든가 또는 영국의 대이제재의 주장과 프랑스의 대독정책은 모두 각자의 국내적 질곡의 확대에 대한 타개를 꾀하는 인기정책이었다. 최근 독일의 라인 비무장지대의 점령도 하등 그의 국내적 질곡을 개선하는 것은 아니다. 각국은 조금도 자신의 질곡을 해결하지 못할 뿐 아니라 식민지 전쟁의 강행과 상품시장의 확보, 통상로의 보호를 위한 거대한 군비의 중압 하에 헐떡이게 되었다. 나치스, 파시스트, '크로와·디·푸'(프랑스의 십자단)나 또는 영의 보수당 정부는 국내의 대중을 희생함에 의하여 각 자국의 정치위기로부터 탈출하려 하였다. 이(伊), 불(佛)은 내란의 징후가 농후하게 되었다. 불경기, 실업, 국가예산의 불균형 국민의 생활을 위협하였다.

이러한 국내적 국제적 정세는 그 필연적 귀결로서 각 자국의 민중전선을 강화시키었다. 즉 반파시즘 전선의 결성은 각국의 진보층을 망라하여 동일 목표에로 나아가게 하였다. 작년 6월에 파리에서 개최된 문화의 옹호와 반파시즘을 슬로건으로 한 국제작가대회는 그 중의 가장 현저한 것이었다. 전쟁의 위기에 직면한 사회적 제사태는 양심적인 진보층을 이끌어 파시즘, 전쟁의 반대에 나아가게 하였다. 이 동일한 목표를 위하여서는 사회민주주의자, 자유주의자, 휴머니스트까지도 망라하여 일대 공동전선의 결성을 착(捉)하게 되었으니 이것은 문화의 진정한 계승과 옹호를 위하여 그 사상적 입장의 차이에 불구하고 세대적인 양심과 자유를 토로하여 협력할 것을 선언한 역사적인 회합이었다. 각국에 팽배하여 가고 있는 봉건제도에의 복귀와 문화바바리즘에 항(抗)하여 비극적인 현실의 제사태와 싸우며 새로운 시대를 축성할 창조적 인간의 선의지를 조직적으로 동원하려는 광범한 운동이었다.

이에 각국의 국내적인 문화정세를 살펴보건대 우선 독일에 있어서는 나치스의 문학 및 예술의 유산에 대한 야만적인 모독, 유태인 배척, 제교파를 국민교회에의 통제, 학자의 추방, 진보적 제운동의 철저적 탄압 및 언론의 통제에 의한 절망적 제사태와 대소전선의 강화는 국민대중으로 하여금 익익(益益) '히틀러에의 반역'을 잠행적(潛行的)으로 격화시켰다. 프랑스에 있어서는 독일과는 비교도 안될만치 언론, 출판은 자유이지만 그것이 자유이니만치 파쇼와 반파쇼의 대립은 여러 가지 형태로 현실적으로 격성(激成)되어 갔다. '크로와 디 푸'(프랑스의 십자단)의 문화정책과 이것에 대립하는 진보적인 지식층과의 좌우양파의 항쟁은 문화의 각 영역에 긍(亘)하여 양성(釀成)되고 있다. '크로와 디 푸'가 야단을 치면 칠수록 데모크라시의 장송곡은 그 종장에 가까워 가는 것이고 따라서 법치국의 자기부정이며 무엇보다도 내란을 각오하지 않으면 아니되게 되었다. 사상가, 평론가, 작가의 두뇌에는 전쟁의 환영이 일시로 떠날 수 없게 되어 있다. 그들에 있어서의 문화에 대한 인식과 반성이 다른 어느 국가에 있어서보다도 깊고 내면적으로 되어가고 있는 것은 그 한 증좌이라 말할 수가 있으리라.

다음으로 영국도 이상과 같은 일반적인 정세로부터 자유로운 것은 아니다. 작년말 이탈리아·에티오피아 분쟁과 영이대립의 험악한 분위기 속에서 총선거를 거행하여 보수당이 250이라는 절대다수를 제(制)하여 금후 5개년간의 정권을 획득하였다고는 하나 이 총선거를 통하여 본 데모크라시의 조국의 불안한 정세를 간취할 수가 있다. 그것은 자유당의 몰락이다. 영국의 여론이 금번의 선거에 있어서 사회주의냐 비사회주의냐의 두 진영에 나뉘어 싸웠었기 때문에 자유당이 그 존재 이유를 상실한 것은 당연한 귀결이라고 하지 않을 수가 없다. 보수당 정부는 익익(益益) 국방의 충실, 통상의 보호, 산업의 합리화를 위하여 진출할 것이다. 이 나라에 있어서도 전쟁의 위기가 국민의 머리에 인상되어

가고 있다. 현재의 영국청년이 모두 전쟁 반대론자라는 것은 어떤 통계적 조사가 보이는 결론이었다.

이 전쟁반대의 경향은 '니라정책'의 나라 미국에서도 현저한 사실이다. 작년 상반기에 거행된 전쟁반대를 주장하는 전문대학생의 투표의 결과는(리터래리 다이제스트誌所報) 이 사실을 웅변으로 증명한다. 산업합리화에 의한 1천만에 가까운 실업자와 국방비의 증가는 익익(益益)회합적(會合的) 불안을 증대시키고 있다. 대대적으로 선전되는 청참(靑黲)운동[138]도 리터래리, 다이제스트지 주최의 일반투표에 의하면 찬성 44% 반대 56%라는 형세로서 반대투표가 우세인 것은 루스벨트의 사회정책적 정책의 실패를 단적으로 말하는 것이다.

영미 양국에 있어서의 여사한 사태는 결국 '사(死)할 자'와 '생(生)할 자'와의 대립에서 오는 현상 형태이다. 여타의 국가에 있어서와 마찬가지로 이 양국에 있어서의 경제적 정치적 내지 문화적 동향은 그것이 '사할 자'에 의하여 끌려가고 있으면서 그 속에서 힘세게 움트며 자라고 있는 신세력의 결성은 현세대의 특징적 사실이다. 온갖 관념형태에 있어서 존 듀이의 이른바 '도피의 철학'적인 것은 익익(益益) 이론과 실천의 분리, 행위와 지식의 모순 하에 일로 반동적 진영에 영합하기에 급급하고 있음을 본다. 히틀러에 있어서의 공리적, 실증적 문화이해가 벌써 그 무력함을 폭로한지는 오래다.

끝으로 이탈리아에 있어서는 연일 신문지상에 보도되는 것과 같이 대(對) 에디오피아 전쟁의 강행에 의하여 바야흐로 분화十 상에 서 있

---

138) 편자주 : '푸른 독수리 운동'. 루스벨트는 '협동'의 상징으로 '푸른 독수리' 마크를 만들게 하여 뉴딜 경제부흥계획에 동참하는 생산업체, 여기서 생산하는 모든 상품, 이를 판매하는 상점들에 이 마크를 붙이도록 했다.

는 듯하다. 히틀러와 마찬가지로 무솔리니도 국민적 정신주의의 신봉자이다. 아무리 그가 직업조합에 의한 소위 '총체국가'를 광휘있는 이탈리아 민족의 목표라고 하여 외친다 하더라도 그것은 토지 겸병의 강행, 자본과세 및 파업권의 거부에 의한 독점자본의 사상표현에 불외하는 것이었다. 독일에 있어서와 같이 이탈리아에 있어서도 순종하는 있는대로의 학자를 동원하여 파쇼이론의 조출(造出)에 여념이 없다. '젠틸레', '록코' 등을 대표로 하는 국민주의의 철학은 정히 그것의 산물이다.

이상의 제국(諸國)에서 보아온 바와 같이 현대의 문화의 동향이 너무도 명백하게 두 개의 서로 다른 방향으로 달리고 있는 것을 간취할 수가 있으리라. 이것을 환언하면 일방에 있어서는 파시즘의 전기(前期)에 첨가한 듯이 보이는 사상적 제진보의 청산과 중세의 신비주의에의 후퇴가 강행되고 있는 파쇼전선이고 다른 하나는 그것에 대립하는 중대한 현실적 내지 사상적 정표가 아니면 아니될 것이다.

이러한 문화적 사상적 동향은 세계에 대규모에 있어서 표현되고 있다. 온갖 실증적 과학에 있어서 나타나고 있는 동시에 정신적 생활에 있어서도 그 파쇼적 및 반파쇼적 형태를 통하여 나타나고 있다. 그리하여 상래(上來) 우리가 보아온 소위 '위기'에 있어서의 인간의 입장이라는 것이 일찍이 고려된 일이 없는 심각한 정도로 씨리어스하게 지식층의 진보적 분자에 의하여 문제되어 왔으며 방금 문제되어 있다. 그리하여 심지어 인간 심리의 기미가 절실하게 탐구되어 가고 있는 도중에 있음은 우리가 잘 아는 바이다. 이것은 더욱이 저명한 문학자들 사이에 있어서 그러하다.

현금의 이러한 문화의 동향은 그것을 철학적인 영역에서 표현한다면 비합리주의에 대한 합리주의, 복고주의와 신비주의에 대한 사회적 역사적 과학과의 대립이다. 전자는 말할 것도 없이 관념적 형이상학적인 시민적 이데올로기이고 후자는 그것에 대립하는 자임은 노노할 필요가 없다. 전자는 나치스와 파시스트의 세계관에서만 자기의 자신없는 체계를 유지할 수 있는 것이다. 그들의 세계관에 있어서는 상술한 근대주의까지도 그들의 항쟁의 대상을 삼는다. 근대주의의 붕괴와 파시즘의 대두와는 긴밀한 관계를 가지고 있다. 그러나 그들이 이 근대주의까지도 항쟁의 현상으로 삼는 까닭은 정권을 잡은 뒤의 파쇼국가는 생물학적 복고주의와 봉건적 귀족주의에서뿐 민족의 번영은 재래되는 것이라고 생각하는 까닭이고 또 사실 근대주의의 시민적 자유정신 그것은 이 복고주의 귀족주의와는 서로 반발하는 것인 까닭이다.

위기에 있어서의 이러한 비합리주의와 복고주의와는 파시즘의 진공이 격심해지면 질수록 여러 가지의 면모로써 나타나고 있다. 현존의 철학, 니체의 철학, 토마스주의 또는 '프라이어'의 '현실과학적 사회학'에 있어서 우리는 이것을 유형적으로 간취할 수가 있을 것이다. 현대의 위기는 그러한 복잡한 내면성에 있어서 나타나고 있다.


## 4. 문화의 옹호와 문화재생

라틴의 이어(俚語)에 "쥬피터는 그가 멸망시키려고 생각하는 자로부터 이성을 빼앗아버린다"는 말이 있다. 현대의 문화는 정히 그러한 이성을 빼앗기는 위기에 처해 있는 것이 아닐까? 이상 제국의 문화정책에서 보는 이러한 위기는 생각있는 자로 하여금 전율을 느끼게 하고 있다.

문학, 예술, 과학, 종교, 도덕 기타의 온갖 관념 형태의 역사적 유산의 정상한 계승과 발전을 저해하며 나아가서는 인간 그것의 사회적 존재까지도 박탈하는 전쟁준비에 의한 문화학대의 현상에 직면하여 어떻게 해서든지 문화의 옹호에 추창해 나아가지 않으면 아니될 것을 선언하게 되었으니 즉 전술한 '문화옹호국제작가대회'는 그 현저한 자라 하겠다. 정치적 입장이나 사상적 경향의 여하를 불문하고 오직 이 공동의 목표를 위하여 투쟁할 것을, 영, 불, 독, 미, 러 기타 제국의 저명한 문학자들은 선언하였던 것이다.

그들은 진지하게 인간, 사회, 지성, 창작의 문제를 토론하였다. 그들은 이 토론을 통하여 문화옹호의 바리케이트를 쌓았다.

그러나 우리는 그 찬란다채한 회의의 경과에 도취되어 반파쇼전선의 결성을 착(捉)한 각국의 진보적 부층(部層)의 활동을 잊어서는 아니될 것이다.

문화학대와 문화바바리즘으로부터 이반하여 문화의 참된 옹호를 절규하는 대중적 세력을 잊어서는 아니될 것이다.

그들은 전술적으로 정치적 및 사상적 견해를 운위하기 전에 공동의 목표를 위하여 광범한 공동전선을 결성한 것이었다.

문화의 옹호는 바야흐로 이성을 박탈당하려는 자의 굳센 부르짖음이다.

그것은 생사를 겨누는 결사적인 절규이다. 이 절규야말로 역사적인 것이다. 그것은 변질되며 학대되며 파괴되며 또 모독되고 있는 현존문화의 위기와 그 재생을 여지(予知)시키는 굳센 절규이기도 하다.

그 재생이야말로 보다 좋은 형태에 있어서 우리를 맞어줄 것을 약속하고 있는 듯하다. 서구제국의 문화옹호의 의선(義線)은 정히 문화재생의 효종(曉鍾)이다. (32. 5)

# 괴테는 살인범(?)

－쉴러는 과연 독살됐나－

『동아일보』1936. 7. 14

## 7년 침묵을 깨트린 괴테협회

지난 6월 7일부 베를린일보 지상에는 "바이마르 6월 6일발 본사특파원 전화"라고 하여 "괴테는 살인범이냐?"하는 큰 제목과 "괴테협회총회석상에서 페텔센 교수의 맹렬한 공격"이라는 부제 하에 근자 녹일에서 훤전(喧傳)되고 있는 "괴테의 쉴러 독살설"에 대하여 동교수의 독일국민의 존엄과 명예를 위한 배격연설이 게재되어 있다. 참으로 놀라운 소식이다. 쉴러독살설의 진부는 여하간에 그러한 몽상도 할 수 없었던 전율할만한 사실이 2대시인의 교유 속에 비장되어 있다는 훤전(喧傳) 자체가 벌써 오인의 이상한 주의를 끌어마지 않는다. 우리가 읽은 독일문학사에 있어서 괴테와 쉴러의 우의라는 것은 그러면 한 개의 왜곡되고 위장된 서술에 불과하였던가. 우선 두 시인의 교유에 대한 독일문학사의 기록은 어떠한가. 그것을 좀 뒤적거려보기로 하자.

괴테(1749-1832)와 쉴러(1759-1805)가 독일의 2대시인이라는 것은 너무도 유명한 일이다. 더욱 그 두 시인의 우정이 유난히 도타웠다는 것도 잘 아는 일이다. 그러나 그 도타운 우정에도 처음에는 서로 화합할 수 없는 내면적인 성격의 간격에 의하여 반발되고 있었다. 괴테의 직관적이고 자아적인 태도와 쉴러의 관상적이고 의지적인 태도와에는 근본적인 차이가 있었던 것이다. 불우, 곤핍과 운명적인 병구(病軀)에 부대끼고 있었던 시인 쉴러가 당대의 총아요 바이마르 공국의 재상인 괴테와 친밀하여 질 수가 없었다는 것은 별로 이상할 것이 없을 것이다.

그러나 이 두 시인은 1794년(쉴러는 35세, 괴테는 45세)부터 서로 접근하기 시작하였던 것이다. 쉴러가 반생의 표박생활 끝에 바이마르를 정주의 지(地)로 하여 겨우 생활의 안정을 얻으려 할 때 그는 괴테의 예술과 인물을 존경하여 같이 교유하기를 바랐던 것이다. 그러나 존대(尊大)한 괴테는 용이하게 쉴러에게 친교를 허하지 않았다. 그러나 바로 이 해 여름에 우연한 기회를 만나 두 시인은 서로 간담상조하는 사이가 되어 사상을 자극하고 창작욕을 배가하게 하였던 것이다. 그 뒤의 이 두 시인의 우정은 부러울만치 두터운 것이었다.

그 같이 지내기를 약 10년간 하였다. 그러나 포류(蒲柳)의 질(質)인 쉴러는 지병인 폐환에 의하여 드디어 1805년 5월 9일에 죽고 말았다. 시년(時年)이 46. 그는 임종의 전일에 "태양을 보고 싶다"고 하며 창을 열게 하고는 서산의 낙일을 기꺼운 얼굴로 바라보았다 한다. 칸트철학의 연구에도 몰두한 이 위대한 쉴러의 일생은 괴테의 현란한 생애에 비하여 퍽도 애달픈 것이었다.

온갖 독일문학사에 관한 저술은 대개 이와 같이 괴테와 쉴러와의 사이를 서술하고 있다. 그러나 너무도 끔찍하게 쉴러의 사(死)는 괴테의 독살에 의함이라 할진댄 그것은 바로 이러한 문학사적 서술을 전부 전복하여 버리는 것일는지도 모른다. 그러면 '살인범 괴테'와 '독살된 쉴러'에 관한 그 효효(囂囂)한[139] 물의의 정체는 여하한 것인가. 이에 해지(該紙)의 기사를 소개하건대 다음과 같다.

토요일에 거행된 괴테협회총회의 비밀회에서 그 회 회장인 베를린 대학교수인 율리우스 페텔센 박사는 바이마르 문화에 있어서의 위인-특히 괴테와 쉴러에 대한 정치적인 투쟁에 대하여 단호한 태도를 취해야 한다는 개회사를 술하였다. 괴테 협회에서 발행한 막스 헥커 교수의 저 『쉴러의 사와 매장』이라는 책은 쉴러 독살설에 대한 한 개의 방어로서 대환영을 받았다. 그것은 협회의 일반회원은 아직 이 출판물을 읽지 않았고 오직 쉴러 독살설에 관한 많은 서책에 의하여 괴테의 범행을 시인하는 견해를 가졌던 것이므로 이 헥커의 저서는 그 독살설에 대한 결정적인 판단을 내리는 것이었다. 협회가 그러한 독살설에 대하여 무관심하였다는 데에 대하여 일반의 공격은 괴테협회 자체에까지도 미치는 것이었다. 그러나 결국 어떤 정치적인 입장에서 유포하고 있는 한 개의 오전(誤傳)에 불과하는 쉴러의 사(死)에 대한 풍설을 말살하기 위하여 협회가 그 책을 출판하였다는 사실은 대단히 잘한 일이라고 칭찬을 받았다. "7년 동안이나 괴테협회는 침묵을 지켜왔다. 이 침묵은 무력(無力)과 시인(是認)을 고백하는 한 개의 표시라고도 밀할 수가 있을 것이다. 그러나 그러한 풍설이 전연 되지 않은 소살(笑殺)해 버릴 것일 때에는 누구나 침묵을 지킬 것이다."라고 페텔센 교수는 말하였다.

---

139)  편자주 : 왁자지껄한

실로 이 책은 무실(無實)한 쉴러의 독살을 전독일 민족에 관한 국민적인 오욕과 불명예라 하여 거절해야 한다는 것을 보여주는 것이다. 이 책은 학교나 청년단체 등에 반포하여 선전해야 한다. 페스트 균이 만연할 수 없도록 하수도를 될 수 있는 대로 속히 덮어버려야 한다.

만일 헥커의 저작에 반대하는 서(書) 즉 칼 아우구스트(바이마르 候)의 명령에 의하여 쉴러를 고의로 독살하였다는 것에 관하여는 그 죄가 의사 후쉬케 박사에게 돌아간다고 하는 서책을 인정한다고 하면 그 결과는 당시의 전 바이마르가 범죄자의 소굴이 되어야 할 것이요, 또 전 독일의 정신생활이 살인의 심연으로 나타나야 할 것이다. 그것은 즉 전 독일국민의 오욕과 불명예가 되는 것이요 따라서 괴테 협회는 쉴러에게 "당신의 명예에 있어서 당신의 전부를 불인하는 국민이야말로 비열하기 짝이 없는 것입니다"라고 사죄하여야 할 것이다.

튜링겐 지방극장의 정부위원이요 정부고문관인 한스 세베루스 치글러 박사는 연방지사 쇠우켈과 주정부 총리 마쉴러의 괴테협회에 보내는 축사를 대독하였는데 그도 그의 짧은 환영사에 있어서 역시 이것을 문제삼았다. 즉 그는 쇠우켈도 튜링겐과 바이마르의 문화적 생활이 영속하도록 하여야 할 것이고 또 모든 가치 있는 시설을 계획하는 데에 열심하다는 것을 이 회합에서 공언하라고 하였다고 설명하였다. 전통을 지킨다는 것은 기존한 가치의 선양과 전승된 문화재의 발전과 같이 의의 있는 일이다. 지방문화의 보호자로서 또는 책임 있는 극장전문가로서 고문관 치글러는 독일청년들에게 괴테를 이해하도록 하는 데에 필요한 모든 수단을 강구하겠다고 확언하였다. 그리하여 한 개의 히스테리컬한 서책에 의하여 더럽혀진 바이마르의 공기를 다시 순수하고 청결한 것을 만들어야 하겠다 하였다. 괴테나 쉴러 다 같이 독일 민족에 속한다. 국민이니 또는 민족성이니 민족이니 하는 개념은 바이마르의 철인들의 거대한 천재적인 창조력에 뿌리박고 있는 것이다. 그러므로 단호히 공기를 청정하게 하기 위하여는 언제나 사태를 검토하여야 할 것이며 또 민족의 위인을 보호하기 위하여는 어떤 법률이 제정되어야 할 것이다. 실로 그러한 제정이 필요하다는 것은 애달픈 일이다.

기사의 전문은 대략 이러하다. 우리는 이것을 가지고 괴테가 왜 어떻게하여 쉴러를 독살하였느냐 하는 점은 전연 알 수 없고 다만 그 독살설이 저작 등에 의하여 공연히 또 상당히 뿌리깊게 퍼져 있는 듯하다는 것을 추측할 수 있을 뿐이다. 더욱 7년간이나 침묵을 지키던 괴테협회까지도 끝끝내 참을 수가 없어 회장인 페텔센 교수가 항변을 시하였다는 것을 보면 그 독살설이 단순한 날조된 허설이 아닌 것 같다.(이 페텔센은 문학사가로 이름이 있는 그 사람이 아닌가 한다) 독일의 국민적인 긍지와 명예를 위하여 법률을 제정하여서까지라도 그러한 독살설을 박멸해야겠다고 하는 것을 보면 아무리 나치의 민족주의가 내로라 하는 독일이지만 근거가 있는 것 같다. 독살설을 베레흐티 겐하는 책들과 또 그것을 부인하는 막스 헥커의 『쉴러의 사와 매장』을 보지 못하였으니 그 자세한 경위는 알 수 없으나 어떻든 쉴러와 괴테와의 교유는 새로운 고증을 요하는 문제일 것이다. 근래에 보기 드문 소식이라 하겠다.

# 현대사상과 리케르트

-그에게 있어서의 '산 것'과 '죽은 것'-

『동아일보』 1936. 8. 19-21(총3회)

벨리너 타-게 뿔라트(베를린일보) 7월 30일(목)부 조간소보(朝刊所報)에 의하면 독일 신칸트학파 철학의 거인 '하인리히 리케르트'씨는 73세의 고령으로 하이델베르크에서 서거하였다 한다. 근일의 해지(該紙)는 서반아 문제를 중심으로 한 열국의 동향과 올림픽에 관한 기사로 전지면을 비(費)하고 있다. □이 되어서 그런지 이 근대철학의 거인의 사에 대하여는 그 임종의 일시도 박지 않고 현대사상에 있어서의 그의 지위를 운위한 극히 간단한 기사를 냈을 뿐이다. 추측컨대 29일이나 28일에 서거한 것이 아닌가 한다.

그는 1863년 5월 25일 단치히에서 정치가의 아들로 태어났다. 베를린, 취리히, 슈트라스부르크 등의 제대학에서 수학하였는데 서남독일

학파의 개조라고 할 수 있는 빈델반트Wilhelm Windelband(1848-1915)에 사사하였다. 1896년 '프라이부르크' 대학의 교수가 되었고 사(師)의 사후 그 자리를 이어 1916년 하이델베르크 대학으로 옮아 사(師)의 설을 조술하며 또 발전하여 '가치의 철학'을 완성, 일시 세계의 사상계를 리드하였다. 만년에는 대학도 사하고(1932년 3월) 고요히 서재에서 변전하는 사상계를 예시(睨視)하며 저작에 몰두하였으며 수많은 논문을 발표하였다. 그러나 이 베를린일보의 기사와 마찬가지로 수삼년래로는 그의 존재는 거의 세인의 기억에 사라지려고 하고 있었는데 졸연히 그의 부보를 접하니 민민(憫憫)의 정을 금치 못하겠다.

'위대한 저수지'인 칸트 이후 독일이상주의 및 그 이후의 철학의 발전을 회고할 때 신칸트파의 운동같이 활발한 것은 없었다고도 말할 수가 있으리라. 그 운동은 비록 비교적 단기간의 것이었다고도 말할 수가 있었으나 그 제1기 및 제2기를 통하여 예전의 중세적 형이상학, 실증주의, 심리주의, 유물론에 대한 도전은 젊은 칸트 학도들에 의하여 강인하게 선언되었었다. 칸트의 비판주의는 시대의 온갖 층-문화영역을 침범하여갔다. 19세기 후반으로부터 시작된 이 운동은 확실히 일세를 풍미하는 듯한 감이 있었다. 세기가 바뀌는 데 따라서 '칸트에 돌아가라'는 신칸트학파의 슬로건은 단지 한 개의 사상적인 운동의 외면적 기치임에 그치지 않고 내면적으로 독특한 체계의 구성으로 심화하여 갔다. 신칸트학파의 주요한 체계적인 저작은 대개 전세기의 최후의 십년대로부터 금세기의 최초의 십년대에 걸쳐서 출판되어 있다고 할 수가 있다. 그것은 실로 사상계의 만화경인 듯도 하였다. 세인은 칸트적이 아닌 철학은 철학이 아니라고까지 생각하게 되었었던 것이다.

이 신칸트파 운동의 제2기에 있어서는 두 개의 학파가 절연히 구별되었다. 즉 말부르크학파와 바-덴학파(서남독일학파)가 그것이다. 전자는 논리주의적 분석적인 경향에 강하고 후자는 일반으로 가치철학이라고 운위되는 이만치 선험적인 가치현상을 중심과제로 하였던 것이다. 우리의 리케르트는 이 바-덴 학파를 완성한 학자이다. 그는 그의 사(師) 빈델반트의 자취를 더듬어 그것을 일층 전개하고 심화시키기에 노력하였다. 그러나 그는 또한 단지 사(師)의 설을 조술하는 데에만 그치지 않고 한 개의 역사철학을 수립한 데에 사상사상의 공적이 있다. 『문화과학과 자연과학』이라든가 『자연과학적 개념구성의 한계』 등의 제저작에 의하여 그의 가치철학적 방법은 역사적 제과학에 응용되어 광범히 '가치의 체계'를 건축한 것이다. 그의 방법은 그의 아류 및 추종자 등에 의하여 채용되었다. 정치학, 법률학, 경제학 기타에 적용되어 일시 사상계의 지배적인 조류를 형성하였었고 지금도 그 잔루를 지키고 있는 학자가 있다.

그의 역사철학에 있어서의 방법적인 우월은 말하자면 그의 철학에 있어서의 '산 것'(다스 레벤디게)이라고 할 수가 있다. 그것은 그의 소위 보편적인 가치형상의 이론이 광범히 실증적인 제과학에 영향하여 일시 아카데믹한 학계를 점령하였던 까닭이 아니라 자연과학과 역사과학의 구별에 정합을 얻은 이론적 규정을 내린 까닭이다. 자연과학의 '법칙정립적'인 방법과 역사과학의 '개성기술적'인 방법은 빈델반트와 리케르트에 있어서 처음으로 선명히 구명된 것이다. 이 이론은 그들 이후의 역사 내지 문화의 논리학을 운위하는 학자에 있어서는 한 번은 반드시 문제되어 왔다. 설사 그가 이 이론을 채용하지 않는다 하더라도 자기의 학설을 구성하는 데에 있어서 우선 먼저 비판음미하였던 것이다. 생의 철학이나 현상학파의 철학에 있어서 또는 유물론철학에 있어서까지도 리케르트적인 법칙 개념은 입론의 대상이 될만치 함축있는 것이다.

그러면 왜 자연과학과 역사(문화)과학을 구별하는 기준을 그 두 가지 것에 두었던가가 문제일 것이다. 멀리는 아리스토텔레스로부터 독일이상주의를 거쳐 전세기 후반에 이르기까지 실로 무수한 학자가 여러 가지 방면으로 과학의 분류를 꾀하여 왔다. 그러나 그것들은 대부분이 엄밀한 방법론적인 기초를 가지지 않았었기 때문에 사상사상에 있어서 그다지 큰 영향적인 원형을 만들어내지 못하였다. 이것은 과학의 실질적인 발달의 선에 연(沿)하여 그때그때의 시대적인 특질에 관련하는 것이라고 하겠지만 여하간 우리의 과학사가 보이는 과학분류의 방법에 있어서 리케르트의 철학은 형식적이라는 비난은 면하지 못한다 하더라도 획기적인 모범을 보였다고 말할 수가 있다. 일반화하는 것은 자연과학이고 특수화하는 것은 역사과학이라고 하는 사(師)의 설을 일층 정치히 논구하여 전자의 개념구성의 한계를 논하고 후자의 가치관계적인 특질을 분명히 하여 문화과학의 성립을 도출하였다. 그리하여 재래 사용되어온 자연과학과 정신과학의 구별에 대하여 자연과학 및 문화과학의 대립으로써 대치하였다.

이 같이 하여 그는 '문화의 철학'을 세웠다. 그러나 이 문화라는 것은 역사적 사회적으로 형성된 통제적인 것이 아닌 것은 물론, '생의 철학'적인 것두 아니다. 니체나 키에르케고르에서 보는 바와 같은 생생한 힘과 꿋꿋한 의지의 생을 그에게서 찾아볼 수는 없다. 윤택있는 생은 형식적인 '문화'에까지 '구성'되고 그리하여 부정된 형태에 있어서만 문제되었다. 보편적인 가치형상의 선험적인 타당이 문화의 근본문제이었다. 신칸트학파의 흥기가 역사적 사회적인 사정에 연유한다고 하면 이 문화의 이론 그것도 벌써 시대의 제약을 면할 수는 없는 것이다. 사회적인 제정세의 발전과 아울러 이 학파가 생의 철학적인 제경향에 의하여 사상계의 전면에서 후퇴를 할 수 밖에 없이 된 때 리케르트는 『생의 철학』이라는 저서에 의하여(1920년) 자기의 입장을 변호하며 아울러 생의 철학을 '유행적인 사조'라 하여 비판하였다.

이것은 리케르트 철학의 영향이 강하였더니만치 그 반동도 상당히 격렬하였다는 것을 말하는 일단면에 불과하다. 그가 문화과학에 대하여 체계적이고 획기적인 기초를 준 것은 상술한 바와 같거니와 그의 사상의 사회적인 지반이 생의 철학적인 방향에 있는 여러 사상에 의하여 비판되어 갈 때에 그는 익익(益益) 칸트적인 세계관을 고집하여 갔다. 그뿐 아니라 그는 인식과 그 대상의 문제에 관하여는 칸트 이상으로 형식적 추상적이었다. 그는 자연과학을 문화과학으로부터 구별하는 데에 있어서 '역사적 중심'(히스토리쉐 첸트룸)이라는 내용적인 규정을 망각하지는 않았지만 그렇다고 하더라도 그의 체계의 형식적 추상성은 유구히 영향을 줄 수 있는 사상으로서는 치명적 결함이었다. 그의 사상의 '산 것'으로서의 과학분류의 방법도 다른 일면에 있어서는 동시에 이 형식적 추상성의 소이로 '죽은 것'(다스 토테)이었다. 그의 사상은 이 '산 것'과 '죽은 것'의 양두적(兩頭的) 출몰에 의한 특수한 체계라고 말할 수가 있다. 이하에 그것에 논급하여 보려한다.

『인식의 대상』이라고 하는 것은 리케르트의 저작 중에서 가장 중요한 책이다. 얼핏 생각하기에 인식의 대상이라고 하였으니 누구나 다 아는 문자 그대로의 외적이고 물적인 것을 인식하는 데 관한 것으로 생각할 것이다. 그러나 이 인식의 대상은 그런 것이 아니라 보통의 안목으로 볼 때에는 웬심인지 알수 없을 만치 이상한 것을 문제삼고 있는 것이다. 즉 그의 '인식의 대상'이라고 하는 '대상'은 오관으로 지각할 수 있는 그러한 것이 아니라 소위 '초월적인 당위 혹은 가치'가 그것인 것이다. 즉 인식의 논리적인 본질을 판단에 구해 가지고 인식주관이 판단에 있어서 긍정하거나 또는 부정하는 그러한 것인 것이다. 그러므로 그가 말하는 인식의 대상이라고 하는 것은 언제나 초월적인 대상을 말한다. 우리가 흔히 인식이라고 하면 지각과 외계의 사물과의 일치를 운위하게 된다. 사실 이것은 구체적인 인식의 기본적인 요건이다.

그러나 그는 이러한 요건을 전연 도외시하는 것은 아니나 극히 저급한 것이라고 하고 있다. 그가 말하는 인식에는 대상의 형식화와 추상적 초월작용이 특히 강조되어 있다. 사실 그는 '인식의 근본문제는 초월성의 문제'라고까지 극언하고 있느니만치 인식이 성립하는 곳은 이 초월적인 영역인 것이다. 그것이 즉 '가치'이고 '타당'이라고 한다. 이와 같이 그는 인식의 대상을 구체적인 존재의 세계로부터 추상적 형식과 초월적인 논리의 세계로 승화시키고 말았다. 그의 이른바 '논리적인 것의 범주재(汎主宰)'라는 것의 뜻을 인제 이해할 수가 있을 것이다.

인식론이라고 하는 것은 한 개의 철학 혹은 사상체계를 건축하는 데에 있어서 가장 중요한 근본 문제다. 이것이 어떻게 나타나느냐 하는 데 따라서 그 철학이나 사상에 의하여 이해되고 해석되는 문화의 제형태가 결정적인 영향을 입게 된다. 리케르트의 이와 같은 초월적인 타당의 인식논리에 의한 역사와 문화의 해석이 따라서 형식적이고 추상적이 되는 것은 더 말할 필요가 없을 것이다. 생동한 현실 제영위는 죽은 형식으로 화하고 충실한 문화의 내용은 추상적 논리로 변질되고 만다. 이것이 그의 사상에 있어서의 '죽은 것'이다. 이것이 벌써 형이상학이라는 것은 누구나 대번에 이해할 수 있는 일이다. 그의 이러한 선험적인 형식주의가 시대의 동향과 같이 통절한 비판의 대상이 된 것은 너무도 당연한 일이었다. 그의 사상에서 '산 것'이라고 인정한 것도 이 '죽은 것'에 비하면 실로 적은 것이라고 할 수 있으며 따라서 이 '죽은 것' 때문에 그 '산 것'의 광채가 흐려지고 또 아주 묻혀지기까지 한다고 말할 수가 있다.

그러면 이 리케르트적인 사상의 현대적인 의의는 어디있는가. 이것이 최후로 우리가 묻고 싶은 문제라 하겠다.

L. 발가가 '암흑한 중세라는 슬로건'에 대하여 말한 때 그것은 한 개의 역사적인 시대로서의 중세를 비난과 적의를 가지고 폄척하는 것을 의미하는 것이었다. 거의 상식이 되어 있는 '암흑한 중세'라는 것이 교권과 봉건영주에 의한 신권적인 질서에 대한 증오와 기혼을 상실한 하층인민에 대한 동정의 압축된 표현이라고 할 것 같으면 시민적인 사회에 대한 현대적인 프로테스트는 무엇으로써 표현할 수가 있을까? 시민사회에 대한 슬로건은 물론 시민사회 그것이 양기된 뒤에 역사적으로 작출되고 그리하여 또 역사적으로 공인을 받을 것이겠지만 나로 하여금 우선 아쉬운 대로 '합리적인 교지(狡知)의 시민사회'라는 슬로건을 내는 것을 용허한다면 나는 이 리케르트의 '문화의 철학'으로써 한 개의 좋은 시민사회의 문화이론의 전형을 삼으려고 한다. 형식적인 정연한 체계를 가진 그의 문화이론은 실로 시민사회-세계대전을 중심으로 하는 세계경제시대의 보편적이고 침투적인 자본가적 기구를 여실히 반영한 것이라고 보지 못할 것인가? 세계대전까지의 시민사회는 실로 교지에 부(富)한 합리적인 메카니즘이라고 말할 수가 있다.(대전 이후에는 비합리적인 요소가 많이 생기게 되었다) 그것은 실로 합리적으로 구성된 보편적인 것이다. 리케르트의 철학은 이러한 합리적인 메카니즘의 사상적-이론적 켄덴스라고 말할 수 있을 것이다. 즉 리케르트는 합리적인 시민사회의 형식적인 대변자이었다는 점에 그의 사상적인 의의가 있는 것이다. 실로 그는 위대한 그리고 또 충실한 대변자이었다.

이것은 그의 사회적인 실천상의 태도에 있어서 더욱 명백히 나타난다. 특히 현대의 이해에 있어서 그러하다. 리케르트는 막스 베버라는 사회학자가 1919년에 한 강연 '직업으로서의 학문'에 전적으로 찬동한다. 대전 후 기존의 질서와 그 장래에 대한 의문이 전세계를 휩쓸고 있을 때에 혈기왕성한 청년들이 현대사회에 대한 부정적 태도에 나아가는 것을 타타(吒咤)하여 '맡은 일로 돌아가라'고 외친 베버의 의견에 그는 좌단(左袒)하였다. 베버는 전기의 강연에서 그러한 부정적인 경향에 대하여 '유행'이니 '시대병'이니 하고 청년들을 훈계하였던 것이다. 리케르트가 이 의견을 지지한 것은 그로서는 의당한 일이었다. 그는 시민적 세계관-따라서 칸트적 세계관을 근본적으로 변개할 필요를 느끼지 않았고 따라서 베버와 같이 현대의 위기의 사상에도 곧 찬성하지 않았다.

신칸트학파의 운동은 형이상학적인 것의 부정에서 출발하였으나 다시 형이상학적인 것으로 복귀하는 동시에 그의 사상사상의 막을 닫았다. 1924년 칸트 탄생 200년제는 정히 그 폐막의 운명적인 제전이었다. 그 뒤에도 리케르트는 자기의 사상을 위하여 고군분투하였으나 세간은 거의 돌아다 보지 않았다. 그러나 그는 현대의 최대 사상가 중의 일인이라고 하기에 조금도 손색이 없는 거인이었다. 이제 벌써 그는 있지 않다! 한참 당년 같으면 세계를 들어 그 서거를 애석하게 여겼을 것이다.

그러나 지금 그는 인민전선과 파쇼의 숨막히는 항쟁 속에서 그의 본국에 있어서까지도 거의 그를 망각하고 있는 가운데 죽었다. 애재! 영령이여! 영원히 갔도다! (8월 20일)

# 독서론

『사해공론』 제2권 제9호, 1936. 9.

사람이 '무엇을 안다' 다시 말하면 '지식을 얻는다'고 하는 데에는 두 가지 길이 있다고 생각한다. 즉 하나는 남의 말을 들어서 무엇을 알게 되는 것이고 다른 하나는 보아서 아는 것이 그것이다. 이 보아서 아는 데에는 또 두 가지가 있다고 할 수 있으니 즉 하나는 실물을 현장에서 보아서 아는 것이고 다른 하나는 서적-문자를 통하여 아는 것이다. 그러나 실물을 현장에서 보아서 아는 것은 시간적으로 또는 공간적으로 대단한 제한을 받는다. 즉 역사상의 제사실이라든지 원격(遠隔)한 지방에서 일어난 사건 같은 것은 그것을 그 현장에 가서 몸소 보기가 어렵다. 그러니 우리가 이러한 시간적 공간적인 제한을 받지 말고 무엇을 알 수가 있다고 할진댄 그것은 오직 쓰여진 문자를 통하여서만 가능할 것이다.

이에 이 쓰여진 문자를 통하여 무엇을 알 수가 있다는 것이 즉 지금 내가 말하려 하는 '독서'라는 것이다.

참으로 독서-즉 쓰여진 문자를 통하여 우리는 역사적 공간적 제한을 받지 않고 고인의 언행에 접할 수가 있는 것은 물론, 역사상의 제사건도 눈앞에 방불케 할 수가 있는 것이다. 또 우리는 수천수만리 밖의 사정일지라도 그곳을 가보지 않고 알 수가 있다. 그러므로 우리가 실지로 현장에서 보아서 아는 것보다 힘과 품을 드리지 않고도 풍부한 지식을 얻을 수가 있는 것은 오직 이 '쓰여진 문자를 본다'는 것에 의하여만 가능한 것이다. '글을 읽는다' 할 때에는 흔히 '묵독'이니 '낭독'이니 하는 데 그것은 모두 이 쓰여진 문자를 보면서 무엇을 이해한다는 것을 의미하는 것이다.

엄밀한 의미에 있어서 이 '독서'는 이 같이 '쓰여진 문자'를 통하여 무엇을 이해한다는 것이다. '이해'라는 정신적인 작용이 없이는 독서라는 것은 그 의의를 잃어버릴 것이다. 즉 독서에는 반드시 어떠한 내용을 이해한다는 심적 작용이 수반되지 않아서는 아니된다. 나는 우선 '독서'라는 것의 개념을 이같이 규정하려 한다.

＊　　＊　　＊

위에서 나는 무엇을 아는 데에는 '들어서' 아는 것과 보아서 아는 것의 두 가지가 있고 이 '보아서 아는 것' 가운데에 독서라는 것이 포함된다고 말하였다. 그런데 이 '들어서 안다'는 것은 즉 남의 말을 들어서 안다는 것이니 이것은 남과 서로 대화한다는 것을 의미한다. 이 대화라는 것이 적지 않게 사람의 지식을 넓혀 준다. 이것에는 그 말 자체가 표시하는 바와 같이 적어도 두 사람이 서로 마주 대하여 말을 주고받고 하는 것을 의미한다. 옛날의 희랍 사람들은 이 대화라는 것을 대단히 주중(主重)하였다. 즉 그들은 서로 주고받는 '말'(언어)을 '쓰여진 언어'와 '말하여지는 언어'의 두 가지로 나누어서 '쓰여진 언어'—즉 문학보다, 말하여지는 언어—즉 대화가 사상을 환기하고 그 내용을 풍부하게 하는 데에 가장 가치가 있는 것이라고 생각하였던 것이다. 그리하여 그들 옛날 희랍인들은 가장 사물을 잘 안다는 것은 오직 동포들의 입술을 통하여서만 가능하다고 생각하였다. 그들은 현재 우리가 생각하는 바와는 달라서 '쓰여진 언어'라는 것을 발랄한 생명력을 잃어버린 한 개의 상징, 죽은 문학에 지나지 않는다고 하여 항의하였던 것이다. 고대 희랍에 문자가 생긴 때에도 그들은 문자를 생명없는 것이라고 생각하였기 때문에 자국의 문자를 외국에서 수입된 것이라 생각하여 '포이니케의 부첩(符牒)'이라고 반(半)경멸의 뜻을 포함시켰던 것이다. 그들의 이러한 생각은 그들의 세속적인 생활이나 정치의 영역에 있어서도 법률을 성문법화하는 것을 싫어하는 데에서 찾을 수가 있었다.

그들은 문자로 쓰는 것보다 구두로 전하는 것을 존중하였다. 희랍본토의 제국가(폴리스)는 오래동안 쓰여진 법률이라는 것을 갖지 못하였던 것이다. 이것은 그들이 비교적 단순한 생각에서 '쓰여진 언어', 기계적인 부호에 대한 초기적인 편견 때문이었다고 말할 수 있겠지만 어떻든 그들은 '산 언어', 금방 서로 주고받는 생명있는 사람의 말에 유기적인 미(칼로스·아름다움)을 느꼈던 것이다. 그리하여 이 대화(띄아로고스)라는 것이 희랍의 사상발전에 있어서는 주요한 역할을 하였던 것은 우리가 잘 아는 바이다.

＊　　＊　　＊

이와 같이 그들은 지식을 대화에서 얻으려고 하였다. '이야기하여지는 언어'를 '쓰여진 언어' 보다도 우월한 것, 아름다운 것이라고 생각하였던 것이다. 그들은 어떻게 하면 책을 읽을 수가 있을까가 아니라 어떻게 하면 말을 잘 할 수가 있을까가 문제였다. 이곳에 희랍의 수사학(레토릭)이 발달할 연유가 있었다.

그러나 현재의 우리는 이와 같이 고대 희랍인들의 나이브한 생각에 동의할 수가 없다. '이야기하여진 언어'가 '쓰여진 언어'로 발달하게 된 것은 사실로 참으로 큰 일이었다. 그것은 바로 혁명적인 사실이었다. 인간의 역사는 이에 비로소 문헌적으로 기술되었다. 이와 같은 문자의 발견이라는 것은 즉 '독서'라는 것의 거룩한 탄생이었다. 근대세계에 들어와서는 인쇄술이 발명되는 데 따라서 이 '쓰여진 언어'는 다시 '인쇄된 언어'로 발달하게 되었고 그리하여 현재 우리가 이해하는 바 독서라는 것이 그것의 참 의미에 있어서 보급되게 되었으니 그것은 즉 독서의 인쇄에 의한 혜택이라고 말할 수 있다. '이야기하여진 언어'-'쓰여진 언어'-'인쇄된 언어'—이것은 어느 의미에서 '독서'의 역사적인 배경을 이루는 것이라고 할 수 있다.

*　　*　　*

그런데 옛날 희랍인은 이야기하는 사람이었지만 우리는 읽는 사람이다. 우리는 책을 읽는 것(보는 것)에 의하여 우리의 사상생활의 내용을 윤택하게 할 수 있으며 새로운 계획과 새로운 출발을 마련하는 원동력을 얻을 수가 있다. 물론 우리도 고대 희랍인과 같이 '이야기하여지는 언어'의 가치를 과소평가하는 것은 아니다. 그러나 이 '이야기하여지는 언어'라는 것이 현대에 있어서는 '인쇄된 언어' 즉 독서와 결합하지 않고는 그 참된 가치를 나타내지 못할 것이다. 이렇게 생각하여 보면 비상히 원격(遠隔)한 거리, 유구한 과거와 통할 수 있는 책이라는 것이 얼마나 중한 것, 귀한 것인가를 알 수가 있는 것이다. 인간이 동물과 절대적으로 구별된다고 하면 그것은 사상을 가지고 있다는 것, 즉 교육이라고 하는 인간정의(人間情意, 벤센께진궁)의 도야작용을 유독 가지고 있는 때문이라고 할 수 있을 것이다. 그런데 그 교육에 있어서 '교과서'라는 '책'이 얼마나 귀하고 또 필요불가결한 것인가는 더 말할 필요가 없겠다. 희랍사람—그 중에서도 '플라톤' 같은 대 사상가까지도 '이야기 하여진 언어'에 있어서는 어떤 생명 있는 것을 명백히 이해하였으나 '책'의 진정한 의의는 이해하지 못한 듯하지만, (아직 인문발달이 유치한 시대에 있어서는 있음직한 일이지만) 우리는 책이 없으면 하루도 견딜 수가 없는 그러한 시대에 태어나 있는 것이다. 물론 책을 아니 읽고도 살 수가 있다. 그러나 책을 못 읽는다는 것—더 나아가서는 아니 읽는다는 것이 얼마나 불행한 것인가는 더 말할 나위조차 없는 일이겠다. 베이컨이 '아는 것은 힘'이라고 말하였던 것과 같이 안다는 것은 인간의 생활에 있어서 모든 활동의 원동력이 되는 것이다. 이 아는 데에 있어서는 들어서도 알 수 있고 실지로 보아서도 알 수 있으나 현대에 있어서는 그것은 대단히 어려운 일이다. 우리에게 가장 가능하며 또 중요한 것은 책을 읽는 것에 의하여 아는 것이라 하겠다. 그러기에 베이컨이 책은 직접적이 되지 못한다고 그것을 그림자라고 부르는 것은 옳지 않다. 왜 그러냐 하면 그것은 생산하고 있는 것이다. '그 씨를 다른 사람의 마음 속에다가 다음에 올 시대에 한 없는 행위와 의견을 환기시키려고 뿌리는 귀한 것이라'고 말한 것은 참으로 의미 깊은 말이라고 할 수 있다.

＊　　＊　　＊

그러면 책은 읽으면 다 좋으냐 하는 것, 어떻게 읽으면 좋으냐 하는 것이 문제이겠다.

독서하는 것은 통속의 많은 독서훈이 보이는 바와 같이 좋은 책을 고르는 것이 제일로 필요하다. 사실로 '좋은 책은 다음에 오는 생명을 위하여 향기스러운 약을 발라서 보존된 위인의 귀한 생혈(산피)이다'(밀턴John Milton(1608-1674))라고 하는 말과 같이 좋은 책을 고르는 것은 어려운 일이다. 우선 읽어보지 않고는 좋은 책인지 그른 책인지 알 수가 없고 또 그 책이 우리의 목적에 알맞은 것인지 아닌 지도 알 수가 없다. 물론 이때에 독서훈이 보이는 바와 같이 세상에 정평이 있는 책을 볼 수도 있겠지만 우리는 그것에 만족할 수가 없다. 자기 자신이 직접으로 그 책을 뒤적거려보지 않고는 안심을 할 수가 없다. 그러나 이것은 어느 정도까지 자기의 전공하는 학문이라든가에 충실한 사람이라든가 고급의 교양을 가진 사람에게 있어서는 가능할른지도 모르나 아직 그렇지 못한 미숙한 사람에 있어서는 역시 신임하는 선배나 교사의 지도에 의하여 책을 읽는 것이 제일 무난할 것이다. 이것은 가장 평범한 말이지만 그렇다고 그것이 그리 용이한 일도 아니다. 자기의 전공하는 학문에 전심하며, 학자가 될려고 하지는 않더라도 자기의 고상한 취미를 기를려고 할 때 그 초보적인 계단에 있어서는 나는 역사적으로 그 귀중한 가치가 결정되어 있는 고전을 우선 읽어서 토대를 확실히 닦아 놓는 것이 가장 필요한 일인 줄로 생각한다. 요사이 같은 서적 홍수 시대에 있어서는 어느 책을 읽어야 좋을지 모를만치 사방에서 이 책 저 책이 유혹한다. 악화가 양화를 구축한다는 경제학상의 법칙과 같이 좋지 못한 책, 좋지 못한 글이 좋은 책, 좋은 글을 압도하고 있음을 본다. 그럴수록 자기의 소망하는 학문의 고전을 머리를 동겨매고 쌈을 하면서 자기의 것을 만들 수 있도록 이해하여 두면 그것이야말로 금상첨화이다. 그것은 그의 이후의 학문적 활동에 있어서 또는 교양인으로서의 토대가 되는 것이다. 그러나 그러한 토대가 없는 사람은 언제나 제아무리 대언장어한다 할지라도 속으로는 자신이 없으므로 불안을 느끼고 있는 것이다. 우리는 현재 그러한 예를 이 땅의 학술문예계를 통하여 찾아낼 수가 있다. 사실로 '톨스토이'라든가 '존 라스킨'이라든가의 사상가들은 언제나 '일시적인 책'과 '영속적인 책'과를 구별하여 읽었다 하며 이 두 가지의 구별을 동시대인에게 강조하였다 한다. 서로 이야기하고 듣고 하는 데에 있어서도 충분히 주의하지 않으면 아니되는 것이지만 인쇄물-책을 읽을 때에 있어서도 그와 같이 하지 않아서는 아니된다는 것은 톨스토이가 어떤 미지의 청년에게 보낸 편지 가운데에서 한 말이다. 책을 읽는데 있어서 덮어놓고 읽어서는 아니된다고 생각한다. 그러기에 나는 다독하는 것 보다는 정독(精讀)하는 것이 그의 참 의미의 실력을 기르는 데에 있어서는 더 중요한 것이라고 본다. 어떤 사람은 독서하는 태도, 시간, 장소 등을 상관하지 않고 한다. 물론 그렇게 하여가지고 참말로 그 책의 내용을 잘 이해하여 비판적으로 섭취할 수가 있다면 그 보다도 좋은 일은 없겠다. 그러나 대개는 고요한 장소를 골라서 단정히 앉아서 공부하는 것-(즉 책을 읽는 것도 그 속에 들어간다) 이 독서하는 데에 있어서의 가장 평범한 정도가 아닐까하고 생각한다. 소설을 읽을 때에도 단좌하여 붉은 연필을 들고 줄을 쳐가며 읽는 사람도 있는이만치 자기가 좋다고 생각하는, 자기의 연구에 필요한 책을 읽을 때에 줄을 긋든지 공책에다가 기록을 하며, 내용의 주요한 대문을 카드에다가 적어서 색인을 만들어두면 그 책의 내용을 후일에 다시 참고하려고 할 때에 다시 없이 간편한 것이 되는 것은 우리가 가끔 경험하는 바이다. 사람의 기억에는 한정이 있다. 읽은 지 오래된 것까지도 일일이 기억할 수는 없다고 생각한다. 그뿐 아니라 그의 지식을 확실히 하는 데에 있어서도 이와 같은 방식을 취하면서 독서하는 것이 가장 좋은 방편이라고 생각한다.

*　　*　　*

독서라고 하면 지식을 위한 독서는 물론이지만 독서 그 물건을 한 개의 취미로서 하는 것도 의미하게 된다. 가을 아침, 겨울 밤에 즐겨하는 사람이 저작을 읽고 또 읽는 삼매경이란 참으로 무엇으로 견줄 것이 없다. 귀뚜라미 소리, 바람에 스치는 풍반(風磐) 소리를 들어가며 책장을 넘기는 경지는 유독 독서하는 사람만이 가질 수 있는 '엑스타시'이다. 이 '엑스타시'는 합동적으로 재래(齎來)되는 것이기도 하지만 그것 자신이 스스로 목적으로서 나타나기도 하는 것이다. 그때에는 독서의 공리적인 모든 속성은 다 사상된다. 소위 독서삼매경의 경지이다. 이러한 삼매경을 가질 수 있는 사람은 결코 고독이라는 것을 모르는 사람이라고 할 수가 있을 것이다. 왕년 동경대학에서 철학을 강(講)한 '기독교적 범신론자' 쾨벨스는 정히 그러한 사람이라고 할 수가 있다.

"1년 동안 무인도에서 귀양살이를 한다고 하면 나는 우선 바이블을 가지고 갈 것이고 괴테의 파우스트, 호미, 돈키호테, 니체의 책 2, 3종만 있으면 1년 아니라 그 이상이라도 살 수가 있다."고 말하였다.(괴벨 박사 수상집) 이와 같은 심경 내지 태도는 자기의 체관이 확립되어서 비로소 운위할 수가 있는 것이다. 이러한 체관은 자기의 관조적 관념이 생활의 어떤 측면에 집중 되어서 표현될 때에 말할 수 있는 것이라고 하겠는데 그것이 이른바 '교양'이라고 하는 것에 집중될 때에는 그곳에 '교양의 미'를 생(生)한다고 말할 수가 있다. 그러므로 교양의 미라고 하는 것은 관념적인 것이고 또 소극적인 것이라고도 할 수가 있다. 이 교양의 미라는 것이 충분히 발휘되었다고 상정할 때 우리는 관념적인 일종의 자족(아우랄키)을 그곳에서 볼 수가 있을 것이다.(이 아우랄키라는 말은 옛날 희랍의 철학자가 쓴 말인데 정신적으로 물질적으로 자기의 분에 만족한다는 뜻. 망녕되이 외부의 것을 추구하지 않는다는 뜻인데 지금은 경제학상의 '자급자족'이라는 술어로도 사용된다.)

*　　*　　*

　　독서는 정히 역사적으로 발생한 것이다. 인간의 사색이 여하히 발전하여 왔나하는 것은 즉 독서라는 것이 역사적으로 어떠한 형태를 가지고 발전하여 왔느냐하는 것과 서로 관련하고 있다. 사상은 단순한 명상이 아니다. 그것은 독서를 통하여 영위되는 재생산인 것이다. 실로 독서는 인간의 사상생활의 기초라고도 할 수가 있다.

　　그러나 우리는 이 사상생활의 기초가 되는 독서에 있어서 하등의 외부적인 제주(制肘)를 받지나 않나? 우리는 연구의 자유를 열구(熱求)한다. 그리하여 사색의 아우랄키를 얻어야하겠다. 그러나 이 자유와 이 아우랄키에 있어 늘 외부적인 제약을 받음을 본다.―이것은 결국 독서의 시대적인 제약이라고 말할 수가 있을 것이다.

# 작가 심정의 문제

## -누구를 위하여 쓸 것인가-

「논단시평1」『동아일보』1937. 6. 23

작가에게 있어서는 "무엇을 어떻게 쓸 것인가" 보다도 "무엇을 어떻게 썼는가"가 문제가 아닐까 한다. 왜 그러냐 하면 전자는 수법이니 기술이니 또는 방법이니 하는 것을 고려하게 되는 작가 자신의 주관적 측면에 속하는 것이라고 생각되나 후자는 객관적 평가의 대상이 되는 완성된 작품 그 물건이 제출되는 때문이다. 우리에게는 완성된 작품과 그 안에 담겨 있는 구체적인 현실상(相)과 문학적인 감각만이 문제이지 그 이전의 작가 자신의 주관적 심정의 문제에까지 간섭할 여가도 권리도 가지지 않은 때문이다. 그러므로 우리는 작가 자신의 내성(內省), 자부, 애증 등을 작품 완성 이전에 소급하여 문제 삼을 수는 없다. 오직 발표된 작품 만이 비평의 대상이 될 뿐이다.

그런데 이태준李泰俊(1904-?)씨의 말과 같이(「누구를 위하여 쓸까」,『조선일보』5월 26일) 이 곳에 한 사람의 작가가 있어 선언해 가로대 "대중을 향하기 전에 나를 향하여 나를 찾자"고 한다 할 것 같으면 어떻게 될까. 자아—이 다기(多岐)에 긍(亘)하고 해석이 구구한 기괴한 심연·실체를 믿고 개인적인 성격에 침잠하여 혼자서 푸념하고 남몰래 오열한댓자 그것은 필경 일고의 가치없는 자기 도취에 지나지 않을 것이다. 사소설이니 심경소설이니 하는 유의 것도 그것이 한 개의 참된 문학적인 작품으로서 독자들의 마음을 잡어 웅키자면 적어도 사회적인 개인 인간의 '동시대의 감각'을 촉발하는 일반적인 것을 가지지 않으면 아니된다. 이여(爾餘)의 예술적인 작품과 마찬가지로 문학적인 작품도 덮어놓고 개인적인 자부와 작위, 내성과 감격만에 국척하여 있어서는 아니된다는 것은 아무것도 새삼스러운 말이 아니다. 특수한 단면과 성격을 유표하게 묘사하면서도 작가는 그것의 전체, 일반성과의 연락을 보여주지 않으면 아니된다. 그러나 그때에 우리는 그 단면의 전체, 일반성과의 관계를 연설식 설명으로 해주기를 바라지는 않는다. 어디까지든지 예술적이고 문학적이 아니면 아니된다. 수법이니 방법이니 또는 기술이니 하는 작가의 주관적인 측면에 속하는 것을 가지고 그 작품, 그 묘사의 우열을 재일 것이 아니라 역사, 사회의 일반적인 정상한 유동(流動)에 보조를 맞추는 '동시대인의 감각'과 엄숙한 일상성을 인식시키는 감동이 아니면 아니된다. '동시대인의 감각'이라고 하는 것은 곧 일반이고 전체이다. 역사의 시대적인 자기 한정이며 '엄숙한 일상성'이라고 하는 것은 특수이며 개(個)다. 역사와 사회의 교착하는 단면에 나타나는 개인인간 또는 집단의 복잡한 다기에 긍하는 정신적 물질적 생활의 진실이다. 이 두 가지를 작가는 작품 행동의 가능적인 '띠스포시슌'으로 하지 않으면 아니될 것이다. 그러나 이 두 가지 것을 나는 작가에게 강요하지는 않는다. "우선 먼저 작품을 쓰라. 작품을 발표하라"고 말하며 그 제출된 작품을 비평가가 비평함에 당하여 척도로 삼을 이 두 가지 기준을 망각하여서는 아니될 것이라는 것을 말할 뿐이다.

그러므로 나는 작가가 아무리 자기내(內) 침잠에 탐혹한다 하더라도 탐혹 그 자체를 비난하지는 않으나 전기한 이씨의 말과 같이 남이야 무어라고 하든 그저 자기의 자신(自信), 심정, 반성을 심화시킴에 따라 "개인의 뿌리에 꽃피는 작품"이 생산된다고 하면 참으로 고마운 일이라고 하지 않을 수가 없다 하여 고(故) 이상李箱(1910-1937) 씨의 수 편의 작품과 기괴한 시 등을 가지고 새로운 형식이니 새로운 인물, 성격의 창조니 하고 평론가들 사이에는 문제가 되어 있는 모양이나 나로서 말하라 한다면 어느 무슨 구석에서 문학적인 감동을 얻을 수가 있는지 퍽 의심스럽게 생각하는 바이다. 나도 물론 이태준씨와 같이 자기추구를 배척하기는커녕 도리어 그것의 중요성을 인정한다. 그러나 그 자기추구가 그냥 한쪽 귀퉁이에서 자기의 독존적인 심정을 즐기려고 하는 것이라면 애당초에 문제도 삼지 않으련다. 심중에 일어나는 고민 그 고민의 연유를 파헤집어서 어떤 일반적인 것까지에의 실마리를 발견해내는 사상(께당케)의 세례를 받지 않으면 아니되며 따라서 자기를 전체의 상(相)에서 객관하는 태도가 없어서는 아니된다고 생각한다.

그러자면 구태여 확률이 만이나 십만에 하나 밖에 아니되는 진기한 성격을 강작(强作)하려고 하지 말고 현실의 누구나 다 알고 또 보는 한 사상 중에서 일체의 요설과 작위를 피하고 형상화된 감동의 기록을 내놓아야 할 것이다. 개에 있어서 선체를 보고 특수에 있어서 일반을 보는 사상의 명(明)을 잊지 않으면서도 사람을 이끌고 감동시키는 진실한 박력을 가져야 할 것이다. 이태준씨의 말은 결국 자기의 진실한 내성의 기록이면 작가의 임무는 다한다는 것 같은데 그러면 이 불안한 현실, 이 역사적인 시대의 거중한 압력에 지지눌리면서도 자기완성(혹은 충실)의 자신(自信)만 있는 것이면 ‘목전에는 독자가 없더라도 좋을지’ 의문이다. 도리어 지금같은 세대에 있어서는 작가는 한 사람이라도 더 많이 자기의 작품을 읽어가지고 어떤 무슨 공감을 느끼어주기를 바라서 마지 않을 것이다. 이것이 거짓없는 작가의 기원일 것이다. 그 기원은 자기내 침잠을 양기하고 동시대의 감각에 호소하려는 열정적인 리얼리스틱한 정신으로 전화되지 않으면 아니될 것이다. 고 이상씨는 퍽 고독한 분인 것 같았다.(한 번 만나 인사한 것을 나는 그것을 느꼈다) 그는 스스로 자기의 독자가 적었다는 것을 괴롭게 생각하였을지도 모른다.

“누구를 위하여 쓸 것인가.” 작가는 자기위안을 위하여 쓸 것도 아니고 또 대중소설을 혹은 통속소설 같이 저급한 취미에 영합하려고 쓸 것도 아니다. 독일의 어떤 작가가 말한 것과 같이 인간은 자기를 소유하고 있지 않다. 자기라는 것은 외부로부터 불려(吹)서 오는 것이다.(호프만스탈) 자기를 살리기 위하여서도 먼저 진실한 감동을 만인에게 줄 작품을 쓰지 않으면 아니된다. 이것이 참으로 자기추구라는 것이다. 작품은 발표된 이상 공(公)의 것이다. 진실한 감동을 만인에게 주는 정도가 높고 클수록 그것은 시대의 것이고 역사의 것이다. 그 사회의 사상과 감동의 눈인 것이다.

# 고전이냐 유행이냐

### ─최근 문예평론에 대한 이삼의 단상─

「논단시평2」『동아일보』1937. 6. 24

결국 "생각하는 사람은 타락한 동물"인가?

그들은 생각하는 것을 사갈과 같이 싫어하는 듯하다. 그야말로 생각을 하면 "신주(神主)가 덧나느냐"하며 반문하고 싶을만치 피상적이며 일면적이며 또 '앵무적 반문' 분주한 듯이 보여진다. 이것은 틀림없이 하나의 눈살을 찌푸릴 사태다.

생각하는 사람이 만일 타락한 동물이라면 그들은 루소와 같이 감수(感受)에 재바르면서도 그것을 속속들이 파고 덤벼시 정화(情化, 이런 말을 할 수 있다면) 하는 사람이 되어야 할 것이다. 그리하여 루소의 감수하고 정화하면 고만이지 생각은 다 무엇이냐 하는 주장이 18세기의 호모 싸피엔스(이성인)을 놀라게 하였던 것과 같이 현대의 우리 비평가들도 무슨 놀랄만한 경험을 우리에게 주었어야 할 것이다. 그러나 나는 아직

과문 또 불민한 탓인지 그러한 경탄할 사실을 전문(傳聞)조차 하지 못하고 있다. 아니 나는 시절 환경의 소치(所致)를 망각하려고 하지는 않으나 루소는 고만두고라도 프랑스 현대의 '엔·엘·에프'의 말석이나마 차지할 수 있게 되자고 애쓰는 사람을 보지 못하고 있는 것이 슬프다. 사실 나는 그러한 진지한 노력자 양심적인 기원자를 찾아보기를 바란 지 이미 오래다. 참 의미의 '세대의 수난자'가 되어 명철한 예지에 의하여 문화의 문제(지금에 있어서 그것은 금년 원단 토마스 만Thomas Mann(1875-1955)이 본대학에 보낸 공개장에서 말한 바와 같이 전쟁의 위기를 중심으로 하여 논의되는 그러한 것이다. 『세르팡』 지난 5월호 참조) 육체, 심정의 문제, 교양(유산의 문제) 및 예술적인 창작의 문제에 대하여 준엄한 비판, 섭취와 재건의 정신에 불타는 왕도자(王道者)를 찾고 찾아서 못찾고 있다. 만일 어떤 평가(評家)가 있어 나를 탄해 가로대 "그것은 지금 이땅 이곳에 있어서는 있을래야 있을 수 없다"고 할는지 모른다. 물론 나도 그러한 객관적인 요인을 십이분으로 인정한다. 그러니만치 나는 개인의 주관적인 예지적 노력을 원망하는 바 실로 통절한 것이다.

"쓰여진 모든 것들 가운데에서 나는 오직 피를 가지고 쓴 것만을 사랑한다."(차라투스트라)

창작의 정신도 또는 비평의 정신도 결국 육체적 노력을 통과하지 않으면 아니된다. 생명의 호흡과 격동하는 맥박을 가리지 않으면 아니된다. 그러나 그것은 그것만에 그치는 것이 아니라 단순한 파토스가 되어서는 아니된다. 진리의 재건을 위하여 지성의 권리도 확립하지 않으면 아니된다. 그러자면 그저 고뇌! 고뇌! 현실과 끝까지 격투하는 발발한 기상을 갖어지이다! 적어도 '살 맛 있고 일할 나위있는 때와 땅'이라고 허리띠를 조여매보라! "처음에 감성 속에 없던 것은 지성 속에 없다"고 중세의 철학자는 말하였다 한다. 진리의 재건을 위하여 지성의 권리를 확립하자면 우선 똑똑이 면밀하고 정확하게 보고 듣고 느끼자. 피상적, 일면적 앵무적 반문 같이 우리의 예지에 대한 불구대천의 원수는 없다. 무비판하게 자료를 사용하여서는 아니된다. 사료비판이라고 하는 것은 역사학의 "하늘천, 따지"다. 어떤 비평가는 무에 어떻게 되어가는지도 모르고 단구(短句)를 요기조기서 알맞게 빼여다가 들어맞춘다. 문예사가가 되기가 어이 그리 쉬운고! 창작가와 마찬가지로 비평가도 사료를 취급함에 당하여 비판적인 정확을 기하지 않으면 아니된다. 창작가는 이 비판적인 정확을 양기(揚棄)하여 자유로이 예술적인 형상화와 세계에로 비상시켜도 좋으나 비평가 더욱이 문예사가, 문예비평가는 그래서는 아니된다. 그는 동시에 과학적 정신의 사도가 아니면 아니된다.

그러므로 비평가는 사상가가 아니면 아니된다. 논리 분석 역사 및 과학을 알지 않으면 아니된다. 적어도 그러한 정신에의 사념을 가져야 하지 않느냐! 단편소설의 월평만이 비평인 줄 아는 비평가는 없으리라고 생각은 하나 이곳의 현상으로 미루어 보아 그러한 흠이 없지도 않다. 지금 작가와 평가와의 소위 불화니 충돌이니 하는 문제도 비평을 단편소설의 월평으로만 하는 무지와 공허한 방법론투쟁(나는 방법론을 대단히 중시한다)에서 오는 소살(笑殺)할 희극이 아니고 무엇이랴. 참된 비평가 더욱 문예사가 혹은 문예사적 비평가가 되자면 위에서도 말하였지만 명철한 예지에의 수련과 고뇌를 쌓지 않으면 아니된다. 그들이 이러한 수련과 고뇌를 두려워하는 의지박약자가 아니면 얼마나 다행하랴! 일면적 피상적이고 '앵무적 반문'을 일삼자니 하는 수 없이 시속을 따르게 되고 따라서 유행과 모방이 헛된 회중(洞中)에서 허덕이게 된다. 나는 아무것도 시속과 유행 그 물건을 나무래는 것은 아니다. 그런 것들을 주워 섬기기 전에 먼저 그러한 것들을 통하여 "고전성(古典性)에의 안광(眼光)"을 길르지 않으면 아니된다. 고전! 그것은 언제나 새로운 생명의 원천이 되는 것이다. 맑은 샘물이 소리없이 흘러나오는 것 그것은 고전! 이것을 고전정신이라고 하여도 좋겠지. 현대의 예지는 진리의 재건을 위하여 역사와 격투하는 '다스 로만티쉐 레알'(낭만적 진실)인 동시에 준비를 위한 잠복기의 연구정신이다. 이 연구정신은 고전정신의 획득에 통한다. 헛되이 시속을 쫓지 말고 넓은 원야를 조망하라! 사회적 인간, 역사적 인간의 문화적 창조의 원야(原野)를! 행동주의는 어디로 갔느냐, 창작방법론은 어디로 갔느냐, 또 낭만주의론은 어데로 갔느냐! 그대들은 이런 것들을 참으로 섭취하여 그대들의 부육(膚肉)이 되고 혈액이 되게 하였는가? 고뇌 없는 곳에는 새 안광은 열리지 않고 격투 없는 곳에는 창조는 없다!

　"우회하는 패배의 비평가!" 나는 이 불명예의 표어가 하루라도 속히 우리의 문예평단으로부터 사라지기를 바라서마지 않는다.

# 특수문화와 세계문화

– 문화론의 합(合)과학적인 전진을 위하여 –

「논단시평3」『동아일보』1937. 6. 25

삼년 전 본지 신년호에 박사점(박종홍)씨의 「조선의 문화유산과 그 전승의 방법」이란 함축있고 무게있는 논문이 실리었었던 것을 독자 중엔 기억하는 분이 많이 있을 줄 안다. 조선의 문화유산을 어떻게 전승하여야 하느냐 하는 것을 엄밀한 방법론적인 검토 하에 우리에게 보여준 일이 있음을 잊을 수가 없다. 씨는 이 문제의 해명에 당하여 첫째로 우리가 묻고 있는 것은 무엇인가로부터 출발하였다. 즉 조선의 문화유산이라는 것을 로고스적 평면에서 해석하는 것으로부터 해방히여 그 일층 깊고 넓은 지반 즉 현대 우리들의 현실적 사회적 생활의 지반에 있어서 이것을 해명해야 된다고 하여 우리의 역사·사회적인 현실생활의 지반을 물었고(問), 둘째로는 이 문제를 어떻게 물어야 하느냐고 하는 것으로부터 논을 진행시켰었다. 그리하여 문제의 초점을 실천에 두어가지고 관념적 해석적 태도를 배격하였으며 이 무엇과 어떻게의 두 계기의 인식과 파악에 있어서는 현실적 정황 즉 현계단적 입장의 고려를 망각하여서는 아니된다고 하는 것을 강조하였었다.

이 논문은 최근 4, 5년래 우리가 우리의 문화를 진지하게 생각하기 시작한 최초의 방법론적인 글이었다. 그러나 이 논문에 내포되어 있는 여러 가지의 중대한 문제가 더 깊고 넓게 전개됨이 없이 오직 우리의 사, 오인의 동학(同學)의 도(徒)에 의하여 개인적으로 토구되었을 뿐이었고 그 뒤에는 일껀 제기된 이 문제가 논단의 전면에서 사라진 것 같은 느낌조차 불무하였다. 허나 이 문제는 언제 제기되어도 늦지 않은 당면의 중대한 문제이다. 이 방면에 관심을 가지고 있는 분들의 활발한 토구를 바라서마지 않거니와 최근에 와서는 이 엄숙한 문제가 백철白鐵(1908-1985)씨에 의하여 너무도 엄청나게 불근신한 수법 하에 재제출되고 있는 듯이 보여진다. 「문화의 조선적 한계성」(『사해공론』 3월호)과 「동양인간과 풍류성」(『조광』 5월호)의 두 편은 정히 우리의 관심하지 않으면 아니될 반역사과학적 반문화적인 논문이라고 단정하기에 조금도 아까움이 없는 글임을 나는 대단히 슬퍼하지 않을 수가 없다. 이 두 편 논문의 사료비판과 원전해석에 있어서의 실제적인 음미는 사도(斯道)의 전문가인 김태준씨에게 밀기로 하고(『조선문학』과 유월호에 실린 「문학의 조선적 전통」 동칠월호에 나리라 하는 그 계속참조) 나는 다만 백씨의 이해하고 있는 문화의 특수성의 문제에 대하여 간단한 시평을 가하여 보고자 한다.

도대체 백씨는 '동양인간'이라는 것이 여하한 종류의 인간을 두고 하는 말인지 알 수가 없다. 그는 풍류성이라고 하는 것을 가지고 동양인간을 규정하여 보려고 한 듯한데 불민한 필자에게는 진의를 파지할 수가 없으니 좀 더 이론적으로 정제된 의상을 입혀가지고 등장시켜주기를 바라서 마지 않는다. 그리고 풍류성이라고 하는 것도 그와 같은 문헌 속의 문구의 나열에 의한 설명이 아니라 좀더 이론적으로 문학사다운 구명을 한 뒤에 놓아주기를 바란다.

서구의 어떤 실제적인 문예비평가는 "주어진 예술작품의 사상을 예술의 언어로부터 사회학의 언어로 번역해 가지고 주어진 문학 현상의 사회학적인 등가를 발견하는 것"이 문예사가의 임무라고 말하였다 하는 데 이 말을 그냥 다 받아들인다고는 하지 않더라도 적어도 개개의 문학현상으로부터 무슨 일반적인 결론을 끄집어내자고 할진대 이 문학까지도 포함한 문화 그 물건에 대하여 깊은 체계적인 이해와 파악이 없이는 귀납할 수 없는 일이다. 그런데 백씨의 문화에 대한 지식은 이러한 근본적인 점을 망각하고 있는 듯이 보여진다. 그리하여 문화의 일반적 공통성을 말살한다. 문화에 있어서의 특수와 일반이라는 양면을 씨는 의식적으로 일면을 보고 있다. 특수문화는 일반문화에 양기되는 것이다. 각국사는 결국 세계사에 연결한다. 지역적인 문명은 세계문명에 해소되는 것이다. 동시대의 제문화의 연관을 독단적으로 한정하여 조선의 문화하면 조선의 문화를 신화적으로 운위하는 것은 문예비평가 백철씨의 취하지 않을 바라고 생각한다.

더욱이 그 '문화의 위기'론에 대한 견해에 이르러서는 나에게 씨의 교양을 의심하리만치 비과학적이라는 느낌을 가지게 한다. 씨는 조선의 태백산적인 문화가 비태백산적인 문화에 의하여 정복되어 내려왔기 때문에 고유한 문화유산을 가지지 못하였으니 문화의 위기라는 것은 없다고 한다.(「문화의 조선적 한계성」 참조) 문화위기라는 것은 나치의 갱유분서만이 아니다. 그 이면에는 파시즘 대두의 역사적 정세에 대한 논리와 문화론적 파악이 있어야 한다. 이것은 역사적으로 규정되어 있는 개념이다. 태백산적인 것이 비태백산적인 것에 감(鑑)하여 정복(!)된 때(!)에 무슨 문화의 위기가 생하였던지 이것은 일대 발견이 아니면 아니될 것이다.

그리고 문화의 교류상호침투에 있어서 순한 것과 불순한 것과의 구별은 무슨 기준에 의한 것인가. 그 순불순의 가치판단은 누가 하는 것인가? 또 조선문화의 사대적인 것과 의뢰적인 것과는 석금이 동일하다 하였으니 그것은 무엇에 대하여 사대적이며 의뢰적이란 말인가? 이것은 정히 이렇게 말하는 당자의 현실적인 사대성과 의뢰성을 자변(自辯)하는 것 이외에는 아무 것도 아니다. 학도로 자임하는 씨에게 있어서는 이러한 불근신한 언설은 아니하는 것이 좋을까 한다.

이상은 문화론의 과학적인 진전을 위하여 간단하나마 언급하는 소이이다.

# 문학의 개인성과 사상성

## -『醉香』을 읽고 느낀 것 몇 가지 -

「논단시평4」『동아일보』1937. 6. 26

문학적인 작품은 물론 사람들이 말하듯이 개인의 창조물이다. 개인으로서의 작가의 어떤 감각, 감수, 이해와 원망의 언어(문자) 표현적인 창작물이다. 따라서 철두철미 개인적인 성격을 가지고 있는 것은 두말할 것이 없다. 작가의 총명, 예지 또는 감격, 의지적인 설계의 총화로서 나타나는 작품은 그 작가의 개인적인 교양, 경력, 의도 및 소질 등의 선천, 후천적인 모든 요소를 요약하여 그것을 읽는 사람으로 하여금 어떤 감동을 가지게 하는 것임은 두말할 것이 없다.

그런데 이 감동이라고 하는 것에는 복잡한 요소가 포함되어 있다. 그것을 일언으로 말한다면 작품을 읽고 어떤 무엇을 깨달아 알아 가지고 감동한단 말인가. 기뻐도 하고 슬퍼도 하며 또 주먹을 쥐고 비분하기도 하고 무슨 아득한 생각에 잠기어 한 큰 이상을 꿈꾸며 설계도 하게 하는 그러한 정적인 영향을 주는 것이라고 나는 믿는다. 그만치 문학적인 작품에는 이 감동이라는 것이 일의적인 것이라고 생각한다. 그것은 작품의 육체성이다. 혈맥에 통하는 새빨간 피와 같이 사람을 전신적으로 어떠한 목표에 향하여 쏠리게 하는 생명을 가진 것이 아니면 아니된다. 나는 작품의 육체성을 우선 중요시하고자 한다. 어떤 일편의 작품이 이 육체성을 촉발하는 일이 많으면 많을수록 그 작품은 결작이라고 들떠든다. 『부활』(톨스토이)을 보라. 「여자의 일생」(모파상Guy de Maupassant(1850-1893))을 보라. 또 『테스』(하디Thomas Hardy(1840-1929))를 보라. 그것들이 얼마나 우리의 독후감에 잊지 못할 육체성을 남겨놓고 갔는가는 오직 나 일 개인의 경험만이 아닐 줄 안다. 이 육체성이 없는 작품은 논문이다. 적요(摘要)이다. 감동없는 작품은 작품이 아니다. 하물며 결작으로서 만인을 울고 웃겨서 그들의 가슴을 뻐근하게 하고 또 무슨 새 원망(願望)에 마음졸이게 할 수 있을 것이냐?

실로 이 감동의 육체성을 작품성립의 주요한 성소(成素)라고 나는 단정한다. 작가의 주관적인 모든 요소 또는 묘사, 표현의 기술 등이 결국은 이 점에 와서 컨덴스된다. 그리하여 사람으로 하여—완성발표된 작품을 읽는 사람들로 하여 작자에 대한 외경과 탄복을 느끼게 한다. 사실적인 방법에 탄복하고 작자의 인생, 사회관에 설계적인 무슨 교시를 받기도 하는 것이다. 그리하여 독자는 그 무슨 감동에서 얻은 육체성을 양기하여 새로운 관(觀)(안쇠웅)을 구성해가지도록 하게 되는 것이다. 이것이 또한 작품을 읽고 읽히는 문학적 창작에 있어서 다음가는 중요한 것이라고 생각한다. 위대한 작품이라고 하는 불후의 명작은 다 이 무슨 '안쇠웅'을 가지고 있어서 그것을 독자에 짊어지워주는 것이다. 이것이 즉 작가의 문학적 창조에 있어서의 사회적인 측면이라고 생각한다. 그러므로 이것이 없는 작품은 즉 독자에 무슨 '안쇠웅'을 줄줄 모르고 또 주려고 하지 않는 작품이 생명 있는 것이 될 수 없는 것은 물론이다. 그러나 이것은 결코 작위적이 되어서는 아니된다. 강작적(强作的)이 되어서는 불가하다. 작자의 인물, 성격, 교양, 경력 등의 모든 요소에 의하여 저절로(不期而然) 맑은 샘물 같이 졸졸 흘러나오는 데도 그것이 독자로 하여금 큰 영향을 입게하는 것이라야 할 것이다.

작품의 개인성은 그 상술한 바와 같이 감동을 주는 육체성을 가져야 하며 그것의 사회성은 이 일정한 '안쇠웅'에 의하여 실천적인 무슨 일반적인 이해, 파악과 생활목표를 가지도록 하고 또 그것을 위하여 헌신하는 의지를 닦어가지게 하는 것이라야 한다. 즉 작품의 개인성은 감동의 육체성이며 그것의 사회성은 일정한 '안쇠웅'에 의한 실천적인 의지적인 영향이다. 그러므로 문학적인 작품은 그것이 문학적인 작품일려면 우선 전자를 가지도록 작가가 노력하여야 하며 다음으로는 '안쇠웅'을 위하여 자기를 수련하는 사상을 가지지 않으면 아니된다. 작품은 이 '안쇠웅'에 대한 작가의 태도에 여하에 의하여 역사적 사회적인 의의를 가지게 되는 것이다. 걸작이라고 이름이 난 모든 작품은 모두다 이 두 가지 점을 구유하고 있다고 생각한다. 그런데 지금 이무영씨의 『취향』을 읽고 나는 이 두 가지 점에 대한 작가의 노력, 열의, 또는 지향이 다시 없이 진지하며 순성적(純性的)이라는 데에 감동하였다. 지면이 없으니 그 여러 가지 세세한 점에 대한 고찰은 후일로 밀거니와 여하간 삭자의 '리얼'하며 '씬씨어'한 태도가 현금 조선작가 중에서 제일인자라는 것을 나는 장담하여 마지 않는다. 물론 삭편의 사건 내용 그 물건에 대하여서는 좀 어떨까 생각키는 점 또는 개개의 경우에 있어서의 더욱 '일'과 '활동'에 대한 점에 대하여는 하고 싶은 말이 많으나 여하간 작자의 엄숙한 태도에 나는 감동하여 마지 않았다.

# 고뇌의 정신과 현대

## - 어떤 작가에게 주는 편지 -

『동아일보』 1937. 8. 3-7(총5회)

나의 이 글은 부제한 바와 같이 반드시 어떤 특정한 인물을 목표하고 쓰는 글만은 아니다. 일반적으로 누구나가 보아도 좋다고 생각한다. 아니 누구나가 다 읽고 생각하여 주기를 바라는 글이다. 그러나 또한 내가 이 글을 쓰는 까닭은 어떤 특정한 작가를 대상으로 하여 있다고 해도 좋다. 그것은 이 글의 내용이 어떤 특수한 인간을 예상하여서만 이해할 수 있는 것이 간간히 있을 것이니까. 그러므로 내가 군이라고 2인칭을 사용하는 것도 반드시 부제에서 말하는 어떤 작가를 숙친한 교분으로써 대하는 호칭도 아니고 또 그 작가 이외의 많은 이 글을 읽어줄 사람에게 대하여 내가 내 자신을 스스로 높게 가지고 말하는 무례도 아니다. 오직 나 이외의 어떤 범위의 사람들을 총칭하는, 그러면서도 무언지도 모르게 친애하는 마음을 가지고 부르는 대명사에 불과하다. 우선 이것을 나는 모두에서 말하여 둔다.


## 제1신. 삼중고의 세계

얼마 전에 나는 헬렌 켈러Helen Adams Keller(1880-1968) 박사의 강연을 듣는 기쁨을 가졌었다. 아마 군도 그 자리에 만사를 제치고 참석하였을 줄로 믿는다. 그 얼마나 경건하고 근엄한 장면이었던가! 그러나 나는 다만 남들이 말하는 바와 같이 헬렌 켈러라는 한 개인의 평인(平人)으로서는 도저히 기도할 수 없는 절대한 노력, 인내와 고투가 가져다 줄 기적이라고 떠드는 '세기의 새 것'에 놀라지는 아니하였다. 그것은 통변으로 나섰던 암교(岩橋)씨의 소개의 말에서까지도 들을 수가 있었던 것과 같이 아메리카라고 하는 역사적 사회적 환경이 그로 하여금 그와 같은 '세기의 기적'을 만들게 한 것이었다. 물론 여사의 개인적인 천품은 기적이라고 할만치 위대한 것이다. 그러나 그 위대한 품부(稟賦)를 길르고 북돋아 주는 '이웃'이 없을 때 어찌 그 위대를 발휘할 수 있으랴. 조선에 수많은 천재가 헛되이 썩어 넘어가고 있다고들 하지 않던가. 관념적인 상념만으로는 결코 위대한 창조는 없을 것이다. 무엇보다도 이해하고 북돋아 주는 '이웃'이 있어야 할지니 필요한 시설, 기관과 물질적인 후원을 기다려서만 비로소 그 상념은 수성(遂成)의 기쁨을 가질 수가 있을 것이다.

군! 내가 이러한 평범한 이야기를 한다고 과히 책하지 말라. 나는 이러한 평범한 사실을 많은 사람들이 그릇 이해하고 있는 것을 가끔 보고 있다. 개인의 노력 여하에 따라서는 무엇이나 다 할 수 있는 듯이 생각하는 사람들이 있다. 그러한 사람들은 녹쓸은 자석을 희롱하는 개인주의자들이다. 그들은 자석만을 보고 녹쓸어 못쓰게 된 사실은 볼 줄 모르는 것이다. 이 아니 슬픈 일이냐.

그와 같이 나는 헬렌 켈러 박사를 삼중고의 성녀라고 하여 떠들기만 하는 데에 적이 불만을 느끼는 이다. 그는 참으로 성녀다. 눈을 가졌으되 보지 못하고, 귀를 가졌으되 듣지 못하며, 또 입을 가졌으되 말하지 못하였다. 이 비길 데 없는 고통을 딛고 넘어서 그는 새 세계를 발견하였다. 삼중고의 세계를 기극(起克)하였다. 이 위대한 사실을 앞에 놓고 우리는 우리들 자신을 반성해 보기로 하자. 우리는 여사와 같은 의미의 삼중고를 가지지 않고 있다. 이것은 다시 없는 영광이다. 행복이다. 그러나 안계를 넓히어 세계를 바라보라. 우리는 다른 의미의 삼중고를 느끼지 않는가? 헬렌에 있어서와 같은 삼중고가 아닌 삼중고를 군은 문뜩문뜩 느끼는 때가 없는가? 나는 이것을 슬퍼한다. 이곳에 고민의 정신은 생긴다. 군과 같은 자기 추구자에 있어서는 이 정신에 눈뜰 명(明)이 아직 발수(發穗)하지 않았는지는 모르나 우리는 헬렌 켈러를 딛고 넘어서 우리들 자신의 삼중고를 생각하게 되었다. 성한 입, 성한 귀, 또 성한 눈을 가졌으되 세계는 우리에게 '중압의 정신'을 과(課)하고 있다. 이 정신은 고뇌의 정신이다. 성한 입, 눈, 귀로써 바르게 보지 못하고 듣지 못하고 또 말하지 못하는 슬픔!

군! 이 슬픔을 군은 오장육부에 사무치게 느끼는 때가 있어야 한다. 니체는 가끔 이 중압의 정신(Geist Der Schwese)을 말하였다. 그가 말한 것과 지금 내가 말하는 것과는 '세기의 간격'을 고려하지 않는다면 일치하는 것이라고 말하여도 좋으나 우리의 그것은 너무도 육부에 통절한 것이다. 그러나 이 통절한 '고뇌론'은 사(死)의 설교가 되어서는 아니 된다. 피안론에의 싹이 되어서는 아니된다.

군! 군은 이것을 명심해야 한다. 그리고 군이 우리의 삼중고에 상도

(想到)하는 명(明)을 주장하려고 할진대 다음의 말을 완미(玩味)하여야
하리니 "사람이 생을 통찰함이 깊고 깊을수록 그는 더욱더욱 고뇌를
보리라"(차라투스트라 제2부의 2)라는 경구는 그냥 그대로 지금의 내 말
에도 타당하는 것이다.(나는 니체를 많이 인용할 것이다. 그러나 나는 그에게 있
어서의 죽은 것, 산 것 또 못쓸 것의 세 가지를 구별하고 있음을 말하여 둔다. 요사
이의 내 일이 니체를 읽는 것이니 자연히 그렇게 되는 것이다. 양해하라) 군은 생
을 통찰하는 점에 있어서 누구보다도 못하지 않다. 그러나 군은 역사적
고뇌-세계감정을 간취하기에까지 이르지 못하고 있는 듯하다. 이것은
군을 위하여 불행한 일이다. 헬렌 켈러 박사의 기적을 통하여 군은 우
리를 자신의 삼중고에 상도(想到)하여야 할 것이다. 세계감정을 문화를
통찰하는 예지를 가져야 한다. 나는 이것으로써 군에게 보내는 편지의
서두를 삼고자 한다.


## 제2신. 반정(返呈)하는 초조성


어제 한 편지는 보았을 줄 안다. 어제 편지의 요점을 다시 이 곳에서
되풀이하여 본다면 그것은 현대인의 통절한 삼중고와 고뇌의 정신의
세계감정적 자각이었다. 군은 나의 이 두 가지 것에 대하여 혹 이의를
창(唱)할는지도 모르나 그 보다도 더 공감을 가지는 사람도 많을 줄로
안다. 어떻든 군이나 나나 우리 젊은 세대의 문제를 가슴 속 깊이 울결
(鬱結)시키고 있는 것은 무엇이냐고 우리는 한번 물어보자. 그것은 두
말할 것 없이 고뇌의 정신이다. 이 고뇌가 연유하여 오는 곳을 살핀다
면 그것은 여러 가지로 설명할 수가 있으리라. 역사적 사회적으로 현상
하는 제사상-비근하게는 우리의 일상적인 생활의 문제를 이 곳에서 군

과 더불어 논하기는 너무도 쓰라린 일이다. 물론 우리는 그것이 쓰라린 일이니만치 철저하게 구명하고 그 시정(是正)과 광구(匡救)에 무슨 엄밀한 방책을 생가하여야만 하겠지만 우리는 이 자리에서는 그것을 점차 괄호 안에 넣어 두기로 하자.

어떻든 우리의 정신적 고뇌는 우리가 역사와 사회, 개인과 군단(群團)세계를 생각하면 할수록 크다는 것을 군도 잘 알 것이다. 그리하여 등덜미를 내려 눌르는 무슨 강박을 느끼게 되지는 않는가? 간단히 말하자면 '중압의 정신'이라는 것은 그러한 종류의 것이라고 알아도 좋다. 내가 어제 군에게 말한 삼중고는 그러한 강박하는 중압 하에서도 인간정신의 자유를 위하여 또는 양식적인 문화와 명철한 예지를 위하여 격투하는 정신이라는 것을 박빙을 밟는 듯이 말하였을 뿐이다. 군은 그것을 얼른 알아듣지 못하였을는지도 모른다. 왜 그러냐 하면 군은 말귀가 빠르고 또 어떤 때에는 너무도 신경적으로 조그마한 문구에 경기하는 갓난아이같이 팔팔 뛰는 민첩은 가지면서도 가장 중대한 이 사실에 대하여는 말귀가 밝지 못하고 또 눈치도 볼 줄 모르는 까닭이다.

군! 군은 내가 이러한 말을 한다고 퍽 노할는지도 모른다. 그러나 군은 "노하기 전에 열까지 셈을 세어라." 이것은 우리가 영어 독본 초권에서 배운 경구이었다. 스스로 내 자신을 반성하여 남의 말을 미루어 생각하여 보아라. 군은 군의 크다면 큰 성공에 구안(苟安)하여 세 발자국 앞이나마 내다보는 명(明)을 가끔 스스로 가려버리는 신경통을 일으키는 일이 있었다. 이것은 군의 더 큰 성공을 위하여 취하지 않는 바라고 생각한다. 그 언젠가 일학도가 군에게 관하여 무슨 글을 썼을 때에 군은 사소한 지엽의 문구에 구애되어 인신공격 비슷한 것을 쓴 것을 보았다. 나는 군에게, 아니 그 언젠가 군의 예술적인 방향(芳香)이 뚝뚝 덧는 수필을 읽고(그것은 벌써 여러 해 전 일이다.) 그 이름을 확실히 기억해

두었던 군에게 퍽 큰 실망을 느끼었다. 군이 만일 그 학도의 글을 전체적으로 이해하는 교양과 명철한 정의(情意)를 가졌었더라면 그러한 군답지 않은 글은 쓰지 않았을 것이다. 더욱이 지금 말한 이 삼중고의 세계에서 피할래야 피할 수 없는 공뇌(共惱)의 정신을 이론적으로 파지(把持) 하였더라면 군에게는 그러한 망녕된 변명은 하지 않았을 것이다. 변명은 약자의 하는 짓이다. 군이 그 학도의 글을 처음서부터 끝날 때까지 읽었다고 하면(비록 인내는 요하는 일이나) 군은 그 학도의 글이 군을 공격하기는커녕 도리어 군의 글을 보족하고 나아가서는 더 그것을 발전시키려는 이론적인 열정 밑에서 쓴 것인 듯 싶었다는 것을 알았을 것이다. 그런데 의외에도 군은 인신공격을 하는 자세 하에 스스로 높고 큼을 긍과(矜誇)하면서 회심의 '비(非)' 초조성을 드러내었던 것이다.

군! 우리는 군이나 나나 어렸을 때 '익어갈수록 고개를 숙이는 벼이삭'이라는 경구를 수신독본에서 읽은 일이 있지 않은가? 군의 그 초조한 변명은 군의 대성을 위하여 취하지 않는 바다. 나는 이 글을 쓰고 싶지 않다마는, 군이 그 문필의 재간을 좀더 삼중고의 이 세계에 대한 이론적인 구명의 열정과 명철한 인간정신의 예지를 위하여 아끼어 달라는 마음, 분발해서 안광을 넓고 높이 뜨라고 권하고 싶은 동시대인의 동지적 의무감- 이 두 가지 점에서 벌써 군의 글이 나타난지 월여(月餘)이나 오래간만에 한가한 틈을 얻었기에 이 붓을 드는 것이다. 참으로 군은 근안자(近眼者) 되기를 싫어하리라. 그럴진대 군은 군의 반개(半開)한 세계감정에 논리를 주어 완개(完開)케 하라. 군과 같이 예지를 동무하지 않은 인간감정 작가심정은 결국은 위대할 수가 없는 것이다. 속된 작가는 그 당장에는 유복하고 '성공', '우우(優遇)'의 안일을 즐길 수가 있다. 그러나 이것은 노력하고 애쓰고 고뇌하는 작가에 있어서는 흑사병균인 것이다.

군! 군은 어이 그리 자족의 신념에 굳은고! 나는 군이 그 학도들에게 들씌워준 초조성을 군에게 반정(返呈)한다. 군은 반정된 초조성을 어찌 처치하려는고? 웅! 오직 한 길이 있다. 그것은 고뇌의 정신을 체험하라는 것. 그리고 그것을 논리화하는 선구적인 정열을 가지라는 것-그 속으로 그 초조성을 해소시켜야 하는 그러한 길인 것이다.

군! 나는 그 학도의 글귀를 다시 이곳에 인용하여 군의 고려를 착(捉)한다.

"고뇌없는 곳에는 새 안광은 열리지 않고 격투없는 곳에는 창조는 없다"


## 제3신. 지성을 딛고 넘음


어제 편지가 혹 군의 신경질적인 초조성을 격발하였을는지 모른다. 그러나 냉정히 생각하여 보라. "나의 정신은 언제나 좋다고 칭찬하고 싶은 것에 대하여 가장 엄격하도록 생겨 있다."(지드) 나의 이 편지는 군의 좋은 성장을 위하여 한국이의[140] 감로를 군의 의식못한 갈증에 침마르는 목에 부어주라는 미의(微意)에 지나지 않는 것이다. 군이 만일 나의 편지가 마음에 맞지 않거든 그리고 더욱더욱 완명(頑冥)의 군의 자기 추구의 길을 걸어가려 하겠거든 어떠한 종류의 공격문이라도 써라. 그것은 그러나 나에게는 벌써 군에게 말하였고 또 말하려는 점에서 모두 빗맞는 화살이 될 것이니(나는 그것을 단언한다) 기왕 나의 이 글에 불복이 있음을 표명하려거든 좀더 논리적인 사색의 결정(結晶)을 제시하

---

140)  편자주 : '한 국자의'의 의미로 보인다.

면서 하여 주기를 바란다. 군의 맹물같은 글맛을 가지고는 아무 흥미도 느끼지 않는다. 맹물에는 맹물의 맛이 있기는 하다마는―. 적어도 나하고 이야기할 수 있는 사람이라면 설혹 그가 나의 적이라 하더라도 나는 다시 없는 기쁨을 가진다.

군! 체험의 심대, 표현의 광대를 통절(痛切)히 미득(味得)하지 못한 인간은 위대하지 못하다. 물론 이러한 것은 알면서도 나같은 적은 생각하는 갈대는 첨피혜성망이불급(瞻彼慧星望而不及)이다. 나는 혹 군등에게 이것을 바라볼까 하였다. 사실 나는 군등의 창작생활이 높고 깊고 큼의 경지에로 진일보 하려는 진지한 노력으로 가득하기를 바라서 마지 않았다. 그러나 군의 그 자족하는 행복태(態)를 바라고 사실 섭섭하였었다. 물론 이것은 군에게는 좀 혹하다고 할는지는 모른다. 그러나 전자에 일 학도에 대한 군의 반박문에서 그러한 태(態)를 간취할 수가 있었을 때 나는 요외(料外)의 감(感)을 가졌던 것이다.

군! 군은 무슨 섬광의 편린이나마 좀 보이어 주소. 그 섬광이라는 것은 단순히 시대의 항(抗)한다거나 또는 시대에 순응하여 타협하는 것이 아니라 시대를 선구하는 사회적인 격투의 이념이다. 그때에 비로소 신시대에의 정신은 싱싱하게 살아 오는 것이다. 이 정신이 없는 작가는 어느덧 안계에서 사라지는 것일 것이니 군을 아끼고 위하는 마음은 나로 하여금 이러한 군에게는 아직 과한 요구인 듯 싶은 것을 제출하는 것이다. 모르면 모르되 나의 이 요구는 사상적으로 굳어버린 군에게는 부당한 요구일는지도 모르나 그러나 군에게서 한 큰 비약과 섬광이 마련된다 할진대 어찌 나 일 개인의 기쁨 뿐이랴!

군! '나치'도 아니고 '쏘치'도 아닌(Weder nazi noch sozi) 군의 영리한 자아완성과 추구의 행정이 하마 무슨 암초에 부닥치지나 않나 하고 쓰는 나의 이 편지를 군은 불쾌한 생각을 가지고 읽을는지 모른다. 물론 그것도 좋다. 나는 그것을 조금도 싫어하지 않는다. 군의 단편집에 나타나 있는 군의 사상이 벌써 지난 날의 한 비명(碑銘)이라고 하면 그보다 더 반가울 데가 어디 있으랴. 아까도 말하였거니와 현대의 이 위대한 전환적 판국에 처하여 그저 순수(!) 예술의 성(聖)된(!) 일로를 밟고 있는 그 일 자체가 벌써 반(反)이라는 부사를 관(冠)한 그 무엇이라는 것을 군은 자각하여야 한다.

군! 만일 군이 그것을 자각한다면 그때에야 비로소 예지의 명철한 안광은 트이게 될 것이다. 그리하여 현실적인 제 운행을 과학성의 궤도 위에 올려 앉혀 사회의 선구적인 문화의식을 목적의 왕국으로 내달리게 하는 단초가 될 것이다. 그러나 군! 아직 이러한 개안만으로는 부족하다. 그것을 초극하는 길을 생각하지 않으면 아니되리니 이 점이 군에게는 좀 이해하기 어려울는지도 모른다. 좀 답답한 설명 같기는 하지마는 그 예지에의 개안이라는 것은 한말로 예를 들어 말하자면 급진적 헤겔 학도로서 자기를 선언한 하이네의 칸트비평과 같은 그러한 기발한 지(知)의 섬광과 정(情)의 분류를 판별하는 안광을 가지게 되는 것을 말하는 것이다. 그러므로 우리가 지성을 중시하는 반면에 그것을 초극하는 사념을 가지지 않아서는 아니된다. 나쓰메 소세키夏日漱石(1867-1916)의 말과 같이 지를 주중(主重)하면 규각(圭角)이 생긴다 하느니만치 우리는 단순한 지성은 딛고 넘어서서 예지에의 실천을 마련하지 않으면 아니된다. 예지의 소산체(所産體)는 만인이 공유할 수 있는 사상, 행동의 무기고다. 그 속에는 위대한 문화의 계획성이 있는 것이다.

군! 예지를 단순히 지성이라고만 보아서는 아니된다. 나는 이 두 가지 것을 구별하여 쓰려고 한다. 군에게는 모르는 설명일는지 모르나 칸트라는 철학자가 구별하여 사용한 것과 같은 그러한 구별을 내가 상정하고 있다고는 생각말으라. 문화옹호의 선(善)의지가 그것에 반하는 현실을 인식, 파악, 시정, 계획하는 의식태를 나는 예지라고 밖에는 무어라고 이름지을 수가 없다. 그리고 지성은 무엇을 수성하려는 정열에 눈을 뜨게 하는 것으로서 이 두 가지는 예지의 귀한 기반인 것이다. 개인적인 정주관(情主觀)에 사는 군에게는 이 지성이 필요하고 그보다도 더 이것을 딛고 넘어서 예지에 도달하지 않으면 아니될 것이다.

이곳에 참 의미의 고뇌의 정신이 살아오는 것이다. 자각하지 못한 맹목적인 고뇌라는 것은 참 의미의 윈값을 받지 못하는 그러한 것이다. 물론 군은 이 땅에 태어난 우리로서 내가 더 값있는 고뇌를 느끼고 나는 덜 느낀다는 것이 될 말이냐고 역정을 더럭 낼는지 모르지만 내가 보는 한에 있어서 군등의 사색생활은 문깐에서 헤매이는 것이고 아직 대청에 썩 들어서 있지 않다고 보여지니(물론 이렇게 말하는 내 자신도 아직 노력이 부족함을 통감한다만) 우리 서로서로 협력하여 이 고뇌의 정신-예지에의 개안을 위하여 공려(共勵)하여 보지 않으려나?


## 제4신. 자기추구의 실체


이러한 편지가 또 군의 역린에 촉할 줄은 아나 그러나 나로서는 군에게 하고싶은 중요한 몇 개의 사항 중의 한가지이므로 다음의 것을 또 문제삼지 않을 수가 없다. 보매 그렇게 보이지는 않으면서도 수석침류(漱石枕流)[141]의 성격을 가진 군인지라(불연이거는 용서하라) 눈살을 찌푸릴는지는 모르나 인내는 미덕이니 참고 읽으라.

---

141)  편자주 : 돌로 양치질하고 흐르는 물을 베개 삼는다. 즉 억지 고집을 부린다는 뜻.

군! 내가 어제 편지에서 말한 바와 같이 지성과 정열과의 적의(適宜)한 지지(支持)에 의하여 명철한 예지에 개안한다는 것 그리하여 다수자를 위한 문화옹호의 선의지를 실천하는 적극성(육체성)을 몸소 들어내야 하겠다는 것을 다시 한번 되풀이하여야겠다. 군과 같은 작가 또는 문학자에 있어서는 이 적극성을 발휘하기가 그런 그대로 어느 정도까지 이 세태에 있어서도 다른 과학의 부문보다 좀 자유롭지 않은가 한다. 군은 잘읽어서 알줄 아나 저 서반아의 소형 구주대전[142]을 싸고 도는 세계의 양심적인 지식인들이 얼마나 문학을 통하여 문화옹호의 선의지를 실천하고 있나를 보라.

군은 독서를 많이 하는 듯 싶다. 그러나 군은 과학적인 책은 읽지 않는 것이나 아닐까? 작품을 읽는 것도 필요하지만은 보다 더 과학서를 읽으라. 과학서라고 하였다고 자연과학적인 것으로 해(解)하여서는 아니된다. 물론 군은 이러한 초보적인 동몽(童蒙)에게나 하는 말을 나에게도 하느냐고 노할 것이나 무얼 초조할 것은 없다. 그저 나의 이 여러 장의 편지를 전체적으로 이해만 한다면 나는 참으로 기쁘겠다. 군은 군 자신을 추구하기에 바쁜 나머지 세계의 정세라든가 문화의 동향(문화는 그 학도가 군을 문제 삼던 글의 어느 회에서 말한 바와 같은 그러한 것이니)에 대하여 관심을 덜 가지는 듯싶다. 이것은 대단히 좋지 못한 일이다. 군이 작가, 문학자로서 너무도 협애한 범위의 것밖에는 집필하지 않으니 이것은 군의 보다 좋은 발전을 위하여 개탄할 일이라 아니할 수 없다. 그렇다고 나는 군더러 박학하라고 요구하는 것도 아니요, 이것저것에 덤벙대라고 하는 것도 아니다. 작가로서의 군의 눈에 비친 현금의 세태에 대하여 좀더 선구적인 정열과 로고스적인 퍼포먼스를 보여달라고 하

---

142)　편자주 : 스페인 내전

는 것 뿐이다. 그러자면 군은 내가 말하는 과학서를 읽어야 할 것이다.

군! 군은 그 학도에 대한 군의 반박문에서도 대중을 향하기 전에 먼저 자기자신을 찾자고 하는 군의 행동원리라 할 것을 호기있게 내걸었었다. 그러나 나는 이상 수회에 긍한 편지에 누언한 바와 같이 그것이 군과 같은 문학하는 태도에 있어서는 서방에서 온 성명부지의 마술사의 잡설보다 낫다고 하면 얼마나 다행하랴. 군이 무엇이라고 변명함에 불구하고 군의 문학하는 태도의 모든 것은 그 행동원리에 컨덴스되어 있다고 하지 못할 것인가? 그럴진대 그 원리(!)에 대한 그 학도의 비평이 어디가 어때서 군의 비위에 거슬리었던지 알 수 없다. 군의 인생, 세계관-즉 사물을 보는 법이 가장 단적으로 표명되어 있다고 할 수 있는 군의 단편집과 이 원리와를 한 자리에 놓고 생각하여 본다면 그것은 너무도 자기추구를 강행한 나머지 고만 자기 망각을 하고 만 것이 아닌가 한다. 문학태도로서의 개인주의가 물론 용허되었고 또 용허된다. 그리고 또 순수한 예술성을 나도 남보다 지지 않게 인정한다. 그러나 그것은 일정한 조건 하에서만이 하는 것을 선명히 하지 않아서는 아니 될 것이다. 그것은 현금과 같은 역사적인 시대에 있어서 그가 "어느 사회적 그룹에 대하여 협력하려고 하고 있느냐"라는 것이다. 그가 과학적 관(觀)을 파악하여 위축된 진리를 재건하려고 하는 진보적인 의지의 소유자라는 것을 자각적으로 실천하고 있는 사람이라면 그가 군과 같이 자기 추구자요 순수예술주의자라고 하더라도 우선 아쉬운 대로 호의를 가질 수는 있겠다.

군! 군은 지드가 소련을 여행하고 돌아와서 발표한 여행기가 나치스의 기관지에 마음대로 이용되었고 또 독일이민 작가들 사이에서도 시비의 물론(物論)을 일으킨 것을 보았을 것이다. 군도 아다시피 지드는 '새로운 양식(糧食)'을 구하여 저 유명한 전향까지 한 사람이다. 그러나 그는 자기자신의 선언과 같이 개인주의자였고 또 군의 말하는 자기추구자라고도 할 수 있었기 때문에 그는 그의 명철한 지성과 풍부한 감성에도 불구하고 새로운 것을 위한 창조에 반(反)하여 "새로운 자극을 갈망하는 모든 것을 배불리 먹은 심미주의자(포이흐트 왕거)"가 되고 말았다는 혹평까지 받고 있지 않은가. 참으로 자기추구라는 것은 자기망각이다. 군이 대단히 노한 '자기도취'의 나머지 자기의 처해 있는 위소(位所)와 시상(時相)을 개천구렁에다가 집어넣어 버리고도 자약(自若)하는 슬픔을 군은 다시 한번 반성하기를 바란다. 자기추구 그 물건을 내가 조건부로 인정할 때 군은 오해하여서는 아니된다. 문학예술에 있어서 일의적인 의의를 가진 것은 군의 말하는 의미의 자기추구가 아니라 지성을 딛고 넘은 명철한 예지의 실천을 통하여 영위되는 고뇌의 자기반성이고 자기비판이 아니면 아니될 것이다. 우리는 "해석이 구구한 기괴한 심연, 실체"인 이 자아라는 유령에만 사로잡혀서는 아니된다. 피히테의 자기조정의 자아철학이 얼마나 난해한 관념론인가는 우리가 다 아는 바다. 자기를 찾다가 자기를 잃어버려서는 아니된다.

군! 자기의 체질에 맞게 뛰거나 안 뛰거나 자기추구만을 시사한다는 군의 지론은 몇 개의 단서가 필요하다. 그 단서는 내가 이때까지 장황하게 이야기하여 온 바다. 그것을 군은 마음속 깊이 울크고 불퀘서 내가 미처 다 말하지 못한 것 또 다 말할 수가 없었던 것까지도 미루어 깨달아 알아주기를 바란다. 군은 너무도 문학적인 소질을 지나치게 가진 사람이 아닌가 한다. 현재 조선의 비평가라고 하는 사람들이 무어라고 군을 말하든지 나는 군이 내가 위에서 말한 바를 이해하고 또 그대로 지향하려 할진대 군은 보다 더 좋고 큰 경지에 도달할 것이다. 내가 이 글을 쓰는 것은 군과 그 언저리를 참 의미있어서 살리려하는 미의(微意)에서임을 양찰하여 주기 바란다.

군! 군에게 하는 이 편지가 너무 장황하나 아직도 말하고 싶은 것이 수두룩하지만 아쉬운대로 한 가지만 더 이야기하겠으니 아무리 더운 염천이라도 하루만 더 참어주기를 바란다.


## 제5신. 현대와 니체

일상 생각하고 있는 많은 것 가운데 군에게 말하고 싶은 것은 그저 그런대로 몇가지를 뽑아서 이야기하였다. 그러나 아무 두서도 없이 그냥 생각나는대로 내갈긴 글이 되고 보니 혹 어색한 곳이 없지 않을 줄도 믿는다. 그러나 그런대로 눌러 읽어보라.

군! 그렇다고 내가 군과 같이 변명을 하려고 하는 나머지 억지로 이 말 저 말을 찢어다가 맞췄다는 생각마라. 또 지금까지의 군의 노력으로는 이해하기 어려운 구절도 많았을 줄 아나 차차 군은 그것을 알려고 하는 새 관심이 생겨질 줄로 믿는다.

만일 군이 나의 원망에 반하여 의식적이건 무의식적이건 그 고집을 그대로 버티어 간다 할진대 내 무엇을 더 말하랴. 어떻든 군은 나의 이 기다린 편지로써 한 개의 전기를 삼아 주기를 바라는 바다.

군! 나는 군에게 보내는 맨 처음 편지에서 니체에 대하여 몇마디 언급한 바 있었다. 그것에 대하여 군과 및 군과 같은 사람들이 니체를 그 있었던 이상으로 또는 이하로 그의 값을 깎고 올리고 할까봐 이곳에서 다시 몇마디를 말하지 않을 수가 없다.

니체는 여러 가지 유파에 의하여 가지가지로 이해되고 있다. 그러나 나는 나의 제일신에서도 말한 바와 같이 우리는 그에게 있어서 못쓸 것, 죽은 것과 산 것의 세 가지를 골라낼 줄 아는 명(明)을 잃어서는 아니되겠다. 이 세 가지는 하필 니체에 관하여서 뿐이랴. 모든 사상가에 있어서 다 그렇지만 더욱 현대에 있어서는 니체처럼 지나치게 찬사도 받으며 또 덜 이해된 사상가도 드물 줄 안다. 첫째 그는 파시스트의 철학자로서 존숭되고 있다. 나치는 현재 그들의 사상의 어떤 것을 니체에게서 따다 쓰고 있다느니보다도 니체에 의하여 저스티파이[143]하고 있다. 그것은 아마 그가 첫째 그 당시에 치열하게 되어가던 해방운동, 사회운동에 대하여 맹렬한 악매(惡罵), 독설을 농한 것. 둘째 인간 불평등관(차별관) 셋째 권력의지에 있어서의 지배력, 파괴력. 넷째 전쟁찬미 등에 의하여 나치는 그들의 구미에 맞게 이용하고 있는 것이다. 사실, 첫째와 둘째는 니체 사상에 있어서 어찌할 수 없는 명백한 것이나 셋째와 넷째는 그 해석이 사람에 따라서는 다르기도 한 것이다. 먼저 내 자신부터도 니체의 지배의 사상(초인의 사상)과 파괴의 사상(가치전도의 사상)이 제 마음대로 나치에게 이용된 데 대하여 불쾌를 느끼는 것이고 또 넷째 전쟁찬미에 대하여 사실 니체는 나치가 생각하고 있는 것과 같은 군인적인 것은 기대하고 있지 않았으나(이것은 G. F. 니콜라이,『전쟁의 생물학』, 山本씨 역본 하권도 지적하고 있는 바다) 그는 호전적인 사상가로 추앙되고 있다. 그는 명백히 "전쟁, 그러나 화약과 증기가 없고, 호전적인 태도가 없으며 공통(共痛)도 없고 온몸이 사분오열함이 없는 전쟁"을 그는 권하였던 것이다. (전집 라이프치이, 1912년판 제15권 74쪽) 이것이 아마 니체의 진의이었을 것인데 나치는 그를 전쟁의 사상가라고 하여 저이들에게 좋도록 이용하고 있다. 그러나 그가 이용될만한 소인을 가지고 있는 것만은 사실이다. 이와 같이 그에게는 전(前) 이자(二者)와 같은 못쓸 것, 후(後) 이자와 같은 죽은 것(이 점에 대하여는 설명이 필요

---

143)  편자주 : justify(정당화하다)를 음차함.

하나 략한다)이 있는 반면에 산 것도 있는 것이다. 그것은 그가 '생의 부정의 부정'을 고조한 것, 그리고 불안, 고뇌의 의식에 너무도 강렬하게 부대낌을 받고 그것을 초극하였다는 것, '육체의 모멸자'(Veraechterdes leibes)를 모멸하여 지자로서의 육체, 창조하는 정신으로서의 육체를 자각하였다는 것, 희랍 고전연구에 대한 불후의 업적 등 여러 가지의 산 것을 우리에게 보여주고 있다는 것을 정당하게 구별해 볼 줄 알아야겠다.

군! 그런데 내가 군에게 하는 이 긴 편지에 있어서 특히 니체를 군에게 소개하는 이유는 니체에 있어서의 고뇌의 정신을 배워서 군의 사상적으로 고갈해 있는 사색을 물축이라는 권고에 있는 것이다. 그래서 혹 군이 니체를 씹지 않고 그냥 삼키면 어찌하나 하는 기우에서 그를 보는 법을 아쉬운 대로 대충 몇마디 한 것 뿐이다.

참으로 니체는 여러 사람이 제 마음대로 해석해 왔다. 그러나 그의 사상사적 가치는 이미 브란데스Georg Brandes(1842-1927) 등의 지적과 같이 무류(無類)하다는 것을 알자. 그러기에 금세기에 들어서 특히 현재에 와서 그에 대한 관심이 더욱 높아가고 있는 것을 그냥 도피사상의 대두에 돌려보내는 것은 너무 소아병적이라고 생각한다.

그는 뜨면 뜰수록 새맛이 나는 무엇을 가지고 있다. 나치스와 같이 니체의 분묘에 구십자(鉤十字, 하켄크로이츠)를 얹어 주든지 지드나 말로 Andre Georges Malraux(1901-1976)와 같이 그에 의하여 시대의 선구적인 예지에 자기의 몸을 불태우는 기연을 얻든지 그것은 자유라고 하겠으나 적어도 새 세대에 발을 들여 놓으려 의식은 가지고 있다고 할는지 모를 군이니 이 마를 일이 없을, 그러나 가끔 독이 섞여나오는 감로수를 주의해 떠먹고 현대라고 하는 공전의 판국을 사념하라!

군! 군은 아직 고뇌의 정신을 체득하고 있지 않다! 또 풍만한 환희의 정신도 미득(味得)하고 있지 않지나 않은가. 『초엽(草葉)』 속의 「대도(大道)」의 시를 읽었겠지? 군은 니체와 같이 쇼펜하우어를 읽고 공애(共哀)하여야 하며 포이에르바하를 배워 공락(共樂)하여야 한다. 그 속에서 사상의 양식을 얻어 현대를 응시하라! 고뇌는 현대지식인의 특징이며 니체를 기웃거리게 하는 채찍이기도 하다.

군! 너무 긴 편지를 썼다. 끝까지 읽어주었을 것이니 고맙다. 그러나 군의 그 '成家'(!)한 자족자부의 성공 때문에 군은 코웃음을 칠는지도 모른다. 허나 나는 하고 싶은 말의 몇 가지를 했으니 스스로 속이 시원한 듯하다. 지금까지의 내 편지가 군의 마음을 산란케 하고 또 불쾌케 하였을는지는 모르나 그런 것은 다 눌러보아주기를 바란다. 그리고 끝으로 군의 더욱더욱이 정진과 건강을 바라며 이 무필(蕪筆)을 놓는다.

# 철학적인 작품을 기대

『조광』「특집-작가와 비평가의 변」1937. 9

무게있고 청신한 평을 쓰는 신남철씨를 중앙학교로 찾게 되었다. 기자는 내의(來意)를 말하고 씨의 날카롭고 가녈픈 얼굴을 바라보며 씨의 평가(評家)의 일단을 엿보려 했더니 씨는 상냥한 웃음을 그 맑은 눈위에 가득히 담고 "어디 제가 평론가입니까? 신문사에 있을 때에도 별로 쓰지 않았습니다. 신동아에 「문예이론의 변천」이라는 것을 쓴 일이 있는데 그때부터 일반이 좀 주의하게 된 모양입니다. 그러나 저는 언제나 평가(評家)로 자처하고 싶지 않습니다"하고 내우 겸손한 태도로 말한다. "원 천만에 좋은 평을 많이 쓰시는데……" "뭐요 얼마전 이태준씨와 말썽을 한 일은 있습니다마는……" 기자는 정색하고 한걸음 다가 앉으며 "요새 조선작가들의 태도를 평가(評家)는 어떻게 보십니까!"하고 다시 제일탄을 발하였다. 씨는 잠간 말이 없더니 곧 자신있는 표정으로

기자를 바라보며 "조선작가들도 '엘렌네프' 같이 되었으면 하고 생각합니다. 혹 외람한 말인지는 모르나 그 사람들만치는 못된다 할지라도 그만한 열의라도 있어야 한다고 생각합니다." "그러면 평가(評家)로써 반드시 있어야 할 부동의 태도는 무엇이겠습니까" 하고 씨의 중량(重量)을 떠보기도 하였다. 씨는 또 잠간 말이 없더니 "일정한 주견이라 하겠지오. 창졸간에 좀 대답하기는 어려우나 평가(評家)는 사상적인 명철한 이상과 척도를 가지고 무엇이나 꿰뚫어 보고 해부해 보는 힘이 있어야 하겠습니다. 완전한 작품이면 완전한 작품일수록 사상적이어야 하고 또는 전통적 사상을 파악하여야하니까요" 씨의 대답은 어데까지든지 명쾌하고 또는 이지적이다. "지금까지 작품을 평하신 중 혹 공정을 잃은 평이 있다고 생각하십니까?" "작품평을 한 일이 별로 없습니다. 또는 이후도 그 방면으로 나가려고 생각도 하지 않습니다. 혹은 그 방면에 발을 잘못 들여놓았다가 수습하지 못할까 하는 생각도 있구요." "그러면 작가에게 혹 항의를 받어본 일이 없습니까?" "참 이번에 이태준씨에게 있었습니다. 나는 동아에 그 글을 쓸 때에 이씨에게는 호의적이오, 간담적으로 썼었고 또는 이씨의 말을 보족하는 의미에서 쓴 것인데 이태준씨가 오해하셨드군요. 아마 자기도취라는 말에 노한 모양입니다. 이씨는 작가로써 대중을 향하기 전 자기를 찾자고 주장하였는데 나로서는 그의 말을 부인하는 것은 아니나 한걸음 더 나아가 그것을 초월하여 대중을 감동시키자는 것이 내 주장이었습니다. 씨는 모파상의 말까지 꺼내었습니다만은 나는 그의 말을 좀더 반박하려 하였으나 병도 나고 또는 그럴 필요도 없는 듯하여 그만두었습니다." 기자는 다시 화제를 돌려 "조선작가의 작품 중 평가(評家)로써 추천할만한 작품이 있습니까?" "글쎄요. 나는 조선작품을 그리 많이 읽지 못하였습니다. 또는 애써 읽으려고도 하지 않습니다. 그러나 예전 『조선지광』에 난 작품들도 좋았고 또는 박영희씨의 「사냥개」와 최서해씨의 「홍염」같은 것도 잘 읽었습니다.” “그러면 대가의 작품으로 기대에 너무나 어그러진 작품을 보신 일이 있습니까?” “네 별로 없습니다. 대가의 작품도 읽다가는 말고말고 하였으니까요.” 씨의 대답은 어데까지든지 솔직하고 명쾌하여 듣기에 시원하다. “선생의 가지신 비평의 척도를 좀 말씀해 주십시오.” 하고 기자는 가장 거탄(巨彈)을 씨에게 안기웠다. 그러나 씨는 서슴지 않고 “나는 언제나 문예비평가로 자처하지 않으렵니다. 다못 문예작품을 연구하는 학도에 불과합니다. 그러나 그 비평의 척도를 기어이 말씀하라면 문화비평이나 문예나 그 비평원리는 한가지겠지오. 일언으로 말하기는 좀 어려우나……” 하고 씨는 잠간 말을 그치고 눈을 감는다. “참 원리를 내시기에 좀 힘이 드시겠습니다. 호호……” “호호. 참 그래요. 그런데 추상적인지는 모르나 말하자면 그 비평척도는 인류의 정당적(正當的) 발전에 기여하는 명철한 예지라고나 할까요…” “조선작가에 대한 생각은 어떻습니까” 말머리를 돌렸더니 “말하기 어렵습니다. 그러나 조선작가들에겐 하디 같은 정사(靜思). 하이네 같은 꼬집는 힘. 헤겔같은 사색의 힘- 이런 것이 없어서 좀 어덴가 섭섭하드군요. 말하자면 중량이 없는 점입니다” “그러면 이후 평가(評家)로써 개척하려는 포부를 말씀하여주시오!” 다시 일탄을 보내었다. “글쎄요. 쓴다면 브란데스나 부르크하르트Jacob Burckhardt(1818-1897) 같은 사람들같이 문예사를 연구하고 그 시대의 문예와 인심을 엿보고 싶습니다. 작품평은 하고 싶지 않아요.” “좋은 말씀입니다” 이것으로 이야기를 끊었다.

# 금강기행(金剛紀行)

『동아일보』1937. 10. 31∼11. 14(총11회)

## 1. 조양(朝陽)은 차창에 비끼고 참새떼 자유를 구가

　가을 새벽의 습한 공기를 뚫고 기차는 한껏 내닫는다. 어지간한 정거장은 간신히 체면유지만 시켜주느라고 정차도 하는 둥 마는 둥 그저 새벽의 정적을 깨두드리며 마음껏 한껏 내닫는다. 비록 구간열차이기는 하나 내 무엇이 남만 못하랴 하는 듯이 내뿜는 기적 소리에 밝아오는 동천(東天)을 향하고 재재기던 참새떼는 놀라 초절을 하겠다는 듯 가을걷이에 바쁜 들판을 날아 저쪽 개뚝가 지붕으로 몰키어 간다.

　차창을 열고 전원의 새벽 공기를 오래간만에 배불리 마셔보자고 머리를 내밀고 있을 때에 거리낌없이 가로세로 나르는 이 참새떼의 신세가 무엔지 모르게 부러워도 보인다. 먹이가 많다고 동무를 부르는 것도 아닐 것이요 가을의 맑고 높은 하늘이 좋다고 재재김도 아닐 것이다. 그러나 꼭두새벽부터 다사(多事)하다. 자유롭고 무심도 하다. 고추 널은 지붕으로 물방아간 지붕으로 또 다 시들은 박넝쿨이 얽켜있는 지붕으로 단숨에 날러가고 날러온다. 맥진(驀進)하는 기차가 한 모퉁이를 지나 어떤 포실하고 오붓한 듯한 네댓집 땀의 뒷언덕을 달릴 때에도 참새떼는 재재기며 날르며 하고 있다. 어디서나 보는 그 많은 참새떼 그것들은 그저 다사하고 자유롭고 무심하다. 둔덕에 비어 말리는 베이삭을 쪼아먹다가 불연듯이 무슨 생각이 났던지 논바닥으로 내려앉아 이 그루에서 저 그루로 종종걸음을 치다가는 다시 언덕으로 올라 쪼키를 시작한다. 참새의 이러한 광경이 하나이 아니요 열이 아니요 백으로 천으로 널리어 있다.

그러나 참새들의 다사하고 자유롭고 무심한 그 짓은 언제나 방해를 받고 있는 것이다. 그저도 '우여우여' 새쫓는 소리가 들판을 내울리는 듯, 베지러 나오는 일꾼들이 작대기를 들자마자 쫓기어 가면서도 금세 잊고 다시 되돌아와서 이삭을 쪼고있는 단순 무심한 망각, 참새들에게야 회상이라는 것이 있을 리 없다.

회상을 가지지 않는다는 것은 행복한 일이다. 지난날의 감고(甘苦)와 미추를 반추하며 당래할 내 신상을 반조(返照)시키는 것이 이 악착한 누리에 있어서 얼마나 무서운 일이랴. 정밀(靜謐)과 순수의 침정(沈靜)한 마음으로 그저 금방 당한 일을 망각의 심연 속으로 집어던지고 싶다. 한갓 무반성한 자신(自信)을 가지고 먹고 싶은 신선한 베알을 쪼고 있는 참새들의 기반(羈絆)없는 단순한 모양이 마음에 들었다. 나도 그렇게 다만 한 순간이라도 살 수 있다면 행복일 것이다.

그러나 그러한 행복은 바라도 얻지 못할 피안의 별이다. 그러한 것을 의식적으로 바라기 때문에 더욱 더욱 회상에 잠기어 반추의 쓴 물을 참어삼키는 것이리니 오래간만에 죽장망혜로 요산요수를 찾아가는 몸은 인자도 아니언만 사랑과 용서에 잠기고 지자도 아닐텐데 활연(豁然)한 평정(아타락시아)에 마음이 가득하여 새벽의 창외경물(窓外景物)이 그렁성 새롭고 반갑다.

차는 달린다. 의정부, 덕정, 동두천의 들판을 문명에 고역하는 우리의 기차는 내닫는다. 왼쪽으로 도봉의 연봉과 바른쪽으로 수락의 자산(赭山)을 감돌며 요설(饒舌)과 환희에 차 있는 우리의 차간을 끌고 우적우적 북으로 달린다. 한쪽 귀퉁이에 묵묵히 앉어 밖을 내다보고 있는 나에게 누구인지 말을 건네는 이가 있으나 나는 못들은 체하고 오랜간만에 상(床)받는 이 가을 자연의 진수성찬을 한껏 마음껏 향락하려 하였다. 다변도 좋고 탄성도 좋다. 그러나 나는 오늘부터의 내 나그네 살이가 안해도 좋은 응대에 흐트러지기를 원치 않았다. 익애(溺愛)하는 벗과 같이 길을 떠났다 하더라도 나는 응당 부득이한 사무적인 이야기 이외는 하지 않았으리라. 차창에 턱을 고이고 환전(幻轉)하는 경물을 보며 싫기는 싫으면서도 사상(四想)에 잠기고 반추에 겨를 없으리라. 어찌할 수 없는 나의 사상(思想)하는 성벽의 소치다. 아무도 방해하지 않고 또 아무에게서도 방해를 받지 않으며 고요히 생각하고 중얼거리고 싶다는 것이 나의 원망이다. 그러나 이번의 나의 길은 혼자가 아니요 여럿이며 또 단순한 유산(遊山)이 아니라 수학여행단의 인솔자의 한 사람으로서 가는 길이다. 혼자서 순수한 관(觀)의 세계에 고고할 수도 없으며 무슨 새로운 해석을 쥐여짜낼 한가(스콜라)도 없는 길이다. 그러나 나는 부동의 거대한 산의 용적(容積)에 혼자서 지지 눌려보고 싶었다. 첨봉삭벽(尖峯削壁)의 정상을 휘날러 만이천의 무명(无明)을 조파(照破)하는 영묘한 열락을 누리고 싶었다. 비록 두 번째 길이기는 하나 철나고 물정 알어 제법 볼 줄 아는 눈을 가지고 보아보자는 간절한 의

욕이 움직임을 금할 수 없었던 것이다.

많은 사람이 일시에 들썩하고 모든 재비가 자유롭지 못한 이번 길이나 마음껏 산을 즐기는 복을 가져보자고 하였다.

이것이 내가 달리는 차중에서 뭇둑뭇둑 키이는 기원이었다. 남들이 평범한 감탄을 연발하더라도 나는 그것에 얼리지 않고 나의 관(觀)의 세계를 파헤집어보고 싶었다. 그리하여 벽계영홍(碧溪映紅)과 만학천봉(萬壑千峰)을 가없는 내 마음의 꿈으로 어루만져 보고져 하며 지금 이 기꺼운 나그네길을 떠나간다.

햇말은 어느덧 전곡(全谷)벌의 명랑한 기류를 뚫고 흐르고 있다. 다시 없이 반가운 날이다. 나는 나의 하찮으나 애틋한 원망이 충족되어 가는 듯하여 무엔지 모르게 마음이 즐거웠으나 또 한편으로는 고연이 설레이기도 하였다. 그것은 저 때묻고 찌드른 도시의 많은 눈들을 떠나 불과 일주일일망정 낮에는 참새같이 자유롭게 회상을 물리치고 좋은 산경을 누릴 것이며 밤에는 "개와 같이 피곤하여 신(神)과 같이 잘 수 있는 것"(하이네『할츠 기행』)이 행복감을 넘어 지나 가슴을 어이는 듯한 때문이었다. 참으로 나그네의 마음에는 성자가 잠잔다. 그저 홀가분하게 역로(驛路)의 산야를 실컷 즐기며 많은 마을을 지날 때에 어찌 사유(私有)에 눈붉어 날인(捺印)을 요구하는 마음을 가질 겨를이 있으랴. 안계의 모든 것이 다 내 것이니 나의 행로를 막을 이 없다. 어찌 그 순수하고 정온한 마음의 나라를 흐릴 줄이 있으랴.

차는 어느덧 철원역에 굴러 들었다. 니무도 명랑하고 이름다운 날씨다. 지나기는 여러 번 하였으나 처음 내리는 이곳의 풍물이 그저 마음에 든든한 듯 사면을 휘둘러 볼 사이도 없이 내금강행의 전차를 갈아 타고 자리를 정하고 나니 십분의 여유는 먹이 차서 출발차의 신호가 난다. 인제 오래두고 다시 또 보자고 애끼고애끼던 금강의 수봉(秀峰)

을 볼 것도 불과 사오시간 이내의 일이다. 가을의 산을 찾는 여인(旅人)의 마음에 길이길이 영산(靈山)의 기쁨을 어서 한껏 누리게 하여 주소서. 나의 제일의 기원은 이것이었다.

해맑은 가을하늘 구름없이 드높은데
江山도 좋을시고 秋思도 迢迢로다
逆旅에 醉토록 누리리나 楓岳어서 보고저

## 2. 운하(雲霞) 속의 단발령

한 정거장 두 정거장 금강에 가까워 갈수록 벽공에 빛나는 아침의 산자(山姿)는 청수한 남회색으로 끼끔하게 북동방으로 병풍같이 죽 둘러서서 원래의 손을 맞이하려는 듯 다음다음으로 남화(南畫)의 그림폭을 내건다. 어느 모로 따져 보더라도 쇠잔해 빠진 마을과 마을을 뚫고, 정동으로 내닫는 이 쇄낙(灑落)한 시골 전차의 운율적인 바퀴소리에 맞춰서 코장단을 치며 북창에 비겨앉어 내다보는 내 눈은 차차로 현란해 가는 풍물에 어리어리해졌다. 보고는 감고 감었다가는 또 보며 그저 가슴 속에 뭉쳤던 응어리를 긴숨으로 뽑아내니 후련하여 살 것 같다.

수년래 지지쯔들려 지내오는 우울이니 다시 없이 시원할 것은 더말해 무엇하랴. 김장밭이 푸른 멍석처럼 하만히 널려 있는 동송(東松), 양지(陽地)의 간이역을 지나 정연(亭淵)역에 다다르니 그 남쪽 단애에는 영롱히 단풍든 오색 담장이와 옷나무 잎이 가까이 반기어 준다.

그 밑에는 새맑은 푸른물 전차에서 내린 젊은 여인의 애기를 둘러업은 인조 분홍 포대기가 그물에 대조되어 더 유난히 새롭고 빛난다. 이 정연역 부근에는 창랑정(滄浪亭)이라는 좋은 경치가 있다 한다.

이 전차에는 별로 타고 오르는 손이 없다. 손들이 많았으면 그 행장으로 미루어서 그들의 살림을 짐작하겠는데 각반치고 안경쓴 두어 사람의 관청관계인 듯한 손을 보았을 뿐, 내금강역에 도착하기까지 별로 이렇다할 처음보는 지방의 인정에 접하지 못하는 것이 서운하였다. 그러나 "무엇 별 것이 있을라구"하고 애초부터 단정해버리는 것은 여인(旅人)의 본령이 아니다. 물론 타작하는 모양 도리깨질하는 광경, 열어제트리고 간 싸리문으로 들여다보키는 다 쏠린 가(家)의 살림살이 같은 것이 내눈을 거치기야 하지만 그래도 몸소 마주대고 그 근방 사람과 이야기를 하는 것도 아니요 통성명을 하고 인사를 하려는 것도 아니고 그저 잘뚝잘뚝한 토막 두토막 말을 건네는 동안에 나는 지금 먼 지방을 지나고 있다하는 여인(旅人)된 의식을 소실(小實)히 하며 의식 그것을 즐기는 것이다.

갈수록 외외(巍巍)한 산용(山容)과 깊은 골이 나의 눈을 즐겁게 하여준다. 살아움직이는 생활의 모양이 외롭고 보잘것없는 대신에 순간순간 눈앞에 전개되어 가는 이 장중한 청추(淸秋)풍광은 저절로 옷깃을 여미게 한다. 금화(金化), 행정(杏亭), 금성(金城)의 비교적 다조붓한 마을의 시체모을(sic) 내다보며 헛튼 생각에 잠겼다가도, 이 갈수록 유수(幽邃)해지는 산골의 경물에 마음은 다시없이 긴장하여진다. 금강에 들자면 아직도 두 시간 반 이상이나 걸린다. 그런데 벌써 그 외곽경개가 주는 시위(示威)가 이같이 크고 장하다 하면 금강 그것의 모양이아 어떠할까.

금성을 지나자마자 우리의 전차는 제법 긴 굴로 들어갔다. 아이들은 기차 생각만하고 차창을 닫느라고 야단이다. 매연을 막으랴는 까닭이다. 그러나 옆에서 "이것은 전차다. 왜 창을 닫어"하고 놀리니 그제야 깨우친 듯이 웃음이 터지며 서로 희롱한다. 특등실까지 있는 삼량이나 연결한 전차이니 얼른 보아 기차와 다를리 없다. 기차가 굴을 지날 때에는 창을 닫어야한다는 것은 저보다도 남을 위한 겸양의 도덕이다. 그 관습이 우리의 어린 동무들에게 그같은 반사작용을 일으키게 한 것이다. 창을 닫으려하던 아이들은 쭈뼛쭈뼛 머리를 긁으며 주저물러앉았다.

거의 20년이나 되는 지난 날의 일이다. 내가 시골서 보통학교에 다닐 때에 춘천(?) 수비대는 어느 때나 군인들의 금장에는 79라는 숫자를 다는 것이라고 생각하고 있었던 것이다. 그러나 내가 서울로 공부하러 와서 79만이 아니라 78, 28의 금장 수자도 보았고 때로는 77, 76등의 잡다한 표식을 보고 군인이면 79라는 관념이 깨어졌던 것을 생각하였다. 전차면 반드시 도회지나 그 근방에 운전되는 것으로 생각하였고 또 그것을 타고 굴을 지나본 일이 없는 아이들이니 매연을 막으려고 창을 닫는 것이 한쪽으로는 귀여워도 보였다.

차는 점점 깊은 골로 들어가는 데 따라 산비알을 감돌아 올라간다. 그럴수록 철도 뚝밑을 흐르는 시내물의 청징한 정도도 더하여간다. 탄감(炭甘)의 굴을 벗어나 창도(昌道), 기성(岐城)을 지날 때에는 새맑은 푸른 물이 여울을 지어 흐르다가, 군데군데의 담(潭)에 모여 머뭇고 다시 급단(急湍)을 지어 흐르는 경관은 본격적으로 금강의 초입임을 말한다. 조약들의 수까지도 세일 수 있을만치 맑게 들여다 보이는 그 푸른 물빛, 하도 청정하니까 모두들 부지중에 탄성을 발하며 호재를 부른다. 줄곧 끼고 오던 이 개울물이 다른 물줄기와 합하여 남으로 흐르는 곳에 철교가 놓여 있다. 이 철교를 지나며 차창으로 내다보는 현리(縣理), 화계(花溪)의 수석(水石)은 절경에 들어가는 다시 말할 수 없이 깨끗한 가경(佳境)을 이루고 있다.

말로만 듣던 단발령(斷髮嶺)을 이제 굴을 뚫고 지나간다. 조이 오, 육분은 걸렸으리니 아마 거의 오리나 되는 긴 굴이리라.(사실은 一리 남짓하다 한다) 말인즉슨 마의태자가 망해가는 신라를 구하려고 이 영상(嶺上)에서 불타에 기도하며 삭발한 때문에 얻은 이름이라고도 하고 또 세조대왕께서 만신창을 고치려고 불공드리러 금강으로 행행하실 때 이 영상에서 단발치성한 고사에 의하여 얻은 이름이라고도 한다. 준험한 이 숭악(崇嶽)이 꽉막어서서 속계와 불계를 절연히 나누어 논 이 고개야말로 예로부터 얼마나 금강을 찾는 손을 울리었을고! 이윽고 전차는 다시 광명세계에 나왔다. 홀연 운하 저쪽에 가리워 흘립(屹立)한 수장(秀嶂)들이 육부(肉膚)에 느껴지는 청징한 공기를 통하여 안계에 들어온다. 굴로만 지나온 단발령을 논란하는 것은 온당치 않으나 그저 부피가 크고 높으며 골이 깊어서 금강행을 방해하여 왔다는 점에서 전부터 이름을 냈을 뿐이지 이렇다할 자연미의 풍광은 가지지않은 뫼뿌같다. 그러나 급내배(急句配)를 뒷거름질까지도 쳐가면서 요리조리 돌며 나리닫는 상쾌한 처미(凄味)란 좀처럼 얻어맛보기 어려운 이 고개의 자랑이다.

발밑의 천척심학(千尺深壑) 아슬아슬 피해도니
운기봉령(雲氣峯嶺) 청천외(靑天外)라 그 더욱 장하고야
어즈버 심우(心友)없으니 이 경개를 어이리.


## 3. 위대한 향응(饗應)

언제보든지 싫증나지 않는 것은 산이다. 풍경미를 향수하려고 하는 사람에게 산이 없는 풍경만을 보여준다면 그는 곧 실증을 일으킬 것이

니 자연을 사랑하며 장대오묘함을 즐기려하는 사람에게 산을 보아서
는 아니된다고 하면 그보다 더 큰 고통이 또 있으랴.

중중무진(重重無盡)한 산 넘어 또 내닫는 깊은 골을 오르고 건너며 쉬
엄쉬엄 바라보는 정취란 등산가가 아닌 나에게도 다시없는 기쁨이오
동경이다.

그러나 호머 시대의 희랍인들은 엄청나게도 산을 추(醜)하고 무서운
것으로만 보아 그것을 저주할 것이라고 하였다. 미경(美景)이라고 하면
언제나 샘물이 흐르고 녹림이 우거졌으며 그 앞으로 목야(牧野)가 널
려 있는 것이었다. 그러나 이 산악국의 지혜있는 주민들이 언제까지 산
을 상미(賞美)의 대상은커녕 무섭고 보기 싫은 것이라고만 생각할 수는
없었다. 드디어 종교적 상념을 자극하여 외경의 대상이 되어갔다. 산정
에는 신이 사는 것이라고 하였다. 특히 여신은 산 속에 집을 가진 '산의
어머니'라고 생각되었던 것이다. 극히 초기의 희랍인이 가지고 있던 지
하예배의 관념은 그 문화의 전진에 따라 범백의 지상물에서 신성을 보
았고 특히 산악과 그 정상을 신성시하였다. 이것은 즉 산이라는 것이
인문의 발달에 따라 인정의 기미를 울려내는 힘이 점점 크다는 것을
발견해 가는 역사적인 변천역정을 보이는 것이라고 생각한다. 도처에
산맥이 반거(蟠據)해 있는 그곳의 고대인들이 산을 미적 향수의 대상으
로까지 보는 데에는 이르지 못하였다 하더라도 종교적인 숭고감은 느
끼게 되어갔다. 희랍인은 부처도 말하는 바와 같이 외적 자연의 영향에
대하여 근대인보다 둔감하지는 않았다. 도리어 그들의 감수성이 예민
하기도 하였으나 우리와 같이 성찰적이지는 못하였던 것이다. 파도치
는 바다나 정막(靜寞)한 숲까지도 예술에 배치하는 것이라고 생각한 그
들이니 척준(瘠峻)한 산이야 더 말할 것 있었으랴.

산을 미적 내지 주상적(胄想的) 향락의 대상으로 여기게 된 것은 아

마 근대 낭만주의의 시대에서부터가 아닐까. 이것은 극히 상식인 생각에서 하는 말이나 사람이 자연에 몰입하여 그것을 정관하며 즐기게 되자면 자유분방한 정신생활과 그것의 예술적인 창조가 수반하여야만 할 것이다. 불후의 명화 〈모나리자〉를 그린 다빈치와 기복무쌍한 자연에 대한 사랑에 잠겼던 루소. 하나는 회화에 있어서 산의 험준유수표묘(險峻幽邃漂渺)함을 발견한 사람이요 (〈모나리자〉의 배경인 산을 보라.) 또 하나는 상념으로 산과 절벽의 미를 향락한 사람이었다.(루소가 귀자연을 외친 것도 연유없는 일이 아니다.)

참으로 산을 속마음으로 좋아 즐기며 그것에서 무한한 정신적인 감흥을 느끼게 된 것은 이 두 사람 이후의 일이라고 할 수 없을까. 짐멜이 『철학적 문화』 속에서 알프스 산을 보고 생명의 충일하는 부동, 직탐(直探), 침묵의 상(相)을 향수한 것은 최근의 일이라고도 할 수 있다. 그와 같이 나도 금강의 위대한 준봉을 우러러보고 천인(千仞)의 심학(深壑)을 굽어볼 제 자연의 생명의 실상에 참획하는 내 자신을 발견하는 것이었다.

산익수수익청(山益秀水益淸)의 경관이 향선교(向仙橋)에서부터 전개한다. 이 다리에서 대성(大成)하는 만폭동의 집성(集成) 계곡을 거슬러 올라가며 맞고 보내기에 경황이 없는 이 경물! 소나무와 전나무가 양가에 죽 늘어서서 깊숙한 행로수(行路樹)를 지은 긴 길을 다 뚫고 들어가면 문선교(問仙橋)다. 이 다리에서 석가지장(釋迦地藏), 관음, 장경(長慶)의 기봉(奇峯)에 둘러쌓여 단풍 빛에 은영(隱映)하는 장안사의 섬려고아(纖麗古雅)한 전우(殿宇)를 바라보는 것은 아무리 오래 서 있어도 실증이 나지 않는 장관이다. 남들은 흔히 좋은 경치를 보면 그림같다고 한다. 그러나 내가 지금 우뚝허니 서서 일없이 바라보고 있는 이 웅려한 둘레를 뉘라서 그림으로 본을 떠 낼 터인가. 대웅보전 앞에서 동북으로 서로 맞부르는 죽순같은 뫼 뿌리들을 가르치며 할 듯 할 듯 암말 못하는 아이들의 감탄성이 부르면 대답할 듯한 바로 앞에 석벽수장(石壁秀嶂)에 메아리를 하여 되돌아오는 듯, 워낙 궁통이 크고 속이 깊으며 강인하고 엄전한 이 장미(壯美)의 경연은 모든 것을 집어 삼킬 듯이 부적부적 나의 오관칠정을 윽박질르며 덤벼든다. 오백마디가 한졸가리도 남지 않고 다 조릿조릿 오그라들고 바서지는 것 같다. 저 너무도 선명하고 아름다운 단풍이 인제는 원망스러워졌다. 몹시도 자릿자릿하게 충격을 주니, 고만 미(美)와 장(壯)과 영(靈)의 포식에 식상을 일으킬 지경이다. 한껏 주렸던 몸이었는지라 아직도 누릴 경(景)이 쌓이고 벌렸건만 벌써 가슴이 후련하고 정신이 날듯하며 육부가 촉감에 뛰며 단다.

확실히 나는 흥분하였나 보다. 안내하는 사진사를 따라 남들은 지장봉을 끼고 우로 꺾어 명경대의 길을 잡어들었다. 그러나 나는 인공과 자연이 어울린 이 고찰의 경내를 서성거리며 보고 또 보고 다시 되돌아보며 발을 옮기기가 안타까웠다. 스탬프를 찍느라고 맨뒤에 떨어져 있던 한 장난꾸러기가 내 모양을 이상히 여기는 것 같아 평범으로 가장하며 벽계 둔덕의 양장(羊腸)을 쫓아 올랐다.

천향수성(川響水聲)이 정적의 골을 울려나린다. 그 소리가 비록 웅장하지는 않다 하더라도 저이의 어머니인 이 많은 뫼뿌리와 같이, 속이 맺히고 올차며 청랑하여 그 향운(響韻)이 여느 산골의 내솟는 물소리와는 딴판으로 무언지 모르게 듣기가 좋다. 아마 이러한 영산숭악(靈山崇岳)인지라 그렇게 들리는 것일는지는 몰라도 물소리까지도 나에게는 유심히 새롭고 맑으며 여무진 것 같았다. 작년 장마에 떠내려 가다가 육중한 철삭(鐵索)에 붙잡혀 매달린 나무다리 판에 앉아서, 바위틈을 새여 담(潭)을 이루고 다시 적은 폭포가 되어 내려쏟는 물을 들여다본다. 그러다가 머리를 들고 삭벽(削壁)에 내리깔려 덮은 단풍을 바라보는 것 같이 즐거운 일은 없을 것이다. 손씻기도 민망한 맑고 깨끗한 물이오, 새조차 날지 않는 숭산심곡(崇山深谷)의 오후다. 명경대 밑에서 사면을 바라보면 다 절벽이오, 그 밑을 흐르는 것은 듣기에도 끔찍한 황천강의 벽징(壁澄)한 물이다.

북쪽으로 남향하여 이, 삼백척은 될 듯한, 앞으로 구부정한 네모난 바위가 담을 이룬 이 강물에 살며서 투영하여 틈바구니에 난 단풍이 유난히 선명한 적등색을 반조(返照)하고 있다.

아까 장안사에서 받은 충격은 아직도 다 사라지지 않고 있다. 너무도 위대한 향응에 접하며 황홀히 어떤 것부터 집어야 할지 몰랐다가 이제야 겨우 좀 진정을 하고 다시 뒤를 따라 영원암(靈源庵)을 향하여 발을 옮겼다. 제법 큰 신나무들이 동이만큼씩한 돌사달을 따라, 길옆에 뵈게 서 있는 데, 우리는 그 그늘 밑으로 지나간다. 해는 저녁 겨느리때나 되었으리라. 단풍은 신나무 잎사이로 새여 비치는 햇발은 이제 난 길 위에까지 물을 들여놓는다. 붉고 누른 기운이 완연히 길 위에 비친다. 그 단풍 든 품이 여북 진하여야 그러랴. 명경대의 골짝이는 좁으니만치 진한 단풍 기운 때문에 물빛이 더 곱게 빛나 흐른다. 영원암을 다녀내려 오면서도 다시 단풍나무와 잡목의 노수(老樹)가 무성한 울림의 세경(細徑)을 지날 때 아까 올라갈 때에 본 '신라고적'이 고연이 심정을 들쑤셔 거린다. 신라 태자의 단장애화가 얼키어 질척한 산기(山氣)가 지금노 녹초에 예런듯한 폐허에 서리어 있다. 웬일인지 과객의 애수를 자아낸다. 고려에 대한 굴욕감, 벌써 멸망한 신라를 부흥하려는 계획을 품고 이 황천강 계곡에 은복(隱伏)하였었다는 것은 지금엔 덧없는 전설로 화하고 말았다.

황혼이 빗기이니 홍엽 더욱 금수(錦繡)로다.

예런 듯 천년폐허 청계 옆에 말없으니

가슴속 깊이 감춘 뜻 이제 어이 찾을고.


## 4. 법열의 만폭동부(滿瀑洞府)


만폭동의 계곡은 한말로 말하면 조화의 영묘한 잔치를 차릴대로 차린 청미채낭(淸微彩朗)의 동학(洞壑)이다. 중중다첩(重重多疊)한 삭봉(削峯)에 어울리는 감벽색천공(紺碧色天空)에, 편편백운(片片白雲)이 넘어가고 넘어오며 눈여온자(嫩麗蘊藉)한 적은 폭포들이 흰 구슬을 흐트리며 담벽(潭壁)에서 떨어지는데 만산홍엽은 추광(秋光)에 더욱 빛나 탐승자의 마음을 갈수록 격앙시킨다. 만목경색(滿目景色)이 모두 즐겁고 든든하며 신선하다. 이러한 사이에 전설에 얽히인 기암과 애화에 눈물지는 연담(淵潭)이 군데 점철되어 관자(觀者)의 정신을 끝없는 정서의 세계로 몰고 간다. 안내자가 해 주는 그곳그곳의 설명 같은 것은 귀에 들어오지 않는 자연과 혼연히 일체가 된 경애(境涯)다. 가도 또 있고 들어갈수록 더욱 기려(奇麗)한 만폭팔담(萬瀑八潭)의 급단(急湍)을 이루며 곡류(曲流)하는 대암반의 풍광, 뇌뢰(磊磊)한 거암이 이끼를 쓰고 금방 떠거리를 하며 내가 서 있는 쪽으로 쓰러져서 요 미약한 육신을 갈아마실 듯하다.

좀 떨어져서 보면 앞이 콱막히어 들어갈 수 없는 듯하면서도 가까이 가면 흑갈색의 급하직립한 초애(峭崖)를 끼고 도는 계류가 내닫고 계류가 내달으면 그 언저리에는 반드시 적은 소담(沼潭)이 있는데 잔잔히 악음(樂音)을 내며 떨어지는 귀여운 폭포가 수렷이 걸려 있다. 이 계류를 따라, 돌을 쌓고 철쇄로 난간을 한 위태한 벼랑길과 엄지같이 굵은 철사로 무지스럽게 나무에다 매놓은 외나무다리를 건너며 굽이굽이

돌아들어가서, 내금강 팔담(八潭)이 끝나는 어물에 보덕굴(普德屈)이 있다. 멀리서 바라보기에 벌써 기중(奇中)의 기(奇)요 위중(危中)의 위(危)다. 그 가파른 수백장 현애(懸崖)에 동주일본(銅柱一本)에 떠받들려 있는, 교묘를 극(極)한 구조는 도무지 이 세상 것이라고는 생각되지 않는다. 뒤로는 법기(法起)의 준봉을 지고 앞으론 만폭계곡의 운화동천(雲化洞天)을 굽어보며 인공과 자연의 천고의 비기(秘機)를 얼러짜내논 이 암각은 진실로 일대 경이다.

구슬방울이 쉴새없이 튀어나려 굴르는 분설담(噴雪潭)의 석반(石盤)에서 점심을 먹고 아픈 다리를 단장에 의지하여 한 계단, 두 계단, 자연석의 층계를 올라갔다. 까맣게 치어다보이던 것이 차차로 가까워 올수록 멀리서는 신택(神宅)같이 보이던 이 암자의 모양이 명료해진다. 이 암자는 사간 넓이 이간 통쯤되는 일(一) 소와옥(小瓦屋)과 절벽에 뚫린 관음굴을 의지하여 구축한 기각(奇閣)의 두 채로 되었다. 주지의 안내로 신발을 벗고 들어서면 내부는 동북으로 뚫린 굴을 중간에서 막고 적기는 하나 제법 아늑하게 꾸민 장판방이다. 장판바닥을 뚫은 한 적은 구멍으로 천야만야한 절벽을 내려다보니 소름이 쭉 끼치어진다.

근 천년 동안이나 일본(一本)의 구리기둥에 떠받들려 만폭동학(萬瀑洞壑)의 침중정적(沈重靜寂)한 옥류급단(玉流急湍)을 굽어보며 만억(萬億)의 순례자를 탈없이 맞고 보냈으니 방안에 걸린 관음상의 자비도심(慈悲道心) 때문이었던가 그 위험천만의 단애에서 떨어진 사람이 일찍이 없었다 한다.

이 보덕굴이야말로 참으로 유수(幽邃) 웅장 복잡 다채한 전(全) 금강을 들어 자연의 묘법, 인간과 종교의 혼몽한 역사를 설시하는 표징이다. 볼수록 괴기(怪奇)하고 따질수록 경이롭다. 그 회흑색 위루(危樓)가 오색추홍(五色秋紅)을 배경하여 서남으로 향로의 제봉과 대조되는 경개는 진실로 언어에 절(絶)하는 신비요 법열이다.

　나는 더욱이 굴을 의거하여 종교적 도장을 건축하였다는 데에 많은 흥미를 느꼈다. 나는 굴을 언덕삼아 전각을 지어놓고 그 속에 종교적인 우상 더욱 불상을 안치하여 놓은 것을 꽤 많이 보았는데 이 보덕굴도 그 중의 하나이다. 옛날옛적 희랍인의 저 유명한 신앙적 영장(靈場)인 '델포이'(혹 델피)라는 지명은 희랍어 '델프'에서 연유한 것인데 그것은 구멍(同穴)을 의미한다. 그들의 조박한 초기신앙은 지하숭배이었다.(오토 케른『희랍인의 종교』상) 그리하여 동혈이라는 것을 신령시 하여 그 속에는 신이 주거하는 것이라고 하였다. 불교에서 동혈을 범상시 하지 않는 것과 초기 희랍인의 동혈관 사이에 무슨 관련이 있는 지 없는 지 나는 모르나 어떻든 재미있는 대조라고 생각하였다. 보덕굴의 창건에 있어서 이 동혈과 무슨 종교적인 관련이 있었느냐고 나는 주지에게 물어 보았으나 그는 모른다고 하였다.

　보덕굴을 얽어 지어 논 회정선사(懷正禪師)가 아무 종교적인 까닭이 없이 그저 기(奇)를 즐기는 단순한 이유에서 만든 것은 아닐 것이다.

　금강산은 종교-불교의 영장(靈場)이다. 그 명칭부터가 불경서 전거하였다 하거니와 사실 모든 지명과 봉명이 다 불교에서 우러나온 것이 아님이 없고 또 불교적인 전설로 꽉 싸여버리고 있다. 이 금강산의 불교적인 설화와 조선인의 산악에 대한 사상은 한 큰 연구제목이 될 줄 아나 어쩌면 그렇게 알뜰살뜰이 이 절경이 불교일색으로 물드러져 가지고 있는 지 알아볼 만한 일이다. 안(案)컨되 이 숭악(崇嶽)이 불교전래 이후에 수도 행각하는 운수승에 의하여 비로소 세상에 소개된 까닭으로 그 봉악(峯嶽)의 수(秀)와 계곡의 기(奇)가 불경의 전설에 부회(府會)되어 알려지게 된 것이요. 그것이 다시 분화전탁(分化轉托)된 것이나 아닐는지 모르겠다.

불과 십리도 못되는 만폭동부의 절세경관을 마음껏 누리며 쉬엄쉬엄 단장을 끄는 것 같이 천하일품인 향응은 다시 없을 것이다. 그 미와 장(壯), 기(奇)와 징(澄)을 골고루 전관(展觀)시키는 헌걸차고 깨끗한 일조(一條)의 계곡이 보덕굴에 와서 그 절정에 달하고 나면 길이 물을 따라 그윽한 수림을 뚫고 동북으로 전(轉)하는 데 한참동안 청려담간(淸麗淡澗)을 발밑에 굽어보며 올라가면 북동으로 엇비슷한 한 큰 골짜기가 나선다. 이곳이 마하연이다. 벌써 해는 서산에 설핏하다. 단촉한 일정인지라 짐을 얼른 여숙(旅宿)에 맡기고 곧 백운대를 올르기로 하였다. 너무나 좋은 경물에 포식하였는지라 웬만하면 식곤증도 생길 법도 하건마는 이 포식은 누리고 또 누려도 싫지가 않고 점점 더 속이 헛헛해지는 진기한 생리의 조화를 가진 것이다. 단숨에 만회암(萬灰庵)을 지나 잡목 사이로 난 좁은 길을 요리조리 오르고 내리기를 십수분하면, 오뇌를 절한 정적 속에 가만히 초봉(峭峯)을 우러르는 깊은 구렁에 내려선다. 또 철쇄로구나 하고 기운을 꺾다가도 저 봉마루 위에는 필시 또다른 경관이 기다리고 있으리라하고 생각하니 붓적붓적 다리에 힘이 오르고 마음이 바뻐진다. 조심조심 흔들거리는 철쇄를 붙잡고 올라간다. 통나무를 잘라 만든 사다리인데 간신히 한 사람이나 오르고 내릴 수가 있지 동시에 비켜서서 승강할 수는 없는 억지로 떼를 써서 만들어 논 거의 구십도의 벼랑이다.

다시없이 처미(凄味)를 만끽하며 올라간다. 천인절벽이 삐끗하면 금방 집어삼킬 듯이 아가리를 벌리고 있다.

쇠줄을 다려잡고 한참씩 쉬일 적에
절벽에 덧는 낙엽 잎잎이 추의(秋意)로다
군봉이 모하(暮霞)에 잠겨가니 여정 더욱 외로워.

## 5. 절세몽경(絶世夢境) 백운대

　백운대! 만폭동계곡의 끝구석인 이곳에 백운대 같은 신역(神域)이 만고의 유승장관(幽勝壯觀)을 앞뒤로 어거하고 중앙에 엄연히 용립(聳立)하여 가지가지의 조화를 다 베풀어 놓았음은 또 그 무슨 천기(天機)의 묘법인고! 앞으로는 준초(峻峭)한 중향성(衆香城)이 첨순자봉(尖筍紫峯)을 이고 뇌락(磊落)한 수백장 단벽(斷壁)에 만물상을 그리며 병풍 같이 둘러 섰는데 그 한쪽 뿌다귀는 동북으로 뻗쳐 운외(雲外)의 영랑선봉(永朗仙峯)과 연하였고, 뒤로는 법기관음(法起觀音)의 수봉(秀峯)이 옹립하며 연화대 가섭봉을 끼고 늘어섰다. 이 모든 뫼뿌리를 영솔하고 한 가운데 버젓하게 우뚝솟은 웅위한 이 백운대! 참으로 만폭동과 또 다른 경상(景象)을 펴늘어놓은 이 자리의 황홀도취! 만산홍엽은 얕을수록 진하고 높을수록 얇게, 이 무량무진한 몽환경을 다시 더 수려하게 만들어준다. 해발 구백칠십미터의 정상에서 중향성을 건너다보매 넘어가는 햇발에 영롱한 운층(雲層)을 이루는 조각구름들의 무데기 무데기를 쳐다보는 장관은 그야말로 불가형불가유(不可形不可喩)다. 대상(臺上)은 겨우 수십인이 맞붙들고 바위에 의지하여서야 동시에 앉을 수 있을만치 위태하다. 발하나 삐끗하면 벌써 이 세상 사람은 아니다. 직하천척(直下千尺)의 삭벽(削壁)에는 악마디 솔포기가 틈바구니에 끼어나서, 그 심학(深壑)을 중간에서 막기에 망정이지, 그렇지 않다하면 현기가 나서 실족할는지도 모를 천하의 위벽(危壁)이다. 이러한 비장미에 어울린 건너편 석양의 중향성은 실로 미의 집대성이오 장(壯)의 총연(叢淵)이다. 도대체 이 언저리는 필설로 진(盡)할 그러한 경애(境涯)가 아니다. 거창한 만화총(萬華叢)이요 호탕한 운환경(雲幻境)이다. 나는 정신을 잃고 고만 헛개비에 홀린 것 같이 내려갈 줄을 모르고 앉아 있었다. 숭고, 장절

(壯絶)의 이 산용(山容)이여!

숭고라는 것은 위대와 장애를 느끼는 감정이다. 고도(高度)와 용적(容積)의 철철넘는 충일을 안아마시는 흉금의 생리다. 이 감정과 이 생리에 정신과 육신을 흠싹 적시며 매료되어 멍하니 단장을 집고 앉아 있는 나의 모양은 필시 미와 장(壯)에 취하여 진저리를 치는 치자(癡者)와 같았으리라. 진실로 이날 이때까지 자연에 대한 나의 사념은 너무도 옹졸하였었나니 오늘의 이 자리가 얼마나 충격적인가를 보아도 알 만한 일이다. 반발하고 거척(拒斥)하면서도 또다시 포용하여 조화하는 이 비부(秘府)의 변증법! 운동이 아니라 부동이요 생명이 아니라 무언이며 단속이 아니라 영원, 비약이 아니라 초절인 이 세계에서 나는 운동을 보고 생명을 느끼며 영원에 잠기고 초절에 자지러진다. 이것은 내가 지금 이 백운대에서 얻어가지는 관념변증법이다. 지상의 모든 영위가 이 백운대에서 얻어가진 모순과 조화의 웅굉(雄宏)한 변증법을 미도(味到)하지 못하고 범진(凡塵)의 차안(此岸)에 국척(跼蹐)하여 있음을 생각할 때 나는 다시 없는 불행을 보았다. 원생고려국일현금강산(願生高麗國一見金剛山)의 진의도 이 변증법의 몽유경을 체득하려는 기념(祈念)이었어야 한다. 금강도처에 쌔고버린 어슷비슷한 몽환경들 사이에서 웃둑 빼여나는 이 다채한 신궁을 본 것은 나의 이번 탐승 중의 백미였다. 진실로 초특(超特)의 장관이었다.

숭고와 장절의 대상은 우리의 일상생활의 권외에 있어야만 한다. 안이하게 향락할 수 있는 숭고와 장절이라는 것은 없다. 만일 그러한 것이 있다고 하면 그것은 아무것도 숭고도 아니요 장절도 아니다. 나는 이 금강산이 해를 따라 경편(輕便)하게 탐방할 수 있게 되어 가는 것을 서러워 하는 사람이다. 과학적인 진보는 대단히 좋다. 그러나 금강의 관상(觀賞)이 일상생활화해 가는 것은 이 신부에 대한 모독이다. 흔하면 귀하지 않다하거니와 "평생소원금강구경"이라는 애절한 마음을 충족하려고 여침노숙기십일(旅寢路宿幾十日)에 간신히 당도하여 대하는 절경이었으며 옛날의 금강산 손님이 이 신고의 여정에 못박히는 숭고, 장절의 안타까움을 이기지 못하여 자기의 성명을 각자(刻字)한 것일 것이라니 그 심회를 그저 유명욕(遺名慾)의 소치라고 욕하는 것은 옳지 않다고 생각한다. 기쁘거나 좋거나 할 때에 무슨 표적을 하나 내놓자고 하는 것은 인지상정이다. 내외금강의 도처에서 보는 그 많은 부지하허인(不知何許人)의 성명들에 나는 가끔 걸음을 멈추고 평소 소원을 풀고 간 그들의 명복을 빌어주는 것이었다. 이것이 여인(旅人)의 마음이다. 내 어찌 바위마다 있는 성명삼자를 욕하는 사람에 가담하랴.

금강의 모든 샘의 도근원(都根源)이라고 하는 금강수를 두둑이 떠 마시고 다시 또 볼날이 아득한 이 백운대의 선경을 등지고 내려오니 무엔지 모르게 서운한 마음이 용솟음친다. 잘 있으라고 되돌아보며 손짓을 하여도 못마땅하고 눈물을 흘린대도 후련할 것 같지 않다. 참좋은 지경(地境), 거벽(巨擘)스런 봉악(峯嶽)이로다!

마하연 여숙에 돌아오니 별미로 차린 성찬이 기다리고 있다. 감발아닌 스타킹을 벗고 생전 처음으로 입어보는 '도데라'를 입고 가서 따끈따끈한 물에 땀때를 씻고 목욕을 하고 나니 심신이 나는 듯 상쾌하다. 나 때문에 기다리고 있는 밥상을 대하니 식욕이 일시에 내닫는지 먹고 또 먹어도 자꾸 먹힌다. 평시라도 반찬만 웬만하면 한 주발밥은 좋이 먹는 나인지라, 스스로 괴이쩍을 것은 없으나, 산채에 육기에 또 계란에 포식을 하고 나니, 왼 세상 시름이 다 가시는 듯, 참으로 좋은 오늘이었다. 복 받은 오늘이었다. 식후에 둘러 앉아 잡담하는 여숙의 밤도 즐겁거니와 이야기해달라고 조르는 아이들의 훤소(喧騷)도 밉지가 않았다. 그러나 무엔지 모르게 마음의 한 귀퉁이에서 다시 살아나려는 산상의 사색을 억제할 수가 없었다. 낼 모레가 보름인 오늘밤에 달은 어째 안비치노? 마당에 나서 우러러보니 암만해도 비가 올 상이다. 서로 곤로봉 올라갈 일을 생각하고 오늘밤은 얼마가 쏟아지든지 그저 내일만은 개이소서 하고 빌었다. 그러나 양구(良久)에 빗방울이 듣기 시작하더니 막 쏟아진다. 쏟아진다.

밤은 점차 깊어간다. 비오는 소리 물내려 짖는 소리가 이 태고적인 정적에 어울려 가없이 내 기백을 집어 삼킨다. 산중의 외로운 여사(旅舍)에서 곤한 몸이언마는 잠못들어 전전반측하는 것은 감상의 정념 때문이 아니라 영혼 정련(精練)의 끝없는 이 승개(勝槪)에 지질린 까닭이었다. 이 깊고 깊은 비오는 밤에 첨첨중중(尖尖重重)한 봉만(峯巒)을 심경에 비치어 혼자서 회억하는 고독의 명묘(明妙) 이것을 어찌 휘황한 도시의 밤에서 가져 볼 수 있으랴. 아 태고적인 정적과 암흑이로다.

나그네 영산에 들어 잠 못 이루는 밤이로다.
태고적 가 없는 곳 농월(弄月)이나 하랐드니
오는 비 멎을 줄 모르니 여수(旅愁) 더욱 깊어라.


## 6. 눈 속의 비로봉

무에니 무에니해도 금강산 구경에는 비로봉에를 올라야 금강 구경의 참맛을 안다. 그러기에 비로봉으로 향하여 떠나는 식전처럼 긴장하는 날은 누구의 금강탐방 일정에도 없을 것이다. 참으로 그 위치부터가 내외금강의 중앙 왕좌를 점하고 있거니와 비로봉정(頂)을 등반하여 준삭(峻削)의 영기를 극하고 난 다음에라야 비로소 금강 구경의 자랑을 할 수가 있을 것이다. 내외금강 제역(諸域)의 웅혼한 동학(洞壑)의 군휘(群彙)를 마음껏 실컷 짓누리고 나서 그 모든 것을 총섭리하는 이 불멸, 삼엄의 숭봉을 정복하여 천지를 부앙하는 활달한 심흉이란 진실로 언어에 절하는 무량열(無量悅)이다. 금강산은 어느 모를 떼어놓고 보아도 그대로 완성된 헌걸찬 승경이요 영장(靈場)이나 그 모든 승경과 영장의 고차적 통일자인 이 비로봉이 중앙에 흘립하여 있는 것은 다시 없는 기쁨이다. 사상이나 현실이나 다같이 통일적 귀결을 바라고 기다리는 것이다. 그것을 이 숭악(崇岳)은 몸소 천성의 위용과 무언의 웅변으로써 범시(範示)하고 있다.

세계를 통털어서는 물론이요 조선에서만 하더라도 이 비로봉보다 높은 산이 백두산은 접어놓고도 관북의 제(諸)고봉 묘향, 지리 등 얼마든지 있지만은 그 선, 면, 색 세 가지의 미적 착종의 관계에 있어 이보다 뛰어날 산이 있겠는가. 옥삭(玉削) 기교의 첨봉이 안하에 전열하는데, 그 직싹한 선의 연면(連綿)과 만인(萬仞) 절벽을 홍수(紅樹)로 물드려놓은 면의 위초(危峭) 색의 미려를 구유한 산이 우리 금강밖에 또 있는가. 명산과 숭악이 천하에 쌔고 버렸지만 이 금강산 같이 이 세 가지를 갖초갖초 가지고도 그 위에 또 무량무진한 사상의 내면적 풍부를 그득히 않고 있는 산은 하나도 없다. 선, 면, 색의 내면적 풍부, 그 조화무쌍한 변환의 경애(境涯)에 틈입하여 불멸, 자연의 이법에 미도(味到)하고 싶었다. 아무리 최고급의 형용사를 써가며 이 광고(曠古)의 예술에 송찬을 올린다 하더라도 유유(猶惟) 부족한 그 품안에서 나는 숭고의 묘심(妙心)을 즐기고 싶었다.

이러한 심원(心願)에 뿌듯한 나는 말없이 맨 뒤에서 따라올라갔다. 그러나 팔절구곡(八折九曲)의 양장(羊腸) 험로가 오다가는 멎고, 그쳤다가는 또 오는 비에 조금만 한 눈을 팔다가는 큰일나는 판이다. 발을 주의하느라고 어느 겨를에 다른 것을 생각할 여지가 없으면서도 걸음을 멈추고 우러러보고 뒤돌아서 올라온 길을 굽어보며 쉬엄쉬엄 선다. 입사자협(立獅子峽)의 늙은 소나무와 쭉쭉 뻗은 젓나무의 수림을 헤쳐들어 갈 때에는 오히려 나았으나 금제(金梯)에 다다를 무렵부터는 진눈개비로 변하드니 고만 함박눈이 되어 버린다 올라갈수록 바람은 차고 쌓인 눈은 발에 쓸리어 녹자마자 얼어붙어버려 미끄럽기 그지없다.

눈속의 비로봉을 찾는다는 것은 좀처럼 해서 있을 수 없는 일인데 지금 우리는 기약지 않고 금강의 설경까지도 구경하게 되니 이런 복이 또 어디 있으랴. 벌써부터 바람이 차고 물이 말러붙어 승려없는 헹뎅그런 암자를 보았는데 심동(深冬)이 되어 설중(雪中)에 일체 행래(行來)가 그치면, 이 영봉을 찾을래야 할 수 없는 것은 더 말할 것도 없다. 만산 홍엽이 순식간에 애애(皚皚)한 육화(六花)에 덮이고 안계가 날리는 눈발에 아득하게 조라들어 설일색(雪一色)으로 화하니 이 유묘구원다채돌각(幽妙久遠多彩突角)한 금강의 영위는 그 속을 알아낼 장사가 없는 변환경(變幻境)이다. 금제은제(金梯銀梯)의 뱅뱅돌아 오르는 급준(急峻)의 기온은 한걸음 내딛어 다르고 두걸음 올라 다르다. 볼을 내갈기는 한기에 날려오는 함박눈이 쌓이고 쌓여 가파른 벼랑에서 무데기로 떨어져 단풍 나무 위에 가서 얹히면 그 압력에 빨간 잎 누른 잎이 하나씩 둘씩 구렁 밑으로 낙엽이 되어 내리는데 그것이 백설에 반영하여 더욱 운치 있는 미경(美景)을 이룬다. 이 안존하고 적적한 소경(小境)이 수없이 계속되는 가운데 오르고 또 올라 다리가 아프고 어깨가 지려서 주저 불러앉고 싶은 때에 간신이 비로봉의 안부(鞍部)에 다다른다. 그러나 강한 눈보라에 조망이 꽉 막히어 내외금강의 묘망(渺茫)한 군봉이나 동해의 호호창창(浩浩蒼蒼)한 천일색(天一色)을 다 빼앗기고 말었으니 이런 유감이 또 있으랴! 실로 다시 없는 유한이다. 그러나 이것이 또한 금강경(金剛境)의 특색이다. 이러한 의표에 벗어나는 환전(幻轉)하는 조화 때문에 비로봉의 등반이 더욱 귀하고 값가는 것이다. 이 신구허택(神區 虛宅)에서 모든 욕심을 다 부리려는 것이 벌써 그릇된 일일 것이니 장, 미, 숭으로 영조(營造)해 놓은 그 같은 향응을 받고서 또 더 바라는 것은 분수 없는 일일게다. 만팔백의 번뇌를 끊고 위의를 갖추어 이 봉상의 차단된 장엄이나 집어삼킬까. 지척을 불변할 일이 혼몽세계도 금강이니까 더욱 기릴건가?

전에도 농무로 해서 동남북으로 웅거한 제봉을 빼앗기고 헛되이 돌아간 일이 있었으나 그래도 그때는 운간(雲間)에 섬현(閃現)하는 동해는 보고서 쾌재를 외쳤었는데 이번은 철두철미 백망(白忙)이 되고 말았다. 눈은 쌓이고 쌓여서 두세치는 되리라. 이맘때의 단풍에 눈이라는 것은 생각할 수도 없는 일이나 그것이 이 산마루에서는 항다반의 일이란다. 그것이 벌써 기(奇)다 모순이다. 그러나 그것이 무괴(無怪)요 또 일치인 것이다. 역시 금강은 이 점만으로도 위장(偉莊)한 산이다. 거벽(巨擘)스런 심술쟁이다. 청효(淸曉)의 성적(聖寂), 청명(晴明)의 동망(東望), 석조(夕照)의 하봉(霞峯), 이 세 가지가 이 고령의 다시 없는 경상(景象)인데, 오늘의 혼몽세계는 이런 모든 것을 배척 길항하면서 약동한다. 나는 또 다른 새로운 장미(壯美)의 탄생을 보며 황홀한다.

여정이 바쁜지라 내려가고 또 간다. 그렇게 어려운 눈속의 돌사다리 길이지만 내려가는 것은 역시 올라가는 것보다 수월하다. 위험한 분수로는 지금 내려가는 구룡길이 더하지만 걷기에 힘이 훨씬 덜 드니 살 것 같다. 발, 손, 무릎, 엉덩이가 한데 어울리어 한 큰 발이 되어 가지고 차지데차진 눈투성이가 되어, 걷는지 굴르는지 모르는 모양으로 붙들고 사리며, 기대어 돌아서 내려간다. 미끄러워서 궁둥방아를 안찧고는 내려갈 장비(張飛)가 없다. 백화풍목(白樺楓木), 종수(樅樹), 오엽송(五葉

松) 등이 밀생하여 다래덩쿨인지 등라(藤蘿)인지가 그 밀림 사이를 빈틈없이 얽어논 곳으로 들어서면, 미끄럽기도 덜하고 아늑하여 추위를 덜게 되니 긴장이 풀려서 전신이 뇌곤(惱困)하여지며 땀이 든다. 진실로 설중금강의 험난까지도 겪게되니 이런 기쁨이 또 있을고!

경외(境外)에 또 있는 경(境) 무엇인가 하였더니
켜로얹힌 백설단애(白雪斷崖) 대로라 영루(零淚)지네
때아닌 한풍을 만나 낙홍(落紅)섧게 덧더라.


## 7. 험준의 비사문(毘沙門)


혁명시인 하이네는 낙양의 지가를 높인 그의 『할츠기행』에서 "위대한 시인과 같이 자연도 최소한의 재료를 가지고 최대의 효과를 내는 것을 알고 있다"고 말하였다. 이 불멸의 박행시인(薄倖詩人)은 자연에 대하여도 그의 예민한 기지의 관찰로써 쏘아보는 것을 늦추지 않았었다. 그의 이 말은 지금의 나에게도 타당하다. 더욱이 금강산을 두고 말할 때에 적절하다. 보이느니 영봉절벽이요, 나무요, 홍엽이요, 물이다. 이렇게 단순극소의 재료를 가지고 일쿠어진 이 비경의 갈수록 조화무쌍하며 돌아들수록 변환무궁한 계곡이 어디 또 있을까? 비로봉에서 용마석까지 내려오는 동안은 향회(香檜)와 고산식물 속을 헤쳐내리는 토양의 소경(小徑)을 뚫고 오느라고 별로 이렇다할 경개를 즐기지는 못하나, 차차 더 내려가는 데 따라 전개되는 미려담아(美麗淡雅)한 봉만(峰巒)의 용파(容婆)는 그것이 저것 같고 저것이 이것 같아서 구별이 안 된다고 말할 사람이 있을 것이나 좀 주의하여 즐기는 사람이라 하면 그 변전자재한 미묘의 차이를 간취할 것이다.

　얼마 더 내려오니 노수(老樹) 밀림의 험애(嶮崖)들이 나서고 이 험애를 구절십곡(九折十曲)하여 수십의 위벽(危壁)을 안고 돌면 비봉(飛鳳), 무봉세존(舞峯世尊) 또는 월출, 육선(六仙), 집선(集仙) 등의 수봉(秀峰)이 만월홍엽의 물결 속에 홀현홀몰한다. 이러한 경물 속에 잠기어 감탄이 느껴운 소리를 내지 않는 사람은 자연애가 없거나 또 그것을 의식하지 못하는 사람이다. 불과 몇 가지가 안되는 재료를 가지고 이 같이 꼼꼼하고 헌걸차고 또 묘하고 아름답게 베풀어낸 이 언저리는 자연애를 가지지 않은 사람에게는 오직 삭막한 관상에 불과할 것이다.

　이보다 더 큰 불행은 없다. 눈이 개이고 태양나는 데 따라 낙홍(落紅)에 빛나는 영루(零淚)의 반사가 더욱 신선하다. 이것을 사랑할 줄 아는 마음이라야 그는 천지자연의 묘기에 참입(參入)할 수 있을 것이다. 자연애가 없는 사람은 위대한 로맨티스트 하이네의 말마따나 "태양은 오직 직경 미만리(米萬里)의 천체며 수목은 난방에 소용되는 것이고 꽃은 화녹(花綠)의 수에 의하여 분류되며 물은 적시는 액체에 불과한 것"이다. 이보다 더 윤택하지 못한 심경이 또 있을까. 참으로 금강의 탐관자(探觀者)로서 이 자연애를 의식하지 못하는 사람은 단연히 상세하고 친절을 극한 금강산 안내기나 읽고 있을 것이다. 구태여 돈과 체력을 들여가며 찾아들 필요가 있을 것인가! 자연을 보는 눈을 가져야 한다. 그러자면 일상시부터 그 눈을 만드는 준비가 필요하다. 그 준비는 향수하며 사상하는 마음을 기르는 것이다. 그러자면 여가가 있어야 한다. 자유의 정신이 있어야 한다. 그러나 세지(世智)의 신산(辛酸)은 이것을 방해 거척(拒斥)하고 있으니 홀로 남몰래 서러워 할 뿐이다.

　또 얼마를 내려가니 감로계(甘露溪)에 닿는 한아(閑雅)한 지경이 퍼져 내리는 햇빛에 습기를 발산하며 아픈 다리를 단장에 의지하고 돌아

드는 나를 안아준다. 기장(奇壯)한 맛은 없으나 몹시 조용하고 깨끗한 골이다. 흘러내리는 물소리도 우렁차지 못한 잔잔(潺潺)히 감도는 청벽의 옥수이니 또한 그대로 마음에 드는 승개(勝槪)다. 만폭동학 백운대 비로봉 등의 천급만장(千仞萬丈)한 준삭절벽을 안에 감춘 단아기려하고 과순정연(過順精姸)한 거죽이다. 이곳에서 지금까지 지나온 외금강의 과승(誇勝)을 돌아보면 그것은 꼭 내강외유한 거인에 비길 수가 있을 것 같다. 참으로 금강산은 온갖 모순되는 양극(兩極)을 다 구비하고 있다. 형상에 있어서, 성소(聖韶)에 있어서 또 그 운동에 있어서 상반하는 모든 속성을 다 조화통일하여 가는 곳마다 기장미려를 경연시키고 있으면서 결코 같은 것을 반복하지 않는 데에 그 위(偉)가 있는 것이다. 부동의 동이오, 정적의 웅변이며, 위난의 안온이요 몽환의 현실이다. 훈훈한 기운이 도는 이 긴 감로계곡을 지나면 문득문득 생각키는 것은 이 금강의 생성이 어찌된 것인가가 아니라, 생성된 금강이 왜 사람으로 하여금 무엇을 사상시키지 않고는 거저 두지 않나 하는 것이다. 이와 같이 웅위한 산경(山景)에다가 또 가지각색의 잔손질까지도 마음대로 부린 조화 속에 어찌 '왜'와 '무엇'을 생각하여 보지 않을 것이냐.(이 고찰은 이 기행문에서는 할애한다) 금강의 품안에 들어 활달한 상화(想華)에 혼자 즐기는 것이니 처음으로 가져보는 나의 자유다. 마음껏 숨을 쉬고 또 소리를 질러 보아도, 어느 뉘 나를 웃지 않고 또 막지 않는다. 자유없는 세계는 사(死)의 세계다. 나는 지금 자유를 호흡하는 '정신의 산협'에서 독백에 젖어 있다. 이것은 나의 비극적 순간이다. 자유를 위하여 싸우는 것은 역사를 제작하는 것이다. 침사(沈思)묵념에 젖어가지고 청려한 동곡(洞谷)을 지나가는 나의 푸념은 기껏해야 겨우 역사를 쓰는 것에 그치고 마는 것이다. 그러므로 더욱 나는 산중의 비극적인 이 순간을 즐기며 반발하도록 된다. 자유가 사망하는 곳에 사상은 탄생하는 것이다. 나는 이 골을 지나가면서 서반아의 철인 우나무노Miguel de Unamuno(1864-1936)의 '고민의 철학'이 자꾸 생각키어 어찌할 수가 없었다.

내금강에 있어서는 그 장미(壯美)에 지지눌리고 홀려서 무슨 딴 생각을 할 틈이 없었으나 곤진봉을 넘어 비사문에 이르는 동안은 산용(山容)과 수석이 한아정담하여 사지가 늘씬이 펴지는 것 같고 가슴이 후련하여 져서 마음에 여유를 느끼게 되니 별 당치않은 생각이 다 나는 모양이다. 그러나 그것도 해나면 비산하는 안개같이 비사문의 위경(危景)을 발견하자 고만 무소(霧消)하고 말았다.

이 계곡은 비로봉에서 비사문에 이르는 탐승로가 십년 전에 개설되기까지에는 천고의 신비경으로서 인적이 든 일이 없었다고 하거니와 참으로 비사의 암문(巖門)과 그것을 뚫고 내려가는 철제(鐵梯)는 천하의 위험(危嶮)이다.

산로치고 이 같이 괴기한 절벽단애는 금강산치고도 관절(冠絕)하다 할 것이다. 용마석 조금 지나서 비사문의 준험에 대하여는 우편배달부로부터 듣고온 바이지만 실상 당하고 보니 상상에 절한다. 밑에서 우러러보면 불과 삼사백척의 높이 암괴인 듯하나 막상 당하고 보면 이만저만한 관소(關所)가 아니다. 암흑의 암굴직하에 수직으로 걸려있는 백척 철제는 아무리 담이 큰 사람이라도 진땀이 흐를 난관이다. 이 문을 안 지나고는 구룡연에 이를 길이 절무(絕無)다. 다 내려가기를 기다려 맨 나중까지 남아 있으면서 상팔담(上八潭)의 경관을 내려다보니 이 또한 향응이냐. 눈이 어리고 가슴이 두근하여져서 금방 엎드려질 것 같은 험난이 안하(眼下)에 전개되는 대자연의 잔치다. 송수풍림(松樹楓林)이 전벽(前壁)의 중턱 이상에 군데군데 수(繡)병풍을 쳐놓았는데 밑바닥에는 담벽(淡碧)에 연담(淵潭)이 넓고 넓은 석반에 차례있게 놓였다. 그저 장미(壯美)란 일어에 그치는 경애(境涯)다. 남화가(南畵家)의 몽상도 여기까지에는 미치지 못하였을 것이다.

> 장하고 험타한들 비사관에 지날소냐.
> 암문이 기절한데 직하철제 백장이라
> 계벽(溪碧)이 밑에 있으니 정신 더욱 아찔해.

## 8. 구룡연과 옥류동

비사문을 지날 때 고성보통학교 아동들이 뒤를 따라왔다. 장안사에서 자고 오는 것이라니 우리보다 이십리를 더 걸은 셈이다. 그러나 그 아이들은 비호같이 잘도 걷는다. 훅훅 나는 걸음이다. 나는 그 중의 한 어린아이에게 말을 걸었다. 그것은 비경의 자연미를 그 당장에서 금강의 영기를 마시고 자라난 아이와 이야기해서만 참말로 미도(味到)할 수가 있었던 까닭이다. 하도 좋은 경관에 성명을 각자하고 싶은 마음도 내가 이 아이에게 말을 걸고 싶은 흥취와 같은 것이다. 수줍고 수더분한 짤도막 대답이 픽도 마음에 들었다. 어린마음에도 너무 경치가 좋아서 다리 아픈 것을 모른다고 하며 오늘밤이면 집에 도착할 것이 도리어 서운하다고 말하였다. 그 단순한 동심에 비친 이 경애(境涯)가 형언은 못하나 픽 즐거운 모양이었다. 맨 뒤에 떨어져 가는 내가 더 붙들고 이야기하기가 가엾어서 어서 앞서 따라가라고 하니 붉은 보에 싼 벤또를 휘둘러 소리를 내며 쭈르르 따라가는 모양이 몹시 귀여웠다.

철제를 내려서부터 구룡연에 이르는 길은 그리 큰 변화가 없는 유수경(幽邃境)이다. 용마석에서 감로계에 이르는 동안은 비가 멎고 날이 드는 듯하더니 비사문을 지나서부터 다시 듣기 시작하여 구룡연에 다다르자 제법 굵은 소낙비로 화한다. 노방에 획가(劃架)를 버텨 놓고 사생을 하는 한 젊은이도 도구를 가둘 뜨리고 비를 피하러 다점으로 들어간다. 우리는 불과 수일전에 만원을 들여 낙성하였다는 다듬지 않은 재목으로 지은 관폭정(觀瀑亭)으로 비를 피하였다.

장대비가 한창의 고비를 막넘은 절벽 위의 단풍에 내리질린다. 소리 없이 흐느끼는 이 장관을 한참 멍하니 바라보고 있다가 이 구석에 비장된 구룡폭에 시선을 돌렸다. 거중한 암석의 군단을 마치 한폭의 피륙같이 짓말러 서남(西南)으로 수직으로 펴올려 "천장백련(天仗白練), 만곡진주(萬斛珍珠)"(허미수許穆(1595-1682))의 폭포를 만들고 그 밑에는 명주꾸리 하나로도 감치지 못한다는 상하의 두 폭구(瀑溝)를 만들었으며 한 자락은 동남으로 엇비슷이 펴 늘어 마치 연자방아의 대연석 같이 누빔질을 하여 놓았다. 이 만고에 없는 마름개질 속에 전굉(電轟)하는 비폭(飛瀑)은 천동지명(天動地鳴)은 과장이겠으나 우중의 현애동학(懸崖洞壑)을 웅웅히 울리며 떨어진다. 참으로 만이천의 봉장(峯嶂)이 합세하여 만들어낸 금강제일의 대폭포임에 조금도 손색이 없는 웅관(雄觀)이다. 그리고 낙수반상(落水盤上)의 원담(圓潭)이 이층으로 되어 있다는 점에 더욱 묘(妙)가 있다.

비하(飛下)하는 만곡옥수(萬斛玉水)를 우선 받아가지고 얌전하고 공손하게 아래 폭호(瀑壺)로 수렷이 밀어넘기는 조화란 진실로 공교롭고 부덕있는 가인의 몸가짐 같다. 구룡연, 구룡연하고 인구에 회자되는 까닭도 한번만 와 보면 알 수 있는 일이다.

좀처럼 비는 그칠 줄을 모른다. 그때 내가 이 옥류동 계곡은 구경하고 하도 좋아서 그 인상이 얼마나 깊었던지 내금강의 만폭동 경(景)이 그리 대수롭게 여겨지지 않았던 것인데 이번은 그 순로(順路)가 전연 반대이니 어떠할까 하고 스스로 불안히 생각하며 역시 맨 뒤에서 비를 맞으며 내려갔다.

상팔담의 위험은 우중이라 아깝게도 후일의 탐방을 기(期)하고 무봉(舞鳳), 비봉(飛鳳)의 두 폭포를 오래간만에 반기었으나 아깝게도 비봉은 옛모양으로 대하여 주지 않는다. 그것은 물이 말라붙어 그 기려한 장폭이 시절을 한탄하고만 있는 까닭이다. 오늘 같이 호우가 내린 뒤면 그 수세가 더욱 장한 것인데 워낙 가물에 시달렸는지라 흐느끼는 눈물만 몇방울씩 떨어트리며 말없는 나그네를 말없이 맞어보낸다. 슬픈지 가엾은지 나도 모를 여로의 심정이다. 나는 "어째 이렇게 네 모양이 못해졌느냐"고 뺨을 비비대며 안아주고 싶었다.

옥류동의 암부와 수성(水聲)도 비봉의 전만 못한 꼴에 심란해진 탓인지 또 내금강 집의 잔치와 관대가 너무 극진했던 탓인지 몹시 지치고 살이 내린 것 같았다. 만반준비를 다 갖추고 나를 기다리다가 나의 심방이 늦어진 탓으로 죽 펴둘렀던 화수병풍도 다 걷어버리고 성장했던 위아래의 풍악잽이도 다 돌려 보냈는가! 내금강 집만 못해도 좋다. 네 재주, 네 바탕은 온 천하가 다 아는 외금강댁(宅)의 사절(四絶)을 철따라 자랑하는 너다. 조금도 서운해 마라. 너의 마음으로 반기어 주는 옛정이 내금강집의 헌걸찬 진수성찬보다 더 마음에 당긴다. 많어 맛이 아니고 위해 맛이 아니다. 옛 정 잃지 않고 반기어 주는 너의 그 애틋한 심지가 더 든든하고 당기는 것이다. 오 옥녀야 천화(天花)야 잘 있었느냐. 네 모양 예런 듯 장중하고 온자하고나! 머리숱이 더 좋아졌다. 그러한 어찌 단장을 하지 않았느냐. 머리가 빠져 그런지 꺼칠하기도 하고나. 그러나 좋다. 때따라 변하는 천기의 조화를 자래(自來)로 히부리는 너희 선녀의 여러 형제자매이니 내가 찾아 온다고 특별히 채림을 돌보겠니. 단장해도 네 모양 꺼칠해도 네 모양 그저 나는 그것이 좋다. 내금강

집에서 대접을 더 받았다고 결코 너를 덜 여기지는 않을 것이다. 도리어 옛 정이 새로워 전만 못한 네 몸을 안아주고 싶어. 그때야 말이지 참으로 나는 너를 잊을 수가 없었다. 좀 네가 나를 첫 인사에 조금도 부끄러워 하지 않고 반기어 주었겠니. 그 동안 십여년을 두고 몹시도 너를 그리워 하였다. 이제 와서 다시 만나는 내 기쁨을 네 알어라……

나는 혼자서 맨 뒤를 따르며 추억에 잠겼었다. 나로서는 하잣잔케 분홍빛 감상에 사로잡히는 순간이었다. 전만 못한 옥류동이란 계명(溪名)이 묘하게도 나의 사상적인 여정을 분홍빛으로 변질시키는 것이었다. 이것은 나의 솔직한 경험이다. 참으로 위대한 자연의 경관은 무한한 애정을 가지고 어떻게든지 그 품에 들은 관자(觀者)의 마음을 훑어 돌리는 모양이다. 감수성이 강한 사람이라면 이런 때에 울 것이다. 그러나 나는 울기에는 너무나 합리주의자였다. 자연과 예술의 향수를 합리화(지성화)하는 경향을 가지고 있다. 이러한 사람에게 하이네는 『할츠기행』 속에서 '이성박사'라는 존호(!)를 봉정하고 있다. 나는 스스로 '이성박사'라고 참칭할 수가 있을까 하고 생각하여 보았다. 그러나 분홍빛 감상이 희한하기는 하나 지금에 와서 머리를 들만치 예술적인 향수에 대한 사념을 주위의 경관의 여하에 따라 발동시킬 수가 있다는 것을 의식하고 놀랐다. 미에 대한 미 아닌 것 속에서 미 이상의 미를 발견하려고 하는 것 같이 합리 속에서 그것과 모순되는 예술을 찾는 것도 무모하지는 않을 것이다. 옥류동 계곡은 이번 나의 여로를, 말하자면 고담한 속에서 좀 윤택하게 하여주는 처녀이었다. 우수의 여인(麗人)이었다. 하이네가 그의 "아름다운 일세"를 잊지 못하는 심경을 나는 이곳에서 가져보았다.


창천이 뜻을 알리 태암 더욱 기몰르리

마음속 오래두고 그리든 네얼굴이

추상에 지처여위어 옛모습 상할줄이.

만추우 옥녀봉도 객흥(客興)을 도물줄이

장상사(長相思) 회억커니 쟁쟁(錚錚) ○ ○ 못살것이

독영월(獨迎月) 몇몇해기에 네 양자(樣子)가 될 줄이


## 9. 장엄한 월야


낮은 사무와 능률의 세계요 밤은 요설과 사상의 세계다. 낮은 감각을 풍부하게 실어오고 밤은 열정에 불타는 사변을 가져다 준다. 이 두 세계는 스스로 다른 원리에 의하여 지배되는 모순자다. 이 모순을 그렇게 절실하고 그렇게 똑똑하게 의식시키는 때는 여숙(旅宿)의 밤이다. 이 밤 같이 현실에 대한 낭만의 항쟁이 심한 때를 나는 일찍이 가져보지 못하고 있다. 격노와 포옹, 이지와 애감(哀感)이 들끓은 때를 못가져 보았다. 아픈 다리와 느른한 몸뚱이를 뜨뜻한 아랫목에다 묻고 누워 있느라면 혼곤한 잠을 사리면서 내일 세상 일이 문득문득 키이어 온다. 남은 잠이 곤하여 골아 떨어진다드구먼 나는 오래오래 애를 쓰다가 잠이 든다. 잠만 들면 누가 와서 묶어가도 정신을 차리지 못한다. 잠들기까지 고생고생을 하는 것이다.

오늘은 참 길을 많이 걸었다. 마하연에서 온정리까지 칠십리 험로를 몇 번이나 아슬아슬한 목을 지나 왔다. 신계사에서부터는 날도 번 듯이 들어 청랑한 가을하늘이 되더니 이곳 이밤은 다시 없이 좋은 추야월이다. 한하계(寒霞溪)에서 내리 쏘치는 쌀쌀한 맑은 기운이 살속으로 스며든다.

불면 날려갈 성냥갑 집들이 전등의 촉광을 돋을대로 돋으고 손을 부른다. 금강산 선물이라는 시체 물건을 싸올려 놓고 흥성흥성한 외화(外華)를 꾸민다. 말은 온정골이라 하지만 실속 없어 초라하기 한량없다. 금강산이라고 하는 휘황한 세도대가에 곁방사리를 하니까 내로라고 한목을 보는 꼴 그저 그런대로 권문의 위(偉)와 장(壯)을 흠모하는 몸이니 눈감어두자. 그나마도 이 골의 신세를 지지 않으면 아니되는 팔자니 무어라고 투정을 할 수가 있나. 달밝은 밤이 그저 마음에 들어 즐겁고 든든할 뿐. 만일 오늘 밤도 비가 온다면 여수만 더욱 깊을 것이니 좋기도 좋다.

교월(皎月)이 만곡(滿谷)이니 비 안 올 것은 분명하군.

거리 모양도 전과는 달라졌다. 또 온정천의 모습도 언짢게 달라졌다. 관음연봉에서 흘러나린 영수(靈水)를 모아 한하계의 유수가 되어 이 거리의 북(北)을 흘러 적벽강과 합하여 동해로 드는 개울인데 해마다 속되어 가는 거리가 제지체를 떨어트린다고 생각했던지 이 즈음은 개울 바닥을 숨어흐른다. 그러나 숨어 흐른다고 해도 이 거리의 동쪽 삼분의 이가 너무 술과 계집을 시속화해서 맞부비고 지나기가 창피하니까 숨어 흐르는 모양이다. 얼마 올라가면 예런 듯이 그 잔잔한 옥수에 달빛을 받으며 흐른다. 나는 이곳을 반기며 거닌다. 장안사에서 사 짚고 온 단장이 나에게는 유일의 동반자다. 이 거리의 서쪽 삼분지일은 순재래식 초가여숙이 널찍널찍하게 자리를 잡고 한아하게 일광을 받는다. 온정리의 참 정취는 이곳에서야 찾을 수가 있다. 회색일색이 철철흘러 넘치는 적막 속에서 남으로 문필봉의 극락현을 바라보고 서으로 관음연봉을 우러르며 북으로 발봉(鉢峯)과 수정봉을 돌아볼 때 이 또한 별천지다. 라디오빡스에서 흘러나오는 듣기 싫은 속요가 어찌 이 신비경까지 침범할 것이냐. 중간에서 물러가고 멀리서 울려오는 기차 바퀴 소리도 애련하게 귀를 기우려도 채 못미친다. 하교(霞橋)에 의지하여 인기척이 그쳐가는 이 언저리를 서성대며 월명 속에 잠든 감회색 산줄기와 부리를 멍하니 바라본다. 장숙(莊肅)한 압박감이 전신을 엄습한다. 또 떼나려려안고 싶은 달밤의 교반(橋畔) 시름없이 우러르는 구만리 장천의 허공, 여숙의 노파가 늦게드는 나그네하고 실무를 논의한다. 보아한즉 해논 저녁이 다 떨어졌다하는 지 갓쓴 나그네는 되도라 내려간다. 이 같은 경애(境涯)도 내 나이 삼십이 되니 그것을 즐기는 참 기쁨을 알아내는 것 같다. 전에 왔을 때에는 이보다도 더 장하고 오밀조밀한 계반(溪畔)의 월야를 본 듯이 생각된다. 그러나 그때는 아무 생각도 궁굴릴 줄 몰랐다. 늘어가고 뻗어가기는 하나 알맹이는 썪어가는 요새 세상 이치 때문인지, 시속이 그래 그런지 공연히 사람의 기분도 구텁텁한 냄새를 피어가고 그것이 주위에 영향하여 이 억겁 자연에까지도 미친다. 내가 욕장(浴場) 근처를 벗어져 이 하교를 찾은 것이 나는 퍽 좋았다. 이 달밤에 심경이 명징해질수록 충일하는 자의식의 처지에 곤란은 느끼나 홀가분하고 좋다. 장엄한 달밤이다. 나도 장엄해진다. 단장을 집고 여러 번 기착자세를 하였다가는 휴식을 한다.

숭고와 장엄을 몸소 느껴본 사람이면 악착하지 않는다. 성급하지 않는다. 적어도 그래서는 못쓴다는 것을 자각하여 안그러려고 애는 쓴다. 어떤 사람은 마음에 들면 곧 그것을 제것을 만들려고 한다. 그러나 숭고장엄한 이 금강산의 넓고 큼을 보고 제 소유로 등기내고 싶어하는 사람은 아무도 없을 것이다. 감히 꿈엔들 생각 못한다. 어떤 나의 학우는 금강산을 구경하니 인생관이 변할는지 모르겠다고 엽서를 보낸 일이 있었다. 그도 이 숭고장엄을 체득한 까닭이었다. 실로 금강의 제경은 하나도 빼지 않고 위대한 윤리의 교과서다. 사상의 복음서다. 금강의 장미(壯美)를 찾아들어서 모리(謀利)의 소송을 획책하는 인간이 있다면 그는 자기자신은 물론 인간을 모독하는 패덕한이다. 자연에 거슬리는 것이 아니라 신령에 복종하는 것이 자연을 정복하는 것이다. 베이콘의 유명한 말을 기다릴 것이 없어 누구나 다 몸소 체험하는 일이다.

위대한 월야! 밤은 점점 깊어간다. 내 숨소리에 스스로 자지라지는 괴괴한 영산의 밤이다. 중천에 덩그레 떠있는 저 달 감상도 없고 애상도 없으며 추억도 없고 원망도 없다. 오직 깊은 밤. 밤마다 솟아나는 모든 샘이 소리 높이 말하나니 나의 마음도 솟아나는 샘이라 밤이다. 사랑하는 사람들의 모든 노래 지금 시작되나니 나의 마음도 사랑하는 사람의 노래라(짜라투스트라 제2부) 이러한 사상적인 심정만이 나를 사로잡고 있다. 고독의 밤도 없고 허무의 밤도 아니다. 나그네 길에서 가지는 밤의 샘솟는 생명이요 노래 부르고 싶은 심원이다.

졸음의 생리는 이 생명과 심원을 밀어제치고 활동한다. 내일 일을 생각하고 여사로 돌아갔다. 가가집들은 선물 파느라고 이적지 북적북적들 한다. 잘팔리니 좋겠지. 나도 운에 딸려 몇가지를 샀다. 먼길을 떠났다가 집에 돌아갈 때에 무어든지 가지고 들어가는 것은 사랑스러운 인정이다. 구경을 노나가지는 표적이 없으면 섭섭한 것은 남보다 내가 더한 것은 누구나 다 경험하는 일이다.

한하(寒霞)도 월명야에 단장 짚고 시름할제
귀기우려 못미치는 풍래금운(風來琴韻) 고적(孤寂)이라
연봉이 교우(咬雨)에 잠겨 밤은 깊어 가나니.

## 10. 불멸의 용적(容積)

한하계곡을 해돋기 전에 지나 올라갔다. 문자 그대로 쌀쌀한 식전 높이 벽공을 자유로 흘러내린다. 조양이 묏부리를 스치고 빛나기 시작할 때 우리는 벌써 만상정(萬想亭)에서 연려기경하는 관음연봉의 취만(翠巒)을 관상하고 있었다. 황천계, 만폭동부, 옥류동곡과 동등의 권리를 주장하는 이 만물상의 위박적(威迫的)인 환허경(幻虛境)— 돌아들고 기어올라 삼선암, 완경대에 정립하니 갈수록 그 청정강초한 험상들이 상하좌우로 전열하며 윽박질을 한다. 천성(天成)의 부각(浮刻)을 첩첩난립하며 천미(千米) 이상의 준봉들이 호장하게 위요한다. 하늘은 해맑게 드높아 가없이 푸르고 햇살은 확퍼져 천지가 낭철(郎徹)하기 그지 없다.

백운대에서 중향성을 건너다보는 경관과 엇비슷하면서도 또 다른 경애다. 도대체 금강산은 일곡 일경이 하나도 중복이라는 것을 모르는 비역(秘域)이다. 들고나기가 어렵고 가쁜 것도 그 너무도 헌걸차게 베푸러진 변환상 때문이다. 그 변환상의 총연(叢淵), 괴기의 억자승(憶自乘)— 진실로 만물상이란 이름에 부끄럽지 않은 암모봉두들이다. 귀면암, 나한봉 또는 칠층엄등은 사람이 제가 가진 협애미소한 표현능력으로써 이름지어 붙인 것에 불과하다. 알 수 없고 가없는 저 조화속을 무슨 수로다 명명해 내랴. 이 준예한 묏부리 속에 얼려 놓여진 경상(景象)은 그저 바라나 볼 뿐이지 말로 형용은 못해낼 물건이다.

안심대를 지나 금강문에 이르면 그야말로 만물이 안하에 순전(瞬轉)한다. 자백색 암부에 치박아 늘여논 쇠줄을 잡고 천선(天仙)의 신궁을 조참(朝參)하는 제일 관문을 지나는 처미(凄味)도 별다른 감동이다. 삐긋하면 금강 구경이 일순에 종언하는 현애를 왼몸등이로 얼싸안고 돌아오른다. 이리하여 그 이름 고을시고 옥체설부의 천녀화장대를 지나 대망의 천선대에 기어오른다. 만인(萬仞)의 동학(洞壑) 두두첨삭(頭頭尖削)의 군봉이 빚어내는 억휘 물상이 지호간에 신열하는 성관절경(聖觀絶景)! 배후에는 아직도 삼백미나 더 높다는 해발천이백미 이상의 오봉(五峯), 천녀, 우의, 왕녀, 무애의 제웅(諸雄)이 급거왕래하는데 그 풍광은 그야말로 언어도단의 세계다. 봉파산랑(峯波山浪)이 자광(紫光)에 빛나 안정을 정키 어렵도록 황홀환전한다. 나는 하도 기가 막히어 그저 "불멸의 용적이여!"하고 흉중 깊이 남몰래 외쳤다. 참으로 불멸의 경애(境涯)다. 억겁만년을 보내왔고 또 보내갈 이 거중웅위(巨重雄偉)한 용적의 발호여! 마음대로 뻗고 얼키며 솟은 천공의 전개이여! 이 불멸의 용적 속에서 '흉금이 활연하다'는 수식만으로 내 마음을 표시한다는 것은 너무도 옹졸한 표현이다. 중중삭삭(重重削削)하고 첩첩심심(疊疊深深)한 불협화상(不協和相) 속에 든 가냘픈 요 육신은 그야말로 창해일속 같은 한 미점에 지나지 않는다. 살림도 죽임도 이 괴기웅원한 용적의 임의다. 천상천하를 한테 들어 마시려는 괴물의 군집(群集)이 별별요술을 다부리며 가까워졌다 멀어졌다 한다. 그저 정신없이 불멸의 용적이여를 수 없이 되풀이 하며 앉아 있었다.

그때에는 이 언저리가 조무(朝霧)에 잠겨 지척을 불변하는 것이었는데 오늘은 안계가 확 열리어 동해가 멍석마리하는 군악 저편에 표묘하다. 햇살은 더없는 반김으로써 대상(臺上)의 조망을 가절(佳絶)케 한다. 까마아득하게 창해에 맞닿은 감벽일색의 천공, 족하(足下)에 시설된 선, 형, 면의 다채기괴한 용적을 더 좀 즐기고 싶었으나 오늘도 앞길이 바쁜지라 기념사진 한 장을 찍고 곧 되돌아섰다. 오늘은 날씨가 좋아 그런지 만물상을 찾어드는 탐방객의 수가 부쩍 많아진 것 같다. 어제와 그제의 양일은 비와 눈이 온 것도 탓도 탓이겠지만 그렇게 쉽사리 찾아오를 수 없는 험로이어서 그런지 별로 사람을 만나지 못하였던 것인데 오늘은 온정리서부터 죽 연달았다. 참으로 옥류동계곡의 수려하고 온자한 경개보다도 만물상 구경이 더 외금강의 운취를 자아내는 것이라 하겠다. 대지의 위대한 능위(稜威)와 산악의 거창준초한 용적을 목하에 실감하자면 금강의 제승 가운데에서도 만물상만한 곳이 더 없을 것이다. 그리고 또 온정리라는 똑 좋은 길목이 있어서 일일의 관상에는 알맞은 노정이다.

우리는 곧 외금강역에 다다랐다. 건물도 의젓하고 수수하여 이 승개에 드는 초입으로서 남부끄럽지 않다. 역전의 금잔디 위에 앉아 돌아온 묏뿌리들을 멀리 바라보는 것은 다시 없이 마음을 가라앉혀주고 또 즐거운 일이다. 이곳저곳에서 타작하는 광경과 도리깨질하는 소리가 보고 듣기에 겨를이 없을만치 한창이다. 이곳에 와 앉아 보니 벌써 금강 구경은 회고의 정념 속에서 가없이 그리워지는 옛이야기같다. 아득하고 가뻤던 절벽의 소경(小徑)이 부질없이 가슴을 두군두군 하게 한다. 그러나 지금은 벌써 과거 한 동경이 되었다. 유장한 전원의 앙카슴에 안키어 소리없이 떨어져가는 낙엽을 받으며 바다를 찾게 되는 시각이다. 여러날 두고 봉만(峯巒)의 총연(叢淵)에 깊이 잠기어 헤여나기 싫었더니 오늘은 바다의 창파만경까지도 덧드려 구경하는 날이다. 어찌 즐겁지 않으랴. 기차는 불과 십여분에 고성에 닿았다. 짐을 여숙의 심부름꾼들에게 맡기고 홀가분히 단장하나만 짚고 고옥수답(膏沃水畓)을 뚫고 뺀은 탄탄대로를 걸어간다. 어느때 같으면 무심코 걸을 길이언만 산로에 젖은 다리라 그런지 오르고 내림이 없는 길바닥이 유심히 이상도 하여 보이며 걸음거리가 어색도 하다. 황혼의 사양이 왼 천지에 가득한데 차차로 파도 소리가 가깝게 울려온다. 고요히 저물어가는 어촌의 모양이 다시없이 여로에 곤피한 손의 마음을 침적케 한다.

이윽고 나타난 벽해노도! 활원호묘(濶遠浩渺)의 창랑창랑(滄浪滄浪)!

적벽정구(赤壁汀口)에 다다르자면 조이 이삼마장은 걸어야 할 듯한데 벌써 이 동해의 벽파가 석양의 침묵 속에 노후(怒吼)한다. 보인다. 보인다. 금강문이 기포(碁布)된 입암(立岩)들이. 차차 가까워갈수록 영겁의 백파(白波)에 시달리어 기태만상(奇態萬狀)을 이룬 사공암, 불암, 선두암, 송도의 암부가 모애(暮靄)에 잠겨있는데 청송이 암벽에 가지를 늘이고 어스름이 보여온다. 백사장정(白沙長汀)을 숫기고 물러가는 물결 위를 두루 낮게 나는 갈매기떼도 산 구경만 해온 눈을 즐겁게 하거니와 저 호호창창한 가없는 동해의 수평선이 오장육부를 훑어내는 듯 시원히 펼쳐 있는 것이 더 몸부림치게 즐겁다. 귀항(歸航)이 저쪽 유강(幽江)에 돛을 내린다. 금강산 구경이 해금강에 와서 그 절정에 닿자 끝막는 것도 또한 천기의 비수(秘數)인가 보다. 참 무량벽파(無量碧波)의 퍼져 넘치는 용적이다. 양양불멸의 노후(怒吼)하는 용적이로다. 또한 불멸의 용적!

모애 속 일조간(一釣竿)과 창파위의 백구심을
산로에 시달린 몸 가없이 반기나니
해금강 벽파만경을 뛰어달려 볼거나.


## (完) 자연과 세기의 인생

금세기의 젊은 사람(유겐트)은 위대한 불행자다. 노도와 같이 휘말려 들어오는 우수의 창해에 빠져 게거품을 치며 거창한 용적으로써 행로를 콱 막고선 울적(鬱積)의 산맥 밑에 지지눌리어 숨을 죽인다. 그 창해에서 헤여나와 도선(渡船)을 만들려하나 연장이 마땅치 않고 그 산맥을 피해 넘으려하나 세부지도가 손에 들지 않는다.

물러가 독존의 고담에 잠기려하나 신산한 음영이 좌우에 번득이고 나아가 진실을 찾으려 하나 몸에 지닌 부월이 녹쓸고 이 빠졌다. 그러나 새로운 무엇을 찾어가지자 하는 의식만은 강하다. 강(強)하나 퇴로와 변해(辯解)는 벌써 작만되어 있는 것이다. 자긍과 자비가 와권(渦卷)치는 불안의 의식에 침잠하여 내뒷다 되돌아서며 동무를 찾는다.

이것이 현대의 유겐트다.

그러나 좌고우예하면서 찾는 동무를 잊으며 버리고 심사숙려하여 결심하였으나 새로운 자극에 주저하여 비켜선다. 이것이 현대의 유겐트다.

요설과 자과(自誇)에 세계와 이론이 여반장이나 무엇하나 창조적인 노작에 정진할 수 없는 형편이고 또 그것을 꺼려도 한다. 말러붙은 사념을 쥐여짜내 끄지러거리고 혼자서 즐기며 남을 폄척한다. 위대한 그의 포부와 원망은 이같이 퇴영하고 퇴패하였다. 이곳에 불행자로서의 진면목이 약동한다. 위대한 불행자다. 찻종을 앞에 논 자연 속의 군상이다.

국척의 동굴에서 나오라. 위대한 자연의 무량한 시설을 찾아가라. 좋은 교과서가 엄연한 교사 앞에 펴놓여 있다. 도선(渡船)과 지도도 장만하여 지리라. 음영도 물러가고 부월도 베려지리라. 사면절벽인 현실의 지형은 오직 이 위대한 자연의 비궁으로 통하는 세로가 거우 찾을 수 있게 열려 있을 뿐이다. 막히고 꼭 막힌 정신과 의식은 이 길로 해서만 그 푸넘의 길을 찾을 수 있을 뿐이다.

물론 그렇다고 진실을 찾는 창조적인 노작(勞作)을 포기하여서는 아니된다. 그 꾸준한 험로에서 이 자연의 경개를 찾아가 위안도 얻으라 안식도 얻으라 또 마음 공부도 하라. 사실 이것은 지금과 같은 세기에 있어서 필요하다. 자연을 즐길 줄 아는 인간이라야 그는 윤택하다. 윤택이 있으면 여유가 있고 여유가 있으면 편협한 파벌이 거두(擧頭)할 틈이 없는 것이다. 백운대에 올르라. 비로봉에 올르라. 천선대에 올르고 바다를 찾아가라.

예지없는 자는 굳세지 못하고 굳세지 못한 자는 멸망한다. 산악의 천기(天機)에 참입(參入)하여 예지의 숭고를 즐길 줄 알아야 한다. 영화도 좋고 다방도 좋다. 그러나 생명이 충일하는 불멸의 용적에 짓눌려보라. 활연 흉금과 비상하는 자유 이 신성한 향수(享受)를 버리고 이때에서는 살 수가 없다. 자연경개까지 뺏어버린다면 인간은 삭막한 불모지에 난악마디 나무포기에 지나지 않는다. 나는 자연경개를 찾어 즐기는 자유의 인간을 이때 이곳에서 많이 보기를 바라서 마지 않는다.

현대의 정신은 고민의 정신이라고 나는 말한 적 있다. 이 고민의 정신은 무슨 활로를 찾지 않고는 못 백인다. 살피건대 그 활로의 만전(萬全)한 방향은 있던 그나마도 좁아들어가 있다. 이러한 세기에 있어서 자연을 구하는 태도는 다시 없는 감로다. 보라 자기에 실망하고 환경에 불우할 때 남들은 어찌했나를 보라. 괴테의 이탈리아 여행은 무엇을 말하며 하이네의 북해행, 할츠행과 게누아행은 어떠하였으며 노발리스, 키츠, 셸리들은 자연을 여하히 구하려 하였나를 생각해보라. '자연적인 상태'가 아니라 자연을 구하는 능동적인 태도와 결의를 수성하여서만 이때 이곳의 고민의 정신은 정화될 줄 안다. 자연을 구하여 그 숭고를 속깊이 즐기는 낭만적인 예지 없이는 그 고민의 사상적 윤택을 발휘할 수가 없으리라.

이것이 없으면 그는 인간적으로 타락하는 위험에 폭로될 것이다. 자연을 구하는 태도는 자연과 융합하여 비기(秘機)를 지실(知悉)함으로써 그것을 초극하는 능동적 주체적인 태도이다. 자연을 '자연적 상태'로써 바라보는 것이 아니라, 그것을 파집어 헤쳐 보아 무엇을 구하는 태도라야 한다.

목가적인 향락이 아니라 사상적 향수라야 한다. 이리하여 인간의 위대를 자각하게 될 것이니 금세기의 위대한 불행자인 유겐트의 다른 새로운 고전적인 희랍인인 뭇터엘데(자모인 대지)의 뜻도 이 점에서 새로운 조명하에 재고려되게 되리라.


해금강의 벽파를 정신없이 바라보고 앉았다가 또한 맨 뒤로 따라오면서 이러한 생각에 잠겼었다. 입석리의 저녁 연기도 다 가시고 사위는 완전히 은회색 교월이 점령하여 버렸다.

인제는 무사히 금강의 탐승을 마쳤고나 하는 승리와 안식에 다시 없이 기껍고 든든했다. 타박타박 볏단 실은 쇠바리를 동무하여 고성읍으로 다리도 아프고 배도 고팠으나 모두 평화와 만족에 느껴운 것 같았다.

여숙의 밤은 사람을 시인으로 만든다.

저녁을 배불리 먹고 거리에 나섰다. 그때는 그리도 구질구질 하던 거리가 작년 장마에 다 떠내려가고 다시 일쿠어 진지라 퍽 깨끗한데 달빛은 고요히 내려 비친다. 위 아래로 한참 거닐다가 자리에 들었다. 내일은 십구일 총석정과 석왕사를 거쳐 돌아간다. 라디오 시보도 끝났다. 밤은 깊어간다.

(십일월 십일 了)

# 문학과 사상성의 문제

『조선일보』 1938. 5. 15-21(총5회)

## 1. 창작활동과 미의식

미의식이라고 하는 것은 얼른 생각해서 알 수 있는 것과 같이 '미에 대한 의식'이다. 즉 객관적으로 미적이라고 생각되는 것에 대한 주관적인 의식 내용이다. 미의식이란 말은 이와 같이 이중의 의미를 가지고 있다고 보겠는데 이것에 대한 견해는 시대와 환경에 따라 여러 가지의 해석이 가능하리라고 생각한다. 미를 의식의 의미내용의 입장에서 설명하려고 하는 철학적 견지와 그것을 오직 의식의 작용형식과 표현 방법의 입장에서 설명하려고 하는 심리학적 견지가 별립(別立)한다고 생각할 수 있으나 실제에 있어서 이 양자가 그렇게 명확하게 구별되는 것은 아니라고 하겠다. 이른바 미학이라고 하는 것은 이 두 가지를 다

합쳐서 문제삼는 것이라고 보는 것이 지당할 것이며 사실에 있어서 우리의 미의식이라는 것은 실로 잡다한 요소의 복합과 그 지양적 통일에서 성립되는 주관적인 의미적 수용이라 할 수 있다. 그러나 이것이 끝끝내 주관적인 것에 그치고 만다면 우리는 미의식의 일반적 가능성의 근거를 찾을 수가 없을 것이니 미라고 하는 것의(물론 시대와 환경에 따라 태도의 차이가 있다고 볼 수는 있으나) 보편성을 인정하지 않을 수 없을 것이다. 이 보편성이라 하는 것은 중간의 여러 가지 절차와 설명을 다 빼버리고 얼른 말한다면 정신의 창조성과 생명의 충실상(相)에 부딪혀서 누구에게나 흘러넘치는 감동을 주는 것이라고 생각한다. 이것이 없이는 미의 문제를 논할 여지가 없으매 이것이 있기 때문에 미를 추구하는 노력이 생긴다고 볼 수 있다.

인간의 정신생활의 여러 가지 부문 가운데에서 이 미에 대한 추구와 그 창조의 노력이 독자의 위치를 점령하고 있는 것은 그 표현의 □□의 다기함에 불구하고 인간의 역사와 같이 유구하고 또 영원히 계속되어 갈 것을 생각하면, 희랍미학 이래의 우리의 □□ 관심사라고 하지 않을 수 없다.

그러한 미에 대한 의식과 그 논명의 초점을 고대 희랍인과 같이 '미메시스'(모방)에 두든지 근대의 심리주의적 미학자와 같이 '감정이입'에 두든지 그 논설의 □□이 어떻든 간에 우리에게 정신의 창조성과 생녕의 충실상에 □하는 심오한 의미와 □명한 지혜 또 진실한 욕구를 깨달어 가지게 하고 불러 일으켜 주어 말할 수 없는 감동에 짐기게 하는 것이라면 그것은 '아름다운 것'이라고 할 수가 있다. 이것은 예술 각 부문에 일반적으로 공통된 미의식의 □□적인 형태이라고 할 수 있을 것이다.

그런데 이것을 문학적인 창작에 한하여 생각한다면 일층 더 절실하다고 하겠다. 물론 미를 느끼는 소재적 측면은 회화라든가, 건축이라든가 그밖에 조형예술과 달리 시각적으로 직접명료하지는 못하고 간접적이기는 하다. 즉 쓰여진 문자를 통하여 언술된 내용을 독자가 읽어가면서 자기의 감정, 기억, 연상, 판단, 욕망 등의 심적 활동에 의하여 그 배후의 세계를 추체험하는 것이다. 작가가 창작하는 슈필렌(이 경우의 이 동사의 뜻은 '예술한다'라고 해도 좋다)을 독자가 나타슈탈렌(따라서 □□한다)하는 것이다. 그리하여 책장을 넘길 때마다 □□되는 □□의 세계에 대한 '□□없는 뜻'(나는 이렇게 말하고 싶다)을 □□한다. 그러면 문학에 있어서의 그 □□없는 미의 내용은 무엇인가. 이것이 궁금하다. 이것이 나에게 주어진 문학과 사상성의 문제에 대한 해결의 □□이다. 이 □□을 여는 것에 의하여 문학과 사상성의 문제를 해명하는 단초를 얻을 것이다. 그러나 그것은 문자 그대로 단초이지 그 □□을 열고 한번 문학의 세계에 발을 들여놓으면 실로 망망하기 그지 없으나 □□하기 짝없는 세계가 전개되어 그 해결의 단초를 잡았다고 하면서도 기실 많은 □□을 노출하리라고 생각한다.

원래 문학의 세계와 같이 역사와 사회의 전환변개로 더불어 그 이론과 실제가 □□ 착절(錯節)한 문화계는 없다고 생각한다. 물론 그 시대 그 시대에 따라서 일정한 주도적인 사조에 의하여 규정되는 것이기는 하나 사실은 그렇게 □□하게 □□되기에는 너무나 풍요하고 광대한 정신적 자유의 세계가 횡재하여 있음을 망각할 수가 없다. 그래서 근안자(近眼者)는 그 풍부와 광대함을 보고 □□의 문학 □□에 침잠하며 또는 문학의 시대적 피규정성을 강조하여 그것의 특수하면서도 보편적인 미의 경지를 악의를 가지고 배척한다. 이 두 가지가 다 문학적 창작활동에 정당한 이해와 태도가 아님은 두말할 것 없으나, 더욱이 전자는 진실로 문학에 대한 □□이라는 것을 알아야 한다. 왜 그러냐 하면 문학도 다른 학문과 같이, 인간정신의 모든 힘을 경주하는 □□한 □□이며 □□적인 □□에의 감각을 주는 고차의 미의 학(學)인 까닭이다. 이것을 생각할려고 하지 않고 또 생각할 능력이 없는 문학자 혹은 작가가 있다면 그것이야말로 문학 내지 예술에 대한 모독이라 아니할 수 없다.


## 2. 시각없는 미와 언어

자연미 건축 조각 무용 등은 시각에 의한 내용들의 의식이 있는 것이나 음악과 문학적 작품에는 시각적 의미가 전연 없다. 관조적 상념에 의한 개념화 형상화의 작용만이 그것을 비로소 음악적 미로서 또는 문학적 미로서 활동을 일으키게 한다.

시각에 의한 이른바 묘사예술은 그것의 창작과 감상이 직접적이다. 물론 음악도 청각에 의한 직접적인 것이기는 하나 그것은 극도의 개념화 상징화의 작용을 가진 고도의 관조성 없이는 우리는 듣기 좋은 선율에 의한 무슨 감동도 얻을 수가 없다. 그러므로 음악은 똑같이 직접적이기는 하면서도 한 개의 예술로서 그 미적 체험의 형성과정이 묘사예술과 동일하지 않다. 그러면 문학에 있어서는 어떠한가. '흰 것은 종이요 검은 것은 먹'이라고 하는 말과 같이 시각적 직관에 있어서는 하등의 의미와 미를 수용하지 못한다. 음악은 청각을 통하여 행하이지는 것이며 문학은 시각을 통하여(낭독회 등이 있다 하더라도 본질적인 것은 아니다) 이해된다는 차이는 있다 할지라도 다같이 개념화, 상징화에 의한 미의식의 활동 없이는 성립될 수가 없으리라고 생각한다. 이 점에 있어서 누구나 다 별다른 유형에 속하는 것이라고 생각하는 음악과 문학이

실은 같은 예술적 활동의 특질을 가진 것이라고 할 수가 있을 것이다. 그러면 어떻게 해서 양자가 동일한 특질을 가진 것이라고 하는가?

이 점을 해명하자면 전술한 상징화의 작용을 음미하지 않으면 아니 되겠다.

미의식에는 창작과 감상이라는 두 개의 근본적인 형식이 있다는 것은 누구나 다 아는 것이며 또 그것이 본질상 동일한 정신적 생산성에 의거한다는 것도 □설할 필요가 없을 것이다. 창작적 미의식과 감상적 미의식이 하나는 생산, 또 하나는 수용이라고 표면 다르기는 하나 그러나 그 본질에 있어서는 수용도 일종의 생산이다. 이 생산적 예술활동은 창작이나 감상에 있어서 다같이 상징화의 작용 없이는 진행할 수가 없다. 화가가 아무리 정밀히 한 곳의 풍경을 보았고 또 작가가 한 개의 현실적 사건에 대하여 아무리 자세하게 안다 하더라도 그들은 그것을 전부 표현할 수가 없으며 또 표현시킬 필요도 없는 것이다. 그들은 자기의 주관적 감능(感能)에 의하여 그 풍경 또는 사건 속에서 어떤 무엇을 발견하여 그것에 가공 작용을 시(施)한다. 이것이 소위 상징화의 작용이다. 미학에서 말하는 투사하는 것도 이러한 것을 의미하는 것이라고 나는 생각한다. 상징(쥼몰)이라는 말은 희랍어로 '쥼몰론'이라고 하는 데 Mark, to Ken을 의미하며 그 동사 '쥼발레인'은 집합한다(to put together)는 뜻을 가지고 있고 '발레인'은 '던지다(投)'라는 뜻을 가졌다. 그러니 상징화의 작용이라는 것은 보고 들은 것—즉 경험한 것 전체를 부분 속에 거둬 넣어서 표현한다—환언하면 집중적으로 표현한다는 것을 의미한다는 것은 아주 자연스러운 설명일 것이다.

화가가 일매의 풍경화를 그리고 작가가 일편의 소설을 쓰며 시인이 시를 지을 때에 단순한 풍경사진이나 보고서가 아니고 주관적인 의지가 강하게 작용하고 있는 예술적 작품이 되는 것은 이 상징화의 작용의 소이인 것이다.

　그런데 이에 우리의 당면의 문제인 문학에 대하여 생각하건대 이것은 언어라는 독특한 중간자를 매개로 하여 성립되는 점이 중요하다. 미를 표현하자면 물론 무슨 수단을 통하여서만 가능하지만(색채, 악기 기타) 문학도 이 점에 있어서는 동일하나 문학적 미의 표현에는 물체적 수단을 비는 것이 아니라 말하여지는 동시에 쓰여진다는 이중의 수순을 경(經)하지 않으면 아니되는 점에, 문학적인 미의 창작과 그 감수의 특수성이 있는 것이다. 그리하여 문학적 미의 창작과 그 감수에 있어서는 소위 어학이라고 하는 것이 결정적인 관계를 가지고 있으며, 이 어학이라는 것이 동시에 한 개의 지식적 하문이라는 것을 망각할 수가 없다. 이것은 아무리 문학적 미의 창조와 감수에 대한 헤겔의 이른바 천재라고 하더라도 그에게 만일 언어에 대한 교양과 수련이 없이는 작품을 쓸 수도 없으며 그것을 감상할 수도 없을 것이다. 그러므로 문학을 이해하자면 어학-문학에 대한 지식이 필요하나, 단지 그것에만 그쳐 가지고는 문학은 있을 수가 없다. 산 인간에 의하여 지는 동시에 쓰여진다는 이중의 성격을 가진 문학은 시각적으로는 그 미는 의식할 수가 없다. 시각적으로는 오직 ‘흰 것은 종이요, 검은 것은 먹’일 뿐이다. 우리가 흔히 듣는 무식한 부녀들의 이 말에는 이러한 문학의 비밀이 숨어 있음을 말하는 것이라 하겠다. 그러므로 문학은 ‘시각없는 미’의 창조적 활동이며 말하여지는 동시에 쓰여지는 언어의 이중수속을 경(經)하면서 상징화되는 고차의 미의 생산과 그 감수인 것이다. 온갖 예술부문이 다 그렇지만 문학과 음악과 같이 이 상징화의 작용이 강한 것은 없다고 할 수 있을 것이다.

## 3. 작가의 감각과 예지?

　상술한 바와 같이 작가와 언어와는 떨어질 수 없는 운명에 얽매어 있다. 그와 동시에 문학적 작품의 감상에 있어도 이 언어의 이중성에 대한 자각과 수련 없이는 참말로 그것을 이해하고 그 미적 형상에 나하슈필렌 할 수가 없다. 괴테를 읽고 지드를 읽자면 그 작품을 만든 개개의 문학의 사서(辭書)에 설명된 의미를 알지 않으면 아니된다. 그러나 그에 그치는 한 문학적인 감상은 없다. 이것은 독자측의 문제이지만 작자 자신에 있어도 보다 더 좋게 자기가 무엇에 대하여 느낀 의미를 표현할 수 있도록 언어에 대한 수련이 없어서는 아니될 것이다. 우리가 훌륭한 묘사라고 하는 문장은 즉 그 희랍어 '아포판시스'가 설명하는 바와 같이 무엇으로부터 '아포-'(From) 명백하게 하는 '파이노'(tomakevisible)것이 아니면 아니된다. 이 '명백하게 한다'는 것은 사진적으로 클로즈 업 시킨다는 뜻이 아니라 문학에 있어서는 그 문학적인 미를 감득시키는 최상급의 표현이라는 뜻이라 할 것이다. 소위 문학적 형상화라는 것이 이것이며 이것은 예술적 문학적 상징화에의 길을 닦는 초입이라고 생각한다.

　나는 형상화라는 것은 무슨 끼어진 의미를 좋은 문장으로 잘 써서 남에게 미적 감흥을 자아내 주는 한 개의 실천이라고 보나, 아직 이것만으로는 한 개의 소재에 대한 문학적인 창작이 완성하였다고는 보고 싶지 않다. 왜 그러냐 하면 이 형상화만으로는 그 제재의 본질의 파악과 모형의 발견이 충분치 못하다고 생각하는 때문이다. 그러므로 위에서 말한 바와 같은 상징화의 의식적인 작용이 그 형상화의 실천에 곧 잇대서야 할 것이라고 생각한다. 이 상징화의 작용만이 인간생활의 본질을 파악시키며 유형을 발견시키는 것이라고 믿는다. 이곳에 문학에 있어서의 사상성을 운위하게 하는 손잡이가 비로소 발견된다고 생각한다.

그런데 작가는 누구나 다 섬세명민한 감각을 가졌다고 상정할 수 있으므로 이 형상화는 어느 정도까지 성공하고 있으나 그렇다고 그 형상화의 속에 바로 그가 보여준 사건의 기술과 진전에 의하여 곧 역사사회적으로 규정되는 인간생활의 모든 모양의 본질이 파악되었으며 또 유형이 발견되었다고는 말할 수가 없을 것이다. 우리가 문학적 고전으로서 언제나 그 속에서 새로운 생명을 감득하는 걸작은 물론 형상화에 있어 뿐만 아니라 상징화에 있어서도 흠이 없다고 하겠는데 그것은 그 작가가 유익한 '센시빌리티'(감각)를 가지고 있는 동시에 인간과 세계의 내오(內奧)에 꿈틀거리고 있는 무엇(그것은 진실, 정신, 의미 등이다)을 결출(抉出)하고 해명하여 나가서는 창조하는 '인텔리젠스(예지)'도 가지고 있기 때문이다. 그러므로 문학적인 창작은 작가의 명민섬세한 감각으로써 좋은 문장을 쓰면서 제재를 형상화하는 동시에 예지(이것은 얼른 알기 쉽게 말하자면 가장 고급한 감각이라고 할 수 있을 것이다)에 의하여 상징화하지 않으면 아니될 것이다. 즉 형상화된 제재의 묘사가 그것의 본질과 유형을 언어를 통하여 깨닫게 하여 무슨 감흥과 발언, 동정과 반감 위안과 결의를 가지게 하지 않으면 아니된다고 생각한다. 이것이 문학에 있어서의 '사상성'의 □□□이다. 그러므로 이 사상성이라고 하는 것은 문학적 창작의 이면-감각에 의한 형상화와 예지에 의한 상징화에 있어서 후자에 속하는 것이라고 생각하나 그렇다고 이 두 측면을 □□적으로 분리하여 상징화가 형상화의 뒤에 오는 것이라고 생각하여서는 이 두 가지는 통일되어 있는 것이고 또 서로 협조하면서 문학적 창작의 두 계기를 이루는 것이다.

작가는 창작에 있어서의 이러한 계기의 통일협력을 몰라도 좋다는 법은 없다. 설사 그것을 이론적 자각에까지 심화하고 있지는 못한다 하더라도 문학적 창작은 오직 형상화만으로 충분하다고 생각하지 않고 그것의 사상적 측면을 늘 잊지 않고 있을 때에라야만 그는 읽을만한 작품을 쓸 수 있을 것이다. 그러나 그 반대로 후자만을 □□하는 소위 문학의 공리성 수단성만으로는 문학적 창작이 있을 수가 없다. 그러한 태도가 한 개의 사조이었다면 물론 역사적 의미는 충분히 가질 수 있겠으나 그것은 진정한 의미의 문학이 아니다. 한없는 미의식을 흘러넘치게 하는 □□□□한 필치로 (즉 문장으로) 제재를 형상화하면서 어떠한 □심(이것은 □□인 경우도 많다)에 향하여 상징화하는 작품이라야 할 것은 두말할 것이 없을 것이다. 우리가 문학사상에서 '경향적 작품'(레벤즈 슈리프렌)이라고 하는 것은 이 문학에 있어서의 사상성이 어느 정도까지 강한 것을 말하는 것이나 그것은 결코 형상화의 작용을 경시하고 있지 않을 뿐더러 도리어 얼마나 그것에 주력하였나를 볼 수 있으니 톨스토이의 『부활』과 입센의 『인형의 집』은 그 호개의 표본이라고 하겠다.


## 4. 작가와 세계관에 대하여

작가와 세계관의 문제에 대하여서는 이 땅에서도 지금까지 많은 사람이 여러 가지 각도에서 논구해왔다고 생각되며 나도 비록 단편적이기는 하였으나 수차 문제를 삼았었다. 이제 이곳에서 다시 이 문제를 건드려 보려고 하는 것은 나의 주제의 성질상 이것에 관설(關說)하지 않을 수 없다고 생각되는 때문이다.

흔히 문학적 세계관 또는 작가의 세계관이라고 하면 그것이 작가의 정신 속에 미리 이론적으로 구성되어 있는 것을 문학적인 서술(문장)로 번역한다든가 또는 구체적인 제재에 적용한다든가 하는 것으로 아는 사람이 많음을 본다. 세계관이라고 하면 무슨 이지적이고 사유적이며 또 구성적인 것 같이 생각하여 감동적인 미를 문장으로 표현하는 문학과는 인연이 먼 것이라고 보는 시인이 있고 작가가 있다. 그러나 이러한 생각 같이 어림없는 것은 없다. 딜타이도 그 어디에서인가 주의시키고 있는 것 같이 세계관은 단순한 사유의 산물이 아니다. 현실적인 생활을 떠나서 두뇌로써 구성하여 놓은 체계가 아니다. 문학적 세계관이니 철학적 세계관이니 또 종교적 세계관이니 하는 것이 기계적으로 현실 인간의 지정의의 택일한 전적 활동과 떠나서 형성된다고 생각하면 그야말로 인간 생활에 대한 통찰의 천박함을 드러내는 것밖에는 아무것도 아닐 것이다. 그러므로 흔히들 세계관을 강조하면 예술성이 상실된다고 하여 더욱이 문학에 있어서 세계관 의식을 배제하려고 하는 경향이 보이는 것 같이 우스운 일은 없다고 생각한다. 이것은 다 세계관은 언제나 두뇌 속에 미리 구성된 이론적 체계이므로 그것을 창작의 기준으로 하여서는 작가의 자유분방한 묘사가 구속을 받는다는 얕은 생각에 근거를 둔 것이다. 세계관은 그 표현형태에 있어서는 철학적이든지 종교적이든지 또는 문학적이든지 서로 다르기는 하지마는 그 근본적인 형성과정에 있어서는 다 같이 현실생활의 경험적 체험에 근거를 두고 있는 것이다. 즉 그 경험적 체험의 진행 속에서 배태되는 예지적 사상이다. 후자는 전자에 질서와 성격을 주는 것이고 전자는 후자의 지반인 것이다. 이 양자는 동일한 하나이다. 일방만을 편기(偏嗜)할 수도 없는 일이고 또 무시할 수도 없는 일이다.

그러나 작가측에는 이 예지적 사상이 아니라도 문학적 창작은 가능하다고 주장하는 논(論)이 있음을 보는데 우리는 그것을 단견이라고 하지 않을 수가 없다. 경험적 체험은 그것이 아무리 명민하고 내성적이라고 하더라도 그것은 '오성없는 직관'으로서 '맹목'이라는 비웃음을 면할 수가 없을 것이며 결국은 주관성 개인성에서 일보도 더 나서지 못할 것이다. 그리하여 그들은 예술문학의 고유한 경지에 안주한다고 하여 호기를 뽐낸다. 아무리 심각하고 명민한 경험적 체험이라고 하더라도 그것이 오직 주관적 개인적인 계단에 그치고 마는 한 필경은 동굴적 체험이라는 비웃음을 면하지 못할 것이며 따라서 그러한 동굴적 체험으로써 묘사표현된 현실적 세계가 진실의 세계가 아니라는 것은 여러 말을 하지 않더라도 넉넉히 짐작할 수 있는 일이겠다. 현실적 역사·사회의 본질의 파악과 유형의 발견 창조가 없는 작품은 별 수 없이 심리적 주관의 소세계에 국척(跼蹐)하여 말초적 감동의 세류(細流)에 익사하고 말 것이다. 그러므로 작가는 체험적 감동을 예지로써 사상화하는 동시에 사상을 체험화하지 않아서는 아니된다. 내용없는 사상은 공허한 것이니 그것을 충실시키지 않으면 아니된다. 이것은 별개가 아니라 방패의 이면인 것이다. 이곳에 세계관이 필연적으로 작가에게 요구된다. 사상없는 세계관은 있을 수 없으며, 감상의 포말적 축적 속에 사상은 구지부득(求之不得)이다. 문학에 있어서의 사상성의 문제는 그것의 감각적 체험의 문제와 같이 일시도 소홀히 여길 것이 아니라는 것은 간단하나마 이것으로써 어느 정도까지 해명이 되었으리라고 생각한다.

그러면 최초에 내가 제출한 문학에 있어서의 미의 문제와 사상과는 여하히 관련하는가. 이것을 잠간 생각해 보자.

미라고 하는 것은, 그것을 느낀 사람이 각인의 찬동을 요구한다는 것이 그 중요한 본질적 요소일 것이다. 그리하여 단순한 쾌감 이상으로 정신을 고양하게 하는 것이라고 의식할 것이다. 그 속에는 무엇이 하나 매장되어 있어 가지고 자기와 타인에게 어떠한 감명적 기분을 준다. 그러면 그 매장되어 있는 것이 무엇인가. 이것은 미적 감각을 촉발하여 각인의 찬동을 요구하는 보편적인 것이라고 할 수가 있다. 감수향락의 정도의 차는 있을지언정 금강산의 아름다운 풍경을 보고는 누구나 아름답다고 감탄한다. 그리하여 자기의 과거 현재 미래가 여러 가지 복잡한 용솟음을 틀면서 그 미감 속에 들어가 얽히는 것을 의식할 것이다. 미 그것은 직접으로 사상 그것에 관련하여 오지 않으나 이러한 정신적인 전인적 활동을 통하여 사상성과 맞닿게 되는 것을 발견하게 되리라고 생각한다. 아니 사상성이 바로 그러한 미적 감흥을 창작적 활동에까지 의욕시키는 것이라고 하겠다. 작가인 이상 사상성에 대한 잠재적 충동 없이는 미의 형상화는 충분히 그 목적을 달성할 수가 없지 않을까? 그리하여 이 사상성이라는 것은 자기자신까지도 형상화 상징화하여 일종의 미를 감지시키는 것이라고 하겠는데 우리가 교양의 미 인격의 미라고 하는 말을 쓸 수 있는 동(同) 정도로써 '사상의 미'라는 말을 할 수가 있을 것이다. 비상히 명민한 예지적 사상 속에는 무엇인지 모를 한 개의 '엑스'(X)가 매장되어 있다고 볼 수 있으니 나는 그것을 '사상의 미'라고 이름지으려 한다. 이 사상의 미를 자기 자신 속에 체득하고 있는 작가야말로 참으로 위대한 작가이며 위대한 문학적 세계관을 가진 작가라고 할 수가 있다. 현대에 있어서는 이러쿵 저러쿵의 가치비평은 그만두고 오직 최고의 예지적 사상미의 체득자는 지드라고 말할 수 있지 않은가 생각한다.


## 5. 예술가와 윤리의 문제

'사람치고는 누구나 쾌락 없이는 살아가지 못한다. 그러므로 정신적

쾌락이 없는 자는 육체적 쾌락을 추구하게 된다.'

이것은 저 유명한 중세의 고승 토마스의 말이다. 인간 치고는 누구나 쾌락을 욕구하지 않는 자가 없으며 이 쾌락을 욕구하기 때문에 여러 가지의 노력과 행위가 생긴다는 이론도 무리하지는 않을 것이다. 물질적-육체적 쾌락을 얻기 위하여 별별 일이 다 생기는 것은 이 문제의 밖에 있는 일이니 그만두고 정신적 쾌락을 얻기 위하여 학문이라든가 예술이라든가가 필요한 것은 두말할 것이 없다. 학문과 예술의 역사적 사회적 의의도 결국은 개인적인 입장에서 보면 그의 정신적 쾌락이라는 점을 도외시할 수는 없을 것이다. 온갖 곤란과 싸워가면서 청빈을 자감(自甘)하며 침식을 잊고 학문 혹은 예술에 정진하는 그 경건한 태도도 어떤 목적의 달성에 의한 개인적 쾌락이라는 것을 빼버린다면 실로 고통일 것이다. 물론 어떤 목적에 대한 수단으로서 보다도 정진 그 자체 속에서 무한한 쾌락을 느끼는 경우도 있다. 고통과 곤란을 참고 견디어 나가는 것도 필경은 최후의 쾌락을 얻을려고 하는 것이 그 목적의 전부는 물론 아니지만 도외시할 수는 없을 것이다.

예술은 인간에 정신의 쾌락을 준다. 내가 위에서 말한 '사상의 미'도 사상이 보다 높은 경지에서 주는 쾌락을 가질 수 있는 때문이다. 미라고 하는 것은 쾌락적 요소 없이는 성립하지 못하는 것이 원칙이라고 하겠는데 숭고미니 비장미니 하는 말도 숭고니 비장이니 하는 것이 그 자체를 질적으로 변환시켜서 한 개의 미감의 대상이 되어 버린 주관적인 경지이다. 그러므로 미감과 쾌락과는 친족관계에 있는 것이라고 하겠다.

그런데 이것에 대한 윤리적인 태도는 그 개인의 사회적인 입장과 소질에 의하여 여러 가지로 구별될 수 있을 것이다. 더욱이 예술이라는 것이 인간에 정신적 미감을 주는 가감적(可感的)인 실체성을 가지고 있는 것이며 인간을 보다 높은 곳에 인도하는 것이라고 하는 이상 반드시 윤리적인 결정을 내리지 않고는 있을 수가 없으리라고 생각한다. 예술 작품 속에는 반드시 윤리적인 무슨 의미가 포함되어 있다. 그것은 작자 의 윤리적인 태도의 투사다. 그 의미를 집어내어 감흥과 발분, 공감과 반감, 위안과 결의를 감상자로 하여금 가지게 하는 것이니 이곳에 예술 가의 인간으로서의 완전, 불완전이 문제되지 않을 수가 없다고 생각한 다. 이 인간으로서의 불완전이 곧 도덕적 선악 판단과 일치한다고는 말 할 수가 없겠지만 그렇다고 그것이 전연 별개의 물건이라고 생각하는 것은 잘못이라고 생각한다. 이곳에 한 예술가가 있어 그가 인간적으로 저급이고 따라서 도덕적으로 선이라고는 말할 수 없다 하더라도 그가 제작한 작품 속에 위대한 뜻과 미를 감동시키는 것이 있다면 그만이 아 니냐고 할는지 모른다. 그러나 그것은 자기의 인간적 불완전과 반도덕 적 행위 합리화 시키려는 구실에 지나지 못하는 것이라고 생각한다. 자 기가 예술가라고 해서 절도질을 해도 좋다는 법은 없을 것이다.

그러나 우리가 이곳에서 예술가와 도덕의 문제를 제출한다고 하더 라도 그것이 사회통념에 있어서 문제되는 엄밀한 의미의 도덕의 문제 와는 좀 그 해석의 방식이 다르다는 것을 알지 않으면 아니된다. 그러 면 그것은 무엇인가.

예술가의 창작적 실천은 세계와 인간 사회와 자아와의 모든 부면에 있어서의 관계의 인식과 교섭의 근거를 탐색하는 것이라고 하겠다. 그 러므로 예술가는(문학적 창작가는 더욱) 그 인식과 탐색 때문에 늘 고민한 다. 인간의 내오(內奧)에 숨어있는 한 없는 미해결의 문제를 푸는 데 때 라서 예술에 의한 새로운 인간 유형의 창조라는 큰 사상적 임무를 담 당하고 있으므로 언제나 상상, 관조 보다 경험적 체험을 중시한다. 이 경험적 체험이 창작가에 있어 얼마나 중요한가에 대하여는 위에서 벌써 말한 바이다. 그래서 그는 늘 체험하면서 사색하고 싶다는 충동에 부닥뜨리게 되며 또 그것을 심각하게 실행하기도 한다. 그런데 이것이 왕왕 도덕의 사회통념의 비난 대상이 되는 일이 있다. 음주, 연애, 가정 생활, 우인교제 등에 있어 부정, 사악, 횡포, 불신 등의 도덕적 비난을 받는다. 그것은 물론 당연한 일이나 그가 겸양, 소박, 곡□, 현명, 성실 하면서도 경험적 체험에 불성실한 점이 있을 때 우리는 여하한 태도를 가져야 할 것인가. 즉 그를 비난해야 할 것인가. 이해해 주어야 할 것인 가. 이 문제는 사회적, 교육적으로도 적지 않은 영향을 주는 것이다. 예 술가라고 하는 특정의 인간유형을 해석할 경우에 이 윤리의 문제는 반 드시 최후의 평가를 내리는 중요한 과제라고 생각한다. 위에서 말하여 온 예술적 창작가의 독특한 정신생활을 고려함에 의하여 이 논리상의 문제는 그 결론을 신중히 하지 않으면 아니된다고 믿는다.

이곳에 우리는 위에서도 말한 인간 정신의 전인적 활동이라는 것을 회상해 보자. 감성적 □□와 예지적 사상의 혼연한 통일에 의한 자유 로운 창조라는 것은 □□□의 활동의 최고계단이다. 그러므로 □□ 적 행위라는 것도 이 □□□의 □□한 활동과 인연이 없는 것이 아니 라 도리어 그것의 □□와 속박을 받는 것이라고 하겠다. 즉 전인적 활 동과 떠날 수 없는 관계에 있는 것이다. 그러니 한 사람의 예술가의 행 위에 대한 □□적 평가는 예술에 있어서의 전인적 활동으로부터 해석 되지 않아서는 아니될 것이다. 즉 예술가이라고 해서 도덕적 행위에 위 반의 특권이 보유될 수는 없다. 예술가가 특히 미에의 추구가 강렬하다 는 이유 때문에 경험적 체험에 있어서 부□□해도 좋다는 결론은 나오 지 않는다. 전인적 활동이라는 것은 가치척도의 의존근거라고 생각한 다. 이 문제는 더 논할 것이 많으나 이미 지수(紙數)가 다하였으므로 미 흡한대로 그치고 이번 5회에 긍(亘)한 이 무잡한 논평을 마친다.

# 철학자로서 문학자에 일언

## – 작가의 정열적 예지 –

『동아일보』〈월권비판〉(4) 1938.5.25.-26

작가가 원고지를 대할 때는 무엇인지 모를 흥분과 결의를 가지고 엄숙한 기분에 잠겨서 펜을 날릴 것이다. 이것은 그가 작품이라고 하는 한 개의 생명을 빚어낸다는 환희와 그 환희를 독자로 더불어 나눈다는 예감에 잠기는 까닭일 것이다.

참으로 작가가 원고지를 앞에 놓고 정좌하여 펜을 달릴 때의 심정은 마치 열심히 무슨 체계를 조직하느라고 침식을 잊고 노력하는 연구자의 심경과 같은 것이리라. 작가가 작품을 창작하고 시인이 시를 쓰고 그 순간의 진지하고 엄숙한 태도는 상상만으로도 저절로 경의를 표하게 된다. 그들이 지어내는 작품의 평가는 이러한 태도의 뒤에 오는 것이다.

그들은 남이 좋게 말하든 언짢게 말하든 자기의 심혈을 경주하여 어떠한 의욕과 원망을 그 작품 속에 담아보자고 애를 쓸 것이다. 참으로 그 태도는 보고 듣기에 마음이 후련하고 든든하고 또 반가운 일이라고 하지 않을 수가 없다. 작가가 펜을 잡은 그 순간 그는 벌써 현세적인 고난에서 초월한 성자의 심경과 같은 활연한 시계가 안전에 전개될 것이다.

그들은 환희에 차고 진실에 충만하여 철철 흘르넘치는 제작의 의식을 처치하기가 곤란할 지경이리라. 정열을 쏟아 부어 펜을 달린다. 표현이 불만하면 북북 긋고 다시 쓰며 때로는 종이를 찢어가면서, '새로운 무엇'을 그려보려고 애쓴다. 누가 이것을 경건한 순간이라고 하지 않을 것인가.

그러나 작가로서 시인으로서 누구나 다 가진 이 순간이 우리의 평가 대상이 되는 것이 아니라는 것은 여러 말을 할 필요가 없다. 이것은 말하자면 '작품 이전'의 한 포-스이다. 작품 이전의 태도라든가 준비라든가는 '작품 이후'에 있어서 거의 문제가 되지 않는다고 해도 좋을 것이다. 우리가 문제 삼고 있는 것은 작품 바로 그것이다. '작품과 그 이후'만이 작가의 생명을 지배한다.

물론 작품 이전의 그 준비와 태도는 부지불식간에 작품 속에 삼투하는 것이겠지만 결국은 완성된 작품 속에 담겨있는 정열과 예지만이 우리의 감상과 평가의 대상이 된다. 주관적인 열정과 준비가 웅건한 필치로써 작품 속에 객관화되지 않아서는 아니된다. 이때에는 벌써 작품 이전은 그 존재이유를 잃어버린다. 작가의 작품 이전의 여하한 노력, 고민, 의욕도 이 작품 그것의 선구로서만 의의가 있다. 왜 그러냐 하면 작품 그것만이 우리의 평가의 대상이 되며 그것이 없이는 작가의 그러한 노도(努刀), 고민, 의욕을 찾아볼 도리가 없는 때문이다. 그러므로 작가는 두말할 것 없이 작품을 써야 한다. 이것은 평범하고 당연한 말이다.

그러나 과연 작가에게 있어서는 작품 이전이라는 것이 전연 문제가 되지 않는 것일까. 나는 이것에 대하여 좀 생각하여 보고자 한다.

작품이라는 것은 돌연히 어떤 한 때의 기분이라든가 충동으로써 창작되는 것이 아니다. 물론 그럴 수도 있겠으나 그것은 특정한 작가의 희유한 경우일 것이고 대개는 노력의 결정이고 고민의 산물이며 의욕의 실현이라고 할 수가 있으리라. 작품 이전에 있어서의 이러한 여러 가지의 정신적 육체적 과정 체험이 없이 그냥 작품이 써지는 것이 아닐 것이니 작가에 있어 작품 이전이 그 이후와 같이 작가 자신에게 있어서 중요한 동시에 독자측에 있어서도 작품 이전의 노력, 고민, 의욕이 문제되지 않을 수가 없다고 생각한다. 즉 작품 바로 그것은 그러한 것의 결정이오 산물이오 또 실현인 까닭이다.

이와 같이 작가에 있어서는 작품 이전과 작품 이후가 다 같이 중요하다. 작가라는 생활은 흔히 세상 사람들이 운위하듯이 무슨 별다른 특질을 가진 독자의 경지를 가진 것 같이 자부하여서는 아니될 것은 더 말할 것이 없겠지만 그들에게 독자로서 요구하는 바는 이 작품 이전을 어떻게 작품 속에 구현하며 그 구현시킨 작품에 의하여 얼마만한 감흥과 영향을 독자에게 주는가가 중요한 문제인 것이다.

작가는 현실을 깊이 통찰하는 명민한 지성을 가져야 한다. 그러나 그것은 고담한 이론적인 것이 아니라 구체적인 체험을 정열적으로 씹어가면서 그려내야 한다. 그는 경제적, 사회적 내지 문화적인 제정세를 꿰뚫어보는 명찰과 그 확신이 있어야 한다. 관조적 태도도 필요는 하나 그것을 초월하지 않으면 아니된다. 그러자면 그는 행동적 실천적이 아니면 아니될 것이다. 이 행동적 실천석이라는 밀은 인간생활의 비밀을 열어헤쳐서 무슨 강렬한 의욕을 표현하는 동시에 독자로 하여금 한없는 감흥을 느끼게 하여 무엇을 마련하게 하는 것을 의미한다.

독자가 그 작품을 읽고 무엇을 마련한다는 것은 즉 작가 자신이 의욕하는 행동자라는 말과 동의어다. 작가는 이것을 작품 속에 형상화하지 않아서는 아니된다. 단순한 묘사가 아니라 의욕적인 실천을 조금도 부자연함이 없이 작품 속에 담지 않으면 아니된다. 작품 이전에 있어서의 고민과 노력 없이 이것이 충분히 가능하다고는 할 수가 없을 것이다.

작가는 자기의 개인성-환언하면 체험성(감성적인 동시에 그 복잡한 종합으로서의 고민과 의욕)을 퍽 중시한다. 물론 이것은 중요할 것이다. 안계는 좁다하더라도 개인성에 국척(跼蹐)하여 있는 심경소설, 사소설, 신변소설 등도 결코 그 존재가치가 없다고 부정하지 않는다.

그러나 그러한 비근한 세계에 안주하여 신변잡기적인 감상적 기분에 침몰하여 버리는 창작태도에는 호감을 가질 수가 없다. 내가 좋지 않다고 하는 것은 그 개인성이 아니라 그 개인성에서 오는 동굴성이다. 작가는 이것을 경계하지 않으면 아니될 것이다.

그러므로 작가는 작품 이전의 노력, 고민, 의욕을 작품 속에 구체화하는 명찰하는 정신-예지를 가지지 않으면 아니된다. 즉 현실을 묘사하여 감동을 주는 동시에 현실생활의 본질을 파악시키며 새로운 인간의 유형을 발견시키는 것이라야 한다고 생각한다.

이 명찰하는 정신 때문에 현실은 결코 왜곡되지는 않으리라. 도리어 그것 때문에 살아 올 것이다. 정열에 불타는 예지라고 하면 흔히 모순되는 것이라고 할는지 모르나 서로 모순하는 듯이 보이면서 실상은 모순하지 않는 것이 작가의 창작에 있는 특질이라고 할 것이다.

나는 한 개의 원망으로서 작품 이전과 작품 이후를 구별하면서 간단하나마 의견을 말했으나 작가는 그가 위대하면 위대할수록 작품 이전과 작품 이후가 혼연히 일체가 되어 한 개의 사상에까지 승화된 작품을 보여 줄 것이다. 그리하여 현실을 그려낸 그의 작품을 도리어 현실이 모방할 것이다.

# 지자(知者)를 부르는 나팔

## - 신방법 유토피아 작업의 대망 -

『조선일보』 1938. 7. 7.

'지자를 부르는 나팔'이라고 표제를 붙여놓고 보니 어쩐지 목자(牧者)가 양을 모는 바닷가 넓은 녹원의 경치를 연상케 한다. 일기가 화온(和溫)한 데 만화(萬花)가 방창(芳暢)하다. 한쪽가 수풀에서 근원하는 샘물이 맑은 시내를 지어 녹원 한가운데 소리 없이 흘러간다. 한 손에 막대 집고 또 한 손에는 피리를 쥐고 이리저리 흩어지며 모이는 양의 떼를 이끌고 가다가 멈추고 멈췄다가 또 내닫는 목자는 멀리 파도이는 앞바다 끝을 내다보며 걸어간다.

바람이 이나부다. 집채 같은 파도가 뚤뚤말리며 들어오지 않나 떼구름이 몰려들어오나베. 수평선 이쪽에서 까물까물 얼른거리던 범선들이 포(浦)로 들어오려고 애쓰는 모양 같고 갈메기 떼도 바닷가 백사장 언저리에서 빙빙 돌며 좀처럼 저멀리 날아가려 하지 않는다. 목자는 수

선해지는 양의 떼를 막대로는 몰고 피리로는 부르며 마음 속에 가득찬 먼 미래의 풍경을 그리며 어지러워져가는 녹원을 휘휘 둘러 살피더라. ―이것은 이 표제를 붙여놓고 난 내 머리 속에 그려진 한 환영이었다. 어림없는 한 개의 헛된 상념이었다.

그러나 다시 한번 돌이키어 생각할 제 그것은 과연 환영이었고 망상이었나? '지자를 부르는 나팔'이라고 하면 무언지 모르게 마음이 가라앉고 서글프고 또 멀고먼 앞날을 예상케하지나 않나? 말할 수는 없으나 무엇을 열구하고 기원하는 부르짖음이 그 속에 애틋하게도 덮어씌어 있지나 않나? 지자라고 하였으니 슬기롭고 관후하며 무던하고 명민할 것이요 부른다고 하였으니 결여된 무엇을 채우고 바로잡으려는 원망에 사무쳤을 것이며 나팔이라고 하였으니 다수를 일으켜 모아서 무슨 지표로 향하게 하는 것일 것이니 그러면 '지자를 부르는 나팔'은 어지러워가는 바닷가 녹원을 그리는 환영도 망상도 아니지 않은가? 도리어 가장 명민한 지혜로써 결여된 것을 채워서 많은 무리로 하여금 '아우랄키'(정신의 自由, 自定, 自律)를 누리게 하여 무엇을 창조케 하는 군호가 아닐까?

옳다! '지자를 부르는 나팔'은 사실 애인에게 부치는 편지를 우체통에 넣을 때와 같은 야릇한 무슨 의식을 일으키게 하기는 한다. 그러나 그것을 넘어서 간다. 한 없이 모든 것을 꿰뚫고 가고 또 가는 한 개의 선언이다. 녹원의 목자가 사랑하는 양의 떼를 바야흐로 닥쳐오는 뇌성과 폭풍으로부터 구하려고 부는 슬기로운 피리다.

＊　　＊　　＊

프란시스 베이컨은 자기의 『노붐 올가눔』[144]을 '지자를 부르는 나팔'

이라고 하였다. 희랍 이후의 과학적 방법의 일(一) 신기원을 지은 신시대에의 효종(曉鐘)이 은은이 울려올 때 그때는 사회변혁기이었다. 태동하는 신생활에 대한 준비가 활발한 때였다.『노붐 올가눔』이 나오고 잇대어 데카르트의『방법 서설』이 나온 것은 다 16, 7세기의 시민사회가 확립하려는 진통을 겪는 시대였다. 그때에 이 두 저술은 정히 신시대의 신논리학이었다. '지자를 부르는 나팔'이었다. 우리는 지금 그러한 나팔이 다시 불어오기를 기다린다. 긴 암흑시대를 지나는 동안 절망과 체관의 심연에 빠진 서구인의 인간 정신의 부활과 확대를 마련하고 있을 즈음 이 두 저작은 책임있는 안내를(그 방법은 다르다 할지라도)로서 희망과 영예를 예약하였다.

생활이 불안하여 그 근저가 동요하며 신앙이 법왕적 통제에서 떠나려고 할 때 우리는 토마스 모어의『유토피아』와 캄파넬라의『태양의 도시』를 본다. 이 유토피아 문학의 쌍벽이 무슨 교사(敎師)로서 지금의 우리에게 임하지나 않나. 유토피아라고 하면 흔히 그 글자가 보이는 바와 같이(유-無, 토포스-장소) 허망한 한 개의 가공과 허구에 지나지 않는 이상향이라고 할는지 모른다. 그러나 이 유토피아 문학이 발생되게 된 데에는 이유가 있었다. 봉건제가 붕괴하여 구시대의 속박이 느슨해신 때 당시외 로맨틱한 과학인은 자유롭게 몽상을 달리어 신생활을 설계하였다. 그 설계 속에는 미래의 이상과 원망을 가득히 남어가지고 지금의 우리에게 무슨 실천을 도발하는 듯 하기도 하다. 모어가 '아모로-테'라는 도시에 맑은 시내와 녹원을 옆에 낀 집을 설계하여 자물쇠와 빗장의 필요를 없이 하였고, 캄파넬라가 주권자 밑에 '예지'라는 두목을 두어 온갖 과학과 사상을 관리케 한 것이라던지 또 전기(前記) 베이

---

144)　편자주 : Novum Organum(1620)

컨이 '신아틀란티스'라는 유토피아 소설에서 '솔로몬관(館)'으로 하여금 지혜와 이지를 6일간에 다 전수케 한 것 같은 것은 생각하면 헛되기 짝이 없으나 우리에게 무슨 암시를 주지나 않나.

오고야 말 앞날을 바라보며 지난 날의 문화의 교사들이 남기고 간 설시(說示)를 들추어내는 것도 무의미하지는 않을 것이다. 인간생활이 고담(枯淡)과 □박에 쪼들리어 빼빼 말러가고 있을 때에 이러한 유토피아의 문학작품을 생각하며 스스로 위안이나 얻을까. 그러나 이것은 나의 환영이 아니다. 꼭 같지는 않다 하더라도 실현될 '세기의 꿈'이다. '신이론'과 '신방법'이 나와야 하며 '20세기의 유토피아'가 그려져야 할 때다. 지금이야말로 명민한 예지가 지배할 때다. 주장될 때다.

(이 예지에 대하여서는 벌써 3, 4차 언급하였다. 그것은 여러 사람이 문제삼고 있는 듯한데 너무 '문예중심적'이 아닌가 생각된다. 내가 말하는 것은 '방법적 체계'를 가질 그야말로 슬기로운 '소피아'라고 얼른 말할 수 있다고 생각한다) '지자를 부르는 나팔 소리'가 크게 들리고 오래 들리고 또 세차게 들려와야 할 때다. 위대한 예지적(철학적) 체계가 새방법으로써 신이상을 수립하며 인간의 선의지를 향한 노력이 활발하게 수행되어야 할 때다. 20세기야— 너는 그러한 임무를 맡은 거인이다.(7월 3일)

# 작가에의 진언장

## -문제성의 결여-

『동아일보』 1938. 8. 31.-9. 3.(총4회)

최근 나는 선대의 서간 등을 조사하는 가운데 어떻게 된 세음인지 한 상자 속에서 신조사 발행의 『문장구락부』(대정 14년 9월)을 한 권 얻어가지고 심심풀이로 뒤적뒤적하고 있느라니 채순동(蔡順東)이라고 서명한 「조선문학과 문단」이란 일문(一文)이 있었다. 비교적 상세하게 당시의 문단상황을 작가별로 분류하여 꽤 번창하고 생기발랄한 것 같이 소개되어 있었다.

그때는 소위 신문학이 이 땅에 생장하여 거의 한 물을 이룬 때였다. 자연주의와 낭만주의가 어느 정도까지 도덕과 연애에 대한 가치전도를 강조하면서 사회적으로 전환해 가는 모든 사상을 집어 올리려고 하였었다. 사실 그 노력은 어느 정도까지 보상되었다고도 생각한다. 그리하여 그 속에서 신경향파가 대두함에 이르러 여러 가지의 논란은 있지마는 역사의 필연적 계기를 포착한 주체적인 노력이 성장하고 있던 때다.

그때는 작가들이 구체적인 문제만을 문제 삼던 때라고 해도 좋다. 물론 어느 작가가 구체적인 문제를 경멸하랴마는 그때만치 사회와 역사의 모든 영위와 그 속에 흐느끼는 개인을 작가 자신의 핍절한 문제로써 맞부닥뜨려 저미고 쓸고 울크고 불키며 애써서 그리려고 한 때는 신문학 삼십년에 거의 없다고 해도 과언이 아닐 줄 안다.

아닌게 아니라 그 노력이 작품으로서 완벽이었더냐 아니냐에 대하여는 많은 사람의 지적에 수긍되는 바 많지만 여하간 생생한 산 문제를 문제 삼았다는 점에서 나는 당시의 문학사적 의의와 작가들의 노력을 과소평가하고 싶지 않다. 누구누구라고 예 들 것이 없이 그때의 작품에는 실로 문제성에 가득차 있었다. 이것은 신경향파 작가들에게 있어서는 물론, 춘원(무정, 개척자) 상섭(만세전, 해바라기) 등에 있어도 그러하였다고 생각한다.

그런데 현재는 여하한가. 그때에 비하면 문학적 제작에 대한 기술과 재능(이 두 가지는 구별해 생각해야 한다)이 훨씬 나아졌고 또 제외국의 작품을 이해섭취하는 데에 있어서도 퍽 많이 노력들을 하고 있음에도 불구하고 내놓는 작품은 모두 문제성의 결여라는 것을 느끼게 하는 듯하니 그 연유하는 곳은 어디인가. 시기가 그러하니 그렇다고 할 것인가. 객관적 정황의 소치라고 할 것인가.

모두들 풍경적 정관적이요, 신변잡기적이요, 물어적이다. 소위 "재미나는 소설"이 나쁠리 없고 신기하고 그 뒤가 궁금해서 못견딜 소설이 안됐다는 것은 아니다. 내가 오직 말하고자 하는 것은 좀 더 깊은 것 생각하게 하는 것, 문득문득 그 인물의 말이 생각이 나서 뒤굴려보지 않을 수 없는 것, 좀더 전망적인 계시를 주는 것, 그리하여 통일된 어떤 세계관, 사상 또는 행위의 기준을 주는 그러한 작품을 보고 싶다는 것이다.

사실 나는 월평자와 같이 많이 읽을 여가도 없거니와 그럴 필요도 느끼지 않는다. 어쩌다 읽어보다가 그냥 내버려 버리는 고로 좋은 작품을 아지 못하고 하는 말일는지는 모르나 전기 『문장구락부』에 소개된 당시의 작가들에 비하여 지금의 작가들은 문제성에 대한 관심이 퍽이나 희박해진 것이 아닌가 생각한다.

그러면 그 문제성이라고 하는 것은 무엇이냐고 물을 사람이 있을 것이다. 이것을 설명하자면 좀 장황하다. '프로블럼'이라는 서구어의 어원적 해석부터 간단히 말하면 '프로'는 '전(前)' '블램'은 '던진다(投)'는 뜻을 가졌다. 그러므로 '프로블럼'이라고 하면 예히 어떤 조망을 던져주는 그러한 것이라고 할 수 있다. 즉 해결을 요구하는 어떤 사태를 예상시키는 것이다. 가령 인생문제니 도덕문제니 또는 사회문제니 할 때 그 문제라는 것은 인생과 도덕과 사회의 해결을 요구하는 사태가 집중적으로 또 객관적으로 표현된 그러한 것이다.

그것은 일개인의 일상적인 자의에 의하여 아무렇게나 처리될 수 있는 것이 아니라 역사적으로 제약되고 사회적으로 제출된 것(그것은 복수)으로서 현실적인 진술을 요구하는 것이다. 그러므로 이 문제라는 것은 그 자체의 성질상 사상성을 내포한다. 이 사상성 없이는 문제성은 성립되지 않으나 사상성 특히 문학에 있어서의 사상성의 문제에 내하여서는 좀 설명을 가할 필요가 있으나 이 점에 대해서는 논명한 일이 있으므로 더 말하지 않는다.

이에 현금의 대부분의 작가에 이 문제성이 결여하다는 내 말의 의미를 이해하였을 줄 안다.

어떤 작가는 의식적으로 이 문제성을 전혀 불고(不顧)하고 개별적으로 인간생활의 편모를 그냥 고대로 형상화만하면 그만인 듯이 생각하고 있는 듯하다. 그러나 나는 한편으로 이 문제성에 대한 관심을 끝까지 이어나가려하는 이, 삼의 작가를 알고 있다. 민촌과 무영이다.

(2)

민촌의 「서화」(『고향』을 나는 읽지 못하였다. 읽는다 읽는다 하면서도 더 급한 것이 있어서 좀처럼 손을 대지 못하고 있다)라든지 최근작인 「금일」(『사회공론』 칠월호)에서 우리는 무엇인지 모르게 큰 중압을 느끼는 문제성에 부닥뜨린다. 그는 늘 그때그때의 새로운 문제를 집어다가 반해설적으로 설명을 가해 가면서 이야기를 진전시킨다.

그 점에 있어서 우리는 경의를 표하고 싶다. 그러나 이 작가는 문장이라는 것을 좀 더 아루사기고 가다듬어서 예쁘고 또 맛이 있게 해주었으면 하고 느꼈다. 또 한 가지는 가끔 가다가 해설식의 구연(口演)이 있는 것이 결점이다. 이것이 어떤 때에는 치명적 영향을 주는 것임을 알어야 한다.

민촌은 본질의 파악과 유형의 발견에 있어는 누구보다도 명철하다. 그는 참으로 예지를 가지고 있다. 그러나 문학작품인 한 본질이 파악과 유형의 발견으로는 부족하다. 한 없는 미의식이 흘러넘치는 문학적인 상징작용이 있어야 비로소 혼연한 작품이라고 할 수 있을 것이다.

민촌에 반하여 무영은 언어의 구사에 있어서 어떤 묘방을 체득하고 있는 듯이 퍽 재미있고 또 맛이 있다. 사실 나는 『취향』을 읽고 퍽 좋았었다. 그러나 문장을 너무 아루새기는 탓인지 가끔가다가 도리어 어색하고 꺽꺽한 느낌을 준다. 또 이 문제성에 대하여서도 노력을 아끼지는 아니하는 것이 역연하나 '한걸음만 더'하는 느낌을 가질 때가 한두번이 아니었다. 이 앞으로의 노력에 의하여 씨는 새로운 진경을 보여줄 줄 믿는다.

그리고 씨는 인생에 대한 태도에 있어서 누구보다도 심각미를 가지고 있다. 나는 이것이 씨가 후일을 기하는 가장 값있는 보물이 아닌가 한다. 이 심각미라는 것은 그 정도가 심할수록 좋다고 생각한다.

현재의 많은 작가들의 작품은 그 표현양식과 수법에 있어 십년 전과는 비교도 안될만치 상당히 진전하였다고 생각한다. 그러나 작품에 담겨진 문제성의 결여 때문에 전망이 좁다. 따라서 그들은 현재라고 하는 것을 한 개의 순간으로 이해하고 취급할 줄은 알되, 그것을 우리에게 절박하는 한 개의 문제로서 집어드릴 줄은 모른다. 현재를 지나가면 그만인 순간으로 알기 때문에 향락적 분위기와 태기(怠氣)가 만만(漫漫)하다. 문제는 언제든지 우리에게 절실한 것이다. 그러므로 이 세대의 이 현재를 한 개의 문제로서 집어올린다면 그는 진지하고 절실한 태도로써 사물을 보려고 할 것이다. 전환기는 문제에 찬 시기다. 해결을 요청하며 또 그것을 방해하는 많은 문제가 서로 얼켜서 줄기를 찾을 수가 없는 때다. 화염을 뚫고 나가야 하는 시대다. 그러나 이곳의 문단에는 그러한 알토라진 노력이 적지 않은가 한다. 문단에 있어서도 세기의 화제가 너무 결핍하다. 사태의 소이연을 한탄만 하고 있을라는지 위축하는 사색력, 둔해가는 감수력 따라서 현재의 문제성이 순간적 향락의 분위기에 자연화하고 만다.

예지라고 하는 것은 아마 이러한 향락성과는 선혀 인연이 없는 것이다. 문제성을 발견하는 눈은 예지의 눈이다. 그러므로 현재 이 땅의 문단에 문제성이 결여하다고 하는 것은 예지가 없다는 것과 마찬가지 말이라고 해도 좋다. 문제성의 주체적인 인식은 이 예지에 의하여서만 가능하다. 이것에서 독창불기의 정신이 생탄한다. 문제성의 인식 없이는 행동실천의 자주성은 있을 수가 없다. 우리의 작가들이 소주관에 안주하여 순간의 자연에 취하고 있는 동안 그 생산된 문학은 결코 위대할 수가 없을 것이다. 우리의 작가들을 눈여겨 보면 그들이 몹시 고민하고 있음을 알 수 있다. 그러나 그 고민은 세기의 문제성을 파악하러 가는 도중에서 난파하고 만다. 그리하여 값있으려던 고민이 값없이 좌절한다. 생각하면 서러운 일이다. 그 난파의 원인은 불일(不一)하다. 그것은 사회환경에서 오는 것일 것이다. 자기자신은 꿋꿋하다고 할른지 모르나 그러나 옆에서 보기에 그는 벌써 난파하고 있는 것이다. 인간은 암우하다고 하는 잠언이 거짓이 아니라는 것을 나는 늘 생각하고 있다.


(3)


그러면 이 문제성의 결여라는 것이 시인에게도 운위될 수 있는가를 좀 생각해보자.

문학의 형식상 시가 일대(一大) 장르라는 것은 누구나 다 아는 것이니만치 독자에게 주는 감흥에 있어 소설과 다른 점이 있을 것은 명백한 일이다.

소설은 좋은 문장으로 어떤 사실이 길게 서술되는 동안에 작가의 태도와 의도가 독자에게 감흥으로써 이입되는 것이라고 하겠으나 시는 그렇지 않다. 시에도 물론 장편 서사시가 있지만 시의 본령은 역시 서정시에 있고 상징시니 사상시니 하는 것은 결국은 이 서정시의 일분파라고 생각하는데 소설에 비하면 문제도 되지 않는 짧은 자수 안에다가 자기의 감정을 직절 간명하게 토로하는 때문에 객관적 영위 자연, 생활, 상념을 표현하는 데에 있어서는 아무래도 소설만치 면밀할 수 없고 정확할 수 없고 또 구상적일 수가 없다고 생각한다.

물론 면밀, 정확, 구상적인 것이 예술로서의 문학에 절대적으로 요구되는 것은 아니겠지만 같은 값이면 예술적이면서도 면밀, 정확, 구상적인 것이 더 낫다고 볼 수 없을까. 사실 소설이 문학의 여러 장르 가운데 가장 퍼퓰라하고 또 가장 생명이 길리라고 하는 까닭도 이러한 우월이 있기 때문이라고 할 것이다. 이러한 우월이 있기 때문에 그것이 주는 감흥의 정도가 시보다 강인하다. 지력적(知力的)이고 구체적이다. 따라서 그 영향이 제일 큰 것이 아닐까. 그런 고로 소설가에게 문제성이 요구된다고도 할 것이다.

시는 아무래도 이 점에 있어서는 소설을 따르지 못할 것이다. 시는 형식, 조자(調子), 용어 등에 많은 구속을 받는 데다가 또 길이에 있어서 무한정하게 소설같이 길게 될 수도 없다. 그것은 시라는 것이 그 본질상 시인의 순간적인 감흥의 소산이라는 것 때문이다. 그래서 시의 독자는 소설의 독자와 달라서 언제나 그 시가 잘 되었으면 순간적으로 몰입하여 공감을 느끼는 것이나 소설의 독자는 언제나 그렇지 않다.

왜 그러냐면 소설에는 시간적으로 공간적으로 그 스케일이 전개 이동하며 그 속에서 움직이는 인물에 각색 종류가 다 있다. 그래서 독자는 출동인물과 사건에 선택과 호오(好惡)의 두 가지 것을 언제나 버릴 수가 없으므로 작품 그 속에 전적으로 몰입할 수가 없나. 따라시 그것을 감상하기 위하여서는 의지적인 노력이 든다고 생각한다. 그러나 시에 있어서는 오직 정념으로 좋다고 생각하면 그만이 아닐까. 쓸데없이 설명을 가하려다가는 도리어 그 시의 좋은 소이연을 몰각할른지도 모른다.

그러므로 시에 있어서는 언제나 개인적(개성적)인 범위를 떠날 수가 없다고 생각한다. 시가 대중성(집단성)을 얻자면 작곡가에 의하여 작곡되어 노래 불리워진 뒤라고 생각한다.

시는 이 표현의 국한성과 개인성 때문에 소설에서와 같이 문제성을 운위하기가 거북하다고 생각한다. 그것의 성질상 부득이한 일이겠다. 우리는 그 전례를 들 수가 있으니 한참 당년의 프로시가 이 문제성을 담어보려고 애썼지만 전연 실패하고 만 것이 아닌가하고 생각하는데 그것의 원인은 이곳에 있다고 생각한다. 만일 뒤까지 남을 것이 있다고 하면 그것은 그 시인의 의식적인 문제성의 중시에 있는 것이 아니라 그의 개인적인 시적 천품의 순간적인 발로가 혼연히 째인 탓일 것이다.

그러면 시를 비평하는 기준은 무엇이냐 할 것이다. 이 질문에 대하여 나는 오직 "주옥같은 문자로 썼고 읽고 난 뒤에 뒤굴려보며 생각할수록 맛이나는 것"이면 좋은 것이라고 밖에는 아무 말도 못하겠다. 시라는 것이 워낙 논리와는 인연이 먼 것이므로 무어라고 술어를 써가며 설명을 했댔자 시의 세계가 논명되었다고 할 수가 없을 것이니 우선 나는 통속적으로 이렇게 기준을 세워놓고 보자.

그러면 이 기준에 비추어 보아 현재 내 앞에 있는 시집 『아름다운 새벽』[145), 『빛나는 지역(地域)』[146), 『정지용 시집』[147), 『석류』[148), 『향수』[149)의 다섯 권은 어떠한가하고 자문자답하여 보았다. 『아름다운 새벽』에 대하여서는 한 개의 선구적 의의를 인정함에 *끄치자*(물론 그 속에는 꽤 좋은 것도 있기는 있다) 『빛나는 지역』은 아직 암중모색의 경지를 벗어나

---

145) 편자주 : 주요한의 첫 시집. 1924년 조선문단사 간행.

146) 편자주 : 모윤숙의 첫 시집. 1933년 조선창문사 간행.

147) 편자주 : 1934년 시문학사가 간행한 정지용의 시집.

148) 편자주 : 1937년 한성도서에서 간행된 임학수의 첫 시집.

149) 편자주 : 조벽암이 1938년 이문당에서 출간한 첫 시집.

지 못하였고 『석류』는 퍽 아담스럽고 탐탁은 하나 좀 시집으로서 부질 긴 뿌레기가 내리지 못한 것이 유감이다. 즉 꿰뚫는 상이 확립되어 있지 않은 것 세기의 청년의 작으로서 좀 매친 곳이 없는 것이 흠이라면 흠이다. 그리고 『지용시집』과 벽암趙碧巖(1908-16985)의 『향수』는 현재 조선시단의 최고수준에 있는 것이 아닌가 생각된다. 기다란 내용비평은 그만둔다. 그러나 우리가 이 두 시집을 가지고 볼 제 나의 이 글이 문제삼는 '문제성'의 문제에 적지 않은 자료를 제공하고 있음을 말하지 않을 수가 없다.


(4/完)


지용鄭芝溶(1902-?)의 시는 한 편 한 편이 그대로 째여있다. 대체로 울킬대로 울키고 깎을대로 깎고 해서 영낙없기는 하나 너무 표현이 비약하는 혐(嫌)이 불무하고 또 상징적이어서 어렵다. 그래서 우리와 같이 표현기술과 그 양태를 보다도 그것이 주는 감흥과 사상내용을 더 중히 여기는 사람에게는 무언지 모르게 좀 부족을 느끼게 한다. 물론 이것은 지용의 시가 전부 다 그렇다는 것은 아니다. 이해하기 쉬운 것도 많으나 어려운 것 읽고 나서 그 표현기술의 포화(飽和) 이외에 아무 것도 주지 않는 것이 있음을 섭섭이 생각한다.

이것은 한 편 한 편의 시에 대한 나의 느낌이나 시집 전체를 두고 볼 제는 문제는 달라진다. 우리는 시 한 편을 가지고 어느 시인의 전체를 논평할 수가 없다. 더구나 내가 지금 문제삼고 있는 '문제성의 문제'에 연결시킬 수가 없음은 전술한 바와 같다.

왜 그러냐 하면 시라는 것이 본디 순간적인 감흥의 주관적인 표현이

기 때문이다. 그러므로 한 시인을 평하여 그의 재주와 형국을 논하자
면 그 한 편 한 편 시의 계열인 시집을 기다려서만 비로소 가능한 것이
니 무슨 때문이냐 하면 시집이라야 여러 가지 경우에 나타나는 사물을
보는 눈과 흐느끼는 인상을 정리하고 분류하여 그의 사상을 결정할 수
가 있기 때문이다. 이것은 아주 평범한 이야기다. 그러나 실제로는 용
이한 것이 아니다. 내가 췌언을 농할 필요가 없는 것인데 지용시집을
두고보면 그의 사상을 추출하기에 이 같이 용이한 것은 없다고 하겠
다. 제4에 묶어 놓은 일련의 시들은 그의 시의 최고조인 동시에 그의
인생사회관이 컨덴스 되어 있는 알맹이가 아닌가 생각한다. 아주 단적
으로 카톨릭 교의로 일관되어 있다. 그러나 벽암의 『향수』는 그렇게 단
순하지가 않다.

　벽암은 지용보다 표현에 대한 노력과 그 성과가 부질기고 매섭다. 반
드시 미래를 생각하게 하는 시인이다. 지용은 그때그때의 성숙한 열매
를 따먹는 현재의 시인이나 벽암은 언제나 현재를 통하여 미래의 새
것을 전망하려는 의지적인 노력의 편린을 보이려고 애쓰고 또 그것을
외치는 시인이다. 나는 시인에게서 보는 과, 현, 미라는 시간의 문제가
퍽도 재미있다고 생각하는데 지용에게서는 그 신교(信敎)와의 관련상
미래가 더 클로스 업되어 있어야 할 것이 아니냐고 할 사람이 있을는
지 모르나 그렇지 않고 어디까지든지 현재 중심적이라고 생각한다. 그
가 또하나 다른 태양을 가슴 깊게 안고 있다 하더라도 그것은 결국 현
재를 강렬하게 긍정하는 수단에 불과한다. 그러나 벽암은 그렇지 않다.
「새설계도」가 보이는 바와 같이 미래에 미래에 하고 달음질친다. 그러
면서 늘 전전반측하는 것이다. 「고민」을 보라. 미래에의 현실적인 전망
을 준다는 점에서 벽암은 지용보다 세기의 문제성을 이해하고 그것에
협력하는 자유를 보류하고 있다고 해도 과언이 아닐 것이다. 지용에게

서는 그 시집 전체를 통하여 문제성의 발아(發芽)도 없다. 그는 정관의 시인이지 격동의 시인은 아니다.

시에 있어서의 문제성의 문제는 시집을 평자가 읽고 발견하는 것이지 시인 자신이 이것을 한 편 한 편 시에서 표시하려고 하기는 어려운 일이다. 도리어 그렇게 하는 것은 시의 본령상 거의 불가능하다고까지 말할 수가 있으리라고 생각한다.

시와 소설은 아무튼지 영원히 평행선상을 걸어갈 문학상의 장르다. 시는 결코 멸망하지 않는다. 그것은 그대로 인류가 존재하고 그 심장이 고동하는 한 청심제로서 존재할 것이다. 그리고 음악과 협력함에 의하여서만 소설이 가진 바 대중성을 얻을 수가 있을 것이다.

다시 '문제성의 문제'에 돌아가 생각해보자. 소설가가 자기의 야심적인 창작을 위하여 미리 몇 달이고 몇해를 두고 현실적인 모델을 얻으려고 하며 또 그 환경을 조사하려고 애쓰고 있는 것은 가끔 보고 듣는 바다. 아주 계획적으로 창작에 착수한다. 그리하여 무슨 프로스펙트를 보인다. 이리하고 저리해라 하며 명토박아 지적하지는 않는다 하더라도 행동의 기준과 장래의 전망을 보여주는 소설을 우리가 걸작이라고 말하는 것이 아닐까. 그때에 문제성의 싹은 말하자면 충분히 제시되었다고도 말할 수가 있을 것이다.

사상성의 맹아라고 해도 좋다. 현재 이 땅의 문단에서 현역으로 활약하는 작가 가운데 이 문제성의 문제를 몸소 체득하고 있는 사람이 과연 몇이 될까. 불과 사, 오인(?)에 지나지 않는 것이 아닐까 하고 생각한다. 제 외국의 문학에서 그 소화불량에 걸릴만치 흥성흥성한 문제성과 사상성을 시이불견(視而不見)하는 것은 아닐텐데 그 까닭은 무엇일꼬? 그렇다고 노출증을 주의해야 할 것은 물론이다.

끝으로 한마디 하고자 하는 것은 장혁주張赫宙(1905-?)씨의 『춘향전』이 귀향한다는 데에 대하여서다. 씨의 해작이 용어, 고증, 번역 기타에 있어서 얼마나 조홀(粗忽)한[150] 것이라는 것을 알고 문단인들이 10월 공연을 앞두고 향토문화를 위하여 진지하게 논의하기를 바라서 마지 않는다. 조선독서연맹 발행의 『독서』 최근호에 실린 서두수徐斗銖(1907-1994)씨의 지적은 필시 많은 교시를 줄줄 안다.

---

150)  편자주 : 거칠고 말이나 행동이 가볍고 탐탁하지 않다.

# 신간비평론

『동아일보』1938. 11. 1.

책 한 권을 만들어낸다는 것은 아무리 생각하여도 여간한 큰 일이 아닌 듯 싶다. 물론 손쉽게 일년에도 3, 4권씩이나 되는 책을 출판하여 우리를 놀라게 하는 사람이 제외국은 물론 이 땅에도 있는 것을 나는 잘 안다. 어느 때 써서 발표한 작품을 모아 책으로 두 서너 권씩 출판하는 작가가 있는가 하면 논문집이 아닌 개론물을 연달아 몇권씩 박어내는 철학자도 있다. 작가의 창작집 같은 것은 몰라도 한권 한권 체계가 서 있어야 할 저서를 뒤이어 출판해내는 것을 보고 나는 한때 퍽 기이하게 생각했다느니보다도 그의 정력에 탄복한 일까지도 있었다.

어떻든 책이라고 하는 것은 설사 그것이 내용 불완전한 것이라 하더라도 저자의 인간으로서의 절대한 노력이 각인되어 있는 것이므로 "새 책이 나왔다" 하는 말을 들을 때에는 저절로 경의를 표하게 된다. 딴 남인 나에게 있어 그러할 제 저자 자신에 있어서야 더 말할 수 없는 기쁨과 만족을 느낄 것이오 따라서 한 걸음 한 걸음 충실해가는 자기라고 하여 회심의 미소를 띄울른지도 모른다.

사실 책은 사람이 영원히 살려고 하는 의지의 최고표현의 일(一) 임에는 틀림이 없다. 책을 지어내는 사람으로서 자기의 저서가 누만대 뒤까지 더욱 그 성가가 높아가기를 바라지 않는 사람은 없을 것이나 사실은 저자 자신 보다도 일찍 죽어버리는 일이 많음을 우리는 이 두 눈으로 뚜렷이 보고 있다. 생각하면 안타까운 일이요 슬픈 일이다.

'저작한다'는 것은 독자를 예상하고만 가능한 일인데 이 독자의 첨단에 서서 출판된 책의 잘잘못과 좋고 그른 것을 가르켜주는 임무를 가진 것이 말하자면 비평가다. 그 뿐 아니라 그 때의 역사적 환경과 문화적 지반을 고려하면서 그 책이 보여주는 학문이면 학문, 작품이면 작품의 정합성과 의의를 명백히 하기에 노력하는 것이 비평가의 직책이라 할 것이다. 그러므로 비평가의 책임은 크다. 그러나 저작자가 자저(自著)의 불멸성을 주장하여 비평가에 반발하는 경우를 예상할 수 있는데 이때에 그 심판을 맡은 것도 결국 역사다. 영원하기를 바라던 저작의 생명이 자기의 개체의 생명보다 일찍 죽어버리는 것은 그 역사의 심판이 빨랐던 탓이다.

한 저자가 자기의 영생의 의욕이 생전에 환멸로 화하는 것을 보는 것 같이 조바심 나는 일은 없을 것이다.

물론 한 개의 저작이 출판 당시에는 전연 무시되거나 또는 비난과 경멸의 와중에서 덧없이 사라졌다가도 저자의 사후에 다시 육리(陸離) 한[151] 광채를 발하는 일도 있고 또는 그 반대의 경우도 있지만 이것은

---

151) 편자주 : 여러 빛이 서로 뒤섞이어 눈이 부시게 아름답다.

진정한 의미의 저작이 생명을 심판한 것이 아니다. 좋은 것은 언제나 좋은 것이니 마치 진리와 정의가 일시적인 편의와 강력(强力) 때문에 지위를 양도하는 일이 있는 것과 같이 일시 그 빛이 가리워지는 일이 있기는 있을 게나 뜨면 뜰수록 샘솟는 생명을 일쿠어 줄 것이다.

비평의 태도에 두 가지가 있다고 생각할 수 있다. 즉 하나는 "공정과 우애의 정"을 가지고 그 저작 속에 있는 '좋은 것'을 발견하려고 하는 태도요 다른 하나는 회의적인 냉담을 가지고 결점을 들추어내기에 노력하는 태도다. 이 두 가지 태도 중에서 우리는 어떠한 것을 취할까. 요절한 천재 마리 장 귀요Marie Jean Guyau(1854-1988)는 "금강석에 있는 흠을 발견하려고 하는 것도 유익은 하다. 그러나 모래 속에 묻힌 금강석을 발견해 내는 것은 더욱 좋은 일이다."라고 말하였다. 우리는 남의 잘못과 약점 만을 들추어내는 것보다 한 개의 저작과 작품 속에서 공감을 느끼도록 호의를 가지고 대하고 싶다. 그러나 단순한 파벌심리 혹은 우정에 사로잡히어 무조건하고 칭찬만 해주는 것은 금물이다.

요새에 흔히 보는 신간소개에는 거의 다 이러한 종류의 것이고 간혹 가다가 취모멱자(吹毛覓疵)152)의 흠점 찾기를 일삼는 것이었다. 영세한 이땅의 학술문학을 위하여 스스로 불안을 느끼는 때가 한 두 번이 아니다. 예술작품이든지 학문적인 저술이든지 우리는 그 속에 보배가 파묻혀 있지나 않나 하고 공정한 태도로써 우애의 정을 가지고 경삭하는 농부와 같이 대하고 싶다. 그 작품과 저술 속에서 잘못과 졸렬을 발견할 때라도 우리는 그것을 범인의 실패라고 보지 말고 기장의 차질이라고 이해있는 태도를 가져 보자.

그러나 어디까지든지 엄정하여야 하고 공평하여야 한다. 우리는 북

---

152)　편자주 : 억지로 남의 작은 허물을 들추어 냄.

레뷰라는 레뷰의 뜻에서 다시 본다는 라틴어의 어원적인 점을 생각할 필요가 있다. 개인의 호오, 애정의 감(感)을 떠나서 이 땅의 문운에 기여한다는 고차의 이념 밑에서 흑백시비를 가려가면서 북돋아 주지 않아서는 아니된다.

남들의 학술잡지나 기타의 평론잡지에 실리는 소위 신간평을 볼 때 참으로 부러움을 느끼지 않을 수가 없다. 가령 독일의 학술잡지에는 '베스프레훙'이니 '레첸시온'이니 해가지고 엄밀, 공정하게 신간비평을 다달이 적지 않게 많이 실린다. 또는 '쎌브스트안차이게'라고 하여 자저(自著)소개를 한다.

우리도 뒤미처 따라하기에 바쁘고 힘들며 어렵기는 하지만 좀 그렇게 되어야겠다고 하는 순진한 긍지와 노력이 있어야겠다. 남이 신간소개를 해달라고 부탁을 한다고 덮어놓고 좋다고 칭찬하는 것은 삼가야 할 줄로 안다.(10월 18일)

# 엄숙한 박진력

### - 제1회 신인문학 콩쿨에 보내는 찬사 -

『동아일보』 1938. 11. 3.

문학은 현실세계를 묘사하는 것이라고 하는 점에서 역사와 공통된 무엇을 가지고 있다. 그러나 문학이 역사와 다른 점은 구체적인 개인 인간이 사회와 역사가 짜내는 일파만파 속에서 어떻게 경험하고 사고 히고 또 감수하였느냐 하는 것의 기록이고 고백이라 할 수 있다. 역사 기술은 역사의 법칙적 발전을 일반적으로 기술하는 것이나 문학은 그래서는 안 된다. 도리어 결핵과 싸우고 무지와 싸우고 이(虱)와 싸우는 등의 시대의 억천만의 '우연'을 상징적으로 형상화하여 주는 곳에 문학의 가치가 있고 의의가 있는 것이다. 운명, 성격, 애(愛), 사(死)라는 특수적인 것을 취급하면서도 시대적인 보편의 문제가 그 속에 상징되어 있지 않아서는 아니된다. 이 신인문학 콩쿨에 당선된 젊은 작가들이 앞으로 이러한 문학의 본질을 늘 염두에 두고 창작에 정진하여 준다면 얼마나 든든한 일일까. 문학은 결코 여기(餘技)가 아니다. 그것이 인생과의 격투라는 점에서 다른 학문과 같이 엄숙성을 가지고 있는 것이다. 통속적인 삼문문사(三文文士)[153]는 이 엄숙성을 스스로 포기한 말류다. 건강한 제군의 진박력(眞迫力)을 기대하여 마지 않는다.

---

153)  편자주 : 서푼 짜리 문사. 삼류 문사를 뜻한다.

# 지성은 문화의 무기고

『비판』「특집-지성옹호의 변」 1938. 11.

이 지성과 현대의 문제는 참으로 큰 문제입니다. 간단한 논술로는 도저히 그 편모나마 들추어내기 어렵습니다. 현대에 있어서 문화의 개념 결정이 그렇게 용이하지 않은 것과 같이 이 문화와 긴밀한 관련을 가진 지성의 문제가 일면적으로 취급되어서는 안 될 것이니 늘 생각을 하고 있으면서도 한 개의 체계를 세우기까지에 이르시 못하고 있는 것도 그 까닭입니다.

설문은 특히 조선과의 관련에 있어서 문제삼아 보라하신 것이므로 더욱 쉽사리 논단은 되지 않으나 간단히 말하면 다음의 제점이 문제되지 않을까 합니다. 즉

1. 우선 지성의 문제를 좁은 테두리 안에 집어넣으려고 하는 견해에 반대합니다. 그러한 견해가 특히 문단에서 문학적으로 제기되고 있

는 상 싶은데 이것의 연원을 찾는다면 서양에 있어서는 소크라테스 이전에 있어서 벌써 문제되어 온 것이고 그것에 해당하는 어원도 여럿을 들 수가 있을 줄 압니다. 물론 그 당시에 있어서는 철학적 문화과학적 의미내용을 가지고 교육방법론 과학방법론 기타에 있어서 빼버릴 수 없는 공통된 중요과제의 하나를 이루고 있다고 봅니다. 지성을 문학의 범위에만 한하려는 듯한 것은 부당합니다.

2. 설문에 있는 바와 같이 동서양의 구별을 엄극(嚴極)히 하는 것이 과연 타당할까 한 번 생각하여 볼 일이라고 하겠습니다. 물론 나도 동양과 서구의 전통적 차이와 문화적 성격의 특수성을 인정합니다. 그러나 그 특수성이라는 것도 결국은 세계문화 속에 취소융화(取消融化)될 것이지 결코 고유성에 화석되고 말 것이 아닙니다. 조선도 동양의 일 구성요소로서 동양적일 것이고 동시에 조선의 사회와 역사에 제약된 조선적인 것을 가지고 있을 것입니다. 그렇다고 나는 구체적 보통성을 망각하고 싶지 않습니다.

3. 조선의 문화와 학술은 지성적 전통을 "가져보지 못하"였다는 설문이 과연 운위될지는 우리의 학술적인 제개별에 의하여 논단될 줄 아나 나는 그렇게 경경(輕輕)하게 "가져보지 못한 것이 사실이라"고는 말하고 싶지 않습니다. 물론 서구적인 의미에 있어서 체계있는 논리를 보지 못한다고는 할 수 있을지 모르나 적어도 실학파의 대두 이후에 있어서 우리는 무슨 서구적인 것과 공통된 것을 감지할 수가 있지 않을까. 설문에 말한 "지성없이 문화의 전통을 지킨다"는 것은 사리의 본질상 불가능사로서 그러한 어휘의 연결은 그러한 말을 한 논자의 무사려를 증명하는 것밖에는 아무 것도 아니라고 생각합니다. 문화의 전통은 지성적인 것에 의하여 전수되며 또 지성적인 것에 의하여 확충발전되는 것입니다. 조선의 문화에 가치있는 것 우월한 것이 있다면(물론 있습니다)

그것은 우리 조선(祖先)의 지성적인 업적에 의존할 것입니다. 지성의 발전사는 수개의 편장(篇章)에 구분될 것이며 따라서 그 내용과 상모(相貌)가 다를 것이나 그것의 본질적인 것은 사회의 발전의 정당한 코스에 기여하려고 하는 선의지와 그것의 자기실현으로서의 학술을 기저로 한 불변의 노력이라고 생각합니다. 그것은 철학적, 과학적이며 실천적입니다. 문학에만 지성의 중하를 지우는 논자의 견해는 부당합니다. 그리고 조선의 뜻있는 사인(士人)이 실학파 이후 근대적인 국가에로 자각하여가는 과정은 거의 서구적인 것과 맞먹는 것이 아닐까 생각합니다. 실학파에 있어서의 선의지적(善意志的) 지성의 자각이 불행히도 도중에 좌절되고 말기는 하였으나 조선에 있어서도 지성의 문제를 도외시하고는 조선의 문화를 말할 수는 없다고 생각합니다.

4. '지성의 과잉'이라는 것은 문자적인 감상주의자만이 말할 수 있는 어구입니다. 영국이나 프랑스의 문화가 위기에 있다고 하면 그것도 도리어 지성의 과소에 의할 것이겠지요. 그러나 그곳에서는 지성이 부러울만치 문화적인 창조에 활동하고 있습니다. 특히 학술의 세계에 주의하십시요.

5. 조선에 있어서도 물론 지성의 옹호가 문제됩니다. 지성은 어디까지 지켜야 합니다. 인간으로부터 철학적 사념, 과학적 고량(考量), 학술적 창조를 약탈할 수 없다면 낭언 지성은 옹호되어야 합니다. 예지적인 창조에 의하여서 인간은 인간답게 살 수가 있습니다. 지성은 문화의 무기고입니다.

# 조선문화자료관의
# 필요성을 논함

『동아일보』1939. 1. 1.-10.(총4회)

지금 노도의 창해같이 세계는 동요하며 금후의 발전의 많고 많은 가능성이 우리 주위에서 춤추고 있다. 그러한 속에서 상실된 확신을 회복하여 보자고 여러 가지의 기운이 촉진되고 있는 듯이 보여진다. 공전(空前)의 규모와 세심(細心)으로써 세기의 이목과 세계의 주의가 동양에 집중하고 있다. 그 중 특히 우리의 관심을 자아내는 것은 동양 연구니 지나 연구니 하는 것이 허다한 객관적 제정세에 제약되어 동양고전의 부흥이니 또는 동양의 재인식이니 하는 표어 밑에 창도되고 있다. 그것은 결국 오래동안 광범하고도 부질기게 침체하여온 이른바 동양적인 것 또는 특수적인 것이 역사의 운행 속에서 세계사적으로 위기에 빈(瀕)해[154] 있다는 거대한 의미를 가지고 있다는 것을 말합니다.

그러나 동양의 연구니 또는 재인식이니 하는 것이 단지 그것의 고유성의 발견이라던가 어떤 소수자의 관념체계의 연구와 부흥에 그치는 것이 아니라 부분에서 전체를 찾고 특수에서 일반을 귀납하여 장래에 대한 전망과 지표를 주는 역사적 실천작업이 아니어서는 안 될 것이다. 환언하면 참된 의미의 동양의 연구는 동양사회의 현실적 생활과정과 문화적 관념형태를 확증하여 인구의 최대다수를 점하는 직접적 생산자의 지위를 재인식하는 것이 아니어서는 아니될 것이다.

왜 그러냐 하면 역사, 민족 급 사회의 발전은 소수자보다 다수자, 향락자보다 생산자의 사회적 실천에 의존하는 까닭이다. 일정한 지역 또는 사회의 재인식이라고 하는 것은 결코 그곳에서 조성된 고전적 이데올로기의 해석과 그 부흥이 아니라 동양사회하면 동양사회의 현실적 생활과정이 역사적으로 연구 음미되고 세계사적으로 비교대질됨에 의하여 근본적으로 그 내부적인 제관계가 최심(最深)의 비밀까지 천명되는 것을 이름이다.

이러한 의미에 있어서 구극의 목적을 달성하기 위하여 연구자에게는 과학적으로 파악된 사관, 방법과 광범한 시계(視界), 집요한 분석과 종합의 지적능력과 노력이 절대적으로 필요하다. 환언하면 개별적 제연구가 전제되는 동시에 그것의 총괄적 결론에 도달하기 위하여 원자료의 탐색과 고구가 필요불가결이며 그 제자료에 대한 비판음미의 과학적 두뇌가 또한 요구되는 것이다.

이러한 약간의 원리적인 전제 하에 "우리의 옛것을 찾자"라는 대논제 속에 포함되는 나에게 맡겨진 "문화자료관의 필요성"의 방법론도 자연 그 윤곽이 나타날 줄 안다. 즉 온갖 방면의 역사적 자료의 수집과 그것의 문화적 의미의 천명이 필요한 동(同)정도로 역사발전의 합법칙

---

154)　편자주 : 임박해

성의 방법론적 파악이 절대적으로 요청되는 것이다. 이리하여 조선의 문화자료의 수집과 탐색의 의의가 발견될 것이다.

그러면 문화자료라는 것은 무엇이냐. 문화라는 것의 의미를 이곳에서 설명하지는 않겠으나 그것이 소위 문화사회학자가 말하는 바와 같이 사회의 피안에 있는 무슨 이념적인 것이 아님은 사실이며 따라서 관념적인 가치의 체계라고 형식적으로 규정하는 것은 더욱 미흡한 일이겠다. 우리는 그것을 구체적으로 이해하자.

즉 사회의 현실적 제관계에 의하여 양성된 모든 생산물이다. 이렇게 광의로 해석해야 할 것이나 문화라고 하면 흔히 간접적인 상부건축으로서의 관념화된 변형물(모디피케이션)의 한 체계로 아는 견해가 더 일반적이므로 나도 이 논술의 편의상 '문화'의 뜻을 이 같이 한정하려 한다. 그러므로 문화자료라고 하면 그 관념화된 변형물의 한 체계를 구성하는 한 요소거나 또는 그 형성을 보족하는 소재의 뜻으로 해석할 밖에 없다.

우리는 언제나 우리의 현재의 생활을 기준으로 하여 과거의 사회적 정신적 생활의 형태를 연구하고 음미한다. 그러므로 문화연구의 소재는 현재의 조선이 처하여 있는 사회적 역사적 정황에 비추어 학문의 세계적 수준이 지시하는 과학적 조명 하에 제출되도록 세심한 수집탐색과 정리 분류 및 보관이 필요하게 된다. 흔히 말하는 문화유산이라는 것은 이 소재로서의 역사적 기록과 유물을 정리하여 체계적으로 그 역사적 의의를 추출한 가치있는 구체물이다.

그러므로 문화유산은 분산된 문화자료의 통일적 가치체이며 현대의 생활자에게 존경의 염으로써 회고하기를 요구하는 만인의 공유재산이다. 그런데 이러한 문화유산에 특히 '우리의'라는 접두어가 붙는다면 어떻게 될까. 나의 논술은 이 점에 그 초점이 있다. 나에게 이 문제를 과할 때 편집자의 의도도 이것을 고려하고서 일 것이다.

이 '우리의'는 '조선의'와 동의어이다. 조선의 문화유산을 연구하여 지난 날의 우리의 사회적[155] 생산 재생산의 과정과 그 과정에서 창조된 관념형태를 통일적으로 이해하는 방도 여하가 이 논제가 보이는 가장 직접적인 문제다. 과거 사오십세기에 긍한 조선인의 고증할 수 있는 역사의 속에서 현금에 이른 개개의 문화부문의 특수연구와 아울러 사회발전의 구체적 동인을 전체적으로 연구하는 초보적이기는 하나 조직적인 활동으로서의 한 개의 소재 즉 자료의 수집정리 기관을 나에게 물어온 것이다.

나는 이것에 대하여 무조건하고 그러한 기관의 절대적 필요를 절규한다. 왜 그러냐 하면 소재 자료에 의빙(依憑)하지 않은 상상적 역사라든가 고증이라는 것은 그 자체가 어불성설인 까닭이다. 그러므로 조선의 문화를 연구하여 우리의 선인들의 살아온 자취를 찾고 그 끼쳐놓은 유산을 계승하여 그 의의를 천명하며 그것에 의하여 앞으로의 우리의 전망을 마련하자면 조직적인 협력에 의하여서만 가능할 것이다. 조선 문화유산과 그 전승의 방법이 이곳에 문제된 것도 상술한 논거에 의하여 주의되지 않으면 아니될 것이다.


(2)


문화연구에 있어서 자료의 중요성은 너무도 일의적이다. 역사적 인

---

155)  편자주 : 원문에는 '會社的'으로 적혀있으나 문맥상 '사회적'의 오식으로 판단되어 바로잡았다.

식의 가능한 재료 이것을 우리는 '사료'라고 일컫는다. 그러나 저 유명한 사학이론가 베른하임의 말과 같이 다른 학문에 있어서는 재료가 동시에 인식의 직접대상이나 역사에 있어서는 전연 그렇지 않다. 왜 그러냐 하면 그 대상은 실로 인간의 모든 활동인데 인간의 활동이라고 하는 것은 우리가 동시대인으로서 체험을 같이할 수 있는 소범단(小範團)만이 직접 우리의 관찰 속에 들어오는 까닭이요 이 소범위 내에서도 동시대의 개개인에 의하여 직접으로 관찰될 수 있는 것은 또 늘 소부분에 그치고 대부분은 타인의 보고에 대(待)하지 않으면 아니되는 때문이다. 그러므로 역사의 사료라는 것은 수집, 비판, 대질, 분류, 정리, 보관되어야 한다는 것이 거의 숙명적 성격으로 되어 있는 것이다. 사학방법론에 있어서 '사료비판'(쿠엘렌 크리틱)이라는 것이 필요한 것도 이 때문이다.

덴마크의 이름있는 사학자 엘슬레브는 그의 『역사연구의 방법론』[156](히스토리쉐 테호니크)에서 "과거의 사건을 서술하고 또 그것의 사장되고 은닉된 유물을 담론할 수 있게까지 하는 역사가가 없이는 과거는 우리에게 존재하지 않을 것이다"라고 하였다. 그같이 역사가의 임무는 중대하다. 한의 사군과 삼한 이전에도 수십, 수백세기의 유구한 역사가 있었으나 그것에 대한 기록이 영성하고 또 아주 없었기 때문에 우리는 그 정확한 면모를 규지하기 어려워 여러 가지의 논쟁을 야기하고 있으며 또 기록과 유물이 있다 하더라도 그때의 사회적 관계와 통치적 이유에 의하여 일방적이거나 그렇지 않으면 왜곡되었기 때문에 당시의 구체적 상황을 증시하지 못하고 오직 여러 가지의 자료와 수단을 빌어 개연적으로 총괄하는 수밖에 없는 것은 현재의 조선사학의 계단이

---

156)　편자주 : 『진단학보』(1935. 12.)에 신남철이 번역 소개했다. 본서의 앞부분에 실려있다.

아닌가 한다.

만일 위대하고 정직한 역사가가 있어 당시의 사실과 견문을 그대로라도 적어놓은 기록이 있었더라면 우리의 현재 사가들은 훨씬 부담이 가벼워졌을 것이며 벌써 전에 성과 있는 업적을 남겨놓기도 했을 것이다. 그런데 가뜩이나 없는 기록과 기타사료 또는 작품이 영성한 데다가 그것마저 병화에 소실하고 인몰 산일하여 현재의 문헌학적 고증이 아무리 정밀하고 세치(細緻)하다 하더라도 그 원형을 찾을 바이 없어 우리의 과거생활의 얼마나 많은 부분이 영원의 암흑 속에 매장되고 말았는가! 당의 이적李勣(594-669)이 고구려를 멸하고 동국의 서적을 모두 평양에 모아본즉 그 진보발달이 너무도 찬란하므로 그것을 투기하여 모아논 전적을 전부 불살라버렸다는 것 또는 후백제 견훤이 멸망할 때 자기가 수집했던 삼국의 유적을 전주에서 전부 분서해버렸다(이덕무, 『아정유고』에서 참조)는 것은 우리의 문화사상 2대 통한사로서 영원히 그 야만적 행패에 대한 통분을 금할 수 없을 것이다. 이 대재난이 없었더라면 우리의 과거문화는 지금의 우리에게 더 좋은 본보기를 보여주었을 것이요 따라서 이로부터의 우리의 역사적 사회적 실천―문화창조의 행정에 더 많은 희망과 용기와 자극을 주었을른지도 모른다.

그러나 역사는 엄격하다. 인간의 대자연, 대사회적 대립긴장의 국면에 있어서 언제나 검찰관의 고발적 태도로서 심판하는 것이요 결고 온용(溫容)의 변호인으로 우리를 대하여 주지는 않는다. 우리를 방호(防護)하고 구원할 자는 우리 자신이다. 인간으로서의 '우리'다. 사회적 존재로서의 '우리'다. 사회적 존재로서의 우리가 우리 자신을 구호하면서 문화의 창립과 그 옹호에 힘쓰지 않으면 아니된다. 동양적 사회의 특질로서의 관개(이리게이슌)(비트포겔의 규정)라는 사회경제사상의 급수투쟁과 방수투쟁에서 보는 한해(旱害)와 홍수에서 우리는 얼마나 많은 문화상의 손실을 받았는가도 상상해보라. (증보문헌비고에 나타난 삼국시대 이후 이조말에 이르기까지의 한해수재가 재래한 '기민상식(饑民相食)'의 여□와 전적의 유실 등) 정치적, 사회적 관계에 있어서 또는 대자연투쟁에 있어서 인간이 얼마나 헛되이 자기의 창조력을 멸살당하며 그 소산을 상실하는가는 거의 상상에 절하는 바가 있지 않은가 한다.

이에 우리는 우리의 문화창조의 기반으로서의 사회역사상의 제관계와 그 소산인 역사적 전승물을 보존옹호하는 정세(精細)한 방책을 수립하며 그것에 의하여 보다 좋은 생활과 향수의 길을 찾지 않으면 아니될 것이다. 이에 우리는 우리의 가능한 실천으로서 문화유산의 과학적 방법적 계승과 그 보존을 위하여 응분의 노력이 있어야 할 것은 노노(呶呶)할 필요가 없는 줄 안다. 그러자면 무엇보다도 문화유산의 의존근거로서의 온갖 사료의 수집, 연구, 보존에 유의하지 않으면 아니될 것은 벌써 위에서도 말한 바와 같다.

다시 우리는 사료의 의미를 더 좀 구체적으로 음미해 보기로 하자. 위에서 말한 엘슬레브는 사료를 '유언(有言)의 사료'와 '무언(無言)의 사료'의 두 가지로 구별하여 전자에 기록, 후자에 유물 출토물 등을 배정하였다. (『역사연구의 방법론』 제7절) 그런데 베른하임은 셋으로 나누어 제1 직접적인 관찰과 상기와 같이 직접재료에 의하는 것,

(3)

제2 전승으로서 그 속에는 (1) 가요, 물어, 전설, 유행어, 이언(俚諺) 등과 같이 구비에 의하는 것과 (2) 문자에 의한 전승으로서 그 속에는 금석문, 계보적 기록, 관리표, 군왕보(郡王譜), 연대기, 전기, 서간, 회상

록, 신문, 잡지 등 (3) 도화에 의한 전승으로서 도면, 회화, 조각에 의한 역사상의 인물, 장소 및 사건의 재현, 제3 유물로서 사상에 활동한 인물의 유기물과 기념물 등을 들고 이 속에도 또 어원학과 방언의 연구 등을 집어 넣고 있다.(『역사학 개론』 제3장 제2절) 이것으로 보건대 엘슬레브의 분류는 간명하기는 하나 좀 추상적인 것이었고 베른하임의 분류는 사적 연구의 수단에 대한 방법적 세련이 부족한 듯한 느낌이 없지 않다.(그런데 이 두 사람의 방법 가운데서 우리의 주의를 이끄는 것은 엘슬레브는 역사연구에 있어 어학적 방법의 도인(導引)을 배제하였으나 베른하임은 그 논술이 불충분하기는 하나 이것을 시인하고 있다는 점을 간단히 지적하고 지나간다)

이에 제3의 분류법으로서 부이코프스키가 사료의 기본적 집단으로서 든 것을 보면 1. 구비적 전승 2. 문서적 전승, 3. 사물적 기념물 및 회화에 의한 전승 4. 잔존물의 넷이다.(『역사연구의 방법론』 제1부의 3) 이 분류는 문화유산의 연구-역사연구의 객체적 수단과 주체적 방법을 범주적으로 정제한 것이라고 보겠다.

무릇 여하한 사상에 있어서도 그것의 연구와 천명이 반드시 방법론적 반성을 경한 뒤라야 그 결과가 과학적이고 따라서 힘이 되는 것이므로 역사와 사회가 날이 되고 씨가 되어 짜내는 다채한 제 산출을 연구하자면 그 소재로서의 사료와 그 통일체의 힘을 빌어가지고 과거에의 길을 발견개척하고 출발하지 않으면 아니될 것이디. 그런데 이 출발은 개개인의 자의에 의한 독단적인 작업에 의하여서가 아니라 조직적인 공동에 의하여서만 가장 효과적인 결과에 도달할 수가 있을 것이다. 이 효과적인 결과에 도달하자면 삼개의 주요계단을 구별할 수가 있다. "우선 사료를 발견하여 그것이 보편화되도록 해야 한다. 이것을 '발견법'이라고 명명할 수가 있다. 다음으로는 그 사료를 정확히 검토하여야만 한다. 이른바 '사료비판'이다. 끝으로 그 같이 검토된 소재사료로부터 어떻게 하면 현실에 대한 추론을 도출할 수가 있을까 하는 데 대하여 명백하게 되지 않아서는 아니된다."(엘슬레브 전게서)

이 삼개의 방법을 수행하는 것은 정력적인 개인에 의하여서는 가능할는지도 모른다. 그러나 다종다양의 사료 한우충동(汗牛充棟)의 기록을 일 개인의 힘과 재력으로 수집하여 독파대질하며 진위, 선후를 고증하는 것은 거의 불가능한 일이라 하지 않을 수 없다. 그러므로 이에 조직적인 공동작업이 필요하게 된다. 그런데 이 조직적인 공동작업은 일정한 기관을 전제하지 않을 수가 없다. 그러면 우리의 현재 정황이 용허하는 가능한 그 기관은 여하한 종류의 것이라야 할 것인가?

우리는 먼저 문화연구소든지 역사연구소든지 명칭은 여하간에 한 개의 연구소를 전제하지 않고서는 이 작업은 수행될 수가 없을 것이다.

물론 관공사립의 각 전문대학과 수개의 도서관이 있다할지라도 이러한 연구소는 그 수가 많아서 걱정되는 일은 절무(絶無)할 것이니 그 수가 늘면 늘수록 문화에 대한 기여는 클 것이다. 그런데 이것은 거대한 자력(資力)의 출연을 기다리지 않고는 불가능한 일이다. 첫째 그 규모는 크지 않다 하더라도 연구에 지장이 없을만한 설비는 최소한으로 있어야 할 것이며 그것에 부수하는 도서관의 작용을 담당하는 서고와 그 기능이 갖추어져야 할 것이다. 이 서고라는 것은 마치 자연과학자의 실험실과 같이 절대불가결의 것이다. 이 서고의 설비에는 내용과 외관을 갖추는 임시비와 경상비가 막대할 것이고 역사와 문화에 관한 연구소라고 하는 이상 이 서고와 많은 인건비와 연구비가 지출되어야 할 인적 구성이 중심되어야 할 것이다. 그러므로 이것은 가장 이상적인 대망의 기관이나 좀처럼 실시되기 어렵다고 하겠다.

다음은 도서관과 박물관이다. 전자는 그 이름과 같이 주로 많은 도서를 채집분류보관하여 일반에게 공개하는 사회교육적 의미를 가진 것이고 후자는 공예, 병기, 과학, 교육, 아동, 연극, 향토 등 각기 주제적 방면에 속한 역사적 유물과 최근단계의 생산물과 동태를 보이는 서민 교육적 의도 하에 경영되는 것이라고 하겠다. 그러나 양자가 다같이 문화의 형태와 형성과정을 밝히고 역사의 주류와 발전을 가리어 새로운 생활에 지침을 주기를 기하는 작용은 전연 그 주요목적이 아니다.

물론 도서관이나 박물관이 다같이 연구자에 연구재료를 제공하고 또 그 자체가 기요(紀要)와 보고서 등을 발간하여 문화와 역사의 연구에 협동하는 일이 있으나 그 또한 부(副)사업이고 적극적 의미는 가지지 못하였다고 보는 것이 타당할 것이다. 또 이것에도 거대한 자력과 기술이 필요한 것이 대부분이다.

박물관이니 미술관이니 하는 것의 의의는 지금에 있어서는 벌써 예와 다르다. 그곳에 수장되는 골동품, 미술적 작품의 해석이 변화하였다. 왕시(往時)에는 흔히 개인의 상완(賞翫)의 구(具)로서의 의의가 주였으나 지금에 있어는 다른 학예와 마찬가지로 국민 또는 민족문화의 결정으로서 문화계발, 정신향상의 사회적 의의를 선양하는 것으로 변화하였다. 즉 완상기관으로서가 아니라 문화의 보지와 발양의 사회적 기관으로서 등장하여 온 것이다. 실물교육에 의한 국민교육의 의의가 주된 목적이 되어 있고 연구자체는 별다른 기관을 기다리게 되었다고 할 수가 있다.


(4/完)


이렇게 보아올 것 같으면 우리에게 가능한 최후 남은 것은 우리의 역사, 문화연구에 필요한 사료와 소재의 산일, 인몰(湮沒), 사장(死藏)을 방지하며 당해 부문이 연구가에게 자료를 제공하는 역사, 문화자료관이나마 한 개 독지가에 의하여 설립되기를 바라는 마음이 간절하다. 이것은 말하자면 소규모의 역사, 문화의 주제박물관이라 해도 좋다. 그것의 조직과 그 경영주체에 대한 것은 지면관계로 생략하나 여하간 삼국시대 이후 더욱 이조에 있어서의 저 풍부한 고서문헌, 도회(圖繪), 작품의 수집, 조선과 관계 깊은 지나의 '경사자집총서'의 완전한 비치, 일본 내지와의 정치적 사회적 교섭이 만들어낸 저 무한한 도서와 작품 또는 서양인의 입래 이후 내외지에서 간행된 만천을 헤일 수 있는 기행, 연구, 보고서 그리고 최근 사십년래 출현 폐간된 신문, 잡지, 관청 간행물 최후로 내외지의 사회 문화운동의 자재 등 유루없이 망라 취집하여 분류편성하며 정리제본하여 보관하는 것은 실로 우리의 각하(刻下)의 급무일 뿐 아니라 우리의 후대를 위한 무상명령적 의무가 아닌가 한다. 현재의 광막한 학계를 돌아볼 제 완전한 연구와 그 업적은 망이불급(望而不及)이라 해도 과언이 아니다. 개인의 유한한 생명과 능력 또는 불여의한 경제생활 속에서 같은 일을 단독으로 경영한다는 것은 불가능사다. 그러므로 우리는 우선 연구의 토대요 직접적인 수단으로서의 역사, 문화의 자료의 수집을 제언하지 않을 수가 없다. 시일이 지날수록 사료와 자재는 산일한다! 인몰한다! 정부에서는 국보의 해외지출을 법령으로 엄금하였고 총독부에서도 조선보물고적, 명승, 천연기념물 보존령을 벌써 발표하여 그 보호에 주력하고 있기는 하나 그것은 대개 미술 공예품 등의 산일, 훼손을 방지하기 위한 것이고 유언(有言)의 사료로서의 문헌적 전승물에 관하여는 자연의 성행(成行)에 임치(任置)한 것이라고 하겠다. 그래서 상인의 손을 거치는 귀중한 문헌이 "돈 더 주는 곳"으로 전전하다가 필경은 이 땅을 떠나 영원히 돌아오지 않을 뿐 아니라 그 사진, 사본의 구득(求得)조차 어려운 경우가 많이 있음을 우리는 일상 견문하는 바가 아닌가.

아무리 적은 사료라 하더라도 우리는 그것을 조홀(粗忽)히 하지 말고 수집하여야 한다. 당장에 소용 없다고 생각해도 일후에 필요한 경우가 내달을는지 모른다. 파리에는 요리박물관이 다 있어 가지고 1913년 거행의 로마노프 왕조 300년제 만찬회 메뉴까지도 알뜰히 보관하고 있다 한다.

우리는 결코 학문에 대한 개인적 소질과 열의에 있어 뒤떨어지지 않는다고 생각한다. 그러나 그 소질과 열의를 충분히 발휘하지 못하고 남의 조박(糟粕)을 씹게하는 듯이 보여지는 근본원인은 사회적으로 학술문화의 연구에 대한 관심의 태무와 경제적 능력의 불급 때문이라고 생각한다. 왜 우리라고 모리스 쿠랑Maurice Courant(1865-1935)의 저 유명한 저작『조선저서목록』(1894년) 같은 것을 못만들어 낸다고 할 것인가. 쿠랑은 겨우 사년간(기중 2년간)은 조선체류의 연구로 이 삼권의 대저를 출판하였다. 물론 그때에는 문제도 안 되는 헐가로 진적희서(珍籍稀書)를 입수하였을 것이므로 누구나 그 방면에 눈만 떴더라면 가능하였을 것이나 우리는 그때에는 너무도 유치하였고 인제 겨우 어른이 되고 보니 시대와 사회는 변화하였다. 가석한 일이 아니냐.

이에 우리는 아쉬운 대로 독지가의 출현이건 개인의 협력이건 협회의 경영이건 간에 문화 역사연구의 절대적인 선행조건인 자료관의 필요를 절망(切望)역설하는 바다.

(이상으로써 나는 간단하나마 역사, 문화의 연구태도와 그 조성기관에 내하여 천견을 피력하였다. 나의 이 글이 유지의 관심하는 바가 된다면 나는 이 천견을 더 부연할 용의를 가지고 있다. 나는 그 기회의 도래를 기다려 마지 않는다. 完)

# 임학수씨 저 『후조(候鳥)』에 대하여(신간평)

『조선일보』 1939. 2. 18.

저자는 철두철미 '관(觀)'의 세계에 몰입하려고 하는 것 같다. 풍만한 생활력과 예리한 향수욕(享受欲)도 없으며 또 떼스포트의 파괴력 내지 건설력은 꿈도 꿀 수 없는 정밀한 □□한 경지에서 궐련을 피어물고 뮤즈와 속삭이는 태도에 일관하고 있다. 시집 『석류』와 주제시집 『팔도풍물시』 등과 더불어 사색과 창작의 태도에 일호의 차이를 찾을 수 없이 꾸준히 자연적 순수에의 양심을 고지(固持)하고 있다. 나는 『후조』를 읽고 그것을 절감하였다.

고요한 '관'의 태도는 고전적인 것에 대한 사모다. 이 책 산문시편에서 산견할 수 있는 저자의 자연관과 인생관은 표이출지(表而出之)하지는 않으나 고전과 낭만의 중간에서 충족되지 않는 현세의 제과정에 의욕적으로 또는 육체적으로 참섭하려고 하는 것이 아니라 그것을 먼 곳에서 바라보며 되어 있는 그대로 이모저모 고이고이 살펴보며 지나가는 것이다. 그렇기 때문에 그 고전적인 것에 대한 사념이 현대의 불협화음에 부닥뜨리게 된 때에도 아무런 모순을 느끼지 않고 극히 자연스럽게 관의 세계에로 발걸음을 옮기는 것이다. 그러므로 씨의 '관'의 세계에는 무상감에의 통로와 환열경(歡悅境)에의 자기 만족이란 두 길이 공존하고 있다. 우리는 산문시편, 시편, 경주기행, 서행(西行)일기의 세분(細分) 목차만으로도 그것을 넉넉히 간취할 수 있지 않을까 한다.

저자는 '밋라이덴'(共哀)과 '밋프리덴'(共喜)의 이두마차를 타고 한없이 뻗은 '의주가로'를 쉬면쉬면 달려가는 마음의 방랑아다. 꼭 찾아야 할 유실물도 없고 꼭 가 만나야 할 용건과 목적도 없다. 그러나 가고프고 보고지고 애틋하고 사랑스러우나 '덧없는' 인생이 재 넘어 있는 것이니 그는 허전한 마음에 무엇을 채워넣으려 떠나간다. 가면서 자기의 가식없는 정서에 흐느끼는 것이다.

그의 세계에는 도덕적인 것도 없고 충동적인 것도 없으매 또 야유적인 것은 더구나 없다. 그러나 한 가지 자연적인 순수에의 양심적인 침잠이 온화유려한 필치로 소폭의 아담한 수채화를 수둑히 그려 던지고 있다.

이 책은 씨의 산문에의 신개척을 시(試)한 것으로 씨의 '관'의 세계가 무슨 새로운 태동을 준비하려는 예선작업이 되기를 바란다. 그리고 끝으로 한마디 하고 싶은 것은 이 작(作)은 씨의 전기 2저에 비하여 좀 퇴색이 있지 않은가 하는 것이다. 산문시편과 서행일기는 퍽 좋다고 생각하나 시편은 못한 것 같다.

# 최근 독서초

## – 읽은 책 읽는 책 읽을 책 –

『동아일보』 1939. 5. 2.

## (1) 최근 읽은 책

① 최근은 아니나(작년 말) 퀴리부인전을 읽고 대단히 감명을 느끼었
  으므로 지금까지 잊혀지지 않아 적습니다.

② 土井虎賀壽 저『감각적 세계상의 성립』

③ 波多野精一 저『종교철학』

④ 김태오 저『草原』

## (2) 읽고 있는 책

① 왓트슨 저『비헤비어리즘(행동주의)』

② 佐久間鼎 저『게스탈트 심리학의 입장』

(3)읽고 싶은 책

① 칸트의 순수이성비판을 다시 한 번 읽고 싶습니다. 그 밖에도 많이 있으나 고만두.
② 그러나 희랍어를 다시 공부하고 소크라테스 이전의 철학자 특히 파르메니데스는 꼭 읽으려합니다.

# 세계대전을 회고함

– (철학편) '인류'에서 '조국'으로 –

『동아일보』 1939. 5. 6~7.(총2회)

1919년 6월 28일 세계대전의 강화조건이 맺어지던 날 전쟁에 참, 불참을 물론하고 인류는 다같이 말하였다. 다시는 전쟁을 말자고-. 그러나 이제 구주에는 다시 전운이 감돌고 있다. 독일의 실지회복 기도를 계기하여 영불은 대독 포위전을 전개, 그야말로 일촉즉발의 위기에 놓여 있다. 그리하여 그 누구를 물론하는 오늘날의 구주정세를 대전발발 직전 즉 1914년 6월 28일에 비(比)하고 있다. 그리고 이는 사실이다. 제2차 세계대전이 터지냐 안터지느냐는 정치가들의 검토할 바이겠지마는 일 문화인으로서 지나간 전화기(戰禍期)를 회고함도 무익한 일은 아닐 것이다. 전쟁은 문화에 어떤 영향을 주었나?를 회고함은 곧 장차 제2차 세계대전이 폭발된 때 현대문화는 어떠한 영향을 받을 것인가를 예상함도 될 것이다. 이것이 세계대전의 회고를 기도한 편집자의 의

도이다.[157]

　자국의 상선을 격침하였다 하여 독일 잠수정의 승조원(乘組員)을 포로수용소에 수용하지 않고 감옥에 가둔 영국이나 전장에서 생금(生擒)한 영국장교 삼십여 명을 그 보복으로 중(重)영창에 집어넣은 독일이나 다 같이 전쟁의 와중에서는 그 잘잘못을 따질 필요는 없을 것이다. 생각컨대 세계대전도 벌써 올 칠월이면 그 발발 25주년 기념식을 거행해야 할만치 아득한 지난 날의 옛 이야기가 되고 말았다. 그러나 그것은 너무도 그 심장광피(深長廣披)에 있어서 위대한 옛 이야기다.

　대전의 참화를 거론하기 위해서 하는 소리가 아니라 당시의 구주대륙은 정히 급각도의 변전을 최고급의 사색인들에 재래(齎來)하였다는 점에서다. 자국의 승리와 영예를 위하여 악바리로 나서서 강연에 출판에―국민의 고무에 활동하는 것이었다. 감옥에 넣고 중영창에 잠그는 것 쯤은 그것에 비교도 안 되는 것이었다.

　1909년에 창립된 독일 사회학회 규약에는 '일체의 실천적 활동의 단념(斷念)'을 선언하였음에도 불구하고 대전이 개시되자 독일의 승리를 위하여 활동하는 것을 학회의 임무로 규정하였다. 코헨Hermann Cohen(1842-1918), 라손Adolf Lasson(1832-1917), 분트Wilhelm Max Wundt(1832-1920) 등의 당시 독일 철학계의 세계적 대가들이 '크릭스·포이트락'(전시강연)을 하여 애국심의 발양(發揚)에 분주하였다. 그 뿐인가. 전쟁이 일어나자, "93 대가의 문명 세계에 대한 선언"이라는 것이 발표되어 독일의 학문 및 예술의 대표자로서 '조국의 정의'를 천명(闡明)하였다. 그 선언은 17 화가, 15 자연과학자, 12 신학자, 9 시인,

---

157)　편자주 : '세계대전을 회고함'이라는 기획물을 편집한 편집자의 말이다.

7 법학자, 7 의학자, 7 역사가, 5 예술비평가, 4 철학자, 4 언어학자, 3 음악가 기타의 서명으로 된 것인데 6개의 '진실이 아니다'라는 말로써 세계에 유포된 독일군에 대한 '데마'를 부정할 것이다. 이 선언에 서명(署名)한 4인의 철학자는 오이켄Rudolf Christoph Eucken(1846-1926), 리-, 빈델반트, 분트로서 다 당대의 세계적인 거벽(巨擘)이다. 각기 철학상의 견해는 다르다 할 지라도 피히테의 『고독일국민서(告獨逸國民書)』의 주지에 찬동하여 생존과 승리의 앞길을 위하여는 전쟁도 불가피라 하였다.

이것은 독일의 있어서 뿐의 현상이 아니라 프랑스에 있어서도 역연한 바이었으니 유명한 사회학자요 세계주의자인 뒤르켐Emile Durkeim(1858-1917)도 한 번 전쟁이 일어나자 흥분에 찬 「프랑스 국민에게 주는 편지」로서 독일을 비난하고 자국의 승리를 위하여 노력하였다. 그에게는 "조국과 프랑스 혁명과 잔다르크는 근접할 수 없는 신성한 것"이라고 하였던 것이다.

이와 같은 예는 당시 참전 각국에 있어서 다 찾을 수가 있으리라고 믿으나 이러한 흥분된 조국애가 있는 반면에, '진실한 영구 평화의 이념' 하에서 서로 피로써 싸우는 것을 반대한 학자, 예술가들이 있음을 우리는 또한 알고 있다. 라인강의 우안에는 아인슈타인Albert Einstein(1879-1955)과 니콜라이가 있고, 그 좌안에는 로맹 롤랑Romain Rolland(1866-1944)이 있는 것은 누구나 다 아는 일이다. 멸망이냐 승리냐의 시산혈하의 투쟁 속에서 각기 자신의 견해에 따라 협력하였을 것이나 어떻든 국민적 생활과 개인적 생활에 큰 변화가 있었음은 숨기지 못할 사실이겠다. 이 전쟁에 의하여 철학이 직접으로 여하한 영향을 받았느냐 하는 것은 철학이 대체로 현실적인 사태와는 동시 직접적인 결합을 가진 것이 아닌 때문에 꼭 꼬집어 내어 말하기는 어려우나 그러나 전쟁의 종료와 그 후의 사회적 생활의 현실적, 심리적 변화에 의하여 큰 영향을 받게 되었다는 것은 말할 수 있으리라. 전쟁 진행 중의 독일 철학계를 살펴 보건대, 그때는 대체로 신칸트학파의 전성시대의 후기요, '생의 철학'과 현상학파의 창업시대였다고 볼 수가 있다. 19세기에서 20세기에 걸쳐서 독일의 철학은 한참 기세를 올리고 있던 실증론적 유물론의 극복에 전심하였다. 이것을 극복한 주인은 신칸트학파요, 다음에는 '생의 철학'과 현상학파이었다. 그러나 신칸트파가 전쟁이 끝난 20년대에 이르러서 조락(凋落)의 쇠운(衰運)에 들자 부쩍 드세게 일어난 것이 현상학파와 '생의 철학'이다. 물론 양자의 공통점을 끄집어내기는 곤란하나 대체에 있어서 신칸트학파의 형식주의, 주관주의에 대하여 객관주의와 실제론적 경향이 농후하였고 그것이 다시 정신, 생명 또는 인간의 입장에 돌아가는 것을 주장한 것이었다. 그리하여 다시 '형이상학으로 전향'한 것이다. 신칸트학파가 대전 전의 자본주의의 발전에 발맞추어 자유와 개인의 보편적 가치(價値)를 논구하던 것이 한번 전쟁이 일어나 그 아성이 치명적 타격을 받자 라손이 어디선가 말한 바와 같이 최심원한 독일적 극치라는 신비주의로 돌아가게 되어 개인의 운명을 반성하게 되었고 민족의 철학자 헤겔을 찾는 '헤겔 르네상스'가 창도(唱導)하게 되었던 것이나 이 '헤겔 르네상스'는 즉 '형이상학 르네상스'에 불외한다.

전쟁에 의한 철학의 영향—그것은 전쟁이 끝난 뒤에야 역연(歷然)히 나타나는 것이다. 철학이라는 것은 언제나 현실직인 사태의 변전에 추수하는 것인 때문이다.

제1차 구주전쟁 중에 철학자가 대략 이상과 같은 것이었다 하면 그러면 대체에 있어서 구주인의 근본이념이 어떻게 변화하여 왔다고 볼 수 있을까? 나는 그것을 극히 개괄적으로 '인류에서 조국에로'의 길이었다고 할 수 없을까 한다.

그러나 이것은 벌써 남이 지적하고 있는 일이다(淸水幾太郎, 『사회학 비판서설』). 자유, 평등, 박애라고 하는 인류를 전면에 내세운 일반적 형식 개념이 민족적 조국관념으로 전환하여 간다는 것은 역시 구주대전을 추축(樞軸)으로 하였다고 볼 수 있을 것이다. 그리하여 전쟁과 평화와 국가를 심각하게 생각하게 되었던 것이다. 애국 사상의 발전은 실로 구주대전에 이르러 급격히 고조되게 되었고 현금까지 미친다.

사실 그 이전에 있어는 구주에 있어서 그렇게 자각적이었다고는 볼 수 없다. 소위 대체계 시대라고 하는 17~8세기의 철학자—가령 라이프니츠라든지 스피노자라든지는 별로 관심을 가지지 않았던 모양이다. 라이프니츠는 "철학은 전쟁에 대하여 아무러한 관심도 가지지 않았다"라고 어떤 사람에게 보낸 편지에서 말하였고 스피노자도 "내가 행복스럽게 살아갈 수 있을 때는 전쟁에 대하여 아무 관심도 가지지 않는다"라고 어떤 편지에 썼다. 그 때에는 학문의 세계와 전쟁과는 전연 절연되어 있었던 듯 싶다.

그러던 것이 프랑스 혁명을 거쳐 보불전쟁에 이르는 데 따라 조국이라는 관념이 생기어 자유(인류로서의 개인의)를 위하여 싸우는 것이었고 그 수단으로 국민적 통일이 필요하였다. 그러나 이때의 조국이라든가 국민이라든가 하는 것의 성격은 구주대전 때의 그것과 전연 그 사회적 의의를 달리하는 것이다. 대전 때에는 국가적 전체의 우월성을 위한 개인적 신체적 자유의 제약(制約) 내지 부정까지도 의미하게 되었다.

이것은 개인의 측에서 의용적(義勇的)으로 그리했을 뿐 아니라 국가 측에서 법제적으로 그렇게 만들기도 한 것이다. 시인, 철학자들이 이 고조되어 가는 조국애를 노래부르고 또 이론적으로 정당화시켰다. 대전이 발발하자 독일 국내에는 '전쟁을 바라는 부르짖음'이 일어나 "백년 이전보다도 더 좋은 애국의 시를 창작할 수 있는 새로운 위대한 시기가 도래하였다"고 떠들었다. 신칸트학파의 어떤 거벽(巨擘)은 그 전시 강연 속에서 좋은 칸트주의자만이 좋은 병사가 될 수 있다고 해서 그의 사유생산설(思惟生産說)이 조국에 봉사하는 결론에 도달하게 되었다.

사실 칸트는 전쟁은 숭고하다고 말한 일은 있다. 그러나 전쟁 그 자체를 찬미하였는지 어떤지는 좀 주의해서 그의 사상을 더듬지 않으면 안 될 것이다. '영구평화의 이념'을 가지고 있었던 칸트이었으므로.

철학이란 학문은 영원한 천리를 논구하는 것이나 그것을 일생의 천직으로 하는 당해인(當該人)의 사회적 환경 및 선천적 소질에 의하여 현실의 사태에 영합 타협하기도 하고, 또는 끝까지 반발하기도 하는 듯싶다. 니체 같은 '쟁투의 철학자'는 보통들 알고 있다시피 전쟁을 찬미하였다. 그러나 그 전쟁이라는 것은 좀 의미가 다르다. 즉 그것은 탄환 없고 초연(硝煙)없는 전쟁, 철학적 고민—창조로서의 전쟁을 찬미하였다. 이 점이 까딱하면 니체를 오해시키는 원인이 된다고 생각한다.

대전 중 많은 학자들은 연설로 또는 저서로 고귀한 한 조국 제성격을 설시(說示)에 바빴다. 그리하여 때로는 대륙 서방의 도국인(島國人)을 욕하기도 하고 지중해안의 불화한 라틴형제를 꾸짖기도 하였다. 독일의 교양, 덕성, 가치로서 승리의 영광은 아등(我等)의 무상(頭上)에 빛나리라고 단언하였던 것이 슬프게도 남가(南柯)의 헛된 꿈으로 사라져 버리고 말자, 그간의 비탄은 비길 곳 없었을 것이니 이에 점차로 이 나라를 지배하고 있던 칸트적 원리는 퇴조하기 시작하고 운명, 신화, 생명, 불안, 인간 등의 일련의 독특한 의미내용을 가진 술어가 등장하기 비롯하기 시작하였으며 나중에는 '구주의 몰락(沒落)'이 소리 높게 부르짖어졌던 것이다. 『구주의 몰락』 너무도 비통한 문화 형태론이었다.

일반적인 형식론, 추상적인 인식론으로서는 만족할 수 없었다. 주관의 신비한 성새(城塞) 속에 침잠하여 고요히 현실의 사태를 자기의 운명적인 인간을 통하여 내다보게 되었다. 새로운 형이상학의 등장이었다. 한 번 부정된 형이상학이 새로운 면모를 갖추어 가지고 그 상표(爽飄)한 자태로서 전후의 인심에 영향을 주었다. 이러한 기운에 출범(出帆)하여 사회를 새로운 각도에서 이해한 일파―대전 직후 일시 활황을 정한 형식사회학의 철학도 전전에 비하여 국가적 색채가 희박해짐에 반하여 인생론적 개성이 강한 것을 간취(看取) 할 수가 있다. 즉 짐멜이나 베버나 또는 쉘러 등을 그 예로 들 수 있지 않을까 한다. 쉘러는 『평화의 이념과 평화주의』(1927년)라는 책으로 평화의 이념의 제형태를 분류하고 인간성의 문제를 조망하였다.

즉 일시 인류에 대하여 사회가 전면에 나타나 대전 후 독일의 제대학에 사회학의 강좌가 개설되어 많은 학자가 배출하였으나 그 성황도 어언간 흐지부지하게 되고 20년대 말부터 30년대에 접어들면서 다시 조국이 강력하게 온갖 학문과 정책의 최전면에 나서게 되는 것은 우리가 현실적으로 보고 있는 바다.

모든 것을 '피'와 '흙'에서 얻었으며 '피'와 '흙'을 위하여 국방봉사, 노동봉사, 지식봉사가 근원적인 의무로서 강조되게 되었다. 철학에서도 '인류에서 사회에, 사회에서 조국에'라는 이념사를 집어낼 수 있다.

# 김태오 시집 『초원』

『동아일보』, 1939. 5. 16.

씨의 제1시집인 『초원』을 읽고 나는 먼저 씨가 단시와 서정시 특장을 가진 자연시인이라는 것을 느꼈다.

"갈 곳! 그곳은 전원이다"라고 노래하며 "자연을 예찬하고 명상에 잠기이 동방인의 전통인 시취"(작자 후서)라는 전제 밑에 "지성과 감성, 상상과 감정의 융합됨이 때로는 서정시가 되고 때로는 동요와 시조로 표현"(同)되어 "지나간 젊은 시절의 조그만 기념"(同)이 된 이 시집은 흙내 서린 향수에 가득찬 아담한 선물이다.

제1부는 저자가 「후서」에서 말한 바와 같이 자연과 인생을 대조시켜 조류, 화변(花瓣), 전원을 노래한 것이고 제2부는 대체로 씨의 초기의 작품으로서 꿈을 동경하던 시절의 것이며 제3부와 제4부는 씨의 새로운 시험인 '감각시'와 '인간창조의 뜨거운 정열' 속에서 생산된 작품이

다. 이 시집의 중심은 역시 씨의 말마따나 이 제3부와 제4부다.

제4부 중에서도 특히 「동방의 광명」에서 우리는 씨의 사상의 현실적 기조를 규지할 수가 있다.

씨는 이곳저곳에서 고향, 달, 가을, 비, 향수를 노래하였고 농촌의 향기를 못내 잊어하였다. 이것은 아마 시인 뿐이 아니라 누구나 가지는 심정이리라. 그러나 이 시인은 유달리 그러한 고향의 자연경물을 통하여 "나라는 개성의 심혼을 불어넣으려고 열의"(후서)하고 있다.

출렁이는 내맘도 달빛을 안고 물결타고 바다로 줄달음치네.
(「포구의 달밤」 최후련)

나는 오늘도 이 한밤을 꼬박이 뜬눈으로 항해하였소
(「밤」의 최후련)

산간의 정적을 지키고 있는 초가 집에선
밥짓는 연기만 뭉게뭉게 피어오르고
어이허 황새한마리 논가운데 앉아
고독을 쪼아보는 청초한 마음이어!
(《외로운 길손》의 제3련)

사실 씨가 자인하는 바와 같이 고향의 "그 시절이 언제나 가슴깊이 사무처 마침내 시상의 근원을 이루고 있다." 이 고향을 그리는 마음같이 아름답고 든든한 것은 없다. 어떤 시인은 고독, 불안의 본질을 "무고향성"(하이마트로시히카이트)에 돌리려고 하였으나 씨는 돌아갈 고향을 가진 행복한 시인이다.

흰구름 떠도는 하늘가에 내맘을 매어두다

(「고향」 최후련)


　펵도 깨끗하고 고운 시다. 씨는 동요와 시조에도 힘을 들이고 있으나
그의 본령은 시에서 찾을 것이 아닐까. 제1시집인 이『초원』에 잇대어
제2, 제3의 시집이 나오기를 바란다. 그리고 이 시집에는 정인섭鄭寅燮
(1905-1983)씨의 긴 해설을 겸한 서문이 실려있는 것이 또한 특색이
다.(청색지사간 정가 1원 20전)

# 무영(無影)의 프로필

『작품』, 1939. 6.


그 언젠가 나는 사(社)로 무영李無影(1908-1960)을 찾아갔었다. 여느 때 같으면 반색을 하며 앉으라고 의자를 내밀어줄 그가 도무지 반겨주지 않았다. 나는 무턱대고 그 옆에 가서 앉고 쓸데없는 한화(閑話)를 꺼내기 시작하였다. 물론 한창 바쁜 시간에 옆에서 한담을 거는 것이 지각없는 짓이고 또 실례가 되는 것까지도 모르는 것은 아니나 만난 이상 그와는 없는 이야기라도 만들어가지고 주고 받고 나야 좀 마음이 후련한 나인지라 눈치를 보아가며 좀 치근댔다. 무영은 퍽 거북한 모양이었다. 서랍을 빼 보았다 닫았다 하고 담배를 피워 물었다 껐다 하는 것이 조금도 일이 손에 붙지 않는 모양이었다.

내가 편집국에 들어갈 때 그는 왠 청년하고 한구석에서 무엇을 수군대고 있었다. 옆에서 언뜻 보기에 안색이 그리 좋지는 못하였다. 좀 불쾌한 일이 있었던 것 같았다. 이윽고 나하고 인사하고 나서도 그 기분이 그냥 지속되는 것 같았다.

무영은 언뜻 남이 보아서 명랑한 사람이라고 하지 않을런지 모른다. 나와 마찬가지로. 그러나 그는 어디까지든지 솔직하고 둔중하며 청렴한 사람이다. 그것은 그의 작품에 있어서 잘 나타나 있다고 하지 못할 것인가. 모든 것을 작가적인 예지로써 그 언저리를 꿰뚫는 안광을 가지고 혼자 입 속으로만 뒤굴리는 사람이다. 그래서 사회·세기·우정의 복잡과 정치(精緻)에 민감하면서도 그것을 '사교적'으로 표시하기에는 너무도 수줍다. 그의 이 수줍은 점에 그의 특장이 있다고 하겠다. 그가 이곳의 문단에서 특수한 지위를 차지하고 있다고 남이 보는 원인도 이곳에 있는 것이 아닐까. 그는 이른바 '대가'도 아니고 '중견'도 아니다. 문단에서 '중견'이라고 부르는 분들에게는 다분의 비속성과 따라서 유행성이 붙어 다니고 있으나 그에게는 그것이 없고 그 이상이다. 어디까지든지 독왕적(獨往的)이다. 어떤 실없는 친구가 무영을 평하되 '감발하고 지까다비(地下夕ビ)를 신었다'고 한 것에 일면의 진실을 인정할 수 있을만큼 그는 남이 못 보거나 또는 잘못 본 것을 자기대로 바로보고 깊게 보려고 애를 쓰며 늘 행장(行裝)을 가다듬고 있다. 그는 환경과 싸우고 자연과 싸우고 또 자기자신과도 싸우는 작가다. 어딘가 니체적인 곳이 있다. 바라건대 그는 그 행장으로써 목적지에 도착하여야 할 텐데 아직은 그렇지 못하다. 그러나 우리는 그를 괄목하여 기다릴 수가 있다. 왜? 그는 아직 젊은 고로! 삼십 이립(而立)이다. 그는 자기의 입각지를 발견했고 또 부동의 준비를 정제(整齊)하고 바야흐로 출발하려고 한다. 그의 의지적 준비 외에 오직 걱정되는 것은 그의 한없는 작가적 준비를 더 싸게하지 않는 현재의 생활환경이다! 바라는 것은 우리 무영으로 하여금 직장의 곤로(困勞)에서 한 2년 고요히 정양케하여 주었으면 하는 것이다.

　그러나 그에게는 고민과 노력이 있기 때문에 반드시 새 경지를 개척할 것이고 또 그리해야할 것이다.

# 편지-K군에게

『박문』, 1939. 7.

군에게 약속한 긴 편지를 3월이 다 지나가고 4월도 며칠 남지 않은 오늘에 이르도록 써보내지 못하고 있으니 좀이나 무신(無信)하다고 생각하였을까. 그러나 군도 짐작할 수 있다시피 답장해야 할 것이 쌓이고 쌓인 뒤에야 겨우 대충 몇자 적어보내는 것이나마 그것조차 쓰기가 싫어서 이 핑계 저 핑계 하는 나다. 무슨 이렇다 할 이유가 있음도 아니고 그저 쓰기가 귀찮은 탓이다. 과히 허물 말아주게.

그날 밤 군이 차안에서 나에게 해내 던지다시피 한 말—개인주의자가 되고, 그리고 꾀있게 잘 살아가야 한다는 말이 지금까지 잊혀지지 않네. 무슨 내가 그 말을 전적으로 찬성한다는 것 때문에 그런 것이 아니라 지금 같은 세상에서는 그것도 한 좋은 생활방법이 될 수 있겠다는 의미에서 씹어 맛봄직한 것이기 때문일세. 살아가자면 많은 근심과 걱정을 해야하고 또 까닭없이 눈총도 맞아야 한다지만 요새같이 마음의 안정을 잃고 전전반측하는 때도 없을까 싶네. 군도 그것을 몸소 뼈골에 사무치게 흐느끼는 때문에 필경은 그러한 생활신조를 가지게 된 것이겠지 생각하면 지금은 로만티커의 정신적인 광란노도에다가 육체적인 전 생명을 걸은 '아고니아'의 시대다. 이러한 시대에 군과 같은 생활신조를 체득한다는 것은 아무커나 일종의 위안을 얻는 한 방편일껠세. 나는 남의 생각하는 법, 보는 눈이 옳고, 그르다는 것을 좀처럼 단정하지 않으려는 것이므로 자네가 그러한 생각을 가지고 이 세대, 아니 자네 일생을 살아 간다기로니 무슨 간섭을 하겠나마는 나는 나대로 마음속에 기하는 바가 있고 또 실제적으로나 이론적으로나 나딴에는 한 개의 체계를 쌓가고 있기 때문에 군의 신조를 인정은 하면서도 그것이 곧 내 것이 아니라는 것만은 알아주게.

이 세상에는 살아가는 방법과 생각하는 방법이 수없이 많은 때문에 도리어 재미가 있다고 하겠다. 한 빛깔 한 방법으로만 살아야 하고 생각하여야 한다면 그 얼마나 인생이 단조하며 심심할까. 오색이 영롱하게 이것 저것이 씨가 되고 날이 되어서 짜내는 것이면서도 기울어지지도 않고 약한 구석도 없이 꼭 째여진다면 참 좋을 것이다. 그러나 이것은 내 공상일까?

이러한 의미에 있어서 나는 만인을 만인으로서 인정하고 개별을 개별로서 수긍한다. 그러나 그 인정 그 수긍이 곧 내 것이기 때문은 아니다. 이렇게 말하면 혹 군은 나더러 '어도합주의자(御都合主義者)', 또는 회의주의자라고 비웃을는지는 모르나 나딴에는 버젓하게 근거가 있고 이론이 있는 것이다. 이 편지에 그것을 말할 수는 없다. 헤겔, 니체, 하이네, 우나무노 등의 이름을 드는 것으로 군의 상상에 맡기기로 하자.

이것이 내가 회의주의자 '어도합주의자(御都合主義者)'가 아니라는 반증의 일단이나 사실 고백하면 나에게는 확실히 회의주의적인 일면이 있음을 속일 수가 없다. 과거를 추억하며 시인도 되고 창작자도 되고 현재를 응시하며 이성자로서 국민으로서 분석하며 구명한다. 그러고 반드시 실현될 미래를=영원을 내다보며 나라는 개인의 역사적 신체의 생명을 고민한다. 과거는 단정하고, 현재는 투쟁하고 미래는 회의한다. "나는 다이나마이트다. 나는 철방망이를 가지고 사색한다"는 니체의 생활태도가 현재를 통하여 미래를 기원하는 것인 한 나의 회의도 무슨 무거운 짐에 지지눌리는 것을 느끼는 것이다. 회의하면서도 체계로서 완결하려는 것이다.

군도 니체에는 대단한 공명을 느끼고 있는 것이지만 사실 니체가 "지금으로부터 앞으로"의 철학자이었다는 점에 이 세기의 생활자는 반드시 그 문을 두드리지 않으면 아니될 것이다. 군의 좋아하는 짜라투스트라 최후 독백은 나도 좋아한다. 그것을 읽으면 참으로 마음이 시원하다.

니체를 공명하는 군이 꾀 있는 개인주의자가 되라고 하는 것이 나에게는 아무 부자연없이 그대로 수긍되는 것이다. 얼른 생각하면 그럴수가 없는 두 가지 사실이 친형제같이 어깨를 겯고 나온다. 그러한 것을 모순이니 부자연이니 하고 사람들은 욕을 하겠지만 나는 우선 인정하고 수긍한다. 교양있는 성인이 하는 일에는 어느 구석엔가 부조화의 조화가 있는 법이다. 이것을 간과하여서는 세상의 재미가 없고 사람의 살아가는 맛이 없다. 군도 늘 경험하는 일이겠지만 이 부조화의 조화, 모순의 일치를 눈여겨보며 찾아내는 것도 우리의 세상사는 한 재미다.( 그것을 도덕적으로 가치비판하는 것은 사실 뒤의 일이다.)

오래두고 쌓였던 이야기를 좀 하고 나니 속이 후련하다. 군에게서도 무슨 답장이 올 줄 믿는다. 꽃도 다 졌다. 이 짧은 편지나마 꽃필 무렵에 쓰기 시작해가지고 신록의 오늘에야 끝을 맺었으니 게으름뱅이 치고도 분수 없는 게으름뱅이다. 잘 있게. 끝으로 자당제절(慈堂諸節) 안녕하심을 비네.

# 랑케전

방응모편, 『세계명인전』 3, 조광사, 1940. 7. 15

## 1. 사학의 세기

18세기 말엽 이래 차차로 역사연구가 울연(蔚然)히 과학적인 방법 밑에 발흥하여 드디어 19세기는 '사학의 세기'라고까지 일컫게 되었다. 고증적 문헌학적 방법이 가속도적으로 발원하여 1795년에는 아우구스트 볼프Friedrich August Wolf(1759-1824)의 호머 해설이 나타났다. 그는 서양에 있어서 가장 오랜 고전이라고 하는 일리아드와 오딧세이를 종횡으로 비판하여 이 이작(二作)이 호머 단독의 작품이 아니라는 것을 명백히 하였던 것이다. 이것은 사학적 연구의 일(一) 신기원을 획(劃)하는 것이었다. 또 한편으로는 헤르더에서 그 싹이 트기 시작한 낭만주의적 역사관은 프랑스 혁명의 영향을 받아서 민족, 국민이라는 것을 반성 자각하게 하고 그러한 신념 밑에서 민족적인 것의 발전을 생각하게 하였다. 그리하여 민족정신의 발전 속에서 법제라든가 또는 언어니 문학이니 하는 것을 이해하려고 하는 기운이 성왕(盛旺)하게 되었다. 니불(1776-1831)에서 시작되는 괄목할만한 백년간은 다른 여하한 시대에 비하여서도 못하지 않게 아니 그 이상 가게 사학의 발흥을 촉진하였다. 아이호호른(1781-1851)의 독일법제사, 사비니Friedrich Karl von Savigny(1779-1861)의 중세에 있어서의 로마법왕사, 또 저 유명한 그림Grimm형제(형 1785-1863, 동생 1786-1850)의 언어, 전설 등의 연구 같은 것은 다 18세기에서 움트기 시작하여 19세기에 와서 난만히 개화결실한 '사학의 세기'의 수확이었다.

이러한 때를 당하여 유명한 동방학자 카스텐 니불의 아들로서 코펜하겐에서 출생한 사학자 발트홀드 니불은 여상(如上)한 풍조의 선구자로서 우선 로마사(1811-32)의 대저를 내놓았다. 그는 종래 사료로서 거의 주의하지 않던 시가와 연대기 같은 것을 새로운 인식 하에 주의하여 섭렵하고 그 속에서 생동하는 민족적 국민적 심리를 전체적으로 파악하려고 하였다. 즉 니불에서 시작된 '사학의 세기'의 가장 뚜렷한 징표는 역사연구방법의 철저한 개조로서 나타났던 것이다. 왜 그러냐 하면 종래의 역사가가 제공하는 역사라는 것은 과연 얼마나 불편 부당한 것이며 얼마나 역사적 사실의 본질을 전하였느냐 하는 것에 대하여 의문을 가지게 되었던 까닭이다. 이러한 의문에 대하여 가장 새로운 비판적 비교연구법에 의하여 의식적으로 해답을 준 사가가 즉 니불이었던 것이다. 헤르더, 슐레겔, 홈볼트, 볼프, 뵈크 등의 실증적 문헌적 연구태도는 다 니불에 있어서와 같은 자각에서 나온 것이었었다. 즉 인간생활의 발전과정의 연구에 있어서 금석문, 신화, 방언 등을 비교고증하여 실증적으로 관찰하는 것이었다. 그러나 그 관찰은 이 시대의 특징인 예술적 낭만적인 색채가 농후하였던 것을 우리는 망각할 수 없으리라. 즉 일종의 직각적 이해와 상상력이 따라다니었던 것이다.

실로 18세기 말엽으로부터 19세기에 걸치어 니불에서 시작되는 백 년간의 소위 '사학의 세기'의 여상한 특징은 사학적 연구의 혁명기라고 해도 좋았다. 니불의 학풍은 로마사 희랍사 문헌학의 연구에 큰 영향을 주었다. 이러한 영향 하에 랑케도 역사학자로 성장하여 갔던 것이다.


## 2. 출생과 교육


레오폴드 폰 랑케(Leopol von Ranke)는 1795년 12월 21일 중부독일 튜링겐의 비헤에서 났다. 이 비헤는 지금도 한 적은 마을이라고 하는 데 그 당시는 아직도 중고적(中古的) 생활을 유지하고 있는 곳이었으며 인구의 대부분은 농민이었다. 이곳은 루터의 교향(敎鄕)인 것이니 그가 숭배한 이 종교개혁가와 동향이었다는 것도 한 인연이라면 인연이라 고 할 수 있을 것이다. 그 당시는 작센의 영토이었으나 그의 라이프치 히 재학 중에 빈회의의 결정에 의하여 프로이센(普魯西)에 편입되었다. 그러므로 프로이센에 대하여서는 비스마르크와 같이 강렬한 애착심은 가지지 않았었다고 한다. 랑케는 중류의 사회층에 층(層)하는 라이프치 히 대학 출신의 법률가를 아버지로 하여 출생하였다. 그의 조선(祖先) 과 친척 가운데도 법률가가 있었다 하며 신교를 신앙하는 종교적 분위 기 하에 엄격한 가정교육을 받았고 12세 되는 해 봄에 그 아버지는 그 이웃마을인 '돈돌프'라는 곳에 있는 승원(僧院) 학교로 데리고 가서 입 학을 시켰다. 이 승원학교라는 것은 종교개혁의 결과로 생긴 기숙학교 이었는데 그는 그곳에서 희랍고전을 배웠고 복음서를 원문으로 읽게 되었다 한다.

14세에 랑케는 돈돌프를 떠나 '슐폴타'로 갔다. 그는 아버지에게 '돈돌프에서는 더 이상 배울 것이 없다'고 말하였다 한다. 이곳에는 그의 아우가 2년 늦게 또 공부하러 왔다. 랑케는 이 슐폴타에 만 오년간 재학하였는데 그 동안에 희랍고전과 역사를 배우고 또 문헌적으로 연구하였는데 특히 희랍의 서정시와 비극을 좋아하였다 한다.

이때의 사회적 교육적 풍조는 아직도 계몽주의적 사상에 지배되고 있는 것이었다. 더욱 나폴레옹을 중심으로 한 정치상의 대변동은 전 구주를 들어 혼돈의 도가니 속에 집어 넣고 있던 때이었는데 랑케는 그러한 외계의 동란에 지배됨이 없이 고요히 학문의 길에 정진하였던 것이다. 그리하여 미래의 대학자로서의 바탕을 닦았다. 랑케의 일생은 나폴레옹의 활약시대로부터 비스마르크의 만년에까지 걸친 것이었다. 환언하면 신성 로마제국 멸망의 발단이라고 할 수 있는 바젤조약이 체결되는 시대로부터 독제국의 통일 완성 이후까지의 긴 동안이라고 하겠는데 그 동안은 참으로 거진 일세기에 걸치는 긴 시기이었고 그 사이에 그는 말하자면 4차의 혁명의 동란을 체험했다고 할 수 있었다. 즉 청소년 시기에 있어서는 프랑스 혁명 이후의 나폴레옹의 반혁명, 장년기에 있어서는 1830년의 7월 혁명과 1848년의 혁명, 노년기에 있어서는 비스마르크의 대독일제국 완성을 위한 전쟁과 변혁 등.

랑케의 일생에는 이러한 사회적 대사건이 족출(簇出)하였으나 그는 거의 그 외계적인 사건에는 관계함이 없이 오직 학문으로 더불어 벗을 삼았다. 1813년 나폴레옹이 라이프치히를 공격할 때에도 그는 고전의 연구에 여념이 없었다고 한다. 그러나 그는 '역사상에 처위(處位)할 나폴레옹'이라는 것을 생각하기 시작하였다. 사실 이 때에는 이른바 '나폴레옹 이념'의 구주지배에 대한 반대 속에 독일 전토에 팽배히 일어난 낭만주의자의 대부분이 휩쓸려들어갔던 것은 다 아는 일이라 할 것이다. 시인, 사상가가 붓으로 입으로 또는 총으로 민족과 국민의 위기를 부르짖었다. 피히테의 14회에 긍(亘)한 연설, 아른트Ernest Moritz Arndt(1769-1860)의 『시대정신』, 쾨르너Theodor Körner(1791-1813)의 시와, 해방전쟁에의 출전과 전사 등은 다 나폴레옹에 대한 반항과 인민의 자유와 자각을 촉(促)한 증거이었다. 국가의 대위기에 제회(際會)하여 낭만주의자들의 정념이 정치상의 자각과 결합하여 "신과 같이 왕과 조국을 위하여"(Mit Gott, uer Koenig und Vaterland) 헌신하였다.

이러한 시대적 분위기 속에서 사학연구의 기운은 성장하여 갔다. 위에서 말한 제학자의 연구는 '내 것을 찾자' '사실을 똑바로 옳게 꿰뚫어 보자' 하는 것이었다. 랑케는 나이는 어렸으나 이러한 시대의 거대한 동향을 바라보고 더욱 역사적 연구의 필요를 절실히 느끼고 더 학업을 계속하기 위하여 라이프치히 대학으로 갔다. 그것이 바로 1814년 18세 때였다. 그곳에서 그는 신학과 문헌학을 공부하였으나 신학보다도 문헌학에 더 많은 흥미를 느꼈다.(칸트철학도 배웠다) 즉 종교, 문학, 성서, 바울의 서간 등을 연구하였고 더욱 희랍 로마의 고전문헌에 대하여는 주의하여 섭렵하였다고 한다. 그는 계몽주의와 합리주의를 경멸하고 고전을 숭상히였다. 이 라이프치히 대학생 때에 니불의 로마사 제1판을 읽고 대단히 감격하여 "무릇 독일어로 쓴 역사서 가운데에서 나에게 이 같이 감동을 준 것은 이 책이 처음이다"라고 하였다 한다. 이리하여 그는 독일사학사에 있어서 니불과 더불어 맺어진 학풍은 드디어 비판적 연구방법을 확립하게 된 것이다. 랑케도 니불의 연구방법을 계승할(전적은 아니라 하더라도) 제자의 일인이었던 것이다. 그때 괴테는 명성의 절정에 있었으나 랑케는 "그는 나에게는 사실 너무 모던하다"고 하여 별로 호감을 가지지 못하였던 듯하다. 도리어 1817년 루터의 삼백년제를 계기로 하여 그에게 큰 흥미를 느꼈고 뒤에 저작된『독일 종교개혁시대사』가 벌써 이 대학생 시대에 그 움이 트기 시작한 것이었다. 또 피히테—이 철인은 랑케가 라이프치히에 오던 해 정월에 벌써 고인이 되었다—에 대하여도 많은 공감을 느꼈다. 더욱 피히테가 나폴레옹을 평하여 "나폴레옹은 거대한 자연력—무제적적(無制的的)인 철과 같은 제멋대로의 자연력이다. 그는 진정한 생명에 사는 사람이 아니라 자연적 충동의 도구이다. 그는 존재하지 않는다—그에게는 이성이 없음으로"라고 한 말에는 별로 동감하지는 않았으나 그의 유명한 연설집을 그의 아우에게 기념으로 주기까지 하였다.

대학생활 4년간의 소득은 그의 말과 같이 별로 없었다. 그는 "너무 많은 것에 손을 대고 너무 많은 것을 계획하였다"고 말하였다. 그러나 루터, 피히테, 니불에게서 받은 영향은 결코 적은 것이 아니었다. 1817년 2월 학위를 받았다.


## 3. 김나지움 교사시대 · 그후

1818년 봄 랑케는 나이 23세에 대학을 졸업하고 많은 아이들을 기르기에 어려운 살림을 해가는 양친 슬하로 돌아가서 자리와 빵을 구하지 않으면 아니되었다. 그러나 그는 그의 수학의 이력으로 보아 교원직만이 가능하였다. 때마침 프랑크푸르트 · 안 · 델 · 오델에 있는 김나지움에 자리가 있어 취청(就聽)을 하였다. 이 학교는 그때 내용이 혁신되어 교장과 교원이 거의 동년배의 젊은 학도들이었으므로 랑케는 대학생활의 연장과 같은 생활을 할 수 있었고 약 6년반 가량 있는 동안에 역사연구를 일생의 직업으로 하겠다는 결심과 더불어 쉬임없이 연구를 계속하여 갔다. 그는 상급의 고전과 고대문학사를 담임하게 되었으므로 대학 시대에 읽지 못하였던 책을 많이 보게 되었었다. 그뿐 아니라 그는 이 소도회에서 '웨스터만 문고'라는 풍부한 문고를 발견하게 되어 그렇지 않아도 연구에 한창 신이 난 때이었으므로 그에게는 다시없는 축복이었다. 그는 그러한 환경속에서 『로마적, 게르만적 민족사』(1824년)라는 처녀작을 발표하게 되었다.

이 저작은 랑케의 사학자로서의 출발에 있어 가장 의의있는 작품이었을 뿐 아니라 사학사상에 있어서도 획기적인 것이었다. 그는 역사상의 사실을 취급함에 당하여 하등에 목적의식이라든가 성심(成心)으로써 평가함을 극력배척하고 오직 '역사를 위한 역사'의 확립을 위하여 91년간의 긴 생애를 통하여 싸울 최초의 결의를 보인 작품이었다. 일체의 공상적인 것 상상적인 것을 배제하고 엄밀히 있는 그대로의 사실을 보여주는 것이 역사학의 임무라고 생각하였다. 대학 이래 마음 속에 깊이 굳어져 가던 니불류의 문헌적 비판적 방법에 의한 역사연구의 태도가 이 최초의 저작을 통하여 보기좋게 성과를 거두었다. 즉 사학자로서 학계의 촉망을 받은 것은 물론 프로이센 문부성의 일(一) 고관에게 헌본(獻本)한 것이 인연이 되어 베를린 대학의 원외(員外) 교수로서 전임(轉任)하게 된 것이었다.

이리하여 그의 제1차의 베를린의 생활이 시작되었다(1825-1828). 이곳은 푸랑크푸르트와는 모든 점에 있어서 소양(霄壤)의 차가 있었다. 그는 간접으로 낭만주의자들과 접촉하였다. 어떤 교양있는 부유한 유태인 부처(夫妻)를 통하여 사교계에도 출입하게 되었다. 그리하여 널리 견문을 넓히고 따라서 문장과 언어가 세련되었다. 시골의 무명한 일 청년학자가 베를린 학계의 소식에 통하게 되었다. 그러는 동안에 그는 베를린에는 도서관과 정부의 공문서 등을 이용하기 시작하였다. 그리하여 그의 제2의 저서가 출판되었으니 즉 『남구(南歐)에 있어서의 제후와 민족』의 제1권 『오스만 제국과 스페인 왕국』이 그것이다(1827). 이 저작은 그가 『로마적 게르만적 민족사』에서 취발(取拔)한 문예부흥시대의 이탈리아를 동서에서 압박한 양대국을 대상으로 한 것이다. 물론 그의 역사기술의 확호한 신념인 '신성한 사실주의', 객관적인 '사실에 대한 결의' 하에 쓰여졌다. '불편부당'하게 인정할 것은 인정하고 나무랄 것은 나무래 가며 '몰아적 가치'에 의하여 '개개의 사실의 핵심'에 삼투한다는 입장에서 계급제도의 가치를 시인하고 터어키 왕의 전제와 그것에 반항하는 기독교회의 활동을 다 같이 옹호하였다.

이러한 역사기술의 방법이었으므로 당시의 프로이센 황태자와 그 주위의 사람들에게 많은 촉망을 받게 되어 '위대한 두뇌'라는 찬사까지도 받았으나 그 반면에 자유와 해방을 위하여 희랍의 독립전쟁을 지원하기까지 한 낭만주의자들에게는 인기가 좋지 못하였다 한다.


## 4. 유력(遊歷) 시대

이 『남구에 있어서의 제후와 민족』이 정부의 칭송을 받게 되자 그는 늘 한 번 가고 싶어하던 역사연구의 여행을 떠나려고 하였다. 그리하여 쉽사리 프라하, 빈, 이탈리아에 유학하는 것이 허가되었다. 마침 조금 전에(1827년 여름) 그에게는 뮌헨대학에서 교수로 초빙될 희망이 보였었으므로 그는 수입도 별로 없는 베를린의 지위를 버리기로 작정을 하고 '프로이센의 돈'에 의하여 바로 뮌헨에 가고 싶지 않아서 우선 드레스덴, 프라하, 빈 등지를 역방(歷訪)하기로 결의하였다. 그리하여 이해 가을에 떠났다. 이 여행은 마치 괴테의 예술에 있어서의 이탈리아 여행과 같이 랑케의 학문에 있어 거대한 의의를 가진 것이었다. 1827년 가을부터 1831년 봄에 걸치는 3개년 반의 유학에서 그는 그의 사안(史眼)을 넓히고 또 깊게 하였다. 사학자로서 대성의 기초가 이 여행에서 얻은 수확에 달렸었다고 해도 과언이 아닐만 하였다.

당시에 빈은 정치, 외교, 예술의 중심지였다. 중구(中歐)에 거대한 제국을 건설했던 오스트리아의 수도 빈 그곳에는 일대의 대 정치가 메테르니히Metternich(1773-1859)가 천하의 외교를 조종하고 있었다. 랑케는 9월 29일에 이곳에 도착한 것이었는데, 그때에는 메테르니히를 중심으로 한 신성동맹도 벌써 한풀이 꺾인 때이기는 하였으나 그래도 구주의 보수주의와 반혁명주의의 본거이었다. 랑케는 베를린을 출발할 때에 두셋의 소개장을 소지하고 있었으므로 어렵지 않게 이 일대(一代)의 권모 재상을 만나게 되었던 것이다. 그때에 랑케의 사관이 온건한 것을 보고 메테르니히는 신임하였으므로 당시 구주 외교계의 무대 뒤를 샅샅이 엿볼 수가 있었다 한다. 그뿐 아니라 오스트리아의 학자들도 용이하게 열람할 수 없었던 정부소장의 문서와 고문관(古文舘)의 도서를 열독할 수 있게 되었다. 그리하여 그는 마음껏 연구자료를 수집할 수 있었다. 유쾌히 연구에 몰두할 수 있었을 뿐 아니라 여러 지방의 정치기와 학자로 더불어 교유하여 지견(知見)을 넓히었다.

빈 체재 약 1년 뒤 그는 이탈리아로 옮기어 베니스, 플로렌스를 거쳐 그 뒤 약 1년간 로마에 두류(逗留)하였다. 그 사이에 한 번 나폴리에 갔었는데 그곳에서 랑케는 프로이센의 황태자를 만났는데 이것이 나중에 프로이센 정부에 중용되는 인연이 되었다. 이 이탈리아 유학 약 2년여에 그는 역사연구에 전념하는 일방 예술, 시가 등에도 심입(深入)하여 후년 이탈리아 역사를 쓰는 기초가 되었다. 사실이 삼개년 반의 유력시대에 그는 자기의 사학을 완성할 준비를 정제(整齊)하였다. 이 뒤부터는 그 성과발표의 시대라고 할 수 있었다. 그는 31년 1월 귀국의 도(途)에 올라 뮌헨과 뉘른베르크를 거쳐 3월말 베를린에 귀착하였다.


## 5. 『역사정치잡지』


역사기술에 있어서 정치적 요소를 중시하는 랑케이었지만 자신이 스스로 정치의 무대 위에 나타나는 것을 퍽 꺼리었던 그에게도 당시의 정치적 사회적 변혁의 시대를 당하여 한 때 현실의 정치운동과 긴밀히 관계한 한 시기가 있었다. 그것은 1832년 즉 그가 남방유학을 마치고 귀국한 익년부터 36년까지의 5년간이었다. 이 시기를 랑케의 생애에 있어서 정치기자시대라고 한다. 1830년 7월 프랑스에 혁명이 발발한 것을 귀국의 도중에서 알고 정치의 현실적 동향에 대하여 퍽 무관심한 듯 하였던 랑케에게도 한 큰 충격을 준 듯 하였다. 이때에 그가 베를린에 있는 어떤 벗에게 보낸 편지에 다음과 같은 것을 써 보냈다.

"나는 최근의 정변에 의하여 퍽 감동되었다. 우리는 이번에 일어난 사태에 대하여 일평생 싸우지 않으면 아니되지 않을까 하는 것을 확신하게 되었다. 나는 내가 일반적인 여론과 상당히 날카로운 대립의 입장에 서지 않으면 아니되리라는 것을 슬퍼한다. 내가 대(大)국민에게 기원하는 바는 인격이 높고 국민의 지위를 향상시키는 현군이면서도 결코 전 구주를 정복하려고 생각하지 않는 일인의 군주가 있어지이다 하는 것이다. …… 직인과 거리의 젊은놈들이 우리를 통치하려고 하는 것을 과연 우리는 참을 수가 있을까. 어쨌든 나는 베를린에 돌아가면 곤란한 처지에 서게 될 것이다. 그러나 나는 나의 일을 할 수 있으리라는 것을 생각하고 만족하는 바이다."

　랑케가 이럭저럭 오년만에 베를린에 귀래하여 다시 원외교수로서 개강하게 되었는데 이때에 독일 각지에는 7월 혁명의 여파가 파급하여 도처에 큰 동요가 일어났었다. 정치상의 논의도 활발하여 어떻게 해서든지 시국과 언론을 지도하지 않으면 아니되겠다 하여 나타난 것이 『역사정치잡지』였다. 처음에 이 잡지의 주필이 누가 되느냐가 문제였으나 결국 랑케가 그것을 맡게 되었다. 출판자의 의도는 프로이센의 너무도 보수적인 태도와 자유민권주의와의 중용을 취하는 논설로서 시대의 동향을 영도하려는 것이었으나 랑케가 맡게 됨에 의하여 그 의도는 결국 실패에 돌아가고 말았던 것이다. 왜 그러냐 하면 랑케는 그가 주필이 되었다 하더라도 결코 정론가가 아니고 사학자이었던 까닭이다. 즉, 그의 근본 견해는 오직 '있는 그대로의 사실을 해명하고 제출하는 것'이었고 조금도 그것을 어떠한 정략적 성심(成心) 하에 재구성하는 것이 아니었던 까닭이다. 그는 '참된 교훈은 사실의 인식에 있다'는 편집방침 하에 '온건공정'한 취급으로써 폭력을 배척하고 자유와 전제, 공화정과 군주정, 진보와 보수를 그 '조화중용'의 입장에서 정치의 요체를 발견하려고 하였다. 그리하여 그에게는 정치는 지배의 도구나 기술이 아니라 그 본질이고 정신이었던 고로 정치학과 결합하는 것이 아니라 도리어 역사학과 결합하지 않으면 아니되는 것이었다. 변혁시대의 동란에 제(際)하여서일수록 정치는 국가의 독자성을 보지(保持)하여 가지 않으면 아니되는 것이라고 생각하였다. 그리하여 그가 시국에 대한 자기의 임무로서 내걸은 것은 추상적 이론과 정책적 위조(僞造)와의 투쟁이었다. 즉 이론의 기초인 사실을 옹호하는 것이었다. 여론을 지도하려고 위촉된 주필이었으나 그는 끝까지 사실의 학으로서의 역사학의 충실한 수호자, 역사주의자였다.

그는 이러한 신념하에 편집을 맡았고 또 그 신념이 반드시 일반에게 인정을 받으리라고 생각하여 자기자신부터 집필을 하였던 것이다. 그가 1832-36년의 5년간 발표한 논문은 「프랑스와 독일에 대하여」(1832), 「독일의 분열과 통일에 대하여」(1832), 「대국론(大國論)」(1833), 「정치문답」(1936) 등이었다. 이 네 개의 논문에서도 물론 그는 역사주의적 입장과 신조를 견지하였다. 이러한 입장과 신조는 프로이센 정부의 반동적 보수주의, 일반 국민의 자유민권주의의 어느 것과도 일치하지 않는 것이었다. 또 그뿐 아니라 이 잡지는 자기의 장편연구물을 비롯하여 여러 장논문이 많이 실리는 부정기간(不定期刊)이었다. 그리하여 당초의 출판자의 의도에 합당치 않을 뿐만 아니라 정부, 여론의 어느 것과도 부합되지 않았다. 이에 드디어 랑케는 훌륭히 잡지 주필로서 실패하고 만 것이었다. 이 잡지는 1836년에 폐간될 때까지 부정기간 16책을 내었다.

그러나 랑케는 다른 한편으로는 성공이었다. 왜 그러냐 하면 사학자로서 학문적으로는 사색을 심화시킬 수가 있었으므로였다. 정치기자 오개년 간의 생생한 경험에 의하여 정치와 역사의 관계에 대하여 종래에 신조에 약간의 회의를 품어보기도 하였으나 그의 근본신념에 있어서는 조금도 변함이 없었다.

랑케가 자유민권주의보다는 왕정을, 다수자 정치보다는 선택된 자의 정치를 표방하기는 하였으나 그것도 그리 적극성을 띤 것은 아니었다. 본래 그는 정치적 야심이나 당파적 이해에서 출발하지는 않았다고들 한다. 그러나 그가 결국에 있어서는 그 야심과 그 이해에 이용된 것이었었다는 것은 불무(不誣)의 사실이라 하겠다. 그것이야 여하간 정책의 주장보다는 역사학의 옹호를 위하여 나선 그가 정치적 갈등의 회중(涸中)에 휩쓸려 들어가서 결국 정치적으로도 볼만한 성과를 거두지 못한 것은 당연하다 할 것이다. 그는 시대의 추진력이었던 일반대중의 여론에 대한 인식을 오산하였다는 것, 이론과 싸우면서 그 이론을 지탱하는 객관적 실체를 파악하지 못하였다는 것이 그의 실패의 중요한 원인이었다고 할 수 있었다.


## 6. 교사로서의 랑케

『역사정치잡지』가 발간되어 기자생활이 완전히 실패에 돌아가던 그 해에 랑케는 베를린대학의 교수로 승임(陞任)되었다. 이때의 취임강연은 그 오년 간의 쓴 경험을 토대로 한 「사학과 정치학과의 이동(異同)」이었다. 이때부터 그의 본격적인 연구저술과 학생지도의 생활이 시작되었다.

1830년대의 십개년은 랑케에 있어서는 가장 수확이 많은 동안이었다. 우선 남방주유에서 많은 사료를 수집하여 가지고 돌아와서 곧 정치기자로서 활동을 함에 의하여 정치와 사학과의 관계에 있어서 생생한 체험을 할 수가 있었고 둘째는 법왕사와 독일사의 명저를 출판하였으며 셋째로 대학교수로서 후진의 양성이라는 의의있는 생활을 시작한 것이 그것이다. 그는 1831년 외유에서 돌아오자 곧 강의를 시작하여 독일이 통일된 제국으로 완성하던 1871년까지 실로 40년간 그는 거의 휴강하는 일이 없이 교수를 하였다.(정치기자 시대에도 원외교수로서 강의는 계속하였던 것이다.) 그의 강의는 결코 유창, 명석하지는 않았다고 하나 그 풍부한 내용과 온축은 점점 학생의 인기를 집중하여 갔다. 그런데 랑케의 대학교수시대에서 뺄 수 없는 한 가지 것은 역사 사상 유명한 그의 '사학연습'(1833년 개시)이었다. 이 연습을 통하여 랑케의 학풍이 형성되어 갔고 따라서 '랑케학파'가 발생하게 된 것이었다. 랑케의 고제(高弟)의 한 사람인 지벨Heinrich von Sybel(1817-1895)의 말에 의하면

"랑케는 학생이 선택하는 것은 무엇이나 마음대로 연구시켰다. 그러나 언제나 그것에 대하여 암시를 주었다. 만일 비판의 법칙을 범하는 일이 있으면 선생은 용서없이 준열하게 그러나 친절한 말로 가르쳐 주는 것이었다."

자기의 제미날(세미나-편자주)에 들어오는 많은 학생을 각각 그의 뜻하는 바 길로 지도장려하였다. 문제를 주어 공동연구도 시켰고 또 대학당국에 제의하여 경쟁적으로 현상논문의 연구발표도 시켰다. 이렇게 하여 랑케의 연구실로부터 바이츠(1817-86), 기-세부레흐트(1814-89), 지벨(1818-95) 같은 고제가 나와 사학에 공헌하였다. 이 세 사람을 랑케문하의 삼대제자라고 한다. 이 사람들은 모두 랑케의 문헌적 비판적 방법(Fhilologsich-Kritische Methode)과 보편사적 파악(Universaigeschichtliche Anffassbng)에 의하여 전래하여 오는 역사적 기재(記載)의 기원을 캐보고 전설과 사실 전래와를 구별하였으며 고(古)공문서와 기타의 유물의 진위를 논리 엄밀하게 검토하여 가며 문헌적 고증을 수행하였다. 이 의식적인 비판적 연구법이 발흥한 것은 위에서도 말한 바와 같이 니불에서 시작되는 것이지만 랑케의 최초의 저작『로마적 게르만적 민족사』로부터 시작되는 그의 사학체계의 영향이었다. 랑케의 사학연습실에 참가한 많은 문인(門人)들은 그 연구와 교수상의 활동에 있어서 방법론을 발달시켰고 그리하여 현대역사연구의 공유재산을 축성한 모범적인 것이었다. 그들은 랑케 연습실의 삼대표어인 비판(Kritik), 정밀(精密, Praecision), 투철(Penetration)을 여실히 실행한 것이었다. 랑케의 연습실에서 '랑케학파'는 출발하였다.

이같이 랑케는 학생의 지도에 진력하는 동안에 이면에 있어서 프로 이센의 정치에 관계를 하게 되었었다. 즉 1840년에 그가 일찍이 이탈리아 유학 중에 친히 만난 일이 있는 프로이센 황태자가 즉위하여 프리드리히 빌헬름 4세기 되자 익(翌) 41년에는 프로이센 사료국의 사관(史官)이 되어 뒤이어 프로이센 헌법제정에 관하여 수차의 의견서를 제출한 것이 그것이다. 정치기자로서 실패한 그는 정치의 표면에서 활동하는 것은 자기의 능(能)이 아니라고 생각하고 헌법제정의 고문관이 되라는 청도 받았으나 그것은 거절하였을 뿐 아니라 기초자의 일인으로 되는 것까지도 싫다고 하고 다만 의견서만을 제출하여 독일통일을 위한 정책(Uviovspolitik)의 실현에 입헌군주제의 채용을 헌언(獻言)하였던 것이다. 이것은 교사로서의 랑케를 아는데 한 호개(好個)의 삽화가 되리라.

## 7. 랑케의 사학

(1) 랑케의 전문은 구주근세사였다. 그는 프랑크프르트의 김나지움 교사 시대에 낸 처녀작 이래 85세의 노령으로 읽지도 쓰지도 못하는 쇠약한 육체로써 두 사람의 조수로 더불어 착수한 『세계사』에 이르기까지 54권의 방대한 전집을 남겨놓았다.(1868-90년 간(刊) 라이프치히) 그의 거의 1세기에 긍(亘)하는 생애를 통히여 일관한 사관은 '역사를 위한 역사'의 확립이었다. 역사는 무슨 목적을 위하여 이용되어야 할 것이 아니고 오직 '그것이 본래 어떠하였느냐를 다만 보이는 것'이 역사 기술의 목적이라고 하였다. 그리하여 랑케사학의 출발은 니불 사학이라는 기성사학의 발전에서 시작된다고 하지만 그것은 또한 새로운 사

학의 탄생이었다고도 한다. 그의 일생을 통하여 구주의 천지를 휩쓸은 여러 차례의 혁명의 회중(涸中)에서도 결국 정치는 정치, 역사는 역사라는 신조에 큰 동요는 없었다. 그의 가정적 환경에서 받은 종교적 영향과 루터에 대한 외경의 염(念)에서 신과 역사와의 관계에 침잠하였던 것이다. 그의 세계사적 사관도 신이라는 것을 몰각하고서는 이해할 수 없다 한다. '역사는 신의 형상문자를 판독하는 것'이라고 하였다. '역사적 사실이 본래 어떠하였느냐'하는 그의 역사기술의 신조도 결국은 신에 관련하는 것이었다고 한다. 이곳에 그의 종교적인 사실 존중주의가 있는 것이다.

(2) 위에서도 여러 번 말한 바와 같이 그의 개별적인 구체적 사실의 존중은 절대적인 것이었다. 개별의 탐구는 어떠한 것이든지 덮어놓고 가치있는 것이었다. 그러므로 역사연구는 사실의 '직접무매개성'에서 출발하는 것이고 임의의 상상적인 것을 의빙(依憑)하여서는 아니되는 것이었다. 역사는 정치의 비복도 아니고 교훈의 재료도 아니며 또 어떤 공리적인 목적을 위한 수단이어서도 아니되는 것이었다. 오직 '있던 그대로의 것'을 순수히 인식하는 것—그러한 의미에 있어서 인식지상주의의 역사주의라고 말할 수 있었다. 이러한 의미에 있어서 그는 사관이 철학적 이론에 의하여 영향되는 것을 극력 배척하는 것이었다. 그는 '역사의 이념'이라는 것을 말하였지만 그것은 그의 사관을 철학으로까지 비상시키는 것은 아니었다. 그는 "인간적 현상을 알기 위하여는 두 가지 길이 있다. 즉 개체적 인식의 길과 추상적 인식의 길이 그것이다. 전자는 사학의 길이요 후자는 철학의 길이다. 이 두 가지 인식은 명확히 구별되지 않아서는 아니된다"고 말하였다. 랑케에 있어서는 철학은 역사의 적이었다.

(3) 그러나 사적(史的) 생명으로서 보편적 관계를 중시하였다는 것

은 주목할만한 일이다. 개별의 인식을 중시하면서도 그 속을 꿰뚫는 전체적 발전의 관련을 언제나 잊지 않았다. 즉 개개의 사실의 나열에 만족하지 않고 세계사로써 일개의 통일체로서의 발전과정을 직시하려고 하는 역사기술의 방법을 취하였다. 환언하면 그는 개별의 탐구와 보편의 인식을 사학의 임무로 여겼다. 이런 관점에서 그는 언제나 특정한 시기를 주제로 하였다.(만년의 최후작인『세계사』를 빼고는) 가령 법왕사는 16세기를, 독일사는 종교개혁시대를, 프랑스사와 영국사는 16, 7세기를 중심으로 하면서도 늘 세계사적인 취급을 잊지 않았다. 이와 같이 그는 역사기술을 국민사로서 취급하면서도 그것이 단순한 국민사가 아니고 특정한 주제를 가진 긴 서론적인 전사(前史)를 가지고 있다는 것이 특색이다.

(4) 랑케는 전술한 바와 같이 정치와 역사와를 구별하였고 자기자신도 정치에 대하여는 초연한 태도를 가져야겠다고 생각은 하였으나 그의 사관이 명백히 정치적 사실에 중심을 두고 있다는 것을 주목할 만한 일이다. 이것이 그의 역사기술의 특징이 되는 동시에 그에게 대한 비난도 된다. 그는 사료로서 관의 공문서를 많이 이용하였다. "근세사는 벌써 사안의 보고에 의하여 연구될 것이 아니라 직접적인 근본사료에 의하여 건설되어야 할 시대가 왔다고 생각한다"고 하여 자신의 근본문헌에 대한 광범한 경험을 자랑하였다. 그의 이른바 분헌석 사료비판이라는 것은 주로 의회나 정부의 문서를 이용하여(그는 고고학적 연구 등에 대하여는 별로 흥미가 없었다 한다) 사석 신상을 파악하려고 한 때문에 자연 정치외교방면을 중시하게 되었을 것은 부득이 하였을는지도 모른다. 어떻든 그의 역사기술의 태도는 정치외교 중심의 것이었으나 그것이 결코 각 국민의 특성과 배경을 무시한 것이 아니라 구주의 기독교 제국민이 전체적 통일을 형성하면서 서로 대항하는 유기적 관계를

'공평하게' 시인하였으므로 각 국민이 지금도 그의 저서를 호감을 가지고 읽는다고 한다. 그가 정치를 중요시하게 된 것은 근본 사료가 그러한 것이었다는 외부적 관계도 있었겠지만 그 자신이 스스로 정치사가가 되려고 의식하여 '국가에 관한 사실에 중심을 두는 것이 역사가의 임무라'고 생각한 때문이었다. 그는 처음부터 끝까지 정치사를 중심으로 한 세계사의 이념을 파악하려고 하였다.

(5) 끝으로 랑케의 헤겔에 대한 관계를 별견(瞥見)하고자 한다. 랑케 생존 중의 사상계에 큰 영향을 끼친 헤겔의 철학-더욱 역사철학에 대하여 그는 반대의 태도를 취하였다.

랑케는 그가 철학적 사색에 침잠할 때보다도 역사를 기술하고 있을 때 더 철학적이었다고 한다(시몬) 그에게 있어서는 헤겔에 있어서와 같이 철학을 위한 역사가 아니라 역사를 위한 철학이라야만 하는 것이었다. 헤겔에 있어서는 세계사를 지배하는 것은 '이성'이고 그 이성은 결국에 있어서는 신적 이념이었다. 환언하면 세계사는 이 신적 이념으로서의 절대정신의 발전과정의 표현이고 세계사에 나타나는 일체의 운동은 신적 이념의 자기목적을 위한 수단에 불과하였다. 세계정신의 발전의 괴뢰에 불과하였다. 그리하여 사상의 변증법적 발전과정으로써 세계사의 발전을 설명하였다. 그것에서 민족정신과 세계정신과의 발전의 연락(聯絡)을 지식(誌識)하였다. 그런데 랑케는 이러한 헤겔의 사관에 대하여 반대하여 다음과 같이 말하였다.

"그의 설에 의하면 이념만이 독립한 생명을 가지게 된다. 모든 인류는 이념의 환영에 불과하다. 이 환영이 이념에 의하여 운동하게 된다. 즉 그의 설에 의하면 세계정신이라는 것이 목적달성을 위하여 말하자면 기만의 수단을 써서 사물을 작성하고 또 인간의 감정을 이용하는 것으로서 근저에 있어서 신과 인류를 무시한 사상을 가지게 된다."

그는 사학자이었으므로 헤겔과 같이 사변적이 아니었다. 역사적 사실을 실재로 보고 그 실재가 시대적 조류 경향 속에서 어떻게 가치를 가지느냐 하는 것을 주의하여 관찰하였다. 그러므로 그에게는 갑(甲) 시대는 갑(甲) 시대로서 가치가 있는 것이었고 을(乙) 시대는 을(乙) 시대로서 가치가 있는 것이었다. 그가 말하는 '역사적 이념'이라는 것도 결국은 각 시대의 의미, 경향을 말함에 불과하였다. 그런데 그것이 그의 출생 교육 등의 영향 하에 종교적 형이상학적으로 윤색되었음에 지나지 않았는가 생각된다. 그러나 이 두 사람에 있어서 공통되는 것은─랑케의 이념설이나 헤겔의 역사철학이나 다 같이 역사 그것에 대하여 전적인 관심을 가지고 있었다는 것이다.

최후로 한마디 첨가하고자 하는 것은 전체로서의 랑케가 어떠한 사람이었느냐 하는 것이다. 사학사상 랑케 학파의 창조(創祖)로서 불멸의 공적이 칭도(稱道)되고 있는 그이지만 그의 역사관─문헌적 비판적 방법과 세계사적 파악이 어떠한 결과를 가져왔느냐 하는 것이다. 그것에 대한 비판은 여러 사람에 의하여 다르지만 어떤 사람은 이렇게 말한다. 즉 역사를 정치 외교 중심으로만 보았기 때문에 역사를 움직이는 근본적 현실적 인자를 망각하고 있다고. 가령 그의 역사는 상층부의 역사이지 서민의 역사는 아니며 정치가의 행동이 과대히 중시되어 있는 반면에 사회경제적인 매커니즘이 거의 고려되어 있지 않다고 한다. 궁정의 창을 통하여 본 공문서의 역사에 지나지 않는다고까지 혹평하는 사람도 있다고 한다. 그러나 비난하려면 누구에게나 얼마든지 결점을 집어 낼 수 있을 것이겠지만 독일사학사상에 있어서 뿐 아니라 세계의 사학 연구에 한 큰 방법적 공헌을 한 온후인자한 거벽(성격상으로나 학문상으로나)에게는 그러한 비난이 대체에 있어서 적중하면서도 또한 일방으로는 부당한 것이라고 말할 수 있다고 생각하는 바이다.

랑케는 1843년 그의 나이 48세 되던 해에 사료탐색을 위한 영국여행 때에 어떤 시골에서 비로소 결혼하였고 1865년 70세에 귀족의 열(列)에 서훈되었으며 1886년 5월 23일 91세의 고령으로 베를린에서 죽었다.


## 8. 주저해제

그의 주저 6종을 착수의 연대순으로 그 간단한 내용과 함께 적어보면 다음과 같다.

①『로마법왕 16, 7 세기에 있어서의 그 교회와 국가』(남구라파의 제후와 국민) 1834-1836, 3권

1828-31년간의 남방여행의 결과 랑케는 로마법왕이 16, 7세기에 있어서의 세계사에 속하는 일대 세력이라는 것을 확신하게 되어 그 지위와 권능을 세계사적 견지에서 연구해낸 것이 이 책이다. 랑케는 신교도이었으므로 이 책도 신교도적 입장에서 저술되었다. 그는 "신교도는 법왕 권력에 대하여 냉담할 수가 있으며 교회와 종법에 대하여 별로 동정심을 가지지 않았으나 신교도는 순수한 사학적 견지라는 장처를 가졌다."고 이 책의 서문에서 말하고 있다. 랑케는 법왕 세력을 한 개의 교회국가로서 고찰하였다. 그러나 이 교회국가라는 것도 세속적 제 국가와 같이 그 본질과 활동에 있어서 정치적 국가라고 하였다. 그런데 세속국가와 다른 점은 교도의 여론이 법왕에 집중되고 또 진정히 존경

하고 있다는 곳에 일대 강미(强味)가 있다고 하였다. 랑케는 이러한 견지에서 세계사를 구성할 보편적 대세력으로서의 법왕의 발전을 개관하였다.

② 『독일종교개혁시대사』 1839-47, 6권

본서는 종교개혁시대의 국민전체의 통일정신은 신교적 정신이며 로마에 대항하는 반항정신이었다고 하는 독일국민적 입장에서 서술된 것이다. 저자는 신교도이기 때문에 독일정신의 산물로서의 신교에 대하여 가장 동정적인 이해를 가지고 고찰하였다. 그러나 랑케사학의 결점이라고도 할 수 있는 사회경제사적 고찰이 불충분한 때문에 신사료의 발견에 의하여 수정되어야 할 점이 불소(不少)하다. 더욱 농민전쟁에 관한 것이 그러하다.

③ 『프로이센사 9편』 1847-1848

이 책에 있어서 저자는 프로이센국 건설자에 대한 현대적인 평가의 기초를 주었다. 그러나 랑케의 태도는 보수주의적이었고 또 왕권신수를 주장하는 것이었다. 9책으로 된 이 저서는 1874년에 12편으로 증보되었다. 그런데 랑케는 또 훨씬 뒤에 이르러 최초의 간행서의 제1편을 4편으로 증대시켜 『프로이센국가의 성립』이라고 하여 줄판하였다.

④ 『프랑스사 특히 16, 7세기에 있어서의』 1852-59, 5권.

이 책 제1권 서문에서 랑케는 "무릇 위대한 국민과 국가에는 두 개의 임무가 있다. 하나는 국민적인 것이고 다른 하나는 세계적인 것이다"라고 하였는데 그는 프랑스사를 그러한 두 가지 성격을 중심으로 하여 논술하였다. 그가 이탈리아 여행 중에 생각한 역사의 보편사적 파악이라는 방법을 실지로 적용한 것이었다. 이 프랑스사는 프랑소아 1세의 즉위로부터 1774년의 루이 15세의 만년까지를 포함하고 있으나 그 중심은 1562년의 프랑스 내란에서 1715년의 루이 14세의 만년까지를 포함하고 있다. 그는 이 책을 저작함에 당하여 프랑스의 사료는 물론 널리 제국의 사료를 탐구하여 비판 구사한 명저라고 한다.

⑤ 『영국사, 특히 16, 7세기에 있어서의』 1859-69. 6권.

이 책은 고대로부터 엘리자베트 여왕의 사(死)까지의 간단한 개관과 부록이 있으나 주로 17세기를 취급하고 있다. 이 책 역시 정치외교 이외의 항목에 대하여는 별로 보잘 것이 없이 등한시되어 있다. 즉 경제, 사회 기타의 것에 대하여는 별로 참고가 되지 않는다고는 하지만 그가 60 이상의 원숙한 시기의 작이고 또 외교관계의 역사적 파악에 있어서는 대단히 교묘 정확한 대저라고 한다.

⑥ 『세계사』 1881-88, 9권.

세계사가로서의 랑케가 필생의 대작으로 80세의 탄생일을 맞이하여 착수한 것이라고 한다. 제1권으로부터 제6권까지는 그가 인쇄된 것을 보았고 제7권은 그 원고가 거의 다 완성하려고 할때에 아깝게도 세상을 떠나고만, 말하자면 그에게는 가장 의의깊은 역작이다. 15세기까지의 중세후기를 포함하는 최후 2권은 그 문제(門弟)들에 의하여 20년 이전의 강의의 노트에서 복사 부가된 것이다. 80이 넘어 착수하여 가지고 91의 고령에 이르도록 꾸준히 구수(口授)하여 필사시킨 이 저작이 젊은 시대의 학문적 비판수준으로부터는 거리가 있었다 하더라도 인류의 정치적 발전의 넓은 전망과 반성을 주는 데에 있어서는 불멸의 작품이었다고 한다.

참고서목

1. 坂口昂 저 독일사학사

2. 鈴木成高 저 랑케와 세계사학

3. 에른스트 시몬 저 헤겔과 랑케(1928)

4. 오이겐 구글리아 저 레오폴드 랑케-그의 생애와 업적(1893)

5. 평범사판 세계사학대계 제25권 史籍해제

# 사색일기-형극(荊棘)의 관(冠)

## - 그날그날의 엑스타시스 -

『인문평론』, 1940. 10.


'우선 살자 그리고 난 뒤에 사상(思想)하자'
'진리는 이기라, 그리고 지구는 멸망하라'


이 두 가지 잠언은 무엇인지 모르게 나에게 한 큰 힘을 준다. 사람들
은 자기를 부정하고 세사를 타매(唾罵)하며 고독의 성 속에서 남몰래
무력(無力)의 환희를 느끼려고 한다. 그러나 무엇인지 모르게 '권력에의
의지' 같은 것이 나를 유혹한다. 굳세고 부질기고 우렁찬 것이 나를 뒤
따라 다닌다. 흘러넘치는 생명의 물. 그러나 물통 없이는 그 물을 길을
수가 없다. 그러면 그 물통은 무엇이냐. '산다'는 것이다! '산다'는 물통
없이 어찌 생명의 물을 길을 수 있으랴. '산다'는 것은 그냥 위(胃) 주머
니와 관능의 욕망만을 만족시키는 것이 아니다. 생명이란 물, 진리라는

물을 길어다가 자기도 값있게 살리고 보람있게 살게 하자면 무엇보다도 '산다'고 하는 이 신체적인 물통이 필요하다. '산다'는 것은 물을 길러 올리고 떠나르는 물통이다. 이 물통이 떠온 물을 마심으로써 우리의 현실적 영위는 출발한다. 이유와 증명이 필요하지 않다. '죽어서 사는 것'도 한 방식이겠으나 그러랴 하재도 우선 이 육체의 신체적인 삶[158] 이 필요하다. 아니 그것이 콘듸토·시네·콰논이다.

신체적인 삶 없이는 피안도 영생도 다 허위다. 영생은 신체적인 삶을 통하여 실현되는 세계다. 인간적인 창조 종교적인 변모를 사람들은 영생이라고 한다. 그러나 영생에는 종교적인 것만이 존재이유를 갖는다고 보아서는 망발이다. 불멸의 시 일편으로도 그는 영생일 수 있을 것이요 식물분포의 새 학설을 도출하는 이름없는 노방초(路傍草)의 발견으로도 영생은 마련될 것이다. 그러나 참말 영생은 그런 것들 보다도 허위의 옷을 입은 진리의 정체를 깝데기 벗기는 것이라야 가장 값이 있는 영생이다. 이 영생은 가장 풍요하고 유원(幽遠)한 사상의 옥야다. 이익을 위한 보조약으로서 진리가 우러러져서는 슬픈 일이다. 근대자 본인은 돈키호테만치도 진리를 체득하지 못했다.


'철학자는 많은 것을 요구하지 않는다'

플라톤이 이 말을 한 것과 내가 이 말을 되받아 하는 것과의 사이에는 일치되지 않는 차이가 있다. 그는 '별을 바라보는 사람'이었던 그의 철학적 조선(祖先)들을 영원과 불변을 변별하는 애지자라고 하여 애지자는 예지로써 국가를 통치하는 최고계급인 고로 겸양과 절제의 미덕

---

158) 물체-육체, 정신의 변증법적인 자기실현으로서의 신체적 활동이라는 것을 나는 이곳에서 길게 설명하지는 않겠다.

을 가져야 한다는 것을 주장하는 것이었지만 나는 겸양과 절제를 억지로 미덕이라고 내세우는 것이 못마땅한 것이다. 애당초에 철학 같은 것에 일생을 바친다면 겸양과 절제를 생각할 여가와 여유가 없는 이 세상에서 어느 원가(爰暇)에 요구하지 않으니 무에니 하는 사치스러운 오만을 부릴 수가 있느냐 말이다. 단지 나의 사상의 화원에 무시로 틈입하여 꺾고 따고 하며 짓밟는 가지가지의 간섭과 비방에 대하여 소극적으로 저항하기 위하여 그의 말을 되받아 옮길 따름이다.

그저 나의 고요한 시간을 영원한 정 그대로, 태고적(寂) 그대로 향학하게 하여 달라는 말이다. 그 태고적 속에서 '그날의 엑스타시스'를 즐기는 차이트라움(시간틈)을 달라 말할 뿐이다. 사람들이 하도 '…싶어'(Um-wollen)하는 것이 많으므로 나는 도리어 반발적으로 '철학자는 많은 것을 요구하지 않는다'고 할 뿐이다. 너무 많은 것이 필요하므로 나는 모든 것을 포기하련다.

사람인 이상 어째 '…싶은' 것이 없으랴. 더욱이 말할 수 없는—이름지을 수 없는 열구(熱求)(그러나 어찌 이름지을 수 없으랴!)가 절단된 동맥과 같이 용출함을 느낀다. 더구나 그런 것은 다 죽여라. 전원이 장무(將蕪)하니 내 화원에 돌아가리라. 중초지무예(衆草之蕪穢)가 눈꼴사납고나. 영생을 찾다가 설사 그것을 찾아내지 못하더라도 뉘우치고 한스러움이 없이 대대로의 이 '레벤스 라이세'를 걸어갈 것이다. 그 속에서 영생은 찾아지리라. 영생을 찾는 성스러운 창조가 비록 어떠한 문화적인 수단을 빌든지 간에 누구에게나 있다고 하면 그는 재발견된 자신을 예배할 것이다. 누구나 자기의 장기에 따라 영생을 위한 희생이 된다면 이 세상이 얼마나 살기 좋은 것이 될 지 알 수 없을 것이다. 종교적 영생이든지 학문적 예술적 과학적 또는 사회선구적인 영생이든지 이 세상에 태어났던 보람있는 자취를 남기라 할진댄 자기의 타고난 그릇을 잘 닦어 가지고 만든 창조(께쇠프레스)가 있어야 한다.

　나의 이 일기가 어떤 사람에게는 요설로밖에는 아니 들릴 것이고 또 어떤 사람에게는 오만이라고까지 생각될는지도 모른다. 그러나 나는 그렇다고 움츠리지 않을 것이다. 아니 도리어 한 어린 반디불이 되어지이라고 바란다. 그 반디불이 적은 광명일망정 그 언저리를 비치자면 암야(闇夜)가 필요하다. 이 세상은 어떤 의미에서는 자기성찰의 암야이다. 이 암야가 나 같은 적은 반디불에 의하여 가시덤불이 밝혀질지 어떨지는 내 본디 물을 바 아니다. 누구나 자신을 적은 반디불이라고 생각하고 한발자욱 물러가서 두걸음 내디딜 것을 생각한다면 얼마나 좋을 것인가.

　영생을 바라는 마음은 반디불과 같은 것이다. 그것이 빛을 내자면 암야가 필요하다. 그런데 지금 정히 자기성찰의 암야다. 모든 것이 암야다!
　"아무도 새 것을 이야기하여 주지 않으므로 나는 내 자신을 이야기하련다"(니체)

5월 ××일
　새벽기차로 청량리역을 떠나 양평역이 도착하였다. 읍에 나와 장사를 하는 C군, 일부러 용문에서 차를 타고 나와서까지 맞아주는 R군 또는 근자에 알게 된 K씨 등이 마중나와 주었다. C군과 R군은 죽마의 벗이다. 작년 늦은 여름 산소에 다니러 가는 길에 총총이 다녀온 읍에서 오늘은 이 수삼의 벗과 같이 저물어 가는 봄의 하루를 즐기려고 B군과 같이 간 것이다.

아침을 먹고 거리에 나온 즉 비로소 햇쌀이 완전히 퍼져서 제법 열기를 품은 오월 그믐께의 포근포근한 감촉이 살 속으로 스며든다. 일요일이라 늦잠도 좀 자는 것인지 별로 바쁘게 닫는 사람도 없이 조용하다. 뭉게뭉게 피어오르는 백운을 안은 종노(鍾樓)가 청천을 배경삼아 높은 먼발치로 우뚝 솟아보이고 언저리는 사막같이 고요하다.

문득 머리를 스치고 가는 것은 '경세의 종'이라는 어구였다. 무언지 모르게 엄숙한 기분에 사로잡히고 말았다. B군은 기차개통된 뒤로 벼르고 별러 나선 이번 길인지라 좋기도 한 것이겠지—R군과 무어라고 이야기하며 발을 옮기는 것이었으나 나는 멍하니 그 종을 바라보며 걸어갔다.

인간이 만들어낸 물건 가운데서 종같이 사람의 마음을 긴장하게 하는 것은 없다. 인간은 도구를 만들어서 생활의 생산수단을 체계화하였다. 도구의 제작이 비로소 인간을 사회화시켰다. 종은 인간의 물질적인 제작품이라는 점에서 도구와 다를바 없으나 아무리 생각해도 도구는 아니다. 도구 이상의 깊은 것을 가지고 있는 것 같다. 도구는 개인적 용도에 충당되나 종은 눈에 보이지 않는 다중과 영혼을 □□로 하는 의미적 유용자다. 더욱 그것이 절에서 울렸을 제 또는 성당에서 울려올 제 그냥 일종의 신호에 불과하는 금속의 음향이라고만 듣는다면 더불어 말할 나위도 없다. 반드시 종교적 의식과 관련시켜서만이 아니라 그런 것을 떼버리고라도 어떠한 새로운 의미를 사람이 마음 속에 불러일으키는 힘을 가진 위대한 창조물이 아닐까. 깨우치지 못하고 그냥 멍하니 잠자고 있는 마음의 □□를 뒤흔들어 헤쳐 열어놓는 마력을 가진 종. "경세의 종이 난타되도다. 깊이 잠든 사람들아 어서 일어 나오라"하고 깃발을 들은 □□를 눈감고 생각해보면 무언지 모르게 흥분된다. 오늘 이곳에서 본 종이 늘 보고 듣는 종에 지나지 않지만 웬일인지 내마음을 쥐어뜯는 것 같았다. 너무도 조용한 시골의 경물이 괜히 내 마음을 예민케 하였는지도 모른다.


오월 ××일

진보와 보수. 늘 다니는 길이지만 오늘은 원남동 전차길을 횡단하면서 문득 이것을 생각하게 되었으니 별일이다. 사람은 나이를 먹을수록 생각이 완고해 가는 것 같다. 어렸을 적에 어떤 선생이 "흘러내림이 없는 웅뎅이 물은 썩은 물이다"하고 한 말이 떠올랐다. 나이를 먹으면 사람의 의식과 판단은 완고해 간다고 하였다. 썩은 물이 된다는 말이다. 이 어찌 무서운 일이 아니랴! 그러나 그 자신은 자기의 생명의 물이 썩은 물이라는 것을 의식하지 못하고 옳고 바르고 깨끗하다고 주장한다. 묵수, 반동, 고집 등이 모두 썩은 물속에서 발효한다. 그 결과가 어떻게 될 것이라는 것을 조금도 괘념하지 않는다.

우리는 썩은 물은 퍼내버려야 한다. 새로운 물을 웅뎅이에다가 인입하고 말끔이 청소하여야 겠다. 늘 새롭자. 그러나 자꾸 흐르기만 하면 썩지는 않을지 모르나 완성은 바랄 수가 없다. 진보와 보수가 완전히 통일되어야겠다. 진보적이면서도 전통을 물리치지 않는 시인적(是認的) 태도가 필요할지도 모른다. 그러므로 나는 늘 동무를 만나면 이야기하는 것이니 '딛고 넘어가자'는 것이 입버릇이 되다시피 하였다. 딛고만 있으면 보수적이 아닐 수가 없고 넘을려면 거점이 없어서는 아니된다. 단순한 중용도 아니고 흔히 말하는 초월도 아니다. 중용은 구안(苟安)의 길이고 초월은 허전하고 막막한 '세계'에로 자각하는 일이다. 심판을 결단하고 전통적 속에 묻혀버리는 일은 좀처럼 쉽게 되는 것이 아니다. 흐뭇하게 그 속에 제사음식을 배불리 먹어보자.

보수를 극복하는 길은 이 길 뿐이다. 가장 미워하는 까닭으로 가장 그것을 사랑하는 것이다. 가장 사랑하였기 때문에 도리어 그것을 용감히 이연(離緣)하여 버리는 것이다.

'딛고 넘어가자!'

영원한 진보이다.[159] 완성을 약속하는 건설을 군데군데 남겨놓으면서 가는 필마에 채찍질하는 날쌘 기수다.


유월 ××일

철학자는 철학의 임무와 사명을 여러 가지로 정의한다. 실로 백화난만하게 여러 가지의 학설이 경연하고 있다. 그러나 무에니 무에니 하여도 결국은 철학이 인생문제 인간문제의 해결과 그 정위를 목적하는 것이라는 것에는 조금도 의심이 없다.

사람들은 흔히 말한다. 즉 철학을 연구하면 결국 죽는 것이 아니냐고ㅡ. 이것은 아주 평범한 무식에 지나지 않으나 그 평범한 일상적 담화 속에는 엄숙한 진실이 포함되어 있다는 것을 무시할 수가 없다. 사람들은 가끔 자기권한 외의 사물에 대하여 진실을 말하는 수가 많다. 전문가는 이것을 잘들어 두어야 한다. 더욱이 가치과학이니 인문과학이니 하는 부문을 담당한 전문가는 그들이 말하는 효용론과 임무론에 대하여 참답게 귀를 기울여 감사하여야 할 때가 많음을 깨달아야 한다.


오실(吳室)이 죽었다. 가엾고 불쌍하게도 어린 것 삼남매를 두고 죽어갔다. 죽는 사람이야 무가내하라 하겠지만 그 어린 것들이 장차 어찌 고생을 할고! 어머니의 은총의 이슬은 하루밤 사이에 세 번씩 내린다

---

159)　진보라는 것을 진화, 발전 등의 일련의 개념과 결연하여 생각하는 독자가 있을 줄 아나 나는 그런 것을 도외시하고 사용하였다. 상식적으로 사용하였다.

고 한다. 철모르는 것들이니 마당에서 놀고 있는 것이 더 애를 끊는 것 같았다. 얼마동안 저의 외가에서 지내겠지.


유월 ××일

C군이 내방. 같이 청량리로 나갔다. 모처럼 찾아온 벗이니 가장 뜻있는 대접을 하려고 생각한 것이다. 우리같은 고담(個淡)한 도시의 생활자에게 이레만에 맞는 일요는 참으로 고마운 것이다. 이러한 날이 규칙적으로 돌아오는 것은 우리의 생활을 윤택하게 하는 유일의 것이다. 한가(스콜라)의 총명한 이용이야말로 문화를 진보향상시키는 것이다. 그러기에 나는 늘 아카데믹 레저라는 것을 귀하게 여긴다. 너무 한가하여 손에 잡히는 것이 없다는 것은 죄악을 짓는 것이나 다름이 없다. 한가를 향락하며 벗과 이야기하는 것, 산보하는 것, 또 낮잠자는 것까지도 성(聖)된 가치생산의 한 밑받이가 되는 것이다. 시간이 없어 애쓰는 창작가, 한가를 구하여도 얻지 못하는 우수한 학자는 강제적으로 감옥에 집어넣어도 좋다고 누군가가 비유적으로 말하였다. 사실 동서양의 수많은 작품과 저술이 옥중에서 저작되었다는 것을 생각하면 그럴법한 말이다.

이 C군하고는 파들어가는 전문적인 토론은 하지 못하는 것이었으나 그래도 녹음 우거진 언덕길을 걸으며 주고 받고 한 한담은 다시없이 유쾌한 것이었다.


팔월 ××일

전보까지 치며 오라는 청당(靑堂)을 만나러 '대륙'160)으로 출발. 대전까지는 서서 갔다. 연선일대의 도작(稻作)이 말이 아닌 것이 퍽 우울하였다. 그러나 서남선으로 접어들자 경개는 판이! 강경, 논산의 그 넓고 넓은 들 김제, 만경의 끝없는 옥야―저절로 외쳐지는 풍년송. 절절 흘러내리는 봇도랑가에서는 풀뜯는 소 등이 사양에 빛난다. 멀리 보이는 포실한 마을에서는 저녁 연기가 회오리쳐 오른다. 축복된 오늘 하루! 차내도 덩글하니 시원도 하였다.

차중에서 공부를 해볼까 하고 제목부터 무거운 책을 두어권 넣어 가지고 떠난지라 이렇게 시원하고 편안한 때에 읽어보자고 꺼냈다. 그러나 웬걸 나는 결국 나를 속이고 말았다. 도리어 이러한 때일수록 실컷 마음을 휴양시키는 것이 몇백배 유익하다고 느꼈다. 순시일망정 '방랑'의 기쁨을 맛보자고 하였다. 그러는 동안에 어느덧 잠이 들었다. 수많은 산모퉁이, 시커먼 숲, 멀고 가까운 마을과 마을―귀로에 자적하는 지게진 농부들, 금방 쫓아내려가 한모금 떠먹고 싶은 철교 밑의 그 맑은 개울물, 완연우곡(蜿蜒迂曲)의 끝없는 산길. 이 모든 것을 잠속에서 보냈다. 어느덧 잠을 깼을 때는 벌써 이리(裡里)를 지났었으나 모처럼 반기는 아름다운 풍물―비록 잠은 들었을 망정 나의 심안은 역력히 그것을 사진박아 놓았었다. 팔황구주(八荒九州)를 이 심경으로 뒤돌아 보았으면. 홍하녹수(紅霞綠水)의 이향(異鄕)을 만취점두(滿醉點頭)하며 단장집고 우뚝 바라보는 내 자신의 모양이 더덜덜거리며 굴러닫는 야행차의 차창에 환멸(幻滅)하였다.

여행은 즐거운 것이다. 그러나 그것은 정신적으로 쾌높은 수련을 겪은 뒤에라야 제호경(醍醐境)에 오입할 수 있는 것이라 생각한다.


팔월 ××일

청당은 자기의 주지(住址)를 '야청거(也青居)'라고 명명하여 그 표찰

---

160)　편자주 : 1939년에 도입된 기차 '대륙호'를 가리킨다.

을 싸리 문이 아닌 철조망으로 드문드문 얽은 커다란 쌍사립작 문 기둥에다 달아놓았다. 주택의 문이 아니라 무슨 농원의 명색만의 문 같았다. 철조망으로 얽었다고 무슨 도적을 막자는 것도 아니요 택지가 넓다는 것을 과시하자는 것도 아니다. 집안에 굴러다니던 것을 아쉬운 대로 이용한 것에 불과하겠지. 사실 그에게는 십자가상과 돌없는 바둑판과 나날이 줄고 다달이 줄어가는(늘어가는 것이 아니다) 서책과 또 무던하고 인자하신 어머님을 효양하기에 필요한 제조건이 구비되어 있음에 불과하고. 청담검박(淸淡儉朴)의 생활이었다.

삼문(三問)의 시조에서 연유하는 '야청거(也靑居)'. 봉래산제일봉에 낙락장송되었다가 백설이 만건곤할제 독야청청하리라는 야청거의 주인공인 청당은 그의 풍부한 경험과 지식과 경구로써 자주 나의 말문을 막히게 하였다. 저녁을 먹고나서 하기 시작한 이야기가 밤이 늦어도 그칠 줄을 몰랐다. 언제나 그와의 이야기는 세간속사가 아니라 토론이며 대질이며 주장이며 또 체험에서 우러나오는 지혜의 해학이었다.

자연적인 질서와 초자연적인 질서와의 모순. 그러나 그것은 결국은 일치한다. 초자연적인 은총은 자연을 파괴하지 않고 도리어 그것을 완성한다. 자연은 자연으로서 독립자존하면서도 신의 자유로운 '애(愛)'에 의하여 자연을 초자연에 관계시킨다. 자연적인 질서의 무시가 아니라 그것을 고차의 초자연의 세계로 아우프헤벤한다. …

그의 긴 설명을 요약하면 대개 이러한 것이었다. 그의 낭랑한 어음(語音)은 그칠 줄 모르고 카톨릭 전반의 가장 원리적인 대목을 설명하는 것이었고 중간중간에 프로테스탄트의 신앙과 그 현세적 생활태도를 매도하는 조소를 삽입하였다. '예배당 친구'라는 그의 표현은 심각한 야유를 포함한 것이었다.

조선에 제일 먼저 들어온 것이 서학-천주교이었던 것, 더욱 그것이 신부의 파견에 의하여 선포된 것이 아니라 조선인 자체의 주동적인 흠구(欽求)에 의하여 추후로 신부가 파송되었다는 점이 세계기독교 선교사상에 있어서 유일한 모범이라는 것 등으로 보아 우리에게 무언지 모르게 친근함을 느끼게 하고 또 연구해야 할 것이라고 생각하였다.

팔월 ××일

오늘은 오전 중으로 볼일을 마치고 청당과 같이 야청거(也靑居)에서 한 이십리 되는 용강(龍岡)으로 왔다. 이곳은 그의 선장(先丈)이 많은 포부와 경륜으로 호남(湖南)의 자질(子姪)을 교육시키는 유서있는 땅이라 하며 또 까닭 있어 오래 동안 칩거하셨다는 초심정(草心亭)이 있는 곳이다. 드물게 보는 경승지로서 일석일목(一石一木)이 하나도 나그네의 발을 멈추게 하지 않는 것이 없다. 더욱 초심정의 기관(奇觀)과 오묘(奧妙)는 하루의 청유(淸遊)로는 부족하였다. 갓 잡아온 부어회(鮒魚膾)에 마신 탁주맛도 별미였거니와 둘이서 담론 풍발(風發)하여 주고받은 이야기는 넉넉히 일권의 책이 되리라. 그와의 이야기는 그냥 한담이 아니었다. 우리 둘의 문제이면서도 누구의 문제이기도 한 것을 엄숙한 기분으로 주고 받았다. 심지어 한 개의 술어를 가지고도 길게 이야기하였다. 그의 설명은 두서정연한 것이었다. 그와의 토론은 언제나 종교적인 문제를 중심으로 하여 전개되는 것이었으나 오늘은 시와 동양적인 것까지도 튀어나왔다. 밤에는 척기재(陟杞齋)에서 잤다.

팔월 ××일

우중에 자동차를 몰아 백양사로 갔다. 나의 길은 바빴으나 이곳까지 와서 호남대찰을 찾지 않고 가서는 퍽 섭섭한 일이었으므로 청당의 호의를 고맙게 받았다. 연도풍광(沿道風光)에 별것이 있으랴만은 무엔지 모르게 나의 마음은 푹 가라앉아갔다. 비를 피하여 얕디얕은 오막사리 봉당에 웃통을 벗고 두 다리를 쭉뻗고 앉아서 멍하니 우리가 탄 자동차를 바라보는 헐벗은 농부들! 길가에 버려논 장독대와 오줌구융, 그것들이 왜 그렇게도 내 마음을 설레게 하는고! 죽죽 내리는 비 속에서 뭉게뭉게 안개는 산마루턱이로 변화해 올라가고 길가로 바싹 빽빽하게 욱어 들어선 대밭다리에 축져친 호박넝쿨이 빗망울에 흐느낀다. 차 중에는 별로 승객도 없었지만 왜 그런지 무거운 침묵이 그득하였다. 이따금 쉬이는 정거장에서도 이렇다 할 승강객도 없고 오직 도롱이 입고 돌아가는 일꾼에게 울리는 경적만이 이 고요한 산협을 어질트릴 뿐이다. 마음이 몹시도 무거웠다.

비를 맞으며 한참 걸어 들어가니 쌍계루(雙溪樓)가 학봉(鶴峰)을 배경하여 안존한 자태를 나타냈다. 누상에 오르니 먼저 눈에 띄이는 것은 포은(圃隱) 雙溪樓題詠이었다.

圃隱先生雙溪樓題詠

求詩今見白巖僧
把筆沈咏愧不能
淸叟起樓名始重
牧翁作記價還增
煙光縹緲暮山紫
月影徘徊秋水澄
久向人間憂熱惱
拂衣何日共君登

이 시의 중심은 최후절에 있다. 님 향한 일편단심이 왕조가 개체(改替)하려는 전환기의 회중(洄中)에서 근심에 싸여 몹시 애를 쓰고 괴로워하던 정경이 역력하지 않은가. 오래 동안 인간 세상의 근심걱정만 겪고 있으니 이 더러운 옷을 벗어버리고 언제 자네와 같이 한 번 올라볼까 하는 그 심회(心懷). 눈물겹다는 것보다 오히려 비장하기도 하다.

일찍이 안면이 있는 송화상(宋和尙)을 찾아 인사를 드리고 사내(寺內)를 대강 구경하고 다시 야청거(也靑居)로 돌아와 밤차로 귀경하였다.

팔월 ××일

불과 사, 오일만에 집에 돌아오니 어린 것들이 반기어 주는 것이 기뻤으나 내놓는 수통의 편지 속에 생각지 않은 부고가 들어 있는 것이 놀라웠다. Y군이 기어코 가고 말았다는 것이다. 그 호쾌한 사나이! 쪼들릴대로 쪼들리다가 이내 가고 말았는가! "금일은 네 차례요 명일은 내 차례라"고. Memento mori!(죽엄을 믿지 마라) 금이(今爾)·명아(明我)! 누구나 한번 당할 일이지만 죽는다는 것은 슬픈 일이다. 언제 죽든지 한 될 것 없고 또 후회될 것 없지만 그냥 덧없이 죽어버린다는 것은 아무래도 한스러운 일. 그러기에 사람들은 영생을 바라는 것이겠다. 그것이 단순한 피안을 상정한 안심입명이 되어서는 아니 된다. 죽어서 사는 새 창조로서 알토라진 무슨 영원한 것을 인류에게 끼치고 가자는 새 경지의 개척을 나는 영생이라고 보고 싶다.

이 사회적 정신적 전환의 세계에서 그러한 결단과 각오 없이도 살 맛이 있을까. 그 각오와 결단이 있을진대 신에게 전아(全我)를 의탁하여 종교적 영생까지 누리는 것도 무방하다. 보다 깊은 체험은 인생의 내용을 풍부하게 한다. 그러한 한에 있어서 나는 종교적 체험의 의의를 인정한다. 이것은 혹은 '신(神)과 지성'의 문제에서 좌초한 이론이라고 할지 모른다. 그러나 나는 아직 이 생각에서 벗어날 수가 없다. 니체는 신에 반역함으로써 영생을 꾀하였고 키에르케고르는 무력한 지성에서 물러나와 신에 안김으로써 영생을 꾀하였다. 양자가 다 같이 다른 방법과 체험으로써 영생을 즐겼고 객관적으로 인류 속에 살고 있다. 고통의 심연에서 살아나오는 길이 종교 뿐이라는 것을 나는 아직 막 잘라 말할 용기가 전연 없다. 종교 뿐일 사람도 있고 그렇지 않은 사람도 있다고 생각한다. 망령(亡靈)을 위하여 비는 마음이 벌써 종교라면 나는 벌써 오래 전에 종교에의 귀의자이다.

나는 오늘도 Y군의 망령을 위하여 빌었다. 나는 그의 적기는 하였으나 충실하였던 생전의 사적을 회상하고 망령을 위하여 빌었다. 영원히 편안히 명(冥)하라고 빌었다.

종교는 인간사회의 너무도 위대한 암초(岩礁)다. 심연이다. 또 넘어서지 않으면 안 될 준령(峻嶺)이다. 처음부터 그 암초와 준령을 무시하고 살아간다면 행복하다. 그러나 인생은 언젠가 한 번은 그것에 직면하고 마는 것이 아닐까. 번민한 개종(改宗)과 배교(背敎)도 다 인생을 참답게 살아보자고 하여 스스로 마련한 고민의―너무도 심각한 고민의 소신이다.


팔월 ××일

인간의 선(善)이 문제될 때 피안적(彼岸的) 존재를 목표하는 선이냐 차안적(此岸的) 존재로서의 인간행위의 가치를 실천하는 선이냐가 늘 문제되어 왔다. 전자는 인간의 의문성에서 오는 윤리이고 후자는 '나는 인간이다'하는 신념과 주체감에서 오는 윤리다. 전자는 es sei(가정적 원망)이고 후자는 es ist(확정적 단언)이다. 어느 쪽에 가담하는 사람이 더 많을까 하는 것은 본디 내 문제삼을 바 아니다.

일체의 시간적인 인간적 존재 가운데에는 '내 무엇을 할까?', 또는 '내 무엇이 될까?' 하는 것이 가수(假睡)하고 있다. 그런데 종교는 그 '무엇'을 시간 안에서 찾는 것이 아니라 초자연적인 질서 속에서 찾으려고 한다. 시간은 역사적 사회적인 주체적 단언의 기반이나 초자연적인 세계는 es sei라고 하는 애달픈—그러나 법열을 원망하는 규호(叫號)의 세계이다.

오늘은 늦도록 잠 못 이루는 무더운 밤이었다. 오라비가 여행하고 돌아왔다고 보러 왔다 돌아가는 두 누이의 뒷모양이 뇌리에 굳게 박혀 사라지지 않았다. 어머니가 계셨더면 얼마나 집안이 더 즐거웠을까! 나는 유실(兪室)이 어린 것을 데리고 오지 않은 것을 꾸짖었다. (소화 15년 夏)

# 문학의 영역

— 신체제–문학자의 해석은 이렇다 —

『매일신보』, 1940.11.27~29.(총3회)

(상)

눈앞에 전개하는 가지가지의 사태를 옳고 바르게 보고 그것에 대한 처리와 장래에 대한 구체적인 방책을 세우자면 아마 대개 다음과 같은 세 가지 계단이 필요하지 않을까 한다. 즉 첫째로 우리의 앞에 전개되는 사태의 역사적인 현재가 그 말미암아 온 바가 어떠하냐하는 것이다. 그 현재의 연원과 되어 있는 모양이 어떠하며 그 속에 묻혀서 그것과 한 가지로 움직이고 뛰지도 못하게 붙들려 있는 우리의 '역사적 신체'의 지위가 어떠하냐 하는 것에 대한 속임없는 통찰과 분석이 필요할 것이다. 이것이 없이는 아무러한 결정적인 태도도 표명할 수 없을 것이오 또 그 결정적인 태도—결의에서 오는 아무러한 행위도 마련될 수 없을 것이다. 그러므로 이 '역사적인 현재'에 대한 객관적인 본질 통찰과 그 전이 과정의 분석에서 꼼짝할 수 없는 일련의 법칙을 발견함이 없이 아무 정견도 없는 행위는 자기 자신을 그르칠 것은 두 말할 것 없고 나아가서는 국가사회의 적으나 크나 간의 해독을 끼치지는 않는다 하더라도 적어도 귀찮은 부담(負擔)이 될 것만은 더 군말을 하지 않아도 다 알 일이라 할 것이다.

이에 둘째로 역사적인 현재와 그 속에 묻혀서 그것과 더불어 얽히어 있는 자기의 '역사적인 신체'의 방위를 자각하여 할 바 일을 결정하는 이른바 '역사적 인식'이라는 것이 불가피적으로 따르지 않으면 아니 되게 될 것이다. 그러므로 이 역사적 인식이라는 것은 어디까지나 객관적인 동시에 자기의 전 생명을 걸은 주체적인 인식이라야만 되고 또 그러해야만 그 인식이 열매를 맺도록 다부진 것이 될 것이다. 이 점에 있어서 역사적 인식은 어디까지나 합리적인 것이어야 하며 따라서 생명의 근원과 맞부닥뜨리는 결단으로서 끝으로 '역사적 실천'—창조에로 발전하여 어떠한 문제를 해결하게 되는 것이라고 생각한다. 이 세 가지 계단을 통하여 사람의 신념 있는 행위는 우선 완결한다고 보겠다.

그런데 한 개의 행위가 이러한 세 개의 계단과 과정을 밟아가며 아쉬운대로 어떠한 창조적 실천에로 발전 분화하여 한 개의 문제를 해결하는 데에는 시간적 장단의 조만(早晩)과 결단의 정도와 범위가 스스로 다를 것이며 또 그 해결된 문제가 가져오는 새 결과의 종류, 성질과 효용이 또한 다를 것은 두 말할 것 없을 것이다. 각자가 자기의 천품과 역량과 지향에 따라 하고 싶은 일을 힘껏 해야 흐뭇하게 그 결실을 전체 사회에 바치는 곳에 그 의의가 있고 자기도 그것을 즐기는 것일 것이다. 이것이 최근에 많이 쓰는 직역봉공(職域奉公)의 의미일 것이다.

(중)

　어떻든 인간이라는 것은 주어진 가지가지의 문제의 해결을 위하여 사는 것이라고 하겠다. 우리의 주위에는 이루 말할 수 없이 많은 문제가 산악같이 중첩하여 있다. 그렇게 많은 문제를 해결하는 가장 바른 길은 위에서 말한 세 가지 방법적 과정을 통하여서만 가능할 것이라는 것에는 조금도 의심할 여지가 없다고 생각한다.

　그런데 역사적인 현재와 그 인식에 있어서는 상당히 타당한 서술을 하며 또 제법 굳은 결의를 가지면서도 그 주체적인 실천에 들어가서 취해야 할 방법과 역량을 집중해야할 문제 해결의 구체적인 과녁에 대하여는 어림없는 오해와 오류를 하는 수가 많다. 가령 문학적인 창조와 그 새로운 성과의 획득에 대한 노력이 그러하다 할 것이다.

　도대체 문학이라고 하는 것 같이 그 개념이 막연한 것은 없을 상 싶다. 문학도 예술의 한 부분이라고 하면서도 예술보다도 더 그 관여하는 범위가 넓고 또 독자적이기 때문에 예술의 한 부분이면서도 그것과는 구별되는 문학의 범주가 따로 확립이 되는 것이라 하겠다. 시정에 굴러다니는 수십 책의 문학개론서로는 그 정체를 포착하기가 극난(極難)하다고까지 할 수 있을 만큼 막연하다. 사람들은 흔히 철학을 가지고 막연하니 어쩌니 하지만 실상인즉 문학도 그보다 못하지 않게 막연하다. 그러나 그 막연하다고 하는 말은 결코 그것이 막연하니까 하잘 것 없고 보잘 것 없는 정체 모를 괴물이라는 것이 아니다. 도리어 그 '막연'하다는 것은 문학의 곤란과 우월을 의미하는 것인 동시에 좀처럼의 노력과 건공 중에 달 뜬 흉내로는 도저히 문학이라는 전당(殿堂)의 대문간 근처에나마도 가까이 가지 못한다는 것을 말하는 것이라 하겠다. 문학이 막연하다 하는 것도 도리어 문학의 영예라고까지 할 수 있는 것이다.

　문학적 창조의 곤란은 문학의 개념이 막연하다는 것을 아는 사람이면 누구나 다 아는 일이다. 한 개의 걸작이 나타난다는 것은 그렇게 용이한 것이 아니다. 개인적으로 또는 역사적 사회적으로 다수의 희생과 맞바꾸어서 걸작이라는 문학다운 문학이 생탄 되는 것이다. 누구나 쓴다고 다 문학적 작품이 되는 것이 아니요. 쓰는 족족 번번이 걸작이 된다고 하면 다 나도 나도 하고 문학을 하겠다고 할 것이다. 그러면 도대체 문학이란 무엇이냐 하고 새삼스럽게 반문할 사람이 있을 것이니 거북한 일이다. 철학이 무엇이냐고 대드는 용자(勇者)와 한 가지로 문학이 무어냐고 하는 사람에게도 얼른 알아듣게 이야기하기가 좀 어렵다. 별별 정의와 규정이 다 있겠지만 그저 손쉽게 말하자면 문학이란 어떤 우수한 천품에 의하여 창작된 사회, 역사의 구체적 영위를 유형적으로 심각하게 묘사하여 감동을 주는 무엇으로써 작자의 감수력과 정의감과 선구성이 독자의 맥박 속에 자연스럽게 침투하게 되는 '문(文)'의 술(術)이라고 하여도 큰 망발은 아닐까 한다. 이러한 '문'의 술(術)이 한 개의 작품을 창조했다 할 때에도 위에서 말한 세 개의 과정이 내재적으로 또는 근원적으로 경과되지 않아서는 아니 된다는 것은 그냥 지나는 말로 말하여 둔다. 문학이 문학답게 작품으로 나타난다는 것은 독자가 요구한다든가 또는 정책이 요구한다고 곧 되는 것이 아니고 그것은 어디까지나 독자의 영역과 기술을 확보 발견하면서 역사, 사회와 긴밀한 관계를 가지고 있는 것이다.

　문학이 이 같이 역사, 사회와 긴밀한 관계를 가지고 있다는 점을 흔히 사람들은 사회의 반영이니 투사니 또는 축도(縮圖)니 하는 것이겠다. 제아무리 거룩한 재주와 역량을 가졌다 하더라도 이 사회적, 역사적 규정으로부터 벗어날 수가 없다는 것은 상식이라고 할 수 있는 것이니 그러한 피규정성 밑에 있으면서도 다른 한편으로는 좌고우면(左顧右眄)함이 없이 문학의 독자의 영역과 본질을 확보할 수 있도록 노력하는 것이 창작가의 임무일까 한다. 문학도 다른 모든 고등의 정신생활의 문화적 현현(顯現)과 마찬가지로 한 시대 사회의 형상, 사유의 규정과 정치적 영향으로부터 벗어날 수가 없기는 하지만 그렇다고 덮어놓고 기계적인 문학을 쓰는 것도 문제다. 메이지시대의 문학은 결코 그 시대의 성장 발전하는 국력에 발맞추어 어떠한 정치적 의도와 비판과 희망을 담은 정치소설에 의하여 대표되는 것이 아니다. 도리어 그 시대의 한 적은 모퉁이를 차지함에 불과한 것을 보더라도 알 것이다. '한스 카로사Hans Carossa(1878-1956)사'나 히노 아시헤이火野葦平(1907-1960)의 진중작(陣中作)임에도 불구하고 정치적이라기보다 도리어 보다 더 문학적인 것은 문학이 정치소설이나 정치시라야만 된다는 것이 아니라는 한 반론도 될 것이라고 생각한다. 문학적 고전이라는 것은 무엇이냐 하는 것을 생각하여 보아도 알 일이고 또 그러한 고전일수록 가장 풍부하게 정치성을 가지고 있으면서도 보다 더 문학적이라고 할 수 있다고 하는 것은 다 이러한 것을 증거하는 것이라고 할 것이다.

그러면 정치성이라는 것은 무엇이냐. 얼른 손쉽게 말하면 그것은 사회의 축도니 반영이니 또는 투사니 하는 말이 보이는 것과 같이 사회적 피규정성(被規定性)이라고 해도 좋을 것이다. 그 역사적인 사회의 생활자로서의 창작가가 그것을 도외시한다는 것은 불가능한 일이다. 이러한 점에서 우리 모든 작품은 많든 적든 다 불가피적(不可避的)으로 정치성을 가지고 있다고 할 수 있다.

(하)

　그러나 이곳에 주의해야 할 것은 이 정치성을 정치운동과 혼동하여
문학적 작품은 정치성을 가진 것이라고 하여 작가는 반드시 정치운동
으로까지 나서지 않으면 아니 된다는 것은 결코 전부의 진리는 아니라
할 밖에 없다.

　이것은 직역봉공(職域奉公)의 주지에도 배치되는 것이 아닌가 한다.
작가적 창작에 충실해야 역사적 현재 속에 있는 역사적 자체의 명민한
인식으로부터 창조적 실천으로 나아가는 것에 의하여 그 역사적 시대
의 정치의 조언자가 되며 또 협력자가 되어야 할 것임은 물론, 필요한
때에는 전체 사회에 대한 봉공의 적성(赤誠)에서 되어야 하는 것이 문
학이라는 것의 본질상 부득이한 일임은 더 말할 것이 없을 것이다. 그
러나 이런 것은 언제나 직접적인 것이 아니라 간접적인 것이다. 정치성
과 정치운동과는 그 간(間)에 거리를 두지 않으면 아니될 것이다.

　이 점이 문학적 작품으로 하여금 정치성을 띠게 한다는 것의 의미인
것이다.

　문학을 운위하는 이상 작품이 문제의 초점이요 그 작가의 위인(爲人)
은 제이의적(第二儀的)이라고 할 수가 있다. 술고래요 예의 염치(廉恥)도
모르는 망나니라 할지라도 그 창작된 작품이 만일 고아(古雅), 심원(深
遠), 웅장(雄壯), 핍절(逼切), 개결(凱潔)하여 감흥을 자아내어 마지않는
걸작이라고 하면 그 작품은 영원한 작품일 것이다. 그러나 사람 됨됨이
가 시원치 않고 바르지 못한 작가가 똑똑한 작품을 쓸 수 없는 것이 우
리의 상식임으로 대체로 작가의 인격과 작품의 불가분의 관계를 논증
할 수가 있다. 그러나 이것은 구극적(究極的)인 문제가 아니다. 우리는
그러한 예를 문학사상에서 퍽 많이 보는 바다. 그런데 한 작가가 역사

적 시대의 이해와 인식과 실천에 있어서 광범한 의미에 있어서의 사상성의 문제에 전연 맹목이거나 또는 구체적 현실을 착각(錯覺)하였거나 그렇지 않으면 그 현실에 대한 의식이 박약하다고 하면 그것은 작가로서의 생명을 스스로 절단시키는 것과 같은 일이니 애당초에 작가 될 수가 없는 일일 것이다. 그는 맹목이고 착각이고 박약하기 때문에 사물을 옳고 떳떳하고 바르게 보지를 못할 것이니 어찌 그 창작된 작품이 '작품'될 수 있으랴.

그러므로 이 경우에 있어서는 작가의 위인이 구극적으로 작품을 결정한다고 할 수 있다. 이 두 가지 사례에는 작가와 윤리성을 논하는 데에 있어 한 호개(好個)의 제목이나 이곳에서는 언급할 여유가 없고 다만 이 윤리성이 다시 작품의 정치성에까지 영향한다는 것을 말하고 지나가려 한다. 왜 그러냐 하면 전자의 경우에 있어서 그 작가로 하여금 그 뒤에 있는 역사적 사회의 동태가 문제된다는 점에서 작품의 정치성의 문제와 연관하여 올 것이요 둘째의 경우에 있어서는 그 작가가 그같이 됨에 의하여 재래되는 문학영역의 부패와 탈락이 독자로 하여금 문화형태의 중요한 일부문인 이것을 오해시키고 따라서 그 오해 때문에 현실을 직시하는 바른 힘을 빼앗아 버릴 위험성이 있다는 것을 지적(指摘)하지 않을 수가 없다. 전자의 경우에 있어서는 작품만은 살 수도 있으나 후자의 경우에 있어서는 작품은 언제나 죽었다 할 수가 있다. 퇴패(頹敗)문학의 불건강성은 이러한 점에서 문학이 아니고 또 대중소설의 대부분도 문학이 아니다. 문학은 반드시 본격적인 문학이어야만 한다. 문학적 창작은 언제나 건강한 윤리성과 정치성을 가져야 하며 그러한 때에만 비로소 문학일 따름이다.

퇴패문학은 발랄한 기상을 죽이고 관능의 향락에 침혹(沈惑)케 하는 점에서 사회를 다독(茶毒)하여 홍원(弘遠)한 창조력을 조상(阻喪)시키

는 것이니 그것이 본격적 문학일 수 없고 대중소설은 흥미본위의 쇄창
(鎖暢)거리에 지나지 않는 일이 많으니 또한 엄밀한 의미의 문학일 수
없다.

　문학은 그 속에 취급되는 제재의 여하에 불구하고 건전한 윤리성과
정치성을 가져야 하며 그 건전한 윤리성과 정치성은 문학다운 문학의
본질과 영역(위에서 잠간 정의하였다)을 충실히 지키는 데에서 스스로 창
조되어야 할 것이다. 이것이 문학의 임무인 동시에 그 영역이다. (了)

# 시인

- 헤르만 헷세 作(번역) -

『인문평론』, 1941. 1.

　지나의 시인 한폭(Han Fook)이 청년시대 한 영묘한 충동을 받고 시에 관한 것이면 무엇이나 다 배우고 또 시작(詩作)의 모든 점에 있어서 하나도 빼지 않고 다 완성해 보려고 했다는 이야기가 전하여지고 있다. 그때에 그는 황하(黃河) 연안의 고향에 살고 있었는데 그는 부모의 요구와 그 주선으로 어떤 양가의 처녀와 약혼을 하여 미구에 길일양신(吉日良辰)을 택해서 결혼식을 거행하지 않으면 아니되게 되었었다. 그때에 그의 나이 스무살, 아주 단려(端麗)한 청춘을 타고 났었고 범절있는 예의와 학식을 배웠고 또 아직 어린 나이이었음에도 불구하고 벌써 또 고향의 시문가(詩文家)에게서 많은 유명한 시를 배워서 알고 있었다. 그는 그렇게 부자는 아니었으나 신부의 지참금(持參金)에 의하여 더 많아지는 충분한 재산이 그를 기다리고 있었고 또 그 밖에 그의 신부는 비

길 데 없는 아름다운 얼굴과 부덕(婦德)을 가졌었으므로 이 청년의 행
복이라는 것은 무엇하나 부족한 것이 없는 것 같이 보였다. 그러나 그
는 도무지 마음이 기쁘지 않았다. 그의 마음은 대성(大成)한 시인이 되
겠다는 공명심(功名心)으로 꽉차 있었다. 어느 날 밤, 황하 기슭에 있는
그의 고향에는 등불이 현황(絢煌)한 어떤 축제(祝祭)가 거행되었는데 오
직 한폭만은 그 큰 강의 저쪽 언덕을 홀로 거닐고 있었다. 그는 강물쪽
으로 뻗은 나무기둥에 기대서서 흐르는 물속 거울에 명멸(明滅)하며 전
율하는 몇천의 등불, 수많은 배와 뗏목을 탄 사내와 아낙네들, 또 젊은
색시들이 아름다운 꽃같이 빛나는 명절의 새옷을 입고 서로 환호를 하
는 것을 보았고 또 빛나며 흐르는 잔잔한 강물소리, 아낙네와 처녀들의
부르는 노래, 바람결에 스치고 가는 비파(琵琶) 소리와 아름다운 곡조
의 피리소리를 들었다. 그런데 이러한 모든 것들 보다도 그는 특히 사
원(寺院)의 궁륭(穹窿)같이 허전하게 흔들리는 푸른 빛 밤을 보았다. 그
는 외로운 방관자(傍觀者)로서 마음 가는대로 이 모든 아름다운 광경을
보고 가슴이 두군두군 하였다. 그러나 그는 강을 건너가서 한패가 되어
약혼한 색시와 동무들 곁에서 이 놀이를 같이 즐겨 보았으면 하는 생
각이 나면 날수록 그는 이 모든 광경을—마치 명절날 사람들의 허무
(虛無)와 같은 강물 속에 비치는 등불의 환희(幻戱), 강언덕 나무기둥에
기대어 있는 고요한 방관자의 동경(憧憬) 같은 것을 아름답고 날카롭게
받아들여 완전 무결한 시(詩)로서 표현해 보았으면 하는 생각이 더욱
간절하였었다. 그는 이 땅 위의 모든 명절과 쾌락이 결코 마음을 기쁘
게 하고 또 명랑하게 할 수는 없으며 생존경쟁의 한 복판 속에서도 고
독한 사람이요 말하자면 방관하는 사람, 왼처에서 온 낯선사람으로서
머물러 남아 있으리라는 것을 느꼈다. 아니 그의 심령(心靈)은 많은 다
른 사람들 가운데에서 유독 그렇게 선천적으로 만들어진 것이라는 것

을 느꼈다. 그러나 그는 그와 동시에 이 땅위의 모든 아름다움과 윈처에서 온 낯선 사람으로서의 무슨 비밀한 욕망을 느끼지 않을 수 없다는 것을 알았다. 이런 것을 생각하고 그의 마음은 구슬펐고 또한 그것을 몹시 생각하였다. 어떻든 그의 생각의 목표는 만일 이 세상을 시(詩) 속에 완전무결하게 재현시킬 수가 있다는 것이 단 한번이라도 그에게 성공이 된 때라야만 그는 참된 행복과 깊은 만족을 나누어 가질 수가 있으며 또 그러한 영상(映像) 속에서라야만 이 세계를 해명(解明)하고 또 영원히 살릴 수가 있다는 것이었다.

한폭이 얕은 소음(騷音)을 듣고 나무기둥 옆에 웬 모를 사람—자주빛 옷을 입고 점잖은 모양을 가진 한 늙은 사람이 서 있는 것을 보았을 때 그는 꿈인지 생시인지를 알지 못하였다. 그는 벌떡 일어서서 그 점잖은 백발노인에게로 가까이가며 인사를 하였다. 그러나 그 낯모를 사람은 웃고 몇마디 시구(詩句)를 읊었다. 그 시야 말로 이 젊은 사람이 느낀 바로 그것들을 하나도 빠짐없이 다 표현한 것이었다. 완전하고 아름답고 또 위대한 시인들의 운법(韻法)을 잘 나타냈었다. 그래서 이 청년은 그만 놀람과 기쁨으로 어쩔 줄을 몰랐다.

"아 당신은 누구십니까" 그는 깊이 허리를 굽히며 부르짖었다.

"당신은 나의 마음을 들여다 보고 내가 일찍이 나의 모든 선생들에게서 들은 것보다 더 아름다운 시를 읊어주셨습니다."

그 낯모를 사람은 대성(大成)한 사람의 웃음을 또한 웃고 말하기를

"그대가 시인이 되려고 하거든 나를 따라오라. 그러면 저 시북 쪽 산속에 있는 이 큰 강의 근원 옆에 있는 나의 작은 집을 발견하리라. 나의 이름은 '완전무결한 시문(詩文)의 대가(大家)'다"

이런 말을 하고 그 늙은 사람은 좁은 나무 그늘 속으로 들어가더니 어느덧 자취없이 사라져 버리고 말았다. 한폭은 그를 이리저리 찾았으

나 소용없었고 아무러한 자취도 발견할 수 없었다. 그래서 모든 것은 다 피곤한 속에서 꾼 꿈의 소치에 지나지 않는다고도 생각하였다. 그는 급히 배들이 있는 쪽으로 가서 그 명절 놀이에 참례하였다. 그러나 그는 떠드는 이야기와 피리 소리 사이에서도 늘 그 낯모를 사람의 의미심장한 말을 들었고 사실 그의 정신은 그 낯모를 사람에게 다 빼앗기고 만 것 같았었다. 그래서 그는 자기를 혼자 거만을 부리고 있다고 놀려대며 즐겁게 노는 사람들 사이에서 꿈꾸는 것 같은 눈을 하고 혼자서 외로히 앉아 있었다.

그 뒤 며칠 되지 않아서 한폭의 아버지는 혼인 날자를 정하기 위하여 친구와 친척을 집으로 청하려고 하였다. 그래서 신랑은 그 일에 반대하여 말하기를,

"용서하여 주십시오. 자식이 아버지에게 마땅히 해야만 할 복종을 제가 만일 거슬린다고 할 것 같으면 용서하여 주십시오. 그러나 아버지께서도 아시는 바와 같이 제가 얼마나 시작(詩作)으로서 한번 이름을 내보겠다고 갈망하고 있습니까. 설사 제 동무 몇사람이 저의 시를 칭찬한다 하더래도 저는 아직도 초심자(初心者)이고 따라서 시 짓는데 있어서 유치하기 짝이 없다는 것을 잘 알고 있습니다. 그러므로 아버지께 바라옵는 것은 고독 속에서 지내는 얼마 동안의 말미와 저의 연구에 골몰하는 것을 허락하여 주십사 하는 것입니다. 더 말씀드릴 것도 없이 제가 만일 처음으로 장가를 들고 한 아내와 한 가정을 거느리고 나가야만 한다고 할 것 같으면 그것은 저로 하여금 저의 간절한 욕망을 뺏어버리는 것이되겠으므로 그러는 것입니다. 지금 □□□나이 어리고 또 다른 아무 의미도 없으니 그저 얼마 동안을 제가 기쁨과 명예를 바라마지 않는 시작을 위하여 보내도록 하여 주십시오"

이 말은 그 아버지를 놀라게 하였다. 아버지는 말하기를

“네가 시작을 위하여 너의 소중한 결혼식까지도 연기하려고 하는 것을 보니 아마도 그 길은 너에게는 어느 무엇보다도 더 귀중한 것이리라. 허나 너와 너의 신부와의 사이에 무슨 일이 생기거던 나에게 이야기하여라. 그러면 내 너의 신부를 달래거나 그렇지 안으면 다른 색시를 다시 골라 주는 것을 도와 줄 수 있을 것이다.”

그래서 그 아들은 자기의 신부를 그 전보다 결코 덜 사랑한다거나 또는 그 둘 사이에 조그만치라도 불화의 그림자 나마도 없을 것과 따라서 그를 언제든지 좋아할 것을 맹세하였다. 그와 동시에 그는 그 등불이 현황하던 명절날의 꿈에 한 대가가 나타났던 일과 그의 제자가 되는 것이 이 세상의 어떠한 기쁨보다도 더 바라는 것이라는 것을 이야기 하였다.

“그러냐. 그러면 너에게 일년 동안의 말미를 준다. 그 동안에 너는 아마도 하늘이 너에게 보낸 꿈을 쫓아가도 좋다”고 아버지는 말하였다.

“그러나 이태가 걸리지 않으리라고 누가 알겠습니까?”하며 한폭은 주저하며 말하였다.

그래서 아버지는 그것을 허락하고 마음이 언짢았다. 아들은 자기의 신부될 처녀에게 편지를 써서 작별을 하고 떠나버렸다.

그는 대단히 오랫동안을 방황한 뒤에 겨우 그 강의 근원에 다달았다. 사면이 태고적 같이 고요한 가운데 그는 대로 지은 적은 오막사리 집이 있는 것과 그 집 앞에 그가 강언덕에서 나무기둥에 기대어 있을 때에 본 늙은 선인(仙人)이 기직을 깔고 앉아 있는 것을 발견하였다. 그 늙은 선인은 앉아서 비파(琵琶)를 켜고 있었다. 웬 낯모르는 사람이 대단히 공손한 태도로 가까이 오는 것을 보고도 일어나지도 않고 인사도 하지 않고 다만 웃기만 하며 그 부드러운 손가락으로 비파의 현(絃) 줄을 뜯고 있었다. 그 황홀한 음악은 마치 산골짝이에서 뭉게뭉게 피어오르는 흰구름같이 흘렀다. 그래서 그 청년은 우뚝 서서 그 '완전무결한 시문의 대가'가 그의 적은 비파를 옆에다 놓고 집속으로 들어가기까지 이상하게도 황홀한 모든 것을 잊어 버리고 있었다. 한폭은 공손한 태도로 그를 따라 들어가서 그의 시중꾼이 되고 제자가 되겠다고 하고 그 옆에 앉았다.

한달이 지나갔다. 그 동안에 그는 그가 일찍이 지은 모든 시가 아무 것도 아니었다는 것을 알았다. 그래서 그것들을 자기의 기억으로부터 말살해 버리고 말았다. 그 뒤 또 몇 달을 지나는 동안에 그는 고향에서 선생들에게 배운 시들도 기억에서 없애버리고 말았다. 선생은 거의 제자와 같이 이야기하는 일이 없고 다만 아무 말 없이 자기의 제자가 음악을 완전히 정통하기까지 비파 켜는 법을 가르쳐줄 뿐이었다. 어느날 한폭은 새 두 마리가 가을 하늘을 나르는 시를 지었다. 그것은 대단히 잘된 듯이 생각하였던 것이다. 그러나 그는 감히 자기의 시를 선생에게 보이지는 못하고 다만 어느날 밤 집과 떨어진 곳에서 노래 불렀을 뿐이다. 선생은 그것을 잘 들었던 것이나 아무 말도 하지 않았다. 그는 오직 자기의 적은 비파를 나직이 뜯고 있었을 뿐이었다. 어느덧 날은 저물어 황혼은 스며들었다. 한 여름 밤이었으나 공기는 쌀쌀하였고 날카로운 바람까지도 일어나며 잿빛이 되어가는 하늘에는 두 마리의 창로조(蒼鷺鳥)가 힘찬 방랑의 동경(憧憬)을 가지고 날라가는 것이었다. 이 모든 정경이 제자의 시보다는 너무도 아름다웠고 또 잘된 것이었다. 그래서 그는 마음이 슬펐고 아무 말도 않고 스스로 보람없음을 느꼈다. 그 늙은 선인은 늘 그와 같이 하였다. 그리하여 일년이 지나간 때에 한 폭은 비파를 뜯는 것은 거의 완전에 가깝게 배웠으나 시를 짓는다는 것은 너무도 어렵고 또 고상한 일이라는 것을 알게 되었다.

이태가 지나간 때에 이 젊은 사람은 부모형제, 고향산천 또 약혼한 처녀에 대한 강한 향수(鄕愁)를 느끼고 선생에게 고향에 돌아가는 것을 허락해 달라고 청하였다. 선생은 웃으며 고개를 끄덕끄덕하였다. "네 맘대로 하여라. 가고 싶은 곳이 있거든 가거라. 돌아올테거든 돌아오고 안 돌아올테거든 안돌아오고 전혀 네 하고 싶은 대로 하여라"고 말하였다.

그래서 제자는 길을 떠났다. 어느날 이른 새벽 아침에 고향의 강언덕에 다달아 아치 모양으로 놓인 다리 저쪽으로 고향의 거리를 볼 때까지 쉬임없이 걸어갔다. 그는 가만가만 도둑걸음으로 자기 집 뜰안으로 들어가서 아버지의 침실 창을 통해서 아직도 자고 있는 숨소리를 들었다. 또 그는 약혼한 처녀의 집 옆에 있는 과수원으로 숨어 들어가서 배나무 꼭대기를 올라가 자기의 색시가 방에서 머리를 빗고 있는 것을 보았다. 그때에 그는 바로 자기 눈으로 보는 이 모든 것을 향수 속에서 그리고 있던 것과 비교하여 보았다. 그러나 어떻든 자기는 시인이 되게만 되어 있는 것이 명백하였다. 또 시인의 꿈속에는 아름다움과 고귀함이 있는 것인데 그것을 사람들은 헛되이 현실의 사물 속에서 찾는 것이로구나 하는 것을 알았다. 그래서 그는 나무에서 내려와 과수원으로부터 나와 가지고 고향의 다리를 건너 다시 산속의 높은 골짜기로 돌아왔다. 그곳에는 그의 늙은 선생이 전과 같이 집 앞에 깨끗한 기직을 깔고 앉아서 비파를 뜯고 있었다. 선생은 인사하는 대신으로 예술의 행복을 노래하는 시를 두 구 읊었다. 그 시의 깊이와 좋은 향운(響韻)은 이 젊은 사람의 눈에 눈물이 그득히 고이게 하였다.

한폭은 '완전무결한 시문의 대가' 옆에 앉았다. 선생은 그가 인제 비파는 잘 할 줄 알게 되었으므로 거문고를 가르쳤다. 그리하여 어느덧 세월은 남풍에 녹는 눈과 같이 흘러갔다. 두 번째 또 그는 심한 고향 생각에 부대끼게 되었다. 한 번은 그는 몰래 밤에 도망을 했다. 그러나 그가 그 깊은 산골의 마지막 등성이를 벗어나기도 전에 휙 지나가는 아닌 밤의 바람결은 그 오막사리 집 문앞에 걸린 거문고를 생각하게 되었다. 그리하여 그 곡조는 꼼짝할 수 없이 그를 다시 돌아오라고 불러들이는 것이었다. 그 다음 번에는 그는 꿈을 꾸었는데 그의 뜰에다가 어린 나무를 심고 아내는 옆에 섰고 아들은 그 나무에다가 포도주와 우유를 주고 있었다. 그가 꿈을 깨었을 때 달빛은 황창같이 창에 비쳤다. 마음을 잡지 못하고 일어나보니 그 옆에는 선생이 졸고 있는데 이 백발 선인의 수염은 숨결에 고요히 떨고 있는 것이었다. 그에게는 불연 듯이 이 사람에 대한 차디찬 증오감(憎惡感)이 일어났다. 이 사람은 자기의 일생을 망치고 또 그 장래를 속인 것 같이만 생각이 되었다. 그는 대번에 그 백발노인에게 대들어 죽여 버릴까 하고도 생각하였다. 그때에 이 백발노인은 눈을 뜨고 곧 인자하고도 슬픈 듯한 온후한 얼굴로 웃기 시작하였다. 그래서 그의 몹쓸 생각은 스스로 사라지고 말았다.

"한폭 너는 무엇이든지 네가 좋아하는 것이면 할 수 있다는 것을 알겠지. 너는 네 고향으로 돌아가서 나무를 심을 수도 있고 또 나를 미워하고 때려 죽일 수도 있다. 그러나 그것은 그리 대단한 일이 아니다"고 그 백발 노인은 가만히 말하였다.

"아 어찌 제가 선생님을 미워하겠습니까. 그것은 마치 제가 하늘 바로 그것을 미워하는 것과 다름이 없습니다." 이 시인은 가슴을 두근거리며 말하였다.

그래서 그는 그냥 주즈물러 앉아 거문고 타는 것을 배우고 다음에는 피리 부는 것을 배웠다. 그리고 끝으로는 선생의 지시대로 시짓기를 시작하였고 드디어 말하자면 분명히 단순하고 평범하게 이 예술의 오의(奧義)를 천천히 배워갔다. 그러나 그것은 마치 거울같이 잔잔한 수면을 스치는 바람같이 이 제자의 심령(心靈)을 파헤쳐가는 것이었다. 그는 산마루턱이에서 머뭇거리는 태양의 떠오르는 광경을 묘사하였고 또 물고기가 환영(幻影) 같이 물속에서 소리없이 도망하는 광경이라든지 수양버들의 어린 가지가 봄바람에 나부끼는 모양도 그려 내었다. 그리하여 누구나 그 시를 읊는 것을 듣는다면 그것은 태양이나 물고기의 뛰어노는 모양이나 또는 가는 버들가지의 속삭임일 뿐 아니라 하늘이며 세계가 그 시를 들을 때마다 혼연(渾然)한 음악으로 교향(交響)하는 것이었고 모든 듣는 사람으로 하여금 사랑하는 것에 대한 기쁨과 미워하는 것에 대한 쓰라림을 느끼게 하였으며 장난감을 희롱하는 어린아이, 애인을 사랑하는 청춘, 주검을 바라보는 노인을 생각하게 하는 것이었다.

한폭은 얼마나 여러 해 동안을 그 큰 강의 근원에서 시 선생하고 지냈는지 알지를 못하였다. 그것은 암만 생각하여 보아도 마치 어저께 저녁에 이 깊은 산골로 들어와서 그 늙은 사람의 현악기 탄주(絃樂器彈奏)를 들은 것 같이 밖에는 생각되지 않았다. 또 그에게는 모든 인간 세대(世代)와 무한한 세월이 흘러가서 자취없이 사라진 것 같이도 가끔 느껴지기도 하였다.

어떤 날 이침 그는 눈을 떠보니 홀로 그 집에 남아 있었고 아무리 찾고 부르고 하여도 그 선생은 없어져 보이지 않았다. 하루밤 사이에 갑자기 가을은 와서 거친 바람이 오래된 오막살이를 뒤흔들었고 높은 산등성이 위로는 비록 저희들의 세월은 아니었으나 후조(候鳥)의 큰 떼가 날라가고 있었다.

이에 한폭은 적은 비파를 들고 자기 고향으로 내려갔다. 그는 많은 사람을 만났는데 그들은 늙은이나 고귀한 사람에게나 하는 인사로써 한폭에게 인사를 하였다. 그가 고향거리에 다달았을 때 그곳에는 아버지도 약혼한 색시도 또 그의 친척도 다 죽어버렸었고 그들의 집에는 낯모를 딴 사람들이 살고 있었다. 그러나 밤에는 등불이 현황한 축제가 강위에서 거행되었는데 시인 한폭은 어두운 강언덕 저쪽 고목나무 기둥에 기대섰다. 그리하여 적은 비파를 타기 시작하니 아낙네들은 한숨을 쉬며 황홀히 바라보고 밤이 깊어가는 것을 조바심하며 아쉬워 하였고 젊은 사나이들은 아무 곳에서도 만난 일이 없는 이 비파 타는 사람 주위로 모여들어 그들의 누구일지라도 일찍이 비파의 이 같은 곡조를 들은 일이 없었다고 크게 외쳤다. 그러나 한폭은 웃음 뿐이다. 그는 수천의 등불이 반사하는 거울 같은 강물의 광경을 바라보았다. 그는 그 반사하는 등불의 광경을 현실의 그것인 줄을 모르는 것과 같이 그는 자기의 영혼 속에서 지금의 이 축제와 그전의 축제와를 구별하지 못하였다. 그때에는 그는 한 청춘으로서 이곳에 서서 그 이상한 선인의 말을 들었던 것인데—

(역자 부기) 헤르만 헤세Hermann Hesse(1877- )는 독일의 시인, 소설가다. 처음에는 소설 『페터 카멘친도』로서 자연주의적인 묘사로 이름이 있었는데 차차 주관주의적 낭만주의적 요소가 많아져 가서 본격적인 소설의 철학적인 새 경지를 개척한 작가다. 이곳에 역출한 「시인」에 나오는 '한폭'이라는 주인공(한자로 무슨 자를 써야 할는지, 또한 과연 실재한 인물이었는지는 상고하여 보았으나 드디어 알지 못하고 말았다)의 생애와 사상은 헷세 자신의 사상과 인생에 대한 태도라고도 할 수 있다. 그의 유명한 작품 『싯다르타』(悉達陀 태자)에 나오는 시달타의 생활태도와 혹사(酷似)한 것이 있다. 이곳의 「시인」은 단순한 우화에 불과하나 무엇인지 모르게 읽고 나서 깊이 생각게 하는 것이었다.

# 베르그송의 사(死)와 사상의 운명

『조광』, 1941. 3.

제1차대전 이후 더욱 현란 다채해진 프랑스의 문화계에 있어서 세계적 거벽으로 만인의 존앙을 받던 '앙리 베르그송'(1859-1941)이 쓸쓸히 파리에서 돌아갔다는 것을 간단한 라디오 뉴스를 통하여 들은 것도 벌써 여러 날이 되었다. 전번 대전 때에는 조국 프랑스를 위하여 그의 창조적 진화론의 견지에서 '대전의 의의'를 밝혀 국민적 사상적 지도자로서의 본령을 발휘했던 것은 너무도 유명한 일이었는데 그때로부터 25년 뒤인 금번 대전 때에는 어떻게 그가 대전의 의의를 생각하였었는지 궁금한 일이다. 더욱이 적군의 마제(馬蹄) 하에 지배되고 있는 점령지역에서 앙앙불락하며 다감한 긴 일생을 마친 것을 생각하면 한편으로 생의 비극적인 종결을 생각하게 한다. 프랑스의 운명이 "정신과 생활의 기계화"에 의한 제일성(齊一性)의 제압 아래 불과 본격적 전투 수

개월에 결정되었다는 것은 그의 사상에 한 큰 반역적 충동을 주었을
것이다.

　제1차대전을 그는 인간생활의 기계화와 그것에 대한 생명의 투쟁으
로 보았다. 시라던가 철학이라던가 또는 예술이라던가 보다도 물질적
성공, 집단적 산업적 진출에 더 노력한 국민으로서의 독일을 생각하였
다. 그 때문에 그 국민은 인격의 향상 다양성의 조화를 꾀하는 대신에
사물의 제일성(齊一性)을 주장하여 국민의 정신은 기계화되고 말았다.
그러나 다른 편의 국민―프랑스는 불완전한 물질적 조직을 가졌었음
에도 불구하고 보다 자유로운 창조의 희망, 보다 다채한 이상을 가졌었
다. 독일은 자기자신을 해하는 사물을 제조하였으나 프랑스는 생명력,
창조력을 길르고 북돋아갔다. 이러한 두 가지의 힘, 경향사상의 충돌에
서 '대전의 의의'를 보았던 것이다.

　드디어 프랑스는 이겼다. 베르그송은 당연한 귀결이라고 하였을 것
이다. 그러나 금차의 대전의 결과는 그러한 프랑스의 좋은 힘, 생명, 이
상이었음에도 불구하고 무참히도 패배하고 말았다. 이러한 운명의 갈
등을 그는 어떻게 보았을까.


　운명은 심연이다. 심연인 이상 용이하게 그 깊이를 잴 수가 없다. 그
러나 예지만은 그것을 잴 수가 있다. 창조적 예지의 명민한 소유자이던
그이었음으로 아마 그는 직각적으로 금번 대전의 결과를 예지하고 홀
로 전율하였을 것이다. 실재의 심오를 꾀뚫어 들여다보는 양식의 소유
자이었으므로 이 운명의 갈등을 분석추상하여 운위하지는 않았을 것
이다. 그는 주지주의적 분석이론을 배척하는 사람이었었다. 직접적으
로 세계는 흘러내려가는 시간의 세계―창조적 진화의 세계이므로 이
러한 세계 안에서 생기전도하는 가지가지의 사건은 생의 불가지한 비

약으로서 그 자신의 의미를 가지는 것이기도 할 것이다. 이 조국의 패배의 비극도 생성의 미래에의 영원한 조화 가운데서 발견되는 불가피의 사건이었을지도 모른다. 프랑스의 운명을 자기의 운명으로 감지하며 노쇠해가는 자기의 육체와 같이 광채없는 유전으로서 직관하였을 것이다. 생의 자발성, 유동성 속에 인간의 운명이 내재하여 있음과 같이 패전의 쓰라린 사건은 모두 높은 새 운명의 창조적 정서를 불러 일으키는 늘 새로운 격류 속의 비약이라고 생각하였을지도 모른다. 여하간 그의 만년의 생애에 던져진 한 큰 충격이었을 것이다.

1885년부터 1895년까지의 10년간 프랑스에는 퍽 우수한 철학자들이 배출하여 활기를 띠우게 되는 동시에 철학적 정신이 충일해 갔다. 이때의 일반적인 경향으로는 첫째 과학적 실증적이어야 한다는 것과 둘째 비판적 토구를 중요시하여야 한다는 것이었다. 이때를 배경하여 베르그송은 사상계에 데뷔하였다. 즉 그의 나이 30되던 해에 「의식의 직접 여건에 관한 논문」(1889)을 발표하여 「시간과 자유의지」를 논한 것이니 종래의 철학과 심리학에 있어서 중요한 문제인 결정론과 비결정론, 시간과 공간 등을 명백히 하려고 하였는데 그것이 「물질과 기억」(1896)에 이르러 더욱 발전심화되어 그의 독특한 천재적 창조력을 보였다. 그리하여 철학계에 확호부동의 지위를 차지하게 되었다. 그때까지 늘 문제가 되어오면서도 그 해결이 용이하지 않던 심신(心身)관계의 문제가 이 「물질과 기억」에 의하여 철저한 해결의 단서를 발견하게 되었다고 할 수 있었다. 그의 음악적인 문장에서 감득하는 미묘한 매력 예술적인 심상, 논리적인 사고 등 실로 현대의 프랑스 내지 세계의 사상계에 있어 유니크한 존재이었다.

베르그송의 철학은 내성의 직관(직각)이라는 일어(一語)로 대표시킬 수가 있다. 이것은 프랑스적 사고의 전통적 주류인 멘 드 비랑, 부트루 Emile Boutroux(1845-1921), 라베송Ravaison Mollien(1813-1900)의 영향일는지 모른다. 베르그송의 청년시대에 철학의 세계를 지배하고 있던 진화의 관념이 그에게 강한 영향을 주었을 것은 넉넉히 상상할 수 있는 일이니 '스펜서'의 기계적 진화에 대하여 「창조적인 진화」(1907년)를 생각하여 '생명'의 개념을 심화시켰다. 이에 베르그송의 철학을 개관하여 보건대

첫째 그는 무엇보다도 먼저 주지주의에 반대한다. 칸트의 이성비판은 결국 물자체라는 괴상한 것을 상정하게까지 되었으니 그 인식의 한계가 불분명하고 애매하게 되지 않을 수 없다하여 '직각의 방법'에 의하여 사물을 있는대로 내면적으로 발견하지 않으면 아니된다고 하였다. 주지주의적 인식론은 실재를 추상하고 분석하여 형식화한다. 그래 가지고서는 실재를 그 근저로부터 인식할 수가 없다. 그러므로 실재의 내면적 생명에 틈입하는 직각적 인식이 아니어서는 아니된다. 이것을 그는 '지적 동감'이라고도 말하였다.

둘째 직각의 대상으로서의 실재는 부절히 유전하고 있는 것이 그 본질이다. 변화유전하지 않는 것은 없다. 만물은 변화유전의 지속으로서 이해되지 않아서는 아니된다. 이 지속의 사상에 의하여 견고한 독단의 장애(障礙) 때문에 넘을 수 없던 정신과 신체의 관계가 해결되었다고도 할 수 있을만치 되었다. 『물질과 기억』은 이것을 해결한 획기적인 저작이었다. 기억은 우리의 생명이요 정령인 지속의 율동이다. 지속은 존재의 기초이며 생활하는 세계의 참된 실질이다. 의식의 근저는 기억이다. 기억은 지속이므로 의식은 지속—순수지속이다. 그런데 이 순수지속—유전(流轉)의 근저에는 시간이라는 것을 상정하지 않으면 아니되

는데 그에게는 이 시간개념이 특별한 의미를 가지고 나타나는 것이다. 즉 수학적인 자연적 등질적 시간이 아니라 과거를 기억으로서 자기의 의식 속에 포함하며 전진하는 양적 잡다로서의 시간인 것이다. 그의 이 독특한 시간개념은 용이하게 깨트릴 수 없었던 저 유명한 제논Zenon 의 억설—"나는 화살은 날지 않는다"와 "거북을 못이긴 아킬레스"를 논파할 수 있는 것이었다.

셋째 창조적 진화의 이설(理說)이다. 모든 존재는 지속이 그 본질이다. 생명의 심오에는 언제나 발랄한 생의 충동이 끊임없이 작용하고 있다. 생명은 창시적(創始的) 충동에 발원하는 것으로 그것이 나중에 분열하여 드디어 다종다양의 방향으로 점차 분화하여 가는 것이다. 생명은 '생의 약동'(엘랑·비탈)이다. 생명은 유탄의 파편의 총체라고도 할 수 있으리라. 이 파편은 언제나 폭파할 가능성이 있는 새 에넬기를 무한히 발양할 수 있는 것이다. 이 에넬기는 물질 속에 작용하는 자유발전의 동경이다. 창조적 진화의 정신활동은 정체하여 있는 물질 속에서 마련되는 것이 아니라 물질 바로 그것의 경향이요 목적이요 따라서 물질 그것인 것이다. 즉 창조는 우리가 자유로 활동하는 명민한 사색자라고 하면 자기자신 속에서 경험할 수 있는 것이다. 요컨대 창조적 진화는 시비가 아니라 우리가 우리 자신 속에서 직각하는 가장 뚜렷한 충동이다. 실재는 지속이요 지속은 창조며 그 창조의 소산은 진화다. 늘 새로운 무엇이 첨가된다. 그러한 실재는 생명 즉 의식인 것이다.

이러한 몇 개의 중요한 어휘에 의하여 표현되는 베르그송의 사상 내용은 일견하여 '생의 철학'이며 '직각의 형이상학'인 것을 알 수가 있다. 독일 신칸트학파의 리케르트는 학적 근거가 없는 무원리의 철학이라고 비평하였으며 영국의 실재론자 러셀은 그의 직각을 '꿈꾸는 사람'에 비교하여 빈정댔고 또 독일의 신헤겔주의자 크로너Richard Kroner(1884-1974)는 그의 철학을 '생물학주의'라고 하여 공격하였다. 그 반면에 미국의 윌리암 제임스는 대단한 공명을 표명하였다. 각인각설 여러 가지 관점에서 베르그송을 문제삼을 수 있을 것이나 철학의 프랑스적 전통은 떼카[161] 이후 비랑, 부트루를 지나 베르그송에 이르기까지 인간 심혼에 대한 분석이 비상이 예민하고 또 미묘하여 두뇌의 청징을 유감없이 발휘하고 있는 것을 볼 수 있다. 지성의 이론만으로는 다 처리할 수 없는 신비한 세계의 존재가 명랑한 문장으로 표현되어 있는 것을 볼 수가 있다. 프랑스의 낭만적 사유가 독일의 체계적 사유에 못하지 않게 특색있음을 저버릴 수가 없는 것이다. 베르그송의 철학은 정히 그러한 프랑스의 철학의 최고봉을 이루는 것이라고 하리라. 그리하여 그의 예술론이라고도 할 수 있고 또 그의 철학의 평이한 해설서라고도 할 수 있는 『웃음』(笑)은 문학·예술에 적지않은 영향을(미래파와 후기인상파에 대하여) 주었으며 또 시단에는 '생명파'라는 새 유파를 일으키게 하였고 사회사상에 있어서는 소렐Georges Sorel(1847-1922)이 직접행동을 중요시하는 그의 생디칼리즘을 구성함에 당하여 그 철학적 기초를 베르그송의 사상에서 채용한 것 같은 것은 그 영향한 바 적지 않다는 것을 보이는 것이다. 그의 철학이 주지주의적인 지적분석을 배척하기는 하였으나 근대과학의 예지는 충분히 존중하였던 것이므로 로고스적인 성격을 다분히 가지고 있으나 그래도 그의 전사상을 흘러내리는 비합리적 정신은 소렐같은 사람에게 응용이 되게까지 되고 그것이 다시 재전(再轉)하여 현금의 신카톨릭 교회운동과 전체주의적인 비합리주의와도 친근성을 가지고 있게 된 것을 생각할 때 한 개

---

161)  편자주 : '데카르트'를 의미하는 듯.

의 사상의 운명이라는 것은 그 창창자(創唱者)의 의사를 초월하는 것이라고 하겠다. "개인적 명상의 피리가 사회변혁의 나팔"이 될 줄이야 그인들 예상하였으랴. 참으로 현재의 프랑스는 나치의 비합리주의에 항복하였으며 그는 그 마제(馬蹄) 하에 점령된 파리에서 서거하였다고 하지 않는가!

끝으로 베르그송의 생애를 간단히 적어보면 1859년 10월 18일 영국인을 아버지로 하고 유태인을 어머니로하여 파리에서 났다. 어려서부터 퍽 총명하여 물리학과 수학에 장(長)하였다고 한다. 그러나 나중에 이 두가지 학문은 자기가 경도하는 스펜서의 철학을 연구하는 데에는 적용되지 않을 뿐 아니라 자기의 생명의 철학에는 도리어 유해하다고 생각하여 19세 때에 고등사범학교 문과에 입학하여 철학을 전공하였다.

1881년에 22세로 동교 조교수가 되어 30세에는 「의식의 직접여건론」으로 학위를 얻었다. 그 뒤에 17년간이나 파리와 지방으로 리세의 교원이 되어 돌아다니다가 1900년 콜레주 드 프랑스의 교수가 되어 한때 독일 예나 대학의 오이켄 교수와 아울러 세계의 2대 유행철학자라는 칭호까지도 받았었다. 1918년에는 교수직을 사하고 전혀 정치와 국제친선에 노력하여 지적협력국제위원회장으로 있었고 1928년에 전년도의 노벨문학상을 타기도 하였다. 그 뒤에는 오랫동안 도덕과 종교에 대하여 사색을 계속하여 드디어 제4의 주저 『도덕과 종교의 이(二)원천』(1932년)을 출판하고 나서는 『사상과 행동하는 것』을 발표한 이외에 별로 이렇다 할 활동이 없었던 듯이 기억된다.

# 신간평 - 유진오저 화상보(華想譜)

『인문평론』, 1941. 4.

작가는 진실과 생명을 체득하려는 사람이라고 할 수 있다. 적어도 창작을 하는 사람치고 아무렇게나 나타나 있는 세상을 그리는 이는 없을 것이고 또 그래서는 작가가 될 수 없는 것은 명백한 사실이다. 작가는 아무튼 자기의 이상의 세계를 가지려고 노력하면서도 주어진 현실의 면모와 저류를 꿰뚫어 보며 파헤쳐내서 만화방창한 화원과 암흑추오(暗黑醜汚)한 웅달을 그냥 통째로 내던져 준다. 그 구상력과 그 형상화가 좀처럼 접근할 수 없을 만치 대견하다. 그러기 때문에 우리는 작가를 존경하고 또 작가다운 작가를 대망하여 마지 않는다. 작가는 논리없는 철학자다. 키에르케고르인가 누군가는 '철학은 병'이라고 하였는데 작가는 인생생활을 너무도 심각하게 또 속일 수 없이 너무도 똑똑하게 그려내지 않고는 못배기는 '병'에 걸린 사람이다. 병에 걸린 사람치고 제 병을 아무렇게나 될대로 되라고 처리해 버리지는 않는다. 아니 그럴 수가 없는 것이다. 진실과 생명을 기념한다는 점에서 작가와 철학자는 공통된 일면을 가지고 있다.

이러한 것을 생각하며 『화상보』의 아담한 한 권 책을 대할 제 이 작가도 남유달리 자신도 모를 '병'에 걸려 있는 것을 느낀다. 무엇 하나를 찾어보려고 어떤 값있는 것을 주어 보려고 애쓰고 걱정하는 모양이 역역하다. 그 애쓰고 걱정한 보람이 이 『화상보』를 통하여 십이분으로 나타나있느냐 어떠냐는 제2의 문제이다. 저자가 생활해왔고 또 생활하고 있는 현실면에서 가능한 한 꿰뚫어보며 파헤쳐낸 『화상보』의 세계에는 시영과 명곤을 통해보는 이념의 마찰, 전환이 절실하게도 현단계적인 현재성을 나타냈으며 시영과 기섭으로 하여금 이야기하게 한 '현실의 논리'는 가장 추상적인 듯하면서도 가장 구체적으로 역사적 현실의 선구적 의미를 누가 부여하느냐하는 것을 묻는 생생한 때문이었고 이 '현실의 논리'의 귀한 아들로서 조남두가 나타나서 시영을 늘 긴장케하였다. 또 시영과 기섭과의 우정—싱거운듯한 그 우정으로써 고독하고 수줍은 주인공의 심혼을 윤택하게 하여 준 수법은 가위 놀랍다고 할 수 있다. 나는 그렇기 때문에 '우정의 분석'이라는 것을 한번 해보고 싶은 생각까지도 해보았던 것이다. 끝으로 시영과 경아 또 상권을 싸고도는 여러 가지의 사건 전개는 별로 신기한 것이 없겠으나 소설구성으로서 가장 문제가 많으리라고 생각되는 이 부분까지도 결국은 주인공으로 하여금 차질함이 없이 해피 엔드를 맺게한 것은 신문소설로서의 시험에 있어서 우선 합격이라고 하지 않을 수 없겠다. 어떻든 이 소설은 명곤과 태희, 기섭과 남두, 경아와 상권을 각각 일변으로 하는 정삼각형의 중점에서 생활하는 시영이 동등한 지향과 인력으로써 관계하여 맺어진 작품이라고 할 수 있다. 명곤과 태희로써 그어진 일변은 '비판의 면'이요 기섭과 남두로써 그어진 일변은 '이상의 면'이며 경아와 상권으로써 그어진 일변은 '생활의 면'이었다. 어떻든 이 작가는 자신의 의식하였던지 못하였던지 이 같이 틈새 하나 없이 사개가 맞는 깨끗한 작품을 우리에게 선물하였다. 이러한 점에 나는 결국 유진오를 지성의 작가라고 본다.

# 왜 '지나'에는 과학이 없나

## − 지나철학의 역사와 결과에 대한 일 해석 −

『춘추』, 1941. 6.

이 글은 풍우란馮友蘭(1895-1990)이 미국 컬럼비아 대학 철학 중에 국제 윤리학 잡지(The International Journal of Ethics) 1922년 4월호에 Why China has no Science-An Interpretation of the History and Consequences of Chinese Philosophy라고 제하여 집필한 것인데 지나사상연구에 한 큰 시사를 주는 글이라고 생각하였으므로 소개하는 바다. 그런데 풍씨의 약력을 보면 다음과 같다.

풍우란, 자(字) 지생(芝生). 하남성 당하현인. 1890년생. 1918년 북경대학 졸업 후 도미. 1923년 컬럼비아 대학졸업. 철학박사의 학위를 획득하고 1928년 국립북경청화대학 문학원장 겸 철학계 주임교수로 있었다고 한다.(창원사판 · 아시아문제강좌제12권 인명사전)

만일 우리가 지나의 역사를 문예부흥 이전의 구주의 역사와 비교한
다고 하면 비록 형태는 다르다 할지라도 동일한 수준에 처해 있음을
발견할 것이다. 그러나 현재에 있어서는 구주제국은 벌써 새롭게 된지
오래나 지나는 아직도 구태의연한 바 있다. 그러면 무엇이 지나로 하여
금 정체하게 하였나? 이것은 가장 자연한 의문일 것이다.

무엇이 지나로 하여금 정체케 하였느냐 하는 것은 즉 지나가 과학[162]
을 가지지 않았다는 것이다. 이 사실의 결과는 단지 현금의 지나인 생
활의 물질적 측면에 있어서만 명백할 뿐 아니라 또한 정신적 측면에
있어도 역연한 것이다. 지나는 아테네 문화의 절정시대와 거의 동시에
아니 그보다도 조금 전에 철학[163]을 창조하였다. 그러면 왜 지나는 근
대 구주의 여명기와 시대를 같이하여 아니 그보다도 먼저 과학을 생산
하지 못하였는가? 이와 같이 풍씨는 문제를 제기하고 그 해답을 지나
자신의 역사적 어사를 사용하여 시험하려고 한 것이 이 글의 목적이라
고 하였다.

지리, 기후, 경제적 조건 등이 역사를 만드는데 대단히 중요한 요인
이라는 데에는 조금도 문제가 없다. 그러나 우리는 또한 그러한 조건들
이 역사를 만드는 가능한 요건이기는 하나 실제적인 요건은 아니라는

---

162)  풍씨는 과학이란 말을 자연과학과 동의어라고 하였다. 즉 자연현상과 그 제관계에 대한
체계적인 지식을 의미한다고 하였다.

163)  지나사상의 창조(創祖)가 누구냐 하는 데에는 이론이 많겠으나 천인관계설이 지나사
상발전의 원형인 이상 주공 단(旦)을 들지 않을 수 없을 것이다. 그런데 그가 정백관제(正百官
制) 예락(禮樂)한 것이 성왕 6년이니 서기 전 1109년, 거금 3050년 전이다. 또 주공 단을 소
술(紹述)하여 선진 사상의 중추적 지위를 점한 유교의 창조 공자가 난 것은 서기전 551년이니
거금 약 2500년 전이다. 이에 대하여 서양 철학의 비조라고 하는 탈레스는 생년이 불명하나
대개 기원전 6세기 전반의 사람이라고 하니 공자와 동시대인이기는 하나 그보다 훨씬 먼저 났
을 것은 명백한 일이요, 소크라테스는 전 469(혹은 470)년에 났다 하니 공자보다 뒤지기 80여
년이다. 그러므로 풍씨가 '조금전'이라고 한 것일 것이다.

것을 기억하지 않으면 아니된다. 그러한 것들은 연극의 불가결한 장치이기는 하나 연극을 연극되게 하는 동인은 아니다. 역사를 실제적으로 만드는 동인은 살려고 하는 의지와 행복에 대한 원망이다. 그러면 무엇이 행복이냐? 이 질문에 대한 해답은 사람에 따라 각양각색이다. 그것은 우리가 많은 가지가지의 철학체계와 가치기준을 가졌고 따라서 역사의 많은 유형을 가지게 된 데에 기인하는 것이다. 그러므로 지나에는 어째서 과학이 없느냐 하는 것을 밝히는 데에는 지나 자신의 가치기준에 의하여 하지 않으면 아니되고 다른 아무 것도 필요하지 않은 것이다. 그러나 이러한 결론에 도달하기 전에 우리는 무엇보다도 먼저 구시대 지나의 가치기준이 무엇이었느냐를 보지 않으면 아니된다. 이에 지나철학사의 개관이 필요하다.


## 1.


주말(周末)에 이르러 천자의 힘이 쇠약해짐에 따라 봉건제후의 독립을 저지시키지 못하여 천하는 전란의 와중에 휩쓸려 들어가게 되었다. 그것은 실로 정치적 혼란의 시대이었으나 또한 위대한 지식적 출발의 시대이기도 하였다. 그것은 마치 구주에 있어서와 아테네가 성신적으로 활발한 발전을 시작하던 때에 맞먹을 수가 있다.

지나사상의 각 유형을 공구(攻究)하기 전에 풍씨는 편의상 지나철학에 있어서의 두 개의 일반적 경향을 각각 표시하는 두 글자를 인용하고 있다. 즉 Nature와 Art가 그것이다. 그런데 이 두 글자를 무엇이라고 번역하여야 될까. 물론 전자는 '자연' 또는 '천성'이라고 역할 수 있다. 그러나 후자는 자연계에 있어서 인간생활에 필요한 사물을 이용하는 재능을 의미하는 것으로서 (웹스터 신대사전) 유교에서 말하는 '성명(性命)'[164] 또는 '인위' 또는 '인성'이 이에 해당하지 않을까 한다. 씨는 이 Art 대신에 Human이라는 글자를 써도 좋다고 하였다. 그리하여 이것을 설명하기 위하여 장자의 일절을 인용한다.

天在內，人在外，德在乎天，知天人之行，本乎天，位乎得……何謂天，何謂人，北海若曰，牛馬四足，是謂天，落馬首穿牛鼻，是謂人，故曰，無以人滅天，無以故滅命……(秋水篇)

이와 같이 '천성'은 자연적인 무엇을 의미하고 '인성'은 인위를 가한 무엇을 의미한다. 천성은 자연에 의한 천생지질이요 인성은 인위에 의한 품수(稟受)를 말하는 것이다. 주말에 이르러 이 두 극단을 대표하는 두 개의 경향과 그 중간에 서는 제3의 경향이 있었으니 하나는 천성이라는 것은 본래에 완전한 것이므로 사람은 그것에 자족하여 외계로부터 아무 다른 원조가 필요하지 않다는 것이요 다른 하나는 천성은 본래 완전한 것이 아닌지라 사람은 그것에 자족할 수 없으므로 그것을 개선하기 위하여 외계의 무엇이 필요하다는 것이며 제3의 중간설은 양자를 타협시키려는 것이다. 이러한 주요한 세 개의 사상유형은 그것들이 순차적으로 전후하여 나타난 것이 아니라 동시에 나타나서 인간의 천성과 경험의 각각 다른 면모를 일시에 표현하였다. 한서[165]에 의하면 주말에는 9개의 학파가 있었으니 즉 유가, 도가, 묵가, 음양가, 법가, 명가, 종횡가, 농가, 잡가라는 소위 9가(류)가 그것이다. 그러나 이 구가

---

164)　상무인서관발행 「사원」에 의하면 乾道變化, 各正性命, 性者天生之質, 命者人所稟受.

165)　한서예문지

중에서 당시에 가장 영향적이던 것은 유가, 도가, 묵가이었다. 주말에 쓰여진 거의 모든 책에는 이 세 학파가 서로 우열을 다투고 있었다는 것을 우리에게 알리고 있다. 이 사실을 설명하기 위하여 풍씨는 당시에 있어서 유가의 위대한 옹호자이던 맹자의 투쟁적 언설을 인용한다.

聖王不作，諸侯放恣，處士橫議，楊朱墨雀之言，盈天下，天下之行，不歸楊則歸墨，楊氏爲我，是無君也，墨氏兼愛，是無父也，無父無君，是禽獸也……楊墨之道不息，孔子之道不著，是邪說誣民，充塞仁義也，仁義充塞則率獸食人，人將相食，吾爲此懼，閑先聖之道 距楊墨，放淫辭，邪說者不得作…(滕文公 下)

묵적(墨翟)은 묵가의 시조요 양주(楊朱)는 도가의 시조 노자의 문인이다. 이 일절은 이 세 학파 사이에 얼마나 논전이 행하여지고 있었나를 가장 생생하게 그려낸 장구(章句)라고 하겠으니 그들은 우열을 다투었을 뿐 아니라 서로 제각기 천하를 통일해 보려는 원망까지도 가졌었던 것이다.

그들의 학설을 좀더 자세히 설명하기 위하여 노자(전 570?-480?), 양주(전 440-360?) 장자(전 350?-275?)로써 도가를 대표케하고 묵자(묵적 전 500?-425?)로서 묵가를 대표케 하며 공자(전 551-479)와 맹자(전 372-289)로서 유가를 대표케 하여 비교하여 본다면 도가는 자연(Nature)을 묵가는 인위(Art)를 그리고 유가는 중용(Mean)시도(中庸之道)를 대표하고 있는 세 성향이라고 할 수 있다. 그들의 학설을 어떠한 관점에서 보든지 도가와 묵가는 언제나 양극단을 대표하고 유가는 그 중간에 위치한다고 하겠다. 예를 들면 우선 그들의 윤리설을 가지고 보더라도 맹자는 위에서 말한 바와 같은 세 학파의 학설의 정식화에 동의하고 있다.

맹자는 다음과 같이 말한다.

楊子取爲我, 拔一毛而利天下, 不爲也, 墨子兼愛, 摩頂放踵, 利天下, 爲之, 子莫執中, 執中爲近之, 執中無權, 猶執一也, 所惡執一者爲其賊道也, 擧一而廢百也, (盡心章上)

사정의 변화여하에 따라 중용지도를 지켜가는 것이 행위의 유일한 정도라는 것은 더 말할 것도 없는 일이다. 그 중용지도야말로 유가의 교설 바로 그것이다. 이 점에 대하여는 나중에 더 설명을 가하겠다.


## 2.


도가의 학설은 일언이폐지하면 '자연으로 돌아가라' 하는 것이다. '도'라는 것은 전능한 것인지라 모든 사물로 하여금 그 자신의 천성(자연)을 가지게 하는 것으로 그 속에서 자전하게 하는 것이라 할 수 있다. 예를 들면 장자 개권벽두의 소요유에 나오는 곤(鯤)의 이야기와 그것을 비웃는 매암이(蜩)의 이야기[166] 같은 것은 夫小大雖殊, 而放於自得之場, 則物任其性, 事稱其能, 各當其分(郭註)하는 자연적인 천성의 경지에서 자족하는 것을 말하는 것이라고 하겠다. 그 크기가 수천리나 되는 곤과 같은 것이나 이 나무에서 저 나무로 간신히 날러 건너는 매암

---

166)　北冥有魚, 其名爲鯤, 鯤之大, 不知其幾千里…化而爲鳥, 其名爲鵬, 鵬之背, 不知其幾千里, 怒而飛, 其翼若垂之雲. 이렇게 웅장한 모양을 보고 매암이가 □□와 더불어 비웃어 가로되 나는 결연히 일어나서 날면 나무에 가 부딪친다. 어떤 때는 날지 못하고 땅에 떨어진다. 어찌 구만리를 가겠느냐 한다.

이 같이 적은 것이나 무위자득하여 인위적인 가공을 하지 않을 때에는 모든 것이 다 가각 자연적인 조건 하에 완결할 수 있다는 것이다. 인위적인 가공(Art)이라는 것은 자연성을 해치고 고통을 줄 뿐이다. 왜 그러냐 하면 장자가 말한 바와 같이 鳧脛雖短, 續之則憂, 鶴脛雖長, 斷之則非, 故性長非所斷, 性短非所續, 無所去憂也(駢拇章)인 까닭이다.

양주의 이기설은 보통 말하는 사리사욕적이라는 것과는 다르다. 사람이라는 것은 생에 대한 자연적인 천성대로 살아갈 것이지 자기가 선이라고 생각하는 것이라도 남에게 강제할 필요는 없다고 논할 뿐이다. 양주는 말한다. "만일 고인이 머리털 하나를 뽑음으로 말미암아 세상에 유익을 주었을 것이라고 하더라도 그는 그것을 하지 않았을 것이요 설사 세상이 어떤 단 한사람에게라도 그것을 요구하였다 하더라도 그는 그것을 허락하지 않았을 것이다. 아무도 머리카락 하나라도 뺏으려고 하지 않고 따라서 아무도 세상에 유익을 끼치려고 하지 않하였던들 도리어 세상은 완전한 상태를 가지게 되었을 것이다."

장자의 다른 일절을 또 인용하면 老聃曰, 請問何謂仁義, 孔子曰, 中心物愷兼愛無私, 此人義之情也, 老聃曰, 意, 幾乎後言, 夫兼愛不亦迂乎, 無私言乃私也, 夫子若欲使天下無失其牧乎, 則天地固有常矣, 日月固有明矣, 星辰固有列矣, 禽獸固有群矣, 樹木固有立矣, 夫子亦放德而行, 循道而趨, 已至矣, 又何偈偈乎揭仁義, 若□鼓而求亡子焉, 意夫子亂人之性也(天道章)


이와 같이 도가는 오직 자연상태라는 것의 좋은 방면만을 보고 있는 것이다. 인간도덕이라든가 사회적 규제라든가 그것이 어떠한 것임을 물론하고 그들에게는 반자연적인 것이다. 노자에 의하면 絕聖棄知, 民利百倍, 絕仁棄義, 民復孝慈, 絕巧棄利, 盜賊無有, 此三者以爲文足, 故

令有所屬, 見素抱樸, 少私寡慾(제19장)이니 이것은 즉 도가의 '자연'설을 아주 단적으로 표시한 것이라고 할 수 있다. 그리하여 만일 도가가 무슨 정부 같은 것을 필요로 한다면 그것은 반드시 극단의 자유방임의 것일 것이다. 天下多忌諱, 而民彌賓, 民多利器, 國家慈昏, 人多技巧, 奇物滋起, 法令滋章, 盜賊多有(老子 제57장) 그러므로 국가는 자연을 숭상하지 않으면 아니된다. 인위를 버리고 자연의 대도를 체(體)하지 않으면 아니된다. 자기의 천성에 따라서 천명에 만족하지 않으면 아니된다. 장자대종사 장에 이러한 이야기가 있다. 즉 어느때 자래(子來)라는 사람이 병이 들어 죽게 되었다. 처자들이 침두(寢頭)에 둘러 앉어 울고 있는데 자리(子犂)라는 사람이 문병을 가서 창에 의지하여 말하기를 "조화라는 것은 참으로 위대하고나. 장차 자네를 어찌할려는고. 자네를 어디로 가게 하려는고. 자네를 서간(鼠肝)이 되게하려는가 또는 충□(虫□)가 되게 하려는가" 하고 말하니 자래 대답하여 가로되 "부모가 아들더러 동이나 서나 어디던지 가라고 하면 오직 그 명에 좇을 뿐이다. 음양이라는 것은 부모보다 더 하다. 음양이 나의 죽음을 재촉한다면 나는 고요히 그 명에 복종할 것이지 그것을 듣지 않는다는 것은 그것을 거역하는 것이니 안될 말이다. 조화에게야 무슨 죄가 있는가. 자연의 큰 부피는 나로 하여금 형체로써 움직이게 하고 생(生)으로써 수고롭게 하고 노년으로써 편안케하고 사(死)로써 쉬이게 하니 생으로써 좋게 하여준 것은 곧 사로써 좋게하여 주는 것이 아닌가"

또 이 도가에 있어서는 지식이라는 것도 아무 소용이 없다. 도리어 해로울 뿐이다. 吾生也有涯, 而知也無涯, 以有涯隨無涯, 殆己(莊子 養生章) 우리가 요구하고 알아야 하고 또 얻어가져야 할 것은 도다. 그러나 그 도는 우리의 마음 속에 있는 것이다. 이 도가에 있어서의 도라는 것은 마치 범신론에 있어서의 신과 같다고도 할 수 있다. 범신론에 있어서는 신이 일체요 일체는 신이다.[167] 우리가 알아야 할 것은 우리 자신을 알고 또 지배하여야 하는 것이다. 남을 아는 것은 총명한 일이지만 자기자신을 아는 것은 그보다 더 나은 것이고 남을 지배하는 것은 강한 일이지만 자기자신을 지배하는 것은 더 강한 것이다. 그러면 이 도를 아는 방법은 어떠하냐.

도라는 것은 벌써 우리 자신 속에 있는 것이다. 그것은 무슨 인공적인 것을 그것에 첨가함에 의하여 알 수 있는 것이 아니라 도리어 벌써 전부터 마음 속에 인위적으로 가공하였던 것을 없애버리는 것에 의하여만 알 수 있는 것이다. 노자가 말하는 절학무우(絶學無憂)라는 것은 이것을 말하는 것이다. 그러므로 도가에 있어서는 지적 수련이라는 것은 무용의 것이다. 이것을 설명하는 장자의 말은 퍽 재미가 있다. "사실은 똑같은 것을 가지고 무어라고 이론을 캐는 것을 '朝三'이라고 한다. 그러면 '조삼'이라는 것은 무엇이냐. 원숭이 기르는 사람이 한번은 그것들에게 밤알을 주면서 하는 말이 아침에는 세톨 저녁에는 네톨을 먹으라고 하였더니 원숭이들이 대로하므로 그러면 아침에 네톨 저녁에 세톨을 먹으라 하였다는 이야기다. 이른바 조삼모사의 이야기다. 이같이 무용의 이론을 캐는 것이 아주 우스운 일이 아니고 무엇이겠는가 하는 것이다. 도가는 철두철미 인위적인 것에 반대하여 자연적인 도법과 명합일치(冥合一致)하여야 한다는 것을 주장하는 것이다.

---

167) 도가의 도를 풍씨는 범신론에 있어서의 신과 같은 것이라고 하였다. 그러나 이 양자가 과연 같은 것인가 어떤가는 깊은 토구를 요하는 문제가 아닐까 생각한다.

## 3.

묵자학설의 근본사상은 공리다. 도덕의 원리는 자연적인 것이 아니라 실용적인 데에 있다. 우리에게 이로운 것은 정의요, 이로운 것이라는 것은 누구나가 다 원하는 바라고 한다. 愛人利人, 以得福者有矣, 惡人賊人以得禍者亦有矣(墨子 卷一法儀) 이와 같이 묵자의 윤리학에 있어서의 지위는 근본적으로 공리주의적이다. 따라서 그는 실리논자요 경험론자다. 무슨 일을 논의하자면은 반드시 그것에는 표준이 있어야 한다. 만일 표준이 없다면 그것이 옳은지 그른지 또는 유리한지 유해한지를 결정할 수 없을 것이다. 그러므로 사물을 논의하는 데는 세가지 표준이 있는 것인데 (그의 소론 '언유삼법(言有三法)' 비명장하(非命章下)이다.) 첫째는 성왕의 도를 따라 가야하는 것(考先聖大王之事) 둘째는 누구나 보고 듣는 일상적인 사실로써 검토하여야 할 것이고(察衆之耳目之請) 셋째는 그 논의가 실제로 천하만민의 생활에 유효한 실리를 가져다 주느냐 하는 것이다(發而爲政乎國察萬民而觀之) 이 세 가지 표준 가운데에서 제일 중요한 것은 '이(利)'라는 것이다. 그러므로 묵자는 천하를 가장 이롭게 한다는 것을 원리로 하여 겸애설을 주장한다. 聖王之道, 天下之大利也. 이에 그 대리(大利)를 얻기 위하여 겸애(Universal Love)가 아니면 불가하다는 것이다.

인인(仁人)의 할 일은 천하의 이를 일으키고 해를 제거하는 데에 있다. 그러면 이때를 당하여 천하의 해 가운데에 어떤 것이 제일 큰 것이냐고 물으니 若大國之攻小國也, 大家之亂小家也…作之謀愚, 貴之敖賤, 此天下之害也(墨子卷 4 兼愛下)라고 하였다. 그러면 이러한 해는 어디서부터 오느냐. 그것은 타인을 애지(愛之)하고 이지(利之)하는 데에서 오지 않는 것임은 틀림없다. 부자(不慈) 불효(不孝) 천인(賤人)이 다같이 천하지해(天下之害)다. 그러므로 악인 적인(惡人賊人) 하는 대신에 애인이인(愛人利人)하지 않으면 아니된다. 그러나 이때에 애인이인 하는 데에 차별적으로 할 수도 있지 않으냐 할 것이지만 그것도 불가하다고 묵자는 말하는 것이다. 절대적인 보편적 겸애만이 천하를 이롭게 하는 것이다. 그뿐 아니라 이인애인하는 것이 타인에게만 좋을 뿐 아니라 행위자 자신에게도 이롭다는 것이 그 중요한 한 논거다. 그러므로 서로 싸워서는 아니된다. 묵자는 싸운다는 것을 반대한다. 즉 '비공(非攻)'을 주장하는 것이다. 그는 어떻든 최대다수의 최대행복이라는 것을 주장하는 사람이다.

그는 또한 도가에서 말하는 인성의 자연이라는 것의 불완전한 것임을 간파하였다. 이에 그는 인간 행위를 규제하는 권위를 요구하였다. 도가와는 대척적이라고도 할 수 있다. 즉 국가의 기능과 권위를 인정하여 그것이 공정한 생활을 하는 데 필요한 것이라고 하겠다.

古者民始生, 未有刑政之時, 蓋其語人異義, 是以一人則一義, 二人則二義, 十人則十義, 其人茲衆, 其所謂義者亦茲衆 是以人是其義以非人之義, 故交相非也…(墨子 卷3 上同) 그리하여 천하가 어지러워져서 금수와 같이 되었다. 그리하여 그 원인을 알고 보니 生於 無政長 이므로 選天下之賢, 可者立以爲天子 하였다는 것이다. 그런데 이 천자는 좋고 그른것을 변별할 수 있는 사람이므로 천자가 가하다고 생각하는 것이거든 만인이 다 가하다고 생각하여야 하고 그가 불가하다고 생각하는 것이거든 만인이 다 불가하다고 생각하여야 한다. 이 점에 국가의 개념에 있어서도 도한 묵자는 도가와 다르다. 그밖에 그는 교육의 중요성을 강조한다. 見染絲者而歎曰, 染於蒼則蒼, 染於黃則黃, 小入者變其色亦變, 五入必而則爲五色矣, 故染不可不愼也(卷1 所染) 즉 교우를 신지(愼之)하여야 한다는 것을 말한 것이다. 이것으로써 보건대 그는 인성이라는 것을 로크의 '타불라 라사'(백지)와 같은 것으로 본 듯하다.

묵자는 또 명(命)이라는 것을 반대한다. 비결정론자다. 어디까지든지 애인이인하는 실천적인 행위가 크면 클수록 상을 받을 것이요 악인적인하는 행위가 크면 클수록 벌을 받아야 할 것이라고 한다.(非命章) 그는 언제나 인구의 최대다수를 생각하는 것이다. 외적인 선으로써 평화스럽게 서로 사랑하면서 살아가야 한다. 성왕이 천하를 지배하면 천하의 부가 배가하고 무용(無用)의 비(費)를 없이하면 더욱 부하게 할 수 있다(節用章) 천하의 진보발전은 투쟁과 경쟁에 의하여서 가능한 것이 아니라 보편적인 사랑과 상호부조에 의하여서만 가능한 것이다. 이러한 것으로써 보건대 묵자의 겸애사상이 단순히 플라톤적인 이상적인 사랑이 아니라 너무도 실제적이고 실리적이라는 것을 알 수 있을 것이다. 그리하여 그는 드디어 음악과 미술까지도 부인하게 된다. 눈이 미를 모르고 귀가 악을 즐기지 않는 바 아니나 백성에게는 기(飢), 한(寒), 노(勞)라는 민(民)의 거환(巨患)이 있으니 어느 해가(奚暇)에 미와 악을 찾을 수 있으랴 하는 것이다. 그러므로 爲樂非也다.(非樂章)

이리하여 그는 드디어 유가에 있어서의 장례의 복잡한 예와 삼년간의 服制(厚葬久喪의 예)에 반대한다. 왜 그러냐하면 민은 그와 같이 함에 의하여 시간과 노력과 부를 허비해서는 아니되는 까닭이다. 그대로 하다가는 國家必貧, 人民必寡, 刑政必亂이 되는 것이다.(묵자권6 節葬)

이것으로써 묵자설의 결정적인 반자연적 태도를 적출할 수 있다. 사실 그와 같은 관점에서 본다면 음악이니 미술이니 하는 것은 소용이 없을 것이다. 죽음이라는 것이 생명과정의 불가피한 것일진대 슬퍼할 필요가 어디 있겠느냐는 것이다. 이와 같이 그의 공리설이 극단까지 다다르고 말았기 때문에 순자가 墨子蔽於用, 而不知文(荀子卷15 解蔽章)이라고 한 것은 아주 적평이라고 할 수 있을 것이다. 실리에 눈이 어두어 가지고 우아라는 것을 아지 못하고 말았다.

그러나 어떻든 묵자는 분명히 인간의 행복을 외적 세계에서 찾아야 한다는 것을 가르쳐 준 철인이었다. 그는 도가와 같이 자연상태에 있어서만 행복을 누릴 수가 있는 필요하고 또 해야만 할 것은 '자연으로 돌아가라'는 것이다라고 하지 않았다. 도리어 그는 '자연'에서 벗어져 나와야 한다는 것을 강조한다. 도가와 같이 '자연'만 숭상하다가는 사람은 불완전하고 어리석고 또 유약하게 된다는 것을 도파(道破)한 것은 묵자다. 그러므로 강하고 슬기롭고 또 완전하기 위하여는 사람은 국가와 도덕과 또 인격적 신<sup>168)</sup>의 조력을 받지 않으면 아니된다. 이것으로써 보건대 그의 철학은 발전과 미래에 대한 강한 원망을 가지고 있다고 할 수 있을 것이다. 그는 과거보다도 미래의 '이(利)'라는 것을 중시하였다. 이것을 설명하는 팽경생자(彭輕生子)와의 적절한 문답<sup>169)</sup>은 완미할 가치가 있다고 생각한다. 미래를 지배하기 위하여 과거를 이용한다는 것이다. 이 정신은 과학적인 것이다. 사실 묵자 속에는 현대적 의미의 논리니 정의니 하는 유의 것에 대하여 상당히 진지한 태도로써 노력한 개소가 많이 있다. 대단히 흥미 있는 과학적인 많은 정의가 실려 있다. 가령 '힘이라는 것은 그것에 의하여 무엇이 일어나려고 하는 것'(力形之所以奮也)이라든지 '원은 주변에서 동거리에 있는 한 중심을 가진 것'(圓一中同長也) 같은 것은 근대적 과학사상의 맹아를 내포하였던 증좌라고 할 수

---

168) 풍씨에 의하면 묵자는 인격적인 신을 상정하였다고 하였다. 즉 애인이인하여 보편적으로 겸애하는 것이 실리가 있으니까 하는 것이 아니라 또한 그것이 신의 의사에 부합하는 것이기 때문에 하는 것이라고 하였다. 그러나 이 신이라고 한 데에는 더 고구할 여지가 있지 않을까 한다.

169) 彭輕生子曰 往者可知, 來者不可知, 子墨子曰, 藉設於親在百里之外, 則遇難焉, 期以一日也, 及之則生, 不及則死, 今有問車良馬於此, 又有奴馬四隅之輪於此, 使子擇焉, 子將何乘, 對曰, 乘良馬固車, 可以速至, 子墨子曰, 焉在不知來(墨子 卷十三 魯問)

있을 것이다.[170] 사실로 묵자는 성벽을 방호하기 위하여 무슨 기계를 발명하였다고도 한다.

이 묵자설은 풍씨의 말하는 지나사상에 있어서의 '자연'과 '인위'의 두 방향 가운데서 후자에 속하는 것이다.


4.


이상에서 도가의 설과 묵가의 설을 비교적 자세히 음미하였는데 이제는 이 양극단의 이설에 대한 제3의 체계로서 유가의 설을 검토하기로 하자. 풍씨는 이 체계에 대하여도 퍽 정세(精細)하게 논술하고 있으나 그것에 대하여 나는 필요한 한 논급하기로 한다. 도가의 설이나 묵가의 설보다는 공자의 설이 우리에게는 더 일반적으로 잘 알려져 있는 까닭이다. 일언으로 말하면 유가의 설은 자연(Nature)과 인위(Art)라는 도묵양설의 중간에 있는 것이다. 즉 중용(Mean)의 도를 설하는 것이다. 그러나 공자 뒤에는 이 이설도 두 개의 유형으로 나눌 수가 있다고 하겠다. 즉 맹자로써 대표되는 것은 도가의 극단적인 자연론에 비교적 가깝고 순자로써 대표되는 것은 묵가의 극단적인 인위론에 비교적 가깝다고 할 수 있을 것이다. 공자 자신의 교설이 극단적인 자연론(천명론)에 보다 더 가까웠던 까닭으로 나중에는 맹자가 유가의 진정하고 정통적인 후계자로써 지목되었다. 유가를 대표하는 데에 공맹의 교설을

---

170)　묵자권10에는 이러한 간단한 정의와 규정이 퍽 많으나 그 의미를 모를 것이 태반이다. 풍씨는 이러한 근대과학의 귀한 싹이 이천수백년전에 벌써 있었는데 그것이 발전되지 못하고 매몰되어 버린 것을 아까워 하는 것을 문외에 암시하고 있다.

선택하는 것은 전통적인 방법이나 그러나 지나사상의 인위적 방면(Art Line)을 발전시키려고 애쓴 역사상의 다른 철학자를 고려하자면 순자를 조상(俎上)에 올리지 않을 수 없을 것이다.

맹자의 말과 같이 공자도 시대와 환경의 제약을 벗어나지 못한 성인이었다. 가야만 할 때는 꼭 갔고 머물러야만 할 때는 꼭 머물렀으며 한거해야만 할 때는 꼭 한거했고 벼슬해야만 할 때는 꼭 벼슬을 했다. 이러한 것이 공자였다. 즉 공자는 처지와 경우에 따르는 차별관을 강조하였던 것이다. 사람을 어떻게 사랑(Love)하여야 되느냐가 문제가 아니라 누구를 사랑해야 하느냐가 제일의 문제이었던 것이다.

君子之於物也，愛之而弗仁，於民也，仁之而弗親，親親而仁民，仁民而愛物(盡心章上)이라고 한 애(Kind), 인(Friendly), 친(Affectionate)의 3등급이 있다는 것이다. 그 대상의 여하를 불구하고 덮어놓고 사랑한다는 겸애가 아니다. 정도의 차로써 사랑하는 것이 인간성정에 가장 자연한 것이기 때문이다. 유가의 교설에 의하면 인성이라는 것은 본시 선한 것이다. 이것은 공자 이전에 있어서도 한 전통적인 것이었던 듯하다. 그러므로 도덕이라는 것은 숭상해야 할 것이고 또 욕구해야 할 것이다. 인성은 본래 선한 것이기는 하지만 인간이 탄생하면서부터 완전한 것은 아니다. 그러므로 인간의 본연의 내재적인 성이 완전히 발전하여 저급한 욕망을 전부 없애버리기까지는 완전한 것이 될 수가 없다. 맹자가 말하는 사단설은 인간의 근원적으로 타가지고 난 선에 다다르는 가능성을 지적한 것이나 그것을 확이충지(擴而充之)하면 불이 능히 탈 수 있고 샘이 능히 솟을 수 있는 것과 같이 사해(四海)를 능히 보전할 수 있으나 그렇지 못하다면 부모도 섬기지 못할 것이다. 그러므로 근원적으로 선한 성을 발전시키는 동시에 다른 한편으로는 저급의 물욕을 제거하지 않으면 아니된다.

이에 인성의 자연적인 능력을 발전시키기 위하여 어떤 적극적인 조직이 필요하게 된다. 도가의 단순한 도법자연의 이설만으로는 불충분하다. 이곳에 국가라는 것이 불가피적으로 요청되는 것이다. 천(天)은 지상에 백성을 창조했고 그들을 위하여 지배자와 교도자를 지정했다. 그러나 이 양자는 서로 분리고립해서는 아니된다. 즉 정치와 철학적인 교육으로서 통일되어야 한다. 이 점에 지나정치사상은 플라톤의 이상국가의 이상과 일치한다.[171) 즉 임금은 철학자라야 하고 철학자는 임금이 되어야 한다. 이것이 특히 유가의 국가개념에 있어서 강조되고 있다. 국가의 제일의 의무는 무엇보다도 백성을 살게하는 부의 일정량을 먼저 보유케 하여야 하며 그 다음에는 백성을 잘 가르치는 것이라야 한다. 공자가 위에 갔었을 때 염유(冉有)가 따라갔었다. 그때에 子曰, 庶矣哉, 冉有曰 旣庶矣, 又何加焉, 曰富之, 曰旣富之, 又何加焉, 曰敎之(子路)라 한 것을 보아도 백성은 우선 먹여살려야 하고 그 다음에는 가르쳐야 한다는 것이다. 그러자면 국가가 있어가지고 선왕의 도를 본받아 선정을 베푸는 성군이 있어야 하는 것이다. 子貢問政, 子曰 足食足兵, 民信之矣(顔淵)

생이나 사나 부나 귀는 다 천명이다. 개인적, 외부적인 것은 다 운명적으로 결정되어 있는 것이다. 그러므로 사람이 할 수 있고 또 해야 하는 것은 자기 마음 속에 있는 선성을 발견해 내는 일이다. 사람이 외부적인 것을 지배할 수 없다는 사실은 사람을 불완전하게 하지 못한다. 사람은 천명에 의하여 이 선성이 부여되어 있고 이 선성을 발전시킴에 의하여 사람은 진리와 행복을 향수할 수 있는 것이다. 주의를 우리 자

---

171)  플라톤은 예지를 가진 철학자가 최상급에 서서 용기를 가진 병사와 절제를 가진 서민의 위에서 정의를 실현해야 한다고 했다.

신에 돌려서 그 속에서 진리를 찾자. 그 보다 더 큰 기쁨은 없다고 맹자는 말한다.

이렇게 보아올 것 같으면 유가의 설은 도가의 설과 비슷하다. 행복과 진리는 우리 마음 속에 있다. 우리의 마음 속에 내재한 힘을 발전만 시킨다면 우리는 스스로 만족할 것이라고 한다.

이상에서 우리는 지나사상의 근본적인 세 유형을 개관하여 보았는데 그것을 이곳에서 간단히 요약하여 보면 형이상학에 있어서 도가는 우주를 지배하는 힘은 전능한 '도' 또는 '자연'이라고 하고 묵가는 인격화된 신이라고 하며 유가는 천명이라고 하였다. 국가론에 있어서는 도가가 만일 정부같은 것을 요구한다고 하면 그것은 자유방임의 정부일 것이고 묵가는 각종각양의 개개의 의견을 잘 규제하는 국가라야 할 것이고 유가는 인간의 도덕적 능력을 잘 발전시키는 국가를 요구하고 있는 것이다. 또 생활태도에 있어 도가는 인생은 본래 완전한 것이므로 만인은 자기자신의 천성에 따라 살아야만 한다 하고 묵가는 그 반대로 인성은 원래 불완전한 것이라는 것, 만인의 행복을 위하여 겸애를 중시하지 않으면 아니된다고 하며 유가는 인성은 본래 선한 것이기는 하나 그것을 발전시키고 양육하고 완성시켜야만 할 것이며 또 남을 일률로 사랑한다 하더라도 차별관을 무시해서는 아니된다는 것이다. 끝으로 교육설을 가지고 보면 도가는 자연으로 돌아가라는 것을 가르치고 묵가는 환경을 지배하라고 가르치며 유가는 자기실현을 가르친다. 이와 같은 네가지 관점에 의하여 지나사상사상에 있어서 도가는 자연을 묵가는 인위를 유가는 중용을 주장한다고 하는 자기의 주장이 증명될 것이라고 풍씨는 말한다.

이와 같은 세 학설이 서로 격렬하게 우열을 다투어가며 항쟁한 결과는 묵가의 완전영원한 패배로 돌아가고 말았다. 그리하여 그 뒤는 다시 나타나지 못하였다. 그러면 묵가가 패배한 원인은 무엇이냐. 풍씨는 알 수가 없다고 말하나 아마 학설 자체의 체계적인 결점이 그 주된 원인이 아닐까하고 생각한다고 하였다. 세상이 모두 묵가의 설을 싫어하였기 때문에 묵자 자신의 열정적이고 위대한 인격에도 불구하고 그가 한 번 죽어버리자 세인은 영영 묵가의 설을 잊어버리고 말았다. 그러나 한 편으로 위에서도 말한 바와 같이 당시에 묵자와는 비록 다르나 지나사상의 인위의 방향을 발전시킨 사람이 있었으니 그는 즉 순자(전 269?-239?)다. 그는 유가의 진정한 후계자로 자임하여 인성은 절대적으로 악한 것이므로 그것을 선하게 만드는 것이 통치자와 교사의 임무라고 말하였다.

그는 장자를 비난하여 말하되 莊子蔽於天, 不知人(순자 해폐장)이라고 하였다. 그의 사상은 자연으로 돌아가는 것이 아니라 그것을 정복하는 것이다. 大天而思之, 孰與物蓄而制之, 從天而頌之, 孰與制天命而用之(순자 천론) 이것은 영국의 베이컨의 자연정복사상과 비슷하다. 그러나 불행하게도 그의 문인들은 인위의 방향으로 그의 사상을 발전시키지 못하였다. 그들은 사(師)의 정치철학은 수성하였으나 너무도 동떨어지게 끌고 나가고 말았다. 기원전 3세기에 진시황이 비로소 전국의 제웅을 정복하여 천하를 통일하였을 때에 순자의 문인 이사가 처음으로 대부(수상)가 되었었으나 그는 너무도 통일제국을 완성하기에 급급하여 국가의 권위를 너무 극단으로 신장하고 말았다. 갱유분서의 최초의 장본인이 되어버렸다. 이에 황제는 극단의 폭군이 되고 백성은 반기를 들었다. 그리하여 순자의 사상도 진의 멸망과 함께 미구에 영구히 소멸하고 말았다.

## 5.

　진이 멸망한 뒤 지나사상에 있어서의 '인위'의 방향은 다시는 나타나지 않았다. 미구에 한 층 더 극단적인 '자연' 철학으로서의 불교가 전래하여 왔다. 그리하여 지나인의 마음은 장구한 동안 도교, 유교, 불교의 세 가지 교설 속에서 동요 방황하였다. 이 도유불의 삼교를 하나로 통일하여 지나국민정신에 지금까지 살아내려오는 새로운 교설을 주입한 것은 그 뒤 서기 후 10세기의 일이다. 그 새 교설은 즉 송학이다. 송학의 학자들은 그들의 교설이 진정한 유교라고 주장하였다. 그러나 그것은 신유교일지언정 유교 바로 그것은 아니다. 송학의 대표자들은 처음에는 도교와 불교의 신자이었으나 나중에 유교로 돌아간 것이다. 그들은 그들 이전에는 아무도 주의하지 않았던 예기 가운데의 두편을 전본(典本)으로 집어올렸다. 유교를 가장 체계적으로 구현한 대학과 중용에 대한 주의를 환기하였다는 것은 그들의 공적이다. 대학에 있는 명명덕(明明德), 신민(新民), 지지선(止至善)의 삼강령과 격물, 치지, 성의, 정심, 수신, 제가, 치국, 평천하의 팔조목은 유가의 목적과 생활의 방법을 단적으로 표현한 것으로 그들 신유교의 학자들은 도교와 불교를 이 삼강목 팔조목으로써 해석하려고 하였다. 그들은 인간의 욕망을 초극하여 천명이라든가 또는 그 이전에 있어서는 절대로 문제된 일이 없는 불교의 '법(法)'과 '공(空)'의 사상에 의하여 표시된 여러 개념을 도입하였던 까닭으로 본래의 유가의 사상과는 거리가 멀었다. 당초의 유가의 설에 의하면 인성은 선이라고 하지만 그것은 다만 한 개의 맹아 혹은 맹자의 이른바 '단(端)'에 불과한 것이므로 그것을 기르고 발전시키고 또 완성시키지 않으면 아니되는 것이었다. 그러나 이 신유학에 의하면 천명이라는 것은 설사 그것이 인간의 욕망에 의하여 덮여 있기는 하지만 본래 완전한 것이므로 사람은 다만 그것을 제거만하면 인성은 금강석 같이 스스로 빛날 것이라고 한다. 이것은 노자가 말하는 '절기(絶棄)'와 똑같다고 할 수 있다. 그러나 이 신유학은 도교와 불교와는 근본적으로 다를 뿐 아니라 그들은 이것들을 대단히 공격하였다. 인간의 물욕을 절기하여 천명을 수복하기 위하여는 생활을 완전히 부정할 필요는 없다는 것이다. 필요한 것은 성(性)에 의하여 사는 것이고 생활에 있어서만 천명은 완전히 실현될 수가 있다고 하였다.

그런데 이 철학자들은 대학에 나오는 '물(物)'이라는 것을 깊이 연구하여 "물이란 대체 무엇이냐"하는 문제에 부딪히게 되었다. 이에 신유학에 두 유형이 생기게 되었는데 즉 주자학파는 '물(物)'이라는 것은 외부적인 것이므로 그것을 단번에 알아내기는 어려운 일이라고 하였다. 그리하여 이 해석을 실지로 행한 사람은 하나도 없고 주희 자신도 그것은 못하였던 것이다. 또 양명학파는 물은 마음 가운데의 현상이라고 하였다. 주자는 불교의 유심론적 경향을 배척하고 있으나 양명은 도리어 이 유심론적 세계관을 받아 들이고 있다. 즉 불교의 유식의 사상 또는 식망수심(息妄修心)의 사상에서 영향을 받고 있는 것이다.

지나철학사상에 있어서 이 시대는 마치 구주사에 있어서의 현대과학의 발전의 시대와 맞비길 수가 있다. 그러나 중요한 유일한 차이는 구주에서 기술이 발달한 것은 '물'을 지식적으로 해석하고 또 그것을 지배한 곳에 있었으나 지나에 있어서는 '심'을 해석하고 지배하는 기술이 발달하였던 것이다. 이 점에 있어서는 인도의 사상이 큰 공헌을 하고 있다. 그런데 이 인도사상과 지나사상이 또 다른 것이니 그것은 인도적 기술이라는 것은 생의 부정에서 실천된 것이지만 지나적 기술이라는 것은 다만 생의 내부에서 관념적으로 실천되었다는 것이다. 그러나 이 신유학의 제학설은 다만 그 이상이 인간의 물욕을 절기하여 천명을 수복한다는 것이 제일이라는 점에서 동일한 것이다.


## 6.

인류의 역사에 있어서 기독교 하의 구주는 선과 행복을 중세에 있어서는 신에서 발견하려고 하였으나 근대에 있어서는 그것을 지상에서 찾으려고 하였다. 성 오거스틴은 '신의 나라'를 실현하려 하였고 베이컨은 '인간의 왕국'에서 찾으려고 하였다. 그러나 지나에 있어서는 노장의 '자연'적 방향(Nature Line)이 소멸한 뒤에는 오로지 인간의 마음 속에서 선과 행복을 찾으려고 모든 노력을 경주하여 왔다. 환언하면 중세의 구주는 신을 찾고 그 구제를 기도하였으며 근대의 구주는 자연을 인식하고 그것을 정복하며 지배하려고 하였으나 지나에 있어서는 인간의 마음 속에 있는 것을 아는 것에 의하여 영구한 평화를 찾으려고 하였다.

과학의 효용은 무엇이냐. 근대구주의 과학―철학의 두 사람의 개조는 두 개의 해답을 주고 있다. 즉 데카르트는 확실성이라고 하였고 베이컨은 힘(力)이라고 하였다. 근대구주의 과학은 물질에서 출발하였으므로 과학적 방법을 발견하였다. 정세(精細), 정확, 증명을 요구하는 방법에 의하여 물질의 과학이 발달하였다. 그러나 지나 사상은 다만 '마음'에서 출발하였으므로 과학적 방법을 발견할 수가 없었다. 내가 지금 배가 고프다고 하자. 그러면 내가 지금 밥을 요구한다는 것을 추상적 과학적 방법으로 증명하는 것이 필요하지 않겠는가. 그런데 지나의 철학자들은 사물을 너무도 심각하게 생각하여 지적인 고구는 제쳐놓고 우선 실행하여야 한다고 하였다. 주자같은 철학자는 선성(先聖)은 덕이 무엇이냐를 묻지 말고 그것을 먼저 실행하라고만 가르쳤다고 말하였다. 사탕이 어떻게 다냐고 묻지 말고 그저 맛을 보라고만 말하였다. 지나의 철학자들은 감관적 지각(Pereception)의 확실성은 사랑하였으나 과학적 개념(Conception)의 확실성은 사랑하지 않았다. 그리하여 그들은 세계의 구체적인 지각을 개념적인 과학의 형태로 번역하지 않았다. 간단히 말하면 지나철학은 과거의 모든 철학이 그러했던 까닭으로 너무 세속적이요 실행만을 주중(主重)하였던 것이다.—즉, 과학을 가지지 않았다. 그런데 서구의 철학자들은 그들의 명석한 사고와 과학적인 지식을 자랑하였으니 지나의 철학자들은 그렇지 않았다. 서양에 비교하여 지나에는 명석 정확한 사고가 부족하기는 하였지만 합리적인 행복에 있어서는 그 부족을 보상하고도 남음이 있었다. 버트란드 러셀이 말한 바와 같이 지나인은 힘(力)을 향락하는 합리적인 쾌락은 퍽 중요시한 국민이라는 점에서 구주인과는 다르다고 말하였다. 지나사상은 과학을 요구하지 않고 힘을 향락하는 것이었다. 과학은 비록 베이컨이 말한 바와 같이 힘이기는 하지만 지나의 사상가가 질긴 힘이라는 것은 그런 의미의 힘이 아니라 도덕적인 실천으로서의 힘이었던 것이다. 지식을 요구한 것은 그들 자신이었음에도 불구하고 그들은 과학의 확실성을 요구하지 않았고 정복하려고 요구한 것이 또한 그들 자신이었음에도 불구하고 그들은 과학의 힘이 필요하다고 하지 않았다. 그들에게 있어서는 혜지(慧知)의 만족이라는 것은 지성적인 지식이 아니었고 또 그 혜지라는 것이 외부적 재화를 증가시키는 것도 아니었다. 도가는 외부재화라는 것은 도리어 인성의 혼란을 재래하는 것이라고 보았다. 또 유가는 도가와 같이 그렇게 극단은 아니라고 하더라도 결코 인간행복의 근원이 어디에 있느냐 하는 것을 고찰하지 않았다. 그러면 과학의 효용은 무엇이냐.

이 점에 대하여 풍씨는 말한다.—즉 만일 지나국민이 선과 이를 동일시한 묵자라든가 또는 자연을 상탄(賞歎)하는 대신에 그것을 정복해야만 한다고 한 점에 관한 한 순자의 사상을 계승발전시켰더라면 지나도 꽤 오래 전에 벌써 과학을 생산할 수가 있었으리라고 말한다. 이것은 물론 그의 말과 같이 단순한 하나의 추상에 불과하지만 그러나 이러한 추상이 묵자나 순자의 저작 속에 나타나는 과학의 맹아를 발견할 때 사실로 가능한 추상이라는 것을 저버릴 수가 없을 것이다. 행인지 불행인지는 모르나 지나 사상에 있어서의 이러한 '인위'의 방향이 그 대립자에 의하여 정복되고 말았다.

이에 이곳에 한 개의 의문이 생긴다. 즉 그러면 지나에 있어서는 내적인 것에서 외적인 것으로 주의를 전환하지 못하는 사이에 왜 서양은 신에서 지상으로 주의를 전환할 수가 있었느냐 하는 것이다. 이것에 대하여 풍씨는 이렇게 대답한다. 즉 서양인은 선과 행복을 신이나 지상에서 발견하려고 하였고 모든 철학자들은 그의 이른바 '인위'의 방향에 속하는 것이기 때문이라고 한다. 기독교의 창창(創唱) 이전에 스토아 학파가 내재의 신을 신봉한 것과 같이 구주에도 '자연'의 방향이라고 할 수 있는 것이 있었다. 기독교가 나타난 뒤에는 초절적인 절대신을 신봉하였다. 그러나 구주인은 그 뒤에 신의 존재를 증명하려고 하였다. 철학자들은 아리스토텔레스의 논리학과 자연현상의 연구로써 신의 존재를 증명하였다. 중세의 철학자의 대부분은 성경의 내용을 설명하기 위하여 철학과 과학이 필요하였다. 그리하여 근대의 서양은 외적 세계를 인식하고 또 그것을 확증하려고 하는 정신을 지속하여 갔다. 신에 대한 신앙을 자연계의 인식으로 전환시켰고, 신의 창조적 섭리를 인과적 기계론으로 돌려 버렸다. 이것이 그 전부라고 할 수 있다고 그는 말한다. 구주에 있어서는 역사의 지속은 있었어도 중세와 근대와의 사이에는 명확한 한계가 없다. 중세나 근대나 다같이 외적 세계를 인식하려고 하였다. 처음에는 그것을 알려고 하였고 그것을 안 뒤에는 그것을 정복하려고 하였다. 그리하여 드디어 과학에 도달하고 말았다. 그들은 인성의 완전성을 인정하지 않았었으므로 과학을 가지게 된 것이다. 사람은 약하고 우매하고 또 구조될 수 없는 것이다. 그러므로 완전하고 강하고 지혜롭게 되기 위하여 인위적인 무엇이 첨가되지 않으면 아니되었다. 그리하여 그들은 확실성과 역할을 요구하였다. 사회, 법률, 국가, 도덕을 요구하였다. 그러면 소위 그 '자연' 방향의 사상이라는 것은 어떠한가. 모든 사물은 우리 자신 속에서 벌써 영원히 선일진대 무엇 때문에 외부세계에서 행복을 찾으려고 할 필요가 있겠는가. 이것은 마치 석가가 말한 금제식발(金製食鉢)을 가지고 밥을 걸하는 걸인의 예에 해당하지 않은가. 금같이 귀한 것을 가졌는데 밥은 무엇하느냐는 말이다. 귀한 마음의 본성을 가졌는데 확실성이니 힘이니 하는 것이 무엇에 소용되느냐는 말이다.

사물을 추상적으로 또는 일반적인 술어로써 이야기하는 것은 대단히 위험한 일이지만 동서양의 특색을 간단히 적출한다면 서양은 외적이고 동양은 내적이며 서양이 사물의 내용(have)을 중시하는 데에 대하여 동양은 그 형식적 상태(are)를 강조하는 것이다. 이러한 동양 서양의 특색을 조화하여 인간의 행복이 물심양면으로 행복하게 하자면 어떻게 하여야 하겠느냐하는 문제는 참으로 거창하여 해답하기 어렵다고 그는 말한다. 아무튼 생에 대한 지나인의 생각이 혹 틀렸는지는 모르나 그 노력만은 결코 헛되지 않으리라고 하며 만일 인류가 더욱더 슬기로워져서 마음의 평화와 행복을 기원한다고 하면 지나적 예지로 돌아가지 않으면 아니될 것이다라고 결론한다.

이 글은 필자가 원문을 임의로 가감첨삭한 곳이 많고 또 주는 실상 더 많이 낼 필요를 느꼈으나 시간관계로 이 정도로 해 버린 것이 퍽 유감이나, 어떻든 원의는 상하지 않자고 했다는 것을 끝으로 부언한다.

# 내가 지금 다시 학생이 된다면(설문)

『조광』 제7권 제10호, 1941. 10.

　　벌써 학생생활을 끝막은 지도 십년이 넘습니다. 날이 가면 갈수록
몹시 뉘우쳐 지는 것은 육체단련에 대하여 왜 용심(用心)하지 않았던
가 하는 것입니다. 만일 그 시절이 다시 돌아온다면 두말 없이 충장공
김덕령金德齡(1567-1596) 같은 역사는 못된다 하더라도 무쇠다리 팔
에 체중 70킬로쯤의 체력을 가질 수 있도록 노력할 것입니다. 그 다음
으로는 한문, 영, 독, 불, 희, 라틴어는 말할 것도 없고 중, 러, 이(伊), 서
(西)의 어학을 전부 마스터해 버릴 것입니다. 어학은 학생시대에 해버
려야 할 것입니다. 셋째로는 '먼나라'의 꿋꿋하고 아리따운 풍경을 꿈
속에 그리기 위하여 내가 지난 날에 해 온 것보다 몇 배 이상의 분투를
할 것입니다. 학생 시대는 공리와 실용을 위한 시기가 아니라 웅원(雄
遠), 경륜, 이상, 창조의 도가니 속 같은 시기라고 생각합니다. 요사이

학생들은 꿈이 없고 기개가 없더군요. 어떻든 지난 날이 다시 돌아온다
면 얼마나 좋겠습니까. 그러나 그것은 백일몽입니다.

# 동양정신의 특색

## – 한개의 동양에의 반성 –

『조광』 79호, 1942. 5. 〈동양정신특집〉

흔히 사람들이 말하는 바와 같이 여러 개의 문화권을 생각할 수가 있다. 즉 동양문화권이니 또는 서양문화권이니 하는 것이 그것이다. 한 개의 문화권 속에 들어가는 여러 개의 문화에는 자연히 공통된 무엇이 있을 것이고 따라서 그것이 역사철학적인 한 개의 '세계'를 형성시키는 보편자가 될 것이다. 동양문화권의 '세계'에는 동양문화의 형성발전의 과정 속에서 일관하여 흐르는 어떤 보편자가 발견될 것이고 서양문화권의 '세계'에도 또한 그러한 것이 추출될 것이다. 이 양대문화권이 가지가지의 교섭관계를 역사적으로 지속하여 오면서도 서로 맞비겨버리지 못할 무슨 특질을 가지고 있으며 또 가지고 있어야 한다는 것은 많은 사람들이 이미 다 말하고 있는 바이다.

그러나 우리는 이 보편적인 특질을 그냥 나열적으로 매거(枚擧)함으로써 만족할 것이 아니라 그것을 방법적으로 역사적 통일적 특수성으로서 파악하지 않으면 아니 될 것이다. 문화는 결국 세계문화로서 통일될 이상을 가지고 있으면서도 그 전제로서 우리는 먼저 각문화권의 역사적 성격—특수성의, 문제로서 제출되지 않아서는 아니 될 것이다. 이 특수성을 무시하고 처음부터 단번에 세계문화 혹은 문화일반을 운위하는 것은 현실을 직시하는 과학적 태도가 아닐 것이다. 각 사회 민족의 문화가 각각 역사적 개성을 가지고 있으면서도 그것이 어떻게 해서 더 큰 역사적 문화권에 매개 권입(捲入)하여 발전되어가느냐가 구명된 뒤에 비로소 한 개의 문화권의 '세계'가 다른 한 개의 문화권의 '세계'와 접촉, 반발, 충돌 내지 통일되어가는 과정과 그 통일에 대한 주체적 활동의 주인공의 의미가 명백해질 것이다. 그러므로 우리는 동양이라고 하는 한 개의 문화권의 통일적 전제를 이르는 동양적 성격 내지는 특수성이 무엇이냐하는 문제를 우선 집어올리지 않아서는 아니될 것이다.

다수한 문화를 한 개의 문화권에 예속시키는 무슨 보편적인 것이 있을 것이다. 우리는 그러나 이 보편적인 것을 둘로 구별하여 생각하지 않으면 아니된다. 즉 그 하나는 각 사회와 민족의 문화를 비교 고찰하여 그곳으로부터 추출되는 것이다. 환언하면 뒤로부터 발견해낼 수 있는 것이고 다른 하나는 그것을 발견해내기 전에 명백히 의식되는 것으로서 개개의 문화는 이 의식된 보편적인 것에 의하어 지배되어 형성되는 것이라고 생각되는 것이다. 제1의 것이 추상된 것이라고 하면 이 제2의 것은 처음부터 개개의 문화를 지배하고 있는 것이라고 할 수 있다. 전자를 비교고찰이라고 하는 한 개의 추상적 수속(手續)을 경유하여 발견된 것이라고 하면 후자는 처음부터 한 개의 현실적인 힘(力)으로서 그 문화권 속의 생활자를 지배하고 있는 구체적인 원리인 것이다. 한 개의 문화권의 '세계'가 다른 한 개의 문화권의 '세계'로부터 구별되어 그것의 독자적인 성격이 정식화되자면 이 두 개의 방향이 다같이 증명되며 또 현실적으로 지적되지 않아서는 아니 될 것이다. 그러면, 동양이라고 하는 한 개의 문화권이 서양이라고 하는 다른 한 개의 문화권으로부터 여하히 구별되어 형성되었으며 또 그것을 형성시키며 지배하는 구체적인 힘, 특질은 무엇인가, 제일의 공통적인 추상적 인자만으로서는 동양이라고 하는 한 개의 역사적 '세계'가 특자적(特自的)으로 형성발전된 면모를 특징지으기에 불충분함으로 제2의 현실적으로 구체적인 원동력으로서 사람의 의식과 생활을 지배하는 구체적 보편자에 의하여 지지(支持)되어 있는 점을 적출(摘出)하지 않으면 아니될 것이다. 이 구체적인 보편자에 의하여 통일되어서만 비로소 참으로 통일되었다고 자각할 수 있을 것이다.

현재까지 동양의 문화 내지 정신에 제일의 추상적 보편자와 구체적 보편자가 다같이 지적되며 또 그것에 의하여 통일되어 있으며 또 그 통일 속에서 우리 동양인이 자각적으로 생활하여 왔느냐하는 점에 대하여서는 논자에 따라 의견이 다르다 할 것이다. 즉 어떤 사람은 동양문화 내지 정신에는 다못 추상적 보편자만 있을 뿐이고 구체적 보편자는 아직 발견되지 않는다고 말한다. 그러나 서양문화는 정히 이 구체적 보편자를 가지고 있다고 한다. 그리하여 심지어 동양문화 내지 정신과 서양의 그것과의 근본적인 차이와 대립을 부정하는 논자도 있는 것이다. 즉 첫째로 그는 동양이라고 하는 문화권은 서양과 같이 문화적 통일을 가지고 있지 않다. 동양문화 내지 동양정신이라고 하는 것은 있는 것 같이 보이면서도 실상은 그 자신으로서 우리 동양인의 생활 속에 살고 있는 구체적 힘으로서 파악되는 것이 아니라 인위적으로 추후

(追後)하여 추출한 것에 불과하다고 한다. 그리하여 동양과 서양의 대립을 부정하는 견해에까지 도달한다. 또 둘째로는 서양의 문화가 위기에 처하여 무슨 새로운 전환을 마련하지 않으면 아니되었다는 한 개의 사실이 동양의 독특한 문화 내지 정신에 새로운 주의를 보내게 되었다는 것, 즉 서양이 자신을 한 개의 자립적 '세계'로서의 자신을 상실부정하게 되었다는 것이니 소위 「서양의 몰락」이 외쳐지며 새삼스러이 동양을 발견하였다고 하는 견해는 서양인이 그것을 외치거나 또는 동양인이 그것을 부르짖거나 어떻든 근대 이후 현대에 걸쳐서 한 큰 역사적 사실이 되어 있으나 만일 서양문화가 위기에 직면하지 않았더라면 동양문화 내지 정신이 또한 그와 같이 문제시되지 않았으리라는 것이다. 셋째로 동양은 문화적으로 통일되지 않으면 아니된다는 당위의 문제, 즉 동양은 문화공동체로서의 운명을 역사적으로 부하되고 있으면서도 아직 그것이 현실적으로 완성되어 있지 않고 있다는 사실이 도리어 동양문화 내지 정신이 서양의 그것으로부터 명백히 구별인식될 아무런 징표도 가지지 않았다는 한 개의 반증이 된다는 것이다.

이같이 여러 가지의 문제가 족출(簇出)하고 있는 가운데에서 동양의 문화 내지 정신이 아세아의 통일의 역사적 전제로서 논명(論明)됨을 요청하게 되었다. 그리하여 동양의 문화적 내지 정신적 특수성의 문제가 진지하게 조상(俎上)에 오르게 된 것이다. 그러면 동양의 문화 내지 정신의 특수적 성격이라는 것은 무엇이냐 이것을 위에서 말한 바와 같이 먼저 동양의 각 사회와 민족의 공통된 추상적 보편자의 문제로서 추출할 때는 대개 어떠한 양상을 가진 것이라고 사람은 보는가.

진정(陳政)·나상배(羅常培) 편록(編錄)의 양수명강연집(梁漱溟講演集)인 「東西文化及其哲學」(民國十三年五版, 商務印書刊)에 의하면 이수상(李守常)의 동서문화의 차이에 대한 다음과 같은 정식화를 열거한 다음

一爲自然的　一爲人爲的，　一爲安息的　一爲戰爭的，

一爲消極的　一爲積極的，　一爲依賴的　一爲獨立的，

一爲苟安的　一爲突進的，　一爲因襲的　一爲創造的，

一爲保守的　一爲進步的，　一爲直覺的　一爲理智的，

一爲空想的　一爲體驗的，　一爲藝術的　一爲科學的，

一爲精神的　一爲物質的，　一爲靈的　一爲肉的，

一爲向天的　一爲立地的，　一爲自然支配人間的　一爲人間征服自
然的

이것을 비평하되 '平例的開示，　因果相屬的講明'에 불과하고 심각적 탐토(探討)가 없다고 하였다. 사실 그의 이 비평은 타당하다. 이렇게 평면적으로 매거 나열하게 된다면 의식주의 생활과 정신적 생활의 전반을 통하여 다만 이뿐의 차이가 있을 리가 없을 것이다. 동양이 서양에 비하여 자연적, 안식적, 소극적, 의뢰적, 구안적(苟安的)……이라는 등의 일련의 표현으로서만은 결코 동양문화 내지 정신의 구체적 성격이 통일적으로 파악되지 못한다. 그는 또 혹자는 '與自然共相遊樂，與自然融合'이 동양문화의 특질이라고 하는 소위 '順自然'설에도 찬성하지 않는다. 동양의 문화를 오직 일의적으로 그러한 것이라고 특징짓는 견해는 동양 더욱 지나의 사회사의 구체적인 연구에 의하여 승인을 얻을 수가 없을 것이다. 우리가 찾는 동양의 특질은 그러한 추상적 보편이 아니라 동양 각 사회에서 볼 수 있는 보편적으로 구체적인 역사적 개성인 것이다. 다만 지리적으로 동양적일 뿐 아니라 내용적 질적으로 동양적인 특질을 가지고서야 비로소 '동양적'의 의미를 이해할 수 있을 것이다.

일찍이 인도의 타고르Rabindranath Tagore(1861-1941)를 중국의 풍

우란(馮友蘭)이 방문회견하였을 때에 이 동서문화의 차이에 대하여 논의한 일이 있었는데[172], 그때에 타고르는 동서문화의 차이는 '정도의 차이'가 아니라 '종류의 차이'이며 "西方的人生目的是 活動(Activity), 東方的人生目的是 現實(Realization). 西方講活動進步, 而其前無一定目標, 所以活動漸漸失其均衡. 現只講增加富力, 各事但求量之增進, 所以各國自私自利, 互相衝突. 依東方之說, 人人都已自己有眞理了, 不過現有所蔽, 去其蔽而眞自實現"이라고 하였다. 이것은 참으로, 철인(哲人)의 혜안으로서 동서 양문화의 특질과 그 현대의 양상—더욱 동양의 자본주의적 본질을 충(衝)한 명언이라고 말할 수 있을 것이다. 동양과 서양의 문화의 근본정신을 일언으로써 표현하기는 퍽 곤란하지만 이 타고르의 말은 대체에 있어서 동양정신을 포괄적으로 간명히 표현한 긍계(肯綮)에 중(中)하는 말이라 하겠다. 유교에 있어서의 덕교(德敎)와 성선설이라든지 불교에 있어서의, 범아일여(梵我一如)의 실현같은 것은 그의 이 말을 증명하는 것이라 하겠다. 일반으로 동양의 종교와 사상에 있어서는 서양문화에 있어서의 절대자와 유한자, 신과 인간과의 대립초월 같은 것은 볼 수 없다. 대립이 아니라 합일, 순화(順和)이고 초월이 아니라 내재(內在)와 해탈이다. 불교에 있어서의 근본사상인 '無我'와 '空'은 주(主)·객(客)의 대립·구별을 멸각하여 자아와 일체만유(一切萬有)의 근원적인 융합을 실현하는 것을 의미한다. '불이일원(不二一元)'이라든지 '범아일여(梵我一如)'의 실현이라는 것은 무차별적 실체에의 자아의 직각적(直覺的) 몰입을 의미하는 것이라고 하겠

---

172)　전게「東洋文化及其哲學」의 부록으로서 수재(收載)된 수개의 논편중의 일(一)이니 타고르가 1919년 11월(民國 9年) 대학 창립을 위하여 기부금을 걷으러 미국에 갔을 때에 마침 재미 유학중의 풍우란이 왕방(往訪) 회견한 기사 중의 일절이다.

다. 무명(無明)을 멸하여 정각을 실현하게 된다. 또 노장에 있어서의 '무위자연'의 사상도 도법(道法)에 의한 자연에의 직각적 몰입을 의미하였고 육상산 왕양명에 있어서의 '宇宙卽是吾心, 吾心卽是宇宙'도 물심일여(物心一如)의 실현을 말한 것이라고 할 수 있다. 양수명이 반박한 이수상의 피상적 매거에 비하여 얼마나 함축있는 말인지 알 수 없다. 또 서양문화의 특징인 활동이라는 표현도 '亦簡明直裁的'이라고 하겠다. '활동'이라는 말의 단순한 의미로부터 볼진대 동양문화라고 활동적이 아닌 것이 아니다. 그러나 이 말에는 그 이면에 복재(伏在)하여 있는 의미를 간과하여서는 아니된다. 인간의 정의(情意) 생활의 연구에 일대 도표를 세운 윤리학자 막스·쉘러는 '知'를 삼분하여 작업지(作業知, 알바잇스빗센), 교양지(敎養知, 빌둥스빗센), 해설지(解說知) 혹은 성지(聖知, 에어뢰숭스=오더 하일스빗센)이라고 하였는데 그 제1의 작업지가 대체에 있어서, 서양의 과학적 기술적 문화의 근저라고 볼 수 있다. 타고르가 말한 '활동'이라는 것은 이 작업지를 근저로 한 서양의 과학적 기술적 정신의 활동과 그 소산을 아울러 말한 것이라고 해도 과언은 아닐 것이다. 사실 서양문화의 정신은 이 과학적 기술적 활동이 재래한 것이라고 하겠고 그것이 역사적으로 데모크라시의 제도와 결연함에 의하여 근대의 서양문화를 특징지을 수 있게 되었다고 할 수 있을 것이다. 그러므로 양수명이 서양문화의 근본정신을 지적하여 '塞, 德兩先生(塞恩斯—싸이엔스, 德謨克拉西—데모크라시)'이라고 한 것은 타당한 말이라고 할밖에 없다.

다시 풍우란은 타고르에게 묻기를 노자에게는 '爲學日益爲道日損'이라는 말이 있는데 서방문화는 '日益'이고 동방문화는 '日損'이 아니냐, 東方人生失於太靜(Passive), 是喫 '日損' 的虧不是? 하니 그는 이 말을 시인하고 말하기를

太靜固然．但是也是眞理．眞理有動（Active）靜（Passive）兩方面．譬如聲音是靜，歌唱是動，足力是靜，走路是動，動常變而靜不變，譬如我自小孩以至現在，變的很多，而我泰谷爾仍是泰谷爾這是不變的．東方文明譬如聲音，西方文明譬如歌唱，兩樣都不能偏廢，有靜無動則成爲「惰性」（Inertia）有動無靜則如建樓閣於沙上．現在東方所能濟西方的是「智慧」（Wisdom），西方所能濟東方的是活動（Activity）．

이라고 답하였다. 이것은 마치 아리스토텔레스의 질료와 형상의 설과 부합하는 것 같은데 마치 질료인 성음(聲音)이 유시호(有時乎) 형상(形相)인 가창(歌唱)이 되듯이 동양문화는 그 질료인 성음일 뿐이고 서양문화는 형상인 가창일 뿐이니 다 일장일단이 있다. 그러므로 서양문화에는 '지혜'가 없고 동양문화에는 '활동'이 없으니 다 불가하다. 체(體, Capacity)와 용(用, Action)이 겸전(兼全)하여야 한다는 것을 언외(言外)에 표명하고 있다. 이 논조대로 나아간다면 결국 동양문화가 통일되어야겠다는 결론에 도달하게 될 것이다.

그러나 이것은 아직 같아서는 한 개의 이상이라고 하겠다. 구극(究極)에 있어서는 타고르의 말과 같이 동양의 '태정(太靜)'이 서양의 과학적 '활동'에 의하여 '실현'되어야 할 것일는지 모르지만 현계단에 있어서는 그것이 부분적으로 인류생활 특히 동양의 사회에 있어서 실현되어 있으며 또 그리되어가고 있다 할지라도 아직 그 완전한 실현의 전도는 요원하지 않은가 한다. 그러므로 우리는 상술한 바와 같이 동양사회의 문화적 정신의 현재라는 역사적 계단에 있어서 그것의 위상을 파악하여 동양이라는 한 개의 문화권을 구체적 보편자에 의하여 주체적으로 한 개의 '세계'로서의 통일적 성격을 부여하지 않아서는 아니될 것이다. 이것이 철학하는 사람의 임무이기도 하다. 미리 앞서 달아나서 세계문화 운운하기 전에 그 전제로서 우리가 발을 붙이고 서 있는 입각지로서의 이 동양사회의 역사·사회적, 정치·경제적, 학술·사상적 분석과 연구가 요청되는 소이이다. 그것에 의하여서만 동양의 사회와 역사 내지 문화와 정신이 구체적 보편적 통일로서 그것의 특수한 성격의 양상을 선명히 하게 될 것이며 따라서 그 특수한 성격의 상호의 매개 발전적 계기가 추상됨에 의하여 비로소 동양문화의 구체적 양상이 부각될 것이다. 그러나 그 일은 거창한 일이다. 위에서 논술한 수개의 예제는 한 개의 각서에 불과하다. 본론의 목적하는 바에 관한 한 단편적으로 좀더 논을 진섭(進涉)시켜보기로 하자.

일반으로 각 사회는 서로 문화적 역사적 개성을 가지고 있다는 것은 위에서도 말하였다. 같은 구라파적인 사회라고 하더라도 독일적—게르만적 성격, 미·영적—앵글로 색슨적 성격, 프랑스적—라틴적 성격 등을 구별할 수 있다. 그와 같이 동양의 사회에 있어서도 각기 지역적으로 독자한 성격을 가지고 있으면서도 일정한 동양적 보편적 성격을 찾아낼 수 있는 것이다. 일본, 지나, 인도는 지리적으로 동양적일 뿐 아니라 문화적 내용적으로도 질적인 통일적 내용을 추출할 수 있다. 역사적으로 유기적 연계관계 속에서 발전해 왔다는 것은 더말할 필요도 없는 일이다. 서양의 문화라고 하면 그것은 누구나 다 기독교와 근대과학적인 기술의 문화로써 특질화시킬 수 있다. 종교와 과학은 본래 대립하는 것이라고 생각히기 쉬우나 이것이 서양에 있어서는 분리 독립 반발하면서도 또한 동시에 통일적으로 존재하여 왔다는 것 즉 서양이 한 개의 '세계'로서 문화적으로 발전하였다는 것이 그것의 한 큰 특징인 것이다. 즉 이것을 가지고 보면 서양문화는 공존, 분화, 대립을 원리로 하였다고 할 수 있다. 이것에 대하여 동양의 문화는 종교적인 것과 과학적인 것이 분리, 대립한 것이 아니라 도리어 그것이—즉 종교적 직각과 과학인 사상이 서로 몰입, 융화되어 왔다는 점을 지적하지 않을 수가 없을 것이다. (이 점에 대하여서는 작년 「춘추」 유월호 소재 졸고 「왜 지나에는 과학이 없나」 참조) 이것으로부터 미루어 보건대 동양문화의 원리는 몰입·융화의 원리라고 말할 수 있을 것이다. 그러니 그 몰입·융화의 원리속에 분석·비판·귀납의 성격이 개재할 수 없음은 명백한 일이다. 과학은 분석·비판·귀납의 방법에 의하여 발달하는 것이라는 것은 입문적 지식이다. 분석비판에 의한 대립의 통일이 아니라 '도법자연(道法自然)' '불이일원(不二一元)'에 의한 '순자연(順自然)'적 직관적 몰입·체관으로써 과학사상이 발달할 수 없음은 명백하다. 요컨대 동양사상·정신의 근본성격은 주관과 객관, 자연과 인간의 대립의 멸각과 합일, 철학·과학·종교의 미분화 등이라고 할 수 있다. 노장의 '無', 불교의 '空'의 사상도 일반적으로 이러한 점에서 설명되지 않을까. 이 '무'와 '공'을 합하여 '동양적 무(無)'라고 한다면 물론 노장과 불교에 따라 차이가 있음을 무시할 수 없으나, 이 말은 공통된 동양적 성격을 가장 잘 표현하는 말이라고 하겠다.[173] 이것은 예술 특히 시가, 회화에 있어서 그 특징을 발견할 수 있으리라. 당시(唐詩), 하이꾸(俳句), 시조(時調) 등에서 우리는 인간과 자연과의 융화, 몰입의 경지를 얼마든지 지적할 수 있지 않은가 한다. 서양에 있어서도 자연과의 조화가 운위되지 않은 바 아니나 (가령 「로만티커」에 있어서와 같이) 그것은 인간을 중심으로 한 자연의 정신화이였다고 할 것이다. 서양에 있어시는 지연의 인간화이였으나 동양에 있어서는 인간이 자연속으로 융합몰입하여 버리는 것

---

173) 秋澤修二 ·「あじあの統一とあじあ的 性格」(「新亞細亞」 昭和15년 5월호—滿鐵東亞經濟調査局發行)

이다. 그러므로 사람들은 흔히 서양문화는 인간취(人間臭)가 나는 문화라고 하고 동양문화는 명경지수(明鏡止水) 속에 반영된 해당화(海棠花)라고 한다. 서양에 있어서는 미를 인간 속에서 찾았다. 희랍의 나상조각이라든지 근대 이후의 서양의 회화라든지는 그러한 것이라고 할 수 있다. 그러나 동양에 있어서는 자연과 인간과의 대립은 전연 상상할 수도 없었다. 자연의 음율속으로 절대적으로 자신을 멸각시키는 곳에서 다시 인간 자신의 재생을 찾았다고 하리라. 이것은 동양의 회화를 서양의 그것과 대비할 때 흔히 하는 말이다.

그러면 이러한 동양문화 내지 정신의 근본특징을 이루는 몰입·합일성은 어떠한 것이냐? 주객의 대립을 멸각하여 무차별한 보편적인 일자(一者)속으로 소몰(消沒)하여 버린다는 것은 어떠한 종류의 일체 불가분의 관계이냐. 즉 '동양적 자연'의 성격은 무엇이냐. 이 '동양적 자연'의 성격은 '역사적 자연'의 동양적 특수성에 불외(不外)하는 것이라고 생각한다. 즉 '동양적 자연'에 있어서의 주객의 몰입·합일성은 '원시적인 합일성'이라는 것을 의미한다. 그러면 왜 '원시적인 합일성'이라고 하느냐. 그것은 어디서 연유하여 오느냐, 이것이 중요한 여상(如上)의 특징을 해결하는 약건(鑰鍵)[174]이다. 동양적 성격의 문제를 해결하는 비결은 이것을 제쳐놓고 다시 없다고 할 수 있으리라.

요컨대 동양문화 내지 정신의 동양적 혹은 아세아적 성격은 합일성, 직접성, 직관성에 의하여 표증(表證)된다. 아세아에 있어서 과학이 독립적으로 발달하지 못한 원인도 이 아세아 문화사에 있어서의 이 아세아적 성격에 관련하는 저명(著明)한 사실이다. 과학이 동양에 있어서 독

---

174)  편자주 : 열쇠

자적으로 발달하지 못한 원인의 비밀도 이 아세아적 성격에 의하는 것이다. 그러면 그 성격은 어디에 연유하는 것인가. 이것은 인류문화, 사상의 발달의 전(全)계열에서 볼 때 동양의 문화 내지 사상, 정신이 오래 동안 정체하였었다는 '정체성(停滯性)'[175]에서 오는 귀결인 것이다. '그 원시적인 합일성'은 이 동양사회의 정체성에 원인하는 것이다. 그러면 왜 동양의 사회는 정체하여 과학의 발달을 보지 못하게 하고 모든 문화 내지 정신으로 하여금 원시적인 합일성에서 정체하게 하였는가. 과학이 발달할 소인(素因)과 창안(創案)이 허다 하였음에도 불구하고(전게졸고 ·「지나에는 왜 과학이 없나」 참조) 그것이 발달하여 기술화되지 못한 원인이 소위 '아세아적 정체성'에서 오는 것이다. 요컨대 아세아의 사회—전형적으로는 지나사회와 인도사회—가 결국 아세아적 정체농업(停滯農業)에 의거한 정체적 사회이었다는 점에 귀착되는 것이다. 인도에 있어서도 지나에 있어서와 같이 과학의 맹아는 충분히 가졌었음에도 불구하고—가령 수학상에 영(零)이 발견되어 계수(計數)상 일대비약을 하게 되었다는 것은 기(其)방면의 전문가가 말하는 바인데 이 영을 발견한 것은 인도의 지혜이었다고 한다.[176]— 이 아세아적 정체성 때문에 발달을 보지 못하고 만 것이였다.

　아세아의 역사철학적 특징은 그 사회의 정체성에 있다. 이 정체성에 의하여 문화, 사상, 정신의 특수성이 재래(齎來) 지적되는 것이나. 이렇게 보아 올 것 같으면 원시적 합일성에 의하여 특징적으로 표현할 수 있던 주객의 대립, 자연과 인간과의 불이일원(不二—元) 종교와 과학의 미분화 등의 소이연이 해명될 것이라고 생각한다. 따라서 이 근원적

---

175)　同上

176)　吉田洋一 ·「零の發見」岩波新書中

인 사실에서 동양의 '문무불기(文武不岐)' '교학일본(敎學一本)'의 사상이 생기며 윤리교육의 이론이 동양적—특히 이 경우에는 지나와 그 동방 인접 제사회에 있어서 독자(獨自)하게 형성되었다고 하겠다. 이것은 '敎' 또는 '學'이라고 하는 문자의 구조를 보아도 알 수 있는 것이니 이곳에도 여상(如上)의 일체관(一體觀)이 지적될 수 있지 않을까 한다.[177] 윤리도덕에 있어서도 천지인 삼재가 질서 있는 혼원체(渾圓體)로서 일체가 되는 곳에 '도(道)'와 '덕(德)'이 실현한다고 할 수 있을 것이다. '仁者以天地萬物爲一體'(정명도·「近思錄」) 동양도덕의 우월성이 이곳에서 귀납된다.

이상의 서술에 의하여 대략 동양문화 내지 정신이 무엇이냐 하는 것을 개관하였다고 생각한다. 초두에서 말한 바와 같이 구체적 보편자를 우리는 추상적 보편자를 통하여 역사 사회적으로 증시(證示)하였다. 즉 역사적 자연의 동양적 특수성으로서 농업적 정체성의 문제에 도착하였다. 이것이 즉 구체적인 것이다. 이 구체적인 역사성에 의하여 동양적인 제징표는 우선 다 설명되지 않을까 한다. 합일이니 몰입이니 혹은 입신이라고 하는 '道'와 '心'과의 일치하는 경지의 설명도 이 정체성의 문제에까지 소급해야 할 것이 아닌가 생각된다. 이 정체성이라는 것은 결코 결점이 아니라 도리어 장점이 되었다고 하는 것을 잊어서는 아니된다. 그러면 이 동양적 특수성의 지반으로서의 정체성과 그것에서 연

---

177) '敎'라고 하는 문자의 邊은 爻와 子의 양자로 조직되었다. 爻는 '첩'의 意. 攵은 '攴'자의 변형으로서 鞭으로 때린다는 意. 고로 '敎'는 첩學의 아동이 이르는 말을 듣지 않을 때는 鞭으로 때려서 깨닫게 한다는 것이다. 또 '學'이라는 글자는 '敎'와 공통의 부분이 있다. 즉 學字의 중심은 爻字로 敎의 邊과 같다. 兩傍의 臼와 같은 부분은 두손으로 껴안는 형상, 子우에 있는 臼은 무슨 물건의 덮개로서 무엇을 뒤집어 쓰고 있는 아동이라는 것으로 무지몽매를 의미한다. 이것을 通釋하면 무지한 小兒가 여러 가지 것을 배울 때에 열심히 두손으로 끼어 안아서 소위 拳拳服膺하여 敎者나 學者나 일체가 된다는 뜻이다. (小柳司氣太박사·동양에 있어서의 교육의 근본의(根本意)—『東洋思想の硏究』 중).

유하는 전체에의 몰입·합일성은 현대에 있어서 어떠한 의의를 갖느냐가 당연히 문제되어 오지 않아서는 아니될 것이다. 그러나 이것은 나의 이 논고 이외의 과제가 되므로 「동양정신의 특색」이라고 하는 주어진 문제의 해답은 이것으로써 우선 만족하기로 한다. 여하간 이 논고가 조략(粗略)하나마 동양에의 반성에 대한 한 개의 시론이라도 된다면 심행(甚幸)이겠다. (필자는 중앙중학 敎諭)

# 자유주의의 종언

『매일신보』 1942.7.1.~4. 〈사변기념문화논문〉(총4회)


어떤 지명(知名)의 사상가는 말하기를 대동아전쟁은 지나사변에서 출발하여 그것의 해결과 처리에서 종결된다고 하였다. 그 같이 거대한 작전규모와 세계사적 의의를 가진 지나사변은 불출수일(不出數日)해서 만 5주년 기념일을 맞이하게 되었다. 노구교의 총소리로부터 어언 6년의 오늘 전세계를 휩쓸어 이제 대동아의 발견과 창조에 대한 일본적 결의하에 칩복(蟄伏)케 되었다. 웅혼현란(渾雄懸欄)한 작전과 그 불멸의 대전과, 권내 각 성원으로 하여금 각각 그 소재(所在)의 위계를 향유케하는 새 경륜과 그 결실이 보일보(步一步) 탐스럽게 우리 안전에 주렁주렁하다. 어능위(御稜威) 일억국민의 감격하여 마지 않는 바이다. 천우를 보유한 신국 대 팔주의 거상이다. 생생발전하는 이 역사적 거상의 강인한 생명력이 대동아공영권의 수리고성을 완수할 때 세계사는 새로운 출발을 마련하지 아니치 못하리라. 그러면 어떤 의미에서 세계사가 개정개편되어 새출발을 하지 아니치 못하게 되는 것인가. 지나사변 발발의 기념을 앞두고 주어진 이 문제를 구명하는 출발점을 어디에서 구하여야 할 것인가. 대동아전쟁이 지나사변의 종결을 통하여 그 목적을 완수한 날 지금까지 세계역사의 중추적 의거원리이던 자유주의적 질서와 그 이론은 그대로의 면모를 유지하지 못하고 다른 새로운 질서와 이론으로 전화하여 종언을 고하게 될 것이다. 아니 현재 벌써 거의 다 그리되어가고 있다. 그러한 의미에서 자유주의 비판의 현단계적 의의가 있는 것이다. 그리고 또한 금년은 정히 중요한 '결단의 해'라고 하지 않는가. 사실 세계역사적으로 정히 '결단의 해'라고 하지 않을 수가 없다. 헤겔이 인용한 시인 쉴러의 시중의 유명한 일구 '세계 역사는 세계심판이다'라는 말은 똑바로 가차(假借)없는 동아의 현실이 정히 '심판의 해'임을 가르키고 있다. 필리핀(比島) 말레이(馬來) 인도네시아(蘭印) 미얀마(緬甸)가 다 감정(戡定)<sup>178)</sup>된 오늘 새로운 창조적 원리가 서구에 고향을 갖는 자유주의적인 제원리를 물리치고 그것의 역사적 종언을 받아 던지게 되었다. 이 자유주의적 원리가 역사 속에서 어떻게 현현되어 정치적으로 구체화되었던가를 살필 필요도 있는 것이다. 원리 내지 문회라는 것은 정치경제와 결연하지 않아서는 역사 가운데서 구체성을 가질 수가 없는 것이다. 그러나 이곳에서는 그것에 관계하여 시체할 여유가 없다.

자유주의는 그 탄생의 연원이 어떠했던 간에 첫째로 '개인'의 자유를 국가로부터 강조하는 것이다. 소위 개인주의라고 하는 것은 진정한 국가적 요원(要員)으로서의 책임을 자각한—이곳에 진정한 자유가 있는

---

178)  편자주 : 평정되다.

것이다— 환언하면 죽엄(死)에 의하여 다시 살아올 수 있는 '개인'인 것이 아니라 국가의 지배를 간섭이라 하여 기피하는 그러한 것이었다. 국가를 떠나서는 진정한 개인의 자유를 실현한 기반은 상실되는 것이다. 국가목적에 자기의 전생명을 통일시키려고 하는 우수한 '비판하는 개인'(다나베 하지메 박사)이 국가 속에 개재함은 용허할 수 있을 것이다. 그러나 자발적 자주적으로 보다 큰 전체의 목적에 몰입 헌신하는 자유로운 개인은 몽상조차도 하려하지 않고 문자 그대로의 '개인'을 위한 자의적인 이익추구에 대한 경제적, 정치적인 자유방임을 주장하는 그러한 개인주의로서 등장한 것이 소위 자유주의의 원형이었다. 이것이 서구적 근대인간의 이념이었다. 그러한 이념의 실현수단으로서 '민주주의' 혹은 삼권분립의 의회주의가 되고 또 생활신조로서 이기주의가 되어 나타났다. 원래 민주주의라는 것은 개인주의의 대립자로서 허울 좋은 다수결주의로서 나타났으나 그것이 실상은 악질의 개인주의이었다는 점에 민주주의의 운명적인 모순이 내포되어 있었다. 그 운명적인 모순이 드디어 완전히 그 치명적 결함을 폭로하기 시작한 것도 벌써 오래 전이다. 아국에 있어서도 자유주의적 민주주의적 사회질서가 과거에 있어서 유지되었던 것은 사실이다. 그것은 이것이 귀족주의 봉건주의 내지 관료주의에 대하여 분명히 한 개의 정치적 진보이었던 때문이다.

그러나 이 자유주의는 인간의 향토적 전통에 뿌리박은 심오한 에토스적 파토스적 요구를 평판한 추상적 평균화라는 합리주의로 건조해내서 보편적 국제주의의 형식에 타(墮)하는 혐(嫌)이 대단히 많았다.

사실 자유주의는 그러한 합리주의인 것이다. 그래서 자유주의적 민주주의의 세례를 누구보다도 적지 않게 받은 후진국 독일에서도 이러한 점을 지적하여 이른바 '로고스 과학'을 배격하고 현실과학으로서의

'에토스 과학'을 주장하는 이가 있게 됨은(한스 프라이어) 그 국제정치적 위상이 아국과 상사(相似)하다는 점에서만 그 유사성을 찾는 것은 부당한 일일 것이다. 자유주의 그 자체 속에 내재한 운명적 결함이 점차로 사회정치적 판국의 전이에 따라 근원적으로 자각케 된 때문이다.

자유주의의 공죄(功罪)와 그 참담한 역사적 퇴장에 대하여 우리가 우리의 육부(肉膚)를 통해서 절실히 체험한 바를 이곳에서 더 노노(呶呶)히 지꺼릴 필요는 없다. 자유주의의 원리적인 비판에서도 넉넉히 우리는 바야흐로 오고 있는 위대한 신세기의 근본원리의 원형을 찾을 수 있을 것이다. 즉 건립되어 가고 있는 대동아공영권의 지도원리가 자유주의일 수가 없다는 것 따라서 합리적(주지적) 추상적 다수결주의가 아니라 도덕적 전체로서의 국가의 절대적 우위를 요건으로 하는 것이라야 하겠다는 것은 의심할 여지가 없을 것이다. 그 국가가 민족국가이거나 연방국가이거나 또는 그로쓰 타움(대지역)을 지배통제하는 국가이거나를 물론하고 이 원리에 있어서는 소호(小毫)도 차이가 없다. 국가는 절대로 자유주의시대에 한 때 운위되던 바와 같이 '경찰국가'가 아니다. 국가의 간섭을 거부하며 그것을 경시까지 하여온 이윤추구의 자본주의가 벌써부터 국가의 애호를 열구(熱求)하고 또 그 임의의 통제에 흔연복(欣然服)하게 되었다. 이곳에 정치의 우위성이 있는 것이다. 이 우위성은 즉 국가가 도덕적 전체자라야 한다는 원리적 요청에 부합하는 것이다. 그러면 이 국가의 도덕적 전체성은 어떻게 하여 인식되는 것이냐가 문제될 것이다. 애초부터 그러한 것으로서 인식을 절(絶)한 신비적 일자(一者)로서 신수(神授)된 것이냐. 혹은 인간이 자기를 진정한 국가의 일성원으로서 자각함에 의하여 확증된 것이냐. 국가의 성립이 역사적인 것일진대 따라서 그것을 인식하고 그 인식이 국가를 도덕적 전체자로서 확증하지 않으면 아니되는 필연적 요청도 또한 역사적인 것이리라는 것은 자연한 □로일 것이다. 이에 그 인식의 주체가 되는 개인 인간이 끝끝내 국가에 종속하는 것이면서도 행위하는 인간이라는 점에서 그 존재를 전연 무시해버릴 수가 없을 것이다. 역사는 다만 막연히 생성 발전하는 것이 아니라 생성발전을 통해서 행위하고 행위하는 개인 인간의 사회적 총력을 통하여 생성발전하는 것이라는 것은 벌써 남들이 지적하고 있는 것이다. 행위 없이는 생성도 발전도 없고 생성발전 없는 것은 역사가 아니다. 역사는 행위를 통하여 생성발전된다는 이중의 성격을 가진 것이다. 그러므로 이곳에 개인 인간의 행위라는 것이 다시 클로즈업 되어 문제의 중심점에 육박해 오는 것을 저버릴 수가 없다.

즉, 우리는 한 개의 '자기'에 불과한 '자유주의'의 개인을 죽여가지고 다시 살리는 그러한 부정긍정적 입장에 서지 않을 수가 없게 되는 것이다. 이때에 개인 인간은 다시 새로운 조명 하에 무대에 오르게 된다. 역사를 단순히 '건설'의 과정이라고 보느냐 '발전'의 과정이라고 보느냐 또는 발전 즉 건설이라고 보느냐에 대하여는 사람마다 견해가 다르리라고 생각하나 현대 독일의 새로운 역사관이 특히 건설이라는 점을 강조하여 개인 인간의 '결단'을 중요시하는 이유도 이곳에 있지 않은가 한다. 종래의 자유주의적 역사관은 추상적 주지적으로 그저 개인과 사회 또는 인류와의 관계만을 문제삼고 특히 국가 민족 또는 종족 등에 대하여는 거의 고려하지 않았다고 해도 과언이 아니었다. 이에 결단의 개인이 자기를 무엇을 위하여 전부 희생하여서 진정한 생의 의의를 발견하냐가 문제될 것은 당연한 일이다. 그 결단적 희생을 받아 드리는 것은 무엇이라야 하느냐. 그것은 결코 상대적인 가치 밖에는 없는 것이어서는 아니된다. 다시 더 클 수 없는 가장 명확한 윤곽을 가지고 또 감정의 심오에서 생명적 충동으로 친애를 느끼는 지고의 존재자이어야 할 것이다. 그것은 지상적 역사세계에서는 국가를 제하고는 없다. 국가는 일자(一者)이고 전체자이다. 따라서 국가를 위하여 희생한다는 것이 최고의 선으로서 요청되는 것이다. 즉 그 요청에 의하여 국가는 도덕적 존재가 아니면 아니되고 따라서 국가를 위하여 충됨이 다시 효가 되는 충효 일본(一本)의 최고선의 세계에 있어 개인 인간의 '휴머니티'-인간성의 자유가 부활하는 것이라고 생각한다. 인간성의 자유 없이는 결단의 주체성은 나오지 않는다.

그러므로 이러한 견지에서 냉철히 생각할 때 내가 전회에서 부정하여 버린 자유주의의 가장 알토라진 뼈다귀―알맹이는 다시 새 자태를 가지고 살아오게 될 것이다. 즉 그 역사적인 자유주의는 '초극'되지 않아서는 아니된다. 그냥 폐기하여 무(無)에 돌아가게 하는 것이 아니라 그것을 딛고 넘어가지 않아서는 아니된다. 인간의 '휴머니티'가 아무렇게나 있기도 하고 없기도 해도 좋은 그러한 보잘 것 없는 물건이 아니라 그가 가장 진정한 순수한 알맹이로서 반드시 있어야 하는 것임을 파악하여야 할 것이다. 즉 역사적 임무를 마친 이때까지의 자유주의는 다시 한 번 새 안광을 통하여 극복되어 새로운 대세기의 보무에 발맞춰 양기 재생되지 않으면 아니될 것이다. 이 점에 '자유주의의 종언'이라는 표제는 그 초극을 의미하는 것이라고 이해하여도 무방하다.

인간성의 자유는 위에서도 말한 바와 같이 종래의 자유주의에 있어서도 그것을 중요시하였고 또 개인의 주체적 결단의 총화에 의하여 새로운 세계질서를 수립하려는 금차 대전의 작전과 건설에 있어서도 또한 시인되어야만 할 것이다. 물론 그 자유를 말한다 하더라도 종래의 자유주의에 있어서의 그러한 자유가 아니라 보편적인 국가목적의 이념을 자각하고 그 이념의 보다 좋은 실현을 기하는 책임의 의식을 가진 정신적 자발성을 의미하는 것이라는 것은 두말할 것도 없다. 무제한의 자의적 욕망을 자유롭게 충족시키는 것이 아니라 책임을 완수하여 도덕적 숭고감을 느끼는 그러한 자유인 것이다. 이러한 자유의 연원은 벌써 파기된 옛 자유주의사상의 합리적 고지자인 칸트의 정언명령에서도 그 물줄기를 찾을 수가 있다 하리라. 그러나 그것은 형식적 타당의 세계에서 요청되는 실천이성의 주의적 법칙에 지나지 않았다. 포연탄적의 전장에서 정황판단을 그르침 없이 정확히 하여 독단전행(獨斷專行), 드디어 소기의 전과를 거두는 부대장의 혜안이 전투□전에도 없는 위난을 극복하였을 때 이 자주적 결의와 단행은 인간정신의 심오(深奧)에 내재한 신비한 실체가 그렇게 하게 한 것이다. 무슨 법칙에 의하여 계산하니 가능하므로 한 것이 아니다. 인간정신의 현묘한 활동은 왕왕 불가능을 가능케 한다. 이러한 것을 전부 부정하여 인간의 창의를 무시하는 통제와 간섭은 국가의 영예로운 융성에 이바지 하는 바가 아니므로 국가는 이것을 힘써 배제하는 것이다.

참으로 '자유'라고 하는 말과 같이 그렇게 다기한 의미를 해석자 임의대로 찾어가게 하는 것도 없을 것이다. 그러나 우리는 원리적으로 자유와 자유주의와를 절연히 구별하여 그릇됨이 없이하여야 할 것이다.

그러면 금차의 전고 미증유의 웅혼한 대작전을 수행하여 말할 수 없는 의욕을 자행하던 소위 자유주의적 민주주의적 국가라고 하는 미영을 격멸하고 있는 대동아 전쟁의 사상사적 의의는 내변(奈邊)에 있는가. 그것은 물론 일언이폐지하면 '동아의 해방'에 있다. 그러면 다시 그 동아의 해방은 무엇을 의미하는가. 그것은 동아의 제지역의 주민을 미영의 식민지적 예속으로부터 민족적으로 해방하는 것이고 또 그 민족 자체의 내부에서 그 절대다수의 인구를 봉건적 예속으로부터 인간성을 해방하여 주는 데에 있다. 대동아전쟁의 성전인 까닭은 진실로 이곳에 있는 것이다. 따라서 금차의 전쟁이 도덕적 사상적으로 그 거대한 의의를 가진 까닭이 이해될 것이다. 그러나 금차의 전쟁이 이러한 거대한 의의를 가지고 있는이만치 그렇게 수월하게 완수되리라고는 생각되지 않는 것이기 때문에 '희망은 속전속결이나 각오는 백년전쟁도 불사한다'는 철석의 결의가 필요하게 되는 것이다. 함직한 일 해야만할 일 또는 하지아니치 못할 일로서 용이한 일은 자고로 없는 것이다. 그렇기 때문에 도리어 할 보람이 있는 것이다.

아세아적 사회를 가지고 학자들은 정체한 사회이니 악질순환의 사회이니 말한다. 물론 이때에 정체니 악질순환이니 말한다고 그것이 역사발전의 운동을 정지하였다든가 또는 동일한 운동을 두고두고 되풀이하였다는 것이 아니라 동일한 사회적 과정이 동질적으로 반복하며 장기에 미쳐서 근본적 질적으로 변함이 없었다는 것을 의미하는 그러한 정체성인 것이다. 세계의 일정시기에 있어서의 일정한 사회발전의 전계열로부터 뒤떨어졌다는 의미의 정체성인 것이다. 이 정체성이 이제야 바야흐로 완전히 해체하려 한다. 이것이 특히 지나사변의 의의이기도 한 것이다. 정치 경제 사상 문화 등의 온갖 부문에 있어 이같이 거대한 규모와 심각성을 가진 전쟁은 사상미증유의 일로서 지나 사천년의 민족생활이 근본적으로 전복되어 개조될 것이라는 점에 금차 사변의 위대한 의의가 있는 것이다. 그리하여 그 완전한 해결과 처리는 세계사적 연환 교호관계에 한 가운데에서 유종의 결실을 보고야 말 것이다. 그때에 인간정신은 국가의 고차의 도덕적 전체성에 의하여 가장 완미하게 향상되어 있을 것이다.

■ 첨부자료 : 「Schopenhauerを通して見たる無常感」, 『청량』, 1928. 5.

（序言）一、稿を起さん爲に、又文章の下手の故に、充分に書き盡さなかつた點が多いと思ふ。私は最初彼の紹介だけを……（下略）

Lipps : Die Ethischen Grundfragen, Vorrede）

二、この一篇を書き上げたのは、凡て西谷啓治氏譯ギヨツ「道德論」のお陰である。その他間接或は直接に參考になつたものが少くない……

—（完）—1.19.1928）

---

# Schopenhauerを通して見たる無常感

申　南　澈

一、Schopenhauerの生立ちと其の性格
二、彼の哲學の概觀及人生
三、無常感の本質と闘争
四、生死と自殺
五、彼の世界觀と私

（學的生活に於て體系的研究と云ふ事の如何に必要にしてヿの重大であるかは私自らこの小論を草するに當つて痛感した事である。私は昨秋以來漠然に Schopenhauer に關する物ごとには何等の思想をも加へ來たつたに唯だに通んでは居るのみであつた……Methodenlehre の必要と云ふ事を人しみゆる……）

（この心は何時も付きまとふのである——は何かなしに粉かな思ひを廻らさずには居られない。ショウペンハウェルの厭世観——よりよく生きんが爲めの訴かなる新かお私の心の何物かと待合するやうに思へてならない。本論を書くに當りて私は先づ多くの參考書に依りて指示せられたる所多きを斷つて置く。）

一

人生は荒海である。暗礁と渦巻とに充ち滿ちた濱海で人は用心し焦慮し爭ひつゝ右顧左眄して辛じて此等をさけて行く。然しこのつまりは何處か、其れは死、然し死に至る前に坐礁して了ふ。——„Die Welt ist meine Vorstellung"（彼の主著 Die Welt als Wille und Vorstellung の第一章の冒頭音）と云つた彼の哲學——無常感を云爲せんには寧ろ彼の生涯の具體的考察が無爲なりとは思はない。そこで私は彼の生立ちと性格に付いて暫く論及するの必要を感ずる。

Arthur Schopenhauer（一七八八—一八六〇）は佛蘭西革命の前年沸騰せる歐洲を餘所にしてバルチックの海北極より吹き來たる肌寒い風に倚連を立て、ゝる二月の二十日靜かなる港市和平なる Danzig に大商人の子として産聲を擧げた。兩親は如何にこの玉の如き嬰兒を掌の中に慈しみ育てた事か！ 母は Johanna と云ひ小説家としても偉程有名で其の社交の範圍も又廣かつた。そうして其の子供に對する愛は殆んど夢中であつて丁度「女の一生」の中のジャンヌのボオルに對する愛情より劣りはしなかつたであらう。彼女の Memoir（随筆集）には「この世の中でこの子ほどきれいで利發な小供が又さあらうかと云つてゐた。而して父は當時未だ交通の不便であつたにも不

拘廣く國外貿易をなし又銀行家であつて Cosmopolitan であつた。而して方々へ旅行に出かけ時にはショウペンハウェルを伴つて行く事もあつた。さうして Rousseau の思想に親んでゐた父は可成我が愛しき子供を自然に依りて感化せんと企てた。偏狭な國家思想に囚はれず飽く迄世界的であつた父は彼の九歳の時に英、佛、瑞の諸國に連立つた。幼き我等の先人ショウペンハウェルは外國の目新しき風物にこれ程の驚異と夢とを得たであらう。

彼は十七の時父の業を繼ぐべく商業學校に入つた。然し其れは彼に取つて無味乾燥なものだつた。漸く芽ぐんで來る彼の青春の思ひと瞑想的な日常は彼をして永遠を思慕させた。利益をより多く貪らんが爲めに巧妙にも作の上げられてゐる商人の學を敎はつた時彼は必ずや遠き思ひに頭を垂れたに違ひない。此時に當つて我子の上に數限りなき希望と期待とを有つてゐた父は消えるともなく墓原の寂寞と失せて了つたあゝこの人生の皮肉！ 彼は確かに現實より愛しき父を失つた。鞏固な意志、廣汎な知識、男性的氣魂の持主であつて「よいダンチヒの紳士」は永遠にショウペンハウェルを後にして死んだのである。本當に憎々しい然し農森なこの事實は將に最難關の龍に達せんとしてゐるショウペンハウェルに大なる衝動を與へたる事は否む事は出來ない。次第に感じられて行く心の空虚さと物足らなさは父い死亡と共に飛躍を試みた。父よりすつと若い母（父は三十八で母は十八の時に相思の間となつて結婚したりであつた）は然し彼に幼時と同樣な愛を注いだであらうか？ 最も近き而して最も親しくて多かるべき母が彼の長するに從つて其の相愛の薄らいで行かうとは！ 尊敬する父を亡くし、愛の權化たるべき母の冷淡さを認めて來た時、彼は嗟い泣いた。然し願つて考へて見る時自分自身には何等の過ちも無かつたからには彼は金々寂寞を感じ肉親を疑ひ人生を疑ひ世界を疑つた。何故母は彼女に取つて「新しき人形」であり

「親でもあるのでもアーサーの事はかの頭の中に入れてゐたに」が告白をしても其の間何に彼のでゐが愛が離めて来たのである。彼の藝術をいふ事、陰氣な顔をする事、厭世的で不快な身長なが母の社交的な享樂的性質と相合致すべくもないといふ事は誰もが頷く多き事であらうけれども。さうして出来るだけかゝる子を遠ざけた方が彼女の欲求を滿足させるに好都合であったらう事は知らけれども彼が博士論文を彼女に見せた時の不氣味な冷淡な答をした事を思へば赤の他人でも羨くむばかりであらう。若き哲學者は果してなし蒼空に移らひ行く白雲の群を見てこのこゝもなく思ひを騰がらに騰せたであらう。「現實なれば、そ、一切が一切に向つての戰爭、悲痛の存なれば、そ此のやうな母も有り得るか」ヾ。一八一三年 Arthur が Weimar くかくつて其の博士論文充足理由の四根 (Vierfache Wurzel des zureichenden Grundes)を母に示した時彼女は唯單に素題く眼を止めただけで「まゝ四つの根だつて藥草屋でも書きさうなのだわ……。彼は唖然とした。如何に無術な冷淡な母であつたにせよ我が手の成功を見て所くの知き懲し多答をする母があらうか！」ついで Arthur も負けず云つた。「お母さんの本だつて古本屋でも見つからなくなる時が来ますよ。其の時だつて私の本は讀まれるんですよ。」斯くの如き母だから聊つてゐる譯がない。「ふん其の時には其のお前の本は刷つた數だけ來で買くらんだ。」と若い顔をした。この問答を彼女のキゝの面白半分の言ひ棄て的の一時的のものに過ぎないと云ふ人があるかも知らないが此れは決して彼女の平素の生活ゝ性格よりしてそんなに解釋すべきものではない。本當に悲しく不快の至のである。彼はうんなに淋しさを感じたであらう。淋しさ！ これが彼の全生涯を通しての全部であつた。

　彼は二十一歳の時 Göttingen 大學に入つた。もうして醫學を修めた。彼が自然科學に教養の深いのはこれが基

あである。然し彼は其の性格として醫學に通じないのを知つた。彼は人生は全體として礁然すべきものゝ爭ひの巷でゐたのであるから解剖刀を取つて死體の前に立つなどゝ云ふ愚はしい人間の姿を眼前に視る事は到底不可能事であつたいゝは當然である。そいで彼は二十二歳の時 Weimar く來て母の家には留らないで他で滯在してゐた。彼は老詩人ゲイーラ>ドゝ語をする時詩人は彼の哲學研究を聞くゝせようとしたが彼は嚴然として云つた。「この人生は全體しして一つの間違くゝものであらうと思ひます。私は其の正體を突き止める爲めに一生を捧げる積のです」。

　彼は一八一三年 Jena 大學から博士號を得、一八一四年から一八年迄の四個年間を美術の都 Dresden で過し其の間に其の主著 „Die Welt als Wille und Vorstellung“ の上巻を書き上げた。此れ實に彼の二十五歳から二十九歳迄の間の事である。こゝなに若くして大作を完成せる哲學者は稀れであらう。彼は一八二〇年伯林大學の教授となつた。然しくゝゲルの反目否等ゝ當時はくゝゲル哲學の全盛時代であつて世間はカントよりもくゝ忘れんとしてゐたのであるから一つの傾向としてゝひ偉大なる哲學組織が出たにしろくゝゲルに壓倒せられて顧る者もなかつた。で彼は教授生活に於ても孤獨であつた。一方の大講堂には千に餘る學生を相手に顔肉だくましくくゝゲルが Aufhebung を説明してゐるゝ他方にはさゝやかな教壇でゝョクゝくゝゥエルは十を少し超しだはからの學生ゝゝゝきゝゝ講義をしてゐたのである。（彼は其の強情さからして何時も十二時ゝ云ふくゝゲルの講義時間ゝ衝突する時間を固執してゐたゝ。）で彼も遂に教授生活を斷念し一八三一年以来 Frankfrucht am Mein に隱遁してしまつた。もつて稀れに勤餘生活を送つたのである。

## 75

彼は母がワイマルへ移つてからもニーチェを記念してあつた仕事からその大詩人を敬慕して色々な事蹟を蒐集した。さうして大體に於ては同意見であつたけれども色彩論に於てはニーチェと異なる説を持つてゐた。彼がこのニーチェに教へられる事が多かつた。

彼は自分の著書の不人氣の爲めに非常に失望したけれども一八五〇年以後學界は悪く一大變化して倒かれるくニーチェの哲學の愛くる者と共にカントに歸れ (zurück zu Kant!) と呼ぶ聲が聞くらやうになつた。ヨ…エントの偉大なる而も平明なる組織に對して驚きの念を抱く者が出るやうになつた。彼の身體は死の黒手に握はれんとしてゐたが彼の著作は漸を各處を高くして行つた。諸國の新聞雜誌に彼の著書が紹介宣傳せられ新聞殺して其の價値が認められるやうになつた。が彼は秋の黄昏誰ならぬ時カント肖像の下のソファで靜かに眠るが如く悲痛の谷を過ぎて永遠に向つて昇つて行つた。時は一八六〇年九月二十一日。

二

Weltanschauung ヶ Lebensanschauung に就いて二様の觀察をなす事が出来る。即ち世界人生の價値は善なるもの美なるもの快なる者であるとする見方と惡なるもの醜なるもの苦なるものとする見方此れとである。即ち前者は Optimismus にして後者は pessimismus である。いゝこの二つの相反せる思想を代表する者は Optimismus にありては多少其の形式を以て補を異くすれ Leibniz であるべく pessimismus にありては Schopenhauer であると誰でも肯定す



る所であらう。然して此二人の外にも樂天的思想を抱ける哲學者には Descartes ヶ Malebranshe が神の全知全能なる創造を指導するを信頼せるが如きはそれである。又ヌて有るもの皆合理的なりと云つたくーケぇも optimist ヶ云ふ事が出来る。又悲觀思想を抱けるものには希臘時代に最早 Sophocles の如き「この世に生れざるものせは…」と云つて現實に生れ出た事を悲しみ生れざるものとを以て最上とした。又合理的樂天思想を有せし Stoic 學派に反して Epicurianische Schule は外物や肉欲の煩悶からかき亂されざる快樂を求むるのが人生最上の目的なりとして經驗的態度にて苦快を互に比較して苦の反つて快に優るのであるとて避しみ Hegesias の如きは死の生に優る事を說いた。又近世に至つてはヴォルテーールの如きは當時の政治や教權シに反對しか Leibniz の樂天觀の如きは嘲笑すべきものなりとなし Rousseau は自然主義を奉じて文明を呪つた。かのカントも自利自愛を根本惡と認めて樂天的快樂說に反對した。

斯くの如く人生世界を一つの統一的全體シして其れに意義や價値つを與くる事に於て多数の人が種々なる見解を逃してゐるが悲觀論者シして全的なる簡素の建設者はショウペンハウルヱマである。茲に於て私は彼の哲學を對して見る必要を生じて來る。

人間の原罪を說く基督教や性惡説を唱くる荀子は見に的彼は世界人生は總體シして嫌惡すべき者シ論じた。これは苦目的衆生の顯現にしてこの苦惱は本つくが故に世人[illegible]生[illegible]我等は各人の目的理想を遂くる事多くなから置は自個保存者しくは種族保存つ[illegible]大本能に關係せられつゝある事を知らずに[illegible]。畢竟人生は遂をなの幻像なのシ。而して天地山川者然なるる物[illegible]

一切を放棄せるが如きに於ては唯一大窮目的意志あるのみ。而して此れ即ち世界人生が一大意識の修羅場たる所以なり。此れが救済シして自個意志を否定して和的態度にて解脱し Nirwana の境地に入るのである。

　以上述べし事はあまり絶望的であるが彼自身の言葉を以て述ぶれば「苟しくもこの世界に属し又は関し得る物の見ては必然的に主観の制約を受け唯單に主観に對する客觀シしての存在する。其故に世界は Vorstellung であるといはなければならない。」と。この點に於て世界の一切は意志の表出にすぎない——即ち一切の現象は皆我が主観の所産である。吾人の知り得る所の者は主観の働いたる結果に過ぎないといふの認識論の完成者たるカントの現象論と照應ってゐる點があるといふ。よくもだらう。をいつて彼は Die Welt ist Meine Vorstellung といふた。然して彼は其の「世界は表象の顯現である」といふ事を以て一面の真理ではあり彼らかも知らないが全體的說法ではあ得ないと誣離子るかも知らないといふのてこの一面の真理を他の一つの真理に依つて補はらくまだといふのである。即ち „Die Welt ist meine Wille“ が其の他の一つの真理なりといふのである。この „Die Welt ist meine Wille“ といふ事はカントが „Ding an sich“ を設けた如く直接には承諾し得ない深遠な思索の調究ツに依つて始めて可能なる事である。

　さて彼は以上云つた如く表象と意志といふ二つの真理を發見しこの二者の作用によりて人生世界は雜多な意義と相とを以て映じて来る。この二者以外には何者も有り得ない。「そいつて我々の觀察してゐる表象としての世界には二つの根本的必然的不可解的半面がある。其の一つは客觀で客觀の方式は空間と時間であり、其の方式に依りて多相が生ずる。今一つは主觀で主觀は空間と時間との方式を要しない。」即ち主觀と客觀とは一身兩面のもの



であつて客観の始まる所主観は終る。カントが感性論に於て論究せられるものは時間と空間の a priori なる事であるが彼も凡ての客観の根本的一般的方式——即ち時間と空間と因果律とが客観の認識を離れて主観のみを顧みても充分に發見され認識され、カントの言葉を借のて云へば、a priori に我等の意識の中に存するのを見ても分る。これを發見したのがカントの殊動である。と云つて充足理由の四根の中で「夫自身に内容なして直觀される時間と空間とを「一つの特別な獨立した Klasse の表象である」と説いておいだ」

　而して意志であるといふ事に就いては「我等の表象である」と認めて来た現象に付きては我々の望んでゐるやうな現象以上の解釋を裏くて下れる者ではない。何故なら凡ゆる原因律の説明を以てしても現象はやはり表象として認められるだけで表象其者の真義は何等の解釋をも施されすに不可解のまゝとなつてゐるから。ここに於て彼は其の現象の Form のみでなく Inhalt に於ける性状と意義をも究明するものは意志なりといつて夫自身としては凡ての根據を超越してゐる意志も其の現はれに至つては必然の法則に支配されるといふ事と自然の凡ての現象は必然律に從つて生ずるものであるが此の現象は又同時に意志の自個顯現であると説明するのである。要するに世界は一方に於ては徹頭徹尾表象であつて又他方に於ては徹頭徹尾意志である。と。かうして彼はカントの Ding an sich といふ事を「夢中の幻である」と罵し此等二つのものが何れでもなく超然たる獨立自全の客體 (Ein Objekt an sich) の如きは有り得ないと説いてゐる。

　かくして彼は客観と表象とが同一物であるか、次ぎには直觀されたる客觀の全存在は唯其の働きである事、物

◎ Wirklichkeit (實相) は唯此の働きにのみ存する事、又は客觀の存在を主觀の表象以外に来る働き (認識に對

するを得ないで「實用ノ為ニノミ存物」の此種を含む所の知識者であるが不當であるといふ事柄から、此事に就き思はれた事物の因果的方らを得らるしてく以（客觀トシテ及は表象トシテ）其の身體に關する見出しを得しいい事柄其の各事柄の中には「主觀の認識に對しての客體」が云々其以外には何者も與へられない云々者事柄を云ふであらう。

——即ち各個の世界其の全體が何處までも表象であるか又故に永久に全然的に主觀の爲めに制約る所謂なき所にて

Transcendental Identität（先天的の概念性）を具くてゐる。もつて現象間に於ける事實を最も正確に豫測しかの葬楼なる大概學の襲化を明らかにする爲めには同ノ不ノ二の意志を認め其の見ての現はれの中に唯一の意志の存在を示すをあらがするには先づ第ーに物自體としての意志が其の現はれに對しての有する關係的なる意志としての世界が表象としての世界に對しての有する關係からしてし上述の如く各觀の始まる所主觀は終る云々て謬濁の模索を含む能服して行くのである。私がここに論ずるは唯單に意志及表象としての世界中の他か一部分のみを彼観混して他の吾學の全殿に渡つての考察として陳故なの方をするかも知らないがこれは又謬學を私ことしては止を行なを待たないであらうと思ふ。然し私は彼のこの意志及表象を根據せる理論よるものとして吾人間の身體の上に論及すであらう。而して人生を彼の吾學よるものとして観察して見よう。

彼云ふ身體は直接の客観即ち主觀の「認識の出發點」となるべき表象であつてこの表象の其の試據に認識せられて變化と共に因果律の適用に先だちもしくろ因果律の適用に對して材料を供給する助ち身體が本念の客觀で自分の身體を自分の目で見而して自分の手で觸れたる上の事であらう。もつて自分には自分の身體があるると云ふ丈の果を感じののは自分の身體はとも表象の中に於て即ち頭腦の中に於ての者有機個であるると云ふ事からも體

あられる。即して彼は「一旦抽象的認識が現はれ理性が働き出すと疑間を感ひるを生じ實行上には心配と悩みが生する」さて彼の哲學はれよりして厭世思想く三發展して行く。

（彼は上述の理性と云ふ者は人間のみ其のつてるる體識力で知性とは全く明物であると區別してゐる。即ちカントに

於ける Verstend と Vernunft のみ云ふ。）

從つて彼は理性の正反對なるものは感情であつて理性以外の者は其れがたひ何者であらうとも見て感情的と云ふ概念に總屬してゐるちらうてゐる。

さてこうて彼の哲學は倫理學の批判をなりカントの道德の原理に對する詳細な徹底的反駁は彼の「倫理の根本問題」と題する論文の中に試みてゐる。そして人生の發義く三達べて行く。——人間が其の具體的の生存と共に識さを許さ其の第三の抽象的生存を有するのは注目すべき事で若し一の生存は人間か動物と同じく見てゐて其實の圖にもきし現に彼らに漲られて努たに稿ることして達は死なけれなるるが其の抽象的の生存、理性の考慮に存する第二の生存は人間の實際に生存してゐるなり第一の生存と現實の世界その間が反映てゐらなくらかを静観の度では理覺の生存か心を虚す盡されたた事も冷たに本色もしもない者分くると其の新だけは他事るのみ間は事なるもの者のなる。こゝいうやうにして彼は人生の靜かなる傍觀者としての落ち着きをもて遠く賭めたたもうてスート部の Der Weise が理智的倫理を示すて此れを實生活に應用したと云ふ動きし事隨なんであるかも知れないと云つてゐる。理性主義者は倫理上完全二云ふ二根據に達すると事は出來ない。從つて理性を何となに正しく他の共兩立ての生存の內容であるも見ての意荷として此の苦惱をを超觀して眞の Glücklichkeit に

至る事は不能である。思ふに悩みながらに生存せんとする事は一つの大きな矛盾であって、この矛盾は普通に多く使はれてゐる「幸福な生活」(Seliges Leben) と云ふ言葉に現はれてゐる。のみならずこの矛盾は純粋の理性のみを本據とする倫理學にも現はれてゐる。此に於て彼は印度のウパニシャドの古典を得て大いに喜びこれが爲めに其の思想に大變化を来たし、印度の古い教へが我々に説き示してゐる極度の悩みの中にありながら却つて完全の徳性に必稍を得め深き生命を浩く最高の詩的真趣を具くてゐるのを見る時は「我がらの苦行者」として仰ぎ崇まれるとで云つた。いゝに換て私は彼の中に現實くの闘争を見て取る事が出来らと思ふ。この闘争の事に就いては稍を改めて述べて見たいと思ふのである。

かくて我がショウペンハウェルは認識が明らかになの意識が精細ニなるにつれて苦橋も増進し人間に至つて其の最高度に達し同じく人間の間でるくも認識と理智とに秀でたらものが、この一層苦橋を感じ其の特に甚だしいのは天子である、と即ら哲學者もよの以上人生を橋む所以である。ニイチェが Verehdelung!（高角化）を叫び眞と正を来めて聖なる職を挑んだのを見る時人類の生活——吾人生が次第に血みうらになつて行く慘劇である事を思ひ浮べて餘りあるのである。「人間の本當の生存は現在の中にあるだけで何の阻められる所なし、過去の中へ親を争死に移り行き常に死しつゝある。……」そして現在が絶えず過去の中へ蹄り去るのと同様に身體の生存が絶えず阻止されてゐる形態の上より築しても丁度歩行が一歩毎に支くられた墜落である死——即死の猶豫であると云ふ事は明かで……」と云つてゐる。

私は以上で彼の哲學及人生の見方を略言したに過りである。私は、この稿を終るに當つて彼の哲學についての Windelband の批判を記し併せてトルストイの彼に對する感謝を少しく云はちらを得ない。

Windelband は彼の哲學を評して「客木細工式の素晴らしい組織」と云つて驚異の眼を瞠つたのである。實際彼は一八二三年頃から讀書や講義の時に得た凡ての問題について其れを書き取りそうして其れに自身特濁の批判を爲して其の結果が積り何千と云ふ堆積になつたと云ふ。この點よりして彼の批評は不當でなく又推謹してゐるのである。然し彼の哲學の根本をなすものは「神の如きプラート」…「偉大なるカント」と「佛陀の奥くたる悪虚」（ウパニシャドを指す）の三つである。又神の聲と獄の聲とに挟撃されてゐるトルストイが一八六九年「戰争と平和」を完成せる蔵、彼の著書を得て非常に感激したと云ふ事を我等はトルストイの傳記の中で讀む事が出来る。即くる事の出来ない性慾の衝動炎々と燃え上る名譽心、俺ふ事を許さない我欲及すべての醜なる現實を去らんとする理想、語静洗ふが如き聖境、此等が悉く彼の哲學を成つてゐる。世のありとあらゆる矛盾満涙は其のまゝに彼の哲學に蜜されてゐる。トルストイが彼を崇拜せる事も宜なるかなである。かくて彼人生観の確立——偉大なる哲學組織の完成と共に疲勞と無力と段相と搾取と呪明と不平と強壓との現代の嘆きに對して多分の新生への方向を示して吳れたのではないか？ 人間性の洞察に歸つて而して後に新しい進路を開かねばならない。腐敗した過去はいつも知らず急迫した現在の生活への反抗は——そして其の沈滞と停止との打破は動くも行き詰れる現在の局面打開は彼の卒明として直截的なる哲學に依つて多くの暗示と刺戟とを得事には居られないであらう。人生は戰ひである。現實は戰ひである。

三

　私は素より斯く無常感の考察に入るべく見順序となつた。さて其の無常感は如何にして起つて来たか其の發生的研究は到底今の私に取つては不可能事と言はなければならない。然し其の理想を尋ねんとするには来張の哲學の如く遠く調べ見く倍像なくるべきであらう。ブラーが「この世界は遺物王に依つて永久に理想的に作られたるものなり」と解するが如きは樂天的思想なりと見る事が出来るが他方に於て彼は「この世界は非有ニ云ふものと制限せられるゝ」と言び「この點に於て悲観的解釋をなさらを以て彼を Optimismus や Pessimismus の理論的創博者なりと云ふ事が出来る。斯くこの思想はブラーものとして各時代各民族を通じて種々なる相をなしての研究も心理學に於ける狐間の研究――時代や民族の兩方面よりの研究して見たらも必す大なる教訓と新たる飛躍とくの足掛をなさしめらうと思ふ。遺憾ながら私は今この兩面的考察をなすには能のに危弱であらう材料の持合せがない。私は唯常にショウペンハウエルを通じて見たる無常感」の題を付けたのみである。

　又東洋思想に於ける無常感と文藝に於ける無常感こをこの小編に合せ論ずる事の出来ないのも私の遺憾なる事同まり事である。（然し何時かは来手時があるかも知らない）―略 錄―

　る有價値（美善）として世界人生を眺めるか、將た又反價值（醜惡）として眺めるかこ云ふ事が兩惡の分岐路であるこは前にも述べたのであるが然し Warum? Was? こ云ふに至つては大なる困離を感せずには居られない。然し人生世界がさうなる見る方法には三樣の職法があるこ云ふ事が出来る。即ち其一つは個人的のものとして自分の感冒や欲求を主観的立場にして其の經論した範囲内で考へるこ見る者であつて――即ち世間は等しこか世智



からこ云ふ態度であつて他の一つは一般的に即ち Metaphysische に世界の目的を價値表準として客觀的の立場よるして世界人生は全體として態怒すべきものこなすものである。かくて人間の行動や思考は凡て現在の影響をはなれて抽象的な概念に動かされる。この事は前二者中の後者であつて私は個人の適度や欲望こ滿足及不滿足こ云ふ事に依つて晶りくられる無常感こは同意し離い。其れは全體性普遍性を有してゐない。其故に其の悲観的思考が全體的普遍性こ分化こ来ない中其れは特殊的のものであつて私は論及するこ及ばないこ思ふ。ここに於て厭世觀の理論的根據即ち無常感の本質をこくつて見やう。

　樂觀論こ云ふ百の善こか美こか云ふ所のものは大部分主観的のものであつて同じく閃こか惡こか云ふものも主観的のものである事は連びながら、即ち世界其者こして何等の價值甲惡の限界にあるが――非價値的であるが、この非價值的のものを吾人が手段ここなした殴件ここなした所で其れに價値――眞善美の刻購が生じて来るわけがない。だひ何かの作用を繼ぐ手に依つて其れに何等かの意味が附せられるこした所で其れは相對的のものであつて絶對的のものにはない。だから吾人が議論を積むに從つて種々な種別や時所の關係に依つて内容こ形式こが異り何等の一貫する純一的のものが有り彼ない。即ち何く相對的のある特殊的であつて絶對的普遍的なない。そこで其の相對的であるこ云ふ事實はやがて常生性のなここ云ふ事に導化するこが出来る。而して自然現象――輝かしく太陽が蒼黄なる夏の朝殘低萬の Strahlen を紺碧の海上に投出す光が映き嶺々の飛び交ぶ林間を見る。咲々たる月色を浴びながら秋の江上を蕩人力漕ぎ下る。………れ等の自然現象を見て其こ思ひ悲喜こ思ふこと第の思想をなつて居られうかこ云ふ反問をされた時にはショウペンハウエルは如何に答へただ？ 或は其等の者を見るこ

けでは美しいと云ふかも知らない。然し其中にありては山なり海なり花となり月となる事其の者は別物である。人が修養を積み又は改善するなどと云ふ。然し其れは先天的なる事物の鍍金に過ぎない。主觀的の立場が動き出して惡に對する見方が異るにしても（あるとせば）其れは決して惡としての存在が消失するにあらず。然して苦難の後に幸福が來ると云ふ事は人間が殆んど絶望的に完全への Sehnsucht の爲めに一時沒我の狀態に入れる者であつて決して無價値なる現實惡が高尚なる目的の爲めに仕へたのではない。又人間と人間との作り出せる者には形而上惡があるとしても人類全體を通して働いてゐる力は善と云ふべきではないかと云ふかも知れないがこの形而上惡を眞實の意味で認めて了ふと決して其のやうな考へが起る筈がない。現實の人間と、人間が現實に作り出せるものは何等の絶對的價値を有しないものであるからそこに働いてゐる力が無窮に續いたとて其の爲し得る所のものは形相の變易と云ふ事の外は一步も出てゐないのである。そこで理論的厭世觀を承認すると否とは價値標準を理想善、聖、美に置くかどうかであり、或は其の人の哲學者としての性質を有してゐるか否か――即ち其の人が詩の世界を夢見るか否か其の精神が形而下の水準以下にあるか否かに依りて定まるものである。

かくて「果敢ない」と云ふ言葉は以上に述べたる事に依つて無限（空）と無限（時）の結婚に依りて生じたる片影を弔ふ挽歌の表題となつてゐる。而して吾人が一度この理論よりして具體的に考へ及ぶ時は如何に悲慘なる響みが空漠たる人の海に漂ふてゐる事か―　不德なる享樂に依りて個人的には體力が衰へる。社會的には見よ幾百萬の生靈が犧牲となつて非業なる闘路を辿るのではないか！　貧困や病苦などが接踵して起る。人類の進步はこの意味に於て退化が然らずんば滅亡である。斯く云へば私を以て全然現實に望みを有してゐないと云ふかも知れ



ない。然し僕は希望に輝きあふれてゐる。「何たる矛盾かな？」と云ふかも知れない。然し僕は Malebranshe の言葉を永久に忘れないであらう。「無窮に理想を推究して行く所に快が存する。我にして若し理想を得ば再び此れ推究せんが爲めに此れを放たん。」と。即ち理想を推究して捕へて了へばもうそれで萬事は休するのだ。理想を推究する其のプロセスこそは大なる力である。闘爭の詩である。この闘爭の詩を得んが爲めに私は強い戰ひの準備をしなければならない。ショペンハウェルは云ふ『動物は死ぬ時に至つて始めて死を知り人間は時々刻々死に近づく事を認識する。』これは平凡な事のやうであるが立派なる人生を悲しめる詩である。そうしてこの言葉の中には悲慘なる闘爭の響きが聞へて來る。現に僕は聞くのだ。（馬鹿めと云ひたい人間を私は眺めるであらう。）つまり彼の組織より闘爭と云ふ事を除いたら其の價値は消失するであらう。この闘爭と云ふ事は彼の著書にも組述者にも私の見た範圍では何處にも見あたらない。彼は靜かに戰つたのだ。心的に戰つたのだ。（こんな言葉が云へるか知らん。）然して私は彼に一つの事を付け加へたい。即ち具體的な闘爭――理論的無常感を基礎とせる現實への闘爭と云ふ事――これである。淋しき心には常に平和と愛とを宿してゐる。そうしてよくならうとする祈りの戰ひを支度する。其うして裸足で大地へ出るのだ。

生は永久の闘ひである。

自然との闘ひ、社會との闘ひ、他の生との闘ひ、永久に解決のない闘ひである。

闘へ。

闘は生の花である。

……るのも多きも生の花である。（渡文遊論）

　同じく夫に結び死する人生の刹那を……れば……早く現はしてある事か一。花は咲けば直ぐに枯れて了ふ。けれど生の海死の爲に……うとしても映かねばならないのだ。即ち人は死する。然し社會惡や人間惡を排して理想を推究せんが爲めにはうとしても調はねばならぬのだ。自然も社會は殺戮と襲度を振つて己まない。私は人間の貪欲と爭樂と殘忍性の爲に生せしむる現實惡其體惡を除去してせのでもやがて散らくき運命を以てあるう悲しみながらも花は眺かねばならない。

　無常感を有する事は大なる力である。いの無常感――厭世觀を有つてゐるからうて自殺するなうう思ふものは未だ相手として云爲するに足らない。いのやうな言を芽するものは哲學的思索のない乃至は足らない人の口にする所である。人間として橋れむくまるものである。「厭世觀なんか大食つてしまく」なゝ云ふ笑簡な人間を見る時神び足を止めて考くうきを得ない。然し確れ多き夢を有してゐる青春として自殺する者あるが其の中の成者は一概に咎めるわけにはいかない。いの事については改めて論爭るであらう。

　さうにかく人生は無常である。さうして美意識と渇念の高い者程世界は惡なりと見る。然してこの厭世觀から出て來る即ち彼の實行は圖ひである。自然との殿び社會との殿び他の生との殿びである。永久の殿びである。理論的又は實際的にこの現實で試みられる最善美なるものは圖ひである。さうして熱誠！　勇氣！　力！　意志！　の許くの關連である。



四

　生死觀に就いて莊子は次の如く云つてゐる。「適來。夫子時也。適去夫子順也。安ゝ時而處ゝ順。哀樂不ゝ能ゝ入也。古者謂ゝ是帝之縣解。」（養生主内篇）即ち生は時であつて人間が生れ出ると云ふ事は生れるべくして生れたる物であつて何等の宿命的に生れるのではなく其れも同樣に死は順であつて月日の經つに從つて死んで行くのである。あるから就いて生（時）に安んじて死（順）に處れば何も悲しむべくもなく喜ぶべくもない。この見方が最も……チマタナものである。喜びもなく悲しみもない。然し人間は新の火が鑑を移るやうに次から次くと進んで行く。即ち生れては死し又生れては死する。そこで彼は「天の神は生を以て驟う爲し死を以て爲す」と云つて生死の客觀的説明より主觀的の意義を取くてゐる。つまり現世を以て苦の巻ゝなし死を以て永遠くの解放ゝして如何にも莊子らしい淋しい諦觀な解釋をなしてゐる。これも形而上學的厭世觀ゝ云ふ事が出來る。

　さてショウペンハウエルは意志は純粹に其れ自身として見らゝゝ異なら一つの盲目的な拘束ず可からざる衝動であつて我々はそれを無機物や植物界や……に認め得らのであるが、この意志は其の使役に臨争る爲めの表象としての世界を構るゝ共に其れ自身の意欲即ち其の有らがまゝの世界ゝ生存ゝは意欲其の者の現はれに爭ぎない云ふ事を認識するやうになる。即ち生ゝ云ふ事は „Die Wille zum Leben" ゝ云ふ事に外ならない。意志のある所生はあり世界はあるゝ云つてゐる。そして我々が生存の意志を持つてゐる限り我々は死に至る事はないゝ云つて自然死の器を論する。個體は其の生存の間の物の如くに受けて無から生じ其れから間もなく死に依つてこの間の物を失ひ復もや無に歸つて行くと。これは上述せる莊子の生死觀と同じであるとと云へるが然し彼れよりは最も哲學的解釋を爲してゐる。即ち生存と云ふものも觀念の方から觀察するを我々は Ding an sich としての意志も現象を眺めてゐる主觀も少しも生と云ひ死と云ふ者に依つて生殺與奪せらるべきでない生も死も共に生存に屬した事で相交的交換物として互に持ち合ひ生存と云ふ現象全體の兩極であらう。この理論は事實であるには相違ないが私に取つてはなんとなく隔靴搔痒の感がしてならない。もつとかゆい所も直接にかいて下されゝばよかつたと思ふ。もつと突飛な考へ方もつと深い説明か聞きたいが彼は私のこの期待を充たして吳れない。又彼は云ふ生存なる者は元來唯永久に存續する形式の下にあつて物質が絶えず變化し變替する事と種族は不滅であるけれども個體は死滅すべきものとなつてゐるといふのも斯の樣な生存の特質に由來したのであらう。で、彼が死は個體的のものであるが生は種族的であり繼續的であらうと云つた、としても不當ではなからう。

かくて現實世界に於ける苦惱を除く爲めに親と努力してゐる。然し努力すればするほど其の苦惱と煩雜さは色々なる形を以て間斷なく出沒して來る。其の苦惱の形式は最初は生活に於ける不滿や缺乏なさの形式を取り次第に其の經驗の親野が廣くなつて行くに從つて苦惱はあらゆる姿のものとなり年齡と境遇とに依つて性慾、嫉妬、野心なさとなつて現はれる。そうして生は金々忌はしいものとなつて來る。ここに於て彼は意志の棄却と云ふ事を云つたのである。即ち生きようとする意志の否定と云ふものは意志の自由が現象の中に現はれる唯一の行動で意志の別個的現象を破滅するに止る自殺である。今云つた意志の自由が直接に現象の中く現はれて出る唯一の場合はこの自由が或る現象に終滅を與へる場合でこの際には或る單なる現象生きた身體は因果の連鎖に屬する一部と



して現象の方式である時間の中に存在してゐるが、この現象を通して自らを具現してゐる意志はこの現象を表出せしめてゐるもの即ち意志主張を棄却しこの現象に反對するものである。即ち外的事象――不安なるわめきの相に對して意志の全然的否定と云ふ事を可能なる事と説くのである。然しながら自殺は意志の否定とは非常に相違じて反つて強烈なる意志主張から生ずるものであるとするのである。即ち意志否定の本質は人が惱みを忌避するのでなく生存の快樂を忌避する事に存するのであるが自殺を計る者はやはり生存を欲し乍ら只自分の生存に與へられてゐる狀態や條件に不滿を感じてゐるのである。其故に自殺者は決して生存の意志を斷滅するではない。唯意志の單獨な現はれ――自分の個身を滅して生存をすてやうとする意志は自個保存と種族保存とに現はれてゐると同樣に自己殺害にも現はれてゐる。これ即ち彼が印度の古典ウパニシャドによつて得たものである。自殺と意志否定との關係は丁度個々物と觀念との關係に相當し自殺は單に個體を棄却するのみで種族を棄却するに至らない。前に述べたやうに意志ある所に生存があり生存は惱みを本質としたものであるからたさひ個體は減されても Ding an sich としての意志には何等の影響を與へない。そうして自殺は意志の自個鬪爭の強調であるから惱みが意志を破却する代りに意志が惱みに捉はれてゐる個體を死滅させるやうになる、自殺が生存を否定する行爲さなるのは其の實生存したいと云ふ意欲を斷ち切る事が出來ないからであると云つて。自殺は全く徒働なる行爲で其れに依つて效意に一つの個體が滅ほされて丁度水氣は時々刻々にいくら速かに交代しても其れを通して現はれる虹は依然として其のまゝにあるのと同樣に Ding an sich は何等の損害をも受けない、こゝこゝに於て我々はショウペンハウエルが絶對的厭世思想を唱へしに不拘靜かにライン河のほとりで餘

生を棄てんとする事——即ち厭世觀を抱いてゐるから自殺するものではないといふやうな事が用ひられるに厭世觀なるものではなく、斷くまで、う、この事は決して考へ得る事ではない。哲學的思索に耽る者は凡てもう自殺してしまつてゐない事であらう。熊楠氏の云ふ所に非ずして宇宙及人生を觀察する眼前の態度である。そして彼は凡ての倫理學說が調停的な態度を有することにせよ自殺を非とする事を認めて、或者が渾然たる道德的動機から自殺を思ひ止まるが自分は其の惱みから逃れる事をしたくない。惱みはむしろ其の意味は「生命は苦である。馬鹿の本性に就いての今自分の中に現はれてゐる認識」を強め、其れを自分の意志に對する調停剤にならしめ、自分の永遠の解脱を佛せしむるものであらう」と云つてゐる。

で斯く普通の自殺の場合を說いてゐるが、他方に於ては宗教的自殺について論ずるのである。即ち苦行者が禁欲の餘り自ら求めて餓死する事があるが、このやうな自殺は生きようとした意志よりの出でたのではなく、斷くまでに自らを捨離して、つまり強烈徹尾生存を意欲しなかつたからである。然しこのやうな自殺は宗教的感溺や迷信が佛つてあるから、其の眞相はつきものとないと云つてゐる。

かくて盲目的な態度にて解脱し……ざるべくくる——善くならんが爲めの斷り、永遠への思慕に依つて吾人は現質に於てあるあらゆる職を擇び、自らを主張する事からよりも高次なる本然人る事が出來るが一段自殺だ物に對しては如何なる批評を加ふべきであらうか？始めより自殺を非なりとするのであるから論及の必要を認めないと思ふかも知らないが、故藤を投手が各地で自殺した時父母の眼には熱淚が縹を濡さうことを得ない如く何等かの考察が無ければならない。

— 92 —

自殺は自ら自らの身を滅す事であると同時に又殺さる事——即ち社會から他人から殺される事とも云ふ事が出來る。何故なれば自殺ミと云ふ意味に於ては一種の自然死であり、自殺の原因が外的であり社會的であると云ふ事よりしては殺される事ともなるのである。生活難を苦痛の懺悩とかが厭惡とかが云ふ事よりしては殺される事ともなるのである。さうして又幻滅の悲哀は走馬燈の如く絶えず生活者に訪れて來る。其の理想や環境は益々遠いものの險しいものとなる。而して自殺と云ふ嚴然たる事實がある限りこの世界人生が不滿明晰なものであることは云ふ迄もない。さうして自殺にまつ人間は一つの謎として其の問題を投げつけられる。この謎を解かんとするものもれ哲學的態度である。生活と云ふ事を新理化する事の出來ない無理數であり、又不可能な方程式であると云ふ事が出來るかも知れない。而して自殺とは此の方程式を解き得なくして試驗問題の用紙を投げ出して行つた學生である。先生は間違ひだらけの答案用紙よりはこの方に點計點數をつけるかも知れない。今一人の天才が現質苦よりも離れんが爲めに自殺したとする。この時人々は彼を惜でもつて生きてゐたならもつと大きな大きな職を殘したであらうにと云つて惜打つのであらうが、さうした事業は丁度其の時機に自殺を遂行しただらうとまつの——即ちさうした心的要素を傾向をもつてのみの出さればこそ、それをしても其れは性質も價值をも異にした物となつて來るから、其の天才の自殺間向を有しての名作の出されたらうとしても、それはこの年その月日に其れを決行し得なかつた故であるから其の事業を惜んである。即ち人生老の波の打寄せて來たといふ同日に精力を盡殺せんを傾倒してこれの慾する事業に精進するとして人生そのものの義務ら意味ある之を全うするとして其れは其

— 93 —

れは其の人々の個性に依るべく其の人ごしては萬全を盡してゐるから其の心ご云ふものは安らかなる事稀ひなく人生の重荷を却したのである。かくて彼は白髮を戴き額の横しわを見ない前に自殺する。そして友人は悲しむ代りに其の莊嚴神秘な麗はしき場面を視福する。かうする事が人生の本當の姿ではないかご思ふ時がある。

私は本當の哲學的煩悶から死なずにはゐられないご云ふ人間があつたごし全然世間的な榮譽心より離れて確乎たる信念の下に已の所信に從つて死を決したごする時私は輝かしい後光の聖なる嚴かさを感知するのである。然し私は世間的な失戀ごか困窮ごかの經驗的なこごからして自殺する者に對しては唯獣つてゐるであらう。それはあまりに現實的であり不快な悲慘事であるからである。ダンテの地獄篇のモデルはやつばりこの現實から得たものであつた。其等の形而下的自殺は然し社會的情狀ごして大いに注目に價するのである。私はこの社會的考察よりして生活の變革及自由ご云ふ事の重大性を認めるのである。さうして其の自殺の方法についても一つの研究すべきものであらうご思ふ。私は自殺の原因、方法、年齡及月別なざを統計に依つて考察して見るのも徒らごごではないご思ふがこゝでは略する。但し內地に於ける自殺者ご朝鮮に於ける自殺者ごの間には其の相異る社會的環境を背景ごして自ら大なる差異のある事は見逃してはならない。

私は以上で餘計な事までも書いて來たが生ご死及自殺に對して、今までなされた多くの批評の中で一つも私の心に滿足を與へて呉れるものは少い。ご云つて私自身も何等の新しい解釋をなす事が出來ない。（恐らくは出來ないのであらう。）私はこの不滿を感じながらも其の境地で滿足しなければならないか！ 私は希ふ。偉大なる哲學者の出てゝ新しき意氣ご解釋ごを與へて呉れん事を！



## 五

以上で大體の事は云つた積りであるが（不完全ご云つたら話にならない。矛盾衝突する事を多く云つてゐるのを感づくけれごも其のまゝほつて置く。）私は最後に彼の世界觀ご私自身の事に付いて少しく逑べて筆を擱かうご思ふ。

河水は急淵や岩石に出會はない限り何等の騷々しき音も立てず渦を卷く事もない。然し谷を出て山峽を流れて海へ入る迄には數限りない障礙が其の行く先を阻むのである。これ即ち妨害ご挑戰ごがこの世界の一切に向つて存してゐるのである。つまり安寧ご幸福ごは全然消極的なものであつて苦痛のみは絕對的なるもの積極的なるものである。人類の生活について見るご歷史が示してゐるものは戰爭であり反亂であり強權者の壓迫であり平和の日月は偶然に得られた短い休止期ご芝居の幕間に過ぎない。そうして人間は到處に其の敵を見出す。人生は休戰なしの戰ひであつて人は弱き手に武器を持つたまゝ死に至るのである。我々は生存の惱みの爲めに時間の急速な經過に追つて立てられ息を付く事も出來なくなる。生活の退屈ご云ふ恐しい惡魔は遂に我等を捕へる、そうして痛しい絕望の色を描き出させる。現實のもがきより我等は如何にして常住、理想を見出す事が出來るであらうか！世界人生は表象なり意志なりごして知的態度にて解脱してニルバナに入る事は果して可能であるのか？ 私は知らない。私は其の實際を知らない。幾敗殆死し七顚八起して九死に一生を得るご雖も戰の現實は其の窮まる所を知らず道は遠し日は暮れる而して又飢渴に弱れる身體は寸步だに動く事が出來ない。瞳れふくれる足を引きづり

„Aller Anfang ist schwer aber es ist Grosse Freud."

尊敬せらるゝの奧味しからものゝ云ふ事が出來るであらう。例へばトルストイに就いて觀察する人の中で彼を其しき藝術者であらう論ずる者があるのは善も知つて居り又實際孝眉の人であつた事も知つて居らゝ然し彼は頭に識尾の深的な人間であつたし又慈善の人涙の人であつた事は誰も知る事で彼を愛し誤らゝ人は今更なきものゝ同じ事であるのだ。若し彼等を非難する者があるとしたら其れは盲目の世間人であらくである。猶固る訓提を持ちながら案を下す一面的人間であるこ云はなければならない。彼等は深きが故に矛眉し惱きが故に苦しむのであるゝこの事を知らない人間を偏れな人間だこは云ふ。

　終生淋しき思索家（Einsame Denker）であつた誰もがなカントの一生が終といふのゝ同じく不幸な世間の盛のゝ若しまれたヨヲペンハウエルの一生も哲多も哲學的なものこして愛著を感ぜずにはゐられない。

　　死は最後しき者、然し一屠よい事は生れなかつた事之れである。――ハイネ

　　人間は死んだ時でなく生れた時に泣くのが本當である。――キャスキー

　以上三人の云つた言葉は空假な樂天家ゝ云は如何なる境遇の人であり又は思想を有してゐる人をも同じく誰も肯定するのが本當であらう。又事實であらくきだ。しかしかしく二人の言葉を吟討しやうこは思はない。ヨツクンハウエルは「死がなかつたら人間は哲學的思索をする事も出來なかつたであらう」ゝ云つてゐるが賢い人間社會は死に依つて調外さるゝ慈惡の徳々である。悲しいが故に吾學も宗教も藝術も生るゝものではなからうか？即ち人生の闘爭ゝし比等の者が生れて來るのだゝ思はれる。人間が歴史を踏んで識識を慈慈高くするゝ從つて此等



の者が一唐高氷なら者視能なら者くらゝ段暖するのは闘爭ゝしての人生を闘爭せんゝ盛るに盡々巧なゝ闘爭の器其を前の出すのである。そうして人間は成る程度までゝゝの闘爭に依つて苦楯の聲精を得るのである。即ち見者者は生活の爲めに依存してゐるのだ。この慈味に於て Kunst um die Kunst Wollen ゝ云ふ事は感情に闘はれた者のだはゝゝに過ぎないのである。だから闘爭ゝしての人生を徹底的に闘爭する事、これが人生の慈義であり案でなくつて何であらう。即ち若き我等は淋しきゝ心を闘爭くの力を以て満たして勇しく剱敏の大道を驀烈しなければならない。自然ゝの殴ひ、社會ゝの殴ひ、他の生ゝの殴ひ、古き物を捨てゝ新しき生命ゝも久遠の行進を始める時、おゝ其れはなんこ神々しきものであらう。ニチンの間にアダメシイアは甘多美しき生吾をしてゐた。不自由もなく勞働もない而して果實は豊閣であるゝ嵐もない。然し彼等に断られてゐた一つの事柄があつた其れは善惡を認識する業斷の木の質を食ふ事であつた。即ち彼等二人の愛人は昔徒的に神から命令さるゝ思想する事なしに様るけれはならなかつた。斯くしてヱチンの間には平和な日が續き額いた。然し退屈ゝ云ふ惡魔は惱しゝ者である。退屈の爲めに愛し合ふ事の出來ない人がゝ誇けだゝ交際したりゝ色々な挨ゝな事をする者である。阿買の遘具ゝして退屈ものゝ其しき事はない。故に其のヱチンの間が最も平和理想の郷であらゝが爲めのゝは思案する事をも勞働する事をも許さるゝのでなければならゝ。然るにヱチンの間には阿かゝ事がゝかつたゝゝ其の繁閣であるゝ事も出來であらゝ一種の神に依つて利來でゝれだゝ様所ゝする事が適當であるゝから知ゝ。故に於てアダメシイアは其れを食つたのである。動器はゝゝゝ嚴の氣驪は驪に香ゝた。そうして彼等は永遠に樂園を失うたのである。――この事に就いては色々な人が論多ゝ



752

解釋と説明をなす事が出來るかも知らないが私は單に人間と云ふ者は創世より宗敎的に云つても闘爭に始つたと云ふ事を云はうとするのである。アダムとイブが神の威嚴に對する一種の闘爭をなせる者と解釋する事が出來るのである。そうして彼等は彼等の見地よりして墮落ではなく發展である。

さて私は以上に述べたる事よりして無常感を有してこそ平和と安息とは得べきであるとするのである。或人は平和と闘爭との矛盾撞著を云々するかも知れないが私には其の矛盾があるとしたら全體としての者に對して撞はれて了ふのだと思ふのである。其れは「部分は單に相集つて全體を構成する」と云ふ事が誤謬であるからである。然し部分は其中に全體性を含んでゐると云ふ事が出來るから私は以上の如き考へをしてゐるが成熟せるものとは斷言しない。（後になつては如何に展開されるかも知れないが今の僕に取つては……だ。）又僕は黒索も足らず學力も問題にならない親狹く且つ淺いのである。然しこの小稿が「清凉の二個年」の中に生れたと思ふと限りなき愛著と感謝の念に充たされるのを感じて止まない。私に取つては寡い思ひ出の材料を與へて呉れるであらう。

私は本稿を終るに當つて隱遁と云ふ事に對して一言しやうと思ふ。人々は云ふ「隱遁と云ふものなんか非現實的で頽廢的で人生に對する否社會的生存の自殺的行爲である。」と。然し私はこの「隱遁」を以て「よくならうとする祈りとしての闘爭である」と解釋するに憚からないのである。孤獨なそして美しき乙女に接吻したるやうな心にのみ感ぜられる自然の慰さみと啓示と「象形文字で書かれた解決」とは誠に懷しい心がしてならないのである。古より隱遁を讚嘆しそして山に隱れた人は非常に多からう。そして終生した人も多からうが然し又社會的生



活へ歸つて來た人も多からう。このもこの生活へ戻つて來ると云ふ事はどういふ事であらうか。これは退屈といふ事が手傳つてゐる事は事實かも知れないが然し全部の解釋ではない。これは祈りの飽和が闘爭へと轉變せるもの即ち再び醜の世界との闘ひくの祈念がそうさしたのであると私は解するのである。然らば隱遁生活で終生した人はどう云ふのかと云ふと其れは宗敎的心相に歸納せしむべきではないかと思ふのである。即ち其の人の宗敎的な詩人的な二つの性分に依るものではなからうか？　人性の内秘の冥想よりしてより多く人生の戰の海の宗敎的客觀的思索が彼をして止まらせたのであると私は思ふのである。そして人生の苦惱が彼の頭より離れずに而して又逆への焔は炎々たるものであつたけれど其の表白の形式に於て宗敎的詩人的立場を取つたのだと思ふのである私はこの考察を更に向上し發展せしむる時があるだらう事を窃かに期待してゐる。

私がショウペンハウエルに依つて手ほどきされたるものは――即ち彼の哲學に依つて與へられた者は・無常感と詩と闘爭の三つである。この三者が如何なるものであり又如何なるものを持來すべきかは私はこの小論では書く事が出來ない。それはあまりくだらない事を述べて紙數も越えたし容易に書ける物でもなく又書く事を許さないからである。私は最つと勉強しなければならないのだ。而して彼に對する僕の考へが如何なる方向へ進むべきであるかは今の私には斷言できないのである。

美しき清凉に春は訪れんとしてゐる。思ひ出多き二ヶ年の生活は幾千萬の Wunderhorn（簫笛）を私の弱き胸に響かせた事か！　恐らくはこの「清凉の二ヶ年」　私は私に取つて尤も思ひ出多き多情多感な Willkommen undAbschied（逢ふと別れ――グーテの詩の中の或る表題）として著しいそして強い永遠の嘆きとなるであら

# 辨漆園道論

金 ・ 台 俊

## 一、儒莊關係

儒莊道辨……儒者曰由仁義而之謂之道、六經皆傳是覩道之書、莊子曰仁義先王之蘧、六經先王之陳迹而先王之體義法度、隨時而變也、然則儒道一定而莊則不然、何則、此以其見地相異也、儒由相對、莊由絶對、周其宗然

儒者曰物有本末、來有終始、且事有今古、物有大小、小人君子先後階級、都由此發、莊子曰鵬扶搖羊角爲首上九萬里、罷雲氣負蒼天、且適蒼冥、兌鳩斥鷃之笑、大椿以八千歳爲春爲秋而彭祖今以久特聞、衆人匹之不亦悲乎、物無非是、物無非彼、自彼則不見、自知則知之、彼是莫得其偶、謂之道樞、樞始得其環中、以應無窮、是亦一無窮、非亦一無窮云爾、然則所學、淵源老氏而氏之書有之、道生一一生二二生三三生萬物、萬物生於有有生於無、是故道貴無、無然之狀無物之象、是謂愡恍、且曰道可道非常道、名可名非常名、無名天地之始、有名萬物之母、凡清常無而無不爲、且夫道記令其可无有、一此况渾而作用之蓋墨志的萬物、自黑的作用也、而臨幾乎莊氏之論者也、莊氏曰聖有變、萬物若出此於機、皆入於機、台人放殼

크로너, 리하르트Richard Kroner  684
크로체, 베네데토Benedetto Croce  199, 200, 201, 431
크룩, 빌헬름Wilhelm Trugott Krug  429
크세노플로스, 그레고리우스Gregorios Xenopoulos  254
키에르케고르, 쇠렌Soören Aabye Kierkegaard  181, 455, 659, 686
키츠, 존John Keats  259, 544
키케로Cicero  334


타고르, 라빈드라나드Rabindranath Tagore  720, 721, 722, 723
타나베 하지메田辺元  193, 194, 195
토마스 아퀴나스Thomas Aquinas  129, 212, 213, 445, 558
토마스 힐 그린Thomas Hill Green  202
톨스토이, 레프Lev Nikolaevich Tolstoi  219, 323, 388, 390, 391, 466, 482, 554
트라시, 데스튜트 드Antoine Louis Claude DEstutt de Tracy  119
트뢸치, 에른스트Ernst Troltsch  125, 210
트로베츠코이, 니콜라이Nikolai Sergeevich Trubetskoi  390


파르메니데스Parmenides  145, 146, 147, 605
파스칼, 블레즈Blaise Pascal  160, 161, 169, 345, 346, 347, 391
파울젠, 프리드리히Friderich Paulsen  62
팔라마스, 코스티스Kostis Palamás  254
페더, 고트프리트Gottfried Feder  427
페트라르카, 프란체스코Francesco Petrarca  386
포이에르바하, 루드비히Ludwig Andreas Feuerbach  56, 129, 132, 196, 255, 276,
  500
푸쉬킨, 알렉산드르Aleksandr Sergeevich Pushkin  259
프리체, 블라디미르Vladimir Maksimovich Friche  377
플라톤Plato  201, 202, 203, 238, 242, 287, 464, 647, 700, 704
플레하노프, 게오르기 발렌티노비치Georgii Valentinovich Plekhanov  128, 129
피히테, 요한 고트리이프Johann Gottlieb Fichte  89, 91, 193, 608, 627, 628


하디, 토마스Thomas Hardy  482, 503